btb

Aus Freude am Lesen

btb

Buch

Dieser Roman war in Ungarn eine literarische Sensation und ein Bestseller über viele Monate hinweg. Erzählt wird darin mehrfaches: die Geschichte einer unglücklich verlaufenden Liebe und Ehe zwischen einem Gutsbesitzer und dem Mündel seines Vaters; das Leben einer Frau, die sich den Konventionen ihrer Zeit nicht beugen will, und das komplizierte und wechselvolle Zusammenleben verschiedener Volksgruppen. Der Roman ist eine opulente Familiesaga und mit diesem Roman, der durch das 20. Jahrhundert mit seinen Katastrophen führt, gehört Pál Závada zu den wichtigsten europäischen Schriftstellern und neben Imre Kertèsz und Péter Esterhazy zu den bedeutendsten Autoren seines Landes...

»Ein opulentes Werk...« *Neue Zürcher Zeitung*

Autor

Pál Závada wurde 1954 in Tótkomlós im Südwesten Ungarns geboren. Er übersiedelte nach Budapest, arbeitete zunächst als Wissenschaftler am Soziologischen Institut der Ungarischen Akademie. 1986 erschien sein erstes Buch, das sich mit der Sozialgeschichte seines Heimatdorfes beschäftigte. »Die Kissen der Jadwiga« erschien 1997, es ist sein erster Roman. Der Roman wurde verfilmt, und für den Roman wurde er u. a. mit dem »Jósef-Attila-Preis« und dem »Sandor-Marai-Preis« ausgezeichnet.

Pál Závada

Das Kissen der Jadwiga

Roman

Aus dem Ungarischen
von Ernö Zeltner

btb

FSC
Mix
Produktgruppe aus vorbildlich bewirtschafteten Wäldern und anderen kontrollierten Herkünften

Zert.-Nr. GFA-COC-1223
www.fsc.org
© 1996 Forest Stewardship Council

Verlagsgruppe Random House FSC-DEU-100
Das für dieses Buch verwendete FSC-zertifizierte Papier *Munken Print* liefert Arctic Paper Munkedals AB, Schweden.

1. Auflage
Genehmigte Taschenbuchausgabe Juli 2008,
btb Verlag in der Verlagsgruppe Random House GmbH, München

Umschlaggestaltung: Design Team München unter Verwendung eines Motivs von Jose Manuel Navia / Visum / buchcover.com
Satz: Greiner & Reichel, Köln
Druck und Einband: CPI – Clausen & Bosse, Leck
KS · Herstellung: BB
Printed in Germany
ISBN 978-3-442-73764-2

www.btb-verlag.de

I. »*Die natürliche Bestimmung des Brautstands*«

Satschínam túto knjischetschku.* Ich, András Osztatní, fange dieses Büchlein mit meinen Eintragungen den 5. Februar 1915, am Tag vor meiner Hochzeit, an.

Aufgewühlt und durch die Aufregung etwas ruhelos, finde ich noch nicht in den Schlaf, weshalb ich sogleich zu meinem Notizbuch greifen muss, das ich für eine Krone vierzig bei Binder erstanden habe (nachdem mir diese blasslila linierten Seiten und der indigofarbene Leineneinband aufgefallen waren, beschloss ich, vom Tag an, da ich Ehemann sein werde, ein Tagebuch zu führen). Justament in der Minute schlägt es Mitternacht, und so kann ich gleich jetzt eintragen, dass ich heute, den 6. Februar 1915, endlich Maria Jadwiga Palkovits zum Traualtar führen darf.

Djakovatj pána Bohu!** Inständig muss ich dem Herrgott danken, dass ich diesen Tag erlebe. Mir selbst kann ich es eingestehen, hier habe ich die Feder aus der Hand gelegt und die Hände gefaltet, um ihm mit geneigtem Haupt für dieses mein Schicksal zu danken. Danach musste ich mich ausgiebig strecken (und hab dabei fast das Tintenfass umgestoßen), denn die Glieder sind mir steif geworden, nachdem sie heute doch eine Menge zu leisten hatten. Aber es ist keine bleierne Müdigkeit, nein, sie macht mich geradezu beschwingt, und auch die Aufregung lähmt mich nicht, sondern breitet sich wohlig in mir aus, durchströmt meinen Leib wie das Blut.

* *Ich fange dieses Büchlein an.*
** *Dank sei Gott dem Herrn.*

Mit allen Vorbereitungen sind wir zur rechten Zeit fertig geworden, sabíjatschka hotová*, zwei Frischlinge in Stücke zerlegt zum Braten in den Pfannen, dazu trogweise Pasteten gerührt, drei Hammel abgezogen und tranchiert, 50 Paar Hühner, 60 Enten gerupft und geputzt, Torten auf etwa sechs oder mehr Tischen in Kammer und Keller weggeschlossen. Die fünf Hekto Wein aus Soltvadkert wurden gestern angekarrt, der Schnaps ist aus eigener Fechsung und reichlich davon schon auf Flaschen gefüllt, aus dem Gasthof Komló ließ ich 20 braune und grüne Boutellen von dem Lieblichen kommen, fürs schwache Geschlecht.

Schon in aller Früh fangen die Frauen drüben im Kleingrundbesitzer an, die Tischtücher aufzulegen, die Teller herbeizuschaffen, den Kutka** anzuheizen (Mamovka will gewiss auch da wie beim Kochen das Kommando übernehmen, dabei ginge es auch ohne sie). Die Hulina und die Boszák bringen das Fleisch auf dem Leiterwagen hinüber, und die Boszák bleibt dort, habe ich ihr doch ans Herz gelegt, sich um überhaupt nichts anderes zu kümmern als nur um das Pörkölt. Denn das wird sie in vier Großkesseln bereiten, und für das Baranyí Paprikás*** brauche ich gewiss keine Köchin, wie gut sie auch sonst sein mag, nur die Boszák, darauf bestehe ich. Die kocht es so, dass ... es bekommt eine Farbe wie Stierblut, aber es blubbert nicht wie die flachsigen Brocken in ihrer wässrigen, fetten Brühe, nein, das Fleisch saugt auch seinen eigenen, zu Kirschrot gereiften Saft auf und zittert wie die Flanken eines Fohlens nach dem Galopp, dass selbst der Teller erbebt, in den man das dampfende Pörkölt schöpft.

Bis drei Uhr am Nachmittag wird dann auch die Verwandtschaft eingetroffen sein, wir durchqueren den Garten und schreiten zum feierlichen Einholen der Braut. Auch darüber, von wem mein Hochzeitslader die Braut erbitten soll, mussten wir uns lange mit Mamovka auseinander setzen. Denn es wäre doch gescheiter, wenn nicht sie, die eigene Mutter, mir Jadwiga heraus-

* *Fertig die Metzelei: das heißt, das Sau-Abstechen ist geschafft.*
** *Aus Lehm gemauerter Ofen zum Erhitzen der darauf gesetzten Kessel.*
*** *Hammelgulasch oder -pörkölt.*

geben würde (nachdem sie meine Wahl so heftig hintertrieben hat), sondern wenn stattdessen, sagen wir, Mama Judit, wie meine Jadwiga sie nennt, die Gattin des ehrwürdigen Herrn Szpevács, oder Tante Erzsa, meine Patin, uns dort erwartet. Doch hab ich mich mit Mamovka deshalb nicht weiter gestritten, zumal sich Jadwiga schon damit abgefunden hatte. Soll sie doch ihren Willen haben, dachte ich (als hätte sie überhaupt jemals einen Disput über einen ihrer Entschlüsse geduldet). Wiewohl ich Jadwiga meinem Apovka* verdanke, hat doch dann auch Mamovka zu unserem Ehebund ihren Segen gegeben.

Aber warum soll ich die Sache schönreden. Und was heißt hier Segen?! Doch die ganze Geschichte zu entwirren und aufzuklären, fehlt mir jetzt die Zeit. Nur so viel: Als ich zum ersten Mal mit dem unabänderlichen Entschluss, aber zitternd vor Angst, vor Mutter hintrat, lief sie, als sie ihn vernahm, puterrot an, und, während mich obendrein auch noch ihr Komondor anknurrte, kam sie fauchend auf mich zu, bis ich, retirierend, mit dem Rücken an der Wand stand: Tscho?, sche koho? Tschooo?!, wiederholte sie zuerst röchelnd, nach Luft schnappend, dann schreiend, dass die Wände bebten, was, wen willst du ... Studieren wirst du, nicht heiraten, hast du das verstanden?!, schrie sie. Niemals habe ich sie so wutentbrannt und völlig außer sich gesehen, obwohl sie noch nie ihre Zunge in Zaum halten konnte. Wir standen uns schon fast auf Tuchfühlung gegenüber, fehlte nur noch, dass sie zuschlug. Dazu kläffte auch noch der Hund bedrohlich, ich flüchtete in Richtung Küche, und Mutter knallte die Tür hinter mir zu.

Zwei Wochen lang gingen wir uns stumm aus dem Weg, doch ertrug ich die Spannung weniger gut, und eines Abends sprach ich Mamovka darauf an, dass ich mit ihr reden möchte ... Mit einer einzigen Handbewegung würgte sie ab, was ich ihr sagen wollte, und schrie mich an: Tschobi vás tschert sobrav, tak si ju vesnji!** Meinetwegen! Ich war von ihrem Sinneswandel über-

* *Koseform für Vater, Väterchen.*
** *Hol euch der Teufel, dann heirate sie halt.*

rascht und freute mich. Wiewohl sie noch hinterherschickte, dass ich ja völlig blind und verblendet sei, so sehr hätte dieses Weibsbild mich umgarnt (»hast dich einfangen lassen, du Hammel, was?«). Und ob mich auch das nicht störe, dass sie ein ganzes Stück älter sei als ich. Aber sie hätte mir ja nicht nur den Kopf, sondern mit ihrem Geruch auch die Nase verdreht. (Um ehrlich zu sein, sie verwendete den Ausdruck smrad, der, nicht wahr, eigentlich Mief bedeutet, weil ihr Jadwigas Duftwässer und Schläfensalben ungewohnt sind, mich aber tatsächlich betört haben. Einmal, als ich von ihr kam, kaufte ich mir in Wien selbst ein Döschen mit dem nach Kampfer duftenden Mittel und schnupperte, wenn ich sie schon monatelang vermissen musste, gelegentlich daran, bis mich der Schwindel erfasste.) Die Gemeinheit meiner Mutter hat mich da nicht sehr gestört, ich wollte sie in die Arme nehmen, um ihr zu danken, doch sie hat mich weggeschoben, ich solle das bleiben und sie überhaupt in Ruhe lassen. Ich war glücklich, obwohl ich auch jetzt nicht Mamovka überzeugt, ihr meinen Willen aufgenötigt habe. Aus dem Schwefeldampf von Mutters Verwünschungen und dem Kampferduft meiner Braut stieg der Rosmarinduft unserer Liebe empor.

Aber zurück zur Hochzeit! Am Nachmittag haben wir also die neue Kutsche aus Nagyatád mit den Ledersitzen angespannt, die kleinere, die nehmen wir, und Gregor soll sie fahren mit den aufgemascherlten Zügeln, die Apovka aus Raab mitgebracht und wie sein Augenlicht gehütet hat. Hinter uns wird sich der Doppelsitzer einreihen – mit Mamovka, dem Krsní Otjez, der Krsná Mama* und Nichte Erka – den soll meinetwegen Zelenák, Mutters Hausknecht, fahren. (Ich hab' ihm anständige Kleider besorgt, wenn Mamovka diesen Quadratschädel unbedingt dabeihaben will, um jemanden herumzukommandieren. Er soll sich aber wenigstens den Bart ordentlich scheren, sage ich zu ihm. Sche tscho?**, fragt Zelenák, denn er kann gänzlich

* *Taufpate und Taufpatin.*
** *Was?*

taub sein, wenn es ihm gerade passt, ich sage: o-ho-jitj! rosumjetje?*, und dieser Anzug hier, der wird ihm schon passen!)

So also muss ich mir die Hochzeit selbst arrangieren, da mein teures Väterchen, moj miljí Apovka, diesen Tag nicht mehr erleben durfte. Die arme Mamovka aber, wie hat sie doch den angeheuerten, hühnchenrupfenden Weibertrupp, die Knechte und uns alle herumkommandiert, mich kostete der Kampf mit ihr bis heute viel Kraft, der Herrgott möge ihr vergeben, und auch mir.

Denn seit sie den Verlust ihrer Tochter zu beklagen hat, ist sie noch verbitterter und schroffer. Übrig geblieben sind nämlich nur wir beide, Zsofka, meine arme Schwester, unsere gebrochene Lilie, mussten wir vier Wochen vor Apovkas Hinscheiden im Oktober 1913 zu Grabe tragen, sie war verlobt und schon im Brautstand. Mutters Augenstern ist sie gewesen, ihr hat sie den eigenen Namen gegeben, fand ihre eigene Jungmädchenzeit in der Tochter wieder, für sie als Erste wollte sie eine solche Hochzeit ausrichten, nicht für mich, ich versteh' sie ja. Und wenn schon die meinige, dann mit einer anderen als dieser Frau.

Gern hätte sie mich mit dem Mädchen verkuppelt, mit dem Zsofka immerfort zusammengesteckt hat, die ich jetzt aber nicht einmal in Gedanken kränken möchte, indem ich ihren Namen hier erwähne: Ich war an ihr nicht interessiert, doch hat sie sich wohl immer Hoffnungen gemacht.

Erst vor drei Tagen sah ich sie beim Hromnjice-Ball, doch da tanzte sie, dem Herrn sei Dank, schon den ganzen Abend mit meinem Freund Pali Rosza. Übrigens fand sich just am Marientag in diesem Jahr, beim Ball der Kleingrundbesitzer** zum ersten Mal Gelegenheit, mich mit Jadwiga im Dorf zu zeigen, und ich genoss es sehr, konnte mich vor lauter Stolz auf meine wunderbare Braut, die ihre letzten Mädchen-Stunden vor dem großen Tag erlebte, gar nicht lassen.

* *Ra-sie-ren. Verstehen Sie?*

** *Hromnjice ist Mariä Lichtmess und insofern ihr Namenstag, als sie Maria Jadwiga Palkovits und dann verehelichte Osztatní sein wird. (Übrigens ist ein solcher Ball wie ein Zuchtviehmarkt, nur gibt es dort wenigstens keine Blechmusik.)*

Eine Angelegenheit bot mir Anlass genug, am Morgen zu Jadwiga ins andere Haus (das Apovka für Zsofka hatte bauen lassen und in dem wir fortan wohnen werden) hinüberzulaufen. Komm!, sagte ich und zog sie an der Hand mit mir durch den Garten, schob den Schlüssel mit dem großen Bart ins Schloss, öffnete die Kellertür und führte die erstaunte Braut hinab zu den in Kübeln überwinternden Oleandern und Rosmarin.

Brich doch, so sagte ich, ein Rosmarinzweiglein ab und steck es mir an den Hut!

Sie tat es, wir lachten laut und umarmten uns, ich bin auch schon wieder weg, sag ich, du lauf schnell, es soll dich niemand sehen.

Auch wenn keiner darauf bestanden hat (der Brauch ist nicht so streng), dass wir uns an diesem Tag nicht zusammen zeigen, sie wollte es so. Man solle sie heute noch schonen, wenn es schon kein separates Brauthaus und keins für den Bräutigam gebe und sie so dem Trubel der Verwandten mit den Torten und Hühnern entgehen könne. Lieber verhängt sie die Fenster am neuen Haus und atmet heilsame Kräuterteedämpfe ein, denn sie spürt eine Verkühlung im Leib, wird sich mit den Kampfersalben kurieren, damit sie an ihrem großen Tag nicht eine Migräne plagt.

Gern wäre ich noch ein wenig für mich, um etwas nachzusinnen, das verstehen Sie doch, mein Teurer, sagte sie zu mir.

Ach, strich ich ihr über die Wange, weiß sie doch, sie kann alles von mir verlangen, wiewohl ich ahnte, dass Mutter auch Jadwigas Rückzug nicht so einfach auf sich beruhen lassen wird. Mamovka drahá! Teure Mamo! Wenn der liebe Gott doch endlich ihr Herz ein wenig erweichen wollte!

Dieses Rosmarinzweiglein steckte ich mir also vorläufig in die Tasche des Hochzeitsanzugs (las ich doch letzthin in den »Nützlichen Ratschlägen fürs Leben«, so solle man es halten), zerbröselte auch ein wenig davon zwischen den Fingern, sie duften wunderbar, wenn ich sie an die Nase führe. Auch die Kampfersalbe werde ich hervorholen, vielleicht ein letztes Mal, um meine Sehnsucht nach der Liebsten zu beschwören, denn bald wird sie mir gehören, für immer.

In diesem Notizbüchlein will ich für mich (zu meiner eigenen Verwendung) und damit ich mich noch als Greis daran erinnere, unauslöschlich festhalten, wie ich Jadwigas Hand gewonnen habe. Ich will es niederschreiben, von morgen an, wenn ich bereits verheiratet sein werde. Jetzt aber bin ich zu schläfrig dazu.

*

8. Februar 1915
Für meine Hochzeit sind folgende Ausgaben angefallen:

An den Verband der Kleingrundbesitzer habe ich gezahlt für Lokalmiete 30 Slatí*, für die Blechmusik (Chmel mit 16 Burschen) je ein Huhn und zwei Kolatschen (50 Slatí) und noch pro Kopf zwei Fuhren Brennholz. An Getränken sind weggegangen: 3 und ein halber Hektoliter Wein und ein halber Hekto Schnaps sowie süßes Getränk (60 Slatí). An Geschenken kaufte Mamovka für Jadwiga ein Tuch und Halsschmuck (25 Slatí). Außerdem zahlte sie beim Brauttanz noch 3 Slatí. Dem Hochzeitsbitter gaben wir eine Fuhre Brennholz. Die Einladungen zur Hochzeitsfeier bei der Druckerei Weißmüller, 160 Stück, kosteten 4 Slatí. Summa summarum macht das 172 Slatí. Nicht gerechnet das verheizte Reisig.

*

Auf meine Hochzeit (die zum großen Teil wohl gelungen ist), komme ich noch zurück. Auf die Hochzeitsnacht insbesondere, bei einer passenderen Gelegenheit, später. (Die, ich meine, was die natürlichen Bedürfnisse des Menschen anlangt, tatsächlich auch nach vier Nächten noch nicht stattgefunden hat.) Wiewohl es an Liebesgefühlen, wie wir uns gegenseitig versichert haben, nicht fehlt. Zärtlichkeiten etc. Seit Tagen finde ich nicht in den Schlaf. Entzücken und Verstörtheit beherrschen mich gleichermaßen.

* *Goldkronen.*

9. Februar

Meinem Versprechen gemäß, unsere Geschichte von Beginn an aufzuschreiben, mache ich mich gleich daran, obwohl ich auch von dem, was in diesen Tagen, und vor allem zur Nacht, mit uns geschieht, keine Minute zu vergessen wünsche. (Auf Verständnis hoffend und um Lehren daraus zu ziehen.) Aber auch das soll folgen.

Ich bin draußen auf dem Gehöft, in aller Früh schon habe ich Szellő eingespannt, »muss Gregor draußen einweisen«, obwohl – einweisen, den Gregor? Blödsinn! Nicht er, ich selbst hätte eine Einweisung nötig: um mit mir ins Reine zu kommen.

Lächelnd wie ein Engel ist meine Jadwiga mit mir aufgestanden, dabei kann auch sie nicht allzu viel geschlafen haben, sie reichte mir reine Wäsche und ein Ranjajka*: röstete Brot im Backofen (die alte Blahov hatte inzwischen von außen angeheizt) und bestrich es mit Entenschmalz. Verstohlen nahm ich dieses Büchlein an mich (Tinte und Federhalter habe ich auch hier draußen), und wir trennten uns mit einem Kuss.

Gregor hatte ich bald instruiert, schickte ihn zum Eggen hinaus, doch weiß er natürlich selbst am besten, was zu tun ist.

Aber was sage ich! Wem will ich da etwas vormachen? Doch nicht diesem Tagebuch! Ich kann Gregor gar nicht schicken und erst recht nicht zum Eggen. Eher wäre es an ihm, mir mit einem Kopfnicken zu verstehen zu geben, dass es tatsächlich Zeit zum Eggen oder für eine andere Arbeit ist.

Ich warf zwei Bund Kukurítschakolben** in die Glut und setzte mich an den Tisch meines alten Knechts (und praktizierenden Gutsverwalters), rückte ihn aber näher ans Fenster. Was ich hier meiner Feder anvertraue, habe ich großteils ohnehin von Gregor, so trifft es sich gut, dass ich mich gerade in diesen Win-

* *Frühstück. Man nennt es auch Frustjik (nach dem deutschen Wort Frühstück).*

** *Trockene Maisstängel. Aber es ist nicht sicher, dass er es richtig schreibt, denn zum Heizen im Backofen wurden nur solche verwendet, von denen die Kühe schon die Blätter abgefressen hatten, die aber nannte man setke.*

kel hier zum Schreiben zurückziehen kann, in dem der Alte mir schon zu meiner Kinderzeit so viel erzählt hat. Als junger Bursche war er bereits Apovkas getreuer Knecht, noch mein Großvater hatte ihn eingestellt; und obwohl er nie geheiratet hat, brachte ihn Apovka, als dieses Gehöft frei wurde, hierher. Dabei wollte Mamovka lieber eine von ihren Gesindefrauen samt Kind und Kegel hineinsetzen, wohl weil sie ihr schöntaten und sie anbettelten (wie schön das kleine Gehöft doch wäre und so nahe beim Dorf!), doch Apovka duldete da keine Einmischung: Es bleibt dem Gregor, solang er lebt »do smrtji«.*

Mein Apovka, György Osztatní, hat ein beachtliches Vermögen angesammelt, sein Erbe von 30 Morgen verdreifacht (und da kamen auch noch hinzu Mamovkas 50 Joch, die erst später vom elterlichen Besitz abgetrennt worden sind, einen Teil davon bewirtschaftete meine Mutter jedoch selbst mit viel Ehrgeiz, was Apovka mit einigem Amüsement geduldet hat). Nur unser Anwesen war in den Augen der Bauern ein »richtiges bohatí majetok«**, und sie trieben ihre Späße mit Vaters Namen***, denn er hat es von allen im Dorf am weitesten gebracht und hauptsächlich aus eigener Kraft, denn Kartenspiel, Zechereien oder die Jagd waren nicht seine Sache, anders als beim Grafen Vaclavszky ganz in unserer Nachbarschaft.

Obwohl mein Apovka, wie Gregor behauptet, auch einen ganz anderen Lebensweg hätte einschlagen können, wenn er sich nicht so sehr für den Zuerwerb, die ewige Abwesenheit von daheim und das Umherstreifen in der Weltgeschichte, sondern für die Tochter des Kantors und Dorflehrers Ponyiczky entschieden hätte (mit der er wohl ziemlich ernste Absichten hatte und auf die ich unbedingt noch zu sprechen kommen muss). Will heißen, wenn er nicht Mamovka geehelicht hätte, deren Erbe, die halbe

* *Es bleibt ihm, solange er lebt, bis zum Tod. Und im Tod bleibt nichts übrig, nicht einmal die Selbstlaute.*

** *Ein wahres wohlhabendes Gut.*

*** *Und es ist kein Spaß. Der Name Osztatní bedeutet bei uns slowakisch bis heute »der Letzte«, wiewohl es im Dictionnaire heißt: das Übrige, also was übrig geblieben ist. So etwas wie der Rest. Ungarisch aber könnte das auch bedeuten, als Familie der letzte Rest, das letzte Pack.*

Mühle, Onkel Jankó, mein Pate, gleich nach der Hochzeit in barer Münze auf den Tisch zahlte, während ihre Eltern vom Ertrag des noch nicht aufgeteilten Besitzes ihrer Tochter hübsche Zinsgewinne in Aussicht stellten und auch alljährlich verrechneten, wodurch sie zugleich Apovkas konkurrierenden Erwerbssinn tüchtig anstachelten.

Man war bemüht, meinen Vater, den wendigen und erfolgreichen Ökonomen, der seinerzeit in Csaba sogar ein Gymnasium besucht hat (danach riet man ihm, Landwirtschaftseleve zu werden und, auch um Deutsch zu lernen, ins Ausland zu gehen; und er lag seinem Vater so lange in den Ohren, bis der ihn ziehen ließ), in die örtliche Verwaltung einzubinden. Aber er, ein so quirliger, rühriger Mensch, zog es vor, auch anderen behilflich zu sein, beim Verkauf von Weizen, bei der Saatgutbeschaffung, beim Erwerb von Maschinen oder Zuchttieren, ja er vermittelte sogar Arbeitskräfte und selbst Heiratskandidaten, häufig wurde er als Delegierter in die Kammer, zum Komitat oder auch nach Pest geschickt, überall dorthin, wo er gerade gebraucht wurde – ein Amt hat er dennoch nie angenommen. Dabei hätte man ihn zum Dorfrichter, also Bürgermeister, gewählt, zum Deputierten bei der Komitatsverwaltung, wollte ihn auch zum Presbyter des Kirchensprengels oder zum Vorsitzenden der Gebietskammer machen, doch nein, er wird sich nicht hinter einen Schreibtisch klemmen, ganze Tage in Sitzungen verbringen, gern will er sich einsetzen und helfen, wo er kann, aber unter Zwang – das nicht, danach steht ihm nicht der Sinn. Dies war die eine Seite der Medaille, die andere: Mein Vater wollte lieber die eigenen Angelegenheiten voranbringen, Ämter haben ihn nie gereizt.

Angefangen hat es damit, dass mein Vater einem damals noch ledigen deutschen Anwaltsgehilfen, Benjamin Winkler hieß er, mit dem er noch als Gymnasiast im Haus des Eisenwarenhändlers Fehérvári in Kost und Logis war, einen wichtigen Dienst erwiesen hat. Bei der Familie machte nämlich einmal der verwitwete Onkel Poldi Weiß (er war der ältere Bruder unseres Quartiergebers und jüdischer Schnittwarenhändler in unserem Dorf) mit seinen beiden Mädchen Visite, von denen Mici, die Jüngere, (für mich natürlich Tante Mici), dem Winkler Béni sehr gefallen hat. Da der Onkel Poldi von einem Deutschen, selbst wenn er einmal Advokat sein würde, nichts wissen wollte, trug mein guter Vater als Postillon d'amour heimlich ihre Liebesbotschaften und Briefchen vom einen zur anderen, nahm Béni Winkler schließlich auch nach Hause mit und arrangierte ihnen so manches Rendezvous. Der Erfolg blieb nicht aus, Mici hat Béni erhört, der in sie vernarrte Winkler entführte und heiratete sie, natürlich gegen den Wunsch seiner Eltern, die mit dem Sohn wahrlich andere Pläne gehabt und ihn daheim in Deutschland erwartet hätten. (»Eine Mici Weiß heiraten, um Gottes Willen, wie bist du darauf gekommen?«) Doch Tante Mici gebar, wie sich's gehört, ihren kleinen Winkler, den Franci. Der junge Advokat schickte Vater aus Dankbarkeit zu seinem Bruder ins mecklenburgische Velgast, und hier zu Hause führte er ihn (da Vater ihm auch noch half, Schwiegervater Poldi zu versöhnen) in den Kreis seiner Freunde ein, zu dem Komitatsbeamte, Geschäftsleute, Bankdirektoren und Aufkäufer gehörten. Ihnen allen vermittelte Vater wirtschaftlich nützliche Kontakte zur Bauernschaft des ganzen Bezirks, für ihn selbst aber boten sich, dank deren verwandtschaftlicher und geschäftlicher Beziehungen, landesweit Verbindungen an, schließlich sogar darüber hinaus.

Dass Apovka dennoch seinem heimatlichen Dorf auf längere Sicht nicht untreu geworden war – denn Gelegenheiten dazu hätte es in großer Zahl gegeben –, das hatte wohl mit einer gewissen Maria Ponyiczky zu tun. Was jedoch ihrem Jahre dauernden verliebten Schmachten ein so abruptes Ende bereitete, das blieb selbst Gregor ein Rätsel, denn einerseits hätte es wohl kaum ausgereicht, dass ihre heimliche Leidenschaft offenbar geworden war, Großvater mit einem mächtigen Donnerwetter dazwischenfuhr und dem Sohn verbot, bezüglich der unvermögenden Schulmeisterstochter auch nur an eine ernsthafte Verbindung zu denken. (»Tscho kcesch? Nje daju snjov njitsch!«)*, nein, das konnte

* *Was willst du? Die bringt ja von daheim überhaupt nichts mit (nämlich an Mitgift).*

nicht Grund genug gewesen sein, mein schon damals halsstarriges Väterchen von seiner Absicht abzubringen. Was aber sollte andererseits das Auftauchen des kleinen Gemeindeschreibers in den Gefühlen der beiden bewirkt haben, zumal man jenen Beamten, wie ich glaube, ohnehin erst danach hierher versetzt hatte, dass Vater, wie Gregor vermutet, nach einer in Kummer und Verzweiflung durchzechten Nacht zur Zeit des Mittagmahls mit zusammengebissenen Zähnen und kreidebleich bei Mamovkas Familie hereinplatzte und auf der Stelle, ohne mit der Betroffenen geredet zu haben, um die Hand des reichsten und hochnäsigsten Mädchens (das schon einer ganzen Reihe von ernsthaften Freiern einen Korb gegeben) anhielt, und zwar mit der Bedingung, dass er augenblicklich die Antwort haben müsse! Die wahren Gründe werden wir wohl niemals erfahren, erzählt wird heute nur noch, dass der ein Jahr zuvor zum Witwer und hinfällig gewordene Schulrektor Ponyiczky, dem auf der Straße schon die Kinder hänselnd nachliefen, seine Tochter am selben Tag im Dorf des Gemeindeschreibers zur Hochzeit führte, da mein Vater, György Osztatní, und Mamovka, Zsófia Racskó, bei uns ein Hochzeitsgelage abgehalten haben, wie es, soweit sich der alte Gregor erinnert, seinesgleichen weder vorher noch nachher jemals gegeben hat: Jeder, im Grunde das ganze Dorf, konnte essen und trinken, was und wie viel er wollte. Das war am 7. Mai 1886.

Innerhalb weniger Monate hagelte es dann eine ganze Reihe von Schicksalsschlägen, neben denen es nur ein einziges Gottesgeschenk gab, dass nämlich die Tochter des Schulrektors, Maria Ponyiczky, zwar ein wenig vor der Zeit, ein wunderschönes Mädchen gebar. Doch verdrängte ihre Verzweiflung jegliche Mutterfreuden und brachte sie bis an den Rand des Wahnsinns, weil sie, nur anderthalb Jahre nach der Mutter, zuerst den Vater und dann auch noch den Ehemann verlor. Der im Gemüte kranke Gemeindeschreiber, dem, so sagte man, sein Verhängnis schon zu Lebzeiten auf die schöne hohe Stirn geschrieben stand, soll nach einer Verletzung an Blutvergiftung gestorben sein. Und es verging kein Jahr, bis auch die junge Mutter, der man eine

Amme zum Stillen und Pflegen des Kindes an die Seite geben musste, weil sie weder Milch noch den geringsten Lebenswillen hatte, ihre Seele aushauchte, und man weiß nicht, ob sie diesen Vorgang einfach nur hinnahm, hat sie doch jegliches Essen verweigert und ist auch vom Kindbett nicht mehr aufgestanden, oder ob sie sich das Leben selbst ausgetrieben hat, denn es wurde auch gemunkelt, sie habe ätzende Lauge getrunken.

Ich muss hier innehalten, denn meine Frau erwartet mich zu Mittag zurück, ich vertraue meinem Tagebuch nur noch diesen einen Satz an: Vater übernahm trotz Mamovkas üblen Verwünschungen zuerst die Vormundschaft für das Kind und adoptierte schließlich das Mündel sogar, das Maria Jadwiga Palkovits hieß; sie ist nun meine Frau.

*

Mamovka übergab mir heute, den 10. Februar, auf einigen zusammengehefteten Blättern, welche Ivka Kohut, die Freundin meiner Schwester, seinerzeit nach Diktat zu Papier gebracht hatte, eine Liste mit der Überschrift »Verzeichnis von Zsofkas Ausstaffierung für ihre Verheiratung«.

Hier, sagt Mutter zu mir, das ist jetzt alles ungenutzt liegen geblieben! In der Früh hab' ich deiner Frau die Sachen hinüberschaffen lassen, sie werden hier ohnehin nicht mehr gebraucht! Sie soll die Stücke mit der Aufstellung abgleichen, und ihr bestätigt mir durch Unterschrift, dass ihr sie übernommen habt! Denn zugestanden hätte das alles eigentlich Zsofka! Mit diesen Worten warf sie die Tür hinter sich zu.

Ich gehe zu meiner Frau hinein, sie hat verweinte Augen, doch ihr Gesicht hellt sich auf, als sie mich erblickt. Sie braucht kein Wort zu sagen, ich weiß Bescheid, Mamovka hat dadurch, wie sie es gab, Jadwiga erniedrigt. Und nun fragt sie mich, ob man all das annehmen dürfe oder müsse.

Wir haben gar nichts unterschrieben, die Liste legte ich in mein Tagebuch zu den Aufzeichnungen.

20 Stück Leintücher
34 Handtücher (30 strapazierfähige, 4 mit gesticktem Monogramm)
10 Tischdecken (3 aus Damast, 3 fertig gekaufte, 5 handgewebte)
18 Servietten (16 gemischt gekaufte, 1 mit eingesticktem Namen, 1 große aus Damast)
18 Hemden, bestickt, 4 Nachthemden, 1 gestreiftes Hemd
11 weiße kurze Hemden, 4 weiße Jacken
4 Höschen aus Barchent
8 Tuchentüberzüge (4 in Weiß)
10 Kamisole (6 weiß, 1 schwarz, 2 rosa, 1 mit Bändern)
4 Morgenröcke (3 für den Sommer, 1 für den Winter)
12 Unterröcke (6 bunte, 1 selbst genähter, 5 gekaufte)
8 Röcke (2 seidene, 2 bunte, 4 aus Wolle)
3 Seidenröcke mit Schürze
13 Schürzen (2 mit eingewebtem Namen, 6 waschbare, 4 mit Brustteil)
3 geblümte Seidenkleider (1 rosa-buntes, 1 weißes mit blauen Blumen, 1 aus Wolle)
2 schwarze Kleider (1 glattes aus Seide, 1 aus Rips)
20 Blusen (12 seidene, 8 waschfeste)
46 Kopftücher (16 seidene, 8 aus Flor, 3 aus Popeline, 17 aus Leinen, 2 aus Barchent)
2 große Umhangtücher, dunkelbraun geblümt aus Seide
11 große Wintertücher (3 aus Plüsch mit Fransen, 4 aus Berliner Plüsch, 4 Berliner Plüsch ohne Fransen)
20 Taschentücher
1 Wollsweater
3 Wintermäntel (2 aus Tuch, 1 aus Plüsch)
10 Paar Schuhe (3 Paar aus Antilopenleder, 1 Paar weiße, 1 Paar graue, 1 Paar drappfarbene, 1 Paar aus Schlangenleder, 2 Paar Lackschuhe)
4 Paar Hausschuhe (2 Paar in Lack, 1 Paar in Samt, 1 Paar weiße mit Rosen)
6 Paar Strümpfe (3 Paar Seide, 3 Paar in Patentmuster)

Barchentstoff für 3 Blusen, Kasan-Stoff für 1 Bluse, Chiffon für 3 Blusen, weißer Stoff mit Spitzenbesatz für 4 Röcke
10 Kissen mit 2 kg Daunen
12 Überzüge für Kissen (8 in Damast, 4 in Kanevas)
3 Oberbetten mit je 8 kg Daunen
3 Unterbetten mit je 7 kg Federn

Außerdem bekommt sie für ihr als Mitgift übergebenes Haus:
2 furnierte Schränke
1 Ausziehtisch
1 Toilettenspiegel
2 furnierte Betten
2 Strohsäcke als Betteinsätze
1 Überwurf für 2 Betten
1 drappfarbenen Überwurf für 1 Bett
1 seidenen Überzug für ein Kissen, von Zsofka selbst gefertigt

Vom hier Aufgezählten wurden Bettwäsche und Möbel auch bisher von uns schon benutzt, dennoch hat Mamovka uns auch davon die Aufstellung überreicht. Damit wir nur ja nicht vergessen, meint Jadwiga, dass wir in Zsofkas Haus wohnen und in ihren Sachen schlafen. Gar nicht zu reden von den Kleidern, die Mamovka früher schon Jadwiga schenkte, ohne zu erwähnen, dass sie von Zsofka stammten. Vor allem vom Brautkleid hat sie es nicht gesagt, denn hätte Jadwiga sich nicht genötigt gesehen, es von ihr anzunehmen, sie wäre gewiss lieber in die Stadt gegangen, um sich ein anderes nähen zu lassen, weil ihr dieses nicht sonderlich gefiel. Den seidenen Überzug für das Kissen hat meine Frau weggeräumt, denn sie verwendet nur die weiß bestickten Bezüge von ihrer Mutter.

*

Am 11. Februar 1915 kaufte ich von meinem eigenen Geld Zubehör für die mit Mamovka gemeinsam angeschaffte Kühne-Drillmaschine: drei Paar Scharniere für 42 Heller, 100 Stück Nägel, 9 Saattrichter vom Blechschmied Strbka für die Drillmaschine für 1 Krone 80 Heller, alles zusammen 2,42 Kronen.

Über Weiteres zu schreiben, reicht die Zeit jetzt nicht mehr. Und ich verstehe das alles auch gar nicht. Jadwiga erst recht nicht. Oft ist es schon ein Wahnsinn. Heute habe ich Szellő vor den Sandläufer gespannt und sie ganz ohne Grund gejagt, bis sie schäumte. Dann regnete es, ich war bis auf die Haut durchnässt.

*

Und gestern geschah auch noch ... ich muss es niederschreiben: Denn ich bin nicht nur über den Pfau gestolpert.

Gut, als ich so durchnässt ausspannte, mit dem Geschirr und der nassen Pferdedecke aus dem Stall kam, habe ich nicht gesehen, wohin ich trete. Aber als ich dem verdammten Paradevogel mit aller Kraft einen Tritt gab (nachdem ich die Sachen wütend vor die Tür der Sattelkammer geworfen hatte), schoss mir durch den Kopf: Sie ist wie dieser Pfau.

Und damit: Wumm, scher dich zum Teufel! Ja. Meine Frau ist doch genau so. Und damit verpasste ich ihm einen Fußtritt, dass er an die Wand flog. Mir kommt jetzt noch der kalte Schweiß. Er gurrte laut auf, schüttelte sich und stolzierte, ohne mich zur Kenntnis zu nehmen, wiegenden Schrittes von dannen. Damit noch nicht genug. Ich weiß ja nicht, warum, aber ich geriet daraufhin so in Wut, wie er da seinen Kopf in den Nacken warf und mit der mächtigen, wogenden Schleppe dahinglitt (ich weiß nicht einmal, welcher von beiden das Weibchen ist, der mit den langen Schwanzfedern oder der kleinere Graue), dass ich mir einen Reisigbesen griff und ihn auf seine Küken schleuderte. Erwischt habe ich das Größte von den dreien, und als ich den Besen von dem am Boden liegenden, flügelschlagenden Küken hochnahm, verdunkelte sich mein Geist, und aus voller Kraft trat ich mit dem Stiefel auf das Tier. Der Pfau hatte keinen Blick für sein Junges.

Nur ich sah umher, ob mich vielleicht jemand gesehen hatte, denn wenn Mamovka das erfahren würde … nachdem sie sich das Pfauenpaar hatte kommen lassen, versuchte sie schon jahrelang, die kaum aufzutreibenden Eier ausbrüten zu lassen, und in diesem Jahr war es ihr bei diesen dreien mit Hilfe einer Glucke gelungen. Ich kehrte das zertretene Küken auf eine Schaufel und brachte es weg, beim Misthaufen hob ich mit der Forke einen dicken Kotfladen an und stieß es darunter. Um ein Haar hätte ich mich übergeben müssen, so sehr ekelte ich mich, und zwar, so empfand ich es, vor mir selbst.

*

19. Februar 1915, heute ist Susanna.
Noch im Morgengrauen werfe ich mich schlaflos im Bett umher, mein Körper ist angespannt und ruhelos, ich habe einen schalen Geschmack im Mund. Eigentlich müsste man heute schon wieder die Lerche hören. Vergeblich lausche ich. Der Frühling, wie fern mag er noch sein?

*

Zwei Wochen nach unserer Hochzeit, am 21. Februar, Jadwigas Geständnis, jener eine Satz. (Ich stand auf, ging schweigend zum Fenster, sie kam mir nach und umarmte mich. Ich löste mich von ihr, begann im Zimmer hin- und herzulaufen, bis der Morgen graute. Dann erst stellte ich die erste Frage.) Ich bin ganz und gar unfähig, etwas zu schreiben oder zu sagen.

*

Warum sollte ich es mir nicht eingestehen, bevor ich den Docht höher schraubte, habe ich, um auf diesen Seiten getreulicher Chronist meines gequälten Herzens zu sein, zwei Gläschen Tresterbrand hinuntergekippt und, damit sich die beiden nicht streiten, aus der Kammer noch eine Boutelle vom Soltvadkerter Herben geholt. Ich muss das Schlucktempo steigern, so erregt wie ich bin, und auch zum Mutmachen taugt der Wein, um derart intime Dinge herzuschreiben. Jadwiga schläft, aber ich schaffe es nicht. Ich rieche an meinen Händen ... wenn mich an manchen Abenden das Lächeln meiner sonst nach Kampfer duftenden Jadwiga hoffen lässt, verströmt die aus den Kleidern hervorschimmernde Haut meines Weibes für mich Rosmarinduft, am Morgen aber, nach all den erduldeten körperlichen und seelischen Qualen, meine ich, dass wir nach Dillkraut riechen. (Mamovka kocht und brät fallweise mit so viel Dillkraut, dass es mir widerlich ist, mich mit Ekel erfüllt, ich muss dann vom Tisch aufstehen, doch sage ich es nicht.)

Damit ich Jadwigas Geständnis niederzuschreiben vermag, muss ich weiter zurückgreifen.

Anfangen sollte ich bei der Hochzeitsnacht, im fernen Stralsund nämlich waren wir nur bis zum Küssen gekommen, und selbst das konnte eine ganze Weile nicht mehr als das Aufeinanderpressen unserer Lippen sein, denn meine Zunge zwischen ihre Zähnchen schieben ließ sie mich erst am Abend vor unserer Heimreise. (Auch durfte ich mein Gesicht zwischen ihre Brüste bohren und sie spüren durchs Leibchen hindurch, aber mit den Händen hinfassen, das nicht.) Daheim angekommen, berief sie sich meist auf Mamovka, die ja jederzeit hereinplatzen könnte. Aber nie hat sie mich weggestoßen, sondern mich lächelnd sacht zur Seite geschoben, wiewohl sie oft errötete, sich zu erhitzen schien und ihr Atem schneller wurde, ja sogar ein verhaltenes Beben und leichtes Zucken ihrer Hüften zu spüren war.

Von der Hochzeitsgesellschaft konnten wir uns nur mit Mühe losmachen, erst sehr spät kamen wir in unser Gemach. Die Standfesten unter den Gästen feierten noch gewaltig, meine Freunde Pali Rosza, der Szvetlik und die anderen ließen gegen Morgen nur noch Märsche spielen, bearbeiteten den Boden mit ihren Stiefeln, dass die Dielen krachten, dann aber lockten sie auch die Mädchen wieder herbei und fingen an, sie im Takt slowakischer Lieder zu schwingen und zu drehen. Da wechselten Jadwiga und ich einen Blick und machten uns davon. (Nur Miki Buchbinder sagte ich Bescheid, Mamovka nicht, sie war gerade hinten in der Küche.)

Uns bei den Händen fassend, liefen wir heimwärts, in unsere von nun an gemeinsamen vier Wände, mir tat die frische Luft gut. Mit Absicht hatte ich die ganze Nacht nur wenig getrunken, um nicht beschwipst und schlaff zu sein oder Magenweh zu bekommen, obwohl ich ansonsten tüchtig zugelangt habe (vor allem beim fürstlichen Pörkölt der Boszák), es gelang mir auch noch, mich zu erleichtern, bevor wir uns davongestohlen haben, und so die allmählich quälenden Blähungen einigermaßen loszuwerden. (Ich hatte schon gelegentlich darüber nachgesonnen, wenn ich den einen oder anderen mir Erleichterung verschaffenden Wind unter der Bettdecke entließ, wie das denn sein soll, wenn wir zusammen unter einer Decke im Bett liegen – denn damit ist es eben nicht wie mit dem Wasserlassen, man schlägt es ab und ist es los, hier heißt es manchmal lang und mit Geduld zuwarten, doch kann man auch nicht stundenlang auf dem gewissen Örtchen hocken bleiben. Und ob die Blähungen, die ja manchmal quälend sein können, nicht vielleicht die Liebesfreuden des Körpers stören, da ja durch die in Wallung geratene tiefere Region auch die Darmtätigkeit angeregt wird …? Und dann das ernüchternde Raus aus dem Bett? Oder wie?)

Wir fingen nicht gleich an, uns auszuziehen (sie hatte übrigens, nachdem sie sich um Mitternacht des Hochzeitskleides entledigt hatte, schon die Tracht der jungverheirateten Frauen angelegt), sondern plauderten flüsternd, an der lauwarmen Ofenmauer eng aneinander geschmiegt, über die wohlgelungene Hochzeit (ich hatte mir zuvor schon die Stiefel von den Füßen gestreift und den Docht der Lampe etwas heruntergedreht). Später huschte Jadwiga in die Küche und wusch sich in dem Porzellan-Lavoir. Ich spähte ihr hinterher, und obwohl ich gar nichts sehen konnte, wies sie mich zurecht. Also schlug ich inzwischen die Bettdecke zurück. Sie kam in ihren Kleidern herein, und nachdem auch ich mir den Schweiß aus den Achselhöhlen gespült und mich darüber hinaus noch, was ich sonst nur bei gründlicher Reinigung zu tun pflege, schnell von unten mit Wasser besprengt hatte und wieder hereinkam, saß sie immer noch genauso auf der Ottomane. Nun küsste ich sie. Abgewehrt hat sie mich nicht, aber von auflodernder Leidenschaft, wie letzthin, konnte keine Rede sein. Als ich mir an den Knöpfen über ihrer Brust zu schaffen machte, zog sie meine Hand weg. Nur sachte, flüsterte sie, und lieber möchte sie es selbst machen. Und, Andrisko, diese andere dort ist Ihre Seite. Ich hörte, wie sie sich auszog, dann setzte sie sich im Hemd aufs Bett. Auch ich schob die Hose hinunter, nach einigem Zögern behielt ich Hemd und Unterhose an, so kroch ich von meiner Seite ins Bett und berührte sie.

Über ihren Nacken geneigt, nahm ich sie in die Arme, kurze Zeit blieb sie noch aufrecht sitzen, dann, als ich sie hinzulegen versuchte, sank sie schließlich zurück. Im selben Augenblick setzte bei mir krampfartig eine beinharte Versteifung ein. Doch sie bat inständig und besänftigte mich in meinem hektischen Tun, wir möchten doch lieber so, einander umarmend, verharren und uns gegenseitig nur wärmen. Ich nahm es hin, schmiegte mich, von ihrem Duft erfüllt, an sie, und da ich nicht weiter zudringlich wurde, ließ sie es geschehen. Obwohl ich es so genossen habe, ohnehin bin ich kein sehr hitziger Typ, setzte sich meine Hand allmählich in Bewegung. Vom Gesicht über den Nacken, am Arm entlang und dann von unten langsam übers Knie hinauf, ganz behutsam. Aber sie fasste meine Hand. Ich solle lieber näher an sie heranrücken, bat sie. Wehrt mich ab und ermuntert mich zugleich, sie fester zu umarmen, dachte ich. Ermutigt wälzte ich mich ganz auf ihre rechte Seite (sie lag auf dem Rücken, ich auf meiner linken Seite), vorsichtig legte ich auch mein schmachtendes Glied an ihre Hüfte, was sie gespürt haben muss, denn ich merkte, wie sie zusammenzuckte, und sie rückte auch ein wenig von mir ab, aber dann widersetzte sie sich in ihrer Reglosigkeit meiner Annäherung nicht mehr. Doch hielt sie meine Rechte, die ihr Hemd hochzog, wiederum fest, obwohl wir uns leidenschaftlich küssten.

Und so ging es fort. Küssen und mich wild atmend an sie schmiegen, das gewährte sie mir – nicht aber, mir den Weg zu ihrem Schoß zu bahnen. Ich flehte sie an, wir sollten uns ausziehen, dabei hatte ich schon gar kein Hemd mehr an. Nach vielem Zureden gestattete sie, dass ich ihr das Hemd über den Kopf streifte, doch hakte sie ihren Finger in den Bund des seidenen Höschens, sie ließ es sich nicht hinunterstreifen, und ich musste ihr versprechen, dass wir nur nebeneinander liegen wollten. Das hinderte mich aber nicht daran, inzwischen meine Unterhose loszuwerden, so war ich also im siebenten Himmel, als ich mich entblößt an ihren nackten Schenkel (soweit es das hochgerutschte Bein des Höschens zuließ) und an ihre rechte Brust schmiegen und alsbald auch die linke berühren durfte. Überall mochte ich sie streicheln, nur den Bund des Höschens verteidigte sie, an ihren Schoß ließ sie mich nicht, vergeblich die stürmische Umarmung und zwecklos auch die energischen Versuche, mit dem Knie zwischen ihre Schenkel zu gelangen. Obwohl auch sie mit starker Erregung kämpfte, nicht nur ich. Unvergessliche Worte murmelnd, liebkoste sie mich, wie ich sie, doch flehte sie zugleich um Geduld, wir sollten uns erst aneinander gewöhnen, uns Zeit lassen und so weiter, uns einstweilen mit Umarmungen begnügen. Ich aber konnte mich, was nur natürlich ist, kaum noch bändigen, und als sie spürte, dass mein Atem immer heftiger ging und ich schon an ihrer Flanke klebte, umschlang sie meine Hüfte und presste mich noch enger an sich, sie begann, mich und auch sich langsam zu wiegen, keuchte: Lass nur! Ruhig, mein Teurer! So, so! Ja! Und während ich ihr mit zitternder Hand das Höschen über die Hüfte nach unten zu zerren versuchte, um mein brettsteifes Glied wenigstens an ihre nackte Haut pressen zu können, klammerten wir uns im immer schnelleren rhythmischen Wiegen aneinander, bis sich der Schwall meiner Sehnsucht über ihre Hüfte ergoss. Das Bett drehte sich mit mir, der Atem riss mir ab, freudige Dankbarkeit und auch ein wenig Scham erfüllten mich, und als ich da an ihrer Schulter ruhend verschnaufte, beruhigte, tröstete und herzte mich Jadwiga wie ein Kind und flüsterte dobre, ist gut, ist gut, mein Teurer, miljí moj, dobre!

*

Heute, den 1. März 1915, hat meine Frau ihren 28. Geburtstag. Als Überraschung habe ich einen Halsschmuck für sie, damit werde ich ihr am Abend Glück wünschen und sie beschenken. Ach, wenn doch auch wir uns einander heute Nacht ganz schenken könnten!

Denn ich habe jetzt schon unbändige Sehnsucht danach, endlich in den Schoß meiner Jadwiga zu gelangen, nicht nur weil ich auf Linderung hoffe für meinen vom Verlangen nach ihr ganz und gar erfüllten Körper, sondern auch für meine seit jenem vage gehaltenen »Geständnis« von Zweifeln geplagte Seele. Damit ich dann vielleicht auch Gewissheit erlangen kann, entweder eine beruhigende, wie ich noch immer hoffe, oder eine, die meinen schrecklichen Verdacht bestätigt, dafür aber dieses an den Nerven zerrende Misstrauen von mir nimmt.

Doch sogleich überfallen mich auch Zweifel. Ist mir die schmerzliche Gewissheit eher willkommen als der Verdacht, kann sie mir überhaupt Linderung bringen? Wird nicht vielleicht das Gegenteil eintreten, dass sich die Kränkungen auswirken und unsere heute vielleicht noch nicht bis zur völligen Hingabe gelangte, aber trotz allen Ringens tiefe (körperlich aber noch zu vertiefende) Liebe zu zerstören beginnen? Ich weiß es nicht. Aber auch dann geschehe, was geschehen muss! Schon im Hinblick auf unseren Ehestand, an den ich meine Frau gar nicht erinnern will. Länger kann da wirklich nicht gewartet werden, Ehemann und Ehefrau im gemeinsamen Bett, und jeden Morgen zähneklappernd, immer noch jungfräulich!

Könnte es sein, dass sie schon Herzensgeschichten hatte?

*

Seufzend warf ich gestern die Feder beiseite, weil mich obige Zeilen kein bisschen vorangebracht haben (wie auch die Nacht bei Jadwiga das nicht hat), und wandte mich der Vorbereitung für die Feldarbeit zu. Es steht mir auch gut an, mich meinen Aufgaben in der Wirtschaft zuzuwenden, die ich seit Monaten schleifen lasse. Man müsste die Dinge ordnend und lenkend in die Hand nehmen, ausklügeln, was wofür aufzuwenden ist, damit der Gutsbetrieb wieder richtig hochkommt, schließlich bin ich mein eigener Herr. Doch so ermutigende Ideen, wie sie seinerzeit Apovka zu Dutzenden zuflogen, fallen mir nicht ein.

Ich weiß es ja, Mamovka hat sich bei Vater oft darüber beklagt, dass er sie schon nach vier Wochen Ehe zurückließ, weil er die in der Umgebung rekrutierten Erntearbeiter nach Transdanubien gebracht hat, sich danach auf dem Rückweg wegen verschiedener Angelegenheiten noch in Pest aufhielt, um dann ein paar Tage später gleich wieder nach Deutschland aufzubrechen, zu Béni Winklers Bruder Ludwig nach Velgast, wo er auch bis dahin alljährlich ein-, zweimal weilte, bis er schließlich mit großen Plänen für Auswanderertransporte in die Neue Welt wieder heimkehrte. Sie wollten nämlich die Überfahrt von Auswanderungswilligen aus der Großen Ungarischen Tiefebene nach Amerika organisieren, der Andrang von Leuten dort, die in Übersee ihr Glück versuchen wollten, hielt noch fast zwei Jahrzehnte lang an.

Auch Jadwigas Waisenschicksal wurde später über die Kontakte von Apovka geregelt. Davor war allerdings, wie Gregor berichtet, das Aufziehen des Kindes nur mit größter Mühe in geregelte Bahnen gekommen, obwohl mein Vater Anka, die stillende Amme, bezahlt hat und auch für alle weiteren Auslagen aufgekommen ist. Aber nach dem Tod von Maria Ponyiczky, der unglücklichen Mutter, musste Anka das kleine Waisenkind zu ihrem eigenen Kind mit nach Hause nehmen, was ja eigentlich gar nicht so schlimm gewesen wäre, hätte doch die kleine Jadwiga wenigstens ein Schwesterchen gehabt, doch lebte Anka in sehr ärmlichen und engen Verhältnissen, noch dazu mit einem trägen, liederlichen Ehemann und einem Schandmaul von Schwiegermutter, deren Flüche und Verwünschungen, auch das hat mir Gregor berichtet, sich jedenfalls mit den Liebenswürdigkeiten von Mamovka messen konnten, die meinem großzügigen Apovka galten, denn was zum sranjik* hat er mit dem Balg von anderen

* *Das ist irgendein nichtsnutziger Schmarrn – hier zur Verstärkung des zurückweisenden Fluchs verwendet.*

zu tun (ihnen selbst war bis dahin erst ein nicht lebensfähiges Mädchen geboren worden, das schon nach wenigen Tagen verstorben ist, und erst im vierten Ehejahr kam meine Schwester Zsofka zur Welt, im sechsten, im November 1892, folgte dann ich).* Vater vermittelte dann Anka mit den beiden kleinen Kindern als Magd ins Nachbardorf zur Familie des Geistlichen Herrn Szpevács, er verpflichtete sich, für den Lebensunterhalt der kleinen Waise aufzukommen und auch anstelle des Pastorenehepaars das Hausmädchen zu entlohnen, wofür dieses als Gegenleistung versprach, Jadwiga wie den eigenen Kindern ein Zuhause zu bieten und sich auch um das Mädchen zu kümmern, wenn Anka Ausgang hatte und nach Hause ging. Dank sei Gott dem Allmächtigen, dass sich dieser Diener des Herrn gemeinsam mit seiner gutherzigen und kinderlieben Pfarrersfrau nicht nur an das in einem Kontrakt Festgelegte hielt, sondern in ihrem Haus, in dem Freude und Liebe daheim waren, der Waise stets Hilfe und Beistand angedeihen ließ.

Ich kann mich entsinnen, dass ich Gregor diesen Teil der Geschichte erst im Sommer des vorletzten Jahres entlockte, nachdem ich zum letzten Mal zusammen mit Vater nach Deutschland gereist war, wo ich mit seinem ausdrücklichen väterlichen Einverständnis Jadwiga, nun schon als Erwachsene, erneut kennen lernen durfte. Doch noch bevor ich Apovka hätte gestehen können, was diese Begegnung in mir ausgelöst hatte, holte ihn eine nicht genau diagnostizierte, akute Erkrankung von den Beinen, und nach zwei kurzen Wochen des Abschieds, es war die schmerzlichste Zeit meines Lebens, verließ er uns am 8. Februar 1914 im Alter von neunundvierzig Jahren für immer. Ich schrieb Jadwiga die schreckliche Nachricht, die dann in einem verzweifelten Brief an mich ihren tiefen Schmerz zum Ausdruck brachte, statt mei-

* *Zum Zweck der Evidenz:*
Aus der Ehe (geschl. am 7. Mai 1886) von György Osztatní (geb. 1865) und Zsófia Racskó (geb. 1867) gingen hervor: die am 2. Juni 1887 geborene und zugleich verstorbene erste Zsofka sowie die am 22. März 1890 geborene andere Zsofka, gestorben am 9. Oktober 1913, und András Osztatní, geb. am 21. November 1892.

nem Papa dankte sie jetzt mir für alles, was ihr einziger Wohltäter an ihr getan und wofür sie ihm ewige Dankbarkeit schulde, und sie beklagte sich, weil ich ihr nicht sofort per Depesche mitgeteilt habe, dass Apovka erkrankt sei, damit sie hätte anreisen können, um ihn zu pflegen oder um Abschied von ihm zu nehmen. Mein Gott, du treue Seele, sollte ich dir denn schreiben, dass Mamovka dich vielleicht nicht einmal ins Haus gelassen hätte, wenn du tatsächlich gekommen wärst? Mir kam es vor, als ahnte sie nichts von der Abneigung, die meine Mamovka aus unerklärlichen Gründen gegen sie hegt, schon seit ihrer Geburt.

Mit Jadwiga, die mein Apovka an Kindes statt, also als meine Schwester, angenommen hat, bin ich als Kind und auch als Heranwachsender nur selten zusammengekommen. Als sie schon ein größeres Mädchen und ich noch ein kleiner Junge war, habe ich sie zwar ein paarmal bei der Familie des Pastors gesehen, wenn Vater und ich sie besuchten, doch sind meine Erinnerungen daran nur ganz blass. Gelegenheiten, an die ich mich noch gut erinnere, waren, wenn wir mein »Schwesterchen« in der Klosterschule in Pest bei den Englischen Fräulein in der Váci-Gasse aufgesucht haben. Ich war noch ein Bürschchen (8–9 Jahre alt), sie aber schon ein Fräulein, die noch dazu Engländerin sein würde, wenn sie erst erwachsen war (so stellte ich mir das Ausbildungsziel bei den Englischen Fräulein vor), und dann würde man sie weit fort, nach England, mitnehmen, dabei tat mir das Herz schon weh, wenn wir sie nach der Besuchszeit im Kloster zurücklassen mussten.

Es ist vielleicht nicht nur Einbildung, wenn ich rückblickend behaupte, dass ich mich schon als Kind in sie verliebt habe. Ich weiß es noch recht gut, wie sehr ich bemüht war, wenigstens ihr Kleid zu berühren, ihren Duft in mich aufzunehmen, wie raffiniert ich es anstellte, dass sie sich zu mir neigen musste und mich auf ihren Schoß zog (ihre körperliche Nähe breitete sich wie ein Gefühl der Wonne, doch zugleich als schmerzliche Scham in mir aus, weil ich mich von ihr wie ein Schoßkind behandeln ließ). Und was für eine wilde Eifersucht überkam mich, wenn sie und Vater Arm in Arm über den Donaukorso schlenderten und ich wutschnaubend hinterhertrotten musste.

Danach sah ich Jadwiga jahrelang nicht mehr, denn als sie das vierzehnte Lebensjahr erreicht hatte, veranlasste Vater ihren Übertritt in das Sankt Pöltener Institut der Englischen Fräulein, wo er sie dann auf seinen Geschäftsreisen nach Deutschland nur noch allein besuchte, wie ich annehme. Ich aber dachte an sie stets wie an die Märchenfee meiner Kindheit, die ich nie mehr vergessen würde; zu hoffen, ihr noch einmal realiter zu begegnen, hatte ich keinen Grund, denn dem Märchenalter war ich inzwischen längst entwachsen.

Dennoch hegte ich jahrelang die irrige Meinung, Jadwiga sei eine Blutsverwandte von uns. Vielleicht hat es mir Mamovka irgendwann einmal so erzählt, als hätten Jadwigas verstorbene Eltern zur Familie gehört und deshalb kümmere sich Apovka um sie. Und so wäre, bevor Vater mich ihr in Stralsund erneut vorstellte, an so kühne Pläne gar nicht zu denken gewesen.

Bittere Lehrjahre folgten für mich, deren quälende Schwierigkeiten nicht darin bestanden, dass man mir beinahe eingeredet hätte, ich tue mich mit dem Lernen schwer, denn mich interessierte alles, wozu ich nicht gedrängt wurde, ich verschlang jegliche Lektüre und lernte gern, was ich nicht unter physischem Zwang büffeln musste. Doch der Pranger – vor dem Katheder des Lehrers oder auf dem kalten Küchenfußboden meiner Quartiergeberin (oft auch beim Besuch der Mutter und unter ihren Augen) –, an den ich hundertmal gestellt wurde, erfüllte mich mit solchem Schrecken, dass ich anfangs sogar die Kontrolle über meine Blase verlor und das Wasser unter dem kurzen Hosenbein hervor am Bein hinunterrann, und mir war, als hätte mich eben jene Nässe die ganze Schulzeit hindurch mit Scham getränkt und dann auch mit immer eigensinnigerem Trotz.

Man steckte mich nämlich in dasselbe Gymnasium, in das auch schon Apovka gegangen war. Zu diesem Zeitpunkt wohnte ich bereits im Haus eines gewissen Gendarmeriehauptmanns namens Farkas. Nie habe ich Papa danach gefragt, wie es ihm seinerzeit in dieser flachen, stinkenden Stadt (die einem Kuhfladen ähnlich sieht) ergangen ist, vermutlich besser als mir. Die drakonischen Strafen, die Mamovka befohlen hatte und die die Gendarmeriehauptmannsgattin mit der Androhung verhing, bei Zuwiderhandlung Mamovka Mitteilung zu machen, dazu der auf die Minute militärisch streng festgelegte Tagesablauf, engten mich auf Schritt und Tritt ein. Darüber hinaus züchtigte die Hauptmannsfrau mich auch, und das Strafmaß war jedesmal von daheim diktiert, anfangs bestand es aus Knien, Streichen auf die Hand mit der Haselrute oder Wegsperren in eine dunkle Kammer, später dann im Konfiszieren von Büchern, Verrichten von Dienstbotenarbeit und, falls ich dem Urteil des leutselig seinen Schnurrbart zwirbelnden Hauptmanns unterworfen war, Leibesübungen im geschlossenen Raum bis zur Erschöpfung.

Mamovkas Wunsch war, dass ich Rechtsanwalt werden und am Ort eine Kanzlei eröffnen sollte, »um es den Juden zu zeigen, dass nicht nur aus ihrer Brut hierzulande Advokaten werden können.« Mein Gegenspieler in ihrer Vorstellungswelt war Winkler Franzi, der Sohn von Apovkas Anwaltsfreund Onkel Béni (wiewohl nur seine Mutter, die Weiß Mici, Jüdin war). Diesen Jungen musste ich übertrumpfen, er war sechs Jahre älter als ich und studierte bereits in Pest. Den Gutshof müsste ich weiterführen, ich war ja schließlich der männliche Erbe des Besitzes, aber zugleich sollte ich in einer privaten Kanzlei ein angesehener Herr werden, dem die Welt zu Diensten wäre.

Damit du lernst, was ein Befehl und was Gehorsam ist!, so herrschte mich Mamovka an, als ich sie einmal, noch ein kleiner Junge, bei einer unverdient harten Strafe, weinend milder zu stimmen versuchte und fragte »aber warum denn?«.

Bei Papa fand ich keinerlei Beistand, dabei war ich fest davon überzeugt, dass er meinen ganzen Schmerz mitfühlen konnte. Doch da ich schon als kleines Kind erfahren hatte, dass er immer nur mich zur Folgsamkeit und Nachsicht ermahnte, niemals aber auch nur den Versuch machte, Mamovka von ihrer unnachsichtigen Härte abzubringen, klagte ich immer nur in Gedanken über all das, was mir wehtat. Im Grunde meines Herzens jedoch verübelte ich Vater schon, dass er sich selbst den Peitschenhieben ihrer Wut stets entziehen konnte, während er mich zurückließ und auch nur ganz selten einmal mit sich nahm. Zu dieser Zeit warb er in zwei Komitaten bedrängte und mittellose Menschen in großer Zahl an, die sich von Amerika die Erlösung erhofften, er organisierte ihre Überfahrt und begleitete sie bis nach Pest, oft aber auch bis nach Hamburg oder Fiume. Es gab Jahre, in denen er nicht einmal die Hälfte eines Jahres bei uns daheim verbrachte.

Bei weniger hartnäckigem Bemühen Mamovkas, mich zum Lernen anzuhalten, hätte ich mich vielleicht gar nicht so heftig dagegen gesträubt, schließlich wäre ich ja ihrem Einfluss entzogen gewesen, sobald ich erst das Studium der Rechte in Pest angetreten hätte. Wenn ich dann erst großjährig wäre, könnte ich sagen, nach mir die Sintflut, mit oder ohne Kanzlei würde mir Apovka die Apanage schon zusprechen. Und so hätte ich in der Hauptstadt das versuchen können, was mir schon immer vorschwebte. Worin das besteht, geniere ich mich niederzuschreiben, sogar hier auf diesen leeren Seiten.

Aber alles kam anders, denn nach der Matura, im Jahre '12, durfte auch ich reisen. Ich wurde zu einem Wirtschaftspraktikum nach Velgast geschickt, und bevor ich im Jahr darauf mit dem Jurastudium hätte anfangen können, war bereits alles entschieden. In jenem Sommer 1913 reiste ich zusammen mit meinem Papa nach Stralsund, wo Jadwiga bei der internationalen Handelsfirma eines Verwandten der Winkler-Sippe schon Fremdsprachenkorrespondentin für Englisch, Deutsch und Ungarisch war (oder besser Mädchen für alles bei der Gnädigen), und als ich ihr bei der Begrüßung in die türkisblauen Augen blickte, wurden sämtliche Erinnerungen an sie in mir wieder lebendig, und aus den tief vergrabenen Keimen meiner Sehnsucht sprossen minutenschnell die Triebe, Knospen brachen auf und erblühten, entfachten fiebrige Flecken auf meinen Wangen; seither waren Karriere, Studium und geheime Ambitionen in Pest dahin, mein Interesse galt nur noch ihr: Maria Jadwiga Palkovits, meiner Rosmarinblüte.

Wiederum allein, gehe ich mit dem aus dem Alkohol geschöpften trügerischen Mut erneut an meine Aufzeichnungen, denn umsonst kämpfen Stunde um Stunde Trugbilder in mir, seit zehn Tagen schon drücke ich mich davor, das in jener Nacht Erlebte auf dem Papier festzuhalten. Als könnte das, was ich in den folgenden Zeilen notiere, das aus dem Geschehen Erwachsene in irgendeine Richtung lenken, oder als müsste ich befürchten, dass sich mir gerade durch diese Niederschrift falsche Bilder dauerhaft einprägen würden.

Auch wenn ich versucht habe, dem Folgenden auszuweichen, es ist mir nicht gelungen.

Wie also lautete das von Jadwiga am 21. Februar abgelegte Geständnis nach einem bis spät in die Nacht dauernden Anrennen und Abwehren (damit die wie eine Festung verteidigte Unberührtheit – oder Unberührbarkeit? – ja keine Risse bekommt)? Tausendmal habe ich sie gefragt, sanft oder auch schon unbeherrscht, warum sie sich so entschlossen wehrte? Was ich ihr denn so Unverzeihliches angetan habe, dass sie sich mir derart verbissen verweigerte. Moi Milji, Sie haben mir nichts getan, mein Teurer!, warf sie sich mir tränenüberströmt an die Brust. Wer denn? Ich, ich allein bin schuld, flüsterte sie, nur ich. Schuld ... woran denn?, wollte ich weiter in sie dringen, doch das versagte ich mir, weil ich spürte, sie wollte jetzt etwas sagen, und ich mochte sie nicht verschrecken.

Wissen Sie, Ondrisko ... Was ich sagen kann, werde ich Ihnen ohnehin sagen. Doch bedrängen Sie mich bitte nicht weiter ... Langes Schweigen, dann endlich: Ich muss Ihnen gestehen, dass dies hier, und sie deutete auf unsere beieinander liegenden Körper, nicht zum ersten Mal mit mir geschieht ... verzeihen Sie, aber ich hatte nicht die Kraft, früher mit Ihnen darüber zu reden ...

Mir war, als zerrte jemand an meinen lebendigen Eingeweiden. Alles in meinem Leib begann wild zu rasen und zu trudeln, die Gedanken, das Blut, die Nerven, das Gedärm schienen mit mir durchzugehen. Hochfahrend beugte ich mich vor und starrte auf das Fußende des Bettes. Doch mit dem Ruck, der mich emporgerissen hatte, war meine Kraft erschöpft. Am liebsten hätte ich mich einfach fallen lassen, doch der Ekel hinderte mich daran, entehrt ins wohlige Nest der Untreue zurückzusinken. Wie ein Traumwandler setzte ich meine Füße auf den Boden, stand auf und ging ans Fenster. Am folgenden Tag konnte ich nur notieren, dass sie mir folgte und mich in die Arme nahm, doch erst nachdem ich bis zum Morgengrauen auf- und abgegangen war, vermochte ich ihr die Frage zu stellen.

Kräfte sammelnd für das, was kommen sollte, und nun schon kalt wie ein Untersuchungsrichter: Wann, wie und mit wem?

Sie gab keine Antwort. Dreimal befragte ich sie, doch sie schüttelte nur den Kopf und vergrub das Gesicht in ihre Hände. Sie solle sich doch offenbaren, wie dieses »nicht zum ersten Mal« denn zu verstehen sei, packte ich sie an der Schulter. Keine Antwort, sie starrte nur zur Decke wie eine wandelnde Tote.

Du redest jetzt!

Ich geniere mich sogar, es niederzuschreiben, dass ich mich dazu hinreißen ließ, die Hand gegen sie zu erheben, wovor zu schützen sie sich gezwungen sah, indem sie verängstigt die Arme vor ihrem Gesicht verschränkte. Doch recht geschieht einem Rindvieh wie mir, schlug ich mir mit den Fäusten an die Stirn, wenn ich so verblendet bin!

Nicht, bitte nicht ...!, bettelte meine Frau und flehte, ich solle nicht alles mit Gewalt zerstören.

Zerstören?!, schnaubte ich. Ich soll nichts zerstören ...?

Nein, nicht so ..., fing sie wieder an und wand sich kläglich. Dass man es so nicht machen soll, so nicht ...! Und weiter sagte sie nichts mehr.

Wieder fing ich an, das Zimmer vor und zurück zu durchmessen, bis sie aufschrie, ich möchte das um Gottes Willen lassen. Sie griff nach meinem Arm, nötigte mich, mich neben ihr auf das Bett zu setzen und dort sitzen zu bleiben. Sie legte den Kopf an meine Schulter. Dann drückte sie mich auf das Kissen zurück und schmiegte sich im Liegen an mich.

Nach einer längeren Zeit, in der sie schwieg, sagte sie, sie habe in Deutschland jemanden kennen gelernt, von dem sie aber später enttäuscht worden sei. Es habe zahllose Beteuerungen und unzählige gebrochene Versprechen gegeben, bis sie schließlich wusste, dass sie ihm niemals würde ganz vertrauen können. Ich bestürmte sie mit Fragen, wollte alles über diesen Mann wissen. In erster Linie natürlich, was zwischen ihnen gewesen sei, und welches Versprechen er schließlich gebrochen habe.

Doch nicht einen Schritt bin ich weitergekommen. Geben Sie sich, mein Teurer, einstweilen damit zufrieden! Später, ich brauche noch etwas Zeit! Und da weiß ich nicht, ob sie sagte »später sollen Sie alles erfahren« oder »später werden Sie schon alles sehen ...«

Und das vor nun fast anderthalb Wochen. Doch erfahren habe ich bis jetzt noch nichts.

*

Heut' ist Montag und Wochenmarkttag, gleich in der Früh hätte ich mich dorthin begeben sollen, um mit diesem und jenem zu reden, im Notariat bei Pista Szvetlik vorzusprechen und beim Verband der Kleingrundbesitzer vorbeizuschauen, brauchbare Tipps aufzuschnappen und bei jenen Leuten, die auch in der Stadt viel herumkommen, nützlichen Rat darüber einzuholen, wo man jetzt am besten zugreifen sollte.

Ich darf doch meinen Entschluss nicht aufgeben, mit dem ich mir Jadwiga ins Haus geholt habe. Sie solle nur ja nicht glauben, so sagte ich mir, dass ich sie zum Kommandieren und Antreiben der Hausmägde, als Respekt heischende Gnädige hierher in dieses Staub- und Drecknest geholt habe! (Dafür sei Mamovka zuständig.)

Einerseits könnten wir in die Fußstapfen Apovkas treten und mit all seinen Kontakten und mit Ihrer kaufmännischen Erfahrung und Ihren fremdsprachlichen Kenntnissen, meine liebe Jadwiga – versuchte ich ihr im letzten September Appetit zu machen, denn der Krieg wird doch wohl in absehbarer Zeit zu Ende sein –, eine Firma gründen, die Güter aus dem Ausland importiert und ins Ausland liefert. (So etwas gibt es in dieser Gegend noch nicht, die Einfuhr von landwirtschaftlichen Maschinen, von Textilien, Kolonialwaren sowie der Export von beispielsweise Fleischwaren und diversen Hauswirtschaftserzeugnissen wäre möglich, aber ebenso gut könnten wir mit unserer berühmten Wurstrezeptur eine Fabrikation aufbauen oder eine Geflügelfarm oder einen Molkereibetrieb gründen, wie wir sie in

Deutschland gesehen haben), der finanzielle Grundstock für den Anfang wäre ja dank Väterchen vorhanden.

Andererseits hatten wir uns gegenseitig versprochen, dass wir nicht ein nach »Stallmist stinkendes«, sondern ein »Kulturleben« führen würden, dass wir aktiv sein wollten und die Früchte unseres Tuns auch ernten und vor allem »selbst genießen werden«, wie Jadwiga sagte. Ich verstand darunter zuerst Früchte und übersetzte mir das mit Kindersegen, begriff aber bald, dass etwas ganz anderes gemeint war – Kinder werden ja schließlich nicht geerntet –, nämlich dass wir, so sagte sie, und ich pflichtete ihr bei, viel lesen, einander schreiben, regelmäßig in die Stadt fahren und Bäder besuchen wollten, mit den besseren Kreisen Umgang pflegen und vor allem auf Reisen gehen würden. Ohne weiter darüber nachzudenken, versprach ich ihr alles.

Und nach all dem habe ich an diesem Morgen nicht einmal Lust, mich für den Markt anzuziehen. Ich kann so einfach kein Ziel ins Auge fassen, irgendetwas organisieren, in Gesellschaft gehen, wenn eben jene Blamage mir immer noch die Seele lähmt und mich empört! Unter diesen Umständen wird alles so wenig reizvoll und unwichtig und ist auch zeitlich ohne Belang! Welchen Pfad soll das Gefährt, in dem wir gemeinsam sitzen, einschlagen, wenn ich nicht einmal sicher sein kann, dass der Allmächtige uns tatsächlich füreinander und für denselben Lebensweg bestimmt hat. Und von neuem fand ich mich wieder nur in jener Nacht.

Bin nirgends hingegangen. Pondjelok je kalapovszkí djen, ja robity ne budjem!* Habe nur durch die alte Blahov dem Schweinehändler Hruska Bescheid sagen lassen, dass er vorbeikommen soll.

*

* *Er will damit sagen: Am Montag Huttag, ich werde nicht arbeiten! Das bedeutet, man soll sich zum Marktgang ins Dorf anständig anziehen. Aber er hat ja immer Huttag gehabt.*

Hruska kam übrigens auch gleich nach dem Mittagmahl.

»Dobrí djen prajem pánu!«*, schmetterte er und begann in aller Ruhe seine Pfeife zu stopfen, als hätte er die Zeit für seine Visite keineswegs knapp bemessen. Inzwischen war die Blahov mit dem in die große, geschliffene Karaffe gefüllten Wein hereingeschlichen, und auch Jadwiga steckte den Kopf durch die Tür, worauf Hruska hochschnellte: Ruki boskavam, dovojítje mnje**, und er stellte sich vor, indem er die Hacken hörbar zusammenschlug. Doch mein Weib sagte mit nachsichtigem Lächeln »lassen Sie sich nicht stören« und zog sich sogleich zurück.

Beim Zuprosten gestattete sich der Viehhändler auch ein zweideutiges Augenzwinkern in Richtung Schlafstube: No, a jak sa patschi mladej njevestje ...?***, und er deutete damit auf dreiste Weise an, dass er nicht nur fragen wollte, wie meiner jungen Frau das Leben auf dem Lande konveniere. Ich brummte etwas, lenkte das Gespräch schnell auf ein praktisches Thema, fragte, wie die Geschäfte gehen und dergleichen. Natürlich auf Slowakisch, denn für ungarische Worte tut Hruska den Mund nicht auf, selbst von den Juden verlangt er, dass sie verstehen, was er ihnen zu sagen hat.

Na ja, es geht so, den Ärger abgerechnet, könnte man zufrieden sein ... und er starrte mich mit geheimnisvoller Miene an.

No tak, brat moj ... kniff er verständnisinnig ein Auge zu. Tak móscheme tschakatj aj tjeba ...?****

Ich sah ihn fragend an, wohin er mich einzuladen gedenke. Wie denn, ob ich noch nicht mit Hochwürden gesprochen hätte? Er glaubte, ich hätte ihn eben aus dem Grund rufen lassen. Worüber

* *Wünsche dem Herrn einen guten Tag! Hruska wollte einen Scherz machen, indem er ihn einen Herrn nannte, denn er könnte ja sein Vater sein. Und Hruska bedeutet übrigens Birne.*
** *Ich küsse die Hände, wenn's gestattet ist?*
*** *Na, und wie gefällt es ihr, dem neuvermählten Frauchen?*
**** *Also Mitbruder, dann können wir auch mit dir rechnen?*
Übrigens werden die slowakischen Worte nicht genauso geschrieben wie hier, weil sie nach dem Gehör und mit ungarischen Buchstaben notiert und nicht nach der obligatorischen Rechtschreibung geschrieben sind. Und ich selbst beherrsche nur das hier gesprochene Slowakisch.

zum Teufel sollte ich mit Hochwürden reden wollen?, nein, ich wisse von nichts. Er zog die Brauen zusammen ... doch sogleich schlug er mir kollegial auf die Schulter, also dann lade er mich für morgen zu sich ein wie ein slowakischer Grundbesitzer den anderen, die wir hier, nicht wahr, doch etwas vorstellen. Ich starrte ihn nur erstaunt an. Nun, dass wir untereinander ... die Vernünftigeren, nicht wahr, um einmal abzuwägen, was nun in dieser Situation ... Was will dieser Mensch bloß von mir? Ich lehnte mich verärgert zurück.

Um was geht es denn eigentlich?, wollte ich wissen.

Hruska überlegte eine Weile, stieß an meinen Ellenbogen, darüber vielleicht besser später, zu seiner Zeit, und am besten soll das Hochwürden ... Dann fiel ihm doch noch etwas ein, und er winkte mich mit dem Finger näher zu sich heran:

»Ondris! Sicher würde auch dein Vater an unserer Seite stehen!«

Auf mein Erstaunen hin hob er das Glas: Dobre rano vinschujem ...!*

Es naht unser Tag!, rief er laut, ließ den Herben aus Vadkert durch seine Kehle gluckern und raffte sich auf; beim Händeschütteln legte er mir noch einmal ans Herz, dass er morgen fest mit mir rechne.

*

Schon ziemlich betrunken setze ich mich her. Ein ungehobelter Wüstling, ein Büffel ist aus mir geworden. Vielleicht habe ich jetzt alles verdorben.

Die letzte Eintragung schrieb ich vorgestern am Nachmittag. Bis zum Abend war auch der Rest meiner Geduld aufgezehrt, ich hab mein Weib buchstäblich ins Bett gezerrt.

Entsetzen in den Augen, sperrt sie sich, ich sehe, ihr schaudert vor mir. Ich rieche nach Wein. Sie wehrt sich, drückt ihr Kissen

* *Ich wünsche einen guten Morgen! Das Wünschen (vinschujem nach dem deutschen Wünschen) war auch zum Christfest der Brauch.*

an sich, und dies reizt mich scheinbar erst recht, über sie herzufallen. Doch dann schreit sie mich an, stößt mich weg, und ich lasse gekränkt von ihr ab. Später kehre ich kleinlaut zurück, möchte sie versöhnen, aber sie kehrt sich zur Wand und antwortet nicht.

Am Morgen fand ich sie, als ich aufwachte, nicht mehr im Bett. Mit umwölkter Stirn, Schatten um die Augen, müde, aber stolz ging sie umher. Wie ein Pfau!, dachte ich und machte nun auch keinen Versuch mehr, sie zu versöhnen.

Bis zum Abend wurde ich dann doch freundlicher und gesellig. Zum Essen gönnte ich mir wieder ein paar Gläschen Wein (sie trinkt nie einen Tropfen), erzählte ihr von meinen Pferden, über die Ausritte von früher. Sie hörte nur widerwillig zu und erwiderte gelegentlich ein Wort.

Jetzt war ich zu allem entschlossen. Fühlte mich stark, schließlich bin ich ein Mann und bettle nicht länger. Nichts wird mehr hinausgeschoben, ich gehe nicht zu Hruska und auch sonst nirgendwohin, mein Platz ist hier. Jetzt kann ich ja gestehen, was ich mir vorgenommen hatte: Wenn sie es nicht sagen will, ob sie Jungfrau ist oder nicht, werde ich mir eben selbst Gewissheit verschaffen. Und zwar heute Nacht, endgültig. Weder meine Manneskraft noch meine Gefühle für sie vermag ich länger zu bändigen, ich will der Sache auf den Grund gehen. Wie es die Alten taten. Reiß ihr nachher das Laken weg und halte es gegen das Licht der Lampe. Und entweder prangt dort die Gewissheit oder aber ...

Dennoch, so gewalttätig wie am Abend zuvor wollte ich mich nicht auf sie stürzen, vielmehr behutsam, doch unaufhaltsam bis zum Letzten entschlossen.

Diese meine Entschlossenheit hat mich auch wieder fähig gemacht für Zärtlichkeit, und, wie ich sagen darf, nicht ohne Erfolg. Durch versöhnliche Worte und sanftes Streicheln war es mir (möglicherweise auch nur zum Schein) gelungen, Jadwiga die Kränkung so weit wegzuliebkosen, dass sie ganz entkrampft neben mir lag und meine zarten, sanft auf ihren Lippen verweilenden Küsse duldete. Eng umschlungen, buchstäblich aneinander klebend, lagen wir eine Zeit lang, schließlich brachte ich sie so weit, dass sie sich ihres Hemdes entledigte, was ich in den letzten drei Wochen ja bereits mehrmals geschafft hatte. Aber gleich flüsterte sie mir wieder zu, weiter sollten wir wirklich nicht gehen.

Ich antwortete ihr nicht, beließ es dabei und war bemüht, während das Verlangen in meinen Lenden weiter anschwoll, auch ihre Erregung zu schüren. Ich streichelte ihre Brüste, doch ihren Busen zu küssen erlaubte sie mir auch jetzt nicht. Dann kippte ich sie aus der Rücken- in die Seitenlage, zog sie auf mich, indem ich ihre Taille, ihren Nacken umfasste, ich zwängte meine Hände in Brusthöhe zwischen uns und wölbte sie über ihren samtig weichen Hügelchen. Als mir auch ihre Küsse hingebungsvoll und heftig genug erschienen, drehte ich meine Hüfte ein wenig unter ihr weg, ohne meinen Mund von ihren Lippen zu lösen, und schickte mich an, das verknotete Band ihres Höschens zu lösen. Sie umfasste fest meine Hand und flehte, nein, bitte nicht ... Nicht jetzt!, forderte sie nun schon energischer, jedoch vergeblich, ich hatte den Knoten bereits zu lösen vermocht.

Bitte, Liebster, verstehen Sie doch, sie neigte sich einschmeichelnd über mich, bitte nicht ...! Lassen Sie uns zärtlich umschlungen nebeneinander liegen, flüsterte sie, ganz an mein Ohr geschmiegt, und fuhr fort: Und dann, wenn Sie wollen ... da griff sie mir unvermutet an meine Scham. Ich erbebte, und schon im selben Augenblick kam mir in den Sinn, was mir erst später argwöhnische Gedanken durch den Kopf schießen ließ. Doch jetzt, im Rausch, ließ ich mich fallen, von ihr streicheln und alles geschehen, der Mund spricht eine andere Sprache als der Körper, auch sie wird willenlos hinsinken.

Dann mit einem Mal, ich holte tief Luft, stieß ich ihre Hand mit dem auf dem Ast aufgeregt wippenden Vögelchen beiseite und richtete mich auf, griff mit beiden Händen nach dem Bund ihres Höschens, zog und zerrte daran, und es kümmerte mich nicht, wie verzweifelt sie sich widersetzte, sich herumwarf, noch war erst einer ihrer Schenkel vom Hosenbein befreit, da lag ich auch schon auf ihr und wusste von nun an nicht mehr, was ich tat, drückte ihre Arme nieder, zwängte mich zwischen ihre Beine, fasste ihr in die Haare, wütete an ihren Brüsten, stopfte ihr schließlich den kreischenden Mund, indem ich ihr mit der Handfläche ins Gesicht schlug, worauf sie, als schäme sie sich für mich, den Kopf von mir abwandte, nur noch mit zusammengepressten Schenkeln ihren Schoß verteidigte, sich aber sonst nicht mehr wehrte, duldete, dass ich wie zuvor, als sie sich noch gesträubt hatte, mit unverminderter Gewalt gegen sie ankämpfte, mir brutal durch die Zwinge ihrer Schenkel hindurch mit dem Knie einen Weg wühle und mich mit den soeben noch zuschlagenden Händen auf ihrem Schoß in Stellung bringe und in einem einzigen Schwall in sie hineinschiebe, was nur hineingeht.

Diese Schlampe!, fuhr es mir durch den Kopf, während ich mich in ihr verströmte. Und wie sie mich angefasst hat! Woher kennt sie diese Praktiken! Und ich sollte mich damit zufrieden geben ... bei anderen freilich ...!, damit stieß ich noch einmal mit aller Gewalt nach. Jetzt aber endlich einmal ...!

Doch als ich mich von ihr herunterbewegte, war ich entsetzt über mich. Was ich mir da bloß alles einbildete. Und schon beugte ich mich über ihr Gesicht, um sie zu versöhnen, denn zu meiner körperlichen Befriedigung kam noch das Hochgefühl der Seele, und Dankbarkeit erfüllte mich, weil es endlich geschehen war ... Aber da krümmte sie sich und presste ihr zu einem Bündel geknülltes Hemd in den Schoß, und sie schluchzte laut auf: Ich wusste, dass Sie es heute erzwingen würden, aber so ...?! Was haben Sie mit mir gemacht? Noch dazu bei Vollmond, weinte sie, wenn ich meine Tage habe und so ...!, dann stand sie auf und eilte, nach vorn gebeugt, zum Waschtisch hinaus.

Als ich mich aufsetzte, fasste ich in etwas Feuchtes. Ich knipste die Lampe an und sah, dass das Bett und auch ich selbst nass waren vom vielen Blut.

*

Jadwiga schloss sich ein. Seit vorgestern Nacht antwortet sie kaum, geht auch auf meine Versuche, sie zu besänftigen, nicht ein. Ich bedränge sie nicht. Wenn sie herauskommt, gönnt sie mir keinen Blick, schleicht wie ein Schatten umher, beginnt zu waschen und aufzuräumen und putzt schon beim ersten Strahl der Frühlingssonne die Fenster. Auch summt meine Jadwiga beim Handarbeiten nicht mehr, wie es ihre Art war, vor sich hin.

Obwohl ich ihr gleich in jener Morgenstunde, während sie die Bettwäsche wechselte, zeigte, dass ich Reue empfand, kehrte sie mir nur den Rücken zu und trotzte mir fortwährend. Am Morgen nach dem Frühstück (während dessen sie nichts anrührte) und auch mittags beim Essen bat ich sie um Vergebung. Als wäre ich überhaupt nicht vorhanden, blickte sie zum Fenster hinaus. Nachmittags gab ich ihr schon wie ein kleiner Zottel mit der Nase einen Stupser an die Schulter, na, grollen Sie doch nicht mehr gar so sehr, und ich wiegte meinen sündigen, reuigen Schädel wie ein zahmer Tanzbär auf dem Jahrmarkt. Und letztendlich, bemerkte ich grinsend, war es ja gemäß der natürlichen Bestimmung des Brautstandes auch längst an der Zeit, dass ich Sie ... Doch ihr zornsprühender Blick ließ mich verstummen.

Im Stall!, fuhr sie mich an, und ihr Gesicht glühte, ja, dort ist es natürlich. »Letztendlich!« Ihren Stuten, denen können Sie es befehlen ...! Sie Bauer!, zischte sie mich durch den Spalt ihrer schmal gewordenen Lippen an, während sie an mir vorüberrauschte und die Tür hinter sich zuknallte.

Verdammt ...!, erstarrte ich. Das geht zu weit! Wer bin ich denn, dass man so mit mir redet? Ich griff nach der Klinke, doch die Tür war verschlossen. Otvor!, schrie ich, öffne. Odonknji, potschujesch?*, rüttelte ich an der Tür, aber vergeblich.

Verdammt, do verficktes rosjebanichó schivota ...!** Dass sie mich so ... auf so schäbige Weise erniedrigt, wo ich sie doch um Vergebung anflehe, obwohl sie es ist, die mich betrogen und beschämt hat?

* *Mach auf (dreh den Schlüssel um), hast du gehört!?*
** *Hier schreibt er auch slowakisch das Gleiche wie ungarisch: das verfickte Leben.*

Ich stürzte in den Laubengang hinaus und trat, weil er mir gerade vor die Füße kam, den beim Auskehren hochgeklappten Fußabstreifer in den Garten hinunter. No tscho je! Tscho usch je to?!, hörte ich Mamovka hinter meinem Rücken. Sie hat uns gerade noch gefehlt! Nur weg, geradewegs in die Kammer hinein, darauf sind drei Schnäpse fällig.

Na und letztendlich, worum ich hier wie die Katze um den heißen Brei zwischen meinen Zeilen herumschleiche, also die Frage des Zweifels, die wahrscheinlich eine Folge des so brutalen Zertretens meines Rosmarinzweigleins ist: Zu welchem Schluss bin ich denn gekommen? Wohin und auf wen? Auf sie und in sie, to je v porjadku, das ist ja in Ordnung. Aber ob ich sie unberührt bekommen habe oder nicht, das werde ich mit letzter Gewissheit nie herausfinden. (Denn auch wenn das Gewissheit gebende Zeichen, der sich beim Reißen des Schleiers der Unschuld niederschlagende Tautropfen, auch vorhanden war, so hat ihn der reinigende Monatsfluss hinweggespült.) Das viele Blut!

»Krvavá poljovka«, die »rote Suppe«, dieser in einem groben Fluch gebrauchte Ausdruck aus meiner Lausbubenzeit kommt mir jetzt in den Sinn. Wir sind mit herausgestreckter Zunge grölend hinter der verblödeten Alten hergelaufen. Sie hatte ein vom Alkohol aufgedunsenes, rotes Runkelrübengesicht, trug irgendwelche schwarzen, kaftanartigen Lumpen und hatte einen Krückstock. Blitzschnell packte sie sein nadelspitzes Ende, drehte sich um, griff mit dem Hundskopfgriff aus Messing unter mein Kinn und drückte mich an den Zaun, um mir zu zeigen, wie sie mir durch einen ebensolchen Bluthund die Kehle durchbeißen lassen würde, »sche saljeje tja krvará poljovka!«, damit mich die rote Blutsuppe überströmt!

Blut, Blut, krú, ein Wort, für das wir der Sprache dankbar sein müssen, auch die meinen nennen das Blut krú.

In Tierblut, so darf ich sagen, bade ich schon seit Kindesbeinen bis zu den Ellbogen, seit ich draußen auf dem Gehöft den Schwanz oder die Pfoten der Schweine und später die Schüssel zum Auffangen des Blutes halten musste. Das mit Zwiebeln geröstete Blut ist bei uns bis heute ein köstlicher Ranjajka-Leckerbissen bei jeder Sabijatschka* (wie auch das gute kleine Hodenpörkölt, das Onkel Krsjak beim Ferkelverschneiden gleich mit seinem Kastrationsmesser zu verzehren pflegt). Doch wenn es sein muss, zerlege ich ein Schwein, ziehe Kaninchen oder Hammeln das Fell ab, wie ich auch vor meiner Hochzeit den Knechten beim Schlachten und der Metzgerarbeit zur Hand gegangen bin.

Papa hat darauf bestanden, dass ich mich auf alle Arbeiten verstehe, die sonst meine Leute verrichten, und mir für keinerlei Bauernarbeit zu schade bin. Obwohl er mich nie zu seinem Nutzen als billige Hilfskraft eingespannt hat, musste ich anpacken, wenn er es für richtig hielt. Und auch Gregor war angewiesen, mich im Umgang mit den Pferden zu unterweisen, mir auch das Melken sowie das Dengeln und Wetzen der Sensen beizubringen (Slowakisch sagte er: »Schleif du die Sense, denn sonst schleift sie dich!«). Ich musste mähen, die Dreschmaschine bedienen, den Kessel der Lokomobile heizen, sie in Gang bringen, die Welle der Sämaschine inspizieren, den Saatleitungstrichter einstellen. Auch sollte ich wissen, wie die Zeichen am Himmel zu deuten sind, um Regen, Frost oder Dürre vorauszusagen. Für alle Fälle war es wichtig, sich beim Kalben der Tiere auszukennen, zumindest Onkel Krsjak dabei zur Seite zu stehen, und zu wissen, was zu tun ist, wenn ein Stück Vieh aufgebläht ist. Nach Gregors Meinung (ich habe es mir vor kurzem notiert und nehme den Zettel jetzt zur Hand) das Folgende:

Ist das Rind oder auch ein Schaf vom Futter aufgebläht, lässt sich Abhilfe schaffen, doch muss sogleich eingegriffen werden.

** Zum Frühstück gab es bei jedem Sautanz, dem Schlachtfest, dieses mit Zwiebeln geröstete Blut. (Übrigens steht im Wörterbuch gar nicht krú, sondern krv.)*

*** napriklad: zum Beispiel. (Ich frage mich, ob ich hier nur die mit Sternchen versehenen slowakischen Wörter übersetzt angeben soll, denn es sind nur wenige, oder ob ich später dort, wo Platz ist, auch andere Anmerkungen notiere? Denn es wären auch bislang schon ausreichend Dinge zu erklären gewesen. Andererseits erweist sich auch bei kleiner Schrift der untere Seitenrand dafür als zu schmal!)*

Man legt dem Tier einen Zaum an, führt es in einen warmen Raum, napriklad** in die hintere kleine Küche, wo wir tüchtig einheizen.

Dem festgemachten Vieh wird ein langer Schafpelz oder eine Pferdedecke umgeworfen, und sobald ihm recht heiß ist und es schwitzt, ist das ein gutes Zeichen, und es wird ihm bald besser gehen. Rast aber sein Herz und bläst es den immer weiter erkaltenden Atem durch die Nüstern aus, so kann man nur noch den letzten Versuch zu seiner Rettung wagen: Falls man einen Trokar zur Hand hat, nimmt man den, zur Not aber tut es auch ein Messer mit langer, schmaler Klinge, man stößt damit in die linke Flanke zwischen die Rippen, so kann das Gas entweichen, es stinkt übrigens infernalisch. Allerdings soll eine solche Punktion nur bei der Aufblähung des Viehs durch Grünfutter hilfreich sein, weniger, wenn sie durch Trockenfutter verursacht ist. Es ist allerdings einen Versuch wert, denn wenn sich das aufgeblähte Tier auf den Boden wirft, platzt die Hülle des Pansens, und in einem solchen Fall muss es ganz schnell gestochen, also geschlachtet werden. Dann aber ziehen wir es auf den Hof hinaus, denn drinnen würde es alles voll spritzen. Eine Spanne weit vom Herzen muss man es aufschneiden und dann das Hinterteil anheben, damit das Blut auslaufen kann. Und noch eins: Ist ein Rind aufgebläht, darf es auf keinen Fall herumgejagt werden.

Ich selbst habe den Einsatz des Trokars noch nicht gesehen, aber beim Kalben war ich öfter dabei und musste erleben, dass wir zu dritt gezogen und das Kalb im Mutterleib auseinander gerissen haben, in dem Fall muss ebenfalls auf der Stelle geschlachtet werden. Und auch, wenn die Nachgeburt schlecht herausgekommen ist, wie Onkel Krsjak zu sagen pflegte. Kurzum: Blut kriegt der Bauer genug zu sehen.

Menschen habe ich dagegen bislang erst einmal stark bluten sehen, und zwar war es Vater, der stark blutete. Unser armer Schwerkranker musste oft sehr stark röcheln, hustete ganze Klumpen Blut auf die schneeweiße Brust seines Schlafhemdes, zuletzt stündlich. So etwas kann man nicht mehr vergessen! Und auch nicht die eigene Hilflosigkeit, mit der man den eifrigen

Frauen fast schon ihre Geschäftigkeit beim Wechseln der Wäsche und des Bettzeugs neidete, mit der sie sich wie die Geier immer wieder auf die ihnen vorbehaltene Arbeit stürzten.

Mit Frauenblut hatte ich bislang noch gar nichts zu tun. Alles, was damit zusammenhängt, wird ja von ihnen aus Scham im Verborgenen erledigt. Anfangs wollte ich es nicht glauben, als ich von meinen Spielkameraden erfuhr, dass den Frauen einmal im Monat Blut zwischen den Beinen herausfließt. Und dass sie es noch dazu nicht einmal wie die Notdurft zurückhalten können. Meine Schwester Zsofka blutete nie, denn das müsste ich gesehen haben! Die Spielkameraden lachten mich aus und meinten, wenn wir ihr unter den Rock schauen, dann wirst du es schon sehen! Darüber, wie beim ersten Mal das Jungfernhäutchen reißt, hat mir Gregor das eine oder andere angedeutet, augenzwinkernd abgewinkt und gemeint, dass ich es dann schon sehen würde.

Also gesehen habe ich es nicht, und bisher hat es mir auch nicht gefehlt. Oder sagen wir, auch wenn sich mein diesbezüglicher Eifer schon verhältnismäßig früh gemeldet hat, reute es mich kein bisschen, dass eine Jungfrau nicht durch mich ihre Feuertaufe bekam, dass nicht ich der Trokar eines Mädchenschoßes gewesen bin. Mich hat dieser Gedanke sogar irgendwie gebremst, bis zu Jadwiga. Und gar so selten ist mir das Glück nicht beschieden gewesen, dass ich meinen männlichen Gelüsten weibliche Körper dienstbar machen konnte, doch nie um den Preis, dass ich Lilien knickte.

*

Nach dem Matura-Examen im Jahre '12 reisten Franci Winkler und ich mit meinem Vater zur Familie des Ludwig Winkler nach Velgast, und Papa ließ mich nach einer Woche dort zurück. Franci kannte die Gegend schon, er hat oft den Sommer an der Ostsee verbracht. Also, dann lass uns losziehen, das Meer zu sehen! Mit dem Schiff setzten wir auf eine Insel über, es war die Insel Rügen, sie hatte einen breiten, warmen Sandstrand, und das Meer war türkisgrün mit sanft leckendem Wellengang. Und auch die Stralsund gegenüberliegende Küste, wo wir uns in einem Haus für Kurgäste eingemietet hatten, war nicht sehr belebt. Ich wusste nicht, dass ich hier sozusagen nur einen Steinwurf von der Jadwiga meiner Kindheitsträume entfernt war: Zwar hatte man auch früher schon die Verwandten, nämlich die Familie Alfons Winkler, erwähnt, doch dass sie in Stralsund lebten und wir die Türme der Stadt von hier aus sehen konnten und demzufolge auch Jadwiga in der Nähe war, das alles wusste ich damals nicht. Denn Franci wollte nicht, dass wir hier unter familiäre Aufsicht gestellt würden, und ich wusste auch bald, warum nicht.

Er sprach übrigens ein perfektes Deutsch, nicht so wie ich, der ich mich kaum traute, den Mund aufzumachen, obwohl ich mich acht Jahre lang damit abgeplagt hatte (ermutigt von Apovka, dass auch er keinen fehlerfreien Satz zustande brächte und alles nur nach Gehör gelernt habe, trotzdem kenne er keine Hemmungen, rede einfach frei drauflos). Und so kam Franci schon nach dem ersten Mittagessen mit der bierseligen Gesellschaft an den Nachbartischen ins Gespräch.

Sie waren sieben, darunter drei Frauen: Eine Kleine mit Kussmund, blond und wie ein Zuckerpüppchen, die andere schwarz mit einer Haut wie Alabaster, die dritte, eine immerfort lachende Rote mit aufreizend zerzausten Haaren, war dem Alter nach so zwischen Franci und mir.

Im Gespräch kam man bald aufs Politische, natürlich beteiligten sich nur die jungen Männer daran. Verstehen konnte ich kaum mehr die Hälfte oder nicht einmal so viel, und ich fand auch nicht heraus, welche hehren Ideen sie so heftig vertraten, dass Franci auflachen musste. Sie dürften irgendwelche ...isten gewesen sein, Anarchisten, Sozialisten, vielleicht auch Liberale oder sonstige Gottesleugner, Franci sagte später irgendwas in der Art darüber. Und als ich dann die eine von ihnen danach hätte fragen können, ja da interessierte mich schon etwas ganz anderes.

Diese eine von den dreien war die strubbelige Rote, und obwohl wir erst am folgenden Abend zum Reden, zu diesem und jenem kamen, so hat sie mir doch auch schon in der ersten Nacht in die Augen geschaut.

Bei Sonnenuntergang zündeten sie am Strand ein Feuer an, und sie riefen auch Franci hinzu, konnten gar nicht anders, denn der war ständig um sie herum, hängte sich wie eine Klette an sie. Ich werde mich da nicht aufdrängen, sagte ich mir, obwohl es eigentlich nur die Schüchternheit war, die mich davon abhielt, weil mir das Deutsche so schwer von den Lippen kam. Franci gab sich denn auch keine große Mühe, mich zu überreden, er ging zu der lustigen Truppe ans Lagerfeuer zurück, dort muss er offenbar eine Bemerkung über mich gemacht haben, nahm ich an, denn es wurde laut gelacht, hauptsächlich vom weiblichen Teil der Clique.

Nun, das ging mir selbst auf diese Entfernung zu weit, ich kippte beim Ausschank noch etwas Hochprozentiges und machte mich auf zu einem Fußmarsch am Strand. Noch heute sehe ich es mit geschlossenen Augen vor mir, wie das sich verdunkelnde Meer zu meinen Füßen das Tafeltuch seiner Wellen mal ausbreitete, dann wieder wegzog vom glatt gestrichenen Sand, und es zischte und murmelte, als hätten tausend slowakisch plappernde, kichernde Küchenmägde sich gefragt »tscho budje, tscho budje, was jetzt, decken wir auf oder nicht?« Ich spazierte ziemlich weit hinauf und, schon in der Dunkelheit, zurück.

Das Feuer gloste nur noch, und die Gesellschaft saß nicht mehr ringsum, sondern hatte sich in die herangerückten Strandkörbe verkrochen, von daher kam das Lachen, ertönten die Zurufe von einem Korb zum nächsten und das gegenseitige Anbieten von Getränken. Ich ging auch jetzt nicht dorthin, blieb in einiger Entfernung stehen. In diesen aus Weidenruten geflochtenen Umkleidekabinen mit nach außen gewölbter Rückseite gab es in der Tiefe eine Sitzbank, auf der man auch liegen konnte, eng aneinander geschmiegt sogar zu zweit. Und obwohl die Besitzer bei manchen Körben die Laden vorgeklappt hatten, um sie über Nacht durch ein Anhängeschloss zu versperren, fand ich einen offenen Korb und setzte mich hinein. Die oben vorstehende hölzerne Verblendung beschattete mein Gesicht im Mondlicht.

Kurze Zeit darauf regte sich etwas dort bei den anderen, es wurde laut, ein paar junge Männer sprangen auf und machten sich gegenseitig Mut, noch einmal machte die Flasche die Runde, dann liefen sie los, zum Wasser hin. Zuerst waren es nur zwei Burschen, die sich im Laufen ihrer Kleider entledigten und sich, der Mondschein verriet sie, splitternackt in die Wellen warfen. Johlend hieben sie mit den Handflächen aufs Wasser, tauchten ein, rannten dann zurück, um die anderen zu holen, jetzt erhoben sich auch die beiden anderen und Franci mit ihnen, sie zerrten die Mädchen aus den Körben, um ihnen johlend die Kleider abzustreifen.

Mir stockte das Herz, so etwas hätte ich mir nicht einmal vorzustellen gewagt, alle zogen sich pudelnackt aus, und wie quiekende Ferkel in die Kotpfütze stürzten sie sich ins Meer! Auch die jungen Damen ohne jegliches Schamgefühl, ja, die eine oder die andere blieb fröstelnd stehen, statt in die dunkle Gischt einzutauchen, ließ sich bitten und zeigte sich in ihrer ganzen Blöße, schob zuerst ein Füßchen ins Wasser und kreischte, es sei kalt.

Der Badespaß dauerte nicht lang, vor allem die Burschen, die die Mädchen bespritzt und mit ihnen geschäkert hatten, kamen bald heraus, um Badelaken zu holen, nein, dachte ich, die waren doch tatsächlich darauf eingerichtet. Vier umhüllten sich, je zwei zu einem Pärchen, mit den Laken, umklammerten sich zitternd und krochen schnell in die Strandkörbe, mit der dritten, der Blonden mit dem Kussmündchen, schäkerte Franci. Die kleine Nymphe, das Badetuch über den Schultern, rannte los, geradewegs auf meinen Ausguck zu. Kaum zehn Schritte von meinem Strandkorb entfernt, holte Franci sie ein und warf sie sogleich in den Sand, vor meinen Augen wälzten sie sich über- und aufeinander wie zwei nasse, sandbedeckte, nackte Amphibien, als könnten sie nie mehr aufhören, aber auch auf eine Art, dass ich mich (meine Füße auf die Bank in den Schatten hochgezogen und mucksmäuschenstill verharrend) nicht mehr beherrschen konnte, mir flugs die Hose aufknöpfte, um meine Rechte im Hosenschlitz zu versenken.

Danach suchten sie ihre Sachen zusammen und begaben sich mit den anderen zusammen zurück in Richtung Kurhaus. Ein Paar war noch zurückgeblieben, ich hörte den Wortwechsel der beiden aus dem Strandkorb herüber, dann sprang das Mädchen plötzlich auf und stürmte dem jungen Mann davon, mit derangierten Kleidern kam sie energisch ausschreitend in meine Richtung gerannt. Es war jene Gewisse mit dem roten Strubbelkopf. Kaum eine Armlänge von mir entfernt, hielt sie an und rief zurück: »Ich will dich nicht mehr sehen!«, wandte sich um und sah mich. Sie stieß einen verhaltenen Schrei aus, lächelte dann aber gleich, schüttelte verwundert den Kopf und verschwand.

Am nächsten Tag verfing sich ihr Blick während des Mittagessens einige Male in meinem, und am Nachmittag, als ich meinen Hut zog, fragte sie lachend: »Wie geht's?«, schwebte aber, bei einer Freundin eingehängt, in ihrem meergrünen Kleid und unter einem geblümten Parapluie davon, obgleich sie auch noch einmal zurücksah und winkte. Später, als ich sah, dass sie sich für den Strand rüsteten, war ich bemüht, ihnen zuvorzukommen, lief zum Wasser hinunter und legte mich an ihrem Platz in den Sand. Die ganze Gesellschaft rückte kurz darauf an, aber mein Fräulein, jetzt in einem mit roten Spitzen besetzten Badekostüm, beachtete mich überhaupt nicht. Sie lief mit einem anderen Kavalier ins Wasser, von dem sie sich anschließend beim Sonnenbaden kichernd befingern ließ. Ich machte mich schleunigst davon.

Und obwohl ich mir auf der Terrasse des Kurhauses schließlich einen Stuhl an den Tisch dieser Gruppe rückte, war mir die Laune gleich wieder verdorben, als sie, untergehakt und schunkelnd, zu singen anfingen und mir die strubbelige Rote unter der Achsel des unbändigsten Kerls hervor einen spöttischen Blick zuwarf, da räumte ich gleich wieder das Feld. Jetzt war mir aus ihrem Benehmen auch klar geworden, dass dies nicht nur eine Gruppe aufgeblasener Schnösel waren, sie hatten sich für ihre Landpartie ans Meer auch ein paar süße kleine Nutten angelacht. Abseits im Sand sitzend, lauschte ich dem Meeresrauschen.

Plötzlich setzte sie sich zu mir. Ich hatte sie gar nicht kommen hören, als sie sich einfach neben mich plumpsen ließ und mich, das Gesicht auf ihren Knien, anschaute. Ich wollte sie fragen, ob sie vielleicht das Gaudium ihrer Truppe satt habe, doch sie schloss mir mit ihrem rosigen Händchen den Mund, sagte, ich solle mir keine Mühe geben, sie lege keinen Wert auf Konversation.

Ich will hier nicht groß ausbreiten, was danach geschah, und wenn diese Lotti (wie sie sich später nennen ließ) vielleicht auch eine bezahlte Liebschaft war, so geschah zwischen uns doch alles ganz selbstverständlich und schön sauber: Erst schwiegen wir eine Zeit lang, dann nahm sie mich an der Hand, führte mich zum Wasser hinunter (»dummer Kleiner, ich hab's doch gesehen, dass du dich gestern nicht trautest«), zog mir die Kleider aus, legte geschwind auch die ihren ab und zog mich in die Wellen hinein. Dort schlang sie ihre Arme um meinen Hals und, niedersinkend, auch ihre Beine um meine Hüften.

»Lass mich machen!«, das sagte sie mehrmals in dieser Nacht, denn sie ist bis zum Morgen in meinem Zimmer geblieben. Ohne Scham und mühsame Hast konnte ich mich ihrer kundigen Führung überlassen (»langsam, ganz langsam, denn wir haben viel Zeit«); sie bemerkte zwar, dass ich das erste Mal mit einer Frau zusammen war, hat mich aber trotzdem gelobt.*

Sechs Tage ist es her, seit wir kein Wort mehr miteinander gewechselt haben und Jadwiga mich nachmittags einen Bauern schimpfte, sich einschloss und ich mich mit Schnaps voll laufen ließ.

Gegen Abend warf ich Szellő, zum ersten Mal seit letztem Herbst, wieder den Sattel über, trabte durchs kleine Wäldchen und visierte als Ziel die untergehende Sonnenscheibe an. Bei unserer westlich gelegenen Melinda-Flur angekommen, stubste ich die Stute mit den Sporen, wie früher verstand sie sofort: Galopp! Ich beugte mich über ihren Nacken wie in der Hochzeitsnacht über Jadwiga, und das Pferd zierte sich nicht, selbst wenn ich mich zum Fliegen anschicken wollte, würde sie mich nicht bremsen. Recht hat Jadwiga, der Stute kann ich meinen Willen aufzwingen, sie galoppiert, wenn ich es will, mit mir, bis sie umfällt.

* *Also, ich muss schon sagen, der »älteren Generation« erging es ja nicht schlecht! Und dieses kleine Sommerabenteuer, und dass den »zwei guten Freunden« dieses gemeinschaftliche Erlebnis zuteil wurde, ist unheimlich interessant für mich. Bis sie dann acht Jahre später auch bei mir angekommen sind. (Übrigens war ich auch nie im Ausland, nur '69 einmal in der Slowakei.)*

Ich brauche nur einen Punkt ihres Körpers zu berühren, und sie weiß, sie spürt, was ich mir von ihr wünsche.

Wir sind auf vertrautem Pfad, stellte ich (umnebelt vom Alkohol) aufblickend fest, während ich mich, auf Szellő liegend, dahintragen ließ. Beim Durchqueren der Wiese nach dem dritten Flurstück* schlug sie die Richtung, wie vor zwei Jahren so oft, hinunter zum Bachufer ein, wo die verfallene Fischerhütte steht.

Nein, mein Pferdchen! Ho ho, zog ich die Zügel an, dorthin nicht! Ich ließ es rückwärts treten und wendete. Die Weidewiese durchquerend, schlug Szellő wieder den Weg heimwärts ein, bei der Tränke sprang ich ab. So eilig haben wir's nicht!, sagte ich zu ihr, zog Wasser herauf, damit sie saufen konnte.

Ich befahl Szellő, sich längs des Wassertrogs niederzulegen, und streckte mich der Länge nach auf ihren wärmenden Bauch, zu kühl war noch der nackte Boden, in den Himmel starrend, ließ ich die Ereignisse der letzten Wochen noch einmal an mir vorüberziehen. Ich bin nicht ganz unschuldig an allem, leiste aber doch immer wieder Abbitte! Und was tut sie? Warum bittet sie nicht um Vergebung, zumindest für die letzten Demütigungen? Stattdessen bestraft sie mich mit eisigen Blicken, die sie mir brüsk entgegenschleudert. Von ihren früheren, Gott allein weiß welchen, Sünden gar nicht zu reden!, sinne ich seufzend, während ich mich erhebe.

Der abtauchende Sonnenball verfärbt sich purpurrot, als rüste er sich zum Liebesakt, und ist bereits auf dreifache Größe angeschwollen. Er berührt die Erde, und dort, wo er in sie eintaucht, öffnet sich ihr Schoß. Ich versenke meinen Blick in diese glimmende Spalte, die solche Röte ausströmt. Der gigantische Liebesakt ereignet sich allabendlich auf dieser ebensten Fläche der Welt, auf dem Lager, das nicht das kleinste Fältchen wirft.

* *Seither sind die zugunsten der LPG vorgenommenen Zusammenlegungen und Arrondierungen erfolgt und die Flurstücke gänzlich durcheinander gekommen. Und nicht nur die Flurstücke! (Denn vieles ist nicht mehr, wie und was es gewesen. Gut wäre es zum Beispiel gewesen, hinauszureiten. Doch solange die Möglichkeit dazu gegeben war, hab' ichNarr die Zündapp meines Bruders vorgezogen, bis die schließlich auch weg war, und das Draisinefahren.*

Und sogleich sehne ich mich nach Versöhnung, denn mich verlangt nach meiner Jadwiga. Zutiefst!

Beim Absitzen im Hof blicke ich zum Fenster hinauf, das sich zum Laubengang hin öffnet, und just in dem Augenblick, da sie mich hört, löscht meine Frau das Licht. Hat das etwas Gutes oder etwas Schlechtes zu bedeuten? Ich lege hastig meine Kleider ab, wasche mich, gehe hinein und entbiete ihr einen leisen Gruß. Sie antwortet nicht, stellt sich schlafend. Ich gehe zu Bett und warte. Langsam versuche ich, meinen Kopf auf ihr Kissen zu schieben. Jadwiga, flüstere ich. Keine Antwort. Sie zu berühren, habe ich nicht den Mut. Ich versuche es mit: Jadwiga ... milá! Sie nimmt mich nicht zur Kenntnis. Allmählich steigt Verbitterung in mir hoch, all diese Kränkungen beginnen mich zu würgen, und ich koche vor Wut. Plötzlich: raus aus dem Bett, ich stürme hinaus und werfe die Tür hinter mir zu. In der Kammer fahre ich fort, meinen Gram zu ertränken, mit dem Herben aus Vadkert, dazwischen den Sljuhovica, und ich mache mir gleich auf der Truhe mein Nachtlager zurecht, hol' mir den schwarzen, mottenzerfressenen Pelz vom Haken und strecke mich aus – was soll ich's leugnen – reichlich angetrunken.

*

Ich schrecke hoch, rede mit niemandem ein Wort, sondern sattle meine Szellő, reite aufs Gehöft hinaus. Gregor* ist nicht mehr im Haus, wahrscheinlich sind sie, Zelenák und er, zum Pflügen auf dem Haferfeld. Am Brunnen mache ich eine Schnellwäsche, esse, was ich vorfinde, ein Stück mit Paprika bestrichenen Kochspeck und Brot. Krame dann aus meinem Hemd das Notizbuch hervor

* *Unser Ackerhof, das Gehöft draußen, wurde seit jeher nur Gregorgehöft (Gregorskí Sálasch) genannt. Schon seit meiner Kindheit war Gregor ein alter Mann mit schrecklich vielen Falten und einem gelblich-weißen Schnurrbart. Seinen richtigen Namen habe ich noch gar nicht erwähnt: Gergely (Gregor) Klement. Immer schon war er alt. Sie hießen ihn deshalb auch den Stari. Damals gab es neben dem Gehöft noch keine Gleise für die Loren, in denen man die Rüben transportierte, das kam erst später.*

(ansonsten habe ich es in der Truhe, auf der ich die Nacht verbracht habe) und fange an aufzuschreiben: Nämlich, »Jadwiga hat sich eingeschlossen«, und wie sie mich nachher mit ihren Schmähungen beschimpft hat, und auch über das Blut …

Am frühen Nachmittag versuche ich, ein wenig zu schlafen, aber es hält mich nichts mehr hier, auch bin ich hungrig und durstig. So hole ich Szellő aus dem Stall, und los geht's. Wie seinerzeit vor zwei, drei Jahren, wenn es mich juckte, Mamovkas Joch abzuschütteln, und ich sagte: »Ich schlafe bei Gregor draußen, weil wir schon zeitig in der Früh anfangen wollen.« Und dann fing Gregor doch allein zeitig in der Früh an, weil ich meist erst um diese Zeit von meinen nächtlichen Streifzügen zurückkam.

Ich kehrte außerhalb, nämlich in den Schenken von Kamarás oder Szölős ein, und obwohl man mich hier wie da nach einiger Zeit kannte, war ich dort nicht so sehr den Blicken der Leute ausgesetzt, als wenn ich mir daheim im Gasthof am Hauptplatz hätte vom Zigeuner aufspielen lassen, was Mamovka gewiss schon zu Ohren gekommen wäre, bevor ich selbst noch daheim sein konnte. Und so ist draußen bei den Kamaráser Gärten und in den Weingründen auch geheim geblieben – worüber sich die beiden Wirte zuerst nur lustig machten, es dann aber kopfschüttelnd akzeptierten, dass der wohlbestallte Herumtreiber nämlich immer leere Taschen hat und die Zeche auf seine Weise begleicht. Bei der Mutter ist nämlich an Barem nichts zu holen, und so besorgt er sich an manchen Abenden, wenn er loszieht, vom Kornspeicher ein Säckchen Getreide, wirft es über den Sattel und zahlt für den Wein mit Weizen.

Und auch für die Liebe, und das weiß wahrscheinlich niemand.

Da ich schon bei Lotti Bekanntschaft mit dem schwachen Geschlecht gemacht hatte und die Liebe kosten durfte, war ich fortan auch in heimatlichen Gefilden bemüht, nicht zu sehr nach solchen Freuden schmachten zu müssen. Ich genoss sie mit Erzsi. Als Liebesnest diente uns oft die Fischerhütte am Bach*, die noch

* *Es gibt sie schon lange nicht mehr.*

Apovka hat bauen lassen und wohin mich Szellő gerade am Abend zuvor bringen wollte.

Ich hatte nämlich seinerzeit in der Szőlőser Schänke einen Bekannten angegangen, ob er nicht ein Weibsbild in der Gegend wüsste, die für so etwas zu haben wäre und auch nicht gerade grundhässlich sei. Aber es sollte doch keine sein, zu der schon andere gehen, andererseits aber auch nicht ein Mädchen, das bei jedem Männerblick rot wird, wenn sie kapiert. Also ... und er kratzt sich nachdenklich hinterm Ohr, doch dann hellt sich seine Miene auf: Weißt du was? Probier es bei dieser gewissen Erzsi! Sie ist ein verdammt aufreizendes Weibsbild! Eine junge Witwe, ziemlich hochnäsig, gibt schnippische Antworten, schaut aber doch sehr herausfordernd!

Gut, ich ließ ihr also durch diesen Menschen sagen, dass ich am nächsten Tag bei Einbruch der Dunkelheit in Szőlős an der Ecke des Kapellengartens sein würde, vielleicht könne sie ja in diese Richtung spazierengehen ... Sie gab ihm zur Antwort, ihr soll niemand etwas sagen lassen, sondern könne, wie sich's gehört, kommen, wenn er etwas von ihr wolle. Das hat mir gleich gefallen.

Ich ging hin, und nach einem Stündchen funkelten mir von der anderen Seite des Tisches ihre Augen wirklich schon vielsagend zu. Als ich aber nach ihrer Hand griff, zog sie sie weg. Und danach sagte sie etwas, dass mir der Mund offen stehen blieb.

Sie habe begriffen, was ich von ihr wolle, doch empfinde sie keine besondere Zuneigung für mich. Wie denn auch so hoppla hopp? Aber selbst wenn sie eine solche hätte, wär' da nichts, denn ich suchte ja nur das Abenteuer und mein Vergnügen, doch als Beutegut von dieser Sorte sei sie nicht zu haben. Ich versuchte, sie mit Schmeicheleien und Komplimenten zu ködern, worauf sie sich bald vom Tisch erhob, da ich ja offenbar nicht verstehen wollte: Für billige Liebe komme sie »geschenkt« nicht in Frage.

Ich machte große Augen: Wie ...?

Sie nickte: Ja, so! Noch in meiner Mädchenzeit sagte mir einmal ein Gutsverwalter, ein fescher Mensch übrigens, ich hätte et-

was zu bieten, das ich mir immer gut honorieren lassen sollte.*
Auch mein seliger Gatte musste den Preis dafür bezahlen, hat mir einiges hinterlassen. Obwohl er die Gegenleistung gar nicht lange genießen konnte.

Seltsam, sagte ich mir, als ich das erste Mal über ein vermutlich käufliches Mädchen gestolpert war, gab sie sich gratis hin, jetzt, da ich eine Geliebte suche, will die im Vorhinein den Preis aushandeln.

Ich musste lachen und schüttelte verwirrt den Kopf, war verlegen, und das Verlangen feuerte mich an, denn da hatte sie mich schon betört, und ich spürte, dass ich wie ein Backfisch errötet war. Nun gut ... Aber was hielte sie denn für angemessen?

Also hören Sie gut zu!, und sie stemmte ihre Fäuste in die Hüften wie eine Aufkäuferin auf dem Viehmarkt. Ich muss mir davon nicht mein tägliches Brot kaufen. Und will nicht jedermanns Liebchen sein! Ich schau mir schon ganz genau an, wen ich auf mich rauflasse. Sie sind kein armer Mann und würden mir, wenn ich es darauf anlegte, so viel geben wie ich will! Aber ich will Sie nicht ausnehmen: Nach einer ersten Probe sagen Sie und auch ich, was es uns wert ist, und wir einigen uns.

Hitzewellen der Erregung fluteten da bereits so heftig unter meinem Hemd, dass ich es am liebsten auf der Stelle probiert hätte, doch da machte sie fürs Erste rundweg Schluss. Ich solle mich beruhigen, sie löste meine zudringlichen Hände von ihrer Garderobe, gebot mir zu gehen und morgen wiederzukommen, aber erst bei Dunkelheit, denn sie müsse auf ihren Ruf achten.

Zu dieser Erzsi ging ich also, sooft ich es mir leisten konnte. Denn Geld hatte ich kaum, und so karrte ich auch zu ihr Weizen oder Mais, gelegentlich brachte ich ihr ein paar Hühnchen, eine Ente, manchmal stahl ich auch ein Lamm aus dem Pferch auf unserem Melinda-Gehöft (eigentlich wollte ich ein Ferkel mitgehen

* *Einmal fragte ich den Wirt in dieser Schenke, nur so zum Spaß, ob es denn hier nicht irgendwelche einsame »Herzchen« gibt, doch dann blieb es dabei. Ich weiß nicht, wieso, aber in späteren Zeiten waren solche »Gibst du mir, so geb ich dir«-Geschichten in Liebesangelegenheiten gar nicht vorstellbar (zumindest nicht mit appetitlichen Frauen).*

lassen, aber das hat so laut gequiekt, allerdings habe ich später, als ich einmal Frischlinge zum Händler Hruska beförderte, eines bei ihr abgeliefert). Doch ich musste ständig auf der Hut sein, damit das Gesinde nichts merkte und mich bei der Mutter verpfiff. Aber Erzsi ließ nicht locker: Ist gut ... räumte sie auf mein Nörgeln ein, ja, ja, dass auch sie ... ihren Spaß mit mir hat und, nicht wahr, mich natürlich auch leiden mag, aber damit wir uns gegenseitig einmal nichts vorzuwerfen haben, sollten wir eine genaue Abrechnung machen. Und damit notierte sie, was man gerade auf dem Markt für drei Paar Würste zahlt. Doch ansonsten erwies sie sich als eine wunderbare Bettgenossin, befriedigte mit viel Einfallsreichtum meine männlichen Sehnsüchte. Und kaum etwas ist davon nach außen gedrungen.

Das war mir in der Kamaráser Schänke durch den Kopf gegangen, und auch wieder Jadwiga. Ich trank bis Mitternacht, bekam auch zu essen, aber mein aufgepeitschtes Gemüt da drinnen ließ sich nicht besänftigen. Ich hockte grübelnd, in mich versunken, da, überlegte, ob ich vielleicht bei Erzsi vorbeischauen sollte (wenn es sie überhaupt noch gibt und sie mich hineinlässt) oder was ich sonst anfangen könnte. Dann aber betrank ich mich in aller Stille. Im Vollrausch kletterte ich in den Sattel, und wäre Szellő nicht gewesen, ich hätte die Nacht im Straßengraben verbracht. Beinahe wäre sie mit mir auch heimgegangen, doch riss ich am rechten Zügel, nicht nach Hause, hinaus zu Gregor wollen wir. In der Küche suchte ich mir ein Lager, der gute Alte kam in Unterhosen aus dem Bett gekrochen und sah nach mir, brachte dann, ohne zu fragen, ein Federbett für mich.

Gegen Mittag bin ich aufgewacht, Gregor war gerade heimgekommen, um nachzusehen und mir etwas zu essen zu geben, danach diktierte er mir, was er mit Medovárszki bezüglich des Stallbaus ausgemacht hat. Wenn ich den Meister treffe, werde ich mir die Sache unterzeichnen lassen. Ich blieb auch am Nachmittag noch da, und welcher Hund träumt nicht vom Knochen, ich schrieb jetzt nieder, wie das seinerzeit mit Lotti war.

Ich, András Osztatní, traf am 3. April 1915 mit dem Meister eine Übereinkunft wegen der Maurer- und Zimmererarbeiten, die bei der Erstellung eines Stalles auf dem Vinyica-Einödhof anfallen werden. Länge des zu errichtenden Gebäudes 10 Klafter, Breite 4 Klafter. Name des Baumeisters Mihály Medovárszki, der die angeführten Arbeiten zum Betrag von 110 Kronen übernimmt. Aus gebrannten Ziegeln sind vorgesehen 4 Zoll über dem Grund und anderthalb Zoll in der Erde. Unterhalb der Ziegel ist 2 Zoll tief für das Fundament auszuheben und wieder festzustampfen. Die Wände aus gestampftem Lehm über dem Mauerwerk sollen 9 Zoll hoch sein, so dass der große Balken 10 Zoll vom Boden kommt. Zwischen den Querbalken aus gestaktem Flechtwerk und Stakhölzern mit Stroh-Lehm-Umwicklung ein gestreckter Windelboden, der oberhalb mit einem halben Zoll als Lehmestrich und unterhalb zwischen den Balken mit Lehm abgeglichen werden muss. Die Tür soll, den Erfordernissen entsprechend, aus zwei Flügeln angefertigt sein. Für die Futterkrippen gilt: die eine quer, die anderen zwei ans Ende, darunter die unteren Bettungshölzer an die Pfosten genagelt und ins Mauerwerk eingelassen. Zwei Fenster, ferner einen kleinen Pfosten und die Heuraufe anfertigen. Auf dem Heuboden zwei Türen, in die zwei Fluglöcher für die Tauben einzuschneiden sind. Den Taubenschlag mit hölzernen Latten oder mit Schilfgeflecht abgrenzen und mit Lehm verschmieren. Die Mitte des Stalles mit hochkant gestellten gebrannten Ziegeln auslegen. Wo die Einstellplätze hinkommen, die Stangen einbetten, die Krippenstangen ordentlich gerade geschnitten, auch wenn sie aus Akazienholz sind, und sauber in die Wand einbauen, kurzum alles, was die Maurer- und Zimmererarbeit betrifft. Die Bezahlung erfolgt entsprechend der geleisteten Arbeit in Raten.

Als Anzahlung sind 15 Kronen zu entrichten.

Mihály Medovárszki eh.

*

Heute Ankunft des Grafen Vaclavszky vor dem Gasthof.

Was für ein schneidiger Auftritt von einem Mann in den besten Jahren, der mir missfällt, wiewohl ich ihn bestaune.

Wie er sich selbst auf den Kutschbock schwingt und seinen Paradekutscher nach hinten in den Kaleschensitz schickt, wo nur für einen Platz ist, für den Grafen und sonst niemanden, jetzt spreizt sich dennoch der Kutscher darauf. Wie der Graf die im prächtigen silberbeschlagenen Zaumzeug stehenden fünf kohlrabenschwarzen Vollblutstuten zum Galoppieren bringt, mit denen er, das wird erzählt, schon unzählige Fahrturniere gewonnen hat. Wie er einem Wirbelwind gleich auf der Hauptstraße daherrattert, dass der Staub aufstiebt, am Ende, bereits aufrecht stehend, die zehn Stränge der Fahrleine in die Linke nimmt, mit der Rechten nach der langen, mit Quasten verzierten Peitsche greift, um das Gespann anzutreiben, während er selbst wie der bogenförmig gekrümmte Peitschenstiel nach vorn und nach hinten schwingt. Und wie er schließlich an der großen Kirche die Zügel nach rechts reißt, worauf der Zug vom Hauptplatz in die Breitestraße einbiegt, er selbst bereits, obwohl noch in voller Fahrt, geradewegs vom Bock springt, punktgenau vor dem Gasthof, und noch mit demselben Schwung seinem Kutscher hinten die Leine zuschleudert. Und wie er, ohne zu ächzen, auf dem Boden landet, sich nur noch den gestickten Rock zurechtrückt und bereits durch die mittlere Tür des Gasthofs ins Kaffeehaus schreitet, ohne seinem Prachtgespann auch nur einen Blick hinterherzuschicken, das dann regelmäßig halbe Tage auf dem Platz vor dem Gasthof herumsteht und zuzuwarten hat.

Und das will doch, wie man's auch nimmt, etwas heißen!

Es wird berichtet, er habe – bei den behördlichen Mamelucken war einmal eine seiner Eingaben allzu lange liegen geblieben, und er hatte dadurch bereits unter ernsthaften finanziellen Einbußen zu leiden – beim Komitatshaus nicht so lange warten wollen, bis die Federfuchser vom Mittagstisch zurückkämen, und sei mit seinem Gespann direkt zu ihnen auf die Kasinoterrasse mit den gedeckten Tischen hochgefahren.

Vielleicht schadet es nicht, wenn man den Menschen gelegentlich einen Denkzettel hinterlegt.

Noch viele Jahre später wurden im Gasthof vom Gesinde allerlei Tratschereien über Graf Vaclavszky herumerzählt. Natürlich vor allem, als er nicht mehr lebte, und da er keine Nachkommen hatte und mit ihm das Geschlecht erlosch, verfiel sein Meierhof allmählich. Da er seine Stadtvilla nicht besonders schätzte, ließ er sich einen Karolina-Gehöft genannten Maierhof bauen, auf dem er auch am liebsten weilte. Das ganze Anwesen bestand zwar nur aus einer kleinen Ansiedlung von 20–30 Katen, aber er selbst hatte dort ein Herrenhaus, das mit der eigenen artesischen Warmwasserquelle beheizt werden konnte. Im Hof baute man sogar ein Becken mit heilsamem Thermalwasser. (Seit dem Zweiten Weltkrieg und bis heute ist es von dichtem Unkraut überwuchert.) Von einem befreundeten, ein wenig verrückten Ingenieur ließ sich der Graf mit Hilfe einer Schaufelradübersetzung die Antriebshitze der Thermalquelle an die alte Windmühle anschließen, die natürlich zusätzlich auch noch durch Windkraft angetrieben wurde, und die hat dann durch Installation eines Generators wie ein kleines Kraftwerk die gesamte Ansiedlung mit Strom versorgt. In den Katen fürs Gesinde hat man Glühbirnen aufgehängt und diese kostenlos mit dem elektrischen Strom gespeist, was natürlich an dem bei vielen herrschenden Elend nicht viel geändert hat. Solche Spinnereien hatte er im Sinn! Meist auf Kosten einer vernünftigen Wirtschaft. Und wie man hört, hat er da draußen sogar Orgien gefeiert. Angeblich gab es einen Verwalter, der die Weiber anschleppte, für Trinkgelage und nackigen Badespaß mit ihnen. Doch geredet wird viel. (Manche wollten gar von seiner übergroßen Rute wissen und berichteten, er habe sogar seine preisgekrönte Vollblutstute mit hochgebundenem Schweif von einem hohen Stuhl aus … Aber so etwas ist natürlich die Ausgeburt einer schmutzigen Fantasie des niedrigsten Pöbels.)

*

Jadwiga macht Eintragungen in Ondris' Tagebuch (1)

Jetzt komme ich also schon über Ihre Eintragungen zu Ihnen.

Schlage den verblichenen indigofarbenen Leinenband auf, als würde ich ein verwaschenes Hemd über seiner Brust auseinander klappen und anhand der Spuren am Körper und auf dem Gesicht zu lesen anfangen. »Satschínam túto knjischetschku. Ich, András Osztatní, beginne dieses Büchlein mit meinen Eintragungen den 5. Februar 1915, am Tag vor meiner Hochzeit.«

Sie streichle ich, Ihnen folge ich mit meinem Finger zwischen den blasslila Linien. Eine ganze Weile bin ich nur mit den Augen die Zeilen entlanggeglitten, doch jetzt meine ich zu spüren, Sie sträuben sich nicht mehr dagegen, dass ich das Tagebuch mit meiner Hand berühre, ja mit der Feder über die Seiten des Tagebuchs, über Ihren Körper, scharre. Wenn ich einstmals keine Spuren mit meinen Fingernägeln auf Ihrer Haut hinterlassen habe, so tue ich es nun auf diese Weise. Und wenn ich das Buch schließe, lege ich meinen Kopf darauf wie auf Ihre Brust.

Ich schreibe und lese in Ihr Tagebuch hinein, wenn ich Ihnen etwas sagen will, Ihre Stimme hören möchte, wenn mich danach verlangt, Ihre die Feder führende Hand, Ihr nachdenkliches Haupt oder in den hinterlassenen Geschichten Ihre jungenhafte Gestalt zu sehen (meinetwegen auch in den Armen oder im Schoße anderer Frauen), und uns beide, so wie Sie uns damals sahen.

Wie sehr es mich reut, dass Sie mir dieses Buch nicht früher in die Hand gegeben haben! Mir Ihre Geheimnisse erst anvertrauten, als Sie den Ruf vernahmen, den ich mir immer als Alarmsignal einer Schiffssirene vorstelle. Warum durfte ich Ihr Tagebuch erst vom Grund der großen Truhe hervorkramen, als Sie nicht mehr unter uns waren?

So oft hätte es uns doch helfen können, zurückzufinden auf das erneut zueinander führende Gleis, wenn wir gegenseitig hätten begreifen und auch mehr voneinander aufnehmen können, was in der Tiefe des nie in seiner ganzen Vollständigkeit zu begreifenden anderen Menschen schlummert und ihm keinesfalls mit Gewalt entrissen werden kann, das zudem auch nur ein verzerrtes Bild ergäbe, wenn wir es ihm heimlich entlocken wollten; eine Schamlosigkeit wäre dies obendrein.

Ich schämte mich auch ein wenig, als ich (vor ziemlich langer Zeit) in der Truhe nach etwas stöberte, dabei auf das Buch stieß und mir die Eintragung ins Auge fiel, »dass ich heute, den 6. Februar 1915, endlich Maria Jadwiga Palkovits zum Traualtar führen darf«, und es nicht sogleich wieder zuklappte, sondern die Seite bis zu Ende las.

Und wie oft haben Sie mich verschämt dafür um Entschuldigung gebeten, dass Sie mich zu Beginn unserer Ehe gewaltsam zum Geständnis in einer Sache zwingen wollten, über die ich in einem vertraulichen Augenblick schon selbst zu reden begonnen hatte, doch sind Sie damals voll Ungeduld und erregt über mich hergefallen: »Na, heraus damit! Wann, wie und mit wem?« Da war ich nicht mehr imstande, Ihnen zu antworten, glaubte, dass mir nun die Möglichkeit, ein ehrliches Geständnis abzulegen, für immer verbaut sei. Und vielleicht wäre ich auch erst jetzt, hier beim Schreiben, fähig, darüber zu reden.

Und wie oft, Ondris, haben Sie mir Ihre tiefe Reue dafür bezeugt, dass Sie mich schließlich auf so erniedrigende Weise zu Ihrem Eheweib gemacht haben! Doch wird es für immer meine Schmach bleiben, dass Sie vergebens Buße taten und ich doch niemals verzeihen konnte und dass Verschiedenes, was ich Ihnen zumutete, auch eine Trotzreaktion war und nicht allein aus innerem Antrieb, nicht einer inneren Stimme folgend, geschah, die ja schon für sich allein als Motiv ausgereicht hätte.

Vielleicht wäre es hilfreich für uns beide gewesen, wenn wir uns auf Gefilde gewagt hätten, auf denen Sie sich schon als Jüngling umgetan haben, als Sie sich diesen Blättern anvertrauten, und ich nicht erst jetzt in den Bereich Ihrer Geheimnisse eindringen würde. Denn uns so zu begegnen und in diesen inneren Gefilden zu finden, war uns nie vergönnt.

*

Ursprünglich folgte hier nicht dieser Abschnitt, er ist nur an dieser Stelle eingefügt worden:

Misu hat sich heute schon am Morgen hinausbegeben, sitzt nun endlich einmal nicht mit schmerzerfülltem Gesicht den ganzen Tag daheim herum, er ist zu den Eisenbahnern hinübergegangen (vielleicht schaut er auch bei Marci und den seinen draußen auf dem Gehöft vorbei*), und ich bin allein mit Ihnen zurückgeblieben, ganz ungestört.

Wo könnte ich also anfangen?

Ich vertraue Ihnen, mein Teurer, moj Milji, als Erstem mein lange gehütetes Geheimnis an und bin mir nicht im Klaren darüber, ob es vielleicht besser gewesen wäre für uns, wenn Sie gewusst hätten, dass ich bis zu dem Tag, an dem er in der Blüte seines schaffensreichen Lebens plötzlich von uns gegangen ist, einen Mann geliebt habe: meinen Vormund, Ihren Vater, György Osztatní.

Falls Sie wissen möchten, seit wann und wie, so müsste ich erwidern, seit ewigen Zeiten, mit ganzer Seele und aus vollem Herzen. Was der Grund für diese meine Zuneigung gewesen ist, das würden Sie vielleicht als die Anhänglichkeit eines Kindes zum gütigen Papa (auch ich habe ihn so genannt) abtun, als Kindesliebe und Dankbarkeit, die in der Fantasie des sich nach Gefühlen sehnenden Backfischs zur wirklichkeitsfremden Schwärmerei für ein Idealbild geworden ist, und ich hätte es für Liebe gehalten. Anfangs war es gewiss auch so. Wahrscheinlich aber nie nur so.

Wie selten wir doch über unsere Eltern gesprochen haben,

* *Nun, dergleichen hat es nicht oft gegeben (das könnte etwa im Mai 1937 gewesen sein).*

nicht wahr! Und ich hatte keine Ahnung, wusste wirklich nicht, mein Teurer, was Sie über sie wussten. Erst hier lese ich, was Sie vom alten Gregor erfahren haben, dass Papa eventuell »die Tochter des Schulmeisters und Kantors Ponyiczky«, meine Mutter, heiraten wollte, also dass sich die beiden füreinander entschieden hätten. Wenn dabei nicht gerade jene Frage unbeantwortet geblieben wäre, ob ihrer freien Wahl ein Hindernis im Wege stand oder nicht! Denn ich gehe davon aus, es ist für Sie wie auch für mich ein ungelöstes Rätsel geblieben, warum die Liebe unserer Eltern in die Brüche gehen musste. Denn einerseits sieht die plötzliche Verlobung und die Hochzeit unseres Papas György mit Mamovka Racskó sehr nach einer Trotzhandlung aus, das spricht sowohl aus Ihren Zeilen wie auch aus den knappen Worten, die mein Vormund darüber verlor. Andererseits aber weiß ich über das, was zwischen meinem Vater und meiner Mutter war, überhaupt nichts. Nichts über irgendein Gefühl füreinander noch von einem notgedrungenen Sichabfinden, nichts darüber, warum und wie sich ihrer beider Leben für eben diese, einen Augenaufschlag währende Zeit verbunden hat, in der ich gerade nur gezeugt werden konnte.

Was mag diese vier Menschen, Ihre und meine Eltern, glücklich gemacht und enttäuscht, was können sie empfunden haben, als sie am selben Tag ihren jeweiligen Partnern die Treue schworen? Und könnten sich nicht vielleicht Ihr Vater und meine Mutter, wiewohl voneinander getrennt, auch gegenseitig etwas geschworen haben? Denn wie hätte mir denn mein Papa György sonst ein liebevollerer Vater sein können als der eigenen Tochter? Und wie konnte noch Jahrzehnte nach ihrem Tod meine Mutter den bevorzugten Platz im tiefsten Winkel seines Herzens einnehmen (denn mir gegenüber hat er daraus nie ein Geheimnis gemacht), wüssten Sie eine Antwort darauf?

Ich kann sie nicht geben, spüre nur die Kraft dieses Gefühls, das, Segen und Fluch zugleich, in unseren voneinander getrennten Eltern Wurzeln geschlagen hat und sich dann wieder in Papas heimlichen Begegnungen mit mir (und meiner sich in mir verkörpernden Mutter) fortsetzte, das schließlich Sie und mich, ohne uns je loszulassen, aber auch auf ewig trennend, fatal umschlungen hat.

Wissen Sie, Papa wurde, wenn er mich in meinen verschiedenen Schulen besuchte, für meinen leiblichen Vater gehalten. Aber ich habe nie geglaubt, dass er mein Vater sein könnte. Mamitschka Anka, meine Amme, und meine Ziehmutter, die Pfarrersfrau Mama Judit, berichteten mir nämlich seit meiner frühesten Kindheit so manches über meine verstorbenen Eltern. Später wusste ich, Papa hatte sie darum gebeten, damit ich viel über sie erfuhr, über Maria Ponyiczky, die Mutter, und über meinen Vater Endre Palkovits, selbst wenn ein Schleier ihr verhängnisvolles Schicksal umhüllte. Und ich sollte auch erfahren, wie ich zu meinem Namen gekommen bin. Denn Jadwiga wollte mich meine Mutter nennen, mein Vater aber ließ dennoch ihren Namen, Maria, als Ersten für mich eintragen.

Oft versuchte ich mir die Gestalt meiner Mutter vorzustellen, und später glaubte ich, Erinnerungen an sie zu haben. Ich besaß (und wie Sie wissen, verwahre ich sie auch) von ihr drei Fotografien* (sie war als Mädchen, als junge Frau herzergreifend schön, und nicht nur ich hielt sie für schön), mir sind ein, zwei Tücher von ihr, ein paar Tischdecken geblieben, ich bekam ihre Bettwäsche, und seit meinen Kinderjahren bis zum heutigen Tag schlafe ich auf dem Kissen, das sie selbst mit Weißstickerei verziert hat. Man erzählte mir auch ein paar dumme kleine Geschichten aus ihrer Mädchenzeit, denn zum Glück haben meine Ersatzmütter sie gekannt. Mamitschka Anka war einige Jahre als Dienstmagd bei uns im Lehrerhaus, bevor sie wegen Mutters Erkrankung zu meiner Amme geworden ist. Und Mama Judit war die Leiterin des evangelischen Mädchenchors, und meine Mutter hat dort auch Mandoline gespielt.

Im Einschlafen glaubte ich meine Mutter ein Schlaflied summen zu hören, im Traum liebkoste sie mich mit den Lippen, ein andermal sah ich ihr beim Kochen zu, dann probierte sie mir ein Röckchen an, ich stand auf dem Tisch und stürzte mich von dort

* *Von ihnen sind jetzt nur noch zwei erhalten.*

in ihre Arme. Am häufigsten aber träumte ich von ihr, ich sitze im Pfarrhaus am Rand meiner Bettstatt und rufe sie, sie legt mir ihren Zeigefinger auf die Lippen und sagt leise psst!, hängt sich die Mandoline mit der blauweißen Kordel um, schiebt sich das Instrument nach hinten auf den Rücken und geht auf Zehenspitzen zum Fenster, setzt sich auf die Fensterbank und tritt dann, ohne weiter innezuhalten, im Nachtgewand und barfuß hinaus, schreitet über den Rasen im Hof, um dann langsam ins Bachtal hinabzusteigen. Ich bin flugs ans Fenster geeilt, beobachte sie von dort, rufe ihr nach, doch aus meiner Kehle dringt kein Laut. Ich verstand auch später nicht, wie ich sie im Traum sehen konnte, da ich mich doch nicht an sie erinnere. Aber gesehen habe ich sie, damals, als ich ein Jahr alt war, habe ich sie gesehen und gehört.

Einmal, in der Kapelle in Sankt Pölten, vernahm ich während einer nächtlichen Meditation, als ich in eine der Ohnmacht ähnliche Verzückung gefallen war, möglicherweise von jenseits der Tür, gellende Schreie, und ich wusste, dass es Mutter war. In dieser traumähnlichen Halluzination hob mich jemand hoch, drückte mich an seine Brust und rannte lange mit mir. In den Sommerferien ging ich zu Mamitschka Anka, erzählte ihr mein Erlebnis, und sie meinte, es könnte sich durchaus so zugetragen haben. Als nämlich Mutter starb, da habe sie gerade zuvor nach Hause laufen müssen und mich kurz der Nachbarsfrau anvertraut, die mich dann gepackt habe und mit mir zu ihr, der Anka, gerannt sei.

Die grausame Möglichkeit, dass meine Mutter vielleicht mit eigener Hand ihrem Leben ein Ende bereitet hat, wies Mamitschka Anka entschieden zurück, wiewohl ich gehört hatte, dass so etwas geredet wurde. Und Papa wollte darüber nicht sprechen. Es gab während meiner Backfischjahre eine Zeit, da ich ihn immer wieder gefragt habe, wie meine Eltern gestorben sind. Dein Vater starb an einer Blutvergiftung, bei deiner Mutter war es so etwas wie Kindbettfieber, doch wir wollen nicht mehr darüber reden! Und vergeblich wendete ich ein, damals wäre ich doch schon ein Jahr alt gewesen, so lange könne doch kein Kindbettfieber dauern.

Das meiste über meine Mutter habe ich dennoch von Papa erfahren. Auch als ich klein war, sprach er häufig von ihr. Niemals versäumte er, wenn er mich besuchte, wenigstens zu sagen: »Wie deine Mutter sich freuen würde, wenn sie dich jetzt sehen könnte«, oder: »Wunderschön ist dein Haar, so schön wie das deiner Mutter war.«

Doch am meisten hat mich ergriffen, als er mich nach bestandener Matura in Sankt Pölten zum Abendessen ausführte und dabei etwas so Wunderbares, so erschütternd Bewegendes erzählte. Wir saßen auf einer Terrasse, von der aus man auf den Park blickte, Papa ließ zur Feier des Ereignisses Champagner servieren, und damals sprach er zum ersten Mal über die Liebe zwischen ihm und meiner Mutter.

Als ich ihre Geschichte hörte, fiel es mir wie Schuppen von den Augen, aufgewühlt wie ich war, spürte ich, dass all die Sehnsüchte, die auch bisher schon tief und wirr in meiner Seele geschlummert hatten, jetzt mit einem Mal erwachten. Einerseits das sehnsüchtige Verlangen, meine Mutter, die ich so sehr vermisste, auf diese Weise zu finden, gleichsam eins mit ihr zu werden und zugleich unser beider Leben zu leben. Und andererseits entwickelte sich daraus eine zweite Sehnsucht: jetzt, da ich bereits reif genug war, diesen Mann auch als Frau lieben zu können, für Mutter und mich gemeinsam, die wir ihn wahrhaft geliebt haben (im Gegensatz zu Mamovka, die ihn schon, das wusste ich, von Anfang an gekränkt und lieblos behandelt hat).

Über meine mir selbst immer klarer werdenden Gefühle durfte ich ihm nichts sagen. Doch konnte ich fortfahren, für ihn zu schwärmen wie zu der Zeit, da ich noch ein überschwängliches, freches, junges Ding war, und dabei meinen Kopf an seine Brust zu legen, wenn er etwas Liebes und Erheiterndes sagte, sein Gesicht mit Küssen zu bedecken. Später konnte ich ihm auch noch mein Herz ausschütten, musste aber über das, was mich immer mehr erfüllte, Stillschweigen bewahren.

*

Hier musste ich abbrechen, denn mein Marci und seine Marka*
sind inzwischen gekommen. Obwohl sie nur auf dem Weg hinaus zum Gehöft bei uns hereinschauten, hat es mir doch die Laune verdorben, und ich schrieb nicht mehr weiter.**

Nach meiner Matura wartete ich dann aufgeregt darauf, dass Papa mich endgültig aus Sankt Pölten abholte und wir nach Stralsund reisen würden, wo er mich bei Alfons Winkler*** und seiner Familie unterzubringen beabsichtigte. Ich wusste, dass er sich Sorgen machte und sich fragte, was er nun mit mir anfangen sollte. Am liebsten wäre ich mit ihm nach Hause gefahren, damit ich möglichst oft in seiner Nähe hätte sein können, doch ich wagte nicht, ihm das vorzuschlagen. Und außerdem, wo hätte er mich unterbringen sollen? Mich bei sich aufzunehmen, war unmöglich, im Pfarrhaus konnte ich mich nur noch als Gast aufhalten, außerdem wäre es von dort noch schwieriger gewesen, ihn zu treffen. Also fand ich mich damit ab, dass er mit mir noch weiter wegfuhr, aber ich hoffte, es wäre nur für den Übergang ... Ob ich wirklich damit rechnete, dass uns das Schicksal nach dieser Zeit schließlich doch zusammenführen würde, darauf möchte ich nicht schwören. Vielleicht hegte ich auch nur die Hoffnung, dass ich hoffen dürfte.

Ich wartete also auf ihn (wie später noch so oft, und es war nun ein ganz anderes Warten als früher in meiner Jungmädchen-

* *Márton Osztatní, geboren am 9. Oktober 1916, heiratete Maria Rocskár am 23. April 1936.*

** *Es ist nicht verwunderlich, dass sie sich über Marka nicht freute.*

*** *Das war noch im Sommer 1906. Damit man die Dinge auf die Reihe bringt, denn sie schreibt keine Jahreszahlen: Geboren ist Jadwiga am 1. März 1887 (ihr Vater, Endre Palkovits, ist im selben Jahr verstorben, ihre Mutter, Maria Ponyiczky, im darauf folgenden Jahr: 1888). Um 1889 war sie mit Mamitschka Anka bei der Familie des Geistlichen Herrn Szpevács (nämlich bei der Mama Judit). Ungefähr ab 1898 in Pest bei den Englischen Fräulein und etwa ab 1902 bis 1906 in der Klosterschule Sankt Pölten. Also kam sie 1906 zur Familie Winkler in Stralsund, wo sie bis Februar 1915, dem Jahr ihrer Heirat, geblieben ist und nach landläufiger Meinung bereits eine, wie man zu sagen pflegt, »alte Jungfer« war. Während ihr Ehemann Ondris (geboren am 21. November 1892) da gerade die 22 hinter sich ließ, er war um 5 Jahre, 8 Monate und 20 Tage jünger als seine Gattin.*

zeit, als ich noch nicht dieses wilde Herzklopfen spürte) und fieberte der Reise entgegen. Er hatte mir eine zwei Wochen dauernde Fahrt kreuz und quer durch Deutschland versprochen, wir wollten nach unserer Lust und Laune umherreisen und uns erst danach in Stralsund einfinden.

Vielleicht spürte er auch, dass nach meiner Schulzeit ein anderer Ton, eine andere Sprache zwischen uns gesprochen wurde, dass die Blicke, die Gesten andere waren, und in der Tat, auch er zeigte sich mir gegenüber oft verlegen, gar nicht zu sprechen von meinen häufig wechselnden Stimmungen, dem plötzlichen Verstummen, meinem Verlangen, bald zu lachen, bald zu weinen, beleidigt zu sein und sich zu versöhnen, also von meinen wetterwendischen Launen während dieser ganzen Reise.

Ich wusste, auch er spürte es, dass etwas mit uns geschah, was wir bisher nicht kannten und über das wir auch nicht sprachen. Doch war ich mir nicht im Klaren darüber, ob wir beide um dieselbe Sache einen Bogen machten oder ob er nur deshalb verlegen lachte, mit seinem Blick an mir hängen blieb oder mich mit ausgebreiteten Händen fragend ansah, weil er nicht wusste, wie es jetzt weiterging, und auch ich nicht wusste, ob ich mich auf unseren Spaziergängen noch bei ihm einhaken durfte, denn mal zieht er seinen Arm zurück, dann wieder legt er mir seine Hand sanft auf den Rücken, oder es ist, als hätten sich unsere Finger ganz zufällig ineinander verschränkt (während ich mich als kleines Mädchen bei solchen Gelegenheiten fest an ihn geklammert habe und er immer so selbstsicher und entschlossen war, alle meine Ängste und Unsicherheiten unerschütterlich mit einem Wort zerstreute), oder ist er vielleicht nur verlegen, weil er so plötzlich eine erwachsene Tochter bekommen hat, mit der er nicht so recht umzugehen weiß.

Auch wenn die Reise mit Papa unvergesslich schön war, so wirbelten die Ereignisse, die Worte und meine Gefühle doch verrückt, dann wieder wunderbar oder auch schmerzlich in mir herum: Mal gestattete der schwindelnde Kopf meinem Herzen die heimliche Leidenschaft, mal verbot er sie ihm, dann wieder bewies er Verständnis für meine ringende Seele oder verwirrte mich mit seiner Strenge ganz und gar. Nie wusste ich genau, was in der nächsten Minute mit uns geschehen würde (Papa hatte einen Reiseplan und legte ihn mir beim Frühstück regelmäßig vor, aber das Geheimnis der nächsten Zukunft entschlüsselte sich für mich nicht durch ein Reiseprogramm), ich stieg erwartungsvoll mit ihm in den Zug, brach freudig erregt zu Stadtbesichtigungen, Fahrten mit dem Fiaker, Spaziergängen in Parks und Schlossgärten auf und kehrte mit ihm in die Gasthöfe zurück. Doch weil ich meine Aufmerksamkeit vor allem auf ihn richtete, war ich eine eher undankbare Städtetouristin, und am Abend, beim amüsanten Examinieren, wenn wir uns den Reiseführer gegenseitig aus der Hand nahmen, gab ich meist wenig befriedigende Antworten, wenn es hieß: Was haben wir in Dresden, Leipzig, Weimar und in Wittenberg gesehen? Und in Berlin konnte ich dann gar nichts mehr auseinander halten.

Hier hat sich im Gasthof wiederholt, was wir auch schon in Weimar erlebt hatten: Wir bekamen keine getrennten Zimmer. Damals, in unserer Weimarer Unterkunft, kehrte Papa, nachdem er mich gleich nach dem Nachtmahl ins Bett schickte, erst gegen Morgen zurück und schlief dann auf dem Diwan, und jetzt in Berlin wollte er sich, als er erfuhr, dass nur ein Zimmer mit Doppelbett frei war, sogleich nach einem anderen Nachtquartier umsehen. Ich nahm ihn beiseite: Liebster Papa, machen Sie doch kein solches Problem daraus! Weshalb wollen Sie sich jetzt noch auf die Suche machen? Warum, um Gottes Willen, können wir nicht in einem Zimmer übernachten und damit zugleich ein wenig Geld sparen?

Papa ließ sich schließlich darauf ein. Wieder kam er erst spät in der Nacht aufs Zimmer und legte sich – Rücksicht auf mich vortäuschend, damit er mich nicht weckte – in Kleidern aufs Bett. Ich täuschte ein plötzliches Hochschrecken vor und tadelte ihn auch: Aber Papa, so kann man doch nicht schlafen! Sie verknittern und verschwitzen Ihren Anzug ja völlig! Er winkte ab: Das geht schon so. Ich setzte mich im Bett auf, zog, in die Schlafdecke eingepackt, meine Beine unter mich und sagte, mich streckend, der Schlaf sei mir jetzt verflogen. Er starrte mich, ein wenig auch vom Alkohol betäubt, lange an, und ich – wenn nicht anders, dann wie das kleine Mädchen von einst – fiel ihm um den Hals: »Ach Papa, ich liebe Sie so!«, und er brummte liebevoll: »Ist gut, na, schon gut, du Wildfang«, und er tätschelte mir lange beschwichtigend den Rücken.

Dann quälte ich ihn damit, er solle mir von meiner Mutter erzählen. Wo er sie getroffen habe, ob er zu ihr nach Hause gegangen sei oder wo sie sich sonst trafen. Ich wollte wissen, ob sie Gelegenheit hatten, allein zu sein. Da musste er lachen, nun, ein so trauliches Nest zu zweit war ihnen nicht vergönnt ... aber da blickte er schon verklärt durchs Fenster. Ach, was Sie da reden, Papa!, sagte ich streng, wie denn auch, Sie waren doch nicht verheiratet. Wenn Sie zusammen auf die Hochzeitsreise gegangen wären, dann hätte es dieses trauliche Liebesnest gegeben!, maulte ich, indem ich ihn scherzhaft tadelte, er aber seufzte, seine Miene verdüsterte sich, er nahm meinen Kopf in seine Hände, streichelte mir Gesicht und Haar, dann wünschte er mir eine gute Nacht und legte sich schlafen.

*

So viel hier aus dem Teil »Jadwiga macht Eintragungen in Ondris' Tagebuch«. Sagen wir, dass hier vorläufig »der Faden der Erzählung gerissen ist«.

II. »Österliche Versöhnung«

Mehrere von den Breiten der Großen Niederung draußen um die zweite Gehöftreihe stehen jetzt unter Wasser, das ist nach dem vielen Schnee des Winters und den starken Regenfällen der hohe Grundwasserspiegel des Frühlings.* Die Wände der Häuser aus gestampftem Lehm sacken ab, gehen samt den Schilfdächern in die Knie, wie die Gespanne unter den Peitschenhieben vor dem im Morast versackten Karren.

Auch wir kommen unter den Stockschlägen böser Wörter aus dem Morast der Demütigungen nicht heraus.

Bereits die zehnte Woche sind Jadwiga und ich ein Ehepaar.** Könnte ich denn jetzt noch genauso zu ihr sprechen wie vor einem Jahr? Etwa wie in meinen schwärmerischen Briefen an sie? Es gelingt mir nicht einmal, deren Ton wieder heraufzubeschwören, lediglich den Duft, den Geschmack jener in die unendlich erscheinende Nacht hineingeschriebenen Betäubungen ahne ich noch vage, aber verzweifelt und bitter über dieses Tagebuch gebeugt. Rein und natürlich war in jener Zeit noch jegliches Geschehen, das Sinnieren über alle Entschlüsse, jeder Ausdruck des Gefühls auf dem Papier.

Seit dem Mittagmahl auf der Terrasse des Mecklenburger Hofes und dem darauf folgenden Spaziergang strahlte mir nur noch das Angesicht der Sonne in meine zu diffusen Nebelwolken geballten Gedanken, denn damals hatte ich schlagartig alles verstanden. Seit jener Zeit richtete sich das Gesagte und das Ge-

* *Nun, für diese Entwässerung sind später noch viele Millionen ganz umsonst vergeudet worden. Und obendrein ist das Rinnsal fast ausgetrocknet. Wie auch jedes kranke Herz zum Sumpf oder zur Wüste wird.*
** *Das kann er um den 8. bis 10. April geschrieben haben.*

schriebene nur an dem aus, was aus dieser Erleuchtung für uns folgte.

Auch jetzt sollte ich mich mit eben jener freudigen Entschlossenheit für die Begegnung rüsten wie damals im August '13, an dem Tag, als Apovka aus Stralsund (nach zwei Besuchen, die er mit mir im Haus von Alfons Winkler* und bei der dort weilenden Jadwiga gemacht hatte) nach Hause aufbrach und mich anwies, nach Velgast zurückzufahren, wo ich die begonnene Landwirtschaftslehre fortsetzen sollte. Doch befolgte ich seine Order nicht, sondern schlich vom Bahnhof zurück, steckte eine Ansichtskarte mit der dringenden Bitte um ein sofortiges Treffen in ein Kuvert und bat das Dienstmädchen, das ich vor dem Haus der Winklers traf, es Fräulein Jadwiga persönlich zu übergeben. Jadwiga eilte besorgt herbei und erschrak, als sie mich erblickte.

Warum ich zurückgekommen wäre? Sie schüttelte verständnislos den Kopf.

Weil ich noch eine Weile in der Stadt bleiben möchte, aber nur, um Sie zu sehen, nur darum.

Nein, nein, das geht auf keinen Fall, antwortete sie und, ohne weiter zu überlegen, sagte sie, es sei unmöglich, mich im Haus von Herrn Alfons unterzubringen, und besuchen könne er sie auch nicht, er und der Vater hätten sich ja schon gemeinsam verabschiedet!

Ich wollte doch auch gar nicht zu den Winklers! Darauf erwiderte sie nichts, seufzte nur. Meine Augen suchten die ihren, doch sie wich meinen Blicken aus. Wäre es vielleicht möglich, dass man zusammen einen kleinen Spaziergang macht, begann ich zu betteln. Ich könne warten, bis sie mit ihrer Arbeit fertig sei.

Das geht nicht, antwortete sie, unmöglich! Sie könne nicht weg, müsse mit der Frau des Hauses Kleider zur Änderung auswählen und zum Nähen vorbereiten ... die Änderungsschneiderin sei bestellt, setzte sie zur Bekräftigung noch hinzu, und nachher kämen Gäste ...

* *Zu diesem Zweig der Winkler-Sippe hat sich später (trotz DDR oder vielleicht gerade deshalb) keine Auslandsbeziehung ergeben.*

Also, wenn sich ohnehin Besucher angesagt haben, erwiderte ich lachend (meinte das natürlich spaßig), dann könnte doch auch ich ihnen die Ehre geben. Man wird mich wohl nicht hinauswerfen, oder?

Schlagen Sie sich das aus dem Kopf, Ondrisko!, damit legte mir Jadwiga jäh den Zeigefinger auf den Mund. Ich erbebte unter der Berührung, und die Erinnerung an das scherzhafte Psst!* der jungen, ungestümen Jadwiga blitzte in mir auf (mit dem sie nicht nur mich, sondern selbst Vater oft zum Schweigen brachte) und auch daran, dass sie mich ansprach wie in meiner Kindheit (jetzt natürlich mit Sie) und ebenso vorwurfsvoll, leicht schmollend und mit einem Tadel, genau wie früher: Seien Sie doch kein Trotzkopf, tun Sie, was ich sage, und fahren Sie schön zurück nach Velgast ...!

Auf keinen Fall, nicht, bevor ich mit Ihnen gesprochen habe, unterbrach ich sie und war selbst überrascht von meiner Courage.

Jetzt sah ich ihr schon mit trotziger Entschlossenheit, und ohne zu lächeln, ins Gesicht, und sie konnte, wenn sie gewollt hätte, auch bereits sehen und begreifen, dass es hier nicht mehr um eine kindliche Laune ging. Sie wandte sich ruckartig von mir ab.

Gehen Sie jetzt, ich bitte Sie, man könnte Sie sehen! Das galt nun schon dem Mann. Fortschicken wollte sie mich zwar noch immer, aber in ihren Ton mischte sich bereits eine vorsichtig verhohlene Komplizenschaft. Nur jetzt sollte ich schnell gehen, und später könnte man sich vielleicht noch sehen, das glaubte ich jedenfalls auch herauszuhören.

Und wann darf ich Sie erwarten?

Nach fünf, dort unten am See, flüsterte sie hektisch und wies zum Ende der Straße, wo man hinter den Weiden den See vermuten konnte. Dann werde ich ins Firmenkontor hinüberlaufen, doch ich muss es Ihnen gleich sagen, viel Zeit habe ich bestimmt nicht!

Sogleich mache ich mich auf den Weg dorthin, erwiderte ich glücklich lächelnd und versuchte, ihre Hand zum Kuss an mei-

* *Ich erkenne es natürlich gleich wieder! Auch das Erlebnis, wie ich einmal bei diesem Psst! nach ihrem Finger schnappte, nicht mehr losließ und ihn saugend fast verschluckte. Und bekam dafür eine saftige Backpfeife.*

nen Mund zu führen (doch meine Lippen hatten sie noch kaum berührt, als sie sie zurückriss), falls sie womöglich schon früher kommen könne. Sie winkte und eilte davon.

Das Ende dieser Straße öffnete sich zu einem Platz, und als ich ihn betrat, kam auch die Sonne heraus. Diesseits war er, bis über diese Straßeneinmündung und noch zwei weitere hinaus, von Häusern gesäumt, jenseits umrahmte ihn das sich soeben tiefgrün verfärbende Seeufer mit der Promenade. Durch das Weidenlaub blinkte, genau gegenüber von mir, der Wasserspiegel hindurch, und es zog mich über die gepflasterte Einbuchtung der Straße hinweg wie einen Magnet an die angewiesene Stelle für das Rendezvous. Unten angekommen, fand ich eine Bank für uns und reservierte sie mit meinem Blick, dann schritt ich wieder zurück auf die andere Seite des Platzes, in die Richtung, aus der Jadwiga zu erwarten war. Erst in zweieinhalb Stunden!, seufzte ich, in der Hand die hervorgeholte Taschenuhr.

Auf der linken Seite gab es eine Bäckerei mit gemaltem Firmenschild, rechter Hand stand der zweistöckige Gasthof, seine schwarze Giebelseite von einer Ecke zur andern mit der schwarzen Aufschrift MECKLENBURGER HOF ausgefüllt. Oben Gastzimmer mit grünen Fensterläden, unten der Gastraum mit weit geöffneter Eichentür, auf der Terrasse ein paar Biertrinker.

Im Schatten der Kastanie neben der Treppe, die zur Promenade hinunterführt, betätigt sich eifrig ein Bürschchen in weißer Schürze an einem rauchenden Blechkasten. Im Näherkommen erkenne ich, dass er bemüht ist, auf einem Holzkohlenrost Würste zu braten, mit aufgeplusterten, rußigen Backen bläst er unter den Gitterrost, um die Holzkohle zum Glühen zu bringen.

In der Auslage der Bäckerei liegen auf schräg stehenden Blechen gefüllte, mit Staubzucker bestreute Kuchenstücke und Plattenkuchen mit verschiedenen Früchten belegt. Sie locken mich in den Laden. Und ich deute, ohne lange zu überlegen, auf einen Kuchen, den ich nicht kenne. Er sieht aus, als hätte man klein geschnittene Ranken vom Kürbis obenauf gelegt und mitgebacken. Wie heißt der, bitte schön?, frage ich die Bäckersfrau. Das ist Rhabarberkurchen. Ja, gut, nicke ich, davon bitte.

No takkostujme toto rebarbarovnjíka!*, probiere ich nach dem Verlassen des Ladens einen Biss. Nie zuvor habe ich so einen Kuchen auf der Zunge gehabt, aber ich lasse mich nicht abschrecken und esse ihn trotzdem. Schmeckt zwar angenehm säuerlich, kommt aber an den Jablkovnjíka daheim nicht heran.

Erst jetzt merke ich, wie hungrig ich bin, habe im Grunde außer dem Frühstück heute noch nichts gegessen. Zu Mittag will ich nicht im Gasthof einkehren, denn das würde sich hinziehen (außerdem kann es nicht schaden, wenn ich spare), will also mal nachsehen, ob diese pommerschen Debreziner inzwischen gar geworden sind! Der Bursche spießt die braun gerösteten Wurstbrocken bereits auf Stäbe, auch ihn frage ich, was denn das ist. »Bratwurst«, einfach heiße Wurst, sagt er, nichts von einer Csabaer aus Bayern, einer Gyulaer aus Niedersachsen oder sonst eine von da oder von dort. Na, dann her damit, ich will eine versuchen! Denn man sollte doch alles probieren, nicht wahr, wenn man schon in der Fremde herumkommt? Nicht schlecht, knackt ganz schön zwischen den Zähnen, würzig-pfeffriger Saft spritzt mir auf die Hand, aber doch nicht ganz mein Geschmack, es fehlt natürlich der Paprika, wie bei allen Gerichten hier. (Denn der Njemec** ruft schon alle Heiligen an, wenn seine Zunge nur ganz leicht mit Paprika in Berührung kommt, das haben wir bereits in Velgast erlebt, wie Apovka ihnen als Kostprobe Scheiben von unserer roten Hauswurst abschnitt.)

Auf der Terrasse des Gasthofs bestellte ich mir ein Bier, und als es der Kellner brachte, fragte ich ihn, was bei ihnen die Zimmer kosteten und ob etwas frei sei. Er bejahte meine Frage, nannte die Preise (sie waren gar nicht hoch) und wollte wissen, wie lange ich zu bleiben gedenke. Das wird sich erst noch herausstellen, sagte ich, und er möchte meine Reisetasche schon einmal aufs Zimmer bringen lassen, ich würde dann später kommen. Wird

* *Na, dann will ich es versuchen, aber ich weiß nicht, was Rhabarber ist. Doch er schreibt es so, als wäre es der Tvaroschnjíka, der Käsekuchen, oder das Makovnjíka mit Mohn. Und das Jablovnjíka mit Äpfeln. Aber auch darüber hinaus gibt es noch eine ganze Menge ...njíkas.*
** *Slowakisch ein Deutscher. Schade, dass ich nicht Deutsch kann.*

gemacht!, wir waren bereits handelseins. Ich hatte es nicht eilig, blieb auch noch eine Stunde dort sitzen, eine weitere schlenderte ich am Seeufer umher und sann darüber nach, was ich mit Jadwiga besprechen wollte und was nicht.

Ich kann sie ja nicht gleich damit überfallen, dass sie meine Braut werden und mit mir heimreisen sollte, war ich doch bislang in ihren Augen lediglich der kleine Bruder. Zudem muss sie sich doch diese ganz andere Sache mit mir erst einmal vorstellen und sich an den Gedanken allmählich gewöhnen, überlegte ich. Und all das käme ja nur zustande, wenn meine Empfindungen auch von ihr Besitz ergreifen (ist mit einem solchen Wunder zu rechnen?) und von ihr geteilt würden. Am Anfang sollte man also nicht über diese Dinge reden, sondern möglichst locker und geistreich plaudern, denn charmant und gewinnend zu sein, das kann man nicht erzwingen.

Auch bei unserem eilig verabredeten Rendezvous hielt ich mich an diesen Plan. Ich erwartete Jadwiga mit Blumen, doch bewusst nur mit einem faustgroßen bunten Sträußchen, und ich nahm ihr auch nicht übel, dass ihr das kleine Bukett, obwohl sie ihr Gesicht in seinem Duft badete, Kopfzerbrechen machte, musste sie doch zurück ins Kontor und von dort nach Hause laufen, wäre also wegen der Blumen zu einer Erklärung gezwungen gewesen. Macht gar nichts, erwiderte ich, nahm ihr, am Ufer spazierend, das Sträußchen behutsam aus der Hand und warf es mit einem Lachen ins Wasser: Lassen wir sie schwimmen, auch im Wasser bleiben die Blumen die Ihren! Darüber musste sie lächeln.

Freudig beantwortete ich ihre Fragen über alle Angelegenheiten daheim, über meine Maturaprüfung, Onkel Béni Winkler und die seinen, dann berichtete ich auch von Vaters und meiner Reise und über die Erlebnisse in Velgast. Doch sagte ich nichts davon, dass ich zu diesem landwirtschaftlichen Praktikum nicht viel Lust hatte, und verschwieg auch meine Vorbehalte bezüglich der Juristenlaufbahn. Ich ließ sie in dem Glauben, dass ich ab nächstem Herbst studieren würde. Nachdem ich so lange gewartet hatte, bis sie aus dem Kontor zurückkehrte, fragte ich sie aus, wie ihr die Arbeit als Handelskorrespondentin gefalle, ob sie inzwischen zum »Englischen Fräulein« (oder vielleicht ein »deutsches Fräulein«, spaßte ich) geworden sei, wie es ihr überhaupt hier ergehe und ob man sie gut behandele. Die Fremdsprachenkorrespondenz würde ihr Spaß machen, wenn es nur das wäre, aber mit ihrer Hausherrin, der Dame des Hauses, sei es nicht leicht. Und, wissen Sie, Ondrisko, und sie blickte mich ernst an, welches Fräulein das auch immer sein mag, es kann hier nicht zu einem deutschen Fräulein werden, wenn es nun einmal aus der Fremde ist*. Man muss froh sein, wenn einem nicht ins Gesicht gesagt wird, dass man nur aus Gefälligkeit hier sein darf.

*

Anno domini 1915 im April haben Mihály Medovárszki und István Koleszár für uns Bretter aus Akazien-, Eschen- und Pappelholz gearbeitet. Ein Klafter lang über dem Baumstumpf und ein Zoll dick. Wir zahlten ihnen dafür so viele Kreuzer, wie die Bretter in Zoll gemessen lang waren. Für die gesamte Zeit dieser Sägearbeit bekamen sie jeder ein Drittel Scheffel Weizen und zwei Kilo Speck. Insgesamt ergab das Ganze 63 Stück Eschen-, 84 Stück Akazien- und 59 Stück Pappelholzbretter.

*

Ich bin schon wieder draußen auf dem Gehöft. Ohne Unterbrechung weile ich den fünften Tag hier bei Gregor und warte. Im Übrigen gehe ich zum Schlafen in die Kammer, hab den Strohsack und die zerlumpten Pferdedecken hineingebracht und mir beim Krämer eine Petroleumlaterne beschafft**, weil ich mir auch vorgenommen hatte zu lesen. Einen ganzen Arm voll Bücher packte ich unter den Sitz des Sandläufers (Mikszáth, Bródy, Lovik, Herczeg, Gárdonyi, Balzac etc.), aber mit welchem ich bisher auch angefangen habe, nach kaum einem Kapitel lege ich

* *Nun, ein solches »deutsches Fräulein« versuchte auch mich zu schulmeistern. Aus mehreren Gründen ist es dann unterblieben.*
** *Auf dem Gehöft ist erst '23 das Elektrische eingeleitet worden.*

es beiseite und komme ins Grübeln, wie sich dies und jenes, worüber sie darin schreiben, eigentlich bei mir verhält, und dann bin ich wieder und immer wieder mit meinen Gedanken bei Jadwiga.

Hätte ich doch wenigstens die Freiheit der Gedanken! Ich trage das gleiche Joch wie der Gaul, der beim Drusch immerfort im Kreis zu gehen hat und sich davon nicht losmachen kann, und sie lässt mich laufen an ihrer Leine, immer nur um sich herum. Gewährt mir keine Versöhnung und nimmt sie auch von mir nicht an. Duldet mich nicht in ihrer Nähe, hartherzig und unbeeindruckt von meinem Schmerz jagt sie mich weg. Doch ich komme nicht los und auch nicht auf andere Gedanken, bin zu keiner nützlichen Arbeit fähig, denn die Laufleine zwischen ihr und mir – sie gibt nicht nach. Sanftmut und Geduld gebietet sie mir, erwartet bußfertige, reumütige Beteuerungen (wiewohl sie weiß, dass sie ihnen misstrauen wird), mein Ringen berührt sie überhaupt nicht, zur Versöhnlichkeit von ihrer Seite sieht sie keinen Grund, derartige Regungen sind ihr fremd.

Heute vor einer Woche bat ich sie auf Knien, sie möge mir vergeben, dass ich nach wochenlangem, ungestillt gebliebenem Verlangen, das mich schon fast zerrissen hat, toll geworden, sie gewaltsam genommen und zu meiner Frau gemacht habe. Schlug vor, dass wir unser Leben neu einrichten, um endlich wieder zur Eintracht und zum Frieden unserer Liebe zurückzukehren, wie wir sie während unserer Verlobungszeit pflegten. Sie erwiderte mir, nicht mit ihr, sondern mit mir selbst müsste ich zu vernünftiger Einsicht kommen. Doch, um ehrlich zu sein, befürchte sie allmählich – und sie sah dabei traurig über mich hinweg –, dass ich gerade dazu überhaupt nicht fähig sei. Sie selbst könne nichts anderes tun als dulden, soweit sie das fertigbringe. Wisse aber nicht, wie lange sie es schaffe. Und ich solle mich jetzt endlich aus dieser demütigenden Lage erheben.

Was heißt denn da dulden?, sprang ich auf die Beine. Meine Bußfertigkeit? Mein Flehen? Hab' denn nur ich etwas zu bereuen und du gar nichts? Und was du mir verschwiegen hast? Müsstest du das nicht gestehen?, ich trat auf sie zu und wartete, doch sie antwortete nicht. Mich liebevoll versöhnen? Damit auch ich besänftigt bin, der ich doch bereit wäre, für dein Wohlwollen alles zu tun?

Tatsächlich alles?, lachte sie auf, und bittere Verachtung klang aus ihrer Entgegnung. Wo Sie nichts anderes tun, als mir Vorwürfe machen und mich erniedrigen, sich ständig beleidigt davonmachen, alles mir überlassen und mich nicht einmal vor Ihrer Mutter zu beschützen wissen. Sehen Sie doch, seufzte sie, auch jetzt haben Sie ja nur Vorwürfe und Forderungen gegen mich vorzubringen, Sie gehen nicht in sich, um Ihr eigenes Gewissen statt das des anderen zu prüfen und so die nötige Kraft zur Selbstbeherrschung in sich zu finden ...!

Was, ich ...?!, schrie ich sie, mit den Tränen kämpfend, an.

Auch um Ihre ständige Raserei und Ihre Insultationen zu mäßigen!, unterbrach sie mich aufgebracht. Die ich nicht mehr länger erdulden werde! Ich habe jetzt genug!, schrie sie. Genug, ein für allemal!

Du hast genug?, fiel ich über sie her. Du drohst mir, dass du mich nicht ertragen kannst und auch nicht länger erdulden willst?, zischte ich mit tränenerstickter Stimme. Mich, der ich dich auf meinen Händen hierher getragen habe ...

Na danke schön, an einen schönen Ort getragen...!

Mich, der sich deinetwegen verzehrt, nur für dich?! Du willst vor mir fliehen? Dann präg dir bitte dies ins Herz: Ich bitte dich jetzt zum allerletzten Mal, dass du mir meine Sünden vergibst. Ich liebe dich mehr als alles andere auf der Welt, wie könnte ich mich mäßigen, wenn ich dich nicht erreichen, bei dir nicht Abbitte leisten kann?! Ich gehe jetzt fort von hier, und du siehst mich nicht wieder, bevor auch du mich nicht liebend und voller Reue als deinen Gatten, als deinen dir rechtmäßig angetrauten Ehemann annimmst! Oder lass mich, wenn dir dies nicht möglich ist, Gegenteiliges wissen, und dann sollten wir uns nie mehr wiedersehen!

Damit warf ich die Tür hinter mir zu.* Packte noch schnell das Nötigste zusammen, spannte Szellő ein und fuhr davon. Zum

* *Zu der Zeit war die Küchentür zum Gang hin noch nicht verglast. Erst später hat man die Holztür durchbrochen und mit Glasfenstern versehen, um mehr Licht in die Küche zu bekommen.*

Glück war Mamovka nicht daheim und konnte mich deshalb auch nicht mit ihren Fragen behelligen.

Seither bin ich hier draußen. Gregor hat mich nur angesehen, als ich mit meinen Siebensachen aufkreuzte, fragte nichts. Auch ich habe nur gesagt, er solle mir in der Kammer eine Ecke freimachen. Gut, dass sich Gregor nicht einfallen lässt, meinen Burschen zu spielen und mir als seinem Herrn das Zimmer anzutragen; wenn es die Kammer sein soll, dann eben die Kammer, denn ich will ja auch ungestört und für mich sein.

Wie schon berichtet, versuchte ich zu lesen, doch meist starrte ich nur zur Decke hinauf. Gelegentlich kochte Gregor irgendwas, aber mir fehlte die Lust am Essen. Manchmal machte ich zur Zeit der Abenddämmerung einen längeren Marsch in den Wald, oder wenn ich nicht schlafen konnte, auch im Morgengrauen den Bach entlang. In die Arbeit habe ich mich nicht eingemischt, ein einziges Mal versuchte Gregor, mir Bericht darüber zu erstatten, wie weit sie gekommen wären, doch knurrte ich ihn nur an, schon gut, danach behelligte er mich dann nicht mehr.

Auch das Tagebuch habe ich bis heute nicht angerührt. Umso öfter griff ich zum Glas (vom Sljuhovica und vom Herben aus Vadkert hatte ich genug in den Sandläufer gepackt). An mein Glied nur ein einziges Mal, eines Morgens nach einem aufreizenden, die sinnliche Lust anstachelnden Traum.* (An den Traum selbst, also daran, wer dieses Weibsbild war, konnte ich mich nicht erinnern.)

Ab dem dritten Tag musste ich schon unaufhörlich an Jadwiga denken. Nach unverfänglicheren Vorstellungen, aber schon wie-

* *Dieses wollte ich schon einmal ausradieren, aber das ging nicht, es gab nur ein Loch. Doch so etwas gab es schon und ausgerechnet eine Zeile am Ende der Seite. Und die habe ich mit der Schere schön gerade weggeschnitten. Sagen wir, eine Maus hat daran »geknabbert«. (Denn ehrlich gesagt: Solche Sachen konnte ich nicht lesen. Eher schon machen, und ich habe dann anderswohin geblättert, als ich in meiner Jugendzeit bei solchen Stellen auch noch Merkzettel einlegte. Obwohl, da hatte ich meist gleich die Sorge, wenn die alte Kusnyarik, die Magd, mich überraschte mit ihrem Tscho robísch, tscho?!, ich solle mich schämen, dass ich so etwas mache. Aber lassen wir das, der Corpus eines armen Menschen ist wie eine Kirchenmaus.)*

der voll Entrüstung, oder soll ich schreiben: bis zum Bersten voll mit entrüsteter Liebe. Dass sie mich so schulmeisterlich hart und lange warten lässt. Am Anfang rechnete ich noch damit, sie würde mir gleich am nächsten Tag nachkommen. Zu Fuß mit Staub an den Füßen. (Ich wusste ja, sie weiß, wo ich bin. Denn Gregor war noch am selben Tag im Dorf, und natürlich gab er daheim Bescheid.) Doch Hoffnungen dieser Art haben sich zerschlagen, und ich wartete dann nur noch auf eine Botschaft von ihr.

*

Heute ist Gregor mit Onkel Krsjak und seinen Helfern zum Stierebeschneiden unterwegs, weil vraj*, das hat am Karfreitag zu geschehen, damit sie leiden wie Christus am Kreuz.

Auf dem Rückweg hat der Alte auch zu Hause vorbeigeschaut, und er kam mit der Neuigkeit zurück, dass er beim Anfahren unterm Kutschbock im Schragen einen in ein Tuch geschlagenen Schinken entdeckt habe. Na, Ondrisko, den wollen wir uns zu Ostern schmecken lassen! Aber er wusste nicht zu sagen, ob Mamovka ihn hineingepackt hat (denn mit ihrer üblichen Schroffheit tarnt sie oft auch ihre Wohltaten) oder ob es Jadwiga war. Klopfenden Herzens wünschte ich mir, dass es die Fürsorge meiner Frau und ein Zeichen der Versöhnung wäre, ich untersuchte das Tuch und den ganzen Boden des Wagens, ob ich nicht eine geschriebene Zeile von ihr fände, doch vergeblich. Später fiel mir dann ein, dass der Schinken wahrscheinlich bedeuten sollte: Es stehe mir zu, mich zu dem großen Fest vom Eigenen satt zu essen, doch ich soll nur bleiben, wo ich bin, auch über Ostern oder ihretwegen bis in alle Ewigkeit.

In der Nacht schreckte ich immer wieder auf. Und mich packte dann eine so wilde Unrast, dass ich alles um mich her zertrat. Einmal griff ich mir sogar den Schinken und hieb damit so wild auf die Werkzeugkiste, dass ein Brett brach. Weil sie mich

* *Vraj: »Nämlich.« Einen solchen Unsinn zum Stierebeschneiden hab ich noch nie gehört.*

einfach nicht verstehen will! Sie kann sich nicht vorstellen, in welchen Zustand das vergebliche Verlangen nach der Angebeteten einen Menschen treiben kann. Insbesondere, wenn es nicht die Entfernung ist, die ihn von ihr trennt (und was hatte ich nicht schon als Bräutigam alles zu erdulden, denn auch das war keine Zeit puren Glücks und des sicheren Gefühls, wiedergeliebt zu werden), sondern ihr Zorn und ihre Verachtung. Obendrein wendet sie sich angesichts meiner sehnsüchtigen Verzweiflung gequält von mir ab. Doch wenn sie mich schon für schuldig hält, müsste sie mich nicht erst recht verachten, wenn ich mich angesichts ihrer Gekränktheit auf dreiste Weise gleichgültig zeigen würde? Warum ist für sie mein Schmerz, mein selbstzerstörerisches Ringen so widerwärtig? Denn wenn ich keine Reue empfände, könnte ich doch nicht so leidenschaftlich lieben, würde auch nicht in einen solchen Zustand geraten! Und sie muss doch von beidem wissen, dass es so ist, sollte sich darüber freuen und deshalb auch verzeihen können. Doch meine Reue rührt sie nicht, und sie freut sich auch meiner Liebe nicht, das muss ich jedenfalls von ihr annehmen.

*

Die Nacht vor dem Ostersonntag. Ich stelle die Laterne auf die Kiste mit dem ramponierten Deckel, gieße mir aus der Korbflasche von dem Herben ein, kippe ihn hinunter und werfe mich auf meinen Strohsack. Heute hab ich nur getrunken, gegessen gar nichts, allerdings nicht um zu fasten. In meinem Eremitendasein nehme ich kaum etwas zu mir, aber auch sonst bin ich kein starker Esser. Zuletzt habe ich wohl beim Pörkölt der Boszák richtig zugelangt.

Bei meiner Hochzeit! Wie hat mich damals noch die Zuversicht auf ein künftiges Glück mit meiner Rosmarinblüte erfüllt! Und jetzt muss ich mich hier verzehren, vom Zorn des eigenen Eheweibes aus dem Haus getrieben. Entweder voller Verzweiflung oder doch mit einem aufleuchtenden Hoffnungsschimmer, den ich mir, geplagt von Zweifeln, in meiner Kammer vorstelle.

Zum Beispiel frage ich mich, was ich nach dem heutigen Tag noch denken soll.

Denn über den Alten erreichte mich heute eine Nachricht hier. Mamovka ist wütend. Es müsste jetzt genug sein mit dem Suff und der Herumtreiberei, zu Ostern sollte ich gefälligst heimkehren, die Taufpaten kämen, am Sonntag sei Gottesdienst, montags das traditionelle Osterbesprengen! (Gregor hat die Nachricht nicht wörtlich übermittelt, doch kann ich mir vorstellen, wie sich Mutters Ausbruch angehört hat.)

Hat denn Jadwiga, meine Frau, nichts gesagt?

Áljeee ... datschonji, brachte der Alte gequält heraus, denn auch sie ist dann dazugekommen, sche potom also ... aj ona vischla ...

No, a Tscho?

Aj ona vravela ...

Starí, sag es so, wie sie es gesagt hat! Hast du mich verstanden? Genau so!

Also ... sche ... njevje, ako sa móschesch takto správatj ... sche snjov pred schezkov rodjinov ...

Toto mi odkásala?

Also ... nji tak, sche odkásala, also mnje vravela ...*

So kann ich mir den Kopf zerbrechen, was das jetzt bedeuten soll, aber natürlich ist es nicht annähernd so viel, wie ich erwar-

* *Doooch ... freilich ... wie sie dann also ... auch rausgekommen ist. « »Na, und was hat sie gesagt?« »Sie hat es auch gesagt.« »Sag es. Alter, wie sie es gesagt hat.« »Na ja ... dass sie nicht weiß, wie du dich so aufführen kannst mit ihr vor der ganzen Verwandtschaft ...«. »Das lässt sie mir sagen?« »Na ja ... sagen lassen nicht, mir hat sie es gesagt.« Übrigens, dieses »Ona vravela« (»Sie sagte«) hat eine weibliche Person gesagt, aus dem Grund: »ona«. Im Ungarischen ist es nicht möglich, es so zu sagen, dass man weiß, ob es eine Frau oder ein Mann gesagt hat. Auch gibt es nicht so etwas wie: »Moja«. Meiner Meinung nach ein schönes Wort MOJA, nur so mit einem einzigen Wort ausgedrückt: die meine, meine Frau. Also eine weibliche Person, die mir gehört. Darüber habe ich schon oft gegrübelt, denn eine solche habe ich selbst nie gehabt. Nur meine Mama, doch bei ihr kann man nicht »moja« sagen, nur ein Ehemann für sein Eheweib. Zum Beispiel, wenn ich im Wirtshaus Slowakisch höre: Ich gehe, sagt er, weil moja schon mit dem Essen wartet. Moja ma tschaka usch na obed.*

te. Wieder nur Vorwürfe ... und dann, vor der Verwandtschaft! Zur Hölle mit der Verwandtschaft! Gilt jetzt die Meinung der Verwandtschaft mehr als die schicksalhafte Wende, die vielleicht unser ganzes Leben betrifft?! Warum konnte sie Gregor nicht wenigstens einen Zettel zustecken, wenn sie sich schon genierte, es auszusprechen? Dass sie auf mich wartet, dass ich kommen soll, sie mir nicht mehr böse ist, ich ihr nicht mehr böse sein soll etc.

Ich trinke noch ein Glas, aber nur Wein, Schnaps jetzt nicht. Puh, sauer wie Essig.

Das Schicksal des am Kreuze Leidenden, fällt mir ein, erfüllt sich in eben diesen Tagen.

Ich streife das Hemd ab, schiebe die Hose hinunter und mustere mich im Liegen von oben: Mein Bauch ist eingefallen, Rippen und Hüftknochen stehen heraus. Hager bin ich geworden, geschrumpft, äußerlich wie im Innern, mich verzehrend.*

Werde die mir aufgeladenen Qualen nicht los! Auf meine Sünde, meinen Schmerz festgenagelt hat mich dieses Weib.

Wenn meine Gestalt für immer so bliebe und meine sterbliche Hülle in diesem Zustand mit den ausgebreiteten Armen ins Jenseits hinüberschweben würde, könnte ich dort wohl Absolution erlangen? Doch müsste nicht ich zuvor vergeben?, schießt es mir durch den Sinn. Denn bis jetzt habe ich ihre Reue, ihre Vergebung zur Bedingung einer Versöhnung gemacht! Ob Jadwiga sich wirklich gegen mich versündigt hat? Und kann man oder muss man denn unbesehen und ohne genaues Wissen alles verzeihen?

Als ich dies denke, bricht folgender Stoßseufzer aus mir hervor: Mein Gott und Herr, Du siehst, ich bereue meine Schuld und tue Buße! Falte flehend die Hände und bitte Dich, steh mir bei, damit ich ihr auf der Stelle und bedingungslos alles vergeben kann!

Und während ich dies niederschreibe, die Feder immer wieder aus der Hand lege (Mitternacht ist schon vorbei), fühle ich, meine flehentliche Bitte wird sich erfüllen, sobald ich mit dem

* *Aber er war nicht klein. Ich dagegen bin klein gewachsen.*

Satz zu Ende bin, ich muss nicht länger und auf nichts mehr warten, wasche mich am Brunnen und mache mich sogleich auf den Weg, zu Fuß, damit ich auf der Schwelle sitze, wenn sie aufwacht und mich sieht.

*

Die Feiertage sind vorbei, und seither schwelge ich in stillem Glück, und ich glaube, Jadwiga auch. Mit wenigen Worten, ganz allmählich, Schritt für Schritt, gehen wir aufeinander zu, und dieses Zueinanderkommen, die österliche Versöhnung, erfüllt uns mit unendlicher Ruhe, Läuterung, mit geduldiger Erwartung.

Meine Heimkehr verlief, wie ich es mir in der gnadenreichen Morgenstunde des Sonntags vorgenommen und auferlegt hatte.

Im Morgengrauen war ich da. Schlich hinein und kauerte mich mit den ersten Sonnenstrahlen auf die Schwelle unserer Schlafkammer. Sie hob das Federbett ein wenig an und blickte, auf einen Arm gestützt, zu mir herab. Erstmals seit Wochen sah sie mich mit ihrem engelsgleichen Lächeln an. Ich rückte einen halben Schritt näher. Sie setzte sich auf und ließ die Beine vom Bett herabbaumeln. Wieder schob ich mich ein Stück näher heran. Sie glitt vom Bett zu mir auf den Boden. Noch einmal rückte ich ein Stück weiter zu ihr hin und sie zu mir. Wir waren uns zum Berühren nahe. Doch nur unsere Blicke verbanden sich, wir berührten uns nicht.

Odpustj …!*, flüsterte ich, sie möge mir verzeihen, dies bereits unter ihrem Zeigefinger hervor, den sie mir, Schweigen gebietend, auf die Lippen drückte. Wie ein gefangenes Vögelchen umfasste ich ihn, um ihn schnell zu küssen. Doch zog sie das Fingerchen scheinbar spielerisch, aber mit wehmütigem Lächeln

* *Odpustj, das wird bei uns so nicht gebraucht, ich musste es selbst im Wörterbuch nachschlagen, denn ein Wörterbuch besitze ich. Da stand: Verzeih mir. Wortwörtlich würde es heißen: Sieh es mir nach oder erlasse es mir. Hier bei uns verwendet man in dem Fall eher »njechnjevejsa«: Sei mir nicht bös'. Um Verzeihung bitten ist hier weniger gebräuchlich. Aber gewiss wollte er sich schön ausdrücken. Er drückt sich gelegentlich gern gewählt aus.*

flink zurück. Dann versenkten wir uns gegenseitig in den tiefen Grund unserer Augen, versuchten, in die Seele des anderen oder doch in den Spiegel derselben zu schauen. Da zog sie meinen Kopf an ihre Schulter und ließ ihn dort ruhen. Ein herzergreifendes Glücksgefühl überkam mich, und vor Dankbarkeit traten mir Tränen in die Augen. Doch ließen wir die Arme hängen, als gehörten sie Marionetten. Ich wusste, noch kann ich sie nicht umarmen. Von nun an muss ich warten, bis sie mich berührt.

*

Später brachte sie mir ein Frühstück und ein gebügeltes Hemd, legte mir einen dunklen Anzug zurecht. Sie selbst sah ich zum ersten Mal in dem Festkleid, wie es verheiratete Frauen tragen, doch in der züchtigen Pracht des blauseidenen Gewandes mutet sie bezaubernder an als jedes Mädchen. Schweigend, mit bewunderndem Lächeln, betrachtete ich sie vor dem Spiegel, sie bemerkte es und nahm meine Huldigung an. Ohne auf Mamovka zu warten, machten wir uns zu zweit, Arm in Arm, auf den Weg zur Kirche. Ich setzte mich rechts von Jadwiga, um den links von ihr stehenden Altar und zugleich auch sie im Blickfeld zu haben. (Mamovka wurde später Gott sei Dank bei meinem Taufpaten, vor uns in der ersten Bank, ein Platz angeboten.) Hochwürden Bacovszky* übertraf sich selbst und führte uns das Gleichnis vom Martyrium und von der Himmelfahrt des Erlösers in so wohltönenden slowakischen Schachtelsätzen vor Augen, dass es von dem ein mehr bäuerliches Idiom sprechenden Kirchenvolk wahrscheinlich kaum verstanden wurde. Aber auch ich selbst richtete meine Aufmerksamkeit weniger auf den Gottesmann, fixierte mich mehr auf die Hals- und Schulterpartie meiner Frau, zeichnete mir die liebreizenden Linien auf dem dunklen Hintergrund meiner geschlossenen Augen nach.

* *Hochwürden Bacovszky habe ich selbst nicht mehr gekannt, denn er wurde später aus dem Amt entfernt. Der Geistliche soll der Seelen- und der lenkende Hirte seiner Herde sein. Doch kommt es vor, dass er selbst sich verrennt und nicht die Herde.*

Erst Bacovszkys durchdringendes Psalmodieren weckte mich aus meiner träumerischen Abwesenheit auf. Er vermag es nicht, die im Sprechgesang darzubietende, einfache Melodie der Liturgie zu erlernen, ist gänzlich unmusikalisch. Zum Glück lobet unser Kantor samt den Presbytern mit seiner klaren, volltönenden Stimme den Herren und geleitet die Gemeinde sicher durch die für diesen Tag vorgesehenen, in gotischen Lettern gedruckten Psalmen des Tranastjius*. Die wiederhergestellte Orgel hat vielleicht noch nie so feierlich geklungen, und endlich hatte auch unser Kantor Martin Gelegenheit, zu zeigen, was er kann, er spielte sogar noch ein kleines Stück Bach. Vier Buben mühten sich abwechselnd, den Blasebalg der Orgel mit Puste zu versorgen.**

Hochwürden, der alle durchs Hauptportal Hinausströmenden mit Segenswünschen entließ, lächelte Jadwiga mit einer Verbeugung zu, die sich ihrerseits mit »Ein' feste Burg ist unser Gott« (aber auf Ungarisch) verabschiedete. Doch mich zog Bacovszky noch auf die Seite:

Potschkaj sche trochu, Ondro!***

Du bist kürzlich nicht gekommen zu Hruska!, trat er, nachdem die Gemeindemitglieder sich zerstreut hatten, zu mir hin. Du wirst dich doch nicht entziehen wollen? Wir alle zählen auf dich!

Aber um was geht es denn eigentlich? Hruska hat mir darüber nichts gesagt, sagte ich achselzuckend. Ich hatte nur für Jadwiga Augen, sie bückte sich gerade zu den auf dem Kirchhof in dichten Trauben blühenden weißen Hyazinthen hinunter, schnupperte noch an ihnen, als wir von unserem Gang rund um die Kirche zu ihr zurückkamen.

* *Tranastjius nennen die Evangelischen das große alte Gesangbuch mit den Schließen und Ecken aus Messing. Ich wusste lange Zeit auch nicht, warum es so heißt, doch einmal habe ich dann das Gesangbuch meines Großvaters in die Hand bekommen, und da stand, dass die Psalmen gesammelt wurden von Tranoscius. Aber von ihm weiß ich nur, dass er in alter Zeit ein Kirchenmann war.*

** *Auch ich habe mich gern am Balgtreter nützlich gemacht, durfte es aber nicht oft, man nahm lieber die kräftigeren Buben dazu.*

*** *Warte noch einen Augenblick, Ondris.*

Bacovszky sprach bei dem Spaziergang kurz an, dass nach dem Krieg die Staatsgrenzen neu gezogen werden sollten, Nationen würden von ihrem Scheintod auferstehen und auch wir Slowaken endlich erwachen. Und dass auch wir in den »Grenzburgen« (»nám, dolnosemskim slovákom«)* Pflichten hätten unserer geliebten Mutter, der wiedererstehenden Heimat, gegenüber. Immer verständnisloser starrte ich den Gottesmann an, während er mir flüsternd erklärte: Wir haben uns vorgenommen, dass auch wir, diese ganze Region mit ihren Slowaken, nach der Gründung eines slowakischen Staates nicht untätig bleiben wollten ...! Aber darüber sprechen wir noch, am Dienstagabend treffen wir uns hier bei mir im Pfarrhaus. Suche nicht nach einer Ausrede, mein Sohn! Schon im Hinblick auf deinen Vater!, hob er den Zeigefinger und verabschiedete sich auf diese Weise leutselig von mir.

*

Seit diesem Sonntagmorgen blickt mich Jadwiga von Mal zu Mal liebevoller an.

Nach dem Gottesdienst kamen wir im alten Haus zu einem festlichen Familienmahl zusammen: Und obwohl sich meine Ehefrau auch jetzt geniert fühlte durch Mutters gemeinen Kommandoton, mit dem sie ihr Gesinde behandelte, bedachte mich meine Jadwiga doch mehrfach mit zärtlichen Blicken, während wir gelangweilt mit dem Paten und den Seinen plauderten, sahen wir uns verständnisinnig an und ärgerten uns über die vorlaute Dummheit der Nichte Erka. Und auch danach liebkoste mich meine Frau noch mehrmals mit ihren zärtlichen Blicken.

Am Nachmittag holten wir den Sandläufer heraus und machten Hochwürden Szpevács** unsere Aufwartung, denn Jadwiga

* *Wir, die Slowaken der Tiefebene (die wir seit Maria Theresia hier angesiedelt sind).*

** *Als Slowaken hat man sie nach dem Krieg im Rahmen eines Bevölkerungsaustausches in die Slowakei umgesiedelt. Nur noch seine Familienangehörigen, denn der ehrwürdige Herr Szpevács lebte da nicht mehr .*

hatte schon große Sehnsucht nach ihrer Ziehmutter; bei der Hochzeit hatte sie kaum Gelegenheit zu einem Gedankenaustausch mit ihr gefunden. Unterwegs klagte sie auch, sie bedauere, dass sie nicht Mama Judit gebeten habe, an ihrem großen Tag an Mutterstatt ihre Brautmutter zu sein! Nur wäre ihr dann Mamovkas Missbilligung gewiss gewesen. Im Pfarrhaus, wo an diesem Tag alle Kinder mit ihren Familien zusammengekommen waren, empfing man uns freudig und voller Stolz, ich hatte bislang ein solches Gefühl noch nicht empfunden: diese uns wohlgesonnenen Menschen sehen, dass wir schön und fest zusammengehören.

Am Abend machten wir uns gemeinsam fertig zum Schlafengehen. Sie führte mich zum Bett, ließ mich dicht neben sich liegen, wir rückten eng zusammen. Über mich geneigt, berührte sie mich mehrmals flüchtig, worauf ich meine Hand auf ihre Schulter legte, doch sie zog sie wieder weg. Sie streichelte mir das Haar und dann, auf ihr Kissen zurückgesunken und mir zugewandt, auch das Gesicht. Lange, beglückend schön und lange, mir gestand sie zu, dass ich unterdessen meine Hand auf ihrem Arm ruhen ließ. Und so schliefen wir auch ein, ich glaube zur gleichen Zeit: die Köpfe auf ihrem Kissen.

*

Am Montag brachte ich die ganze Route der sonst nicht ungern absolvierten Zeremonie des österlichen Besprengens buchstäblich im Eiltempo hinter mich.*

Schon bei der Taufpatin saß ich wie auf Nadeln, zum Glück stellte sich bald eine Meute von Burschen mit Duftwässerchen

* *Diesen Brauch des Besprengens mit Osterwasser habe ich nie sonderlich gemocht, weil ich mit Papa und vor allem mit Marci, meinem Bruder, oft zu Ostern mitgehen musste, und die Verwandten haben dann von ihm immer gesagt, was er doch für ein aufgeweckter, schöner und großer Bub sei, von mir nie. Und meist wurde ich in eine niedrigere Klasse zurückversetzt, wenn sie raten wollten, in welcher ich die Schulbank drückte. Eigentlich sollte man d i c h besprengen, auch musst du öfter in den Regen gehen, damit du wächst und dergleichen mehr.*

bei Erka ein, die sich zierte und zugleich bei ihnen anbiederte, ständig kicherte, als würde sie gekitzelt, so konnte ich mich bald davonmachen. Doch bei Ivka Kohut*, der einstigen Busenfreundin meiner verstorbenen Schwester, war ich schon fast auf der Flucht. Zum ersten Mal blieb ich wieder allein mit ihr (ihre Mutter ging hinaus), seit ich ihr vor anderthalb Jahren bald nach Zsofkas Tod gesagt hatte: Sie möchte nicht so an mich denken, wie ich niemals an sie gedacht habe, denn ich hätte bereits eine Auserwählte. Die Arme musste damals sehr mit den Tränen kämpfen. Später wandte sie sich stolz ab, wenn sie mich auf der Gasse traf, und bald darauf wurde sie dann mit Pali Rosza, Zsofkas gewesenem Bräutigam, in Verbindung gebracht (auch ich habe es nicht von ihm selbst, der ein guter Freund von mir war, erfahren, doch nahm ich ihm die Geheimnistuerei nicht übel, freute mich vielmehr darüber, dass es so gekommen war). Und sie haben dann bald, kaum ein Jahr später, geheiratet. So ist also auch Ivka eine jungverheiratete Frau, deshalb bin ich jetzt ziemlich verdutzt, weil sie mir einen schon beinahe schmachtenden Blick zugeworfen hat.

Fast im Laufschritt eilte ich zu meiner Angetrauten nach Hause zurück, wo sich noch mehrere mit uns gut bekannte Mannsbilder aufhielten (Pali Rosza verabschiedete sich gerade), weitere Besucher kamen hinzu und konnten kein Ende finden. Ondrisko!, flüsterte mir Jadwiga zu, legen Sie sich ruhig im Hinterzimmer etwas hin, Sie sind müde, ich werde Sie schon verleugnen! Am liebsten hätte ich sie wegen ihrer Fürsorglichkeit sogleich umarmt.

Ich muss lange geschlafen haben (davor mehrere Nächte lang ja gar nicht), als ich aufwachte, war es nämlich schon später Nachmittag und draußen ziemlich düsteres Wetter. Im Haus herrschte angenehme Stille, na Gott sei Dank, sie sind ja schon

* *Als Kinder waren wir oft bei Tante Ivka (Frau Rosza) zum Spielen mit ihrem Pityu. Er hieß Pityko und mochte uns sehr gern. Wenn unsere Familie irgendwelche Differenzen mit Onkel Pali Rosza hatte, bestand Tante Ivka darauf, dass die Kinder damit nichts zu tun hätten, und ließ uns zusammen spielen.*

alle weg. Ich kam in den Laubengang, spähte durch das mit Spitzengardinen verhängte Fenster unserer Stubentür und sah Jadwiga am Tisch sitzen.

Und da neigt sich eine Männergestalt weit vor, gerät in mein Blickfeld und redet auf meine Frau ein. Ich spähe neugierig hinein, um zu sehen, wer es sein kann, und schließlich erkenne ich ihn: Es ist Franci Winkler! Er trägt jetzt einen Schnurrbart.* Sie neigen sich nahe zueinander, reden offenbar ganz leise, nicht ein Laut ist von hier zu vernehmen. Franci greift zur Rotweinflasche, bedient sich selbst, wartet gar nicht die Aufforderung der Gastgeberin ab. Er scheint schon längere Zeit hier zu sitzen.

Meine Füße wachsen fast auf dem Steinfußboden fest. Doch werde ich mich hier nicht mit meinem Spionieren lächerlich machen! Sie würden meinen Schatten ohnehin bald wahrnehmen ... werde also jetzt hüsteln und hineingehen zu ihnen.

Franci springt hoch, bricht in Gelächter aus, breitet in weinseliger Laune die Arme aus, umarmt mich und klopft mir kameradschaftlich den Rücken. Dann fängt er an, mich, verschmitzt, mit dem Auge zwinkernd, wegen meiner Trägheit zu necken: »Hängt hier zu Haus' herum, statt heute die schönen Frauen zu besprengen.« Indessen schaut er zu Jadwiga hin, denn auf sie und auf sich selbst war das gemünzt. Deshalb sagt er auch nicht »schöne Mädchen«. Und darum wäre es ihm lieber, ich würde sonst irgendwo Frauen besprengen. Jadwiga hat ihm also verraten, dass ich drüben schlafe, obwohl sie versprochen hatte, niemandem zu sagen, dass ich mich dort aufhalte. Was noch angehen mag, doch hat sie mich auch nicht geweckt, als Franci kam (nicht dass ich jetzt unbedingt neugierig auf Franci gewesen wäre). Das alles ärgert mich, doch weiß ich, vor meiner Frau darf ich es mir nicht anmerken lassen. Dass ich über Francis Späße nicht lache (Jadwigas Blick verrät mir, ich bin in ihren Augen nicht höflich genug und sollte bessere Laune zeigen), versuche ich mich so zu

* *Wenn ich über ihn las, stellte ich ihn mir stets mit Schnurrbart vor. Obwohl er angeblich nur kurze Zeit einen Bart getragen hat. Das erfuhr ich in der Anwaltskanzlei. Später, in der »vorgetäuschten Bahnwärterzeit«, ließ er sich wieder einen Bart wachsen.*

entschuldigen: »Nehmt mir's nicht übel, ich bin noch etwas verschlafen«.

Es ist eine gute Weile her, dass wir uns zuletzt gesehen haben, du bist schmal geworden, alter Kumpel!, stellt Franci fest, packt mich am Genick und schüttelt mich, während ich Platz nehme. Du wirkst mir ziemlich mitgenommen!, und er hält mich, gequält feixend, immer noch am Genick fest, was mir nicht angenehm ist. Ich mochte es nie, wenn man mich am Nacken packt, Mamovka hat mich oft so, die Hand in meinem Genick, auf der Gasse geführt, und ich traute mich nicht, mich loszumachen. Jetzt lächle ich doch: Es geht mir gut, Franci, musst dir keine Sorgen machen!

Nun ja, selbstverständlich bin ich auch gekommen, weil ... der Notar und seine ... sie haben mich mitgenommen, mit ihnen bin ich gefahren, als ich hörte, sie seien auf dem Weg zu euch ... weil, ich hatte ja noch nicht einmal gratuliert, sagt Franci mit Blick auf mich. Justament zu deiner Hochzeit war ich doch unterwegs. Ausgerechnet um diese Zeit musste es sein!

Jadwiga war gerade aufgestanden, um von draußen noch etwas Kuchen zu holen.

Die Unterhaltung dauerte nicht mehr lange, Franci erwähnte allerdings noch den einen oder anderen, den wir längere Zeit nicht mehr gesehen hatten oder der an der Front war, und Jadwiga gab vor, sie interessiere sich dafür, wie es um die Gesundheit von Onkel Béni und Tante Mici stehe. Ich atmete auf, als Franci endlich seinen Hut nahm, ja dann, vielleicht könnte er noch den Siebenuhrzug erreichen. Soviel ich sehen konnte, hat auch meine Frau aufgeatmet, als wir hinter dem Besucher das Tor schlossen. Zum Glück war ich beherrscht genug, mir eine unfreundliche Bemerkung zu verkneifen, und ich verscheuchte diesen Freund aus meinen Gedanken, mit dem der Kontakt seit der Verlobung mit Jadwiga loser geworden war und der sich mir gegenüber auch etwas herablassend und anmaßend* verhielt.

Jadwiga sah müde aus und zog sich jetzt zurück. Sie schlief ein

* *Mir ist unverständlich, wieso man nicht geahnt hat, warum?*

Stündchen, aber als ich mich neben sie legte, wachte sie auf und sah mich sogleich mit ihrer aus dem Schlaf mitgebrachten Anmut an.

Was sie dann später, schon im Schlafgewand, wie in der vorangegangenen Nacht, noch verstärkte: Sie streichelte meine Hand, umfasste zärtlich meinen Kopf, betastete mein Gesicht, die Arme, meine Brust, ich selbst berührte sie kaum. Sie hielt meine linke Hand umfasst, zog sie unter ihr Kinn, manchmal küsste sie sie, während ich mit der Rechten ihre Hüfte umfangen hielt, und so verharrten wir denn auch.

*

Noch eine weitere Nacht beschwichtigte mich Jadwiga und zwang mich sanft zur Reglosigkeit, während sie mich berührte und mich ruhig und zärtlich liebkoste. (Natürlich behielten wir die ganze Zeit unsere Nachtkleider an.)

In der vierten Nacht endlich, so verstand ich sie (denn Reden war, wie gesagt, kaum möglich, sie legte mir nämlich immerfort lächelnd den Finger auf den Mund), sollte ich es ihr gleichtun: Sie strich mit ihrer Handfläche über mein Gesicht, meinen Hals und hielt inne. Ich besann mich und, wie sie mich, so streichelte ich auch sie. Dann wieder und noch einmal. Ihre Hand wanderte und führte die meine weiter und immer weiter. Dieses zuerst erwidernde und dann gleichzeitig vortastende Spiel der Hände trieben wir lange weiter. Dann knöpfte sie mir das Hemd auf und zog es mir über den Kopf. Auch sie schlüpfte aus dem ihren. Sie noch im seidenen Höschen, ich in Unterhosen, fielen wir uns, einander zugewandt, in die Arme, streichelten einer den Rücken des anderen. Und jetzt küssten wir uns zum ersten Mal lange, ließen dabei auch den Zungen freien Lauf, auf die Wangen, die Lippen, im Mund, und wurden bis zum Morgen nicht satt. Schließlich lächelte sie mich an, bedeckte mein ganzes Gesicht mit Küssen und drehte mich zur Seite, umarmte mich von hinten und schmiegte sich eng an mich. In dieser Haltung schlief sie ein. Reglos schaute ich umher und lauschte, im Nacken spürte ich ihre wunderbaren, langsamen Atemzüge, auf meinem Rücken das Auf und Ab ihrer entblößten Brüste.

Am fünften Tag, als ich heimkam, fand ich Jadwiga vor den blühenden Hyazinthen kauern. Es war wie damals an Ostern im Kirchhof. Wir umarmten uns, und beide wussten wir schon jetzt: Heute Nacht können wir es wagen, endlich einander ganz zu gehören. Jede Stunde dieses Tages war erfüllt von dieser Aussicht: Sooft sich unsere Blicke trafen (und Gott sei Dank fanden wir viele Gelegenheiten dazu), strahlten wir uns mit diesem verheißungsvollen Lächeln an und versprachen uns das eine. Vtomto schivotje takto som njebov radostju bes seba*, wie in jener Nacht!

Dann, in unserem Bett, war meine Frau nicht mehr bestrebt, mir mit ihren Berührungen voraus zu sein (wiewohl sie mir gelegentlich meine Hand festhielt und mir deutlich machte, sie möchte auch nicht, dass ich ihr vorauseile). Nur einmal hat sie mich überholt (denn wohin wir es schon in der Nacht zuvor geschafft hatten, dorthin gelangten wir jetzt gleichzeitig, das Ablegen unserer Hemden inbegriffen): Als wir uns halb nackt umarmten und immer heißblütiger küssten, war schließlich sie es, die sich abwandte, das Federbett über sich zog und darunter als Erste ihr Höschen auszog.

Alje, Drahí moj, merkujtje!**, flüsterte sie mir ins Ohr, ich solle aufpassen: Machen Sie es ganz behutsam und sanft! Aber das hatte ich mir auch ganz fest vorgenommen. Und behutsam und sanft machte ich es. Mehr kann ich darüber hier nicht schreiben, denn mündlich und hier auch auf dem Papier fehlen mir die passenden Worte für all die Wonne und für meine Ergriffenheit, die nicht allein darin bestand, dass wir endlich im gemeinsamen Wollen ineinander aufgehen konnten, sondern auch in dem, was ich von diesem teuren Antlitz (eher fühlend als mit den Augen sehend) ablesen konnte: nämlich jene die Lust und Hingabe überlagernde schmerzhafte Erinnerung, die meine Jadwiga in jenem Augenblick zu überwinden hatte, da sie mich

* *Nie in meinem Leben war ich so außer mir vor Freude. (Um diese Wonne auch auszudrücken, gibt es offenbar keine Worte.)*

** *Dass Sie, mein Liebster, vorsichtig sind.*

schließlich mit verzerrtem Gesicht noch tiefer in sich hineinzog und dann meine Dankbarkeit und still jauchzende Freude (vielleicht trotz körperlichen Schmerzes) liebend, verzeihend und mich anlächelnd entgegennahm.

*

Natürlich hatte ich in den oben beschriebenen Tagen vergessen zu erwähnen, dass ich am Dienstag doch zu den bei Bacovszky versammelten Unzufriedenen, den Slowaken, gegangen bin. Große Lust hatte ich dazu nicht, denn viel lieber hätte ich auch diesen Abend am Busen meiner Jadwiga verbracht. Aber sie redete mir zu, doch hinzugehen, um zumindest zu erfahren, was sie dort aushecken, und zudem sollte man den hochwürdigen Herrn Pfarrer nicht vor den Kopf stoßen. (Obwohl wir beide nicht viel übrig haben für Bacovszky, weil er mit dem Dünkel des Emporkömmlings die Nase hochträgt und als gestrenger Streiter des Glaubens und des Nationalbewusstseins gerade für die, als deren Seelenhirte er bestellt ist, wenig Interesse zeigt, ja manch einem, dem er nicht wohlgesonnen ist, sogar den Segen verweigert. Und mit Scham erfüllt uns, dass wir seinerzeit, als Pfarrer Bacovszky uns wegen der bevorstehenden Hochzeit so früh zu sich bestellte, nicht den Mut aufgebracht haben, ihm zu sagen: Lieber wäre uns, wenn Jadwigas einstiger Ziehvater, der Hochwürdige Herr Szpevács, aus dem Nachbardorf käme, um uns zu trauen.)

Die etwa achtzehnköpfige vortreffliche Gesellschaft* rekrutierte sich aus jenem Kreis gestandener Mannsbilder unseres Dorfes, in dem weder Ungarn noch Juden vertreten waren. Erschienen sind: Gyurovszky, Kohut, Számuel, Moravszky, Koleszár, Lestyan, Adamik, Szlávik u. a., die größten Bauern, ich war der Jüngste – dazu der Viehhändler Hruska, Pan Bugyinszki, Direktor der evangelischen Schule, des Weiteren der Lehrer: mein

* *Ihre Kinder und noch eine Reihe anderer habe ich gut gekannt. Doch ist hier nicht der Platz, etwas über sie zu schreiben.*

Freund Pali Rosza, Kohuts Schwiegersohn, dann der Schnittwarenhändler Tyeplan, Onkel Jankó Vajasdi, der Getreidehändler, übrigens ein guter Freund meines Vaters, ferner noch Dr. Hroncsok und mein Spezi Pista Szvetlik, der Vizenotar.

Als ich dazukam, war mir sofort klar, ich konnte froh sein, dass ich seit geraumer Zeit etwas abseits vom Alltäglichen lebte. Weder hatte ich die Zeitungen mit ihren grauenhaften Nachrichten noch die Kundmachungen der Gemeindeverwaltung gelesen und auch sonst nichts, brauchte keine Abneigung gegen diese Menschen zu empfinden, zu ihren Meinungsäußerungen nicht zustimmend zu nicken, nicht mit ihnen zu politisieren, zu lamentieren …

Fast wäre mir sogar entgangen, dass wir im Krieg sind, zu meiner Schande hatte ich kaum wahrgenommen, was ich doch hätte wissen müssen, aus dem Dorf waren bereits um die zehn Männer gefallen. Unter ihnen auch erst kürzlich der Sohn von Lestyan. Ich kannte den Jancsi. Wer es noch nicht getan hatte, kondolierte jetzt dem Vater, und so kam man zu Anfang auch auf den Krieg zu sprechen, auf die Mobilmachung letztes Jahr im Juli, die am Sankt-Anna-Tag auf dem Marktplatz ausgetrommelt und bekannt gemacht worden war. Auch darauf, wen man gleich in dieser Woche eingezogen und gegen die Serben geschickt hat …

Um welcher Ziele willen aber vergießen denn unsere Söhne ihr Blut? Mit dieser schrillen und unerwarteten Frage wandte sich Bacovszky an uns und lenkte damit auf die Tagesordnung über. Seine Frage wurde ihm nicht beantwortet, doch: »Damit die Opfer nicht vergeblich sind, dürfen wir nie vergessen und müssen es uns auch immer wieder selbst bestätigen, dass ein slowakisches Herz in unserer Brust schlägt.« Onkel Jankó Vajasdi, der jederzeit für ein Späßchen zu haben ist, schaute daraufhin sogleich unter dem Revers seiner Jacke nach, worauf Pista Szvetlik losprusten musste.

Das brachte aber unseren geistlichen Herrn nicht aus dem Konzept, und er setzte an, die Vergangenheit zu beschwören, den aufopferungsvollen Kampf, der im letzten Jahrhundert für unsere Sprache und Kultur unter Führung von Stúr, Hodža und Hurban geführt worden war, nicht ohne darauf hinzuweisen, dass es »nun schon um das Wiedererstehen und die Einheit der Nation geht«. Darauf brachte er dann Beispiele aus der Zeit der Monarchie, also aus den Jahrzehnten der engstirnigen, nationalitäten- und slowakenfeindlichen Beugungen des Rechts durch die ungarische Verwaltung, aus der Vergangenheit bis in unsere Tage.

Wenn aber unter den vierhundert Abgeordneten diese ein, zwei Slowaken, die es ins Parlament geschafft haben, ihre Stimme wegen solcher Benachteiligungen erheben – und Hochwürden streckte dazu seinen Finger hoch empor –, werden sie niedergeschrien! Oder wenn einer, also irgendjemand, von aggressiver Magyarisierung spricht oder gar darüber zu schreiben wagt, der wandert unter dem Vorwand, er schüre nationalen Hass, hinter Gitter! Jetzt aber!! Kracht es in dem die Nationen unterjochenden Herrschaftsgebäude!, und aus dem Staub der durch die apokalyptischen Blitzschläge dieses Krieges verbrannten Erde wird die Volksseele wie ein Phönix aus der Asche emporsteigen! (Onkel Vajasdi schaut zur Decke empor, einige folgen seinem Blick.) Gestärkter und stolzer als je zuvor! Aber darauf zu vertrauen, ist nicht genug. Dafür auch etwas zu tun, ist unsere Pflicht!

Und jetzt ein wenig Wasser!, flüsterte Onkel Jankó vor sich hin, und als griffe Bacovszky diese Empfehlung auf, nahm er einen Schluck aus seinem Glas.

Zum Schutz unseres Slowakentums müssen wir zusammenstehen!, und er nahm sogleich Haltung an. Auf dieser Insel unserer Nationalität! Umgeben von solchen, für die »Hirsebrei kein Essen und der Slowake kein Mensch!« ist. Und die uns voller Hass ankläffen, to stjekajú, sche* »dummer Schlawak!« (dies zitierte auch Bacovszky auf Ungarisch und löste damit bei Onkel Vajasdi anerkennendes Brummeln aus).

* *Sie kläffen: Dummer Slowak! Von gewissen Leuten hört man das oft. Es gibt noch ein paar Sprüche, etwa: Das fehlt ihm, wie dem schlawakischen Wanderglaser das Auf-den-Rücken-Fallen! oder: Bums, los auf ihn, wie der Schlawak auf die Mutter! etc. Und auch die ungarische Bezeichnung »tót« für den Slowaken klingt herabsetzend, weil man es mit dem deutschen Wort »tot« und »Tod« in Verbindung bringt. Alles nicht sehr schmeichelhaft aus dem Blickwinkel der Nationalität.*

Seid also bereit, meine slowakischen Brüder!, ließ Hochwürden seine Stimme wie von der Kanzel herab erschallen. Ihr getreuen Nachkommen der siedelnden Wanderer, die man einst vom Mutterleib unseres Volkes getrennt hat! Bewahrt und erhaltet euch den Glauben und das Nationalgefühl eurer Ahnen! Verteidigt sie gegen die Widersacher, die uns deshalb verfolgen. Oder wollt ihr tatenlos zuwarten, bis sich weitere Tragödien zutragen wie die in Tschernova?! (Wo? O tschom hovori?*, wandten sich die arglosen Bauern verwirrt einander zu, doch Hochwürden erfasste die Situation auf der Stelle und klärte seine Schäfchen auf.) Dass die ungarischen Herren auf euch schießen lassen wie 1907 auf die friedfertigen Bewohner dieses kleinen slowakischen Dorfes? Von denen 15 ums Leben kamen und 60 verwundet wurden, nur weil sie sich dagegen wehrten, dass ihre Kirche von Fremden geweiht werden sollte? Und weil sie auf ihrem eigenen Pfarrer bestanden …?, donnerte Bacovszky, aber hier musste er schon heftig Luft holen. Auf den großen Hlinka, den man nur wegen seiner slowakischen Nationalität ins Gefängnis steckte? Und der zum Führer der Slowaken wurde?!

Ich, ich!, schlug sich Bacovszky dreimal an die Brust, ich!! möchte euch nicht vor die Gewehrläufe der Gendarmen führen! (Onkel Jankó: Daran tun Hochwürden wahrlich gut!) Unser Weg muss ein anderer sein! Einer, auf dem wir jedem Misserfolg vorbeugen und auch der Vergeltung entgehen. Wir müssen rechtzeitig handeln und heimlich unsere Vorbereitungen treffen! Vielleicht verstehen wir uns, meine Herren.

Also, so richtig haben wir uns nicht verstanden, und es gab auch den einen oder anderen, der sich vernehmlich räusperte und sich fragte, wie sich Hochwürden das jetzt gedacht habe. Wie sollte man sich jetzt verhalten … Bacovszky erwiderte aber nur, dass wir das Feuer unserer nationalen Zugehörigkeit hüten und unablässig in unseren Herzen nähren sollten. Weiterem Räsonnieren kam er zuvor, indem er mit väterlicher Erhabenheit

* *Denn sie verstanden nicht, »wovon er spricht«. Übrigens habe auch ich von diesem Vorfall in Tschernova nie etwas gehört.*

in die Runde blickte und uns versicherte: Zur Beunruhigung gebe es keinen Grund. Allein dazu, dass wir unablässig ... immer auf der Hut seien und stets bereit. Und sonst eben alles zu seiner Zeit.

Doch da war auch schon die Magd zur Stelle, mit den Grammelpogatschen, der Flasche und den Schnapsgläsern, bei weiteren Serviergängen brachte sie Wein und den Tvaroschnjíka*, was den Versammelten sogleich noch Appetit auf anderes machte. Aber bevor wir uns dem gemütlichen Teil des Abends zuwenden konnten, erhob sich Bacovszky, und während er den voreilig am Sljuhovica** Schlürfenden einen missbilligenden Blick zuwarf, setzte er zu einem langen Gebet an, in das er auch seine Fürbitte für unser schwer geprüftes Volk aufnahm, und nachdem wir das Glaubensbekenntnis und das Amen mitgebrabbelt hatten, goss er sich einen Schnaps ein und ließ beim Zuprosten auch noch einen kurzen Segensspruch hören.

Na ja, diesem Schluck Zwetschgenwasser haben wir die ihm gebührende Ehre gegeben, seufzte Onkel Vajasdi wieder so in sein Gläschen, dass nur ich es verstehen konnte. Das haben wir, Onkel Jankó, wir sehen uns in die Augen und stoßen aufeinander an.

Und während ich von allem koste (vom Schnaps, aber auch vom Wein strikt nur ein Glas), warte ich auf eine günstige Gelegenheit – die ganze Zeit habe ich das schon im Sinn –, mich möglichst schnell davonzumachen, um bald daheim bei meiner Frau zu sein. Zum Glück erhebt sich bald darauf Dr. Hroncsok, er verabschiedet sich, weil er bei einem Patienten noch Visite machen muss. Die Gelegenheit nutzend, verabschiede auch ich mich, so dass ich noch vor der Schlafenszeit daheim bin.

*

* *Von Tvaroschnjíka wurde bereits im Abschnitt über Stralsund erwähnt: dass es ein Topfenkuchen ist. (Übrigens mit gesalzenem Topfen, Eigelb darüber gestrichen und überbacken!)*

** *Das wissen auch die Ungarn, dass es Zwetschgenschnaps ist.*

Um festzuhalten, wie sich die Feldarbeit im Frühjahr 1915 anließ – zumeist gestützt auf Gregors Erinnerung:* Lange hatten wir Frostwetter, der Weizen kam allzu schwach und spärlich. Und was ein besonderes Ärgernis war: Gregor sagt, die alte Sorte, die aus Lovászpatona, ist sogar besser gekommen, umsonst haben wir uns also mit dem 1201-er Bánkúter Weizen so viel Mühe gegeben, der wächst kümmerlicher. Das Gerstenfeld wurde auch erst im Frühjahr gepflügt, im Winter war das Wetter nicht danach, auch im Herbst nicht, weil der Regen schon so früh eingesetzt hat und es bald danach kalt geworden ist. Ebenso kamen uns in der ersten Märzhälfte starke Regenfälle dazwischen.

Am 20. März pflügten wir also das Gerstenfeld (durchwegs mit dem Gerät, nämlich dem Chromstahl-Streichblech), am 25. säten wir den Hafer, am 30. wurden die Weizenfelder geeggt, schließlich am 31. die Kartoffeln gelegt sowie Rüben und Mohn gesät. Auf den tiefer gelegenen Flächen stand noch das Wasser; die mussten wir deshalb aussparen.

Am 1. April wurden die Weinstöcke abgedeckt, beim Gehöft und auch am Hanffeld. Am 2. karrten wir Krautdünger hinaus, als Ergänzungsgabe dorthin, wo es noch nötig war. Am 3. haben wir die restlichen Maisstrünke von den Weizenfeldern entfernt. Inzwischen hatte es stark abgekühlt und am 3. und 4. fast den ganzen Tag geschneit, zwischendurch auch geregnet, es herrschte sehr kaltes Wetter. Am 7. wurden die Rebstöcke beim Hanffeld geschnitten, am Gehöft haben wir auch noch neue Reben gesetzt und die Zuckermelonen in die Erde gebracht. Am 13. habe ich einen zusätzlichen Monatslöhner bei freier Kost und Logis eingestellt, am 14. pflügten wir das Maisfeld um, am 22. haben wir maschinell ausgesät, den 24. am Gehöft, wo ich jetzt erstmals den Fleischmannschen versuche (den hat mir Herr Molnár geschickt, der damals noch an Papas Seite mit dem Getreidehandel

* *Er schreibt es so, als hätte er alles allein gemeistert! Doch der gnädige Herr machte sich nur selten mit der Landarbeit zu schaffen. Mir erging es leider nicht mehr so gut, und am Gesinde fehlte es auch. An der Abfolge der Arbeiten, so kann man sagen, hat sich nicht viel geändert, natürlich nur solange man es noch duldete.*

angefangen hat), am 27. konnte auch am Melinda-Gehöft die Maisaussaat abgeschlossen werden. Den 30. April fingen wir mit dem Maisrebeln an, Gyurkovics kam herüber, um zu sehen, wie sich der Rebler mit dem großen Schwungrad, ein Hoffer-Schranz-Fabrikat (letzte Anschaffung von Papa), bewährt, weil er sich womöglich auch einen zulegen will.

Am 1. Mai war das Wetter trüb, aber es blieb trocken, dafür hatten wir schon am 2. einen schönen, ausgiebigen Regen. Am 6. bis 10. wurde es dann wieder ungemütlich kalt, und es gab sogar Nachtfrost, der uns allerlei Schaden bescherte. Der Mais, der früh aufgegangen war, ist gänzlich abgefroren, doch am meisten hat der Wein gelitten, und auch das Obst bekam einiges ab. Dazu die Kartoffeln, das Gemüse, vor allem die Bohnen, sogar die Akazienbäume hat es erwischt. Ein Wetter ist das!

*

28. Mai 1915 schon bei prächtigem Sonnenschein:
Nach all der Hoffnung und der Wonne des Zusammenfindens im April erscheint uns der Mai als der Monat des Erblühens.

Erstaunt stellte ich heute fest, dass es letztes Jahr ebenso gewesen ist. Auf meine nach Stralsund gesandten Briefe erhielt ich Ostern von Jadwiga eine erste Antwort, die mich ernstlich hoffen ließ, worauf ich umgehend aufbrach und zu ihr eilte. Damals begegneten wir einander zum ersten Mal nicht aus irgendwelchen praktischen oder was weiß ich für Gründen, sondern als zwei Wesen, die sich allein um ihrer selbst willen sehen mussten. Und im Mai waren wir bereits verliebt ineinander.

Im vorausgegangenen Jahr, also im April 1913, als ich sie nach langen Jahren zum ersten Mal wiedersah (und sie ihren Ziehvater zum letzten Mal) und dann zu ihr zurückfloh, hatte sie mich noch nicht verstehen wollen. Sie schickte mich heim wie ein zu Hause ausgerissenes, ungehorsames Bürschchen, und ich bin wieder bei Erzsi gelandet, die mich stets wie einen Mann behandelt hat, genau so wie ich selbst mich seit dem Abenteuer mit Lotti fühlte. Ich ging also weiter heimlich, mit Naturalien bezahlend, zu Erzsi und floh auf diese Weise vor Ivka Kohuts schmachtendem Augenaufschlag, schrieb indessen aber ständig sehnsüchtige Briefe an Jadwiga, die sie, wenn überhaupt, nur auf Ansichtskarten beantwortete.

Und wie ich mich entsinne, setzte ich mich auch an jenem Tag im Oktober hin, da wir meine Schwester Zsofka zu Grabe trugen, um mein wehes Herz der vermeintlichen Geliebten auszuschütten (statt Ivka, die gern bereit gewesen wäre, unter Tränen mein Leid mit mir zu teilen), doch damals konnte ich nicht schreiben. Ohne die Aussicht auf eine, meine Gefühle erwidernde Antwort und ein tröstendes Streicheln war ich nicht fähig dazu, ich zerriss den halb fertigen Brief. Und auch in dieser Nacht konnte ich wieder nur in Erzsis Schoß Zuflucht finden.

Schmerzerfüllt und mit tief empfundener Liebe schrieb mir Jadwiga zum ersten Mal, als Vater am 14. Februar gestorben war. Der Gute, dessen Verlust wir nun beklagen müssten, habe nur uns beide richtig ins Herz geschlossen, und das würde uns auf ewig verbinden. Von da an trösteten und liebkosten wir einander in immer häufiger gewechselten Briefen, bis ich dann nach Ostern schließlich zu ihr fuhr. Zweieinhalb Monate lang wohnte ich im letzten Frühjahr und zum Sommeranfang bei den Winklers in Velgast, und obwohl ich sehr sparen musste, stahl ich mich, sooft ich nur konnte, davon nach Stralsund in den Mecklenburger Hof und mit Jadwiga in das Weidenwäldchen am See. Unsere Idylle, die nur durch Mamovkas lästige Postkarten, mit denen sie mich heimwärts beorderte, beeinträchtigt war, wurde schließlich durch den Kriegsausbruch jäh unterbrochen, denn da fanden auch meine Gastgeber, es wäre besser, wenn ich bald nach Hause aufbrechen würde.

Doch die Monate bis dahin! Womöglich werde ich einmal versuchen, anhand der Tagebuchaufzeichnungen des letzten Jahres alles aufzuschreiben, von einem Zusammentreffen bis zum nächsten: wie wir miteinander immer befreiter und glückseliger wurden. Besonders wenn wir gemeinsam verreist sind und wir über reichlich Zeit, die sonst so knapp bemessen war, verfügten, wie im Mai gleich zweimal. Wenn ich mich daran erinnere, so sehe ich nur die heitere, vor Glück strahlende Jadwiga, wie sie, den Kopf in den Nacken geworfen, lacht, sobald ich sie umarme, so sehr, dass ihr ganzer Körper erbebt. Und natürlich werde ich den Nachmittag nie vergessen, als wir uns auf einem Schiff versprochen haben, wir wollten einander gehören.

Und jetzt kann ich sagen, dass es sich in diesem, also dem darauf folgenden Mai endlich erfüllt hat: Jadwiga lacht und lacht, wenn ich sie in den Armen halte, und wir gehören wirklich einander.

*

Am Zaun des Kirchhofs an der Ecke. Genau dort sind die zwei stehen geblieben und haben miteinander geschäkert, trippelten und stampften eine halbe Stunde lang auf ein und demselben Fleck. Von der Bank unter der großen Kastanie aus konnte man sie gut sehen.

Die Erde unter ihnen trägt vermutlich auch heute noch die schrecklichen Wundmale vom Einschlag jener Riesendornen, auch wenn sich schon an die hundertzwanzig Jahre darübergelagert haben.

Schon auf dem Weg hierher habe ich das Mädchen auf dem Markt gesehen, es verkaufte Kirschen. Gerade hat sie ihr ein Bursche, vielleicht der ältere Bruder, in einem Waschkorb hingestellt, er fuhr dann mit seiner Scheibtruhe weiter. Ich war unterwegs zum Gemeindeamt, suchte nach Pista Szvetlik, dem Vizenotar, wegen der Viehpässe, doch man sagte mir, er wäre kurz zum Markt hinübergelaufen. Ob er dort vielleicht Kirschen kaufen will?

Doch sehe ich nur ein milchbärtiges Bürschchen neben dem Korb mit den Kirschen herumstehen, von Szvetlik keine Spur. Der Bursche sagt gerade: Teras usch schezke misísch predatj!, und will damit eine Anspielung darauf machen, dass man dem Mädchen die Scheibtruhe weggefahren hat. Tak aj predám!, antwortet das Mädchen schnippisch. No tak ja kúpim, dobre?,* so der Junge, das Weitere verstehe ich nicht mehr.

* *Der Bursche neckt das Mädchen mit den Kirschen, dass sie jetzt aber*

Ich gehe zu Miki Buchbinder hinein in die Werkstatt, doch der hat gerade Kundschaft und keine Zeit für einen Plausch. Möchtest du was trinken?, fragt er mich, wartet nicht auf Antwort, sondern steckt seinen Kopf unter das schwarze Tuch. Fotografien stellt Miki nur ins Schaufenster, sein Atelier ziert er mit eigenen Zeichnungen, und auch die Hintergrundkulissen für die fotografischen Aufnahmen malt er selbst. Und dann erblicke ich auf dem Tisch ein fast fertiges Bild zu der Geschichte, die mir eben, als ich an der bestimmten Stelle vorbeiging, durch den Kopf geschossen ist. Ich habe sogar zum Turm hinaufgeschaut:

Nach Fertigstellung des evangelischen Gotteshauses hatte am 12. Mai 1795 ein gewisser Pastor Zsilák vor dem Haupteingang das Wahrzeichen unserer Kirche, den Stern von ungefähr anderthalb Meter Durchmesser geweiht, eben jenen kugelförmigen, auf einen Stiel gesetzten Morgenstern mit den nadelspitzen Dornen, der noch immer auf dem 64 Meter hohen, schmalen Turm zu sehen ist. Mit Hilfe von Zugwinden wird der Stern am Ende der Zeremonie hochgehievt, zuerst bis zur Galerie, dann den Turmmantel mit seinen Wülsten und Zacken entlang, schließlich mit viel Mühe und letztem Krafteinsatz auf die noch eingerüstete glitzernde Messingkugel. Dort oben wartet der Kunstschmied Müller mit seinem Gesellen und weiteren Helfern. Die gaffende Menge hatte man zum Glück inzwischen auf die andere Seite dirigiert. János Hlavicska, ein Klempnergeselle aus dem Ort, schnallt sich den breiten Gurt mit dem Haltetau um und klettert auf den Stiel des nun schon aufgestellten Morgensterns hinauf, um die Zugvertäuung zu lösen. Doch wie er sich an einen der unteren Stahldornen klammert, kippt der Morgenstern, schlägt eine Ecke des Gerüsts ab, reißt die Falten des Bronzemantels samt dem Spenglergesellen in die Tiefe und schlägt an jener Ecke des Kirchhofs ein. Die Dornen bohren sich klaftertief in den mit Steinen ausgelegten Kirchhofboden. János Hlavicska bleibt ein Stück weiter bis zur Unkenntlichkeit zerschmettert liegen.

alles verkaufen muss. Darauf das Mädchen: Werde ich auch! Darauf der Junge, wieder nur im Spaß: Also dann kauf ich sie eben, gut?

Von dieser Geschichte haben wir beide, Miki Buchbinder und ich, letzte Woche von unserem Freund Pali Rosza, dem evangelischen Lehrer, erfahren, dem eine Aufzeichnung darüber in die Hände gekommen ist. Den Augenblick nach dem Aufprall aber hat Miki so gezeichnet, wie er ihn sich in seiner Künstlerfantasie vorstellt. Ein Mädchen in einem Mieder rennt barfuß auf den neben dem Einschlagskrater liegenden zerschundenen Körper des Spenglergesellen zu, im Laufen rutscht ihr das Tuch von der Schulter.

Wenn Pali es aufschreibt und die Zeitung die Geschichte bringt, gebe ich ihm diese Skizze dazu, sagt Miki und stellt für mich und für sich ein Glas Wein auf den Tisch. Ich blicke ihn fragend an. Warum?, zuckt er lachend die Achseln, eine Synagoge hat hier keiner gebaut, und so konnte auch nichts von ihr herabfallen. Sollte ich etwa das armselige Bethaus mit den brabbelnden alten Hebräern zeichnen?

Meinetwegen auch die, sage ich. Aber wenigstens abfotografieren könntest du sie!, versuche ich Miki zu überreden, er solle doch um Gottes willen ablichten, was er sieht, und nicht ständig nur Kunst produzieren wollen.

Wäre nur Material- und Geldverschwendung!

Nimm es als Auftrag von mir, sage ich ihm zum wiederholten Mal. Später sitze ich auf der Bank unter der Kastanie. Denk bei mir, dass ich das wahrscheinlich besser schreiben könnte als Pali Rosza. Überlege, das hätte doch auch Miki einfallen können.

Und da kommt das immer wieder nach hinten blickende Mädchen mit dem leeren Waschkorb, den Milchbärtigen im Schlepptau. An der bestimmten Stelle holt sie der Bursche ein und versucht, ihr den Korb zu entwinden. Vielleicht wollte er nur, dass sie ihn abstellt, damit er näher an sie herankommen kann. Es gelingt ihm sogar, ihr den geflochtenen Korb zu entreißen, und er wirft ihn genau an jener Stelle ins Gras, wo der Leichnam des Spenglergesellen gelegen haben muss. Das Mädchen macht einen Schritt nach vorn, um ihn aufzuheben, doch der Junge stellt sich lachend vor sie und hindert sie daran. Sie versucht ein beleidigtes Schmollen, lacht dann aber ebenfalls. Danach muss sie mehrmals die Hand des Burschen von ihrer Taille lösen, wobei ihr das Schultertuch wegzurutschen droht. An ihrer Hüfte greifen sie es beide, denn natürlich hat auch der Junge danach gefasst. Flink tritt das Mädchen zurück, und während sie abwehrend den Kopf schüttelt, senden ihre Augen verheißungsvolle Blicke aus. Doch da löst sich ihr zum Kranz geflochtener blonder Zopf, das Haar wallt ihr über die Brust, und sie ist quengelnd bemüht, es zu fassen und wieder aufzustecken. Der Junge möchte helfen, kriegt aber einen Klaps auf die Hand. Darüber müssen beide lachen und machen sich erneut ans Aufrollen der flachsblonden Haarsträhnen.

Beide haben nur Augen füreinander, von jener Stelle zum Turm emporzublicken, kommt ihnen nicht in den Sinn.

Jadwigas Eintragungen (2)

Die sie freilich erst an der Stelle in dieses Tagebuch zu schreiben begonnen hat, wo ihr Mann aufhörte. Da aber die Fadenheftung durch das viele Aufschlagen gerissen war, so dass ein Teil der Bögen schon herausfiel, habe ich beim Lesen diese losen Blätter unter der Überschrift »Jadwigas Eintragungen« an entsprechender Stelle in Ondris' Tagebuch eingeordnet. Zumindest großenteils, denn als Frau hat sie es mit der Reihenfolge nicht so genau genommen, ist mit den alten Geschichten mal hier- und mal dahin geflattert. Auch aus diesem Grund kam mir der Gedanke, die ausgewählten »Jadwiga-Teile« auseinander zupflücken und neu zusammenzustellen.

Eine ganze Weile konnte ich mich nicht entschließen, in welcher Richtung ich die Erzählung weiterführen soll und was ich überhaupt enthüllen will.* Doch jetzt habe ich mich mit dem Entschluss hingesetzt, Ihnen, Ondris, mein Lieber, zu schreiben, wie ich gewesen bin und was mir in Stralsund begegnet ist, damals, als Sie mich noch gar nicht kannten. Denn dort hat ja eigentlich alles begonnen, was unser ganzes Leben bestimmen sollte.

Und niemals haben Sie den Mut aufgebracht, sich zu erkundigen: Warum und auf welche Weise mir die Freundschaft mit Franci Winkler so wichtig war.** Ich kann mir vorstellen, Ondrisko, wie bitter Sie auflachen würden bei dem Wort »Freundschaft ...!«, doch es ist schwer, alles einfach so hinzuschreiben.

(Im Grunde hat Franci mir zum ersten Mal von Ihnen erzählt. Denn bis dahin waren Sie für mich nur der kleine Bub, den Papa

* *Hier fehlt das Datum, man kann nur annehmen, dass sie es etwa Mitte Mai 1937 geschrieben hat.*

** *Also, auch mich hat diese Sache am meisten interessiert, als ich davon gelesen habe.*

gelegentlich bei seinen Besuchen mitbrachte, der ständig auf meinen Schoß gekrochen kam, und von Franci erfuhr ich, dass Sie beide sich aufgrund der Freundschaft Ihrer Väter so gut verstanden haben.)

Wie Franci und ich uns kennengelernt haben?, das konnten auch Sie sich leicht vorstellen, Duscha moja*, denn Sie wussten ja, dass Franci sich als Neffe des Alfons Winkler häufiger bei dessen Familie aufhielt.

Es war ein verständnisinniges, kameradschaftliches Vertrauen, das wir beide schon nach ein paar Worten und Blicken füreinander empfanden; klar, dass wir uns besser verstanden als »diese« hier, da wir ja beide auch Ungarn waren (soweit man das von einem halb jüdischen, halb deutschen Burschen sowie einem Mädchen behaupten kann, das eine slowakische Mutter und einen ungarischen Vater hat und unter Slowaken aufgewachsen ist und das zuerst in Budapest, dann in Österreich von Englischen Fräulein erzogen wurde). Aber nicht allein die ungarische Sprache verband uns (dabei bat mich Franci auch manchmal, wenn er es sich mit einem Glas Wein auf dem Sofa bequem machte, ich solle Slowakisch mit ihm reden oder singen, wiewohl er davon nur ein paar Brocken verstand), doch konnten wir uns, für derlei Situationen empfänglich, auch ganz ohne Worte verständigen. Beide sind wir in dem Haus, wo wir uns eigentlich als »Familienmitglieder« fühlen sollten, verschworene Freunde gewesen.**

Franci wäre als Verwandter natürlich eher zur Familie zu rechnen gewesen, hätte ihm nicht wegen seiner als nichtsnutzig geltenden Prinzipien und eines liederlichen Lebenswandels der Ruch eines schwarzen Schafes angehangen (die Stralsunder Verwandten haben dies im Grunde der bedauerlichen Gemischtrassigkeit Francis zugeschrieben); als »halbjüdischer Spross dieses verrückten ungarischen Béni« schien er in den Augen der Familie

* *Mir gefällt es, dass sie ihn stets »Duscha moja«, mein Herzchen (eigentlich Seele), nennt. Denn es ist nicht unwichtig, wie man angesprochen wird! Liebevoll, aus vollem Herzen oder einfach nur so.*

** *Besser als wenn wir uns verlogen Familie nennen! Aber leider bin ich nie bei diesen Stralsundern gewesen, so dass ich dazu nichts sagen kann.*

allein schon durch seine Anwesenheit die faden und unerbittlich protestantischen Grundsätze und Moralvorstellungen der Verwandten zu verspotten.

»Die Gebote des strengen Hauses«, so bezeichneten sie selber ihre Lebensregeln, füllten Gott sei Dank nicht jede Minute des Tages aus, obwohl ich über die Arbeit im Kontor, die gemeinsamen Mahlzeiten sowie die offiziellen Gästevisiten hinaus der gnädigen Frau Winkler auch in vielerlei Angelegenheiten zu Diensten sein musste. Dennoch gab es freie Abende, gelegentlich auch freie Nachmittage, und die Sonntage, vor allem wenn die Familie verreist war, hatte ich für mich. Da konnte ich endlich in meinem Zimmer, im Garten oder auf der Terrasse allein sein. Wie alle engeren Freunde und Verwandte hatte ich stets Zutritt zum Salon, ins Bibliothekszimmer und in den Wintergarten.

Im Kreis der Gäste, die sich im Winklerschen Salon trafen, ist eines Tages auch Franci aufgetaucht. Er machte eben einer Freundin von Hilde Winkler, einer gewissen Ilse, heftig den Hof. Kaum zwei Tage später, ich trat eben aus der Tür zu meinem Zimmer, sah ich, wie Franci lachend das verlegene Stubenmädchen Helga, das gerade ein volles Tablett vor sich her trug, tätschelte. Vielleicht ritt mich damals irgendein Teufelchen, denn ich zog, ihn kritisch musternd, die Augenbraue hoch, statt mich, wie es sich für eine wohlerzogene junge Dame geziemt hätte, abzuwenden und die Taktlosigkeit zu übersehen. Vergebung heischend, lachte er mich an und schien, sich selbst verspottend, zu sagen, »so sind wir Männer eben, können keine Gelegenheit auslassen«. Seit er gesehen hatte, dass ich Bescheid wusste, wandte er sich mir stets mit der Vertraulichkeit eines alten Bekannten zu, wurde aber niemals zudringlich. Nicht über seine Späße und Spielchen zu lachen, war einfach unmöglich. Er sparte auch mir gegenüber nicht mit galanten Schmeicheleien (er habe das einfach im Blut, erklärte er mir später einmal), was er aber zu überspielen versuchte, indem er mich in das Geheimnis seiner Empfindungen für Ilse einweihte. Sein vorgetäuschtes Werben nahm ich mit Vergnügen hin, war ich doch überzeugt, dass mich nichts und niemand von meiner Neigung für Papa abbringen könnte, nicht einmal dieses nette, aber leichtsinnige Herrensöhnchen (er vielleicht am allerwenigsten), das sich so unwiderstehlich vorkam, vor dem aber, das hatte ich schnell herausgefunden, der Himmel jedes anständige Mädchen bewahren mochte.

Zweifellos war mein Leben gespalten. Im Innern meine ängstlich verschwiegene Leidenschaft für Papa György, die sich freilich aus nur ganz wenigen tatsächlichen Begebenheiten speiste, es war ein starkes Gefühl, das in Herz und Seele verborgen blieb. Nach außen spielte ich ein ergebenes, zuverlässiges, solides, dabei noch unfertiges, aber bemühtes Mädchen, naiv und unbefangen, das ich gar nicht war, eine junge Frau, die nicht ihr eigenes Leben lebt, sondern nur dankbar in die Rollen schlüpfte, die ihr das Haus Winkler zugeteilt hat.

Während ich dieses Salonbürschchen betrachtete, mich mit ihm neckte, ihn scherzhaft mit Klapsen zurechtwies, wurde mir gerade daran das sich auftuende Vakuum zwischen meinen beiden Leben offenbar, nämlich die Tatsache, dass ich etwas brauchte, etwas das mir weder meine Rollen vorgaben noch mein Inneres mir auferlegte. Mir fehlte etwas, dem ich mich ohne Scham und Hemmungen hingeben konnte, meinetwegen ein zwangloses Lachen. »Ach, Sie tun sich natürlich leicht!«, seufzte ich und blickte über die unbekümmerte Gestalt dieses hübschen Jungen hinweg durchs Fenster (ich sage Jungen, obwohl er ja ein Jahr älter war als ich, aber Mann bedeutete damals für mich das reifere Alter von Papa). Ob Franci dieses Vakuum zwischen meinen so liebevoll gehegten Gefühlen und der Wirklichkeit eines dienenden Lebens als entfernte Verwandte hier noch vergrößert hat? Ich glaube nicht, eher war es umgekehrt. Er brachte mich erst darauf, dass jemand wie er dafür vollkommen ungeeignet wäre. Dass er es nicht sein kann, der auch nur irgendwas zu öffnen fähig ist, was sich in mir öffnen könnte.

Wenn wir uns im Salon unterhielten (oft während er vergeblich auf Ilse wartete) oder bei einem gemeinsamen Ausflug oder Spaziergang, habe ich ihn auch von einer anderen Seite kennen gelernt, direkt, offen und natürlich, dann wenn er sein unverfälschtes Ich zeigte. Ein Mensch, dessen wahres Wesen sonst nicht wirklich deutlich wurde, weil es ihm am nötigen Ernst fehlte, der mit lässigem Witz von dem erzählte, was er auf seinen Streifzügen voll Interesse aufgeschnappt hatte, der zugegebenermaßen unzuverlässig und von einer leichtfertigen Leidenschaft war, der mich wenig beachtete, aber doch ins Vertrauen zog, einer, der mir also nicht gefiel, an dem ich vieles ablehnte, ja sogar verachtete – und dennoch, manchmal hatte ich das Verlangen, in seiner Nähe zu sein.

Ach, jetzt habe ich alles verschmiert, vorhin musste ich das Heft schnell zuklappen, denn ich hatte hinter meinem Rücken plötzlich Misu bemerkt. Er hat mich richtig erschreckt! Du schleichst hier herum, sage ich, wie ein Schatten! Er ist daraufhin beleidigt. Natürlich ist er kein Kind mehr.

Dieser beleidigte Schatten war 16 Jahre alt.
Ich muss gestehen, dass ich von manchen dieser Dinge nur eine vage Ahnung habe, werde ihnen noch auf den Grund gehen müssen. Denn darin schwirrt so viel selbstquälerische Grübelei umher. Aber ich finde es überhaupt ratsam, dass man sich als Mann nur auf Zehenspitzen nähert und, wie am Kircheneingang, das Haupt entblößt, bevor man einer Frau in die Seele blickt (wenn diese zudem noch ein »sich auftuendes Vakuum« ist). Zum Beispiel die Frage, warum es hier schließlich doch ein ja geworden ist, auch wenn es immer nur nein, nein, nein geheißen hat?

*

Das kann hierher gehören oder auch nicht, eine passendere Stelle habe ich für diesen Einwurf nicht gefunden:

Eine Kleinigkeit noch, vielleicht war es dieser unbedeutende flüchtige Augenblick, der mir den entscheidenden Anstoß hin zu Ondris gegeben hat:

Als man uns den Aufgang zur Landungsbrücke freigab und wir losgingen, ist vor uns ein kleines Mädchen auf dem Arm seiner Mutter in Tränen ausgebrochen: Meine Puppe, meine Puppe ist nicht da! Ondris kehrte wortlos um, drängte sich zurück und brachte dem Kind die verlorene Puppe: Wie dumm von mir, ich hätte mich gleich danach bücken sollen, denn ich habe ja gesehen, wie sie dem Kind hinunterfiel, sagte er ein wenig beschämt zu mir.

Und wie er dem Kind die Puppe reicht! Ein mir bis dahin unbekannter Gesichtsausdruck mit dem Anflug eines Lächelns, das nicht mir gilt, nur der bekümmerten Kleinen! Wie er über die dankbare Mutter hinwegsieht, nur Augen für das Kind hat! Dann das Zögern, ob er den Kopf des noch tränennassen, aber schon wieder glücklichen Kindes streicheln soll oder nicht, und wie er schließlich eine Locke berührt, aber so, dass allein ich es bemerke.

Nur ich bemerke auch, dass ich ihn im selben Augenblick lieb gewonnen habe.

*

Ich füge hier auch Mamas selbstquälerische Erinnerung ein, weil sie zu diesem Osterteil dazugehört:

Ach! Wie viel Kummer habe ich Ihnen bereitet, Ondris, mein Lieber! Doch sehen Sie, selbst wenn ich Jahrzehnte darüber grübeln würde, könnte ich nicht sagen, ob alles in einer anderen Richtung sich hätte entwickeln können. Was der Mensch aus Unerbittlichkeit und unrichtiger Einschätzung einer Lage alles in eine falsche Richtung oder durch Ungeduld ins Verderben lenken kann und warum er gar so verblendet das Schicksal herausfordert? Aus Unbeugsamkeit, beleidigtem Stolz, aus dem Wunsch heraus, es sich bequem zu machen und verwöhnt zu werden … Oder auch von Wollust gequält, auf eine die Seele erhebende, das Herz erschütternde und den Leib schaudern machende Leidenschaft aus, denn, nicht wahr, die stand Ihnen ja aufgrund so langen Fastens im Laufe Ihres kurzen, flüchtigen Lebens zu!*

Und ich weiß auch heute noch nicht, was ein und derselbe

**Auch dies will ich mit einem Sternchen versehen, denn ich finde es einfach schön, wenn sie sich so selbstquälerisch müht, ihre Gefühle beim Schreiben dennoch hoch emporschwingen. Für mich ist etwas immer dann wunderbar, wenn man beim Lesen fast unwillkürlich ausrufen muss: Schön! Weiter so.*

Mensch zum Guten hinlenken und wenden und wie er mit all seinem Streben, Bedacht und seinem Dulden Besseres bewirken kann? Und was die christliche Barmherzigkeit anbelangt, was Demut und Liebe bewirken können, deren göttlicher Gnade ich mich, wie ich glaubte, voller Hingabe geöffnet habe, so dass ich auf diese Weise fähig war, Sie, Ondris, über viele Jahre in Liebe anzunehmen, Ihre Leidenschaft für mich, Ihre Sehnsüchte und Ihr Begehren, mit denen Sie mich wie überschäumende Wellen überrollten (dass ich oft glaubte, mein Kleid, mein Haar oder auch mein ganzes Bett seien tropfnass). Sie indessen waren kaum fähig, mich auf sanfte Weise über die sacht ansteigenden Pfade Ihrer Leidenschaft hinaufzugeleiten zu den von Ihnen begangenen Gipfeln. Obwohl ich nicht weiß, ob ich Ihnen hätte folgen können, wenn Sie sich auf anderen Wegen bemüht, mich auf andere Weise verführt hätten; so kann ich Sie also nicht verantwortlich machen für Ihre verzweifelten Forderungen, denen ich mich sicher freiwillig auch dann nur schwer gebeugt haben würde, wenn mich sonst nichts daran gehindert hätte.

Bei unseren gemeinsamen Ostern, 1915 nicht wahr, als wir uns versöhnt hatten, habe ich Ihnen gezeigt, dass ich Hand in Hand mit Ihnen gehen konnte und wollte, damals waren Sie mir in Ihrer sanften, hingebungsvollen Leidenschaft am teuersten. Aber leider, moj Miljí (ich mache es Ihnen nicht zum Vorwurf, möchte nur festhalten, wie es meiner Erinnerung nach war), haben Sie das schnell vergessen, und allzu früh beruhigten Sie sich damit, dass wir »zur beiderseitigen Zufriedenheit unseren Platz gefunden haben«. Haben Sie nicht gemerkt, dass wir unsere Herzensgüte, unsere Liebe und unser Verlangen Tag für Tag zu neuer Blüte bringen müssen, so als begegneten sich unsere Seelen, unsere Körper zum ersten Mal? So wie die Sonne ihr tägliches Mysterium von Anfang bis Ende durchwandert: Niemals beginnt sie erst zu Mittag, vergisst nicht, am Abend unterzugehen, und versäumt auch nicht, über Wochen, ihren Aufgang. Sie haben oft längere Zeit von mir und den um Sie herum Lebenden keine Notiz genommen, dann wieder haben Sie mich, Ihrer maßlosen Leidenschaft nachgebend, mit sich reißen wollen.

Unter solchen widersprüchlichen Erfahrungen habe ich Sie, oft hoffnungsvoll glücklich, dann wieder verzweifelt, aber aus vollem Herzen akzeptiert, doch – und das wussten auch Sie – nachdem die Leidenschaft noch vor ihrer Erfüllung erloschen war, ohne wahre Liebe.

Trotzdem weiß ich nicht und frage deshalb Sie, der Sie über unser Leben vielleicht schon Klarheit erlangt haben, kann der Mensch selbst an seinem Schicksal und dem der Seinen drehen, vermag er, Gutes oder auch Schlechtes zu bewirken, und wird, wenn das augenscheinlich der Fall ist, all das dann letzten Endes offenbar? Wird seinem Handeln als Folge davon die gebührende Anerkennung zuteil oder ist nicht alles in Wirklichkeit schon vorgeschrieben? Unser kümmerliches Bemühen, einerseits Gutes zu tun und unsere Verfehlungen, Missgriffe, absichtlichen Verletzungen, ja Zerstörungen auf der anderen Seite – das wenige Gute also vermengt mit mittleren Sünden, anderen zugefügten Schmerzen und den täglichen kleinen Bosheiten –, haben sie, sich gegenseitig neutralisierend, in letzter Konsequenz Einfluss auf das uns vorbestimmte Schicksal, ja oder nein? Wie ist das also, sagen Sie doch, Ondrisko! Wie soll ich Ihnen erklären, auf welche Weise sich diese Zweifel in den Begebenheiten unseres Lebens zeigen?

Und ich will ja zugeben, selbst wenn mich dafür Zornesblitze von oben treffen: Auch wenn ich zuvor über die »falsche Richtung«, »Verderben«, »Wehtun und Zerstören« oder »Bosheiten« geschrieben habe, weiß ich von all meinen Schritten bis heute nicht, ob sie in die »falsche Richtung« gingen oder ob ich unausweichlich auf einem Wege war, der mich mit all meiner Fantasie, mit meinen Hoffnungen und Sehnsüchten ins Verderben geführt hat. Jedenfalls war es der Weg, der ausschließlich mir gehörte, den ich, so gut es ging, auch annehmen musste; ihn auszutauschen, passend zum Leben eines anderen anzulegen, das war nicht möglich.

Und Sie haben letzten Endes vielleicht nur dieses eine nicht verstanden, als Sie mir, wie der Jäger, der durch Einkreisen zu »helfen« und damit ein Stück Wild zu retten versucht, beistehen wollten. Sie waren es und nicht so sehr ich, der sich mit seinem Leben nicht abzufinden vermochte, so wenig, dass Sie den Kampf schließlich aufgegeben haben. Sehen Sie, eigentlich hätte ich Ihnen »helfen« müssen. Vielleicht gerade dadurch, dass ich Sie freigab. Denn das Vergängliche ist gar nicht nur vergänglich, was von unserer Verbindung Bestand gehabt hätte, wäre ohnehin erhalten geblieben. Und wie Sie sehen können, ist es erhalten geblieben. Aber vielleicht hätten Sie mit der wahren, Ihrer besseren Hälfte, eher leben können, als so, wie Sie es taten, mit mir, an Ihrer Seite. Und könnten vielleicht noch heute am Leben sein.

*

(Ondris, der Arme, verstand nicht, dass er statt seiner redseligen Verzweiflung besser geschwiegen hätte. Ich meine: Auch für ihn selbst wäre es besser gewesen, wenn er sich an dem erfreut hätte, was ich ihm gerade bot, wenn er nicht immer etwas anderes hätte haben wollen oder es ihm zu wenig vorgekommen wäre, so wie dem Kostgänger die Portionen in der Armenküche.

Denn wenn er mir etwas Zeit gewährt und nicht ständig seine heftige Leidenschaft für mich beteuert hätte, ich wäre schon selbst darauf gekommen, dass er mich liebt. Und in einem zu nichts verpflichtenden Augenblick verliebe ich mich auch zum hundertsten Mal in die elegante Bewegung seines Handgelenks, mit der er sich zum Beispiel eine Zigarette anzündet – obwohl ich nichts mehr hasse, als wenn er pafft! – oder in seine Stimme, mit der er etwas erklärt, oder wenn er völlig selbstvergessen tut, was er zu tun hat. Und schon liebe ich ihn; und wenn er mich anlacht, möchte ich ihn auf der Stelle umarmen.)

III. »Zuversicht und böse Vorahnung«

22. Juni 1915
Ziemlich lange schon habe ich nichts mehr in mein Tagebuch geschrieben, und das kann jetzt nur Gutes bedeuten. Es gibt keinen Grund, mich mit seelischen Kümmernissen zu quälen, deretwegen ich im Frühjahr so oft beim Alkohol und bei meinen Aufzeichnungen Zuflucht suchen musste. Jadwiga und ich haben, wie ich glaube, in unserem Alltag endlich einen Weg eingeschlagen, der uns in eine gute Richtung führt.

Seit Ostern leben wir liebevoll zusammen, und nachts geben wir uns bisweilen (natürlich längst nicht so oft, wie ich es gern hätte) ganz der Liebe hin. Aber ich hüte mich, mir meine Lust auf ihren Körper anmerken zu lassen, besonders mit Gesten halte ich mich zurück, die sie, so harmlos sie auch sein mögen, als eine Art Überfall verstehen könnte. Obwohl ich schon davon träume, wie oft und zu welch heftigen, uns gegenseitig zerfetzenden Liebesakten es bei einer wirklich losgelassenen Liebe kommen könnte, und dabei denke ich noch gar nicht an die Männer betörenden Raffinessen von Lotte oder von Erzsi, die mich damals auch ohne Liebe bis zum Irrsinn erregt haben.

Aber es fehlt an nichts, nur die gelegentliche Niedergeschlagenheit der sonst meist lächelnden, anbetungswürdigen, sogar scherzenden Jadwiga und von Zeit zu Zeit ihr Wunsch, allein zu sein, werfen bisweilen einen Schatten auf unser Zusammensein. Ich kenne den vermutlich tief sitzenden Grund für ihr Verlangen nicht, dass sie oft über Tage nicht behelligt werden möchte. Sie schützt Kopfschmerzen vor oder braucht Ruhe und muss erst wieder zu Kräften kommen – aber das allein kann es nicht sein. Das andere dort – streicht sie mir am Abend beim Zubettgehen übers Gesicht – ist ihr Kissen! Dann holt sie die Kampfersalbe heraus. Und sobald ich die in der Nase habe, weiß ich, dass ich mich zurückhalten muss. Aus dem Grund kann ich Kampfergeruch nicht mehr ausstehen. Dabei hat mich der Duft einst betört, ich witterte diesen Geruch lustvoll an ihren Schläfen, dem Ansatz ihres Ohrs und im Nacken, schon der Salbentiegel hat mich erregt!

Wiewohl ich mich ihr gern immer anschließen würde, unternimmt Jadwiga von Zeit zu Zeit ganz allein lange Spaziergänge ins Gemeindewäldchen oder am Bachufer entlang. Kürzlich bat sie mich vormittags, ich möchte ihr Szellő vor den Sandläufer spannen, sie wolle allein ausfahren, hinaus ins Wäldchen. Ich regte mich nicht auf (weiß ich doch, dass mit der lammfrommen Szellő nichts passieren kann), obwohl sie erst gegen Abend zurückkehrte. Sie habe gelesen und über manches nachgedacht, antwortete sie, als ich fragte, wo sie denn so lange geblieben sei.

In meinem Alltag als Landwirt bin ich auch beständiger und fleißiger geworden. Verfolge an Gregors Seite, wann was gerade auf meinen Gütern geschieht. Manchmal bin ich sogar bestrebt aufzuschreiben, was ich für bemerkenswert halte. Gelegentlich gehe ich ins Verbandshaus zu den Kleingrundbesitzern*, schaue in die Zeitungen, nur für das Fachbuch des Landwirts kann ich mich nicht erwärmen. Aber wenn ich ehrlich sein soll, ist diese meine »Aktivität« weit von dem entfernt, was ich mir damals für mich (und mit Jadwiga für uns) vorgenommen hatte. Wenn ich daran denke, schiebe ich die unterlassenen Modernisierungen auf den Krieg, denn wer möchte schon in diesen unsicheren Zeiten irgendwelche Risiken eingehen? Dass dies nur eine Ausrede ist, weiß ich natürlich.

* *Verband der Kleingrundbesitzer, der '49, bei Ausrufung der Demokratie, verboten wurde. Ich war auch dabei, als dort Inventur gemacht werden musste: Vom Theatersaal, der Kneipe, dem Billard- und Bibliotheksraum musste alles, Stück für Stück, aufgenommen werden bis zum letzten Buch, Glas und Kleiderbügel. Im Leseraum werden auch weiterhin Hochzeiten gefeiert. Sonst ist dort nichts mehr. Bis heute heißt es: Wo wird die Hochzeit sein? Bei der Gewerbekörperschaft oder im Kleingrundbesitzer? Obwohl man sie längst aufgelöst hat.*

Mamovka bereitet uns leider auch weiterhin allerlei Scherereien: Sie ist oft gereizt, brummig und streitsüchtig. Mit ihrem Cigán, einem Komondor*, im Schlepp streift sie durchs Haus, oft hat sie ihn auch auf der Gasse bei sich, oder er sitzt neben ihr auf dem Wagen, wenn sie zu den Gehöften hinausfährt, um bei ihren Pächtern Krach zu schlagen. Während des ständigen Nörgelns und des üblichen Gezeters streicht er immerfort um sie herum, so dass die Gescholtenen schon aus dem Grund gar nicht den Mut aufbringen, ihr zu widersprechen.

Und leider hackt Mutter auch dauernd auf meiner Frau herum, vor allem in letzter Zeit, weil Jadwiga die alte Blahov für sich arbeiten lässt, obwohl die eine von Mamovka bezahlte Dienstmagd ist. Die arme Jadwiga klagte mir blass und beschämt, dass die Blahov ja von sich aus käme und das erledige, was zu tun sei, und sie (also meine Frau) wisse überhaupt nicht, wer hier wen bezahlt. Und so sah ich mich denn genötigt, Mutter zu sagen, dass die Alte ja ihr Gedinge vom Melinda-Gehöft bekommt, das mein väterliches Erbteil ist, und dass die Blahov seit jeher in beiden Häusern nach dem Rechten sieht!

Ich solle nicht herummaulen, so sei das gar nicht richtig, und wenn sie die Alte anweise, dies oder jenes zu tun, so dürfe ihr die nicht antworten sche tscho kásala mlada panji!** Und nicht einmal ein Pferd hat sie mehr hier zu Hause, Zelenák kann gar nicht mehr einspannen, weil Szellő ständig weggeholt wird!

Jetzt reicht es aber!, sage ich, Szellő hat schon immer mir gehört, lassen Sie sich doch ein Pferd vom Gehöft kommen, wenn Sie Kutschfahrten machen wollen …

Na, da hat sie mir aber die Meinung gesagt: Während der Aussaat und dem Hackpflügen? Nur damit du dich davonmachen kannst? Was bildest du dir eigentlich ein? Mit deinem hochgestochenen Weibsbild, diesem aufgeplusterten Pfau, dem jede Arbeit stinkt! Sie macht regelmäßig Spaziergänge! Aber es würde

* *Größter unter den ungarischen Hirtenhunden. Auf Cigán folgte Rexi, als sich die Auseinandersetzungen noch steigerten.*

** *Hier bezieht sie sich auf das, was die »Herrin« oder eben die junge Hausfrau angeordnet hat, eben die kleine Gnädige.*

ihr nicht einmal einfallen, mich zu fragen, ob sie vielleicht aus dem Krämerladen etwas mitbringen soll!

So geht es zwischen uns zu, ich scheue mich fast, diese Wortwechsel aufzuschreiben. Bin bemüht, Jadwiga zu beschwichtigen, aber gegen Mutter versuche ich mich durchzusetzen, doch das verschlimmert die Sache nur ... Ich verspreche, dass wir uns ein Dienstmädchen anstellen würden, aber Jadwiga meint, das wäre übertrieben, denn sie koche ja gern (sie versteht es tatsächlich, Schmackhaftes auf den Tisch zu bringen), zum Großreinemachen und am Waschtag kommt ohnehin die Hulina vom Gehöft als Hilfe herein ... Aber auch die kommt ja nur, wende ich ein, um der alten Blahov zu helfen, noch dazu auf Mamovkas Geheiß! Und auch allwöchentlich zum Brotbacken, wenn wir einmal nur für uns sind, wer soll das dann sein?, frage ich.

Doch es bleibt alles, wie es immer war. Irgendwie wird es schon gehen. Wir müssten, wie es der Kontrakt vorsieht, die Trennung des Erbes ordnungsgemäß durchführen, zusammen mit Mamovka zu Onkel Béni Winkler gehen und in seiner Anwesenheit ... Doch als ich das erwähnte, wurde ich von Mutter wieder auf ihre Weise ganz kurz abgefertigt. (Denn ich bin ja nach Zsofkas und nach Vaters Tod auch nicht bei Winkler gewesen, Mamovka ist allein hingegangen wegen der Hinterlassenschaft, ich war doch damals gerade in Deutschland.)

*

Gestern Abend hab ich nicht die ganze Wahrheit aufgeschrieben. Vielmehr erwünschte und geschönte Gedanken zu Papier gebracht, als ich zum Ausdruck brachte, dass wir auf gutem Wege sind und ich keinen Grund mehr hätte, mich aufzuregen und zu hadern. Frommer Wunsch! Fast jeden zweiten Tag könnte man aus der Haut fahren.

Von all dem habe ich im Tagebuch nur meinen Kummer wegen Jadwigas gelegentlicher Anwandlungen, sich zurückzuziehen, eingestanden. Wie man sich auch gegenüber dem besten Kameraden scheut, den Schmerz eines zweifelnden Herzen einzugestehen, weil man fürchtet, einmal ausgesprochen, könnte dieser Wurm noch schonungsloser an einem nagen. Und so die Frau (wenn es um eine Frau geht, und es geht ja immer um die Frau), durch die schmerzliche Verwünschung gebrandmarkt, das verderblich Böse dann immer an sich haben und auch einsetzen wird.

Denn die Wahrheit ist: Mal lässt mich meine Frau näher an sich heran, ein andermal stößt sie mich weg, als wäre sie darauf bedacht zu verhindern, dass ich durchschaue, warum sie einmal so, dann wieder ganz anders ist.

Vor Ostern kannte ich wenigstens die Ursache ihrer gekränkten Zurückweisung, nämlich meine körperliche und seelische Zügellosigkeit (in die mich, das muss ich um der Wahrheit willen sagen dürfen, doch sie getrieben hat), und so wusste ich schließlich, was ich zu tun hatte: Mich auf jeden Fall und mit welchen Mitteln auch immer mit ihr versöhnen.

Doch nach der »Vergebung«, also nachdem ich das meine abgebüßt habe, gebe ich so gut wie möglich auf jedes meiner Worte Acht, auf alle meine Gesten, ja was ist denn dann die Ursache dafür, dass sie mir ihre Gunst entzieht und die meine nicht mehr zur Kenntnis nimmt? Wenn sie mich so von sich wegschiebt, mir die kühle abendliche Abfertigung nicht mit einem mich entschädigenden Lächeln oder vertraulichen Wort oder einer Berührung versüßt! Und dann wieder kommt es zu einem, sagen wir, über Tage sich zuspitzenden, wiewohl verhaltenen, stummen Konflikt, wobei ich bemüht bin, ihr aus dem Weg zu gehen, weil ich einen Krach zwischen uns befürchten muss, dann aber plötzlich, aus heiterem Himmel, begrüßt sie mich eines Abends mit bezaubernder Liebenswürdigkeit, bezeugt mir übertrieben eilfertig ihre Gunst, füttert mich, bringt mich zum Reden und wartet darauf, dass wir gemeinsam zu Bett gehen? (Und legt mir nicht, wie so oft, nahe, nur »ruhig« bei meinen Zeitungen zu bleiben, während sie sich schon zurückziehen wolle, weil sie sehr müde sei.)

Doch am bittersten sind die Abende, wenn sie mich trotz aller Bemühungen meinerseits mit düsterer Miene anstarrt oder überhaupt nicht wahrnimmt. Da kann ich dreimal die Küche durchwandern, um eines Blickes gewürdigt zu werden (der es dann in sich hat), bis ich es nicht mehr länger ertrage, zu ihr hintrete, um sie vom Herumräumen, von einem Buch oder der Handarbeit wegzulocken, freilich ohne den geringsten Erfolg. Auf meine Frage, was sie denn so verdrieße, antwortet sie nicht, und nach weiterem Insistieren (wenn ich es partout wissen will), höre ich, nichts verdrieße sie, aber ich hätte ihr eben die Laune verdorben.

Ich? Aber womit denn?

Und dann zählt sie lauter Nichtigkeiten auf, dass ich sie am liebsten mit einem »Ach was für ein Kindskopf Sie doch sind!« und einem Kuss auf die Stirn versöhnen möchte, doch das würde sie nur noch mehr reizen, und dann fällt ihr obendrein noch das eine oder andere kränkende Wort ein oder ganz allgemein mein »Benehmen«, und sie pickt sich dieses eine Wort aus meinen unzähligen liebenswürdigen Äußerungen heraus, das sie als Beleidigung verstanden hat, dabei sind es oft nur Missverständnisse (die zu zerstreuen sie mir aber auch nicht erlaubt, denn damit will ich mich ja nur herausreden). Umsonst beteuere ich, dass ich mir eher die Zunge abbeißen würde, als etwas zu sagen, von dem ich annehme, es könnte sie kränken, doch umsonst. Bis sie mir schließlich ins Wort fällt, ich möge sie in Ruhe lassen, diese ewig gleiche Leier ermüde sie nur.

Sie solle mir doch um Gottes Willen nicht böse sein, mich nicht so von sich weisen. Es gäbe doch gar keinen Grund dafür.

Sie habe sehr wohl ihre Gründe und mir diese auch schon genannt, nicht wahr? Und was ich sonst noch zu hören wünsche? Im besten Fall winkt sie ab, gut, sie grollt mir nicht mehr (doch ich merke, es geht ihr nur darum, mich zum Schweigen zu bringen), oder sie würde sich vielleicht noch daran gewöhnen. Und sie lamentiert, ich solle sie schlafen lassen.

Daraufhin bricht es enttäuscht aus mir hervor: Ich lasse sie ja, was sonst könnte ich tun? Doch warum muss sie meine kleinen Verfehlungen derart aufbauschen, und so müde könne man gar nicht sein, dass es nicht einmal zu einem verzeihenden Gutenachtkuss oder zu einer zärtlichen Berührung reiche? (So ähnlich habe ich schon, enttäuscht und mit Tränen in den Augen, zu ihr gesprochen, es laut herausgeschrien, aber auch leise und traurig gesagt, doch es kam immer aufs Gleiche heraus. Verstockt drehte sie mir den Rücken zu und ließ mich hinausgehen.)

Niemals ist sie in einem solchen Fall hinter mir hergekommen. Auch nicht, wenn sie sich, wie ich sehr wohl hörte, lange herumwälzte und nicht schlafen konnte, auch nicht, wenn sich so etwas bei Tage zutrug. Immer dieses verbitterte Unterlegensein! Und die durchwachte Nacht. Denn an Schlaf ist in einem solchen Fall nicht zu denken! Allenfalls mit Hilfe von Alkohol, ganz kurz gegen Morgen.

So war es auch jetzt wieder, soeben, während ich dies niederschreibe. Hier draußen trinke ich, grüble über ihre Anwürfe nach und darüber, dass sie mich hinausgewiesen hat. Auch darüber, wie ich vor meiner Mutter zurückgewichen bin, als sie Jadwiga anging. Obwohl Mamovka eigentlich mich treffen wollte. Und ich habe sie sogar noch unterbrochen: Mamo dobre, nahajme toto*, lassen Sie uns das doch ein andermal besprechen! Und sie hat dann auch aufgehört und ging, nachdem sie mir noch einen Seitenhieb verpasst hatte, brummend hinaus. Aber wäre denn etwas gewonnen gewesen, wenn ich einen Streit vom Zaun gebrochen hätte?

Mir ginge es besser, wenn Sie nicht immer gleich klein beigeben würden!, antwortete Jadwiga mit düsterer, niederschmetternder Miene. Wenn Sie begreifen wollten, dass sie nur gegen mich hetzt, sobald sie auf die alte Blahov schimpft! Noch dazu, wo doch auch diese Alte ein falsches Spiel spielt!

Aber ich wollte ihr damit doch nur Gutes tun, damit wir uns am Abend nicht über Mamovka ärgern müssen! Und – da ich schon darauf zu sprechen komme – es wäre wohl angebracht, wenn ich darauf achten würde, was für sie wirklich gut ist. Dass ich dabei nicht immer nur von mir selbst ausgehe, sondern auf ihrer Seite stehe. Ach Gott!, nichts anderes habe ich im Kopf, als dass sie mir doch nicht mehr böse sein soll! Es geht ja nicht ums Bösesein. Sondern? Sondern darum, wie weit man dem anderen

* *Ist ja gut, Mama, lassen wir das. Und Mamo, das sagt man eigentlich zu männlich harten, ziemlich verhärmten Müttern.*

vertrauen kann, inwieweit uns der andere versteht. Und ich verstehe sie nicht? Oft nicht. Wo ich doch ... und mit der Hand ihr Haar berühre. Lassen wir das jetzt, und sie dreht sich weg. Soll ich gar nichts sagen? Lieber nicht. Dann versöhnen wir uns ohne Worte und umarmen uns. Gut, wir haben uns versöhnt, wirft sie mir hin, sind Sie jetzt zufrieden?, und sie tritt weiter zurück. Oder pflegt man sich so nicht zu versöhnen?, blickt sie mich mit Funken sprühenden Augen an, weil sie mir ansieht, dass man es in der Tat nicht auf diese Weise tun sollte. Gib mir die Hand, flehe ich sie an. Ach, ich sagte doch, dass ich müde bin!

Nicht einmal diese kleine Geste erlaubt dir die Müdigkeit, bricht es aus mir heraus.

Sie antwortet nicht. Ich rüttle an ihrer Schulter. Wie leblos lässt sie sich auf die andere Seite des Bettes fallen, als ich sie loslasse.

Hörst du? Sag doch! Antworte mir!

Ich flehe Sie an, lassen Sie mich endlich in Frieden!

Nimm mich in die Arme!

Sie antwortet auch jetzt nicht. Zieht die Beine an, dreht sich ganz zur Wand und rückt weit von mir ab, mich lässt sie auf der Bettkante sitzen. Ich springe auf und gehe hinaus.

Wenn wir uns so trennen, im Streit, beleidigt, in der Nacht, das ist das Schrecklichste für mich. Während sie in derselben Minute, da sie mich abgewiesen hat, einschläft wie ein unschuldiges Kind. Ihr Kissen im Arm! Und mich schlaflos und verzweifelt zurücklässt. Sie befreit mich nicht von meinem Schmerz, um keinen Preis der Welt würde sie sagen – und das wäre ja das Wenigste –, so rücken Sie doch näher, schmiegen Sie sich an mich, legen Sie Ihren Arm um mich und kommen Sie zur Ruhe! Wir wollen jetzt schlafen, und morgen sieht alles anders aus, oder wenn sie doch irgendetwas Ähnliches sagen würde, aber nein. Nein und nein, ein felsenfestes Nein.

Vorhin habe ich die Feder aus der Hand gelegt und mich wieder hineingeschlichen. Abgedeckt und in tiefem Schlaf, liegt sie auf dem Bauch, das Hemd in dieser drückenden Hitze bis zur Mitte hochgeschoben. Und da sie seit unserer Versöhnung nachts kein Höschen mehr trägt, weil sie meine Zudringlichkeit nicht mehr fürchtet (einmal hat sie mir gestanden, dass sie auch als Mädchen nachts keines getragen hat, sie mochte es, wenn der Körper in der Nacht »lüftet«), sehe ich sie in dem aus der Küche hereinsickernden Licht ganz deutlich, alles an ihr. Die betörenden Hügel und Täler ihrer sanft ansteigenden Hüften und ihres Schenkelansatzes, die mit samtenem Tau überhaucht und ganz locker sind. Nie sah ich etwas, das mit dem zu vergleichen wäre. Nichts, was mich derartig ergötzt und betört wie der Körper meiner Jadwiga, diese anschmiegsamen Formen, so weich, wohlriechend und warm. Und hier, nur eine Armlänge von mir entfernt. Wenn es mir doch erlaubt wäre, ihn auch zu berühren, zu liebkosen, in Besitz zu nehmen. Wäre es doch wirklich, und immer. Es macht mich rasend. Ich spüre und sehe auch, dass meine Lust mir schon von innen heraus in die schwellenden Lenden dringt. Soll ich sie weiterhin nur hilflos betrachten? Oder was soll ich tun?

Besser, ich gehe wieder hinaus und schreibe auf, was ich von ihr gesehen habe.* Mich zu ihr zu legen, wage ich nicht. Einmal habe ich es versucht, und da hat sie mich »im Schlaf« von sich gestoßen. Was sie im Schlaf tut, sagt sie, weiß sie nicht.

*

Am Morgen darauf notiere ich: Ich bin zu ihr hineingegangen, schon ziemlich betrunken, und ich legte mich zu ihr. Sie muss es gemerkt haben, denn sie richtete sich auf und stöhnte gequält, wie schrecklich heiß es hier sei. Dann streifte sie ihr Hemd ab und ließ sich schlaftrunken auf mich fallen, nackt, sie wachte dabei gar nicht auf. So war ich ihr ein regloses, weiches Kissen, und nicht ihr Liebhaber. Kurz darauf wälzte sie sich zur Seite und schlief weiter. Was tut sie wohl unbewusst und was im Wachzustand? Welches von beiden ist denn ihr wahres Ich?

*

* *Das ist typisch. Obwohl ich genauso bin. Oder sagen wir besser, ich wäre es.*

Im Jahr des Herrn 1915, dem ersten, in dem ich selbständig die Wirtschaft führte, brachten wir sowohl die Ernte wie auch die Drescharbeiten zu einem guten Ende. Gregor nahm sechs Schnitterpaare auf, außerdem waren da noch er selbst, die Hulinas, Zelenák und die alte Blahov. Mit dem Schnitt kamen sie flott voran, angefangen haben sie am 1. Juli, zur Zeit der Gelbreife, sie setzten die Weizengarben, wie üblich, zum Nachreifen in Kreuze, deckten sie ab und ließen sie nach oben zu kammartig enden, wie zu Apovkas Zeiten. Desgleichen die Gerste. Strbka wurde zur Bedienung des Lokomobils eingestellt, zuvor hatte er die notwendigen kleineren Reparaturen erledigt, ebenso an der Dreschgarnitur (er meinte, allmählich wäre es an der Zeit, einige Bestandteile auszutauschen). Früher hatten Kessel und Dreschkasten Apovka und Kohut gemeinsam gehört. Ihre Ackerflächen waren groß genug für die Auslastung des Geräts, jetzt aber besitzt Kohut schon eine eigene Maschine, deshalb habe ich Strbka gefragt, ob ich ihn mit meiner Dreschmaschine nicht auch für andere einsetzen könnte. Er kratzte sich hinterm Ohr. Das hätte ich mir früher überlegen müssen, die meisten hätten schon anderweitig Abmachungen getroffen. Dann hat er nur noch 30 Joch zusammenbekommen. Im nächsten Jahr werden wir schon zweckdienlicher verfahren. Strbka brachte auch die Kolonne mit, den Heizer, den Garbenschneider, den Zureicher, dazu die Stangenträger, Rüttler, Sackbinder, Schobersetzer und zum Rüttstroh- und Spreuauffeimen sechs Frauen, insgesamt 25 Personen.

Alles in allem habe ich eingefahren: auf den 25 Kleinen Joch des Gregor-Gehöfts 150 Doppelzentner Weizen, auf den 30 des Szőllőscher 144 Doppelzentner (schwacher Qualität), und die 52 Kleinen Joch des Melinda-Gehöfts erbrachten 340, zusammen also 634 Doppelzentner, das ergibt im Schnitt 5 Doppelzentner und 90 Kilogramm pro Kleinem Joch. Hier bei uns ist das nicht schlecht, doch vor den Freunden in Velgast könnte Vater sich damit nicht brüsten*, die würden darüber nur lächeln,

* *Auch wir hatten später oft schwache Erträge. Ach! Wenn er die kümmerlichen Durchschnittsmengen in jenen miserablen Jahren erlebt hätte!*

obwohl hier bei uns der Weizen doch viel besser gedeihen müsste als in Mecklenburg!

*

6. August 1915
In unser inzwischen doch einigermaßen in gute Bahnen gelangtes Familienleben hat der Donnerblitz eingeschlagen! Was ich insgeheim gefürchtet, wovon ich nichts wissen wollte und wovor ich hartnäckig die Augen verschlossen hatte, ist eingetreten: Vorgestern bekam auch ich den Gestellungsbefehl. Am 21. soll ich einrücken.

Mein Gott!, krampfte es mir das Herz zusammen, Papa, der könnte jetzt helfen, wenn er nur noch da wäre.

Panische Angst packte mich, denn ich habe natürlich schon gehört, dass auch bei uns immer neue Jahrgänge zu Hunderten eingezogen werden, auch die jungen Männer meines Alters, und dass seit Sommeranfang die meisten an die italienische Front verlegt wurden und nun vom Isonzo eine Todesnachricht nach der anderen eintrifft.

Ich muss mich beeilen beim Schreiben, denn es ist so viel zu tun, kann hier nur kurz auf meine Überlegungen eingehen, wie ich mich der Sache vielleicht entziehen könnte.

An Onkel Béni Winkler kann ich mich nicht gut wenden, er war Verteidiger bei einem berüchtigten Enteignungsverfahren, als es um einen Schießplatz fürs Militär ging, und ist seither ein rotes Tuch für die Armee. Außerdem hat Mamovka die Winklers nicht zur Hochzeit eingeladen, und seither sind sie uns offensichtlich gram.

Da fiel mir Szilágyi, der Gendarmeriehauptmann des Komitats, ein, ein guter Bekannter von Papa. An ihn erinnere ich mich aus der Zeit, da ich als Schüler bei den Farkas' in Kost und Logis gewesen bin. Daher weiß ich, dass Szilágyi auch mit dem Kommandanten der Kaserne, einem Oberstleutnant, gut bekannt war (sein Name fällt mir im Augenblick nicht ein, ich weiß auch nicht, ob er der jetzige Regimentskommandeur ist), sie kamen des Öfteren zusammen zu den Farkas'. Gestern setzte ich mich also in den Zug und meldete mich in Szilágyis Bureau.

Ich schrieb ein paar Zeilen auf meine gedruckte Visitenkarte und schickte sie mit dem Diensthabenden zu ihm hinein, der Hauptmann ließ mich trotzdem eine ganze Weile draußen sitzen. Doch dann begann er ein recht herzliches Gespräch mit mir.

Ein schwarzhaariger Rundschädel mit spitz gezwirbeltem Schnurrbart, zwischen den Zähnen die mit Goldringen verzierte Bernsteinspitze für die miefende Britannika. Er erinnert sich an meinen Vater: »Vor zehn, fünfzehn Jahren führten uns eine Reihe gemeinsamer Aufgaben zusammen«, sagte er und spielte auf die zum Teil blutigen Krawalle und die Erledigung der Auswanderungsprozeduren an. Ich verstand das nicht alles, aber mir schien, er wollte durchblicken lassen, dass ihm Papa noch immer Dank schuldete, aber leider dazu nicht mehr in der Lage war. So kam ich denn ziemlich zaghaft zu meiner Angelegenheit, in der ich ihn um seine Vermittlung bitten wollte.

Seine Miene verdüsterte sich sichtlich. Er schüttelte den Kopf und fing an, mich an meine patriotischen Pflichten zu erinnern. Danach kam er zwar, immer noch mürrisch, auf die Sache zurück, sagte, dass er nicht wüsste, was man hier tun könnte. Und wenn doch, so wäre das »gewiss keine so einfache Geschichte, wie ich mir das vorstellen würde«. Da ich noch nicht Soldat gewesen sei, würde sich zumindest die Reservistenausbildung kaum umgehen lassen. »Es sei denn, dir fehlt ein Arm oder ein Bein. Doch wie ich sehe, ist alles noch dran an dir«, erklärte er laut und lachte dazu. Er wolle sehen, was er tun könne, ich solle in einer Woche nochmals bei ihm vorbeischauen.

Heimgekommen, brachte ich meine Bitte noch einmal zu Papier, bat den Gendarmeriehauptmann schriftlich, eventuell bei der Mobilisierungsstelle meine Freistellung zu erwirken mit dem Argument, dass ich als selbstständiger Grundbesitzer für die Bewirtschaftung meiner Gehöfte, also für die Produktion der kriegswichtigen Nahrungsmittel, zu sorgen hätte und auch, um die doch beträchtlichen Steuern an den Staat abführen zu können. Und schließlich erwähnte ich, sozusagen »in aller Freundschaft«, dass ich mich erst unlängst verehelicht habe und er als guter alter Bekannter der Familie da sicherlich Verständnis aufbrächte ...

*

Die Woche wurde uns lang, wir konnten die Antwort kaum erwarten. Meine Jadwiga bedrängte mich, so früh wie möglich wieder vorstellig zu werden, aber ich wollte nicht ungeduldig erscheinen, denn das könnte der Sache schaden. Dann schlug sie vor, wir sollten es auch noch auf einem anderen Weg versuchen, ein ärztliches Untauglichkeitsattest besorgen und ein Freistellungsgesuch einreichen.

Ich könnte Sie ins Spital einweisen lassen, der Mann von Irma Sárossy (einer guten Freundin* noch aus meiner Zeit in Sankt Pölten) ist Arzt im Städtischen Krankenhaus. Er wird mir diesen Gefallen tun und ein Attest ausstellen!, meinte sie.

Mein Liebes, die Armee hat ihre eigenen Doktoren, die knöpfen sich ihre Klienten selbst vor und kümmern sich nicht um die Atteste von Zivilisten! Wie soll ich bei den Armeeärzten glaubhaft ein Gebrechen simulieren?

Ach was, ganz einfach, indem Sie erst gar nicht hingehen und sie wissen lassen, dass Sie marod darniederliegen, fertig.

Wir sind doch im Kriegszustand, mein Täubchen, Schwindler, Wehrdienstverweigerer landen vor Gericht! Möglicherweise vor einem Standgericht! Man kann nur wegbleiben, wenn sie einen freistellen, verstehst du?

Daraufhin wurde Jadwiga nachdenklich, ließ sich aber vom weiteren Grübeln nicht abhalten: Dass die Ärzte in einer Stadt, die zivilen und die Militärärzte, sich doch untereinander kennen, vielleicht kann man ein offizielles Freistellungsschreiben beschaffen. Sie werde morgen zu Irmchen in die Stadt fahren. Schaden

* *Die Frau von Dr. Földes. In späteren Jahren habe ich ihr oft aufgelauert. Sie war da eine (schon etwas betagte) elegante Dame. Sie anzusprechen, traute ich mich nicht. Noch später hörte ich, dass sie nach dem 2. Weltkrieg aus der Stadt weggezogen ist: Man wusste nicht wohin. Zumindest ich habe es nicht gewusst.*

kann es auf keinen Fall. Oder vielleicht kennt Franci irgendeinen Potentaten da oben ...

Lass bitte den Franci aus dem Spiel! Ich will nicht, dass du ihn da hineinziehst ...!

Aber wieso denn nicht ...?, wunderte sich meine Frau. Er ist imstande, mir zu einem noch längeren Wehrdienst zu verhelfen, murmelte ich unüberlegt.

Was für einen Unsinn reden Sie da?!

Nein ... nein, so ist es nicht gemeint, nahm ich mich etwas zurück, aber der Franci ist doch irgendwie als Luftikus verschrien, und es könnte sein, dass man einem Protegé von ihm nicht gerade entgegenkommt ...

Ich weiß nicht, wie Sie darauf kommen, dass Franci als Luftikus verschrien ist! Aber wenn Sie ihm jeglichen Einfluss absprechen, meinetwegen ... sie zuckte die Achseln und zog sich ins Zimmer zurück.

Am nächsten Tag nahm sie dann den Zug und fuhr in die Stadt; bei ihrer Rückkehr berichtete sie, dass Irmchens Mann einen Sanitätsarzt der unteren Dienstgrade ansprechen könnte. Dass er übrigens in letzter Zeit ein rechtes Ekel sei, gestand sie dann kleinlaut und erzählte, er habe nur ziemlich unbeteiligt vor sich hingebrummelt. Deshalb, mein Lieber, tun Sie selbst alles, was Ihnen möglich ist ...! Übrigens, ich habe auch Franci Winkler gefragt ...

Ich schwieg, zeigte keinerlei Regung.

... doch auch er wusste auf Anhieb niemanden ... aber er will überlegen.

Ja, beim Überlegen wird es dann bleiben, dachte ich bei mir.

*

Zweimal habe ich Hauptmann Szilágyi sogar noch aufgesucht. Beim ersten Mal war er angeblich nicht da, und man gestattete mir nicht einmal, auf ihn zu warten. Beim zweiten Mal, am darauf folgenden Tag, ich ließ ihm erneut eine Nachricht zukommen, kam er erst nach einer guten Stunde heraus, und als würde er erst jetzt von meiner Anwesenheit Kenntnis nehmen, ließ er sich verärgert bis zum Pissoir begleiten (»auf Schritt und Tritt wird man verfolgt, man kann nicht einmal in Ruhe zum Pinkeln gehen ...«), aber schon bei der ersten Welle des Gestanks aus der geöffneten Tür sagte er rasch zu mir: Eventuell könnte ich etwas bewirken, damit du nur zur Rekrutenausbildung eingezogen wirst. Eventuell!, und er hob den Zeigefinger. Verstehst du? Aber jetzt lass mich in Frieden!

Ich war erleichtert und auch wieder nicht, denn was heißt eventuell? Und wenn er nur so daherschwadroniert und gar nichts getan hat? Doch was ist, wenn er die Verärgerung nur vortäuscht und ich ihm eigentlich zu Dank verpflichtet sein müsste, ihm aber Lob peinlich ist? Wie lange dauert so eine Ausbildung? Und wo findet sie statt? Zu stellen habe ich mich in Großwardein. Hingehen muss ich also doch ... Und wenn ich dort vergessen werde ...?

Nach dem Treffen mit dem Hauptmann kehre ich zum Mittagessen im Kasino ein, gerade setze ich zum ersten Schluck aus meinem Bierkrug an und grüble über den oben beschriebenen Sachverhalt nach, als hinter mir die Stimme Szilágyis auf mich niederschmettert:

Na, bist durstig geworden, mein Sohn?

Ich will schlucken, mich umdrehen und grüßen, zugleich auch aufstehen, doch das Ergebnis ist, dass mir der Bierschaum aufs Hemd schwappt und ich mich hustend krümme.

Und der Hauptmann lacht. Ziemlich verlegen grüße ich, mit einer Entschuldigung möchte ich ihn an meinen Tisch bitten, doch schon im Ansatz erscheint mir eine solche Einladung zu aufdringlich, und ich sehe nun auch, dass er mit einer ganzen Gruppe von Herren gekommen war.

Schon gut, Kamerad, in Ordnung!, er klopft mir freundschaftlich auf die Schulter. Nur sachte, ruhig Blut! Wir reden noch ... demnächst einmal!

Zu Diensten, stehe ganz zu Deiner Verfügung, Herr Hauptmann!, nicke ich devot (auch während ich dies hinschreibe, kann ich kaum glauben, dass mir das über die Lippen gekommen ist).

Wir unterhalten uns noch!, winkt er ab. Dreht sich dann im Gehen doch wieder um: Weil, sagt er, während ich mich ihm zuneige und er mit einem Zündholz in den Zähnen stochert, weil es interessiert mich schon, was es bei Euch da draußen Neues gibt.* Wie geht es übrigens der Frau Mama?

Gut, sage ich, es geht, sie hat ihre Sorgen, das Haus, das Gut, nicht wahr …

Ach Du, habt Ihr bei Euch nicht demnächst auch die Wahl des neuen Pfarrers?

Des neuen Pfarrers?, ich starre den Hauptmann erstaunt an. Wieso? Davon weiß ich nichts …

Ich dachte, Ihr würdet einen neuen Pfarrer bekommen, er spuckt das Zündholz auf den Boden. Kommt Ihr denn mit dem jetzigen zurecht?

Mit Hochwürden Bacovszky? Natürlich … wir haben nichts gegen ihn …

Schließlich fragt er mich noch, für wann mein Gestellungsbefehl ausgestellt ist. Betrübt sage ich es ihm, denn das hat nun wohl zu bedeuten, dass daran nicht zu rütteln ist. Worauf er mich in den Rücken knufft und dröhnt, ich solle mir nur nichts draus machen, denn diese Zeit sei ja im Nu vorbei. Das gibt mir wieder Hoffnung, und ich will ihn gerade fragen, was er denn wisse und womit ich rechnen kann, als er sagt, vor dem Einrücken solle ich noch einmal bei ihm vorbeischauen. Denn »wir wollen sehen und werden dann schon sehen«, und er zwinkert mir dabei zu.

Das ist jetzt Stand der Dinge. Und so weiß ich gar nicht mehr, was nun werden soll.

*

Heute, den 9. August, gingen mir den ganzen Tag meine Frau, unsere Ehe und mein zukünftiges Schicksal durch den Kopf. Zuversicht und schlimme Vorahnungen zugleich hausen in meiner Seele.

Im Jahr des Herrn 1915, den 11. und 12. August, schien die

* *Hier schon genauso wie später mein Verbindungsoffizier Kurilla. Und dann erst recht danach.*

Sonne so rot auf uns hernieder, dass sie selbst in den Mittagsstunden nur fahles Licht spendete. Sie sah aus, als würde die Dämmerung bereits hereinbrechen und als sei der Tag feucht und frostig gewesen. (Dabei war es Mittag und sommerlich warm, als ich erstmals zu ihr hinaufschaute!) Und der Himmel ringsum war überzogen mit einem milchweißen Rauch, einem dampfenden Sommernebel! Und abends, nachdem die Sonne zuerst zu einem riesigen glühenden Ball angeschwollen war, versank sie purpurrot im grünblauen Halbdunkel. Zur gleichen Zeit ging der Mond auf und hüllte sich in dasselbe Scharlachrot! So war das an diesen beiden Tagen, als Sonne und Mond sich sehr ähnlich sahen und in ihrem Rot schön und schrecklich zugleich waren ...

*

29. November 1915
Fast dreieinhalb Monate notierte ich nichts mehr in mein Tagebuch. In Sorge, dass ihm etwas zustoßen oder es verloren gehen könnte, habe ich es gar nicht mitgenommen. Und ich tat gut daran.

Szilágyi hat mich weder am 17. noch am 19. August empfangen, beim zweiten Mal ließ er mir durch seinen Korporal sagen, ich solle nur schön meine Pflicht tun, er werde schon rechtzeitig von sich hören lassen.

Ich bin also am 21. August 1915 in Großwardein eingerückt, am 2. Oktober schickte man mich von dort (obwohl ich dem Hauptmann noch einmal geschrieben hatte), allen meinen Hoffnungen zum Trotz, an die galizische Front. Bei Podkamien wurde ich am 23. November, unerwartet, ich rechnete schon gar nicht mehr damit, aus dem Militärdienst entlassen.

Von meiner Jadwiga ist mir nur ein Brief geblieben, in dessen Kuvert ich auch ihre Fotographie* mit der weißen Batistbluse aufbewahrte und an meinem Herzen trug. Alles andere ging zu-

* *Diese Fotographie und der Brief befanden sich im hinteren Einbanddeckel des Tagebuchs. Ich habe sie hier an dieser Stelle, wo sie zeitlich hingehören, eingefügt.*

sammen mit meinem Tornister bei Zlota Lipa verloren, wo uns ein russischer Spähtrupp überrumpelte. Wir waren froh, dass wir unsere Haut retten konnten.

*

Milji Ondrisko, mein teurer Gatte!

Schon als ich in Großwardein in den Zug gestiegen bin, nahm ich mir fest vor, Ihnen zu schreiben, sobald ich daheim bin. Damit Sie die Post möglichst schnell erreicht, denn ich glaube, dass mein Brief, nebst Ihren Gedanken an Daheim in dieser Brutalität und Gefahr, die Sie im Feld umgeben, Ihr einziger Trost ist. (Und bitte, seien Sie nicht böse, dass ich bislang nur ein kurzes Briefchen und eine Postkarte geschrieben habe.) Ach, könnte ich Sie nur in dieser bedrückenden Ungewissheit darin bestärken, Ihnen ein wenig Zuversicht vermitteln, dass Sie all dieses Elend bald hinter sich haben! Sie werden sehen, Sie kommen gewiss nicht an die Front! Vertrauen Sie auf das Versprechen und verzweifeln Sie nicht, mein Teurer!

Es war bereits fünf Uhr morgens, als ich schweißgebadet und völlig zerschlagen daheim ankam, ich war mit meinen Kräften am Ende (der Zug zum Bersten voll, und beim Umsteigen musste ich zwei Stunden warten inmitten von allerlei Betrunkenen und Herumtreibern). Mamovka traf ich nicht zu Hause an, die alte Blahov sagte, sie sei draußen auf dem Melinda-Gehöft, um die Maisernte zu beaufsichtigen. Besonders gewundert hat es mich nicht, dass ihr das wichtiger war, als auf mich zu warten und zu erfahren, wie es ihrem einzigen Sohn ergeht. Ich glaube, es wird auch Sie nicht wundern, und lassen Sie sich ja nicht einfallen, darüber verbittert zu sein.

Und ich bitte Sie sehr, grämen Sie sich nicht, dass wir nur so kurz beisammen waren (und bitte nehmen Sie mir nicht übel, dass ich letzte Woche noch nicht kommen konnte und jetzt nicht schon mit dem ersten Frühzug gefahren bin), mich hat es schon glücklich gemacht, dass Ihnen überhaupt Ausgang gewährt wurde. Zugeben muss ich allerdings, Ihr vorwurfsvoller Ton hat mich geschmerzt, und es war schade, dass wir die kostbare Zeit mit überflüssigen Wortwechseln verschwendet haben. Die Lászik hat mir nämlich erzählt, Sie kennen die Frau, ihren Mann hat man am Sonntag vor zwei Wochen gar nicht rausgelassen, sie konnten sich gerade nur am Kasernentor sehen, ihr mitgebrachtes Päckchen musste sie auch wieder mit heimnehmen, die Wache erlaubte die Übergabe nicht. Grämen Sie sich auch nicht, dass wir uns in so großer Eile verabschieden mussten, weil wir dort unter den Bäumen im Rhédey-Garten das Verstreichen der Zeit gar nicht gemerkt hatten, denn mich hat es gefreut, dass wir sie so ganz vergessen konnten. (Übrigens blieb mir, nachdem ich Sie zurückbegleitet habe, noch Zeit, mir das Mausoleum der englischen Herzogin Claudia anzusehen, ich hatte irgendwo etwas darüber gelesen.)

Bevor ich es vergesse: Mein Liebster, denken Sie ja daran, das Paket abzuholen, welches ich im Pannonia am Bémer-Platz für Sie hinterlegt habe, bevor ich zur Kaserne hinausging! Ich möchte nicht dasselbe erleben wie die Frau Lászik. Wenden Sie sich an den älteren Oberkellner, den mit dem Schnauzbart, Sie werden ihn leicht erkennen. Bei ihm habe ich das Paket zurückgelassen. Es enthält Linzer mit Marmeladenfüllung, eine Wurst, ein paar Nummern der Sonntagsnachrichten, Ihren Mikszáth, den Sie sich gewünscht haben, 3 Paar neue Fußsocken und 3 Unterhosen, dazu noch Schnaps, und vielleicht haben es auch die Weintrauben gut überstanden. Essen, Trinken, Lektüre und auch die Wäsche, alles gereiche Ihnen zum Wohle! (Und waschen Sie sie! Wie auch immer, achten Sie auf Sauberkeit, man verwahrlost so schnell!)

Für heute soll das reichen, ich laufe jetzt schnell zur Post, auch ließen mir die Binders sagen, dass sie besseren Zwirn bekommen haben. Teurer, verzagen Sie nicht, die Zeit wird bald vorbei sein, Sie werden sehen! Schreiben Sie mir, sobald Sie Gelegenheit haben und Lust dazu verspüren, auch ich will mich bemühen. Aber es kann auch schon jederzeit passieren, dass ich weder schreiben noch zu Ihnen kommen muss, weil Sie mit einem Mal hier sein werden! Darauf sollten Sie vertrauen!

den 7. September 1915

Seien Sie umarmt von Ihrer Jadwiga

Bei diesem Brief lagen noch Zettel mit Notizen zu einer Art »Front-Erzählung«. Ich füge auch sie den Erinnerungen an Papas Militärzeit bei. Der Titel stammt von mir. Er schreibt, dass er die Erzählung, nachdem er damit fertig war, an die Zeitung geschickt habe, aber es wurde ein Skandal daraus, weil er ohne Erlaubnis der vorgesetzten Stellen handelte. Man hat sie nicht abgedruckt. Übrigens habe ich in den Band »Ungarische Infanterie«, ein Buch über den 1. Weltkrieg, hineingelesen, das man unter Vorlage eines kurzen Lebenslaufs und eines Fotos bestellen konnte, angeblich musste man zuvor, aber ich weiß nicht wie viel Sack Weizen als Vorauszahlung abgeliefert haben. Und auch Papa kommt darin vor! Im alphabetischen Namensverzeichnis und unter den vielen kleinen Soldatenbildchen.

Ein heldenhafter slowakischer Bursche in Galizien

Wussten wir, wo die San, die Wieprz und der Dnjestr fließen und wo in Letzteren die Gnila Lipa, die Zlota Lipa, die Strypa, der Sereth und die Zbrucz münden? Ist es uns jemals in den Sinn gekommen, auch nur in Gedanken im Gebiet östlich von Krakau von den Nordhängen der Karpaten hinab ins Tal der Weichsel zu schauen, den Blick über die Festung von Przemysl und über Lemberg bis Dubno an der Ikwa schweifen zu lassen? Und weiter oben von der Linie Ivangorod-Warschau zu den Sümpfen des Pripet bis hin nach Grodno? Dabei müssten wir doch die Geografie dieser Region wie im Schlaf kennen, schließlich fechten hier unsere heldenmütigen Soldaten ihren Kampf gegen den Russen. Galizien, das wurde bislang allenfalls von dem einen oder anderen unserer israelitischen Landsleute erwähnt. (Auf Landkarten noch nach dem alten Polen und Galizien sehen!)

Vorstoß von Anfang Mai 1915 (Durchbruch bei Gorlice) bis zum 1. November: Wiedereroberung von Przemysl, Einnahme von Lemberg und Ivangorod, Durchbruch bei Stawce, Feldzug von Brest-Litowsk, Erreichen der Linie Sereth-Ikwa-Styr.

34. Division von Temeschburg: Begegnung von Janko und Emil – Novemberoffensive von Rowno: Der Russe ist auch bei Zlota Lipa zurückgedrängt worden (wir waren bei Podkamien). Die 2. Armee Böhm-Ermolli ist bis zur Ikwa vorgedrungen.

Der Ungar, Slowake, Jude und Österreicher, der Ungarnschwabe, Kroate, Zigeuner und Bosniake befolgt zwar das deutsche Kommando, fleht aber zu Gott oder verflucht Ihn in seiner Sprache, ficht in diesem Raum seinen Kampf wie ein Mann, fühlt mit einem Herzen, von ungarischem Mannesmut durchdrungen.

Janko sieht und kämpft mit den Tränen: Kein einziges Haus steht mehr, stattdessen überall Unrat und Trümmer, verbrannt und rußgeschwärzt ragen übrig gebliebene Rauchfänge in den Himmel – (Schrapnells, Granaten, Feuersbrunst).

Kein Blatt mehr auf den verstümmelten Bäumen des Wäldchens, abgebrochene, gespaltene Äste, die Stämme durch Splitter ramponiert (ausführliche Beschreibung der Verwüstungen).

Über das grausame Wüten der Kosaken berichteten vornehmlich die fliehenden Juden, mit denen Emil Klein ins Gespräch kam, und Janko stellte staunend fest, wie diese unter den Tausenden in gleichförmiges Feldgrau Gekleideten ihresgleichen herausfinden, um ihnen ihr Leid zu klagen.

Ein Ordonanzoffizier sprengt mit dem Befehl nach hinten, brüllt: Bataillone zur Gefechtsaufstellung auseinander ziehen und in Kompanien Linie bilden! Dann eingraben! Die Spaten der Infanterie stechen Furchen in die Wiese, heben Gräben aus. Der Wald dort drüben wird lebendig, es wimmelt von Braunröcken: Die Russen graben Unterstände!

Jetzt schlagen von hinten Schrapnells zwischen unseren Batterien ein! Unsere Kavallerie nimmt vom Meierhof aus die Verfolgung der Russen auf, doch die stocken plötzlich, machen kehrt und nehmen unsere Reiterei sogleich unter Feuer, die gar nicht mehr bis zu den Kanonen gelangt, sondern im Galopp zum Gehöft zurückkehrt, von wo bereits unsere Infanterie nach vorn stürmt. Nahkampf! Mann gegen Mann! Kampfesmut erfasst unsere Landser.

Mit aufgepflanztem Bajonett stürmt Janko mit den anderen vor. Kleinere Gruppen von Russen täuschen Treffer vor, lassen sich fallen, um dann von der Seite anzugreifen. Von ganz nah schießt Janko einen in die Brust, hält einen anderen mit dem Stoß des Bajonetts auf, und als er gerade gewahrt, wie ein Russe Emil Klein von hinten aufzuspießen droht, schreit er: Hab Acht! Der dreht sich um, und es wäre zu spät gewesen, hätte nicht Janko, einem Tiger gleich, zum Sprung angesetzt und den zum Töten entschlossenen Feind aufgespießt.

Auf dem Nachtlager erst überlegt er: Um Haaresbreite nur ist er einer Unehrenhaftigkeit dem Kameraden gegenüber entgangen. Hätte er nur den Bruchteil eines Augenblicks gezögert, dann wäre das junge Leben ausgelöscht worden (wer hätte es ihm denn zum Vorwurf machen wollen!). Das Leben des Freundes, der zugleich sein Rivale ist. Denn daheim haben beide auf das gleiche Fräulein, die Junglehrerin Klara, ein Auge geworfen. Die Entscheidung, wer den Vorzug erhalten würde, war zwar bis zur Rückkehr von der Front verschoben worden, doch damals, in den Tagen des Abschieds, war es ihm erschienen, als sorge sich Klaras trügerisches Herz mehr um Emil. Auf dem Feld allerdings zählen Soldatenehre und Opfermut für einen Kameraden im Felde mehr als die Rivalität in Liebessachen!

Bei Podkamien in nieselndem Regen – eingerichtet auf den Stellungskrieg in einem solide ausgebauten Unterstand aus Birkenholz – wärmten wir uns an dem Kochöfchen.

Heftig setzte der Regen ein, und schon begannen auf beiden Seiten die Kanonen zu grollen. Janko führte seinen Zug mit katzenhafter Behändigkeit an einen vorgeschobenen russischen Feldposten heran. Wir wurden von unserem Leutnant, der sah, dass das Schicksal des opferbereiten Vorhutkommandos besiegelt war, zurückbeordert.

Doch Janko und sein Trupp arbeiteten sich in dem höllischen Schrapnellfeuer im Zick-Zack voran, wie blutrünstige Großkatzen näherten sie sich lautlos anschleichend dem Feind und schleuderten unter markerschütterndem Geschrei ihre Handgranaten in die russische Stellung, um dann mit den Bajonetten über sie herzufallen.

Hierher, alle Mann, schrie Janko, macht sie nieder! Rennt nicht weg! Hörst Du, Emil?

Der unglückliche Judenjunge, wie die anderen unerfahren und gewiss noch nie durch besonderen Mut aufgefallen, kämpft mit sich, schließlich schämt er sich wegzurennen und Deckung zu suchen, wagt aber auch nicht, sich auf den Kampf einzulassen: Er kauert sich auf den Boden.

Janko und die anderen Kameraden kämpfen mit Löwenmut und behalten, zwar von Blut verschmiert, verdreckt und zerschunden, schließlich die Oberhand.

Allein Jankos linker Arm baumelt leblos herab. Gleich nachdem er Emil zugerufen hat, ist ihm der Arm von einem feindlichen Bajonett über dem Ellbogen durchstochen worden, dennoch stand er den Einsatz bis zum Ende durch. Uns ist nicht bekannt, ob dieser sich heldenhaft aufopfernde slowakische Bursche seinen Arm jemals wieder hat gebrauchen können.

Er hat sich die Auszeichnung durch seinen Einsatz, der den Erfolg des Angriffs der ganzen Einheit mitbegründet hat, gewiss verdient. Ort und Zeit der Heldentat dieses mutigen, opferbereiten Burschen müssten auf der Landkarte Galiziens rot eingezeichnet werden!

*

Am 30. November 1915, zu meinem Geburtstag.
Dem gnädigen Gott sei Dank, ich bin also endlich daheim.*

Ich bin durch Höllen gegangen, obwohl denen, die vor mir da gewesen sind und besonders denen, die noch bleiben mussten, ein viel grausameres Schicksal beschieden war und beschieden sein wird. Mein Leben war mehrmals in großer Gefahr, obwohl ich selbst die Gefahr nie suchte. Und ich gebe gern zu, dass ich mich, wann immer mir das möglich war, im Hintergrund hielt, in Bedrängnis geraten, regelrecht verkroch – auch hinter an-

* *Immer wenn ich diesen Teil aufblättere, muss ich an die Heimkehr meines Bruders aus dem 2. Weltkrieg denken. Denn die Abgründe der Hölle können sich immer noch tiefer auftun.*

deren. Es wurde auf mich gefeuert, und ich schoss auf den Feind, doch Gott sei Dank ist mir der Nahkampf, Mann gegen Mann, erspart geblieben. Kameraden neben mir wurden tödlich getroffen, auch ich hätte an der Stelle jedes Gefallenen oder Verwundeten sein können. Ob ich Menschen getötet habe? Ich kann es nicht sagen, hoffe aber, dass ich es nicht getan habe.

Nach vier Tage langer Reise, einer Nacht und einem Vormittag des Wartens in Großwardein kam ich mit dem Abendzug daheim an. Ganz überraschend platzte ich herein, meine Frau stieß einen Freudenschrei aus und weinte vor Glück. Ach, ich soll doch endlich sagen, wie ich weggekommen bin von da und ob es für immer ist.

Ich wurde vorzeitig entlassen! Plötzlich kam der Entlassungsbefehl, meine Liebe! Mehr weiß ich auch nicht!

Dass Sie mir nur unversehrt heimgekommen sind! Sie küsste mein Gesicht tausend Mal, meine Jadwiga.

*

Am dritten Tag fuhr ich, weil es mir schicklich erschien, zur Polizeihauptmannschaft, um Szilágyi meine Aufwartung zu machen (denn, nur er konnte es erledigt haben).

Zuerst war er ziemlich kurz angebunden (»Na ...! Ich dachte schon, du hältst es nicht für nötig...!«), wollte gar nicht glauben, dass ich erst seit einem Tag wieder daheim war. Doch dann wurde er freundlicher, und ich musste ihm über die Lage an der Front berichten, mit wem zusammen ich gedient hatte und ob auch Bekannte darunter waren. Von meinen Offizieren kannte er mehrere, auch von denen aus Großwardein.

Danach erkundigt er sich, wie es zu Hause sei, ob man sich denn auch dort gefreut habe. Wie denn nicht, sage ich, Mutter und meine Frau allein mit den doch recht beachtlichen Ländereien. Na und, ihm fällt ein, dass er noch gar nicht nachgefragt hat, wer denn die glückliche Ehefrau sei. Ich sage es ihm, und er murmelt nur erstaunt: tatsächlich? Seine Verwunderung verstehe ich nicht.

Und sonst? Im Dorf? Darüber, sage ich, weiß ich nichts, weil ich noch nicht einmal Zeit gefunden habe, unsere Besitzungen zu inspizieren. Mutter sagt, der Mais habe nicht viel gebracht, die letzten Rüben werden gerade eingeholt. Und auch auf mich wartet allerlei, tausend unerledigt gebliebene Arbeiten müssen endlich gemacht und nachgeholt werden. (Ich dachte, soll er sehen, dass ich meine Pflichten kenne, auch in den Entlassungspapieren standen ja dergleichen Begründungen wie »aus nationalökonomischem Interesse« und »als selbstständig wirtschaftender Grundbesitzer«.)

Der Hauptmann grinste mich an und meinte, aber da wird doch hoffentlich nicht immer nur Arbeit sein, schließlich kommen auch Feiertage, das Schweineschlachten, Namenstage, Fress- und Saufgelage ... Auch das Weibervolk mag nicht zu kurz kommen!, er zwinkerte mir zu und versetzte mir einen ordentlichen Knuff in den Rücken: Hoffentlich ist die Deine nach so langer Entbehrung schon zufriedengestellt!, und er lachte dazu, fett und herausfordernd. (Frohgemut nickte ich in meiner Verlegenheit, wiewohl ich mich schämte, dass ich auch hier nicht den Mut aufbrachte, sein ungehobeltes Benehmen zurückzuweisen.)*

Also in zwei Wochen besuchst Du mich wieder! Damit entließ er mich, worüber ich mich wunderte, mir aber nichts anmerken ließ, vielmehr heuchelte ich Freude und Genugtuung. Ob er sich am Ende auch zu uns einladen lassen will?

2. Dezember 1915

Ich bin hinausgefahren, um Gregor zu besuchen. Er pflanzte gerade vor seinem Fenster ein Birnbäumchen.** Wir plauderten, während er in seiner Arbeit fortfuhr.

Ich sah ihm zu, wie er sich mit dem Spaten ins Erdreich gräbt, ihn immer tiefer stößt. Ein Bäumchen in den Schoß der Erde pflanzen ist so etwas, wie ein Kind zeugen. Paarung mit der

* *Auch bezüglich solcher Anspielungen der Kurilla, wie er leibt und lebt.*

** *Die LPG-Genossen haben den Baum gefällt. Die sägen alles um. Obwohl sie doch seine Birnen gegessen haben, nicht ich. Die feinsten Butterbirnen.*

Muttererde. Und wenn es dann Wurzeln geschlagen hat, wächst es von selbst heran.

Ich glaube, man muss jedem neuen Geschöpf mit seiner ureigenen Natur die gebotene Ruhe gewähren.* Auch ein Kind wird vom Vater gezeugt, von der Mutter geboren und ist doch nicht ein Teil von ihnen, gehört auch den Eltern nicht.

Ich darf es nicht beschneiden und auch in seinem Wachstum nicht behindern. Es ist ein Gast, den es zufällig in unsere Wiege verschlagen hat und der zu gegebener Zeit weiterziehen wird. Man sollte ihn gut bewirten und lieben. Belasten oder behüten dürfen wir ihn weder zu wenig noch zu viel.

Ob auch ich einmal ein Kind haben werde und wann das wohl sein wird?**

*

5. Dezember

Aus meinen Notizen habe ich so etwas wie einen Artikel über die Front ins Reine geschrieben und abgeschlossen, noch im Feld draußen hatte ich mit dem Text begonnen. Auch Jadwiga las ihn und fragte, wer derjenige sei, von dem er handelt. Ich sagte, ich hätte die Figur aus mehreren Personen zusammengesetzt, doch tatsächlich diente in meinem Truppenteil ein Bursche, der für die Sache, die ich da beschrieben habe, ausgezeichnet wurde. Das mit der Liebesrivalität hätte ich allerdings dazu erfunden. Meiner Frau gefällt diese Konkurrenzgeschichte nicht, aber sie sagte nicht, warum.*** Am nächsten Tag habe ich die Geschichte

* *Zu viel Ruhe hat er ihm gelassen.*

** *Und wie viele werden es wohl sein? Natürlich hat er welche bekommen: meinen Bruder Marci, schon zehn Monate danach. Mich allerdings erst mehr als 4 Jahre später.*

*** *In Kenntnis des späteren Fortgangs wird man diese Rivalitätsgeschichte, und was ihr daran nicht gefallen hat, verstehen.*
Aber in dem Artikel war noch etwas, was Missfallen erregte! Es fällt mir jetzt ein. Ich bin im Sommer '45 zu Ernő Groß gegangen, nachdem der alte Mann, bis zum Gerippe abgemagert, sich endlich nach Hause durchgeschlagen hatte, um mich zu erkundigen, ob er etwas von Onkel Miki Buchbinder weiß, der ja ein guter Freund von Papa war. Aber er wusste

trotzdem an den *Südostkurier* adressiert, zur Post gebracht und gehofft, sie würden sie abdrucken, falls sie für die Zeitung nicht zu lang ist.

*

Am Montag nach dem zweiten Adventssonntag 1915 ist dann das Folgende passiert:

Ich habe Jadwiga mit Szellő im Sandläufer zum Zug gebracht. Obwohl sie auch zu Fuß gegangen wäre, ich brauchte mich nicht zu bemühen, hatte sie gemeint, sie könne ja auch gut hinausspazieren. Mit Irmchen Sárossy habe sie ausgemacht, einmal gemeinsam mit ihr einen Einkaufsbummel in der Stadt zu machen und sich gegenseitig das Herz auszuschütten.

Wissen Sie, Ondrisko, die arme Irma, und dabei legte sie sich die Decke übers Knie, sie hat ziemlich viel Ärger mit diesem miserablen Ehemann. Wenn sie mich sehr bittet zu bleiben und dieser Herr Doktor auch über Nacht wieder nicht heimkommt, kann es sein, dass ich einwillige und erst morgen mit dem Vormittagszug zurückkomme. Brauchen Sie etwas? Soll ich Ihnen nicht etwas mitbringen? Ach wie lieb und aufmerksam von Ihnen, dass Sie sich die Zeit nehmen, mich herzufahren! Doch Sie sollten nicht hier mit mir warten, bis der Zug kommt, es ist kalt. Übrigens, es

nichts von ihm. Wir sprachen über dies und jenes, denn auch er kannte meinen Vater gut. Sie waren zur selben Zeit Soldaten gewesen, 1915 in Wardein. Onkel Ernő wurde allerdings später an die italienische Front verlegt usw. usf., und er kam glücklicherweise von dort wieder heim (wie auch aus dem Konzentrationslager, was in dem Alter angeblich schon »an ein Wunder grenzt«). Auch vom 1. Weltkrieg war die Rede, und ich gab ihm dann Papas oben erwähnten Artikel zu lesen. (Offenbar gab er ihn mir nicht zurück, so dass ich jetzt nur noch die dazugehörigen Zettel gefunden habe.) Weil Onkel Ernő ein richtiger Bücherfresser ist. Aber ich habe es bereut. Denn danach sagte er, sehen Sie, Miso, von da an führte der Weg geradeaus in unser Märtyrerschicksal. Denn dieser Artikel Ihres Vaters war leider auch ein rein antisemitischer Text, bitte. Obwohl er, wie Sie sagen, gar nicht gedruckt worden ist. Der Artikel?, Onkel Ernő, sage ich, aber ich habe mich auf nichts eingelassen, weil ich wusste, was für ein schweres Los er zu tragen hatte.
(Dies wurde von mir am 5. Januar 1957 nachträglich hier eingefügt.)

gibt doch jetzt diese neuartige Schreibfeder, ich habe sie auch bei Hochwürden gesehen, man kann die Tinte in den Federhalter hochziehen. Würden Sie sich darüber freuen, mein Schatz?

Ich sah sie nur an, blickte ihr in die Augen, hätte gern darin gelesen, denn sie redete nicht von dem, was ich hören wollte.

Unlängst, sprach ich schließlich kopfschüttelnd von etwas ganz anderem, noch im Sommer, als ich in der Stadt war, um Aktien zu zeichnen, hatte ich Zeit bis zur Abfahrt des Zuges und machte einen Bummel auf der Geschäftsstraße dort. Und da ... Du wirst überrascht sein: sah ich mir die dort auf- und abflanierenden Frauen an, alle, die an diesem Vormittag dort unterwegs waren.

Aber Ondrisko, das ist ja! Und sagen Sie doch, wie haben sie Ihnen gefallen?

Das ist es ja! Ich sagte mir: Selbst unter all diesen wäre meine Jadwiga die Schönste. Eben dort, wohin Du jetzt gehen willst, auf dieser Straße. Aber natürlich nicht nur da, sondern auf allen Straßen der Welt.

Wirklich? Nein!, klatschte sie in ihre rosigen Händchen, warf den Kopf in den Nacken und lachte und lachte, dass man gar den Hauch ihres Lachens sah. Also, was für ein Schatz Sie doch sind! Ich werde ja ganz rot, wenn Sie mir solche Sachen sagen! Damit griff sie mit den Händen nach meinem Kopf und küsste mich auf beide Wangen. Aber errötet ist sie nicht.

Ganz liebevoll, mir beide Arme um den Hals legend, nahm sie Abschied von mir.

Nun, ich aber trotz alledem. Oder vielmehr wegen ihres von mir als übertrieben süß empfundenen Gehabes erst recht: Nach der Verabschiedung lenkte ich Szellő an die Rückseite der Bahnhofsgaststätte. Am Schanktisch traf ich Cvalinga, einen meiner Monatslöhner. Da ist, sagte ich, etwas Kleingeld, fahr den Wagen nach Hause und bringt Szellő in den Stall!

Dabei hatte ich mich noch gar nicht entschlossen, Jadwiga wirklich zu folgen. Ich löste mir auch keine Fahrkarte, damit sich nicht etwa der kurze Hudák mit den Ärmelschonern hinter dem Schiebefenster erkundigte, na, hat sich der gnädige Herr doch noch entschlossen, die liebe Gattin zu begleiten?

Ich blieb neben dem Bahnhofsgebäude stehen, und als der Zug einfuhr, sah ich, als ich um die Ecke spähte, wie meine Frau beim Erste-Klasse-Abteil einstieg. Und als die Lokomotive gerade ansetzte und laut fauchend anzog, sprang ich, von der aufsteigenden Dampfwolke getarnt, auf die Stufen des letzten Waggons. Erst dann überlegte ich: Bin ich jetzt ganz und gar verrückt geworden? In meiner Verlegenheit stellte ich mich schlafend und hielt dem laut nach den Fahrkarten fragenden Kondukteur »im Halbschlaf« Papiergeld hin.

Bei Ankunft des Zuges verfolgte ich meine Frau vom Abteilfenster aus. (Allüren des gnädigen Herrn.) Ich schaute, ob jemand sie erwartete. Scheinbar nicht. Ohne sich umzusehen, eilte sie durch den Wartesaal hinaus. Schnellen Schrittes und in gebührendem Abstand lief ich der reizenden, in ihren Pelz gehüllten Gestalt hinterher.

Es war nicht so leicht, ihr unbemerkt zu folgen:* Sie blieb vor jeder Auslage stehen. Nervös sprang ich mehrmals unter Toreinfahrten. Sie ging in eine Drogerie. Ich kaute an den Nägeln wie als kleiner Bub und wartete. Sie ließ sich Zeit, wählte lange und probierte manches aus. Das Duftwasserfläschchen in einer Hand, tupfte sie sich etwas davon hinter beide Ohren. Sie war auch schon an der Kirche vorbei, als sie plötzlich in einem Toreingang verschwand. Es traf mich wie ein Blitzschlag, als ich feststellte: Es ist das Haus, in dem sich die Kanzlei von Franci Winkler befindet! In den hintersten Windungen meines Gehirns gab es noch einen leichten Verdacht, den ich gegen Franci hegte, doch niemals hätte ich geglaubt, dass meine Frau und ich tatsächlich hierher geraten würden, wenn ich ihr nachspionierte.

Dass sie ... während ich an der Front war, hierher gegangen ...?** Das brachte mich fast um den Verstand, so aufgeregt habe ich mich.

Also, sag ich mir, hier wartest du, was sonst könntest du tun.

* *Derlei Verhalten kann ich gut verstehen. In diesem Tagebuch steht manches, was für mich unbekannt und neu ist. Solche Passagen aber kann ich, »traurig, aber wahr!«, viel besser verstehen als andere Sterbliche.*
** *Das eben ...das war hier die ganz große Frage.*

Ich kaufe mir schnell eine Zeitung, um mich nötigenfalls dahinter zu verbergen. Auf was muss ich mich gefasst machen? Werden sie eng umschlungen herauskommen, sich gegenseitig Zärtlichkeiten ins Ohr flüstern und sogleich Francis Wohnung ansteuern? Oder erst in dem Restaurant gegenüber zu Mittag essen und sich hitzig zuprosten? Ich warte also, beobachte starren Blicks den Toreingang.

Plötzlich schäme ich mich dann aber sehr, verdrücke mich hinter die Kirche. Als ich mich einigermaßen gefasst habe, stelle ich fest: Dies ist nicht der Rückzug eines genierten Kavaliers, vielmehr hat sich Feigheit meiner bemächtigt. Noch dazu zweierlei. Käme jetzt Jadwiga heraus und würde mich bemerken ... Wie könnte ich mein seit dem Morgen andauerndes, ihr hinterherhetzendes Nachspionieren erklären? Und das Zweite: Wenn sie doch an Francis Arm in die Wohnung des Liebhabers schlich? Würde ich da nicht zusammenbrechen? Und in meinem Schreck, der mich buchstäblich schlottern ließ, fand ich bei keiner der genannten Eventualitäten den nötigen Mut, die Folgen zu ertragen.

Vergebens habe ich mir kürzlich geschworen: Einmal werde ich vor den mich jetzt auffallend meidenden, guten alten Freund hintreten: Du Franci, was zum rosjebaní sranjik* willst du eigentlich von meiner Frau?, so sag es mir doch! Und hier, hinter den Sträuchern des Kirchhofs, wurde mir nun klar: Mir fehlte auch dazu der Mut.

Nach einer guten halben Stunde des Wartens und Grübelns wurde mir klar, was für ein Ochse ich war! Und was, wenn auch Irmchen hier im Haus wohnt, wo im Parterre Franci seine Kanzlei hat? Aber kann es solche Zufälle geben ...? Ich schlich hervor, um mich eventuell zu erkundigen ... Da fiel mir ein, dass ich ja gar nicht weiß, wie der Name von Irmchens Mann ist. Wie kann ich den erfahren? Will ich mich hier weiter verstecken und herumspähen? Mich vor mir selbst noch lächerlicher machen? Abgesehen davon, dass mich jederzeit ein Bekannter sehen und

* *Wieder ein Fluch, was für eine verfluchte Sauerei zum Teufel will er eigentlich.*

erkennen kann! Außerdem war ich inzwischen auch ziemlich durchgefroren.

Wie ein geprügelter Hund schlich ich zum frühen Nachmittagszug und fuhr nach Hause. Auf Jadwiga habe ich am Abend vergeblich gewartet. Sie kam wirklich erst am nächsten Tag mittags, brachte mir verschiedenfarbige Tinten mit, weil sie weiß, dass ich so etwas mag, aber den besagten Füllhalter hat sie nirgends bekommen.

*

In dem Zusammenhang fällt mir dann in der Nacht ein anderer, lange zurückliegender Fall des Spionierens ein.

Ich habe ja Zeit, mir alte Begebenheiten ins Gedächtnis zurückzurufen, weil meine Frau sich am Abend rasch mit der Begründung zurückgezogen hat, sie sei sehr müde. Mit liebevollem Streicheln über meinen Nacken und einem Kuss auf die Wange verabschiedete sie sich, bevor ich noch auf die Idee kommen konnte, mich ihr anzuschließen – zu so früher Stunde natürlich nur mit kaum zu verhehlenden Absichten. Entsprechende Wünsche hat sie offenbar auch heute nicht mit mir geteilt. Doch ich weiß nun schon, dass sich nichts erzwingen lässt, so kann ich mir zumindest für morgen etwas erhoffen. Möglicherweise.

Eben weil mich das gestrige Verfolgen und Nachspionieren genauso beunruhigt wie heute das mir entgangene gemeinsame Schlafengehen, flüchte ich mich in die Erinnerung an das abenteuerliche Nachspähen damals in Stralsund, im Garten. Zu dem es noch im ersten Monat unserer Rendezvous' gekommen ist:

Sie war an jenem Tag so hingebungsvoll gewesen, meine Jadwiga, dass ich richtig trunken war von ihr. Nicht mit Worten natürlich, denn sie versprach mir ja nichts, auch nicht durch Zärtlichkeiten, denn damals war noch nichts mit Berühren oder Anfassen, ganz zu schweigen von mehr. Allein durch ihre Blicke. Mit ihren betörenden, türkisblauen Augen, die sie schon am Abend zuvor mehr als einmal und lange in den meinen vergaß. Auch gab sie mir Anlass zu allerlei gewagten Träumen, weil sie es überhaupt nicht eilig hatte, nach Hause zu kommen, sondern neben mir, in ein inniges Gespräch vertieft, bis spät in die Nacht auf der Promenadenbank ausharrte.

Auch an dem gewissen Samstag Nachmittag verstummten wir immer wieder, einer in die Augen des anderen versunken, und schon am Tisch auf der Terrasse des Mecklenburger Hofes erlaubte sie mir, ihr die Hand zu küssen, was sie sich bis dahin verbeten hatte. Und dieses Beisammensein unterschied sich nur insofern vom Abend davor, als jetzt noch heller Tag war (und ich weiß aus Erfahrung, dass für ein Rendezvous, das auf bange Weise verheimlicht werden musste, eigentlich nur die Dunkelheit den nötigen Mut machte) und sie gleich gesagt hatte, sie müsse um sechs Uhr daheim sein.

Freilich wurde uns erst im letzten Augenblick bewusst, wie schnell uns die Zeit verronnen war, so dass Jadwiga mir, schon im Davonlaufen, noch zurief, sie wisse nicht, ob es ihr am nächsten Tag möglich sein würde, loszukommen, doch sie wolle es mich wissen lassen. (Schon zweimal hatte sie das Zimmermädchen Helga zu mir in den Gasthof herübergeschickt, doch das verhieß nie etwas Gutes, kein einziges Mal.)

Also fand ich mich enttäuscht unter den Weiden am See. Denn wenn ich sie am Sonntag nicht sehen konnte und sie am Montag vielleicht auch nur kurz zur Verabschiedung herunterkommt, wozu sollte ich dann überhaupt noch bleiben? Zwei weitere Übernachtungen in dem teuren Gasthof für nichts. Und dabei überkam mich plötzlich ein unbezwingliches Verlangen, sie heute noch zu sehen.

Im selben Augenblick fuhr es mir durch den Kopf: Da ist noch die Bitte, die ich ihr nicht erfüllt habe! Denn als wir am Tisch saßen, hatte ich sie ermutigt, sich etwas von mir zu wünschen. Sie sah mich groß an und brach in Lachen aus: Wissen Sie, Ondrisko, was ich mir wünsche? Eine Apfeltasche, aber eine ganz große, und dabei deutete sie auf die gegenüberliegende Straßenseite, mit viel Zimt darauf!

Herzchen, ein ganzes Blech voll, wenn du magst! Aber gäbe es da nicht noch etwas anderes, einen ernsthafteren Wunsch? Nun dann vielleicht auch noch Zwetschgenkuchen mit viel Zimt darauf. Das brachte uns auf unsere Kindheits- und andere Wünsche, und bis wir aufstanden, war ich dadurch abgelenkt, dass ich sie wieder in Richtung See führte, gewiss mit dem Hintergedanken ihr dort zwischen den Sträuchern etwas näher zu kommen. Die Sache mit der Apfeltasche war mir längst entfallen.

Also nichts wie hinüber zum Bäckerladen, doch der hat schon geschlossen. Da sich in der Küche noch etwas rührt, klopfe ich an die Tür. Eine Frau lässt sich sehen, und ich winke ihr flehentlich. Sie ist nicht ungehalten, muss sogar lachen, als ich ihr in ihrer Sprache klar zu machen versuche, dass ich einen Besuch machen muss und versprochen habe, Apfeltaschen mitzubringen. Sie versteht und verspricht sogar, sie noch kurz ins Backrohr zu schieben, damit sie frischer sind. Ich rufe ihr nach, würde gern auf den Zimt hinweisen, doch fällt mir das deutsche Wort dafür nicht ein. Ich versuche, es ihr mit den Fingern zu zeigen, als wollte ich Salz streuen. Ja, Zucker!, nickt sie. Nicht nur! Sage ich, sondern auch noch ... und in Ermangelung des richtigen Worts lecke ich meine Fingerspitzen ab. Sie stutzt, dann hellt sich ihre Miene auf, und sie zeigt mir die Schüssel mit dem Zimt. Ja, ja, und ganz viel!

Mit dem Kuchenpaket in der Hand kann ich jetzt wirklich nicht mehr wegrennen. Auf einem kleinen Umweg durch das Wäldchen komme ich nah an den Winklerschen Garten heran, wo mir schon einmal aufgefallen war, dass aus der Umzäunung ein paar Stäbe fehlen. Ich schlüpfe hindurch, husche bis zu den ersten Sträuchern, von denen aus die Hinterseite des Hauses zu sehen ist. Die Villa ist schon von unten bis oben hell erleuchtet, auffallend der große Salon im Obergeschoss. Die beiden Flügeltüren zur Terrasse hin stehen weit offen, doch nur unten im Souterrain, bei den Bediensteten, ist Hast und Bewegung wahrzunehmen. Dort rüstet man offenbar für eine Abendgesellschaft.

Warum hat mir Jadwiga davon nichts gesagt? Damit ich keinen Versuch unternehme, mich selbst einzuladen, und mir vielleicht eine Abfuhr hole? Aber warum konnte sie mich nicht überhaupt bei den Winklers als Gast einführen? Oder wäre es nicht möglich gewesen, dass sie mir zuliebe heute dem Fest fern bleibt? Meine durch Jadwigas Verhalten bitter gewordene Sehnsucht nach ihrer tröstlichen Nähe ist schier unstillbar.

Ich drücke mich an den Fenstern der Küche vorbei, wo fieberhafte Betriebsamkeit herrscht, um auf der anderen Seite an Helgas Kammerfenster zu klopfen. Sie bitte ich gewöhnlich, Jadwiga etwas auszurichten. Das Fenster steht einen Spaltbreit offen, doch die Kammer ist leer. Wie viel einfacher wäre alles, wenn ich es mit Helga zu tun hätte. Jadwigas Zimmer, das ich nie zu Gesicht bekommen habe, liegt ganz oben, und ihr Fenster ist aus diesem steilen Winkel kaum zu sehen, auch versperrt eine Gardine die Sicht.

Jetzt entdecke ich das Zimmermädchen. Sie wechselt soeben die Schürze, bindet sich ein spitzenbesetztes Servierschürzchen um. Danach lässt sie sich nieder und zieht ihre Strümpfe zurecht, streicht sie bis hinauf zum Strumpfhalter glatt. Ich warte, bis sie das Gleiche auch am anderen Bein erledigt hat, und klopfe dann an die Scheibe. Lachend schlägt sie die Hände zusammen und bedeutet mir, dass sie gleich hinaufläuft, um Fräulein Jadwiga zu holen. Außer Atem kehrt sie zurück mit der Kunde, dass Jadwiga kommt, und sie beugt sich japsend, die Ellbogen aufs Fensterbrett gestützt, zu mir heraus. Lächelnd, mit dem schelmischen Grinsen einer Person, die in Vertraulichkeiten eingeweiht ist, schaut sie mir ins Gesicht und mustert mich von oben bis unten. Ich merke, wie ich rot anlaufe.

Also, sicher ist dreimal so viel Zeit vergangen, wie ich erwartet habe, bis Jadwiga herunterkam, und sie freute sich nicht ein Drittel so stark wie erhofft, als sie mich mit meinen Apfeltaschen sah. Mit tadelndem Kopfschütteln und verhaltener Ungeduld sah sie mich an, wie eine Mutter ihr ungezogenes Kind mit gespielter Sanftmut und Nachsicht betrachtet.

Doch jetzt sollte ich schön gehen, für die guten Apfeltaschen danke sie vielmals, aber Frau Winkler erwarte sie, weil sie helfen müsse.

Aber da sind doch genug Dienstmädchen im Haus! Könnte sie sich nicht vielleicht etwas später ganz unauffällig ... würde das irgendjemandem auffallen?

Ja, antwortet sie hart, das fällt auf.

Wenigstens für eine halbe Stunde, hier in der Laube …

Ich kann nicht, verstehen Sie, es geht nicht!

Betreten lasse ich den Kopf hängen, was sie sofort zum Anlass nimmt, sich zu entfernen: Gut, gehen wir jetzt!

Jadwiga!, fasse ich nach ihrer Hand, und morgen?

Sind wir eingeladen, zum Mittagessen, und sie verdreht wichtigtuerisch die Augen.

Und nach dem Essen?

Auch am Nachmittag sind wir noch dort. Man hat uns ans Meer eingeladen.

Das haben Sie mir ja gar nicht erzählt!, sage ich vorwurfsvoll.

Da wusste ich es noch nicht!, mittlerweile ist sie schon ziemlich ungehalten.

Doch mir reicht es immer noch nicht, ich frage, was sie am Abend vorhat. Darauf schnaubt sie zornig, dreht mir den Rücken zu und will mich schon fast stehen lassen, wendet sich dann aber doch noch um und fragt gequält, aus welchem Grund ich das tue. Warum ich alles kaputtmache; ob es nicht schön gewesen sei am Nachmittag und auch gestern …? Ja, gerade weil es so schön war, möchte ich gern, dass … will ich sagen, aber sie fährt dazwischen: Sie hat doch, wann immer es ging, Zeit für mich gehabt, bei all unseren Treffen, aber so ginge das nicht. So könne das nicht gut gehen, und sie schüttelt den Kopf dazu. Aber Sie müssen jetzt gehen, Ondrisko!, und sie berührt beschwichtigend meine Schulter, doch ich fühle mich jetzt von ihr weggestoßen und bin nicht fähig, mich von der Stelle zu rühren. Worauf sie mit der Hand eine Abschiedsgeste macht und geht.

Nicht einmal den Kuchen hat sie mitgenommen!, bemerke ich und rufe ihr gekränkt nach.

Jadwiga wendet sich um: Ich hatte darauf gewartet, dass Sie ihn mir überreichen und sich verabschieden, aber Sie bleiben ja verstockt stehen. Bekomme ich ihn also? Ich halte ihr das Gebäck hin, sie aber kommt keinen Schritt mehr zurück. Lächelt, weil schließlich doch ich mich zu ihr hinbewege. Sie greift nach dem Päckchen, streichelt mir als Dank über die Wange und eilt davon.

Doch das Herumspionieren kam erst danach, denn ich war im Garten zurückgeblieben. Aus den Sträuchern beobachtete ich die an den Fenstern auftauchenden und die auf der Terrasse weilenden Gäste und ärgerte mich, weil ich kein Fernglas dabeihatte. Einige Male glaubte ich, Alfons Winkler, den Hausherrn, zu erkennen, Jadwigas Gestalt aber huschte nur selten durch den Salon.

Bis sie plötzlich erscheint, gefolgt von einem Mann, einem schneidigen Typ, das Haar mit Brillantine geglättet, Jadwiga wendet sich mehrmals nach ihm um, und es scheint, sie lacht. Aber sie verschwinden bald im Nachbarzimmer, aus dem nur schwaches Licht dringt, so dass ich kaum etwas von ihnen sehen konnte. Im Grunde genommen nichts. Ich trete etwas zurück, aber auch von da sehe ich nur diffuse Schleier. Vom angestrengten Lauern tränen mir die Augen. Meine Anstrengungen führen zu keinem Ergebnis.

Später, vermutlich, weil es drinnen inzwischen warm geworden ist, setzten manche Grüppchen ihr Geplauder auf der Terrasse fort, die mir zwar näher liegt, aber weniger gut beleuchtet ist. So kommt es, dass ich den Mann von vorhin erst bemerke, als er vor der Hauswand steht und mit heftigen Gesten etwas erklärt, vermutlich einer Frau, von der man gerade noch das helle Kleid ahnt. Denn die Wand liegt jetzt völlig im Schatten, und ich kann nicht erkennen, ob es Jadwiga ist.

Mir ist, als hätte ich den Mann mit dem glänzenden Haar schon einmal gesehen. Jetzt, da er wieder heftig gestikuliert, kommen mir auch seine Bewegungen bekannt vor. An wen erinnert er mich? Er mag fünfundzwanzig, vielleicht auch etwas älter sein, fesch und gewandt, den Frauen imponiert er offenbar. Kurzum ein affiger Typ. Er redet und redet, greift der Frau an die Schulter, deren hellblaue Gestalt sich ein wenig von der Wand löste.

Das hellblaue Kleid! Ja, es ist Jadwiga! Und es sieht gar nicht so aus, als langweile sie das Geplauder. Jetzt redet sie, ich erkenne es an ihrem erhobenen Arm. Ihr Gesicht liegt im Schatten. Sie dreht sich weg. Der Lackaffe umarmt sie, lässt sie dann wieder los, antwortet ihr wohl und dirigiert dazu mit dem Arm. Es muss, inmitten der vielen Gäste, ein lautstarkes Geflüster sein.

Inzwischen kommen noch andere heraus, verstellen mir die Sicht, so erkenne ich nichts. Im Haus entdecke ich dann nahe beieinander stehend gleich zwei Männer mit glänzendem, pomadisiertem Haar! Sie sind ungefähr im selben Alter und auch ihre dunklen Anzüge machen sie zum Verwechseln ähnlich. Welcher von beiden war nun mit Jadwiga auf der Terrasse? Und war es überhaupt Jadwiga, mit der er dort war? Auch hellblaue Kleider gibt es mehrfach, wie ich jetzt feststelle. Zum Wahnsinnigwerden! Ich sinke ins Gras.

Dreimal umkreise ich die Laube. Plötzlich wird es auch unten ganz hell, und die Tür zur unteren Terrasse öffnet sich, sie kommen. Die Herrschaften wollen an die Luft. Sie versammeln sich an der steinernen Brüstung, einer führt das große Wort, er scheint amüsant zu erzählen, denn die Gesellschaft bricht in Gelächter aus. Ich wende mich der Treppe zu, die Stimme des Erzählenden kommt mir irgendwie bekannt vor. Aber woher?, frage ich mich.

Der Zufall hilft weiter. Der Betreffende beginnt, seinem Begleiter etwas zu erläutern, über den Garten, und sie schlendern, ins Gespräch vertieft, auf mich zu. Ich drücke mich hinter einem Strauch fest an den Boden und sehe, wie der Pomadisierte mit großer Geste etwas erklärt. Er wendet sich dabei auch in meine Richtung, und da erkenne ich ihn plötzlich. Es ist Franci Winkler!

*

14. Dezember 1915
Ich war mit dem Zug wieder nach Csaba hineingefahren, um für Jadwiga ein Weihnachtsgeschenk zu besorgen. Nach einigem Zögern trat ich in das Wäschegeschäft, vor dessen Auslage ich schon beim letzten Mal gestanden hatte. Auf meinen stockend geäußerten Wunsch begann die beflissene Geschäftsfrau, auf dem Ladentisch ihre Ware auszubreiten, sie zwinkerte mir ermutigend zu, sie wisse schon, an was der Herr gedacht habe. Ich wählte so ein besticktes Nachtjäckchen mit Kräuseln an den Schultern, oder wie man sonst dazu sagt, das über der Brust mit Spitzen besetzte, tief dekolletierte Vorderteil wird von einem

Strauß aus Bändern zusammengehalten, natürlich nur, wenn sie gebunden sind.

Auch Szilágyis Aufforderung, ihn aufzusuchen, durfte ich nicht vergessen, und obwohl ich gar keine Lust dazu hatte, bin ich zu ihm hineingegangen. Die Visite war kurz, denn eigentlich bestand sie nur darin, dass er mich fürchterlich heruntergemacht hat.

Er habe sich bei allen möglichen Stellen für mich eingesetzt, mir vertraut, und ich bereite ihm solche Scherereien, ob ich mich gar nicht schäme und so weiter. Verstört starre ich ihn an, verstehe überhaupt nichts. Na aber … lieber Herr Hauptmann, ich bitte Dich, willst Du mir nicht um Gottes willen sagen, worum es geht? Er aber drischt nur weiter auf mich ein.*

Endlich knallt er einen Packen Papier auf den Tisch, und ich erkenne mein eigenes Manuskript.

Wie zum Teufel stellst Du Dir das vor, dass Du solche Sachen über die Front zusammenschmierst? Als Soldat aus meinem Dienstbereich! Ohne Erlaubnis allerlei Dinge ausquatschen! Das sind doch militärische Geheimnisse, Du Ochse! Deinetwegen muss mich der Herr Oberstleutnant einbestellen?! Muss ich mir hinreiben lassen, was für verantwortungslose Subjekte meine Protektion genießen?!

Ich stammle, mir sei nicht bekannt gewesen, dass man dazu eine Genehmigung braucht, sonst hätte ich jede Angabe, mit der ich ein militärisches Geheimnis verraten könnte, wieder gestrichen, und aus patriotischer Sicht glaube ich gar nicht, dass da etwas wäre … aber er ließ mich keinen Satz zu Ende bringen, schrie nur mit mit herum. Schließlich warf er mich hinaus: Ich solle mich zum Teufel scheren.

Jadwiga gegenüber habe ich davon nichts erwähnt.

Auf dem Heimweg bin ich dann gleich noch der Sache vom letzten Mal nachgegangen. Inzwischen wusste ich nämlich, wie der Mann von Irmchen heißt (denn ganz beiläufig hatte ich Jadwiga danach gefragt), ging also wieder zu dem Haus, in dem sich

* *Nun ja, auch in diesen Dingen hat sich die Welt später etwas weiterentwickelt! Von der Beschimpfung ist es nur ein Sprung zur erpresserischen Drohung.*

Francis Kanzlei befindet. Zufällig kam gerade ein Mann heraus, den ich für den Hausmeister hielt, und ich fragte ihn: Sagen Sie, wohnt hier vielleicht ein Doktor Földes? Ja, ja, der Herr Doktor wohnt hier, erster Stock, Tür zwei!

Na also! So einfach ist das! Es gibt doch noch Zufälle.*

Trotzdem hatte ich keine große Lust, zu Franci hineinzugehen. Später sah ich dann auch am Fenster den Hinweis, dass die Kanzlei wegen Urlaubs geschlossen sei.

*

Sobald ich die Bibel vom Regal nehme, kippt der daneben stehende Tranastjius, das in gotischer Schrift gedruckte Gesangbuch mit den schönen alten Messingschließen, um, es hat noch meinem Großvater gehört, und später ging Papa damit zur Kirche. Ich blättere hinein, nur um die vergilbten, welligen und an den Rändern etwas angeschimmelten Seiten zu glätten, als ich auf dieses Blatt stoße:

»Ärztliches Attest

Ich, Dr. Mihály Hroncsok, praktizierender Gemeindearzt, bescheinige hiermit, dass ich György Osztatní, Gutsbesitzer und 48 Jahre alt, den ich auch persönlich kenne, in der Zeit zwischen dem 26. August und dem 12. Oktober 1913 mehrfach gründlich untersucht und ihn im Vollbesitz seiner geistigen Fähigkeiten gefunden habe. An organischen Erkrankungen habe ich ein chronisches Magenleiden (gastritis chronica) diagnostiziert, das aber seine geistigen Fähigkeiten in keiner Weise beeinträchtigt. Auf seinen ausdrücklichen Wunsch bescheinige ich ihm, dass ich ihn aufgrund meiner Untersuchungsergebnisse für uneingeschränkt

* *Ich möchte gewissermaßen dazwischenrufen, nein, nein! Er sollte seine Augen offen halten. Denn in solchen Dingen bin ich ja sein Kind, wie die Kinder im Kasperletheater im Zelt auf dem Marktplatz, die dazwischenschreien: Pass auf! Hinter deinem Rücken! Doch jetzt kann sich der Sohn dem Vater gegenüber für die empfangene Liebe nicht mehr dankbar erweisen. Und außerdem gilt bei mir natürlich noch »zwei Seelen wohnen, ach! In meiner Brust«, Papas und die des anderen!*

geschäftsfähig halte, er also in der Lage ist, seine Angelegenheiten selbst zu regeln und Verfügungen über sein Vermögen zu treffen.

Den 13. Oktober 1913«

Warum wohl musste sich Vater seine Zurechnungsfähigkeit bescheinigen lassen? Für wen? Wer wollte ihm mit einer niederträchtigen Verdächtigung die Fähigkeit, über seine Hinterlassenschaft zu verfügen, absprechen?* Dass ich davon nichts weiß, obwohl ich doch hier an seinem Krankenbett gesessen bin? Schrecklich dieser Argwohn, und Gott möge mir verzeihen, aber mir fällt dazu nur Mamovka ein. Man wird sich doch noch einmal das Testament ansehen müssen. Ich werde demnächst einmal bei Onkel Béni Winkler hineinschauen müssen.

Obendrein wacht Mutter voller Argwohn über alle schriftlichen Unterlagen von Vater. Lediglich zwei Sparbücher, die auf meinen Namen lauteten, hat sie mir nach dessen Begräbnis übergeben. Förmlich betteln musste ich, dass sie die Steuerbögen, die Papiere zur Dreschmaschine oder die Viehpässe sowie andere wichtige Schriften herausrückt. Und sie ließ mich auch nicht in die Mappe mit den Dokumenten schauen! Ganze Abende lang hat sie sich eingeschlossen, um aus dem Papierwust das herauszukramen, was davon gebraucht wurde.

*

Nach einem fürchterlichen Krach hat Mamovka heute die Hulina davongejagt, sie soll ihr nie mehr unter die Augen kommen.

Die Frau von unserem Knecht auf dem Melinda-Gehöft, diese sonst schlampige, aber liebedienernde Weibsperson, die ich noch nie leiden konnte und die sich auch bei Mamovka nur durch Schmeichelei und üble Nachrede halten konnte. (Obwohl der Hulina selbst ein gutmütiger, fleißiger, wenn auch etwas einfälti-

* *Also das hat mich auch interessiert. Ich habe mich dahintergeklemmt und bin der Sache nachgegangen.*

ger Mensch ist, der alles ordentlich erledigt, wenn er es nicht vergisst, man muss also gelegentlich nachfassen, was aber Gregors Sache ist). Doch jetzt muss die Hulina wohl zu weit gegangen sein.

Mutter hatte sie zur großen Wäsche, zum vorweihnachtlichen Hausputz und zum Kuchenbacken herbeordert, damit sie der schon recht wacklig gewordenen alten Blahov zur Hand gehen sollte. Um diese Zeit hallt dann das ganze Haus von Mamovkas hysterischen Kommandos und den Zänkereien der Mägde wider. Doch diesmal ging die Keiferei über das sonst übliche Maß hinaus. Die Hulina muss sich an Zelenák die Zunge gewetzt haben, der aber bekanntlich schon an die zwanzig Jahre ein bescheidener, williger Gehilfe meiner Mutter ist und der noch nie mehr besessen hat als das, was er auf dem Leibe trägt und was im Stall auf seinem Nagel hängt, und selbst bei Wasser und Brot würde er ihren Anordnungen ohne jede Widerrede Folge leisten. Doch was die Kost angeht, fehlt es ihm an nichts. Es wäre also schon eine ziemlich gewagte Unterstellung, dass sich Zelenák auf irgendeine Weise gegen meine Mutter stellen oder sie gar schädigen wollte, falls dies das Gebräu sein sollte, in dem zu rühren die Hulina sich nicht scheute.

Was es genau war, das diesen Krieg im Haus losbrechen ließ, weiß ich nicht, erst das Kreischen von Mamovka ließ mich aufhorchen. »Du. Gerade du wagst es, dir dein loses Maul an Zelenák zu zerreißen!?«, und sie kippt im Gang Hulinas geflochtenen Zöger und ihre Bündel aus, greift sich ein Kopftuch und ein Töpfchen Bratfett aus dem Plunder.

Tscho je toto?, poveds!, zerrt die Alte an ihren aufgelösten grauen Haarsträhnen, sie soll sagen, was sie ihr da gestohlen hat? Kradnjesch? Tscho? Kradnjesch?, tscho?, kradnjesch? Odomnja?* Die aber schreit nur immerfort, dass Mutter ihr die Sachen doch gestern erst überlassen hat, und schaut, Unterstützung heischend, zur alten Blahov hinüber, doch die schlurft, unverständliches Zeug brabbelnd, weg.

* *Und was ist das? Sag's, du stiehlst, bestiehlst mich?*

Verschwinde von hier! Lass dich nicht mehr sehen! Jetzt weiß ich, warum unsere Hühner nicht legen. Auch den Truthahn hast du gestohlen! Ihr seid entlassen! Alle! Deine ganze Sippschaft! Die Augen würden sie einem aus dem Kopf klauen! Schert euch weg vom Gehöft, nach den Feiertagen will ich dort keinen von euch mehr sehen! Damit fängt Mamovka an, den ganzen Plunder der Hulina hinaus in den Hof zu werfen. Die aber leugnet immer heftiger und lauter, will sagen, dass Mutter sich doch entsinnen soll, das Tuch, gestern Abend beim Packen ... Ancsa!, ruft sie hinter der Blahov her, du warst doch dabei, als sie mir in der Kammer das Töpfchen gegeben hat, da nimm's nur! Hier wird's doch nur ranzig ...!

Aber umsonst. Erbost schreiend stürzt Mamovka noch hinter dem verzweifelten Weibsbild her und treibt sie samt ihrer in ein altes Laken eingebundenen Habe vor sich her zum Haustor hinaus. Mir ist vor ihrem Anblick bange, so als hätte ich derartiges nicht schon zur Genüge gesehen. Mit verzerrtem Gesicht kommt sie zurück und starrt, den Blick verschleiert, ins Nichts.

*

2. Februar 1916

Ich habe die Eintragungen vernachlässigt. Obwohl ich sagen muss, dass es kein schlechtes Zeichen ist. Denn wenn ich zurückblättere, sehe ich, dass ich immer dann zur Feder gegriffen habe, wenn ich aus irgendeinem Grund erregt und innerlich aufgewühlt war. Doch auch Erfreuliches kann einen erregen, aber viel häufiger als angenehme haben mich leider unangenehme Anlässe zu meinem Tagebuch getrieben.

Jetzt allerdings sind Weihnachten, Neujahr und die ganze Winterzeit friedlich und ohne Aufregung dahingegangen (meinerseits auch mit dem beruhigenden Gefühl, dass Jadwiga, Gott sei Dank, sich nicht gegen das von Mamovka diktierte Festtagszeremoniell gesträubt hat), beinahe hätte ich geschrieben: Die Feiertage verliefen wie gewohnt. Obwohl es das erste Weihnachten war, das wir gemeinsam feierten.

Die Andacht in der Kirche, das Anzünden der Kerzen, vor allem aber die Abende zu zweit gaben mir die Gewissheit, dass zwischen uns nicht irgendeine festtägliche Heuchelei, sondern wirklich eine schöne, starke Liebe ist. Und das gleiche Glücksgefühl strahlte auch meine Frau aus, ich glaubte also, nicht nur das meine in ihren Augen widergespiegelt zu finden. Wiewohl mich in diesen Wochen auch die über das »Fest der Liebe« hinausreichende Frage quälte, war ich nicht so verrückt, darüber nachzugrübeln: Wie es um unsere Liebe steht? Oder zum Beispiel, was wohl der mehr oder weniger spaßig gemeinte Spruch meiner Frau bedeutet: »Auch wenn das Bett uns beiden gemeinsam ist, so kann einer auf dem Kissen des andern nur Gast sein«? Als nämlich die Zeit vorbei war, die wir in den auf meine Rückkehr von der Front folgenden Tagen im Gefühl beiderseitiger körperlicher Wonne verbrachten, wurden die Nächte, in denen wir einander gehörten, wieder rarer. Und ich brauche nicht zu erwähnen, dass es nicht an mir gelegen hat. Dabei taten die drei Umarmungen in anderthalb Monaten unseren Körpern wirklich wohl! Ganz gewiss auch dem ihren. (Insbesondere die erste, bei der ich sie das neue Nachtjäckchen anprobieren ließ.)

Auf drei Anlässe verteilt, haben wir übrigens zehn Mastschweine geschlachtet, zusammen gab das 13 Doppelzentner (drei Schweine hatten nur etwa einen Doppelzentner), das erbrachte: 160 kg Speck, 210 Liter Schmalz, etwa 250 kg Geselchtes (die Schinken eingeschlossen) und 180 kg Würste. Das Gesinde bekam ordnungsgemäß sein Deputat, die vom Melinda-Gehöft wegziehenden Hulinas schon ihr endgültiges (ich habe das ihnen Zustehende noch mit Schmalz und geselchten Rippchen aufgebessert). Als Gregor draußen mit dem Räuchern fertig war, karrte er auch unsere Anteile in die hiesigen Vorratskammern.

Am Tag vor dem Heiligen Abend gingen wir zu den Roszas, um Ivka zum Namenstag zu gratulieren, denn es war Eva, und Pali wollte unbedingt, dass wir kommen. Zum Glück war auch Miki Buchbinder da, so konnten wir Männer unter uns plaudern. Ivka war mit Jadwiga ins Gespräch vertieft, sie hatten sich erst einmal gesehen, damals bei der Hochzeit, und Jadwiga war, wenn auch mit etwas Häme, neugierig auf die Frau, die, wie ich ihr kürzlich erzählte, früher einmal Interesse an mir bekundet hat. (An Pali ist Ivka, soviel ich weiß, gar nicht sehr interessiert gewesen.)

Im Winter habe ich viel gelesen, hauptsächlich meinen Mikszáth, aber ich besorgte mir und auch Jadwiga (damals als ich das Nachtjäckchen kaufte) etwas von Turgenjew, Lovik (Die Hexe von der Mädchenburg), von Ambrus, Kóbor und Malonyay und jetzt endlich auch den Roman »Anna Karenina«, den Jadwiga schon auf Deutsch gelesen hat und mit dem ich nun anfange. Auch einen Packen *Neue Zeit* habe ich mir aus dem Buchladen mitgebracht, in denen schmökere ich jetzt.

Zu Dreikönig mussten wir den neuen Knecht mit Frau für das Gehöft einstellen: Mihály Cvalinga und seine Ehefrau, 34 und 31 Jahre alt samt drei Kindern. Ich habe den Cvalinga genommen, er war schon als Monatslöhner bei mir gewesen, und man sagte, er sei ein sehr strebsamer Arbeiter, aus seinem Stiefelschaft grünt schon bald nach der Aussaat die Gerste hervor.* Auch teilte mir Jadwiga noch Anfang Dezember mit, dass sie ein Dienstmädchen gefunden habe und es einzustellen gedenke. Mit den Eltern hat sie schon gesprochen, und ich brauchte dann nur die Zuteilung für das Mädchen auszumachen. Sie heißt Anci Csuvár.

*

7. Februar 1916
Unseren ersten Hochzeitstag haben wir gestern Abend bei einem Glas Wein mit Küssen gefeiert. Jadwiga bekam ein neues Kleid, und nach einigem Widerstand erlaubte sie mir auch, es ihr auszuziehen.

*

* *Das mit der hervorgrünenden Gerste ist so eine Art Redewendung. Sie soll zum Ausdruck bringen, er ist so fleißig, dass er nicht einmal die Stiefel abstreift, also auch nicht schläft, bevor die Aussaat nicht erledigt ist. So hat das Korn, das ihm in den Stiefel fällt, sogar Zeit genug, aus dem Schaft auszutreiben.*

16. Februar
Am Abend wurde ich Zeuge einer entsetzlichen Szene.

Ich bin auf der Gasse mit Buchbinder zusammengelaufen und blieb dann bei ihm hängen, denn auch Rosza stieß noch zu uns, wir tranken ein paar Gläschen Wein und auf dem Heimweg, um ein Stück gemeinsamen Weg mit Pali zu haben, kam ich an unserem alten Haus vorbei. So gegen neun. Bei Mamovka in der Stube und auch im Hausgang ist noch Licht, und ich höre ihre Stimme. Jetzt nur gedämpft, denn Tür und Fenster sind geschlossen, aber sie kreischt wieder.

Ich sehe durch die Weinlaube hinein und erblicke sie. Mit einer Rute schlägt sie auf den halb nackten, zusammengekauerten Zelenák ein, der sich mit dem Arm über dem Kopf zu schützen sucht. Und folgende Worte dringen an mein Ohr, auf Slowakisch:

To som tji vravela, sche schtjekaj! Nje vravela som? Som tji kásala schtjekatj! Sem si ljahnji na prach, ti pes! Rosumjesch? Njetrúfaj si horstátj! Anji slovo! Schtjekaj, pes! Brechaj! Schtjekásch! Kusch, do vijebaniho …! Tjicho! Kcesch voljatscho? Tak mi objíschesch ruku! Rosumjesch, ti pes? Potj sem! Knoche! Schtjekaj, schtjekaj!*

Zelenák lässt sich hinab auf alle viere, hebt den Kopf und jault Mamovka klagend an, die fortgesetzt brüllt: »Bellen, du Hund, bellen!« Und dann »kusch, Schnauze!« Darauf kriecht der Elende näher zu ihr hin und versucht, ihre ausgestreckte Hand mit seiner Zunge zu erreichen.

Ich wende mich ab, und schon dreht sich mir der Magen um! Gallebitter kommt es mir hoch, und im nächsten Augenblick muss ich in einem kurzen, dicken Strahl Buchbinders Wein wieder von mir geben.

*

* *Mamovkas Gekreisch heißt für den des Slowakischen nicht mächtigen Leser: Ich hab' dir gesagt, du sollst bellen!, sagt' ich dir's nicht? Oder? Bellen, hab' ich gesagt. Hier auf die Schwelle legst du dich, du Hund! Hast du verstanden? Untersteh dich nicht, aufzustehen! Bellen, hast du gehört! Bellen! Kusch, du Hurensohn … Schweig! Willst du was? Dann leckst du mir die Hand! Verstanden, du Köter? Hierher! Bei Fuß! Bellen, bellen!*

22. Februar 1916
Gestern habe ich Onkel Béni Winkler aufgesucht.

Tags zuvor bat ich auch Jadwiga mitzukommen, ich hoffte, wir könnten einen kleinen Stadtbummel machen, uns ins Kaffeehaus setzen und dergleichen, doch sie lehnte ab, sie habe Kopfschmerzen, fühle sich nicht wohl. Ich verkniff mir die Bemerkung, das könnte ja noch vergehen und woher sie wissen wolle, dass sie auch morgen noch die Migräne plagen würde. Denn je mehr ich sie bedränge, desto störrischer wird sie. Jedenfalls wollte sie am nächsten Morgen nicht mitkommen.

Bei dem, was Onkel Béni zu sagen hatte, kenne ich mich jetzt endgültig nicht mehr aus!

Als ich eintrat (er hielt sich in der Kanzlei auf), setzte er sich den Kneifer auf die Nase und rief:

Na endlich kommst du doch einmal! Seit dem Begräbnis deines armen Vaters habe ich dich nicht mehr gesehen!

Warum wir denn nicht gekommen wären, er hätte uns schon wiederholt durch Franci Bescheid sagen lassen, wir sollten bei ihm vorsprechen, auch zu Ostern, wegen der Unterfertigung von irgendwelchen Papieren. Habt ihr denn auf eine offizielle Vorladung gewartet? Ich habe daraufhin verschwiegen, ich weiß nicht aus welchem Grund, dass mich seine Aufforderung nie erreicht hat, ich gab nur allgemeine Entschuldigungen von mir. Natürlich, er hat sich schon gedacht, dass wir viel zu tun hatten, und dann sei ihm zu Ohren gekommen, dass ich einrücken musste und deshalb nicht kommen konnte. Und dass auch meine Mutter immer nur versprochen und angekündigt habe, dann und dann wird er … jetzt ist er in Stralsund, jetzt hat er Hochzeit …

Also, hör zu! Das muss ich dir trotzdem sagen, denn die Tante Mici hat dir's schon übel genommen. Gab es irgendeinen Grund, dass du uns nicht zu deiner Hochzeit eingeladen hast? Schließlich war uns dein Vater, das weißt du ja auch … Gut, deine Mutter kennen wir, sie ist aufbrausend, und beim Testament hatten wir eine kleine Auseinandersetzung … Schickt sie uns keine Einladungskarte zur Hochzeit, dann eben nicht. Doch ihr beide,

Jadwiga und du, hättet schon auf die Idee kommen können, uns wenigstens zur Trauung …!

Ach, sage ich, lieber Onkel Béni, das ist alles ganz dumm gelaufen! Und wieder kommt mir die peinlicherweise verschlampte Einladung in den Sinn, an die ich erst nach der Hochzeit gedacht habe, und eben weil ich mich schämte, habe ich die Sache schnell wieder verdrängt. Es ist mir wirklich äußerst peinlich, stammelte ich und rang die Hände, doch weil Mutter alle Verwandten und näheren Bekannten eingeladen hat, ging ich davon aus, dass natürlich auch Onkel Béni und Tante Mici gebeten würden … also ich weiß nicht …

Nun ja, Schwamm drüber! Aber bei Mici musst du die Sache schon selbst in Ordnung bringen! Sie erwartet gewiss auch, dass Jadwiga und du eine Anstandsvisite bei ihr macht! Allmählich wird die Familie wohl Zuwachs bekommen, und wir haben euch noch gar nicht gesehen. Mici spricht oft von euch, und dann, du kennst sie ja, nörgelt sie wegen Franci, dass der sich gar nicht entschließen kann und sie niemals Enkelkinder haben wird …*

Wir werden kommen, Onkel Béni, ganz bestimmt, und bitte, nicht mehr böse sein …!

Auch bei Franci lässt du dich kaum noch blicken, wenn ich richtig informiert bin. Gab es vielleicht etwas zwischen euch?

Eigentlich nicht … ziehe ich die Schultern hoch, aber eine Menge Sorgen, ich war an der Front, und dann hänge ich natürlich viel am Rockzipfel meiner Frau, sage ich, und versuche damit dem Gespräch eine andere Richtung zu geben. Fass mir also ein Herz und spreche meine Sorgen mit Mamovka an und dann auch, dass man jetzt endlich die Vermögensverteilung regeln sollte, eben gemäß der letzten Verfügung meines Vaters.

Onkel Béni zieht die Brauen hoch: Aber es ist ja inzwischen fast zwei Jahre her, dass ich euch allen dreien den Nachlassbeschluss zugehen ließ, was fehlt denn noch?

* *Onkel Béni lebte nicht mehr, als ich mir die Tante Mici als Pseudo-Altwarenhändler angesehen habe. Ja, später dank der Launen des Schicksals sogar im Bahnwärterhäuschen. Und auch da wusste sie nicht, dass sie einen Enkel hat.*

Allen dreien?

Deiner Mutter, dir und Jadwiga.

Ich mache große Augen und erkläre, dass ich weder ein Testament noch einen Beschluss gesehen habe.

Nicht?

Nein, gewiss nicht. Und auch Jadwiga nicht. Eigentlich ist es unnötig, es ausdrücklich zu sagen, denn wir wissen es beide: Dahinter steckt Mamovka. Als Erster bricht Onkel Béni sein Schweigen. Kopfschüttelnd erklärt er: Deine Mutter war damals sehr verärgert, obwohl ... ich meine bemerkt zu haben, dass sie die Sache nicht besonders überrascht hat.

Welche Sache?

Dass beinahe die Hälfte des väterlichen Teils nicht an dich, sondern an deine Frau, Jadwiga, fällt.

Nein! Wie denn das?, rief ich überrascht. Vater konnte doch nicht einmal ahnen, dass wir beide einmal zusammenkommen würden.

Er hat Jadwiga auch nicht als deine Frau bedacht, sondern als seine Ziehtochter! Aber ich war der Meinung, dein Vater hätte euch das noch zu seinen Lebzeiten wissen lassen!

Ich schüttle den Kopf, während die wildesten Überlegungen in meinem Hirnkasten kreisen: Wie denn das? So bin ja ich jetzt der Geschädigte?! Und welch ein Wunder!, dass nun durch unsere Ehe doch alles beisammenbleibt! Und wie: Wem ist das bekannt, und seit wann ...? Mutter? Jadwiga ...? Und wie muss Mamovkas Abneigung gegen meine Ehefrau dadurch noch gesteigert worden sein ... Dass der Anteil unserer seligen Zsofka an Jadwiga ging. Der Abkömmling einer Fremden kommt ans Vermögen der Familie! Noch dazu welcher Spross! Die Tochter von Vaters Verflossener, von Maria Ponyiczky, um die er sich aus unerfindlichen Gründen hundertmal mehr gekümmert hat als um seine eigene Tochter, die er gänzlich Mamovka überließ.

Ich hatte schon vorher geglaubt, die Ursache für Mutters Hass ergründet zu haben und auch, warum sie sich meiner Vermählung mit Jadwiga so vehement entgegenstellte. Mutter war wegen Maria Ponyiczky auf deren Tochter stets eifersüchtig. Besonders weil sich Apovka ohne weitere Überlegung, gleich als es anstand, des Waisenkindes annahm. Und weil sich, da es Apovka nun nicht mehr gibt, das Fräulein jetzt an mich klammert, nur damit Mamovka sie gar nie mehr loswerden kann! Und dass ihr mein Vater nun auch noch ein Vermögen vermacht! Das ist Mutter ganz und gar unbegreiflich.

Nach all dem kann ich jetzt ihre Aufregung noch besser verstehen. Das Vermögen der Familie so zu verschleudern! Rosbitj Svatí Majetok!* Das Majetok!, das Heiligtum Grundbesitz ist damit in ihren Augen geschändet. Und so wird mir jetzt auch die verächtliche Geste meiner Mutter klar, mit der sie damals ihrer unerwarteten, aber bis heute kränkenden Nachgiebigkeit Ausdruck verlieh: Hol euch der Teufel, dann heirate sie halt, sagte sie, meinetwegen! Hatte sie inzwischen von Papas letztem Willen erfahren? Klar hat sie das, denn meine Heiratsabsicht habe ich ihr ja erst vier Monate nach Vaters Tod mitgeteilt!

*

Zwei Tage lang habe ich mich darauf vorbereitet, mich mit Mamovka hinzusetzen, um die Nachlassangelegenheit zu klären, doch ich fand keine Gelegenheit dafür. Wozu sage ich auch, dass ich mich hinsetzen wollte, wo doch völlig klar sein muss, mit ihr ist so etwas gar nicht zu machen. Sie würde hin- und herlaufen oder so tun, als hätte sie unaufschiebbare Dinge zu erledigen, im Schrank herumwühlen und mir den Rücken zukehren. Aber es kam noch schlimmer als von mir befürchtet, obwohl ich mir nicht allzu viel Verständnis erhofft hatte.

Dabei war es doch mein fester Vorsatz, ihr nicht vorzuwerfen, dass sie vergessen hatte, uns darüber aufzuklären, wer was geerbt und dass sie die uns betreffenden und von Onkel Béni

* *Den Heiligen Grundbesitz zerschlagen! Ach Gott! Was soll ich dazu sagen, da er sich unter meiner Hand endgültig aufgelöst hat, besser gesagt, entwendet wurde, was vor mir Generationen zusammengetragen haben?! Es müsste mir Gewissensbisse verursachen, doch wer hätte sich gegen den Sturmwind stellen können?*

geschickten Benachrichtigungen zurückgehalten hat. Ich wollte vielmehr so tun, als hätte ich auch so schon einigermaßen Bescheid gewusst, aber nicht gleich ungeduldig der Sache nachgehen wollen, mir sei nicht danach gewesen. Auch wisse ich ja, dass es Zeit in Anspruch nehme, Vermögensangelegenheiten behördlich zu regeln. Doch jetzt habe mich Onkel Béni zu sich bestellt, ich nähme an, es seien irgendwelche Gebühren fällig oder dergleichen.

Nein, nicht einmal bis zur Hälfte des einleitenden Satzes bin ich gekommen, denn Mutter wandte sich im Weglaufen an der Türschwelle um, ihre verkniffenen Lippen zuckten wie ein aufgespießter Wurm, und aus den bedrohlich schmalen Augenschlitzen feuerte sie mir förmlich Pfeile ins Gesicht, und sie zischte mir entgegen: Du spionierst wohl hinter meinem Rücken? Was?

Das tat ich noch, Gleichmut vorgebend, mit einer Handbewegung ab und fuhr mit der besänftigenden und sie ablenkenden Mitteilung fort, dass Onkel Béni sich auch deshalb gemeldet habe, weil er eine Höflichkeitsvisite von uns erwarte, und er sei sehr liebenswürdig bei meinem Besuch gewesen, habe sich auch nach Mamovka erkundigt und wünsche alles Gute ...

Béni ist ein niederträchtiger Schwindler!* (Und ihre Stimme, mir so durchaus vertraut, zittert vor Wut.) Ein gerissener, geldgieriger Advokat! Er geniert sich nicht, am helllichten Tag ...! Honigsüße Reden salbadernd! Bei den Juden hat er seine Lektionen gelernt! Auch deinen Vater hat er an der Nase herumgeführt.

Darauf ich: Mamovka, es gibt keinen Grund, an seiner Redlichkeit zu zweifeln, ich fand alles in Ordnung, habe Einsicht genommen in die Unterlagen, auch in das Nachlassinventar ...

Wie konntest du es wagen, ohne mich! Du weißt doch nichts, überhaupt nichts. Bist doch ein dummer, mit allem sich einverstanden erklärender Hornochse! Mindestens die Hälfte des Geldes hat er sich unter den Nagel gerissen. Ich weiß nämlich ganz

* *Als später Dazugestoßener ist es nicht schwer, ein Besserwisser zu sein. Doch nach den Unterlagen und aufgrund dieses Tagebuchs kann ich guten Gewissens behaupten: Onkel Béni war kein Betrüger.*

genau, wie viele Sparbücher Apovka von der Kasse besaß, weil ich ihm umsonst gesagt hatte, er solle lieber Grundstücke kaufen, eine Mühle oder was weiß ich, denn Papier bliebe immer nur Papier! Und jetzt verliert das Geld auch bereits an Wert. Aber keine Sorge, Béni ließ die Summe schon einfließen ins Vermögen, hat sie nicht wegschmelzen lassen! Und gerade das, auf dem das meiste war (hier hieb sie mit der Faust auf den Tisch), eben das fehlt im Nachlass!

Ach Mamovka, dass Onkel Béni, der Vaters bester Freund war, wie können Sie das glauben, sicherlich können Sie sich nicht mehr richtig daran erinnern …

Ich bin weder blind noch blöd! (Bereits kreischend.) Wofür hältst du mich eigentlich? Was ich mit eigenen Augen gesehen habe …!

Sicher hat es Vater noch umschichten lassen …

Nichts hat er umschichten lassen, nirgends findet sich eine Spur davon! Béni hat es umschichten lassen, in seine eigene Tasche! Nur kann man leider nichts machen, das hat mir auch der Braun (Onkel Bénis Konkurrent) gesagt, weil dein Vater alles bei Béni hinterlegt hat und auch in dieser Auflistung nichts mehr davon zu finden ist! In dem Inventar, das Béni aufgesetzt hat, und von deinem kranken Vater konnte der sich alles unterzeichnen lassen! Gestohlen hat er es!

Beruhigen Sie sich, Mamovka! Ich bitte Sie! Das sind nur Verdächtigungen, Onkel Béni ist doch kein Dieb …

Nein? Kein Dieb? Wer ist denn dann ein Dieb? Oder hast du vielleicht das Geld? Was? Oder hast Du und Deine Frau mit Béni halbe halbe gemacht? Hat er es ausgeklügelt, wie ihr mich um meine Habe bringen könnt?

Mutter, das ist ja …!

*

Hier musste ich gestern unterbrechen, weil Miki Buchbinder kam, und jetzt hab ich gar keine Lust mehr, mich über diese ekelhafte Streiterei weiter zu verbreiten, besonders nicht darüber, wie sie anfing. Sie zog über Jadwiga wegen der Erbschaft her, wo Jadwiga doch nun wirklich nichts dafür kann, sie hat ja nicht einmal etwas davon gewusst.

Alje usch, ako do kokota bi nje vedjela?!*, damit knallte Mamovka die Stubentür zu und donnerte mir den ganzen Unflat samt der Schande, dass ich mein Weib nicht verteidigen konnte, ins Gesicht.

Aber es würde mich auch nicht viel weiter bringen, wenn ich festhielte, was Jadwiga zu ihrem Erbteil zu sagen hatte. Gleich als ich damals heimkam, beeilte ich mich, ihr alles zu berichten, doch sie hielt es nicht einmal für nötig, sich hinzusetzen, drehte sich lediglich zu mir um und, als hätte sie ein wenig zu spät die Augenbrauen erstaunt hochgezogen: Wirklich? Wieso das? Da berichtete ich ihr, was Onkel Béni gesagt hat, sie aber zuckte nur die Achseln, es sei ja ohnehin egal, damit war die Sache für sie erledigt. Ich fand es schon merkwürdig, dass wir danach nicht mehr weiter darüber geredet haben.

*

Zwei Wochen können seit dem Vorfall mit Zelenák vergangen sein, da entdecke ich heute neben der Schwelle vor der Stube meiner Mutter, am Türpfosten festgemacht, einen Reifen mit einer Kette daran.

*

Der heutige Tag, 14. März 1916, hat mir eine so unbändige Freude beschert, dass ich sogar zu aufgeregt bin, darüber zu schreiben, denn am liebsten würde ich herumspringen, und ich renne auch schon wieder zu meiner Frau, um sie zu küssen und zu herzen.

* *Also, das ist mit einem unflätigen Maul gesagt: Wie zum Teufel – etwas zivilisierter ausgedrückt – sollte sie das nicht gewusst haben? (Übrigens, um der Wahrheit willen sei gesagt, die Behauptung stimmte, denn sie hat es tatsächlich gewusst.)*

Heute hat mich Jadwiga damit geweckt, dass sie sich nun schon ganz sicher sei: Sie erwarte ein Kind. Seither war es mit mir nicht mehr auszuhalten, und auch jetzt bin ich vor lauter Freude ganz aus dem Häuschen. Ich nahm Jadwiga hoch und tat das den ganzen Tag über noch mehrmals, schleppte sie in die Küche hinaus und in die Stube und ermahnte sie, sich zu schonen.

Ich kriege einen Sohn!, schrie ich, einen Sohn!

Oder eine Tochter!, setzte Jadwiga hinzu. Denn die muss man genauso lieb haben!

Ich bekomme eine Tochter, eine kleine, süße Fee!, jubelte ich unaufhörlich.

Gehen Sie schon und lassen Sie die Narreteien!, tadelte sie mich mit selbstzufriedenem Lächeln. Und ich war zufrieden, ich umschlang sie, befühlte ihren Leib: Wo ist es?, zeig mir's! Lass mich's küssen! (Natürlich erlaubte sie mir nicht, ihren Bauch zu küssen oder ihn gar zu entblößen.) Und was für Haare wird es haben? Was für Augen? Welche Gestalt, welchen Gang? Und sein Charakter, Verstand und Talente? Was meinst du, meine Teure? Tausend solche Fragen stellte ich Jadwiga, die sie das eine Mal beantwortete, das andere Mal nicht, sie lachte nur noch: So gehen Sie doch endlich an Ihre Arbeit! Was war denn für heute alles vorgesehen?

Hol's der Teufel! Ich gehe heute nirgends hin, werde nur dich anbeten für diese gute Nachricht, für diese wunderbare Engelsbotschaft!

Aber dann bin ich doch ins Dorf hineingelaufen und habe Buchbinder und Pali Rosza die freudige Nachricht gebracht. Natürlich haben wir auf der Stelle einen Schluck darauf getrunken, aber ich bin dann gleich wieder zurückgeeilt zu Jadwiga. Machte nur schnell noch den kleinen Umweg zu Mihalov, dem bulgarischen Gärtner, um zu sehen, welche Frühlingsblüher er unter Glas hatte. Ich ließ ihn sämtliche Tulpen abräumen, deren Knospen sich schon rundeten, sonst hatte er noch nichts, es ist ein ganzer Arm voll geworden. Auch Rosmarinzweige musste er reichlich dazubinden, denn die sind das Wahrzeichen unserer Liebe.

Einen Sohn werde ich haben oder eine Tochter!

Wie sie sich über Marci gefreut haben! Wirklich!

Ich habe meinen Bruder Marci auch gern gehabt, aber schon in unserer frühen Kindheit war zu spüren, dass Mama ihn mehr liebte, ja geradezu anhimmelte, manchmal richtig »verliebt« in ihn war. Während in der Liebe, die mir zuteil wurde, stets etwas anderes mitspielte: Schon gut, du Dummerchen, natürlich mag ich auch dich gern, Miso! Papa wiederum hat sich so … bemüht! Und ich war ihm dankbar dafür. Erst später, als Heranwachsender, merkte ich, dass er sich viel Mühe gab, mich liebevoll behandelte, nicht nur Marci. Doch habe ich diesen Unterschied immer darauf zurückgeführt, dass Marci eben gescheiter, größer, hübscher usw. ist. Obwohl es mir nicht leicht gefallen ist, hatte ich in späterer Zeit für diese Bevorzugung von Marci durch die Eltern Verständnis. Natürlich war ich oft traurig deswegen und habe Tränen vergossen, weil ich klein war und auch sonst, später aber nahm ich es mit zusammengebissenen Zähnen hin und sagte mir, dass auch ich, wenn ich zwei Söhne hätte, wahrscheinlich einen wie Marci vorziehen würde. Nur ganz selten, wenn ich niedergeschlagen war, hoffte ich, dass ich einen wie mich vielleicht doch noch ein wenig mehr …

*

Jadwigas Eintragungen (3)

3. Juni 1937
Was ich in den ersten Jahren unserer Bekanntschaft in Stralsund von Franci gehalten habe und was mich mit Papa verband, mein lieber Ondris, das habe ich ja schon alles niedergeschrieben.

Lange Zeit plagten mich deshalb auch keinerlei Zweifel: Dieser Junge mag so viel um mich herumscharwenzeln und mir zu imponieren versuchen, wie er will, ich sehne mich nach keinem anderen als dem Mann, dem ich mein ganzes bisheriges Glück verdanke und dem ich jetzt als Gefährtin all das vergelten möchte, falls er annehmen sollte, was ich ihm geben will und was für mich überhaupt kein Opfer ist, ganz im Gegenteil.

Mich haben diese Güte und Liebe, die Kraft und Festigkeit, sogar jene wenn auch ungeschliffene, als weise zu bezeichnende Aufmerksamkeit und Rücksichtnahme, die Papa zu Eigen waren, überwältigt. Und ich bewunderte die Selbstsicherheit, mit der er sich ungeniert zu seinen Tugenden, aber auch zu den Schwächen bekannte, wie er sich mit natürlichem Anstand, verständnisvoll und sicher unter dem einfachen Volk, wie auch in höheren Kreisen, bewegte oder wie ihn selbst in fremden Ländern unter anderssprachigen Menschen nicht jene Hemmung mundtot machte, die unsere Landsleute, besonders wenn sie von unten kommen, oft so scheu erscheinen lässt und sogar Abneigung gegen Fremde bei ihnen auslöst.*

Überall in der Welt hätte ich ihn mir vorstellen können, in geschäftlichen Angelegenheiten oder zur Erholung, und an seiner

* *Er kann sich übers Grab hinaus freuen. Ein solches Andenken! Ich meine, warum kann nicht beispielsweise der Pfarrer eine Rede wie diese auf einen Verstorbenen halten?!*

Seite mich, die ich ihm, so stellte ich es mir vor, nicht nur eine junge, anziehende Beigabe gewesen wäre, sondern zugleich Helferin und Stütze: Dolmetscherin, Schreibkraft, Gedächtnisstütze, dienstbarer Geist für alle seine Wünsche. Ich sehnte mich danach, ihn zu verwöhnen, für ihn zu sorgen, was er sehr nötig gehabt hätte, denn gerade das hat ihm sein Leben lang gefehlt.

Allmählich ermutigt durch seine häufiger werdenden Besuche (manchmal fuhr er mit mir auch für ein Wochenende ans Meer), habe ich ihm, mehr oder weniger ernst gemeint, nahe gelegt, er solle Haus und Hof Mamovka überantworten und sich irgendwo anders niederlassen, solle von daheim fliehen und im Ausland seine Geschäfte machen, reisen und mich als Begleitung mitnehmen. Warum sollte ich nicht für ihn arbeiten können? Er lachte dann nur gütig und bemerkte: »Ach wäre das schön!« Manchmal hat er selbst überlegt, wie es wäre, wenn er tatsächlich in Amerika versuchte, Organisator und Mentor der Auswanderer zu werden. Doch eigentlich wäre das nichts für ihn, denn dann müsste er inmitten von großen Fischen unter den dortigen Ungarn wieder als Kleinster anfangen, und er sei wahrscheinlich doch der bessere Organisator von Transporten als ein Willkommensonkel in Übersee. Außerdem dürfte die große Zeit der Auswanderung in die Neue Welt bald dem Ende zugehen. Schon fünf Jahre vor Ausbruch des Krieges spürte er, dass es mit dem gelobten Land Amerika bald vorbei sein würde.

Und zudem spreche ich kein Wort Englisch.

Aber ich!, bot ich mich mit funkelnden Augen an, worauf er meinen Kopf an seine Brust drückte und seufzte: Dafür, mein Kleines, bin ich jetzt schon zu alt. Wozu, wagte ich ihn nicht zu fragen.

So ging das über Jahre*, und ich wünschte mir zu allem, was ich wirklich gern gehabt hätte, immer ausschließlicher seinen

* *Bei Mama finden sich freilich kaum Jahreszahlen, aus dem Grund ist es schwer zu eruieren, was das »über Jahre« bedeutet. Denn die Reise nach ihrer Matura fand 1906 statt, die Geschichte mit F. W. (die genau nach den hier folgenden Seiten platziert ist) erst im Sommer 1913. Also ich*

Ruf. Ohne durch ihn wenigstens diese Ermutigung zu erfahren, so fürchtete ich, gab es sonst nichts, was meine Hoffnung, allein an sich selbst geklammert, nähren konnte. Denn er musste damals schon verstanden haben, worauf ich hoffte. Und das, was nur ich zu wünschen wagte, konnte offenbar nicht einmal heranzureifen beginnen, und so ist mein Wille, dem ich natürlich nie laut Ausdruck gab, unerwidert geblieben, und meine Sehnsucht kreiste weiter um sich selbst. Und auch das, was sich sonst zwischen uns abspielte, konnte nicht ständig so bleiben, nämlich, dass er mich zwar nach meinen Wünschen fragte, aber letztlich doch selbst bestimmte, was wir unternahmen und wie es ablaufen sollte. Es ging doch nicht an, dass immer nur ich unser beider inneres Leitmotiv dirigierte. So fand irgendwann meine Sehnsucht in ihm keinen Halt mehr, wie auch seine Anziehungskraft nachließ, die mich so lange fasziniert hatte, und ich musste schließlich akzeptieren, dass dieser Ruf zwar immer noch mir galt, aber doch nur noch ein schwach glimmendes Signal aus weiter Ferne war.

Den Grund dafür, dass es schwächer wurde und zu erlöschen drohte, konnte ich bei mir nicht finden. Und ich habe viel darüber nachgedacht, ob nur er, Papa György, die Schuld daran trug, weil ihm der Mut zu unserem Glück fehlte. Oder hatte auch er, wie ich, mit den Qualen unerfüllter Sehnsucht zu kämpfen, er aber ohne Aussicht, dass sie einmal eine Erfüllung fänden angesichts seiner fortgeschrittenen Jahre: Denn für das, was ich ihm anbot, war es für ihn endgültig zu spät. Nicht unbedingt wegen seines Alters, denn ich hatte ja mehrere Schulfreundinnen, die sich mit älteren Männern verheiratet hatten (eigentlich verheiratet wurden), allerdings ahnte ich, dass unsere Begegnung für Papa einfach zu spät kam.

Und als mich nur ein paar Monate später die Nachricht von seinem Tod erreichte, da überkamen mich, über den unendlichen

weiß nicht, ob Mama tatsächlich sieben Jahre lang nur auf »Papa György« gewartet hat?! (und noch dazu vergeblich?)
(Oder kam es zu der Sache mit F. W. doch nicht erst ab 1913, sondern schon früher? Das sind Rätsel, lauter Rätsel.)

Schmerz hinaus, fürchterliche Gewissensbisse, ob nicht vielleicht ich es gewesen war, die zu seinem raschen Dahinscheiden beigetragen, ihm regelrecht ein Brandmal aufgedrückt hatte. Angefangen damit, dass mich diese Ahnung beschlich: Unsere Liebe kommt für ihn schon zu spät. Und um dem noch Nachdruck zu verleihen und das Maß endgültig voll zu machen, gab ich schließlich auch noch Francis Versuchen, mich zu verführen, nach.

*

Mein lieber Ondris, ich habe Ihr Tagebuch erneut hervorgeholt. Es ist September, und mir geht unser vergangenes gemeinsames Leben nicht aus dem Kopf, ich kann auch weiterhin nicht den Dingen von heute meinen Blick zuwenden. Von der Zukunft gar nicht zu reden. Obwohl ich weiß, unsere Zukunft sind doch unsere Söhne. Aber ich kümmere mich leider jetzt auch um sie nicht. Auch vergaß ich, Ihnen zu berichten, dass mir Marci irgendwann Anfang August mitteilte, seine Marka sei guter Hoffnung. Aber darüber werde ich noch schreiben.

Das war im September 1937. Im Mai dieses Jahres begann sie, ins Tagebuch zu schreiben.
Doch muss ich noch einige ergänzende Notizen hinzufügen, weil Mama vieles weglässt. Das heißt, sie hält sich mit ihren Gedanken tatsächlich meist in längst vergangenen Zeiten auf. Und es ist keine Übertreibung, wenn ich feststelle, dass sie ihre Aufmerksamkeit nur selten einmal den »gegenwärtigen Tagen« ihrer Söhne zuwendet.
Zum Beispiel bei dem oben Berichteten. Mein Bruder Marci: Dunkelblond, 172 cm groß, war ein ausgezeichneter bis guter Schüler, ging in Szarvas aufs Gymnasium (ich nur in die Landwirtschaftliche Fachschule Goldene Ähre), Chemie und Biologie waren seine Lieblingsfächer, er wollte gern Apotheker, Zahntechniker oder Fotograph werden. (Dazu sollten seiner Meinung nach die Einkünfte aus dem Gutsbesitz kommen.) Oft war er zum Entwickeln von Filmen im Atelier von Onkel Miki Buchbinder.
Eigentlich wollte er studieren, was Mama tatkräftig unterstützte. Aber es gab da ein Hindernis: die Finanzen. Tatsache ist, dass wir (vielleicht wegen Vaters Dünkelhaftigkeit) bei der Kronen-Inflation ziemlich bluten mussten und nach der denkwürdigen großen Wirtschaftskrise kaum wieder auf die Beine kamen. Daran änderte auch die Praxis mit den Bezugsscheinen nichts, die Kaufkraft der Papiere, die man für den Weizen be-

kam, schmolz rasch dahin, und sie waren bald nichts mehr wert. Die Knechte arbeiteten zwar für Naturalien, doch Geldeinkommen hatten wir um die Jahre '30 bis '35 so gut wie gar keins mehr. Durch die notwendig gewordene Aufnahme von Krediten häuften sich mit der Zeit die Hypotheken. Als Heranwachsende bekamen Marci und ich davon nicht allzu viel mit, aber Gregors unwirsches Brummen ließ uns allmählich Böses ahnen.
Tatsache ist, dass Marcis Studium ins Wasser fiel (auch war ihm, um die Wahrheit zu sagen, die Lust abhanden gekommen). In dieser Situation tröstete er sich damit, dass er sich bis über beide Ohren verliebte. Das Mädchen hieß Marka Rocskár. Verstanden habe ich das nie, doch Tatsache bleibt Tatsache: Im April 1936 wurde geheiratet. Marci war 19, die Braut gleich alt. Ihr gemeinsamer Sohn hieß János Osztatní. (Er wurde erwartet, und über diese Schwangerschaft schreibt Mama hier.)
Trotz alledem wurde dem jungen Paar ein ziemlich guter Start bereitet. (Zumindest was das Leben durch die Landwirtschaft anging.) Doch leider nur von Seiten der Rocskár-Sippe. Obwohl unsere Eltern das Erbrecht auf die Gründe und das Gehöft dazugaben. Doch von dem Geld, das von Markas Seite kam, wurde für die Jungen immerhin ein Wohnhaus auf dem Melinda-Gehöft gebaut, mit einem vierstufigen Aufgang und einer Terrasse. Es hatte Zimmer mit Stuckdecken, große Fenster samt Läden, Fußboden, Kamin- und zusätzlich Ofenheizung. Auch gab's die Küche mit Steinfliesen, eine Speisekammer, Keller, Kornspeicher, einen Dachboden mit hochgezogenen Wänden, geeignet zum Einlagern von Getreide, eine Wagenremise. Ein breiterer Hausgang, gleichfalls mit Stuckdecke. Zuvor aber hatte auch ich mit den Knechten mehrere Tausend gebrannte Dénes- und Szikora-Ziegel geschleppt. Noch dazu war zufällig Winter, bei mehr als 20 Grad Kälte mit 5 Schlittengespannen vom Bahnhof, zum Teil direkt von den Loren des Schmalspurbähnchens.
Der Wohntrakt der jungen Gutsleute war stilgerecht von einem 500 Klafter großen umzäunten Obst-, Gemüse- und Blumengarten umgeben. Doch die verwöhnte junge Herrin hätte dennoch lieber in einem schönen Haus im Dorf gewohnt.

*

Doch lieber noch zurück.

Ich wende mich jetzt in den Erinnerungen den Ereignissen zu, die sich in der allerersten Etappe dieser langen Geschichte zugetragen haben. Da ist das erste Kapitel, in dem ich dem anderen Mann begegnet bin, der auf den Seiten Ihres Tagebuches schon einige Male in Erscheinung getreten ist und von dem ich mich abgewandt habe, endgültig, wie ich damals glaubte. Sie wissen doch, mein Teurer, von Franci Winkler ist die Rede.

Er war der Erste, der mich (trotz aller gegen ihn sprechenden Umstände) mit einer verlockenden Zukunft und mit seinen glühenden Augen, die tief in meinem Innern ein großes Verlangen auslösten, zu verführen begann.

Franci fand zu mir, weil er meine Wachsamkeit auszuspielen und meine Unerfahrenheit zu nutzen verstand, weil er der Entschlossenheit seiner Liebe zu mir, die immer heftiger wurde, und auch meiner unbewussten Sehnsucht nach einer solchen Liebe nachgab, und so hat er meinen aus tausend guten Gründen gewobenen Widerstand buchstäblich in Stücke gerissen.

Wenn ich diesen Satz jetzt noch einmal lese, erscheint er mir doch nur die halbe Wahrheit zu enthalten. Auf der anderen Seite, bei mir, gab es ja auch nicht nur Zurückhaltung: Auch ich habe ja seine Wachsamkeit, mit der er sogar gelegentlich prahlte, ausgetrickst, etwa wenn er angab, er ließe sich von keiner Frau einfangen, wer immer sie sei und was immer sie zu bieten habe (und bezog das natürlich auf andere Frauen). Weil ich ihm das sogar abnahm, begann ich, aus dieser ungefährlich scheinenden Situation heraus, im vermeintlichen Schutz solcher Wichtigtuerei offensiv zu werden. Mit Absicht, nur um seinem Hochmut einen Dämpfer aufzusetzen, fügte mich damit aber ungewollt seinem Lockruf, der – im Widerspruch zu seinen Worten – so lautete: Binde mich an dich! So begann auch ich, unbewusst an seinem Widerstand gegen jegliche Verpflichtung zu kratzen, nicht nur er an meiner Abwehr, mit der ich mich wider seine Unzuverlässigkeit wappnete. Denn der Himmel möge jedes anständige Mädchen vor ihm bewahren, so dachte ich wirklich über ihn.

Er begann sein Spielchen damit, dass er mir allerlei Geschichten, auch über gewisse Frauenzimmer, erzählte und mich dabei durch seine vertraulich tuende, oft drastische Ausdrucksweise zu seinem Kumpel machte und dann plötzlich innehielt: »Sie hatte eine beinahe so schlanke Taille wie Sie!«, oder »Was für türkisfarbene Augen Sie haben!« Und er fuhr dann fort, als wäre nichts gewesen, bis er, seinen Blick in meinen Augen vergessend, stockte und so tat, als wäre es unabsichtlich geschehen. »Also diese Augen!«, schüttelte er den Kopf und bat sogleich um Verzeihung.

Mich amüsierte es, dass er tat, als habe er absolut nicht zu befürchten, ich könnte eine von denen sein, die ihm den Kopf verdrehen. Obwohl uns in immer kürzeren Abständen ein verlegenes Schweigen überraschte, dem ein Aufblicken und dann Stille sowie das gezwungene Bemühen folgten, diese durch ein ausweichendes Gespräch zu lösen (wobei die Augen etwas ganz anderes sagten als der Mund, dessen Worten man kaum folgte, weil das auch gar nicht mehr notwendig war). Bis sich dann an einem trüben Sommerabend, als wir durch den regennassen Garten nur noch unseren belanglosen Worten nachsahen und dann wieder nur noch Augen füreinander hatten, zwischen uns – wohl durch unsere tief ineinander versunkenen Blicke – ein derart aufgeheizter Luftwirbel bildete, dass es nicht länger zu ertragen war.

Und, Ondris, stellen Sie sich vor: Ich nahm seine mir über den Tisch entgegengestreckte Hand. (Einmal gestand er mir, er habe mit dieser stummen, unbewegten Geste die erste Berührung in so lustvoller Aufwallung hinausgezögert, absichtlich gewartet und mir so den Mut suggeriert, ihn zu berühren.)

Seit diesem Augenblick brach wie nach dem Bersten eines Damms seine zügellose Leidenschaft über mich herein. Heftig und ausdauernd bestürmte er mich, versprach und flehte über Wochen und Monate, hörte stundenlang nicht auf, mir in den schillerndsten Farben auszumalen, was er mir Schönes und Gutes bieten könnte, wenn ich mich entschließen wollte, mein Schicksal mit dem seinen zu verbinden, denn er würde mich auf Händen tragen. Einmal versuchte er frech, mir buchstäblich seine Hände unters Gesäß zu schieben, um mir zu zeigen, wie bequem ich darauf sitzen könnte, doch ich stieß ihn weg: »So weit sind wir aber doch nicht!« Immer wieder versicherte er mir, dass er bereits die eine oder andere Erfahrung gesammelt habe, doch niemals in der Nähe eines weiblichen Wesens von einer so unbändigen Leidenschaft ergriffen worden sei. Und ich solle mich doch nicht gar so heftig dagegen wehren, denn das würde sein Verlangen nur noch steigern. Ich möge meine Gefühle, die den seinen, wie er spüre, nicht nachständen, nicht länger vor mir selbst verleugnen, bis er schließlich seinen Worten, den unermüdlichen Umarmungen und seinen drängenden Lenden dadurch Nachdruck verlieh, dass er mir einen Heiratsantrag machte.

Aber seitdem wollte er mich täglich zehn Mal heiraten. Doch das war schließlich zu viel, um noch ernst genommen zu werden.

Dieser Kampf mit ihm hat mich betört und zugleich furchtbar erschöpft. In diesem Sommer war er fast zwei Monate lang im Haus der Winklers, und, um ehrlich zu sein, in diese Zeit fiel auch mein zweiwöchiger Urlaub von der Firma, sonst hatte ich ja auch die Büroarbeit zu erledigen, und Franci ließ mich kaum zum Schlafen kommen. Ständig wollte er in mein Zimmer, doch da es ratsam schien, die Sache geheim zu halten, sah ich mich genötigt, mich mit ihm im Garten herumzudrücken oder im Bibliothekszimmer, wo ich zulassen musste, dass er uns einschloss, um nicht überrascht zu werden. Dafür machte ich als Gegenleistung zur Bedingung, dass er mich nicht anrühren durfte, natürlich hielt er sich nicht daran.

Ich wusste überhaupt nicht, was ich tun sollte, Ondrisko! Er ließ mir keine Ruhe für weitere Überlegungen und nicht die Zeit, ihn besser kennen zu lernen, auch zeigte er keinerlei Geduld, damit wir uns allmählich näher kommen konnten. (Umsonst hatte ich bereits das zarte Mädchenalter hinter mir, ich war gänzlich unerfahren, wusste nicht, wie das übliche Liebeswerben vor sich zu gehen hat. Ich hatte keine Ahnung, dass die Männer schwärmerische, stürmisch flehende Bekenntnisse und Treueschwüre nur bei den schnell zu erobernden, leichten Damen herunterleiern, dass aber bei der Brautwerbung, beim Anhalten um die Hand der Tochter am Ende einer konventionell ablaufenden, höflichen Visite, erst nach verlegenem Räuspern der Wunsch vorgebracht wird, die Auserwählte dabei zu erröten hat und die meist säuerlich dreinschauenden Eltern den Kandidaten mit kritischen Blicken zu mustern pflegen.)

Allerdings fand ich dann doch Gelegenheit zum Nachdenken, denn Franci reiste Anfang August nach Hause, versprach aber, im Oktober wiederzukommen, sobald er sich daheim loseisen könne. Und in dieser Zeit fand ich allmählich zu der Überzeugung, dass ich wahrscheinlich einem Schürzenjäger in die Hände gefallen war und von all den Beteuerungen wohl kein einziges Wort der Wahrheit entsprach.

Ein paar Wochen später ging mir, wie auch Ihnen, eine andere Begegnung sehr zu Herzen, allerdings aus einem ganz anderen Grund: Unerwartet erschienen Sie zusammen mit Papa in Stralsund. Am liebsten hätte ich mich Papa schluchzend an die Brust geworfen und ihm meine Untreue gestanden, ihn flehend gebeten, mich aus dieser gefährlichen Lage zu befreien und von hier fortzubringen. Aber ich traute mich nicht, auch nur eine Silbe zu sagen, schob meinen mangelnden Mut auf Ihre Anwesenheit, dass ich nicht reden und nichts tun konnte. Und es war, als hätte Papa mir absichtlich keine Gelegenheit mehr zu einer Aussprache gegeben, erst am dritten Tag, am Vorabend Ihrer Abreise, ergaben sich ein paar Minuten der Zweisamkeit. Doch haben wir beide fast nur geschwiegen. Er versuchte, mit ein paar beruhigenden und mich ermutigenden Worten von mir Abschied zu nehmen, und ich bettelte förmlich, er möge so bald wie möglich wiederkommen, Tränen rollten mir über die Wangen, als hätte ich gespürt, dass ich ihn zum letzten Mal sah. (An seiner Stelle haben Sie sich anderntags zurückgeschlichen, doch da weilten meine Gedanken noch ganz woanders!)

*

Auch von Irmchen Sárossy habe ich Ihnen so gut wie gar nichts erzählt. Noch vor ein paar Monaten, als ich auf diesen Seiten* über meine Schulmädchenzeit berichtet habe, ist Irmchen in meinem Lebensbericht nicht vorgekommen. Dabei war sie doch das wichtigste Wesen für einen bestimmten Bereich meines Innenlebens. In dessen Mittelpunkt stand diese meine einzige Freundin – vor allem in den Sankt Pöltener Jahren –, wir beide bedeuteten einander viel mehr, als Sie oder auch Irmchens Ehemann sich vorstellen konnten.

* *Denn diesen Teil über Irmchen hat Mama schon irgendwann Anfang 1938 geschrieben (oft fehlt ja die Datierung!). Nur habe ich ihn jetzt hierher platziert.*

Denn Sie müssen wissen, Ondris, im Backfischalter rumoren die Gefühle eines jungen Mädchens gar so heftig; wenn man noch dazu eine Waise ist und einen die strengen Vorschriften eines Mädchenpensionats knebeln, lechzt man förmlich nach Liebe.

Sie haben Irmchen nie zu Gesicht bekommen, und ich wollte auch gar nicht, dass Sie beide sich je begegnen.

Ich erinnere mich gut daran, Ondris, wie übel Sie es mir genommen haben, dass ich hin und wieder mal verreiste und nie von Ihnen begleitet werden wollte, wenn ich zu den Földes' ging.** Sie waren sehr gegen diese Ausflüge. Aus Ihrem verärgerten Murren, wenn ich auf Irmchen zu sprechen kam, und aus Ihren Fragen bei meiner Rückkehr sowie dem nervösen Abwinken, sobald ich Ihnen irgendwelche Nichtigkeiten über sie erzählen wollte, spürte ich, dass Sie eifersüchtig auf Irmchen waren. (Wenn Sie auch noch gewusst hätten, was wir an Briefen gewechselt haben, als ich in Stralsund und sie zu Hause war, aber auch später noch!* Dem verdanke ich – und wirklich nicht den an Männer gerichteten und von irgendwelchen unsichtbaren Schulmeistern zensurierten Briefen –, dass ich überhaupt fähig bin, meine Gedanken irgendwie in schriftlicher Form wiederzugeben.)

Gewundert habe ich mich auch, mein lieber Ondris, dass nirgendwo in Ihren Aufzeichnungen von dieser Eifersucht die Rede ist – offenbar wollten Sie sich diese nicht einmal selbst eingestehen. Aber natürlich, in Ihrer Seele wurde sie von dieser anderen quälenden Angst überlagert. Denn dass ich zu Irmchen ging, das haben Sie oft gar nicht glauben wollen (und Sie hatten ja irgendwie recht damit), oder Sie dachten, Irmchen sei die Komplizin meiner Extratouren.

Doch das war nicht der Grund dafür, dass ich gegen ein Zusammentreffen von Ihnen beiden gewesen wäre. Wir, meine Freundin und ich, hatten uns in viel dichter gesponnene Geheimnisse verkrochen, als es die etwaige Verheimlichung eines geheimen Liebhabers gewesen wäre.

* *Der Ehemann von Irma Sárossy war der Arzt Dr. Bálint Földes; aber ich bin ihm nie begegnet.*

Und so war das schon in unserer Jungmädchenzeit gewesen. Als wir noch rein waren und unsere Fantasie noch keine Flecken auf unseren jungen Seelen hinterlassen hatte.

Die Welt findet nichts Bemerkenswertes daran, dass zwei Zöglinge miteinander tuscheln, lachen oder plaudern, ja, nicht einmal später, im Frauenalter, fällt es weiter auf, auch wenn da schon ein solideres Gebaren angebracht ist. Deshalb brauchten wir auch die wenig interessiert über uns hinweghuschenden Blicke nicht zu fürchten (als ich beispielsweise bei Irmchen daheim die Ferien verbrachte und wir ein Zimmer teilten, konnte ihre Mutter ruhig überraschend eintreten: Die Mama bemerkte selbst dann nichts, wenn uns gerade stürmische Gefühle umtobten, sie lächelte, stellte vielleicht eine Frage, die sie sich sogleich selbst beantwortete, und ging dann wieder). Wir aber spürten sofort, wenn fremde Augen neugierig an uns haften blieben oder ein männliches Wesen Interesse für uns zeigte (und wie oft geschah es in diesen Ferien, dass Jungen unentschlossen waren, welche von uns beiden ihnen besser gefiele, doch das war ohnehin egal, denn wir lachten sie der Reihe nach aus, und nicht einmal für einen kurzen Spaziergang hätte man uns voneinander trennen können). Sobald wir merkten, dass jemand sein Netz über uns und unsere Geheimnisse auszuwerfen versuchte, tauchten wir ab wie ein aufgeschrecktes Fischpärchen.

Am ehesten drohte die Enthüllung von Seiten derer, die uns nahestanden, die mit ihrer ganzen Aufmerksamkeit und Leidenschaft auf uns eingestimmt waren.

Das Interesse von Bálint Földes, Irmchens Mann, aber glich bald dem von Mama Sárossy, und Franci Winkler ist kaum fähig, etwas zu begreifen, was sich nicht auf ihn selbst bezieht. Klänge der Seele sagen ihm nichts, er hat für sie kein Gehör. Und in der Tat war er den meisten inneren Tönen gegenüber völlig taub.

Mit der Zeit also waren Sie, mein Lieber, der Einzige, vor dem wir auf der Hut sein mussten. Denn Ihnen hätte es gewiss ge-

** *Von den hier erwähnten Briefen ist mir leider keiner bekannt. Obwohl sie vielleicht äußerst interessant wären!*

nügt, ein einziges Mal zu sehen, wie wir einander ansahen, um unsere Geheimnisse wie eine Blase platzen zu lassen, alles, was wir bislang verborgen hielten, wäre Ihnen vor die Füße gestürzt.

*

Hätten wir bei den Englischen Fräulein nicht ohnehin eine Uniform getragen, so wären Irmchen und ich sicher am liebsten in den gleichen Kleidern gegangen. So aber – wenn wir uns in den Ferien auch nach eigenem Geschmack kleiden konnten – unterschieden wir uns in unserem Äußeren durch irgendeine Halskrause, Spange oder andersfarbige Schleife. Ansonsten aber tauschten wir unsere Sachen in einem fort. (Zwar besaß Irmchen viel mehr Kleider als ich, doch überließ sie mir selbstlos das eine oder andere Stück.) Bis wir schließlich die Gütergemeinschaft unserer Garderobe beschlossen, einschließlich Bettzeug und Wäsche. Allerdings haben wir das dann (als Irma dahinterkam, dass ich gelegentlich zum Wochenende das Internatskissen in den kunstvoll gesäumten und mit Weißstickerei verzierten Überzug meiner Mutter steckte), zwischen Streit und Versöhnung wechselnd, wieder zurückgenommen.

Denn eine unserer stetigen Sorgen war, festzulegen, worin wir identisch, ähnlich oder ganz verschieden sein wollten. Was uns gemeinsam gehörte und was nicht – angefangen bei allerlei Dingen und materiellen Gütern über die diversen Beschäftigungen und die Freizeit (wenn nicht gar die Zeit selbst), bei den Beziehungen verschiedenster Art, etwa der heiklen Frage, ob die andere einzuweihen war oder nicht: also das Ausgesprochene und das Verschwiegene, die heimlichen Gedanken – bis hin zu den geheimsten Gefühlen und den sinnlich erlebten Augenblicken.

Und natürlich sind wir während unserer Kämpfe einander oft gebieterische Tyrannen, aber auch gehorsame Knechte gewesen (obwohl ich zugeben muss, dass viel öfter ich den Ton angab, aber gewiss auch diejenige war, die unter allem viel mehr zu leiden hatte), bis wir schließlich zu einer – länger oder kürzer anhaltenden – Harmonie gefunden hatten.

Sie können sich vielleicht vorstellen, Teuerster, wie schön wir damals in Sankt Pölten, an der Schwelle zum Erwachsenwerden, waren. Irgendwie noch Mädchen – aber auch fast schon junge Frauen. Auf jeden Fall gefielen wir uns, eine der anderen, aber auch jede sich selbst.

Gegen Ende September verfärben sich an den Spitzen der reif werdenden Maiskolben die hervorquellenden Haarbüschel und nehmen eine dunklere bronzerote Tönung an. Doch in den Monaten vor der Reife haben diese Schöpfe die Farbe unserer Haare: Im Juli sind die rohen hellblonden Fädchen wie Irmchens blonde Locken, im August aber gleicht das Kupferrot der Maisbärtchen meinem Haar. Doch wenn wir, gemeinsam auf einem Kissen liegend, unsere gelösten Haare ineinander kämmten, so herrschte der August vor, um so viel üppiger und voller war mein Haarschopf. Bürsteten wir Irmchens Locken nach oben, ließ sich der Kalender getrost um ein oder zwei Wochen zurückblättern. Hitze aber herrschte im einen wie im anderen Fall. Unser Schoß aber bot sich stets um einen ganzen Monat schattiger dar: Irmchens zeigte sich eher wie August, der meine mehr wie September. Aber fast immer fiel sogleich das Schlafhemd des frühen Winterschnees über sie. Ausgesprochen unzuverlässig unter den herbstnassen Farben nach gemeinsamen Badefreuden war das Kopf- und Körperhaar: Von Wasser benetzt, schillern die Tropfen silbern an Härchen und Bärtchen und dunkeln dann nach. Zu trocknen begannen natürlich am schnellsten die Härchen der Arme, dann der Flaum im Nacken, die wirren Knäulchen in den Achselhöhlen, danach der durch die absinkende Sonne rötlich braune Rasen und zu allerletzt, den harkenden Kämmen und den gleitenden Fingern sowie dem Sonnenschein unserer Blicke folgend, die mit Händen zu greifenden Garben des Haarschopfes.

Aber solche Bilder waren eher nur Abdrücke erhaschter flüchtiger Blicke. Obwohl Millionen von Blicken zusammen schon unaufhörliche Aufmerksamkeit bedeuten, wie auch die zufällige Berührung, wenn sie sich häufig wiederholt, sich zur Liebkosung summieren kann, ebenso wie jene aufkeimenden schmerzenden Strahlen aus tiefsten Tiefen – zusammen können sie gar die

Weichteile zum Brodeln bringen. Doch so weit ist es bei uns nie gekommen, irgendwo an diesem oder jenem Punkt der Grenzlinie kam es zum Stutzen und Innehalten. Auch wenn diese Linie schon dünn wie die Messerschneide war, scheuten wir uns nicht, daran entlangzugleiten. Gern verriegelten wir in heimlichen Stunden (wenn das Haus an Feiertagen wie ausgestorben war) die Tür im Bad des Internats hinter uns, zogen einander die Kleider aus wie unschuldige Nymphchen aus Zeiten, in denen noch gar nichts verboten war, betrachteten uns gegenseitig, plantschten miteinander und bespritzten uns. Und wir liebten es, zusammen zu schlafen, obwohl sich dazu nur bei Irmchen daheim, hinter der verschlossenen Tür, Gelegenheit bot, denn im Schlafsaal in Sankt Pölten ließ sich, auch wenn wir allein waren, nur ein hastiges Zusammenkuscheln riskieren. (Jahre später im Doppelbett durfte ich aber doch oft den Platz von Bálint Földes einnehmen.)

Obwohl man, Liebster, natürlich nie über alles reden und nicht alles zeigen kann, sehen Sie jetzt vielleicht doch auch das, was andere sonst nicht einmal ahnen konnten: So sind wir gewesen, wenn wir beide zusammen und nur für uns waren.

*

IV. »Einen Ausweg aus den Schwierigkeiten wird es vielleicht niemals geben«

Der Tag nach Neujahr 1917.
Wieder ist ein Jahr vorüber, also hole ich mein Tagebuch hervor, denn wenigstens in ein paar Zeilen sollte ich festhalten, was aus dem verflossenen Jahr erwähnenswert war.

Zuvörderst natürlich: Mein Sohn ist geboren. Wir tauften ihn auf den Namen Márton György Osztatní (auf Jadwigas Wunsch auch György nach meinem Vater): Er kam am 9. Oktober 1916 zur Welt. Selbstverständlich das schönste Kind, das je geboren wurde, und, Gott sei's gedankt, der Bub ist gesund und kräftig, nichts fehlt ihm. Den Preis dafür hat er, wie es scheint, der Kindsmutter abverlangt, sie war im Laufe der Schwangerschaft arg gefordert (häufige Übelkeit, Nervenkrisen und Depressionen), desgleichen leider auch bei der Geburt, die laut ärztlichem Geburtshelfer außergewöhnlich lang dauerte und kompliziert sowie sehr schmerzhaft war. Doch wenn das Ende gut ist, Gott sei Dank, und die Dinge wieder im Lot sind (auch Jadwiga erholt sich bereits), so lässt sich abschließend wohl doch sagen, alles ist gut ausgegangen.

Denn selbstverständlich gibt es da noch Dinge, die erst nach und nach in Ordnung kommen müssen. Etwa die liebende Nähe und natürliche Ungezwungenheit zwischen Jadwiga und mir, weil beides durch all das, was geschehen ist, ein wenig auf die Probe gestellt wurde …

Na, ich sag's doch lieber anders! Ich weiß nicht, warum oder wem zuliebe ich die Dinge schon wieder beschönigen will, denn, um der Wahrheit die Ehre zu geben, meine Frau war vom Beginn der Schwangerschaft bis zum heutigen Tag nicht nur unfähig, sich von mir eine Freude bereiten zu lassen (und natürlich auch umgekehrt nicht in der Lage, mir etwas Freude zurückzugeben), sie verweigerte sich jeglicher unmittelbarer Hilfe, jedem Schutz oder Trost von mir. Zwar verletzte sie mich nicht direkt, doch sie schob mich ab, schüttelte immer nur mit leidendem Lächeln oder trübsinnig abwinkend den Kopf. Es sei lieb von mir, doch ich solle mir keine Mühe machen, die Anci würde es schon schaffen. Nein, es sei ihr jetzt nicht nach Unterhaltung zumute. Und am häufigsten musste ich hören: Sie wünsche nicht, dass ich sie in diesem Zustand sähe.

Ja, es war nicht leicht für mich, einerseits Abstand zu halten, aber zugleich doch in der Nähe zu sein, falls ich gebraucht würde. Gar keine Rede davon, was ich alles durchzustehen hatte! Aber ich tröstete mich damit, dass sie es noch schwerer hatte, und hoffte, ihr Zustand könnte schließlich doch auch Gutes bewirken. Und das Gute, der Segen ist da, sein sonniges Lallen dringt auch jetzt von jenseits der Tür zu mir herein, aber bei Jadwiga muss ich mich bis heute in Geduld üben.

Der nervliche Zustand von Mamovka hat sich gleichfalls verschlimmert, doch plagt sie nicht die Melancholie, bei ihr sind es die immer öfter auftretenden neurotischen Tobsuchtsanfälle. Am besten würde man der Armen aus dem Weg gehen, doch das ist unmöglich. Uns alle hat es überrascht, dass sie der Anblick des kleinen Marci so versöhnlich gestimmt hat, sie lächelte ihn an, liebkoste ihn sogar. Und immer ist sie, wenn sie dem kleinen Enkelsohn begegnet, wie ausgewechselt, liebevoll und zärtlich. Dennoch, Marci mit ihr allein zu lassen, würden wir nicht riskieren. Auch Anci haben wir strikt angewiesen, ein Auge darauf zu haben.

Außerdem haben wir noch immer Krieg, und man hat gar keine Lust mehr, eine Zeitung zur Hand zu nehmen, oder man muss diese Flut von Lügen einfach überblättern. Es ist ein schändlicher Zustand, in dem wir uns befinden. Die laut tönenden patriotischen Parolen, mit denen sich die Leute selbst betrügen, reizen zum Erbrechen! Dazu kommt als Krönung des Ganzen noch die eigene Scham, wenn ich mich schon mal dazu durchringe, eine Zeitung aufzuschlagen oder an der Kirchentür die neue Namensliste der toten Helden zu lesen*, weil es natürlich einfach ist, sich hier, daheim, gelegentlich zu ekeln. Also, ich weiß sehr wohl, wen und was ich dort auf den galizischen Feldern zurückgelassen habe. Vergessen kann man das nicht!

Das heißt: Man kann es doch und ist oft um nichts anderes bemüht, als die blutige Außenwelt von sich und den Seinen fern zu halten.

*

15. Januar 1917
Ich bin in den Ungarischen Bauernbund eingetreten. Als Mitgliedsbeitrag zahle ich 6 Kronen und bekomme dafür auch wöchentlich das Blatt *Furche* zugeschickt.

Gregor veranlasste den Kauf von zwei 7er und 8er Pflugscharen der Firma Sack (das Stück à 12 Kronen), 2 Pflugsohlen (à 2 Kr.) und 4 Häckselmessern (20 kr.).

*

28. Januar 1917
Was inzwischen bereits zehn Monate anhält:

Meine Gefühle bleiben nach wie vor ohne Erwiderung. Körperlich-seelische Gemütserregung wegen Liebesentzugs durch mein Weib. (Im weitesten Sinne: Fehlen der Frau, Mangel an Liebe.)

Der gemeinsame Weg mit Jadwiga: unbegehbar, der Morast wird ständig tiefer. Ich stecke darin fest – fraglich, ob es für sie überhaupt noch ein Weg ist. Oder schwebt sie schon in den Wolken (wegen Mutterschaft, Leiden oder sonstiger Leidenschaften)?

Unser gemeinsames Leben ist unterbrochen oder existiert gar

* *Normalerweise sind sie nicht an der Kirchentür angeschlagen, sondern in dem mit Draht vergitterten Aushangkasten des Pfarramtes angeheftet. Obwohl es schon möglich ist, dass man die Liste mit den Heldentoten damals dort aushängte.*

nicht mehr. Und was dennoch mit uns oder um uns herum geschieht (wir stehen am Morgen auf, ziehen uns an, ziehen uns aus, kommen und gehen, nehmen Mahlzeiten ein, das Gesinde tut seine Pflicht, wir geben Befehle aus, diktieren, das Kind weint oder lacht, verrichtet seine Notdurft in die Windeln, wird trockengelegt, und das sofort, Tag um Tag), da ist keine Gemeinsamkeit mehr.

Auch nach außen hin hat sich mein Leben im Morast festgefahren. Nicht nur die Pläne mit der Gutswirtschaft, auch sonstige Absichten und Vorhaben sind erstarrt (das heißt, ich habe sie nicht aufgegeben, verfolge sie aber auch nicht weiter), sondern auch die Schwächen, Leidenschaften, deren Gegenstand ja einzig Jadwiga wäre. Die Wogen des Verlangens und der Liebe sind in mir nicht verebbt, und wenn sie zulassen wollte, dass sie bis zu ihr gelangen, so würden sich diese Wellen auch jetzt vor ihr auftürmen und sich über sie ergießen.

(In Angstträumen sehe ich Jadwiga in den gefrorenen Wellen des eisigen Kerkers meiner Leidenschaft eingeschlossen, dessen Kälte aber sie selbst über uns gebracht hat. Oder das unendliche Schlechtwetter ihrer Gleichgültigkeit und Niedergeschlagenheit – oder besser die Eiszeit, die durch die Verbannung aus ihrem Herzen ausgebrochen ist. Egal.)

Quintessenz der Geschichte ist, dass wir miteinander festgefahren sind.

Jede Enttäuschung wirkt lähmend auf mich, und auch der jeder Konfrontation abholde gesunde Menschenverstand gebietet mir regloses Nichtstun. Was zuinnerst ist, sprengt mich dennoch auseinander. (Drohen die blank liegenden Nerven zu zerreißen? Jene Spann- und Haltedrähte der zu schwer gewordenen Seele?)

Es muss etwas geschehen, getan und verändert werden. Dabei ist es ein Ding der Unmöglichkeit, sie einbeziehen, mit ihr gemeinsame Schritte unternehmen zu wollen. Ich muss es allein tun.

*

Das Feld zu räumen, einfach fortzugehen, das war der Weg, der sich mir als Erster anbot. Denn wenn ich weder auf diese Weise vonnöten bin noch auf die andere Weise gebraucht werde, kann ich gleich auf alles pfeifen, die Schwangerschaft und die Leiden meiner Frau (dazu die tausend Sorgen um ihre körperliche Wiederherstellung und das seelische Ungemach sowie die Sorge für das Kind), kann ganz ohne schlechtes Gewissen gehen. Es gibt ja ein, zwei, nicht gerade ausgetretene, doch auch nicht ganz neue Pfade der Versuchung, die meine Entdeckungslust anstacheln und mich mit ihren süßen Sünden locken könnten.

Mit dem Gedanken an abenteuerliches Vagabundieren habe ich lange gespielt. Teils, weil ich mich danach sehne, meinem eigenen Leben zu entfliehen, und andererseits, weil mich die fantastischen Reiche meiner Lektüre reizen. (Neuerdings lass ich mich von den Erlebnissen zweier Abenteurer begeistern, denen eines »Seefahrers« und denen eines Mannes, der in einer roten Kutsche reist.)

Und doch finde ich nicht den Mut, so etwas zu unternehmen. Zumindest jetzt noch nicht. Oder ich traue mich nur ein wenig, für eine kurze, zu rechtfertigende Weile. Und möglichst auf eine Weise, die nicht mit zu viel Mühe und Geld verbunden ist und auch das Risiko vermeidet, mir bei Jadwiga alles zu verscherzen. Denn das könnte meinem lädierten Selbstbewusstsein den letzten Rest geben.

Doch wie sehr beschäftigt mich in letzter Zeit auch der entgegengesetzte Weg!

Nur so viel darüber, dass auch er eine Reihe von Entscheidungen und gravierende Schritte weg von dem so kaum noch zu Ertragenden verlangt. Am Anfang müsste wohl die Konzentration auf das Seelische stehen. Mit einer alle vagen Sehnsüchte, Verluste und auch Schmerzen außer Acht lassenden Selbstdiszipin und Beherrschung. So dass ich vielleicht über eine innere Befreiung, ähnlich der in jener Osternacht, nicht nur zu vollkommener Vergebung gelangen könnte, in einen Zustand des inneren, vor Verletzungen von außen gesicherten Friedens und weiser, gelassener Heiterkeit, sondern auch zu einer Liebe, die voll der Gnade ist, sich fortwährend erneuert, also nie versiegt. (Von der österlichen Gnade würde sie sich dadurch unterscheiden, dass ihr Bestreben und Ziel nicht die Wiedererlangung von Jadwigas Liebe wären, denn die hängt einzig und allein von meiner Frau ab, sondern diese andere Liebe, die im Unterschied zum Verliebtsein viel weiter reicht und tiefer gehen kann.)

Das hört sich ziemlich mystisch an, und ich besitze auch gar nicht die dazu erforderliche Fähigkeit und Entschlossenheit (so wäre beispielsweise dieser Weg kaum gangbar, ohne zuvor meinen von Zweifeln durchsetzten Glauben an Gott zu stärken). Dennoch spüre ich in meiner ausweglosen Einsamkeit ein wiederkehrendes Verlangen nach dieser Gnade, die mich für ewig in ihren Schoß aufnehmen möge. Zu folgendem Entschluss bin ich bereits gelangt: Ich werde mir überlegen, welche praktischen Schritte ich gehen muss, um diesen Weg zu beschreiten, wenn ich mich denn für ihn entscheide.

Darüber jetzt nur so viel.

*

20. Februar
Und wenn beide Wege dahin führen. Der verschlungene, den Weibern nachjagende Pfad in die Welt hinaus ebenso wie der nach innen sich vertiefende Weg des Gebets?

Ist es denn nicht möglich, dass auch derjenige, der von einem Bett ins andere irrt, der sich vom Duft der Haut, vom Aufeinanderschlagen der Zähne, vom Wellenschlag des Fleisches und dem Geschmack wie salziges Meerwasser in der Zweisamkeit die Erlösung erhofft, dass der plötzlich – zwischen den gespreizten Schenkeln kniend – spürt: Auch diese Frau ist ein Betschemel? Dass Frauen doch aus wollüstigem Fleisch geformte Betpulte sind? Dass der weibliche Körper, dieser von Feuchtigkeit überzogene, wogend lebensvolle Marmor zum steinernen Fußboden eines Klosters wird, auf den wir uns hinwerfen und um Vergebung unserer Sünden flehen? Dass Leidenschaft nichts anderes als Sehnsüchte in immer neuen Erscheinungsformen und die ihnen abgetrotzte pralle Erfüllung Opfer und inständiges Seufzen um Erlösung sind?

Und ist es denn nicht vorstellbar, dass, wenn diese beiden Wege zusammenlaufen, die Erlösung vom unentwegten Umherirren, von der Getriebenheit und vom Ausgestoßensein ebenso erfolgt wie die innere Vergebung? Kann man denn darauf hoffen, dass das Drinnen wie das Draußen, dass sinnliches Verlangen und Erbarmen, Mann und Frau, auf dem Betschemel der erlösenden Liebe, auf dem Kissen der Sühne, miteinander verschmelzen, eins werden?*

*

28. März 1917
Einstweilen (ach, könnte ich doch wagen zu schreiben: endgültig!) habe ich meinen Plan, herumzuvagabundieren, wie auch den, einen Weg der Besinnung einzuschlagen, verschoben, denn über Jadwigas und meinem gemeinsamen Weg begann gerade wieder die Sonne zu scheinen. Hastig notiere ich's, und auch nur so viel, dass wir zwar noch nicht zu einer uns vereinigenden Umarmung gelangt sind, doch davon abgesehen, herrscht wieder die frühere Harmonie zwischen uns. Über allem strahlt unser kleiner Sohn, der uns von Tag zu Tag größere Freude beschert. Wenn ich doch nur sehen könnte, wie ihn seine Mutter aus ihren wunderbaren Alabaster-Brüsten stillt. Doch das gestattet mir Jadwiga nicht.

*

6. April
Mamovka, die sich in letzter Zeit immer häufiger dazu hinreißen ließ, Zelenák auch körperlich zu züchtigen, hat den Unglücklichen heute mit der Peitsche derartig zugerichtet, dass der Doktor kommen musste. Ich sah mich genötigt, Hroncsok, den alten Arzt, zu bitten, die Angelegenheit diskret zu behandeln, was mir

* *Ich habe noch keinen solchen Betschemel gesehen.*

natürlich keineswegs leicht gefallen ist. Der Fall war ja eindeutig, und die Sache mit Mamovka, so der Doktor, müsse unbedingt geregelt werden* und erlaube kein Zuwarten mehr. Auch aus Selbstschutz, denn am Ende könnte sie, Gott bewahre, noch unserem Kleinen etwas antun. Doch sie vergöttert Marci nach wie vor, obwohl wir in letzter Zeit so weit wie möglich vermieden haben, dass sie ihren Enkel sah, was aber auch wieder zu Tobsuchtsanfällen führte. Über die Sache wird zu unserer Schande auch schon im Dorf geredet.

*

4. Mai
Seit der Frühling eingezogen ist, behandelt mich Jadwiga, sagen wir, wirklich liebevoll und zärtlich, streicht mir über die Wange, bittet mich um noch ein wenig Geduld und schwört, wie lieb und teuer ich ihr bin. Das beglückt mich unsäglich, und ich bin wieder so verliebt in sie wie einst, eine andere Frau könnte ich mir gar nicht vorstellen, doch dies geht für mich insofern wieder mit jener Tortur einher, als ich, freilich vor allem in ihrer Nähe, meinen schmachtenden Körper kaum noch zügeln kann.

Ja, deshalb hat es mich ziemlich verstimmt, als sie mich bat, sie jetzt, da sie den Kleinen abgestillt hat, zu einer Wasserkur ins Sanatorium** gehen zu lassen. Denn sie fühle, dass sie eine solche Kur dringend brauche, danach würde sie gesund zurückkehren und wieder ganz die Alte sein. Was sollte ich tun? Ich machte gute Miene zum bösen Spiel, was sie mir mit vielen Küssen vergalt.

* *Die Sache wurde überhaupt nicht geregelt! Alles blieb daheim so, wie es war, noch 13 Jahre lang, nur schlimmer ist es noch geworden. Nach einiger Zeit gingen wir Kinder nicht mehr ins alte Haus. Nur gelegentlich mit Mama, wenn es unbedingt sein musste. Damit Mamovka uns sah. Wir hatten immer Angst vor ihr. Überhaupt nicht verstehen konnte ich, dass sie Zelenák hasste (dass sie ihn schlug, und warum der dann trotzdem bei ihr blieb?) oder umgekehrt?*

** *Ich besitze eine »Monographie des Komitats«, die noch an anderer Stelle erwähnt wird. Na, und wer ist es wohl, der darin ausgerechnet über dieses Sanatorium, dieses hübsche kleine Örtchen, schreibt? F. W.!*

12. Mai 1917
Meine Frau fehlt mir.

Ich weiß nicht, andere würden sich vielleicht lustig machen über mich, weil ich mich gar nicht darüber freuen kann, dass meine Frau für ein, zwei Wochen von daheim weg ist. Doch gerade in dem Augenblick, da sich zwischen uns das Zueinanderfinden wieder angebahnt hat! Und so hat sie mich eben in einem derart aufgereizten Zustand zurückgelassen, dass ich mich über ihre Abwesenheit nicht nur nicht freuen kann, sondern, ganz im Gegenteil, geradezu toll werde. Ich raffe mich auf, greife nach etwas und leg es gleich wieder hin. Halte in meinem nervösen Herumhantieren inne. Ich fange etwas an, winke seufzend ab, mag dann doch nicht. Oder werfe etwas, was ich gerade zur Hand habe, an die Wand, wenn es von innen aus mir hervorbricht, sinke dann hin, um das Kissen meiner Frau zu umarmen, daran zu riechen. Ein andermal bohre ich, wenn es Anci nicht merkt, den Kopf in die Wickeltücher des Kindes, wittere an dem Kleinen nach Jadwigas Duft, fühle und streichle mit seiner Haut die seiner Mutter, herze, drücke und küsse ihn.

Himmel Herrgott oder zum Teufel auch, kann ich denn nicht wenigstens eine Stunde, eine halbe, einen Augenblick lang auch ohne sie meine Ruhe finden!? Ohne dass mir Jadwiga durch die Sinne schießt, das Herz umklammert, mir in die schmachtenden Lenden fährt? Warum lässt sie mich nicht vernünftig denken, arbeiten, irgendetwas anderes genießen (wenn auch nur in Gedanken), außer intim mit ihr zu sein? Ich wusste nicht, dass es das tatsächlich gibt, worüber ich bis dahin nur gelesen hatte.

Dass sie nicht schreibt. Mich nicht bittet zu kommen: »Ondrisko, es wäre ganz schön hier, doch Sie fehlen mir so sehr, dass ich eigentlich gar nicht länger bleiben möchte.« Oder besser: »Sie kommen, mein Teurer, aber unverzüglich, sobald Sie diese Zeilen zur Kenntnis genommen haben.«

Sie könnte eine Depesche schicken, das geht schneller. Ich warte auf den Briefträger, frage ihn, aber nichts. Am Vormittag bin ich aufs Postamt gegangen, ob vielleicht ein Telegramm für mich gekommen sei. Wieso, woher? Nun, sag ich zu dem Fräulein, ob nicht zufällig auf meinen Namen. Bei ihnen, bitte schön, gebe es keinen Zufall. Wenn eines kommt, kommt es und wird auch ordnungsgemäß zugestellt.

Erwartet der Herr denn etwas Wichtiges?, sie hebt unvermittelt den Blick von ihren Amtssachen und sieht mich mit besorgter Miene an. Ja, sage ich, etwas Wichtiges.

Dieses Fräulein habe ich bislang noch gar nicht hier gesehen, sie muss neu sein. Und das passt jetzt ganz gut. Ich bitte sie um ein Formular und um Tinte ins Tintenfass für die Kunden, weil die Tinte eingetrocknet ist.* Das blond gelockte Fräulein füllt so umständlich nach, dass ich mich erbiete, es selbst zu tun. Doch sie lässt sich diese Amtshandlung nicht abnehmen. Bitte der Herr! Es ist geschafft – und reicht mir das Tintenfässchen.

Na, dann beginne ich mit der gesplissenen Feder: »Mein Engel, mit den Gedanken bin ich bei Ihnen …«, dann zerknülle ich das Formular. Hier bitte … stottert die fürsorgliche Seele hinter dem Fensterchen, zu der ich jetzt aufblicke, und ich sehe, dass sie mich beobachtet, ich gebe Ihnen noch eines. Und sie reicht mir gleich mehrere Formulare. »Jadwiga, Liebes, schicken Sie eine Depesche, wenn …« Das passt auch nicht. Ich schreibe nur: »Komme morgen mit dem Abendzug«, und fertig. Oder: »Kommen Sie augenblicklich, weil …« Ich mache mich lächerlich. Auch hier vor den Augen dieses Blondschopfs. Nein, ich winke ab, erhebe mich, ich werde es anders…, brumme ich vor mich hin und mache mich, flüchtig grüßend, davon.

Gott, was soll ich nur tun! Schreiben wäre blödsinnig. Setz dich in die Eisenbahn und fahr hin. Nein …! Du bist nicht bei Trost! Ein Maulheld bist du. Sei wenigstens zu dir selbst ehrlich: Du hättest ja gar nicht den Mut, dort einfach mir nichts, dir nichts zu erscheinen.

In letzter Zeit schlafe ich sehr schlecht, schrecke hoch, gehe hinaus, komme wieder herein, versuche zu lesen, aber es funktioniert nicht. Ein Glück, dass Marci jetzt bei Anci im hinteren Zimmer untergebracht ist.

* *Auch jetzt ist es immer leer.*

Eben habe ich wieder getrunken, obwohl es mir gar nicht mehr schmeckt. Ich schleuderte Jadwigas Kissen von meinem Schoß weg und stieg aus dem Bett, denn ich konnte mich ohnehin nur herumwälzen. Mich verlangte nach dem Körper meiner Frau, aber so sehr, dass ich die Unterhose hinunterschieben musste, derart spannte und klemmte sie. Ich habe es mit Unterhose einfach nicht mehr ausgehalten, könnte auch sagen, hatte »keinen Platz mehr in meiner Haut«, dieser Ausspruch muss in einer solchen Lage entstanden sein.

Jetzt weg damit!, sagte ich mir, während ich das Federbett von meinem durch starkes Verlangen erregten Unterleib stieß. Ich stehe auf und gehe hinaus, trinke lieber, als meinem vereinsamten Körper wieder einmal aus eigener Kraft das jämmerliche, falsche Glücksgefühl zu verschaffen. Und mich hinterher dafür nur zu schämen.

Vom Glas lenke ich meine Aufmerksamkeit jetzt unter die Tischkante und beobachte das Leben zwischen meinen Beinen. Dort haust ein kleines Tier. Beim Trinken und beim Schreiben, spürte ich, zog es sich zurück, doch sobald ich ihm meine Aufmerksamkeit zuwende, regt es sich gleich wieder. Ein munteres, für sich funktionierendes Lebewesen. Als lebte es sein eigenes Leben in mir. Trotzdem gehorcht es auch meinem Willen. Allerdings setzt es sich sogar in Bewegung, wenn ich es nicht will. Ihm dann Einhalt zu gebieten, ist fast unmöglich. Eines weiß ich nicht: Ob es sich dann auch nach jener einzigen Frau sehnt respektive nach dem, was diese zwischen ihren Schenkeln hat? Denn wenn es sich nur sehnen, aber nicht denken kann (und wie sollte es das auch ohne Gehirn?), dann wird es sich gar nicht daran erinnern können, dass diese Frau hier war, jetzt aber verreist ist und mit einer anderen nicht zu vergleichen ist, die auch aus der Ferne einen Körper schaudern macht ... Oder »erinnert« es sich vielleicht doch mit seinen auf dieses eine reduzierte Sinnen, wie etwa die tastende Hand eine bestimmte Haut »wiedererkennt«? Oder sind die einfältigen Extremitäten zu so etwas nicht fähig? Denn das gibt es doch wohl nicht, dass einer unbewusst, wie soll ich sagen, »seinem Schwanz hinterherrennt«. Gewiss sollte ihn ein

Mann tragen, vor sich herschieben und sehr wohl wissen, wohin damit!

Aber ich brauche keine andere. Will mich ins Bett legen, dahin, wo sie jetzt offenbar bereits schläft. Will sie umarmen, lieben, im Schlaf und bei Tag. Wo immer sie ist.

Einen Schlag ins Genick versetzt mir in dieser Minute allerdings der Gedanke, den ich nunmehr zu denken wage und vor dem ich Angst habe: Was, wenn die ganze Sanatoriumsgeschichte samt Wasserkur ein Schwindel und eine Lüge ist und sie auch in diesem Augenblick in den Armen von Franci Winkler liegt!

Ich notiere es hier auf einen Zettel, dass ich alles, angefangen bei der mit Sternchen markierten Stelle auf der vorigen Seite, herausgerissen habe, doch wozu habe ich das getan, wenn ich die Seiten nicht zerrissen habe und sie da sind! Übrigens ist diese Seite hier auch deshalb etwas Besonderes: Weil ich beim Hineinsehen in dieses Tagebuch genau diese Stelle aufgeblättert habe. Sie stach mir wie eine stark durchwurmte Ackerkrume ins Auge! Es wimmelte nur so von sich kringelnden Würmern dieser eigenartig verschnörkelten Schrift! Wo immer ich widerstrebend und gierig das Buch aufschlug.

*

21. Mai 1917

Die Besucherin von heute früh hat mich stark aufgewühlt. Hulina, die ehemalige Meierin vom Gehöft, kam weinend zu mir, ihr Sohn Jóska ist an der italienischen Front gefallen. Er hat eine Frau und zwei kleine Kinder zurückgelassen. Ob ich für sie einen Brief wegen der Versorgung von Kriegswaisen ans Amt schreiben könnte? Sie (die ja wir vom Gehöft verjagt haben, aber das verkneift sich die Alte) hätten schon bisher am Hungertuch genagt und haben nun auch noch die Schwiegertochter samt den Kindern zu versorgen. Ich schrieb ihr die Eingabe und sagte Gregor, er solle ihnen vier Sack Weizen einfüllen.

2. Juli 1917

Gestern Abend ist der Weibertrupp auf dem Melinda-Gehöft mit dem Rupfen der Gänse fertig geworden. Die alte Blahov hat die Runde zusammengeholt, nachdem uns die Cvalinga, die Meierin, hatte wissen lassen, dass beim Proberupfen die Schleißen nicht mehr blutig wären und wir mit dem ersten Federnschleißen anfangen könnten. (Auch die alte Hulina wurde gerufen) Heute nun wurde in der kleinen Küche das folgende Bettzeug mit den angelieferten Federn gefüllt (laut Gregors Angaben):

1. Wiegen: 5 Kissen (Daunen)	13 kg 20 dag
2. Wiegen: 4 Kissen u. 1 kleines Federbett	14 kg
3. Wiegen: 5 Polster (Daunen)	16 kg
4. Wiegen: 2 Federbetten (Daunen)	18 kg 20 dag
5. Wiegen: 1 Federbett (Daunen)	7 kg
6. Wiegen: 2 Unterbetten (Federn)	26 kg
7. Wiegen: 1 Unterbett (Federn)	12 kg
8. Wiegen: 2 Kissen (Federn)	6 kg 40 dag
Zusammen	112 kg 80 dag

Daunen und Federn von 160 Gänsen

Die alten Federn liefert Gregor morgen bei Samuel Klein ab. Vom Septemberschleißen werden wir dann die neuen weggeben.

Das Kissen für ihren mit Weißstickerei verzierten Bezug hat Jadwiga selbst mit feinsten Daunen gefüllt.

*

8. Oktober 1917

Meine Frau geht eigene Wege.

Es sind nun schon fast fünf Monate, dass ich so gut wie nichts mehr aufgeschrieben habe* und das allein aus dem Grund, weil

* *Aus dieser Zeit hat Papa ein paar Zettelchen dringelassen. Ich nehme an, von Gregor, denn keiner sonst kann ihm die paar Dinge über die Wirtschaft aufnotiert haben, damit er Bescheid weiß. Es sieht so aus, dass Papa daraus für seine Aufzeichnungen übernommen hat, was ihm wichtig war, aber das ist nicht viel. Hier, was auf den Zetteln steht:*

– Am 29. Mai 1917 100 Kronen an den Schmied Adamik, die er aufs Konto anrechnet.

ich mich genierte, diesen Satz Schwarz auf Weiß festzuhalten. (Den ich, das ist mir schon klar, auch anders formulieren könnte, und ich werde ihn auch noch auf gut Ungarisch zu Papier bringen. Doch jetzt ist mir danach, mich so auszudrücken, und es hilft mir, wenn ich mich hinsetze und zu verstehen gebe, womit ich mich seit so langer Zeit herumquäle. Oder sie mich!)

Also dass sie eigene Wege geht. Sie lässt ihren kleinen Sohn über Tage (und im Sommer kam es vor, dass sie über Wochen weg war) bei Anci und verreist. Und wie sehr sie auch bemüht ist, es zu verschleiern (denn rücksichtsvoll gab sie mir die Gelegenheit – und ich stelle das nicht mit Häme fest, denn ich betrachte es keineswegs als Lüge, sondern als Nachsicht ihrerseits –, an ihre immer wiederkehrende, die Reisen tarnende Rotkreuz-Verpflichtung* zu glauben), ich weiß, was ich weiß.

Und soll ich es nun doch zu Papier bringen? Ist es denn wirklich gewiss?, weiß ich es tatsächlich, oder täuschen die tausend übereinstimmenden Indizien? Die Hoffnung, es könnte sich um eine Täuschung handeln, ist leider derartig gering, dass ich das niederschreiben muss, wenn ich schon einmal damit angefangen habe: Jadwiga betrügt mich. Noch dazu mit meinem einstigen Kameraden, mit Franci Winkler.

Ich schreibe nicht für andere, brauche auf diesen Seiten hier auf mich allein Rücksicht zu nehmen. So kann ich mich auch

– August 1917 kaufte von Mihalko einen Flüchtlingswagen 200 Kronen
– Slézsinger hat bekommen für Fleisch 50 kg
– 18. Dezember 1917 Mais wurde verkauft gegen Ausweis 50 Kronen per Doppelzentner vom Melinda-Gehöft an Bauern von Szarvas 116 Doppelzentner auf Kolben
– Am 5. Januar des Jahres ’17 bekam der Gutsarbeiter Mihály Cvalinga 325 kg Weizen, 125 kg Gerste, 6 kg Salz, 14 kg Speck, 3 Liter Hirse, 3 Liter Linsen
– Am 28. März bekam er noch 325 kg Weizen, aber er schuldete noch 74, die habe ich abgezogen, 28 kg Speck und noch 5 kg

* *Wie ich hörte, war es während des 1. Weltkriegs sogar Mode, dass eine Dame, die Zeit und Lust dazu hatte, sich als Rotkreuzschwester in einem Krankenhaus melden konnte. Aber Mama hat noch nach dem Krieg einen Lehrgang absolviert und tat als Schwester gelegentlich Dienst in einem Lungensanatorium. Oder sie war unterwegs bei der Erfassung etc. Und sie war oft weg. Aber jetzt, im Rückblick, kann man nicht wissen, wo.*

selbst vor den Einzelheiten bewahren. Mit der Aufzählung alles dessen, was meinen lange gehegten Verdacht zur Gewissheit werden ließ. Also zähle ich jetzt all die augenfälligen Hinweise nicht auf, denn das Abwägen dieser Möglichkeiten und danach das Verwerfen dieser Verdachtsmomente, die sich dann trotzdem wieder als kleine Teufelchen einschleichen, wie das, was ich zum Beispiel im Advent '15 im Zusammenhang mit meinem misstrauischen Nachspionieren schrieb! Zum Lachen!

Zum Lachen nämlich, wie ich mich damit beruhigt habe: Meine Gattin hat die Wahrheit gesagt, tatsächlich ging sie in das Haus, in dem ihre Freundin Irma Sárossy wohnt! Nun gut!, sage ich, was spricht dagegen, dass meine Frau auch Franci aufgesucht hat, dass Irmchen dabei ihre Komplizin war! Sowie, dass Jadwiga später auch bei Franci gewesen ist und dass sie dank ihnen verbundener Ärzte nicht gar im Ordinationszimmer oder im Gästetrakt des Sanatoriums, in Hévíz und weiß der Teufel wo noch überall ihre Schäferstündchen gehabt haben! Und sie haben sie gehabt, warum sollte ich nicht wahrhaben wollen, was ich ohnehin weiß! (Denn ich kann es ja gestehen, ich habe auch weiterhin nachgefragt, ihr nachgespäht, hin und wieder gar ein Schmiergeld riskiert. Doch das soll jetzt erst einmal reichen.)

Ich verschwende auch keine Tinte darauf, meinen Kummer zu beklagen, der mich erneut fast ein halbes Jahr meines Lebens gekostet hat, als hätte mich wieder ein Gestellungsbefehl erreicht.

Lieber über einen Ausweg nachdenken! Ausweg? Lächerlich auch das, einen Ausweg aus diesen Schwierigkeiten wird es niemals geben. Alles was ich dazu letztes Jahr noch in Betracht gezogen habe, ist heute nichts mehr wert. Einen Ausweg gibt es nicht, ein Herauswinden gibt es bestenfalls in Form bloßen Weiterlebens. Und ich setze hinzu: Indem ich damit zugleich tausend Qualen in Kauf nehme.

Aber hat denn irgendjemand garantiert, dass der Weg durchs Leben ein Zuckerschlecken ist?* Reicht es denn nicht, dass er

* *Das muss eine Redensart von ihm gewesen sein. Ich erkenne sie wieder, so habe ich sie von ihm noch im Ohr, von damals, als ich mit 13–14 zum*

trotz allem durchs Leben führt? Ich habe mich selbst überredet: Manchmal muss auch so viel reichen. Nicht dass man sich manchmal nicht auch gewünscht hätte, lieber gar nicht zu sein.*

Doch was soll ich es leugnen, auch ich bin weder so mutig noch so prinzipientreu, dass ich mich aus einer grenzenlosen Verbitterung heraus einfach ins dunkle Nichts stürze!

Das sind zwar große Worte, aber was soll man tun, so war es, oder so habe ich es zumindest empfunden: Weil ich nichts Besseres wusste, fasste ich den Entschluss, dass ich weiterhin leben will. Das heißt, ich beruhige mich selbst mit aller Gewalt, um überlegen zu können, was zu tun ist, um zu erproben, wodurch ich etwas bewirken kann. Einen Dreck beruhige ich mich!, vielmehr wäge ich nach dem allergewöhnlichsten Nützlichkeitsprinzip ab, was mir dabei hilft, dass ich am Morgen ordnungsgemäß aufstehe und tagsüber meine Arbeit tue, und was dem entgegensteht, möglichst aus dem Weg räume.

Und an dieser Stelle muss ich gleich noch hinzufügen: Nicht selbst, nicht aus eigener Kraft bin ich so weit gekommen, dass ich dennoch ein wie immer geartetes Leben lebe, sondern mit Hilfe derjenigen, die mich in diese missliche Lage gebracht hat, mit Jadwigas Hilfe.

Gregor-Gehöft, zu Papa, hinausgegangen bin, weil ich ihn schon lange nicht gesehen hatte. Ich klagte ihm meine Sorgen in der Schule und andere Kümmernisse. Es hat mich irgendwie sonderbar berührt, als er die Schulter hochzog und mich belehrte: »Wer hat dir versprochen, dass der Weg durchs Leben ein Zuckerschlecken sein wird?«

* *Natürlich! Nichtsein! Beim ersten Malheur gleich den Strick nehmen?! Den nächsten Schritt vom geraden Weg des Lebens in die Senkrechte tun? Also dazu braucht es einen ganz bestimmten Menschentyp! Wäre ich zum Beispiel so einer, hätte ich schon danach greifen können, aber ich hab es nicht getan, obwohl es die Gelegenheit dazu gab. Einmal beispielsweise wegen dieser »Gewissen«, als mein Selbstbewusstsein, meine Selbstachtung wegen der Frau von der Scheinhochzeitsreise einen heimtückischen Schlag bekam, da zum Beispiel. Doch um ehrlich zu sein: Nein. Und der andere Fall, als man mich unter Zwang in eine niederträchtige Falle gelockt hat, aber davon später. Und wenn ich auch ständig auf dem Dachboden mit den verlockenden Balken herumkriechen musste, so konnten mich diese nie zum Strick verleiten. Obwohl es hieß: »Sie, Osztatní, haben immer den Strick um den Hals!« Doch in meiner Seele! Nie, weil ich, glaube ich, eine ziemlich gesunde Seele habe.*

Als man nicht mehr missverstehen konnte, worum es eigentlich ging (schon die meine Männlichkeit demütigende Zurückweisung war ja ein Hinweis darauf, dass sie einen Liebhaber hat, auch wenn ich es nicht schon längst aufgrund meiner Nachforschungen gewusst hätte), dachte ich, das Beste wäre es jetzt, mich endgültig und in Frieden zurückzuziehen, damit weder mein Sohn noch ich eine unheilbare Blessur erleiden. Die Frage war nur, in welcher Form diese Trennung vollzogen werden sollte.

Ich erlegte mir selbst Ruhe auf, plante, mich aufs Gehöft zurückzuziehen oder, unter Vorspiegelung laufender Verpflichtungen, in die Stadt zu flüchten, nachdem eine Vereinbarung getroffen wurde, wie oft ich mit meinem Sohn beisammen sein kann, sowie die Besitz- und Geldangelegenheiten geregelt sind; all das will ich Jadwiga so gefasst wie möglich darlegen, um mich danach zu ihrem und unserem Wohl in aller Stille von ihr zu trennen, und zwar auf eine Weise, dass unser Kind keinen Trennungsschmerz verspürt, wie ich ihn wegen der vielen Reisen von Papa und seiner ständigen Abwesenheit empfunden habe. Zu ihr, meiner Frau, würde ich allerdings keine gefühlsmäßige Bindung mehr haben.

Doch bevor ich diesen Plan gefasst hatte, durchlitt ich höllische Qualen und versuchte alles: Verdächtigen, Zur-Rede-Stellen, Schreien, Begütigen, Besaufen, Gleichmut. Alles nutzlos. Sie leugnete nicht, hat aber auch nichts zugegeben, immer nur: Ach, so quälen Sie mich doch nicht unentwegt, lassen Sie mich endlich in Frieden! Schloss sich ein und ließ mich nicht mehr zu sich.

Mir aber wurde stets von neuem bewusst, dass immer noch die Liebe und auch weiterhin mein Verlangen nach ihr hundert Mal größer sind als jede Enttäuschung, als der verdammende Zorn, insbesondere aber als der Rest an Selbstbewusstsein meiner mit Füßen getretenen Würde. Und das kann einen nur in den Wahnsinn treiben, sagte ich mir. Erst in äußerster Not zwang ich mich dazu, die erwähnten nüchternen Pläne ernsthaft zu verfolgen.

*

Ich nahm meine Kräfte zusammen, um Jadwiga das alles zu verkünden. Ich wollte es nicht mit ihr besprechen, sondern ihr bloß mitteilen. Sachlich und ohne Leidenschaft.

Nein, es ist mir nicht geglückt. Vorhaltungen und Angst schlichen sich in die im Vorhinein zurechtgelegten Sätze ein, und auch die Leidenschaft ging mit mir durch. Schließlich brachte ich die Angelegenheit dahin, dass es ihre Entscheidung sein solle, wen sie und welches Leben sie will.

Und da sah sie mich so traurig an wie ein Waisenkind, das Angst hat, hinausgejagt zu werden, nahm mein Gesicht zwischen ihre beiden Hände und schüttelte stumm, mit Tränen in den Augen, den Kopf. Dann ging sie ins Schlafzimmer. Ich folgte ihr. Auf dem Bauch liegend, das Gesicht in die Arme vergraben, sagte sie nach längerem Schweigen:

Sie haben ja Recht! Jagen Sie mich weg! Ich bin schon verdammt!, und sie grub sich ganz in ihr Kissen ein.

Jadwiga!, versuchte ich, sie am Arm packend, hochzuziehen. Rede doch nicht so!

Warum nicht? Ist es denn nicht die Wahrheit?, sie stützte sich auf, sah mich aber auch jetzt nicht an. Ich habe so sehr darauf vertraut, dass ... ich dazu geboren bin ... Ja, ich dachte, ich würde einmal allen, die zu mir gehören, das Leben schöner ... leichter machen! Und mache doch alle nur unglücklich! Bringe über alle nur Leid!

Nein, meine Liebe, nicht nur, natürlich nicht ...

Ich wollte gut sein! Das allein ist es, was ich wollte! Ich wäre gern das geworden, wozu meiner Mutter die Zeit nicht reichte. Doch ich bin gescheitert, habe verloren! Ich bin nicht gut geworden! Kann keine liebende, treue Ehefrau sein, vermag nicht, als Gefährtin an der Seite des von mir erwählten Menschen zu stehen, um ihm eine Stütze zu sein! Kann nichts anfassen, was irgendjemand von Nutzen wäre! Nein, ich bin unfähig, so zu lieben, wie ich müsste! Und ich bin auch nicht imstande, eine gute Mutter zu sein. Dabei wollte ich meinem Kind doch alles geben, was mir vorenthalten wurde! Dennoch bin ich beim ersten Lachen meines Söhnchens, bei seinen ersten Schritten und Sprechversuchen nicht da! Kann es nicht abwarten ... schenke ihm viel zu selten mein Lächeln. Selbst das Kind beunruhigt mich, kann meine Aufmerksamkeit nicht fesseln!, bricht es aus ihr hervor, und aufs Neue sinkt sie weinend nieder.

Du bist nur verbittert, brauchst Ruhe ...!, versuche ich sie unter Streicheln zu besänftigen.

Doch wieder setzt sie sich auf, und ihr tränenüberströmtes Gesicht ist noch verzerrter: Auch als Geliebte tauge ich ja nicht! Kann weder »leidenschaftlich« sein, noch irgendeine »Hoffnung wecken«!, und sie verzieht spöttisch das Gesicht. Ich vermag nicht einmal, etwas zu versprechen, viel weniger, mich für etwas zu entscheiden, zu dem ich fortwährend gedrängt werde! Zu was tauge ich dann?

Ach, Jadwiga, nicht ...! Beruhige dich!, versuche ich zu beschwichtigen, doch das erregt sie nur noch mehr.

Als Ehefrau, als Mutter, Gutsherrin oder Geliebte tauge ich nichts!, fügt sie lauter werdend hinzu, steht vom Bett auf, rennt im Zimmer auf und ab und geißelt sich weiter: Ich bringe über alle nichts als Unheil! Habe keinen Beruf, finde keine Gelegenheit zu geistiger Betätigung, habe nicht die Kraft und wohl auch nicht das Talent, zu helfen, Beistand zu leisten, zu unterrichten. Alles, was ich jemals gelernt habe, vergesse ich hier noch! Was an Tatendrang, an Wissensdurst oder Hilfsbereitschaft noch in mir vorhanden war, ist versiegt, und sie lässt sich auf einen Stuhl fallen. Verkümmert bin ich, verdorrt ...! Und sehr müde, gänzlich nutzlos.

Warum musst du dich aller Scheußlichkeiten dieser Welt bezichtigen? Du bist jung, schön und stark ...

Ach Gott, lassen Sie das ...! Überflüssig bin ich, und wieder beginnt sie, hin- und herzulaufen. Ich finde keine Ruhe und bin gereizt! Ich zerplatze!, schreit sie. Werde unter der Last meines Gewissens zerrieben!

Setz dich hin, bitte, und ...

Es ist doch absurd!, bleibt sie plötzlich stehen. Wie sollte man mich lieben können! (Ich bin verblüfft, denn es ist lange her, dass ich ihr so etwas gesagt habe.) Warum muss ich das immerfort hören?! Dass ich schön bin, gütig, wunderbar, von einzigartigem Liebreiz?! Wer an meiner Stelle könnte dem Glauben schenken, wenn er all das um sich sieht, was ich sehe? Das Zerfleischen, den Zerfall, das Leid! Ich weiß es ja. Auch wenn ich es nicht sehe, weiß ich es: In meiner Abwesenheit tobt er, schlägt alles kurz und klein, rennt mit dem Kopf gegen die Wand. Schlägt auf meine Kleider ein, auf mein Bett, als steckte ich darin! Würgt mein Kissen!

Das tue ich nicht ...! Nicht einmal in Gedanken, ich schwöre es ...!

Und quält mich wieder nur mit dem einen ...!, und Jadwiga sieht mich auch jetzt nicht an, sondern schaut zwischen den beiden Schals des Vorhangs durchs dunkle Fenster hinaus. Dass ich mich endlich entschließen soll ...!

Von wem redest du?, starre ich sie fragend an. Und während sie mich ansieht, sinkt sie wieder neben mich hin, schaudert, wie aus einem Traum erwacht. Verwirrt merke ich, dass nicht ich gemeint bin. Aber sie antwortet nicht.

Man muss sich von mir befreien!, und sie hält die Hände abwehrend vor sich. Verwirrt und wild gestikulierend wiederholt sie: Alle müssen von mir befreit werden! Nein, ihr glaubt ja nur, dass ihr mich braucht! Ihr seid Gefangene einer fixen Idee, die meinen Namen trägt, Jadwiga heißt! Was wollt ihr denn von mir? Ich bin nicht geeignet, gar nicht fähig dazu! Ich bin verflucht, wendet euch ab von mir!

Ich umarme sie, drücke sie auf den Stuhl, bin bemüht, sie zu beschwichtigen. Und da fällt sie mir schluchzend um den Hals.

Ach, Ondrisko, ich möchte nur sterben, glauben Sie es mir!

Bitte, bitte, fleht sie später, noch immer schluchzend, lassen Sie mich jetzt allein!

Auch in dieser Nacht bin ich schier wahnsinnig geworden, so sehr dürstete es mich nach ihrer Liebe. Und ich habe mich auch entschlossen, noch zu warten. Ich werde jetzt nicht mehr über eine Trennung reden. Begann mich daran zu klammern, dass ich vielleicht doch noch hoffen könnte, sie käme zu mir zurück, wenn diese Krise erst überwunden sei und sie Ruhe fände.

10. Oktober 1917
Schon längere Zeit habe ich nichts mehr aufgeschrieben, auch nicht über eine andere Angelegenheit.

Nämlich die Sache mit Szilágyi, die mich seit dem Sommer, bevor ich eingezogen wurde, beschäftigt und die ich bis zum heutigen Tag nicht losgeworden bin. Diese Geschichte verunsichert mich, und ich denke an sie stets mit sehr unguten Gefühlen.

Es war noch im letzten Jahr, am 16. Januar, als er sich zu einem Schlachtfest bei uns einladen ließ. Schickte unseren Gendarmen, den schwerfälligen, tölpelhaften Machan, vorbei, um uns mitzuteilen, er habe in der Gegend zu tun und käme am Abend vorbei; er hätte gehört, dass wir schlachten wollten.

Also mussten wir anders vorgehen, denn geplant war, draußen bei Gregor zu schlachten und alles dort aufzuarbeiten.*

* *Als ich klein war, liebte ich diese Schlachtfeste auf dem Gregor-Gehöft. Schon am Morgen des Vortags nahm uns da der Stari mit hinaus. Und wir haben dort die Messer und Hackbeile gewetzt. Ich durfte die Kurbel vom Drehstein bedienen, der an der Unterseite durch eine Wasserwanne lief, oder auch abwechselnd mit Marci dabei helfen.*
Auch die Knechte vom Melinda-Gehöft sind am Abend herübergekommen, denn sie schliefen hier, weil es schon im Morgengrauen losging. Wenn genug Schnee lag, haben sie den Schlitten angespannt. Als Erstes machten sie sich ans Zwiebel- und Knoblauchschälen und -schneiden, und dabei wurde schon getrunken, viel geredet, erzählt, gesungen, auch derbe Späße gehörten dazu. Marci und ich schliefen in der Luke hinterm Ofen, manchmal lagen auch Leute, in ihre Felljoppen gehüllt, auf dem Fußboden. Am Morgen gab es gleich wieder Schnaps, und das Hänseln und Spotten zwischen ihnen ging weiter.
Einmal wurden fünf zugleich abgestochen, und als Gregor in die Küche gehen musste, zog man eins der geschlachteten Schweine in den Stall und versteckte es unter einer Futterkrippe. An seine Stelle kam eine ausrangierte Schubkarre, und man deckte sie wie die anderen vier Schweine zum Absengen mit Stroh ab. Jeder der Knechte hatte eins der abgestochenen Tiere abzusengen, Gregor überließ man das vertauschte Tier. Auch er zündete den ihm zugeteilten Strohhaufen an, und er sah sich verblüfft um, als statt der abgesengten Sau die brennende Schubkarre zum Vorschein kam. Huuu, jeben vam ...!, fluchte der alte Gregor, so eine verf... Sauerei! Wo zum Henker ist die Sau? Welche Sau? Die hier liegen müsste, haben wir denn nicht fünfe abgestochen? Sie schrien, du hast dir wohl zu viel Schnaps durch die Gurgel gejagt und alles doppelt gesehen. Ihr müsst nicht glauben, dass ich blöd bin, Hurensöhne! Und er musste die Sau suchen gehen! Es dauerte, bis er das Schwein, böse fluchend, schließlich entdeckte.

Wegen des vermehrten Arbeitsaufwands (denn es wurden vier auf einmal geschlachtet) war auch dem Gesinde ein Schlachtessen versprochen worden, der alten Blahov, Zelenák, den Cvalingas (die wir, ich weiß nicht, ob ich das schon vermerkt habe, anstelle der Hulinas fürs Szőllőscher Gehöft aufgenommen hatten), auch Anci Csuvár, die seit Dreikönig 1916 das neue Dienstmädchen meiner Frau war. Jadwiga wie auch Mamovka freuten sich gleichermaßen, dass sie nicht dabei sein mussten (obwohl Mutter damals, verglichen mit ihrem heutigen Zustand, noch in recht guter Verfassung war), ich selbst wäre schon hinausgefahren, zumindest zum Schlachtessen. Jetzt aber muss alles, das für das Schlachtfest benötigt wird, herübergeholt werden, samt der alten Blahov und Anci zum Kochen, Backen und Auftragen, auch meine Taufpaten sind dazu einzuladen!

Aufgetischt wurde bei Mamovka im alten Haus.*

Für Marci und mich machten sie ein kleineres Feuer. Darüber ließen wir die auf Fleischgabeln gesteckten Schweinepfoten brutzeln. Das war unser Schweinesengen.

* *Dies ist das alte Haus, in dem jetzt ich wohne. Es wurde noch von meinem Urgroßvater, János Osztatní, dem Vater von Papa György, 1856 erbaut. Auf dem Hauptgiebel findet sich nämlich die Fürbitte auf Slowakisch und noch immer lesbar eingekerbt: »Dieses Haus hat mit Gottes Hilfe János Osztatní 1856 errichtet. Seid bestrebt, zum Allmächtigen zu finden, solange dies in eurer Macht steht, denn dereinst kommt für jeden von uns die Zeit, da wir scheiden müssen.« Das äußere Bild des Hauses ist bis zum heutigen Tag erhalten geblieben, nur an der Straßenfront hat Großvater eine Sockelverkleidung aus gebrannten Ziegeln anbringen lassen.*

Zur Straße hin gibt es drei Zimmer. In der Mitte eine geräumige Küche mit offenem Rauchabzug. Daran anschließend die hintere Stube, die ich bewohne – wegen des Heizens. Vorn steht das Haus jetzt leer, da ist es jetzt kalt, und hier stehen die übrigen Möbel. Schränke mit Füßen wie Löwentatzen!, ein ovaler Tisch mit 12 Stühlen usw. Ich habe sie, damit sie nicht verstauben, mit Folie abgedeckt.

Nach hinten schließen sich dreierlei Kammern an, 1) die zum Dachboden führende Múková Komora, also die für Mehl und andere Lebensmittel, 2) die Magazin genannte Kornkammer und 3) der als Speckkammer bezeichnete Raum für das Geräucherte und die Würste. Unterhalb dieser Räume erstrecken sich die Keller, fast unter dem ganzen Haus. Der vordere Keller hat ein Ziegelgewölbe und verputzte Wände, der hintere Stützbalken und eine Holzdecke, er ist der so genannte Futterkeller (für Rüben etc.).

Im Nebengebäude auf dem Hof eine dreiteilige Sommerküche. Hinten verschiedene Wirtschaftsgebäude. Der eine Stall für 4–5 Kühe, der an-

Hauptmann Szilágyi hat heftig zugegriffen, ganz besonders beim Sarma,* das ihm, wie er sagte, ganz vortrefflich schmeckte.

Das Kochen von Sarma war gewöhnlich die Sache der alten Blahov, aber es ging so vor sich, dass Mamovka ihr bis zum letzten Würzen auf die Finger schaute. Denn die Sarma hat so zu schmecken wie bei ihr daheim im Elternhaus, bei den Racskós! Aus weder zu fettem noch zu trockenem Hackfleisch und gepfeffertem Reisbrei bereitet und in gut gesäuerte Krautblätter gewickelt, die kommen dann in eine Tomatensauce. Die Wickel müssen natürlich einer so dick wie der andere sein und Kinderfaustgröße haben. Mutter ist imstande, wenn ihr der Geschmack und die Form der Wickel nicht einwandfrei erscheinen, die Blahov eine riesige Reine mit Sarma auflösen und neu wickeln zu lassen. Aber dazu kann ich nur sagen, gut, dass sie darauf achtet, denn die Sarma ist auch mir das Allerliebste beim Schlachtessen. (Es gibt Leute, die verzehren sie mit Sauerrahm, das ist meiner Ansicht nach Sünde.)

Bis zum achten Krautwickel legte Szilágyi keine Verschnaufpause ein, redete auch kein Wort. Erst dann lehnte er sich zurück, um, zu Mamovka gewandt, die das Kompliment natürlich nicht an die Blahov weiterreichte, anerkennend mit der Zunge zu schnalzen.

dere für 5–7 Pferde. Eine lange, gut belüftete Maisscheune mit Wänden aus Holzlatten auf einem Unterbau aus Ziegeln, darunter Schweineställe und auch noch für sich stehende, denn vier Koben reichen insgesamt für 30–35 Schweine. Dahinter ein Pljevinjec für Spreu und dgl., ein großer Speicher für Heu und anderes Rauhfutter, ein Abstellschuppen für Wagen und die Kutsche, einer für die Dreschmaschine und ein weiterer für andere landwirtschaftliche Geräte (Aussaatmaschine, Pflüge etc.).
Über den Hof bis zum Straßentor eine Wageneinfahrt mit gemusterten gebrannten Ziegeln ausgelegt. Das Tor wird beiderseits von türmchenartigen Säulen aus Ziegeln eingefasst. Die geschwungenen, mit Schnitzereien versehenen Torflügel sind bereits ziemlich altersschwach. Das gebogene Blumenmuster oben in gestanztem Blech ist verrostet und teilweise schon abgebrochen. In der Mitte des Torbogens als Abschluss nach oben ein bewegliches Fähnchen mit dem eingekerbten Baujahr 1856 darauf.
* *Eine Art slowakisches Traditionsgericht, gefüllte Krautwickel zum Schlachtfest.*

Unsere frisch gebratene Hauswurst war auch nicht zu verachten, obwohl wir sie nie zu scharf würzten (der Gesichtsausdruck des Hauptmanns verriet allerdings, dass ihm mehr Schärfe nichts ausgemacht hätte). Daraufhin gab ich die nette Anekdote zum Besten (den Gast um Entschuldigung bittend, weil zuerst auf Slowakisch, denn so hört es sich besser an), wonach einst bei den Muchas*, die so verdammt geizig waren, die Würste immer so scharf gemacht wurden, dass die Gäste, vor allem wenn sie noch heiß waren, nur unter Qualen davon essen und sie das Wenige auch nur »postojaci aj dubkajúci« (stehend und von einem Bein aufs andere hüpfend) verzehren konnten. Der Hauptmann lachte schallend und zwirbelte sich schelmisch den rötlich-fetten Schnurrbart noch steiler, doch Jadwiga missfielen mein Schwank und das gewöhnliche Lachen des Gastes, gelangweilt hob sie die Augen zum Kronleuchter, und auch sonst lachte niemand. Auf meinen schweigsamen Paten blickend, warf Szilágyi dann auch barsch ein, warum sie denn so lustlos äßen wie bei einem Totenmahl. In meiner Verlegenheit versuchte ich die gespannte Stille und die Paten** damit zu entschuldigen, dass sie eher gewohnt wären, sagen wir, sich auf Slowakisch zu unterhalten. Aber damit habe ich mir nicht nur den missbilligenden Blick des Krsní otjec zugezogen, sondern auch das Missfallen von Szilágyi, weil ich ihm damit sozusagen die Schuld daran zugeschoben habe, dass die Verwandtschaft sich hier nicht wie sonst zu Hause fühlte. Schlimmer noch, ich hatte auf diese Weise dem Hauptmann die Schleusen für allerlei Fragen geöffnet.

Denn von nun an interessierte ihn nur noch, wie wir es denn mit dem Slowakentum hielten. Welche Leute auf ihre Muttersprache fixiert sind, wer nicht ungarisch reden kann und will,

* *Mucha ist eigentlich ein Spottname. Er bedeutet Fliege. Weil es sonst die Istványs sind. Dann gibt es Familien, die heißen Blcha, das bedeutet Floh. Nur schlachten die kein Schwein, denn die Blchas haben nicht einmal Hund oder Katz.*

** *Sagen wir, nett finden konnte man die Paten, also Onkel Jano Racskó samt seiner Frau, nur mit einiger Überwindung, und mich haben sie überhaupt immer nur als irgendein unwichtiges Nebenprodukt betrachtet. Auch bekommen habe ich nie etwas von ihnen, als ich klein war.*

wie es die Gutsbesitzer und auch das Bauernvolk damit halten, wie viele im Dorf ihre Kinder in die slowakische evangelische Schule schicken, ob es überhaupt einen Grund für die Unzufriedenheit der Nationalitäten gibt usw. Das meiste haben wir dann zu zweit am kleinen Tisch bei einem Glas Wein beredet, denn Jadwiga fing an, der naseweisen Plapperei meiner Cousine Erka überdrüssig, sich mit der Patin zu unterhalten, und Mamovka probierte in der Küche aus, wie sich das Herumkommandieren der neuen Dienstmagd, Anci, anließ.

Zahlen, wie gesagt, kenne ich nicht, da wüssten der Herr Direktor und Hochwürden gewiss mehr darüber. Nun ja – dann habe ich ihm über die sprachlichen Gepflogenheiten erzählt.

Aber wer zum Beispiel.

Was heißt wer?

Leute, die wie mein Pate, Racskó (János, nicht wahr?, ja, sage ich), nicht gern das Ungarische in den Mund nehmen.

Zum Beispiel, sage ich, die Älteren und natürlich die oben etwas Schwächeren, die niemals eine ungarische Zeitung in die Hand bekommen und kaum mit offiziellen Kreisen zu tun haben. Denn hier redet auch der jüdische Krämer lieber slowakisch mit seinen Kunden, weil er glaubt, das gefällt ihnen besser. Wie auch Csjernyik,* sage ich, der Krämer am unteren Ende des Dorfes, wenn es sein muss, in der Romasprache fragt, was die Kundschaft will, denn die ganze Zigeunersiedlung kauft bei ihm.

Lass mich doch mit den vermaledeiten Zigeunern in Frieden, schnauzte mich Szilágyi an. Nach den großen, selbstbewussten Slowaken habe ich dich gefragt!

* *Den Csjernyik hab ich auch noch gekannt. Er war schon schrecklich alt, musste sich ständig auf den Ladentisch stützen. Bei ihm fand immer ein reges Palaver statt, politisch natürlich, dazu die so genannten Kurzen aus dem Branntweinfass. Auch die Tochter half mit, später übernahm sie die Bude ganz. Das war aber schon in den Zeiten, als man fürs Brot anstehen musste und es die Listen für Berechtigte gab. Das Herumstehen und mit dem Schnapsglas in der Hand Politisieren waren da schon längst Vergangenheit. Man konnte beim Anstehen dies oder jenes aufschnappen: Dass mich diese verfluchten Hurensöhne … (Und als man dann in diesen so genannten Zeiten, o jemine! überhaupt nichts mehr sagen konnte!)*

Große Slowaken …? Nun.

Ist schon gut, sagte er in etwas milderem Ton, nicht uninteressant diese Sache, und mich beschäftigt die Frage, komm doch nächste Woche einmal bei mir vorbei. Inzwischen kannst du vielleicht auch das eine oder andere notieren.

Ich, notieren …?

Wieso nicht?, grinste der Hauptmann mir ordinär ins Gesicht. Bist doch auch so eine Art Schreiberling, oder bin ich da etwa falsch informiert?

Ich zuckte die Achseln, worauf er auch schon das Thema gewechselt hat.

*

Nach mehreren Tagen und einigem Hin und Her bin ich schließlich doch zu Hauptmann Szilágyi hineingegangen.

Er sofort, na, wo sind die Aufzeichnungen?

Ich sage, aufgeschrieben habe ich gar nichts, und was ihn denn interessiere.

Aber er regte sich nicht auf und gab mir umständlich zu verstehen, dass es nicht schaden könnte, wenn er über derlei Angelegenheiten, etwa diese und jene Forderungen oder Klagen der Minderheiten, die u. a. in seinen Zuständigkeitsbereich gehörten, mehr erfahre. Schon um herauszufinden, auf welche Weise Abhilfe zu schaffen wäre. Denn schließlich, nicht wahr, haben wir Krieg. (Ich verstand nicht recht, wieso er den hineinmengt.) Nämlich, er habe mit vernünftigen Menschen schon immer gern beieinander gesteckt und sich niemals geniert, auf vernünftige Ratschläge zu hören.

Auch mit deinem Vater habe ich mich immer wieder über diese Dinge unterhalten, fügte er mit Nachdruck hinzu, weil ich weiterhin ziemlich ratlos dreinsah. Obwohl uns seinerzeit, sagt er, eher die Schnitterstreiks und diese Roten Probleme gemacht haben. Das heißt aber nicht, dass wir nicht auch gegenwärtig ein Auge auf den Pöbel und seine Hetzereien haben müssten.

Mit einem Wort, ich sollte die Sache ernst nehmen. Und als

wollte er mir jetzt die Rechnung aufmachen: Ich, mein Lieber, habe dir beigestanden, nun ist es an dir, dich zu revanchieren.*

Natürlich kostet es ein wenig Mühe, sagte er, aber so viel werde ich wohl von dir erwarten können! Oder?

Es ist nicht die Mühe, versuche ich auszuweichen, doch was sollte ich schon mitzuteilen haben ...? Ich bin mit den Verhältnissen nicht so vertraut, es gibt da welche, nicht wahr, die viel näher dran sind ...

Aber das will ich nicht, mir reicht es völlig, wenn du ... genau dich brauche ich, na!, und der Hauptmann legte entschlossen seine beiden Hände auf den Schreibtisch. Und wir können auch gleich damit anfangen, wer sind denn diejenigen, die, wie du sagst, viel näher dran sind?

Zaghaft und auf gut Glück begann ich Namen aufzuzählen, sagte aber gleich dazu, dass ich von keinem etwas Genaueres weiß, nur dass sie halt stolz auf ihr Slowakentum sind und so.

Der Hauptmann entließ mich schließlich und gab mir diesen Auftrag mit auf den Weg: Das Beste wäre, wenn ich, ganz oben beim Richter angefangen, von Familie zu Familie alle wichtigeren Leute im Dorf durchginge, in zwei Wochen die ersten zwanzig, dann die nächsten zwanzig, und über sie alles, was ich wüsste oder in Erfahrung bringen könnte, schriftlich festhalten würde.

Eine merkwürdige Aufgabe war das, und ich war damit, wie ich fand, in einer ganz verfahrenen Lage. Doch dann überlegte ich mir, ich könnte über diese Dinge auch als eine Art Daten sammelnder Dorfchronist** Erhebungen anstellen und auf diese

* *Also, da war schon etwas dran, auch wenn es einem nicht gefiel: Hier wäscht eine Hand die andere! Nicht wie auf einer höheren Stufe der Entwicklung, als solche Tauschgeschäfte schon der Vergangenheit angehörten. Daran hat sich früher auch der ausgefuchsteste Rosstäuscher gehalten, selbst wenn er dich sonst hinten und vorn beschissen hat.*

** *Ich stecke diesen Zettel hier noch dazu: Einen Dorfchronisten, wie oben erwähnt, hab ich einmal auf dem Gregor-Gehöft getroffen.*
Ein schmächtiges, krummes, kleines Männlein kam auf den Hof und rief Gregor zu: Gott zum Gruß, Bruder!, sag, wie viel geben sie denn, die fünf Kühe? Die? Ein Schaff weiße und viermal so viel gelbe. Wie das? Weil nur die eine Milch gibt, die anderen vier sind Ochsen und brunzen nur. Ach so, pardon! Ihr müsstet so an die dreißig Morgen haben, was Onkel-

Weise Erfasstes weitergeben. Wegen dieser unverfänglichen Notizen müsste ich mich hernach nicht genieren, ja, mein Bericht wäre als Zustandsbeschreibung über die örtliche Struktur der Gesellschaft vielleicht sogar zur Veröffentlichung in einem Blatt interessant genug. Und am Ende könnte man damit tatsächlich auch die Sache der hiesigen Slowaken voranbringen, so ließe sich die Angelegenheit ja auch sehen.

Deshalb hab ich beim nächsten Mal dem Szilágyi Familiengeschichten aufgetischt, ziemlich farbige, wie ich glaubte, Sachen,

chen?, wollte er auch noch wissen. Nein, immer nur einen! Und auch den nur bis zum Zwölfeläuten.

Wie auch immer, ich habe mich mit diesem Kerlchen etwas angefreundet. Half ihm, damit er sich nicht gänzlich blamieren musste. Ich fragte, warum er denn nach Dingen fragt, die er scheinbar schon weiß. Weil, sagt er, der Anführer seiner Forschergruppe und er seien in unsere Gegend gekommen, und dies habe der ihm erklärt: Wenn wir auf einen Hof zugehen und die Ausmaße der Stallungen sehen, können wir auf die Anzahl der Pferde und Kühe schließen, und damit auch ungefähr auf die Größe des Besitztums und so. Na, sage ich, der muss aber ein schlauer Mensch sein, trotzdem irrt er sich, denn der alte Gregor ist nicht der Besitzer, sondern nur der Großknecht, und dass wir noch andere Gehöfte und viel mehr Land haben. Ach ja? Gut, er ist in bäuerlichen Belangen nicht sehr bewandert, wenn ich ihm vielleicht noch ein paar Sachen verraten könnte.

Ja, sage ich, wenn es der Herr nicht übel nimmt, er ist doch Jude, nicht wahr? Daraufhin hat er sich so geschämt, dass auch ich ganz durcheinander war. Am Abend beim Wein hat er sich bei mir beklagt, als ihn nämlich dieser allwissende, am Dorfleben so interessierte Buchschreiber zum ersten Mal zur Truppe der jungen Forscher brachte, hätten sich diese zugeflüstert, was denn dieser krummnasige Jud bei ihnen solle.

Und ich hab mich ihm ein wenig verbunden gefühlt, dass er sich gar nicht genierte, mir sein Leid zu klagen. Dass auch er, wie ich, überall hinausgebissen wird. Und dass auch er etwas schmächtig und dünnhäutig ist, wie ich. Nur fehlt mir der Mut dazu, Herzeleid zu erfinden. Dabei hätte ich ihm beinahe etwas zugeflüstert, nämlich das: Ob er's glaubt oder nicht, zum Teil bin auch ich ein Jude, doch kein Wort mehr darüber. Ich wagte es dann doch nicht. Er wiederum beteuerte hoch und heilig, dass er es ihnen trotzdem zeigen wird, das Leben der Bauern will er beschreiben, insbesondere das Elend der bäuerlichen Lohnarbeiter, aber ich müsste ihm dabei helfen. Ich habe ihm dann auch allerlei gezeigt, ihn hierhin und dorthin gebracht. Ob er dann tatsächlich etwas geschrieben hat, weiß ich nicht.

Andererseits wusste ich nicht, was ich ihm selbst beteuern, was ihm zeigen könnte. Ihm gestehen, dass ich am liebsten Stationsvorsteher bei der Eisenbahn werden möchte?

die ich von Gregor und meinem Freund Rosza Pali erfahren habe. Denn mit den beiden habe ich in den Tagen davor gesprochen.

*

Als ich mich zwei Wochen später anschickte, die Familiennamen aufzuzählen, die jetzt auf meinem Zettel standen, unterbrach mich der Hauptmann: Aber die gehen doch nicht alle zu den Treffen beim Pfarrer!

Nein ... das heißt, ich weiß es nicht ... lief ich rot an.

Doch Szilágyi begann sogleich, all jene aufzuzählen, die beim Schweinehändler Hruska und seitdem zweimal bei Hochwürden Bacovszky gewesen waren. Nur meinen Namen ließ er weg. Aber dass er auch von meiner Anwesenheit wusste, darüber ließ er mich nicht im Unklaren, er redete so, als sei auch ich dabei gewesen, vergaß es nur zu erwähnen, denn er begann Fragen zu stellen, wer was gesagt habe und was sonst noch Erwähnenswertes dort geschehen sei. Aufgrund meiner zögernden Antworten ergänzte er sich sein bisheriges Bild dennoch um ein paar Puzzlestücke. Dann klappte er seine Mappe mit den Aufzeichnungen zufrieden zusammen und bemerkte: Na, hier werden wir dann beim nächsten Mal weitermachen!

Danach passierte zum Glück etwa drei Monate lang nichts: Einmal ging ich zu ihm hinein, aber er konnte mich nicht empfangen, ein neues Treffen wurde nicht vereinbart, und so ging ich erleichtert weg. Ich nahm schon an, dass auch er dieses verstiegene Ausforschen satt hatte, als er mir plötzlich durch Machan sagen ließ, er erwarte mich am nächsten Morgen.

Er war kurz angebunden, musste dann weg, trug mir lediglich auf, am folgenden Abend zu Hochwürden Bacovszky zu gehen, und sagte, dass er mich Freitag in eben dieser Angelegenheit sehen will. Vergeblich wandte ich ein, dass ich es ohne Einladung für nicht eben schicklich hielte, hinzugehen, doch das beeindruckte ihn nicht: Ich solle tun, was er mir sage.

Natürlich wusste ich, um welche Zusammenkunft es sich handelte, denn es stimmte nicht, dass ich nicht eingeladen war. Der

»Abend der Slowaken« verlief übrigens ähnlich wie die vorausgegangenen. In den Monaten darauf gab es noch zwei weitere Treffen, so dass ich gar nicht mehr weiß, was es bei jedem einzelnen gab. Aber jeweils am Tag darauf musste ich Szilágyi immer ausführlich berichten. Ja, wenn es ihn interessiert, soll er es halt wissen, dachte ich achselzuckend, mich persönlich interessierte die ganze Sache nicht sonderlich. Die schwülstigen, gewundenen Phrasen Bacovszkys über die in unserer Brust lodernde Liebe sowie die untrennbaren Bande der Treue zu unserer Matjica-Heimat*, unserem Volk, unserem Land und unserer Sprache hingen mir längst zum Hals heraus.

*

11. Oktober 1917
Jetzt habe ich mich daran gemacht, die ganze Sache aufzuschreiben, weil wir auch vorgestern wieder zusammengekommen sind. Diesmal aber nicht wie bisher, sondern schon ziemlich geheim. Jeder von uns wurde von einer Person darauf angesprochen und durfte mit keinem darüber reden, auch nicht daheim. Dazu fand die Versammlung an einem ungewöhnlichen Ort statt: nämlich bei meinem Freund Pali Rosza.

Szilágyi wusste nichts davon, zumindest hat er mich nicht aufgefordert hinzugehen (sonst schickte er immer Machan mit einem Briefchen zu mir), deshalb überlegte ich mir, ob ich vielleicht gar nicht daran teilnehme. Dann würde ich auch nichts darüber wissen. Allerdings kam Pali selbst, mich abzuholen, als ich es dann mit Ausflüchten versuchte, verdüsterte sich sogleich seine Miene: Das könne ich nicht mit ihm machen, wo er doch diesmal der Hausherr sei, was er als eine große Ehre betrachte. Bacovszky habe ihm eigens aufgetragen, mich einzuladen.

Kurzum, gestern wurde uns höchst konspirativ mitgeteilt,

* *Matjica-Heimat (slowakisch das Mütterchen Heimat). (Bei den Deutschen heißt es, wie ich gehört habe, Vater-Land.)*

dass sondierende Gespräche im Gange sind zwischen den »regionalen Führern unserer Nationalität« und (aber darüber, sagte er, zu niemandem ein Wort!) gewissen Persönlichkeiten aus Pressburg.** Mit denen wir uns darin einig sind, dass wir gemeinsam mit ihnen auf den Messias, den Erlöser unseres Volkes, warten.

Auf wen?, wir sahen uns gegenseitig an.

Und da spricht Bacovszky zum ersten Mal von Masaryk, Benesch, Hodža und General Štefanik, der in der französischen Emigration schmachten und dort für die gerechte Sache kämpfen würde. Hier dämpft Hochwürden bedeutsam die Stimme und beugt sich zu uns, seinen engsten Anhängern, hin. Die Stunde naht, er schluckt und atmet tief durch, da sie uns endlich zu einer starken Nation zusammenschmieden und einen Staat für uns gründen!

Donnerwetter!

Und dann sagt er noch etwas: Unser sehnlichstes Streben richtet sich darauf, dass wir uns am Ende des Krieges auch unser Recht erstreiten, mit dem dann ausgerufenen Staat, also mit dem Mutterleib unserer Heimat, als eigenständiges, aber doch überwiegend von Slowaken bewohntes Gebiet (ab hier flüstert unser Pfarrer schon und nickt zu jedem seiner Worte mit dem breiten Schädel), eins zu werden.

Ein unterdrücktes Raunen rund um den Tisch, doch auch uns ist nicht klar, ob zustimmend oder missbilligend oder bloß Ausdruck fassungslosen Staunens. Huch, potschuj, brat moj,* murmelt Onkel Jankó Vajasdi jedenfalls vielsagend zu mir hin, das wird schon noch auf eine gemeinsame japanisch-slowakische Grenze hinauslaufen!

Wir hier unten?, so weit weg von denen da oben?, versuche ich die Idee auf mich wirken zu lassen, als mir klar wird, dass unser, auch wegen seiner weisen Worte, allseits hochverehrter Herr Pfarrer das nicht als Scherz gemeint hat. Denn zunächst einmal

* *Auf Slowakisch hieß Pressburg zuerst Prespero,k und dann, bevor man es Bratjislava taufte, wollte man es nach Trianon angeblich Wilsonovó nennen. Zum Dank für Wilsons Friedensinitiativen.*

** *Huch, hörst du, Bruder?*

würde man meinen, eine gemeinsame Grenze unserer Region mit dem Mutterkorpus der slowakischen Nation käme auch dann nicht in Frage, wenn wir den von den Tirpaken* bewohnten Streifen bei Szabolcs weit nach Süden ausdehnen und unsere Sprachregion stark übertreibend nach Norden erweitern würden. Na aber ... wenn vielleicht doch irgendwie! Obwohl, eine ziemlich gewagte Vorstellung!

Sogleich fand sich auch ein Unruhestifter, der, als hätte uns Hochwürden die Sache nicht schön deutlich vor Augen geführt, trotzdem nicht genau weiß, ob er die Dinge richtig verstanden hat. Hochwürden meinen also, dass wir ... sozusagen zur Slowakei?

Wer und was, Bruder in Christo, sind dein Vater und deine Mutter gewesen, ha?, herrschte Bacovszky den Unglückseligen an. Waren sie etwa nicht Slowaken? Aber ... ja, natürlich. Na also! Wo ist denn dann der Mutterkorpus deiner Nation, ha? An dessen nährenden Brüsten wir doch alle hängen oder nach denen es jeden von uns doch wenigstens voller Sehnsucht verlangt (bei diesem Satz drosch er mit der Faust so heftig auf den Tisch, dass die Schnapsgläser tanzten und uns das Grinsen im Gesicht gefror).

Natürlich! Klar doch! Als Erster meldet sich Pali Rosza, und nach ihm lassen auch die anderen ein zustimmendes Murmeln vernehmen.

Nichts anderes beunruhigt mich in letzter Zeit mehr als das!, brummelt sich Onkel Jankó in den Bart. Oft komme ich gar nicht in den Schlaf, ohne mir zumindest vorzustellen, wie ich meinen Arsch hinschiebe an den Mutterkorpus! Um ein Haar hätten wir laut losgeprustet, ich und Pista Szvetlik, der auf der anderen Seite Nachbar des Alten ist und es ebenfalls gehört hat.

Allerdings müssen wir die Vorbereitungen zur Verwirklichung unser hehren Pläne – und dabei nimmt Bacovszky uns mit stechendem Blick fest ins Visier – in allerhöchster Vertraulichkeit treffen. Haben wir uns verstanden?

* *Slowakisch sprechende Volksgruppe in der Gegend von Nyíregyháza, in der nordöstlichen Ecke Ungarns.*

Gut, dachte ich, dann werde auch ich mich daran halten. Vielleicht habe ich sogar Glück und brauche wegen dieses Treffens gar nicht zu Szilágyi zu gehen. Allem Anschein nach hat die Konspiration bei dieser Versammlung wirklich funktioniert.

Bei diesem Abschnitt fällt mir ein, dass ich Papa nur ganz selten lachen sah. Aber offenbar konnte er in Gesellschaft guter Freunde hin und wieder doch aus vollem Herzen lachen. Aber bei uns daheim kaum einmal. Und auch von früher erzählt hat er nie. Dabei sehnt sich der Mensch doch geradezu nach Typen wie dem oben erwähnten Onkel Jankó Vajasdi, die immer eine lustige Bemerkung zu den Ereignissen auf der Zunge haben. Wie oft wäre man dankbar dafür. Und eigentlich sollte man selbst diese Gabe haben. Doch wenn nicht, dann nicht. Onkel Pali Rosza, mein Lehrer (und Vaters Freund), pflegte den Lachern zu sagen, Humor, mein Sohn, hast du nicht, wenn du lachst, sondern wenn die anderen lachen. Doch ich kann nicht recht über andere lachen. Und auch über mich hat keiner gelacht, auch wenn ich glaube, etwas »Witziges« gesagt zu haben. Nur wenn ich nicht wollte, dass gelacht wird … dann ja. So kann ich nur für mich lachen, wenn mir etwas einfällt. Also habe ich, laut Onkel Pali, sicher keinen Humor. Auch neulich, als bei uns Karten gespielt wurde und ein Freund von Onkel Pali vergnügt vor sich hinsummte, als er seine Karten bekam: »… und laut klingen die Schellen«, antwortete der andere »ja, die Maulschellen«, und der Dritte sagte »Die hätt' er verdient für dieses Blatt!« Und alle lachten. Ich fand nichts Lustiges daran. Aber mir fehlt es ja auch an Humor.

*

Gestern hatten wir den 17. Oktober, laut ungarischem Kalender der Namenstag der Heiligen Hedwig, bei uns der Jadwiga. Mit Marcika auf dem Arm haben wir ihr gebührend gratuliert. Meine Gattin schien sich zu freuen, mehr nicht. (Noch nie ist es uns gelungen, ihren Namenstag im Bett zu begehen: Im Oktober 1915 befand ich mich an der Front, letztes Jahr um die Zeit war meine Frau noch Wöchnerin und jetzt … nun, darüber sollte ich besser schweigen!)

*

26. Oktober 1917
Auf dem Markt kommt mir zu Ohren, dass sich auf dem Viehmarkt, wo sich die Tagelöhner anzudienen pflegen, schon seit Tagen eine wachsende und zu allem entschlossene Menschenmenge zusammenrottet, dass man sich dort sein aussichtsloses Elend klagt und die unerträglichen Zustände anprangert: Der karge Schnitterlohn ist längst aufgebraucht, für viele gab es gar keinen, und es gibt keine Saison- oder andere Arbeit. Insbesondere die Frauen von Frontsoldaten und Kriegerwitwen schlagen beim Bäcker und in den Krämerläden Krach wegen der Preise und des Mangels an Arbeit und Lebensmitteln.

Wie sollte es ihnen denn nicht schlecht gehen, wo doch auch die Landwirte arg zu kämpfen haben! Zahlreiche Gutsbesitzer und Familienoberhäupter wurden eingezogen und fehlen, auf ihren Güten stockt es allenthalben, nichts geht voran. Allmählich fehlt es an Zugvieh, die Ernten sind schlecht, und Arbeitskräfte wie früher kann man sich nicht leisten, zu alledem werden Steuern und Abgaben immer höher hinaufgeschraubt, Rinder, Schweine, Getreide, alles requiriert. Für unsere tapferen Soldaten im Felde, heißt es, und ihre unversorgten Angehörigen in der Heimat. Auch meine Reserven sind beängstigend geschrumpft.

Solange man den Besitzenden ihre Sorgen nicht abnimmt, sage ich, wird es für die Habenichtse erst recht nicht langen.

*

28. Oktober
Ich lese die Hagestolz-Geschichten »Gefahr der langen Locken« von Gárdonyi. Darin berichten mehrere Betroffene über die jeweilige Frau, um deretwillen sie Junggesellen geblieben sind. Sie lesen sich sehr gefällig – nur sind die meisten der Hauptfiguren allzu grüne Backfisch-Nymphchen. Naiv, launisch und noch nass hinter den Ohren. Aufgrund des Buchtitels hätte ich auch etwas über das schicksalhafte Weib, die wahre Gefahr also, erwartet.

Ich habe von Gárdonyi nur die »Sterne von Eger« gelesen, darin war das Mädchen Vica mein Ideal. Kein Dummchen, sondern eine mutige kleine Heldin, die Gergely Bornemissza couragiert geliebt hat. Von einem solchen Mädchen habe auch ich geträumt: als Kind zusammen im Bach baden, gemeinsam aufwachsen, sie lieben und heiraten, wenn die Zeit gekommen ist.

*

13. Dezember 1917
Pali Rosza erzählt mir, er habe Mamovka auf dem Marktplatz gesehen, wie sie sich einem etwas verlottert aussehenden Trupp von Landfrauen zugesellte, der, sich ereifernd, vor den Bäckerladen zog, um dort laut und drohend Brot zu fordern. Und es war ausgerechnet meine Mutter, die dort mit den Fäusten auf Unger, den Bäcker, losging und ihm ins Gesicht schrie: Deinetwegen können wir vor Hunger krepieren, stinkender Halsabschneider, du jüdischer Schieber.

Aber auch Unger blieb ihr nichts schuldig, drohte ihr mit geballten Fäusten: »Was, Sie wollen vor Hunger krepieren? Sie geizige alte Vettel! Wissen Sie denn nicht, dass alte Weiber am Tag der Lucia besser daheim bleiben? Weil die, die ihren Fuß über die Schwelle eines anderen setzen, mit dem Stock fortgeprügelt gehören. Sie sind nämlich Hexen. Wissen Sie das nicht? Was?*

Die Bäckergesellen mussten den Meister von der tobenden

* *Also hier könnte es um Folgendes gehen: Der Aberglaube verbot den Frauen am Luciatag jede Tätigkeit, ich fand das auch im Buch der Sitten und Gebräuche, das ich besitze. Bisher kannte ich nur die Geschichte mit dem Lucia-Stuhl, der angeblich Hexen und zukünftige Ehemänner entlarvt. Aber dass Frauen zu Lucia nicht auf die Gasse gehen sollen und überhaupt nirgends hin? Wenn dann doch eine unterwegs war, durfte man sie mit dem Stock nach Hause jagen, weil sie eine Hexe war. Männer durften in den Gassen flanieren, und wenn an dem Tag eine allein stehende, einsame Frau einen Mann ins Haus gebeten hat, brachte das Glück. Ja, das kann ich mir denken. Besonders wenn … na ja! Den Ganter muss man am Luciatag mit Knoblauch füttern, damit er heißblütig und feurig wird. (Vielleicht auch den hereingebetenen Männern? Denn ich weiß nicht, ob heißblütig heißt, dass er die Gänse besser fickt?)*

Mamovka trennen, die es jetzt mit dem Weibervolk zu tun bekam; was die denn da wolle. Tscho kce tu táto bohatá, tutschná svinja?, choj ti schratj domov, dostanjesch pomije teljko, sche sa aj sadusísch!*

Tief beschämt musste ich mich bei Pali bedanken, weil er sich eingeschaltet und die lauthals fluchende Mamovka nach Hause gebracht hat. Die alte Blahov rannte, als sie ihre Herrin sah, entsetzt in die Speisekammer, kehrte mit einer Knoblauchzwiebel in der Hand zurück, von der sie die Zehen abrupfte und sich in den Mund stopfte. Bosche moj, striga!, Bosche chránj!,** flüsterte sie und bot auch mir von dem Gegenmittel an, doch ich jagte sie weg.

Am Abend verlor auch Jadwiga völlig ihre Fassung, sie hielte es mit meiner Mutter nicht mehr länger aus, verkündete sie.

*

18. Dezember 1917

Gestern sind wir (wirklich eine große Ausnahme) zu dritt, Jadwiga, Miki Buchbinder und ich, ins Theater gefahren. (Die Karten hatte Miki besorgt, er wollte Sara Vogel ausführen, anstandshalber zusammen mit ihrer älteren Schwester, doch am Ende haben die beiden abgesagt, weil es abends keine Rückfahrmöglichkeit mehr gab, dabei wäre auch eine Übernachtung in der Stadt möglich gewesen.)

Ich dachte auch daran, dass ich Jadwiga, seit wir zusammen sind, kein einziges Mal zum Amüsement ausgeführt habe, denn ich selbst bin nicht so sehr fürs Theater und derlei Lustbarkeiten zu haben. Und auch bei ihr kann man nie im Vorhinein wissen, wann sie wozu Lust verspürt, ob sie überhaupt Zeit oder sich schon etwas anderes vorgenommen hat. Und wenn sich doch et-

* *Wortwörtlich: Was will dieses fette, reiche Schwein denn überhaupt da? Scher dich heim zum Futtertrog, da kriegst du so viel zu fressen, dass du daran erstickst.*

* *Erschreckt klagt die Abergläubische bei Gott, dass diese da eine Hexe ist. Und errette mich vor ihr, o Herr! (Gegen Hexen wehrte man sich auch durch den Verzehr von Knoblauch.)*

was ergab oder wenn ich früher eine Reise plante, ging es fast nie ohne Krach oder ein Nachspiel ab. Ich habe gar keine Lust, diese Dinge aufzuwärmen. Kurzum, ich gewöhnte mir ab, meine Frau hier- oder dorthin mitzunehmen.

Doch jetzt war uns dieser Besuch im Theater in den Schoß gefallen. Und dabei ging es nicht um irgendwas. Es wurde noch dazu der Don Giovanni von Mozart gegeben.

In jüngeren Jahren hat mich Opernmusik oft gefesselt, aber so überwältigt von einer Musik wie diesmal bin ich noch nie gewesen! Ganz abgesehen davon, dass ja auch mein Leben jetzt völlig erfüllt war von dem ohnmächtigen Kampf eines Menschen mit dem dämonischen Verführer, Betrüger und Schurken.

Zusammen mit der anschwellenden Musik hat mich jede einzelne in mir aufblitzende Erkenntnis erschüttert, doch die Tränen überwältigten mich doch erst, als Zerlina ihrem betrogenen Masetto diese unvergessliche Trost Spendende Arie zu singen begann.

Nach der Vorstellung gingen wir ins Hotel, und Jadwiga zog sich am Ende des eilig eingenommenen Nachtmahls bald zurück, Miki und ich blieben noch. Natürlich tranken wir. Erst hat Miki sich bitter über Sara Vogel beklagt, dann stöhnte ich meinen Schmerz ins Weinglas, aber recht verklausuliert, Miki brauchte nicht alles zu verstehen. Na, spülen wir's hinunter!, zum Glück lässt sich ja auch auf den Kummer trinken. Wir waren dann auch Gott sei Dank bald ziemlich betrunken.

Ich weiß mich nur noch daran zu erinnern, dass ich am Ende in einem fort sagte:

Weißt du, was ich möchte? Dass sie wenigstens für mich singt!

Wer?

Wer! Die mich umarmen sollte und mir ins Ohr singen müsste – und ich begann es zu summen. Begreifst du, Miki, oder verstehst du mich nicht?

Also, eigentlich nicht so ganz.

Verdammt, Miki, so …! Ich möchte, dass sie mir wenigstens die herrliche Arie des Trostes singt.

Sie ist keine Sängerin …

Soll sie aber sein!, und ich schlug mit der Faust auf den Tisch.

Dann soll sie eine werden! Weil es mich um den Verstand bringt! Wenigstens das versöhnliche Lied der Zerlina soll sie mir singen! Einmal wenigstens! Wenn sie schon ... ein einziges Mal, nämlich »Schlag mich, schlag mich, oh Masetto«!

Und die Tränen rannen mir hinunter, tropften auf den Tisch, und Miki wunderte sich gar nicht. Vielleicht auch nur deshalb nicht, weil er ebenfalls betrunken war.

*

18. Mai 1918
Heuer habe ich noch gar nichts aufgeschrieben und verspüre auch jetzt kein bisschen Lust dazu. Nichts hat sich zum Besseren gewendet, wir rutschen immer weiter den Hang hinab. Von einem unaufhörlichen Abwärts kann in letzter Zeit vielleicht deshalb nicht mehr die Rede sein, weil ich mich allmählich daran gewöhne – ähnlich wie die herabsickernde Scheiße an der Bretterwand des Viehverschlags, die, eintrocknend, allmählich ins Stocken kommt und nicht mehr weiterrinnt.*

Freude habe ich nur an meinem kleinen Sohn. Die Glücksbotschaft von seiner Empfängnis erfuhr ich, wenn ich zurückblättere, heute vor genau zwei Jahren.

Dieses noch, aber ich schäme mich deswegen bereits: Seit einiger Zeit lässt mich meine Frau als Belohnung für die fast schon erniedrigende »Gute Führung« oder auf mein Betteln hin aus Barmherzigkeit zu sich. Alle drei, vier Monate einmal. (Meist auch nur zu und nicht in sich. Wie in der Hochzeitsnacht, und während ich mich, in ihr Kissen röchelnd und mich in ihre hohle Hand ergießend, winde, flüstert sie mir sogar, wie damals, nur jetzt schon mitleidig zu: Ist gut, mein armer Teurer, ist gut! Beim letzten Mal sind wir beide dabei in Tränen ausgebrochen.)

* *Na also, Papa musste nie einen Stall ausmisten, das haben die Knechte erledigt. Er kann es bestenfalls gesehen haben. Ich aber musste dann wirklich Stallarbeit leisten, hatte zur Genüge Mist zu befördern, und auch die getrocknete Scheiße musste ich mit der Schippe von den Planken kratzen.*

21. Juni 1918
Letzte Woche brachte Gregor drei Färsen zum Decken. Damit es festgehalten wird, schreibe ich es hier auf, er hat Folgendes darüber berichtet:

»Facska wurde in Cserepes dreimal gedeckt. Besprungen hat sie Lehoczkys Stier. Desgleichen Julcsa, aber die nur einmal. Riska wurde auch nur einmal besprungen, nämlich vom Bullen des Pál Tóth, für 10 Kronen.«

Nun weiß ich nur nicht, für welches Geld der Stier von Lehoczky aufgestiegen ist!

Heute aber hat man uns zwei Kühe vom Melinda-Gehöft requiriert. Ohne jede Erklärung, und Widerworte werden nicht geduldet.

Mir hat man 1950 meine letzte Färse aus dem Stall geholt! Du konntest es damals nicht ahnen, Papa, was für schlimme Zeiten der Plünderung noch kommen würden!

Und bei diesem Fall mit der letzten Färse war es so: Sie kamen gar nicht, um sie abzuholen. Vielmehr war ich nach Aufforderung verpflichtet, sie selbst an der Bahn abzuliefern. Unter Androhung der zwangsweisen Vorführung. Im Ukas hieß es nämlich, der Kulak habe sein beschlagnahmtes Vieh selbst zur Sammelstelle zu führen oder zu treiben. Und dort bei der Übernahme spielte der Schmarotzer Kanka den Obermufti. Dieser Mensch, der schon früher im Uniformrock eines Rotgardisten provozierend herumgelaufen war. Er in herausforderndem Ton zu mir: Na, Herr Misa Osztatní? Bringen wir das Mäh-Kälbchen, bringen wir's? Und dann fragt er, welchen Weg ich genommen habe. Wie immer, sag ich, die Schienen entlang. Den Spruch quittierte er mit einem strafenden Blick seiner stechenden Augen. Irgendwie hatte ich dabei eine böse Vorahnung.

Und tatsächlich, das Weitere ließ nicht lange auf sich warten!

*

6. September 1918
Unser Obernotar berief den erweiterten Gemeinderat ein (wir waren an die vierzig, hauptsächlich Grundbesitzer, Kaufleute und Intelligenzia), während der uns er, unser Richter Mihály Lopúch und ein uns nicht bekannter Mensch von der Komitatsverwaltung eigentlich nur warnen wollten, weil es in den Städten rings-

um schon mehrfach zu Tumulten gekommen sei – und zwar zu bedrohlicheren als hier bei uns mit dem kreischenden Weibervolk –, bei denen die mittellosen Massen, oft sogar im Besitz von Waffen, mit allerlei Forderungen aufgetreten seien, brutal und gefährlich. Und wie man solchen Zuspitzungen vorbeugen könnte. (Derartige Neuigkeiten brachte letzte Woche auch Jadwiga mit, als sie in dem zum Lazarett umgebauten Sanatorium als Krankenschwester Dienst tat.) Solange dies irgend möglich sei, sollte jedwede Konfrontation vermieden werden, etwa bei der Mühle, bei Brot-, Fleisch- und anderen Zuteilungen oder auch bei der Auszahlung von Tagelöhnen und anderen Vergütungen, ebenso bei Behördengängen ins Gemeindeamt oder zur Gendarmerie. Ruhig und mit viel Geduld, so sagte der Mann, müsse man jederzeit mit dem aufgehetzten Volke reden. Nun gut.

Auch von uns nahm der eine oder andere das Wort, man habe ja verstanden, aber nur bis zu einem gewissen Grad, denn wie man in den Wald hineinrufe, so schalle es auch wieder heraus. Und was können schöne Worte ausrichten, wenn im Pöbel einer den anderen in Rage bringt und blind wütet. Solche Ratschläge seien gut gemeint, könnten aber nicht weiterhelfen. Vielmehr müsste die Behörde darauf hinwirken, dass das Eigentum geschützt wird, auch auf den Äckern seien inzwischen die Diebereien gang und gäbe.

Dann machte Izsó Unger, der Bäcker, im Namen des für die Versorgung der Bevölkerung zuständigen Gewerbes und der Kaufmannschaft einen dahingehenden Vorschlag, dass die Preise in Grenzen zu halten oder Bedrängten sogar Kredit zu gewähren sei, wenn die Gemeinde oder der Staat, das sei ihm egal, sich verpflichteten, Verluste wenigstens nachträglich auszugleichen oder ihnen, sagen wir, Mehl auf Kredit zu besorgen. Doch bislang hat die verehrte Obrigkeit den Preis für den Frieden in der Gemeinde ganz den Bäckern, Fleischhauern, Krämern aufgebürdet. Das wird auf die Dauer nicht gut gehen. Denn er selbst habe sich bereits Tag für Tag persönlicher Insultationen zu erwehren.

Darüber, wer welche Last zu tragen hätte, gab es dann einen lauten Streit.

Dass die Ladenbesitzer auf die Preise aufschlagen, betrügen und Schwarzhandel betreiben könnten, vom Landwirt aber werde nur genommen, ob vom Dieb oder durch die Requirierungen, und so hohe Steuern wie jetzt habe man ja auch noch nie erlebt.

Dass man so gemeinen Verleumdungen in aller Entschiedenheit widersprechen müsse, denn der Kaufmann zahle ja auch so noch drauf, dennoch entrichte er ehrlich seine Steuern, und er habe schließlich die Verantwortung für die Versorgung der Bevölkerung.

Damit sich die Herren hier nicht gegenseitig zerfleischten, sollten wir lieber auf die Aufrührer achten! Auf die marodierenden Soldaten, Frontdeserteure, dahergelaufenes rotes Pack, Sozialdemokraten mit Schläfenlocken und andere Unruhestifter. Und wo bleibt eigentlich die Gendarmerie, sie tritt doch kaum noch in Erscheinung, wo ihr doch gerade jetzt eine immer wichtigere Rolle zukäme?

Da stand mein Freund Pista Szvetlik, der Vizenotar, auf und wollte nicht in Abrede stellen, dass sich nützliche Schritte in verschiedene Richtungen anböten (obwohl manche Unfrieden stiftenden Töne, sagte er, ihn jetzt missmutig stimmten), dennoch möchte er vorschlagen, dass das Gremium eine außerplanmäßige Kreditaufnahme in Höhe von bis zu hunderttausend Kronen zur Beschaffung von Weizen für die Notleidenden bewilligen sollte. Denn solange wir nichts Konkretes vorweisen könnten, nicht fähig seien, etwas zu unternehmen, würden nur leere Phrasen gedroschen, ohne dass sich etwas ändert. Und damit nahm er wieder Platz.

Die Amtspersonen zeigten sich überrascht und etwas brüskiert, denn so etwas stehe nicht zur Debatte, warum Pista es hier zur Diskussion stelle und dergleichen mehr. Da aber schlug sich der Mann von der Komitatsverwaltung auf Pistas Seite und erklärte, dass schon eine ganze Reihe von Gemeinden zu solch einer Lösung gelangt seien. Natürlich, knurrten einige, eine gute Lösung sei es allemal, solange nicht das Komitat unter der Last der Kredite zu ächzen habe. Auch der Sprecher der Landwirte erhob sich und schlug vor, der gnädige Herr möge doch darauf hinwirken, dass auch das Komitat das Seine beisteuere, wenn es schon eine so gute Idee sei. Doch der Angesprochene zuckte nur die Achseln, weil dies außerhalb seiner Kompetenz liege.

Zu guter Letzt hat man Szvetliks Vorschlag von Seiten der Körperschaft mit der Begründung abgeschmettert, dass die Gemeinde schon die laufenden Belastungen kaum zu tragen imstande sei.

*

9. September
Miki Buchbinder kam heute aus seinem Laden zu mir herausgelaufen*, was eigentlich los sei, dass ich überhaupt nicht mehr bei ihm hineinschaue. Aber natürlich, sage ich, ich war nur völlig in Gedanken versunken und wäre auf dem Rückweg ganz sicher vorbeigekommen. Drinnen im Laden sagte er plötzlich, Armin, sein Bruder, möchte etwas wissen, weil ich doch in der Versammlung gewesen bin, sein Name soll dort genannt worden sein. Da berichtete ich Miki, dass so ein Schwachkopf »warnend« zur Sprache gebracht habe, vor wem man sich seiner Meinung nach hier hüten solle, aber namentlich wurde Armin nicht erwähnt, es hieß nur »vor den Sozis«.

Armin Buchbinder hat nämlich, nachdem er von der Front heimgekehrt ist, in den letzten Monaten den Sozialdemokraten bei uns zu einem nicht zu übersehenden Aufschwung verholfen.** Die halten Vorträge, diskutieren über Politik, über die Ereignisse in Russland, über den Krieg, die Armut. Sie sind strikt

* *Da befindet sich heute eine volkseigene Fleischbank. Wenn es eine Notschlachtung gibt und das Fleisch noch einigermaßen genießbar ist, kommt der Tierarzt und drückt einen Stempel drauf, und die arme Bevölkerung steht Schlange vor dem Laden. Das also anstelle von Buchbinders Fotoatelier.*

** *Von dem Armin Buchbinder habe ich nie etwas gehört. Der ist danach nicht mehr in Erscheinung getreten. Als 1945 die Sozialdemokraten wieder angefangen haben, gehörten gerade noch ein paar Schuster und Schneider dazu.*

gegen den Krieg. Und deshalb hätte Armin mich dazugebeten. Ich habe von Miki gehört, sagte er, dass auch du deine Meinung vom Krieg hast, könntest doch hin und wieder bei uns vorbeikommen. Ich habe es zwar nicht abgelehnt, bin aber auch nicht hingegangen, will mit Politik nichts zu tun haben. Mir macht es nämlich schon Schwierigkeiten genug, mich von den »Slowaken« irgendwie fern zu halten.

*

12. September
Als heute die Post kam, bin ich wieder hinter etwas gekommen, obwohl ich Jadwiga gar nicht mehr nachspioniere. Sie bekommt in großen Kuuverts regelmäßig illustrierte Zeitschriften, die ihr angeblich Irmchen Sárossy schickt, wenn sie sie ausgelesen hat. Gelegentlich blättere auch ich in die Postillen hinein, obwohl es überwiegend Frauenblätter sind (Gesellschaftsklatsch, Theater, Kleidermode, wenig Literatur). Manchmal kommen deutschsprachige und sogar englische Druckerzeugnisse, aber auch die spornen mich nicht an, diese Sprachen zu üben. Jadwiga allerdings liest sie fleißig. Ich kann sie verstehen, soll doch wenigstens so viel aus der großen Welt zu ihr dringen, in dieses rückständige Nest, über das sie, man muss es ihr lassen, schon lange kein klagendes Wort mehr verloren hat.

Auf der Kommode liegt ganz obenauf der aufgerissene Umschlag, aus dem die illustrierte Zeitung hervorschaut. Irgendwie abwesend greife ich danach. Wie ich das illustrierte Blatt herausziehe, fällt vor mir ein Briefchen auf den Boden. Ich greife danach. Auf blassgrünem Papier mit dunkelgrüner Tinte, aber in einer ganz anderen Schrift als die Adresse und der Absender von Irmchen auf dem Kuuvert. Ich starre auf das Briefchen: Als Anrede »Meine allerliebste Jadwiga!«, ich drehe das Blatt um und suche die Unterschrift »Dein Dich jetzt und immerfort liebender Franci«. Umsonst weiß ich Bescheid, so unvorbereitet mit der Tatsache konfrontiert, erschaudere ich. Als hätte ich sie in flagranti ertappt.

Und er schreibt Deutsch! Stark nach rechts geneigte, energische, schwungvolle Zeilen, die Unterlängen von Y, G und scharfem S ragen weit in die Zeile darunter. Eine imponierende Handschrift, aber schwer lesbar. Vor allem aber wegen des Deutschen komme ich schon am Ende der ersten Zeile ins Stottern und schäme mich auch im selben Augenblick, weil es mir nicht zusteht, den persönlichen Brief eines anderen ... aber sicherlich auch, weil mir in den Kopf schoss, dass mir das Lesen und Verstehen der deutschen Sprache Probleme bereitet.

Ich lege den Brief wieder hin, betrachte lediglich das Schriftbild, um den Inhalt kümmere ich mich nicht. Nie zuvor habe ich Winklers Handschrift gesehen. Doch diese Schrift hat einen Schreibfluss, eine Überlegenheit. Etwas Unbezweifelbares. Ohne alle Bedenken, was die Lesbarkeit angeht, denn das Buchstabieren ist ja Sache des Lesers. Und es ist, als läge in der Federführung auch etwas Forderndes, eine Antwort Ertrotzendes.

Meine Buchstaben haben etwas von einer weiblichen Perlschrift. Sie sind zwar ziemlich ausgeschrieben, wirken aber dennoch wie aus dem Schulheft eines begabten Maturanten. Die gut lesbare Schrift ist eine Form der Höflichkeit gegenüber dem Adressaten, das war immer meine Meinung, ebenso die Verständlichkeit. Auch wenn für die Seiten dieses Heftes seit einer guten Weile nur ich der einzige Adressat bin.

Dass ich auch schreibe, ohne eine Antwort darauf zu erwarten, das hat nicht erst mit diesem Tagebuch angefangen. Im letzten halben Jahr unserer Verlobungszeit kam auch nicht mehr auf jeden an Jadwiga nach Stralsund geschriebenen Brief eine Antwort. Meine Braut ließ immer zwei, drei zusammenkommen und antwortete mir erst dann (manchmal hatte ich sogar das Gefühl, mit nicht allzu großer Lust).

Später schrieb ich Briefe und gab sie ihr am Morgen in die Hand. Wenn ich allerdings irgendeine unserer Meinungsverschiedenheiten auf diesem Weg zu bereinigen versuchte, führte das meist zu keinem guten Ende. Oft stöhnte sie schon mit umwölkter Stirn darüber, noch bevor sie den Brief überhaupt gelesen hatte, um ihn dann nach kurzem Überfliegen verärgert zusammenzufalten und wiederholt zu erklären, dass ich alles kaputtbegründe.

Verhalten Sie sich lieber anders!, schloss sie die Debatte ab, dann brauchen Sie den Dingen nicht so peinlich auf den Grund zu gehen. (Stets bin allein ich derjenige, der dies oder jenes nicht machen soll, sie hat natürlich nie und nichts zu bedenken, begehrte ich auf, freilich meistens nur bei mir.) Wenn sie bei Laune war, strich sie mir mit dem Zeigefinger über die Nase und sagte das Gleiche, aber grundsätzlicher: Lernen Sie, mein Teurer, wie man mich behandeln muss! (Ich halte das für ein Gebot des Miteinanders, vorausgesetzt, diese Anpassung beruht auf Gegenseitigkeit, das habe ich ihr auch einmal gesagt.)

Der einseitige Briefwechsel von einem Zimmer ins andere fand schließlich dadurch ein Ende, dass Jadwiga nach dem Lesen einer meiner grundsätzlichen Beweisführungen (ich verfolgte damit wieder einmal die Absicht, um Verständnis zu werben, war bemüht, unsere Liebe nicht erkalten zu lassen) mich naserümpfend brüskierte: Was soll denn diese kindische Schreiberei! Gut, dann soll es eben das letzte Mal gewesen sein, beschloss ich beleidigt.

So etwas aber würde sie andererseits diesem Mann niemals sagen. Im Gegenteil, Winkler scheint sich von ihr geradezu ermutigt zu fühlen, möglichst oft zu schreiben! Und ich verstehe jetzt auch, zu welchem Zweck meine Frau so oft die Tür hinter sich zuzieht, »um zu schmökern und ein wenig zu meditieren«! Wenn ich dann unmissverständlich in ihrer Hand den Federhalter erblicke, beruft sie sich darauf, »manch eine Freundin von früher« aus der Zeit bei den Englischen Fräulein und aus Stralsund fehle ihr. Warum? Oder sie muss jetzt ganz schnell der Mama Judit Szpevács oder Irmchen Sárossy ein paar Zeilen schreiben. Klar, dass all das an Winkler ging, der dann über diese Schleichwege seine Antworten sandte.

Ich werde diesem Briefwechsel nachgehen! Weiß, dass es niederträchtig ist, aber es gibt auch so etwas wie Selbstschutz! Denn wenn sie mich ehrlos hintergehen und belügen will, wenn offenbar auch die einstige Zuneigung meiner Frau für mich nur Arglist war, so habe ich das Recht, mich auf ebenso unehrenhafte Weise zu wappnen. Ich möchte wetten, dass auch Winklers Briefe heimlich auf dem Boden in der mittleren Schublade ihrer Damenkommode neben den meinen ruhen, die Jadwiga, mit einem blauen Band umschlungen, für sich schon endgültig ad acta gelegt hat.

Seit wann kann dieser zum Betrüger gewordene Freund das Spiel schon betreiben, und was mag er ihr schreiben? Und wie er wohl seine Botschaften abfasst? Ob er auch als Briefschreiber imponiert und etwas zu bieten hat, auf das ich eifersüchtig sein müsste? Oder ist er auf dem Papier (wie ich vermute) bedauernswert ungelenk und kann mir eher zu einem Gefühl der Genugtuung verhelfen: Ja. Wenn du dies brauchst, Jadwiga, du sollst es haben, lies also diese gestotterten Liebesschwüre, die so blutleer sind und nichts weiter übermitteln als den Geruch von Schweiß, den sie ihren Schöpfer gekostet haben!

Im selben Augenblick fühle ich mich aber schon wieder beschämt: Denn wie sollte ich das beurteilen können, wenn mein Deutsch nicht einmal so weit reicht, dass ich Winklers Briefe richtig verstehen kann? Ein Grund für mein ständiges Minderwertigkeitsgefühl waren schon immer die mangelhaften Fremdsprachenkenntnisse, und nun setzen sie meiner Schande auch noch die Krone auf!

Ich habe noch nie mit einer Frau korrespondiert. Mit keiner Liebesbriefe ausgetauscht und auch sonst nichts. Überhaupt habe ich selten Briefe geschrieben, höchstens Ansichtskarten von Schulausflügen oder Weihnachts- und Neujahrskarten an Verwandte. Natürlich musste ich später Anträge stellen, »offizielle« Eingaben und dergleichen schreiben. Aber das ist etwas anderes.

Übrigens hat mich Mama schon in der Bürgerschule viel gequält mit dem Deutschlernen. Aber ich mochte es nicht. Ich kann nichts dafür. Auch sie selbst hat versucht, mich zu unterrichten, doch es brachte nichts. Weil sie keine Geduld hatte. Ständig ist sie weggelaufen, und ich sollte in der Zwischenzeit irgendwelche Vokabeln lernen. Aber ich konnte sie nicht behalten. Oder sie schüttelte den Kopf: Ach Misko, nicht einmal das kannst du dir merken! Oder auch: Das verstehst du nicht? Diese vielen Deklinationen und Konjugationen, ich hab sie nicht behalten. Für Marci war es nicht so schwer. Er ging ja schließlich ins Gymnasium, und da haben sie auch Deutsch gelernt. Was hat es ihm gebracht? Im Krieg konnte er es gebrauchen. Na ja, der Ärmste.

Mama konnte auch Englisch. Und natürlich niemand sonst im Dorf. Einmal kam jemand aus Amerika zu seiner alten Mutter und brachte seine amerikanische Frau mit, die natürlich nicht Ungarisch konnte. Wir kannten sie gar nicht, Mama ist trotzdem hingegangen zu ihnen und war dann drei Wochen lang ganz oft bei ihnen, um sich mit der Frau zu unterhalten. Und sie hat sie überall herumgeschleppt, Städte besucht. Denn sie hatten ein Auto gemietet! Umsonst habe ich gebettelt und geweint, trotzdem hat sie mich und Marci nur ein einziges Mal mitgenommen, als sie in ein Heilbad fuhren zu einem Sanatorium. Danach nicht mehr. Da saß ich zum ersten Mal in einem Auto. Es war unvergesslich. (Seither auch nicht oft. Das heißt, für länger nur ein einziges Mal: mit der »Gewissen« und ... aber lassen wir das lieber.) Von den Sprachen nur noch soviel: Auch meinen Eltern ist es niemals eingefallen, richtig Slowakisch zu lernen.

*

16. September 1918
Miki Buchbinder berichtet, dass Armin, als er von Szvetliks Vorschlag hörte, zu Pista gegangen ist.
Die örtlichen Sozialdemokraten würden seine Initiative unterstützen, wenn es unter den Gemeindevertretern welche gäbe, die eine Kreditaufnahme zur Förderung der allgemeinen Versorgung befürworteten.

Pista Szvetlik hat darauf zur Antwort gegeben, dass von denen niemand je dafür votieren würde, sie könnten nur laut über die Rinderrequirierungen bei den Landwirten klagen.

Armin hat gemeint, man könnte seiner Ansicht nach doch im Vorhinein aushandeln, wie weit man bei der Absenkung der Requirierungsquoten gehen müsste, um ein Plazet für, sagen wir, zweihunderttausend Kronen zu erreichen.

Aber was soll denn das, diese Rinder, sie sind doch die örtliche Steuer, dann könnten wir in der öffentlichen Fleischbank ja nicht einmal mehr so viel für deine hungrigen Mäuler verteilen wie bisher!, gibt Szvetlik zurück.

Ganz so ist es aber nicht!, erwidert Armin augenzwinkernd, ihr könntet doch dem Staat gegenüber die Erfüllung der Quote an Lebendvieh zurückschrauben, nicht? Müsstet halt um Fristverlängerung ansuchen, sagen, dass es noch nicht möglich war, die Quote zu erfüllen und so weiter.

Du hast gut reden, Vorschläge machen kostet nichts!, winkt Szvetlik ab.

Darauf muss der andere lachen und sieht Pista tief in die Augen: Aber, sagt er, kümmert ihr euch wenigstens bis dahin nicht mehr so viel um die vom Staat auferlegten Lasten, denn in ein paar Wochen ist hier ohnehin alles anders!

Gut, Bruder, ich will's versuchen. Aber ihr, sagt er zu ihm, gebt dafür im Gegenzug bis dahin erst einmal Ruhe! Und du stehst dafür ein, dass die Abgemusterten keinen Wirbel machen. Abgemacht?

Ich habe Armin gegenüber erwähnt, sagt Miki, dass Szvetlik heute Abend bei dir sein wird, und er sagte darauf, er wolle auch bei dir vorbeischauen, um von Pista zu erfahren, zu welchem Ergebnis er mit den Gemeindevertretern gekommen ist.

*

24. September
Schon auf dem Markt erfahre ich von Pali Rosza, worüber der Armin Buchbinder und der Pista Szvetlik gepackelt haben, dass das Gremium darauf eingegangen ist und inzwischen auch der Richter seinen Segen dazu gegeben hat. Heute wollen alle offiziell dafür stimmen. Und dass gestern auf der Hauptstraße schon viele vor Pista den Hut gezogen haben, denn es hat sich schnell herumgesprochen, dass es Mehl umsonst geben soll.

*

3. Oktober
Heute empfing mich Gregor mit der Nachricht, dass wir Szeles, den schwarzen, zähen Ochsen, eingebüßt haben. Er hätte mir doch schon vor einer Woche gesagt, wir sollten ihn als Steuer abliefern, dann würde er uns wenigstens angerechnet, denn irgendetwas an dem Tier gefiel ihm nicht. Ich aber war der Meinung: Man sollte nicht übereifrig sein, das hat Zeit, bis sie zum Eintreiben kommen. Nun, nach ein paar Tagen ist bei Szeles Harn-

verhalten eingetreten. Gregor hat ihn zwar gleich zu Jaksa, dem Metzger, gebracht, aber es half nichts mehr, denn beim Schlachten ist die Blase geplatzt, und der Harn hat sein ganzes Fleisch durchsetzt, so dass es gänzlich ungenießbar war, so hat Jaksa auch nichts dafür gezahlt. Übrigens fand er im Harnleiter einen Stein in Bohnengröße. So haben wir das schöne Stück Vieh verloren.

*

4. November 1918
Fast eine Woche lang war ich draußen bei Gregor auf dem Gehöft, so bekam ich fast gar nichts mit vom Lauf der Ereignisse, das meiste erfuhr ich erst hinterher.

Doch fangen wir ganz vorn an, denn auch das entspricht schon wieder nicht ganz der Wahrheit: Ich ging zum Gehöft hinaus, weil der Gendarm Machan mir, da wir gerade nicht daheim waren, einen Brief von Szilágyi bei Anci hinterlassen hat, den ich, ohne ihn zu lesen, umgehend zurückgehen ließ mit dem Hinweis, die gnädige Frau (also meine Gattin) ließe dem Herrn Hauptmann sagen, ich könne den Brief nicht entgegennehmen, weil ich weggefahren sei. Und so bin ich tatsächlich zu Gregor »gefahren«, weil ich von all dem nichts hören und nichts wissen wollte.

Mich gehen weder die Bacovszkys noch die Armin Buchbinders oder die Pista Szvetliks etwas an, mich kümmert auch nicht das Geschrei der Deserteure und der Rotten aus den Entlassenentransporten, die drohend mit ihren Flinten herumfuchteln und die Fensterscheiben der Auslagen einschlagen. Also konnten Armin und die Seinen doch nicht halten, was sie versprochen hatten. Im Gegenteil, auch sie und ihresgleichen bekamen die Wut der Aufrührer zu spüren.

Die alkoholisierten Banden machten sich nämlich am Abend noch einmal zu einem Streifzug auf, ihnen schlossen sich manche von den schon wieder mobilen Kriegsversehrten des örtlichen Militärhospitals an und fühlten sich ermuntert, lauthals die Juden zu beschimpfen und im Chor »Abzug« zu brüllen.

Es kam angeblich zu Tätlichkeiten, Moses Gruber* zog den Rollladen herunter, als die Banden sich näherten. Sie haben den armen Alten an seinen Peies aus dem Magazin geschleift, als er sich sträubte und erklärte, er bediene keine betrunkenen Subjekte, da kam es zu einer Balgerei, und Onkel Gruber wurde so heftig gegen die Glasscheiben gestoßen, dass die Scheibe zu Bruch ging und er sich blutende Schnittwunden zuzog. Zwei andere Juden, die zur Behörde gelaufen sind, um Hilfe zu holen, hat man währenddessen zusammengeschlagen.

Dann begann die Horde, die anderen jüdischen Geschäfte zu plündern. Mit Brechstangen knackten sie die Rollläden auf, schlugen mit Gewehrkolben die Fenster ein. Wer sich nicht davonmachte, wurde verprügelt, die Waren und Einrichtungsgegenstände hat man dem zusammengelaufenen Pöbel zum Forttragen auf die Gasse geworfen. Schließlich legten die Randalierer in ihrer Zerstörungswut sogar Feuer in den Geschäften. Onkel Moses Grubers Laden ist bis auf den Türrahmen ausgebrannt.

Später erfuhr ich, dass auch an Miki Buchbinders Atelierfenster eine Scheibe eingedrückt worden ist, aber zum Glück soll einer aus dem Mob den anderen zurechtgewiesen haben: Was willst du hier? Bei dem gibt es nur Rahmen aus Holz. Die sind spröd und zäh! So ist Buchbinder glimpflich davongekommen.

Der Mongolensturm ebbte allmählich ab, einerseits weil die Randalierer durch den im Übermaß geflossenen Alkohol bereits geschwächt waren oder zu weiteren Zechgelagen ziehen wollten, nur da und dort wurden die Plünderungen bis zum frühen Morgen fortgesetzt.

Dotor Hroncsok musste sechs blutig geprügelte oder sonstwie blessierte Juden verarzten, drei von ihnen brachte man mit dem Abendzug ins Krankenhaus der Stadt.

*

* *Von einer Familie dieses Namens habe ich nie gehört, vermutlich sind sie weggezogen.*

Ich schäme mich, aber auch Papas Grab habe ich erst nach Einbruch der Dunkelheit aufgesucht, bin dabei unterhalb der Gärten entlanggeschlichen, damit mich keiner sieht.

Von Zeit zu Zeit ging ich heimlich zu Jadwiga, die sich zu meiner Überraschung eines Abends Sorgen um mich zu machen schien: Gehen Sie, verstecken Sie sich lieber, mein Teurer, und bringen Sie auch den Schmuck, das Geld und sonst alles in Sicherheit, denn am Ende fällt, Gott bewahre, das Gesindel auch über Sie noch her!

Du brauchst dir um mich, meine Liebe, keine Sorgen zu machen! Sie haben es nur auf die Juden abgesehen! Sonst könnte ich doch auch dich nicht hier zurücklassen! Ich möchte mich nur nicht in eine dieser Sachen hineinziehen lassen, die sie jetzt zu Dutzenden organisieren.

Möchtest du ihn auch probieren?, fragte ich sie, denn wir saßen gerade beim Essen, und ich holte das Fläschchen hervor, das ich mitgebracht hatte. Gregor hat ihn besorgt, sagte ich, ein sehr guter Wein. Denn Jadwiga trinkt in letzter Zeit gern einmal etwas Süßes, auch Wein, und sie hat das Angebot jetzt nicht abgelehnt. Zweimal durfte ich ihr nachgießen.

Aber Ondrisko, sagte sie später, es ist mir nicht entgangen, dass Sie auch vor Hauptmann Szilágyi Angst haben. Sie sollten nicht mehr hingehen zu ihm, mein Teurer, wer zum Teufel weiß, was der im Sinn hat mit Ihnen?

Und dabei umarmt sie mich ganz unerwartet, um sich schließlich von mir so sehr an mich drücken zu lassen, dass ich mich schon ein paar Minuten später mit ihr im Bett wiederfinde. Was schon seit vielleicht drei Monaten nicht mehr vorgekommen ist, und davor noch viel länger nicht. Und jetzt das!, wer soll sich da auskennen? Obendrein nimmt sie derart heftig Besitz von mir (auch wenn sie zu Anfang mit dem immer gleichen Gerangel ihren Schoß verteidigt, wie sie es früher getan hat, als sie meinen Körper manchmal nicht nur wegzustoßen, sondern auch, wie den ihren, bis zur Unerträglichkeit aufzuheizen verstand), dass sie mir sogar noch aufmunternde Worte ins Ohr flüstert! Die sogleich, als würden sie mir übers Rückenmark geradewegs in die

Lenden dringen, meine ständig nach Hoffnung dürstende Seele in wonnevolles Entzücken versetzen. Ganz zu schweigen von der heißen Begierde meines so lange kasteiten Körpers nach Fleischeslust.

*

6. November 1918
Ich sitze bei Miki Buchbinder, und wir reden immer noch über diese schreckliche und beschämende Geschichte vom ersten November. Und davon, dass der bei der Sitzung am darauf folgenden Tag gewählte neue Richter Ordnung versprach, angeblich hat er auch nach den jüdischen Familien, die sich versteckt haben, geschickt, sie brauchten keine Angst mehr zu haben. Na, wer soll denn das glauben?

Miki entspannt sich nur ganz allmählich, doch nach dem dritten Glas hat er sich wieder gefangen. Und dann berichtet er schon beinahe mit Schadenfreude, dass Wachtmeister Machan, dieser ungehobelte, polternde Lümmel, der noch nie in seinem Leben mit jemandem ein vernünftiges Wort gewechselt hat und sich nicht einmal traute, die Wandalen zur Ordnung zu rufen, endlich auch sein Fett abgekriegt hat. Nach dem Zertrümmern der Auslagen haben sie ihn sich auf der Straße gegriffen, ihm zuerst das Emblem von seiner Dienstmütze, dann die Rangabzeichen vom Rock gerissen und die eigene Waffe auf ihn gerichtet; schließlich zogen sie ihm die Uniform aus und verprügelten ihn offenbar auch noch anständig, bevor sie ihn in Unterhosen nach Hause laufen ließen.*

Aber das musst du dir noch anhören, eine Sonderausgabe!, und er zieht ein Blatt hervor: »Die erhebende, berauschende Stimmung in der Volksversammlung am zweiten November steigerte sich noch nach der Wahl eines Nationalkommitees, und in den Herzen aller loderte die Flamme …«

* *Das gefällt mir ausnehmend gut, wie man diesen gemeinen Rüpel von Gendarm tüchtig verhauen hat! Dreimal hätte es ihm gebührt, wie in dem Märchen vom Gänse-Hias.*

Wie auch in den Läden der Juden, sage ich. Wer hat denn das geschrieben?

Na, wer schon?

Woher soll ich das wissen, zucke ich die Achseln.

Pali Rosza! Was sagst du jetzt? Erhebende, berauschende Stimmung! Doch was am Abend zuvor geschehen ist, davon kein Wort! Hör nur, er schreibt: »Der Frontsoldat József Huterjak nahm das Wort und rief die Versammelten im Namen eines neuen, schöneren Lebens auf, alle, die sich zum Ungarntum bekennen, sollten sich abends im Garten der Bahnhofsschenke versammeln. Darüber werden wir in unserer morgigen Ausgabe berichten.«

Und während wir so im Atelier hinter der mit Pappe geflickten Auslage sitzen, wirft mir Miki einen verschmitzten Blick zu.

Und?, frage ich ihn, was gab es dort?

Ich soll das wissen? Bin ich denn deiner Meinung nach ein Ungar?

Nun verstehe ich, und wir lachen lauthals. Wie der Huterjak mit seinen vier Klassen Elementarschule nach fünf, sechs Doppelten und mit seinen ernstlichen Sprachschwierigkeiten wohl die Veranstaltung angekündigt haben mag: »Wer sich fiehlt ein Ungar …«

Wir machen uns auch darüber lustig, wie unser Freund Pali in seiner revolutionären Begeisterung nicht nur den Onkel Moses Gruber, sondern auch sein slowakisches Selbstwertgefühl vergisst und das alles in vollem Ernst zu Papier bringt.

Armin hat ihn deswegen gestern auch zur Rede gestellt, sagt Miki. Warum er aus einem versoffenen Deserteur einen nationalen Helden machen muss. Von seinen Kumpels, die den Pogrom veranstaltet haben, gar nicht zu reden! Denn, hat er ihm gesagt, diese saufenden Schweine sind keine Revolutionäre!

Und dann sagte Armin noch zu Rosza: Du, Pali, sagt er, du sitzt da, ein Slowake mit zwei Juden! Siehst du auch nur einen einzigen Ungarn hier?, von wem sprichst du eigentlich? Hier geht es nicht um Ungarn und Nicht-Ungarn, denn dann bin ich genauso gut ein Ungar wie du oder der Oberstuhlrichter beim

Komitat!, sondern um Hungernde und um Prasser, die sich am Krieg bereichert haben! Obgleich, sagt er, es kann sein, dass man in einem Fall gerade den großen Ungarn wird hervorkehren müssen, aber dafür wäret ihr, wenn ich recht unterrichtet bin, ja gerade ihr, die von der Loslösung von Ungarn träumenden slowakischen Irredentisten, nicht zu haben. Nämlich für den Fall, dass der Karren auseinander fällt und, Gott bewahre, Ungarn gezwungen wäre, zwischen Tschechien und Rumänien Raum für sich zu ertrotzen! Weißt du, das wird noch einen Extratanz geben, den Krieg um den Frieden. Also, nur damit du verstehst, beendete Armin die Belehrung, warum du ein Ochse bist, du dummer Schlawak!

Der arme Pali tat mir am Ende schon Leid, weil sie hier in meinem Laden saßen. Das hat mir Miki Buchbinder heute erzählt.

*

28. Januar 1919
Was könnte ich auch nach Monaten anderes schreiben als wieder nur über Politik? Denn sonst tut sich leider bei uns kaum etwas; zum Beispiel heute, als Pali Rosza beleidigt fragt:

Warum wäre das eine so verrückte Idee?

Wir sitzen wieder im Fotoatelier, und er kehrt sein pausbäckiges Gesicht mal dem Miki Buchbinder, mal mir zu. Warum sollte eine autonome slowakische Insel hier eine dumme Idee sein?

Selbst unser Hochwürden sagt das, und, er rückt seinen Stuhl näher heran, auch in der Zeitung ist es zu lesen, dass sich jetzt jedes Volk erhebt, um seine Selbstbestimmung zu erreichen. Die Rumänen haben ihre Selbstbestimmung im Sommer noch im Rahmen des Reiches angestrebt, inzwischen, seit unsere Truppen dort eingedrungen sind und die Union von Rumänien und Siebenbürgen proklamiert worden ist, sieht es natürlich dort wieder anders aus. Nun drängen bereits die Siebenbürger Ungarn bei ihnen nach Autonomie. Doch Jászi und auch die Regierung empfehlen einen föderalen Staat und Selbstbestimmung der Nationalitäten. Sie denken an eine Art Inselsystem mit lauter autonomen Gebieten darin. Im Seklerland zum Beispiel, in der Umgebung von Klausenburg, Petrozsény und Eisenmarkt. Auf ungarischem Territorium dagegen schlägt man drei Inseln mit rumänischer Minderheit vor. Oder da sind beispielsweise die Sachsen! Natürlich haben sie eine Kehrtwende gemacht und die Karlsburger Union anerkannt. Aber dafür hat ihnen Maniu auch das Munizipium Sachsenland beziehungsweise die eigene, sächsisch bestimmte Autonomie versprochen ...

Ich betrachte Pali Roszas Stiernacken von der Seite und achte gar nicht mehr auf das, was er sagt. Warum reden wir immer nur über Politik? Denkt denn einer von uns auch über den anderen nach?

Oder nehmen wir etwa das Banat!, ereifert sich Pali weiter. Hier wollen weder die deutschen noch die ungarischen Arbeiter zu Rumänien gehören, und in Temeschburg hat man auch schon die Selbstständigkeit des Banats proklamiert!

Moment, Moment!, hebt Miki die Hand. Dort hat diese, ach so große Glückseligkeit ein, zwei Tage gedauert! Bis zum Nikolaustag, als die Serben in Temeschburg einmarschiert sind, damit hatte die Herrlichkeit auch schon ihr Ende gefunden. Und den Sachsen macht Maniu doch immer nur Versprechungen! Kannst du dir von diesen Rumänen, die zu Weihnachten in Klausenburg die Volksversammlung auseinander gejagt haben, weil sie für die ungarische Selbstverwaltung eingetreten ist, wirklich etwas Gutes versprechen?

Auseinander gejagt, aber warum? Weil man dort für die Zugehörigkeit zu Ungarn demonstriert hat! Natürlich haben die rumänischen Truppen sie besetzt! Und wenn sie das ungarische Gebiet kassieren können, dann werden sie es auch tun! Die Kräfteverhältnisse waren immer abhängig von den Waffen ...!

Kräfteverhältnisse! Dieser Pali, ein unseliger Dummkopf. Und daheim, wovon hängen sie denn da ab? Warum scharwenzelt seine Frau auch jetzt noch immer auf dem Markt um mich herum und seufzt, dass es auch anders hätte kommen können zwischen uns? Du sollst nicht so reden, Ivka!, sage ich. Und warum nicht?, fährt sie mit lauernder Miene fort, so ganz glücklich kannst du ja derzeit auch nicht gerade sein! Denn Pali sagt, dass er, wenn er in Pest war, schon mehrmals Jadwiga im Nationaltheater gesehen hat, und daraus schließe ich, dass sie sich nicht langweilt, während du … Na, das reicht jetzt aber!, sage ich, drehe der Frau Rosza den Rücken und gehe. Natürlich bin auch ich ein unseliger Dummkopf, nicht nur Pali. Was mag er wohl alles über Jadwiga ausspioniert haben?

Sie streiten sich immer noch über die Klausenburger Ungarn:

Die reale Situation haben sie nicht in Betracht gezogen!, sagt Rosza, mit den Händen herumfuchtelnd.

Warum, worin besteht deiner Meinung nach die reale Situation, fragt Buchbinder.

Unser Hochwürden berichtet, und er dämpft plötzlich die Stimme, dass es seit zwei Jahren ein geheimes Abkommen gibt, wonach die Entente eine Grenzverschiebung zugunsten der Rumänen fast bis zur Linie Debrezin-Orosháza-Szegedin zugesagt hat! Also! Und er meint, wenn wir geschickt politisieren …

Wie denn?, wen meinst du mit wir?

Na … wir, läuft Pali rot an, eben das hiesige Slowakentum …

Ach, dieser gravierende Faktor bei der Neuaufteilung der Welt …!, spöttelt Miki.

Du weißt ja nicht!, verzieht Rosza den Mund. Wie unser Wille, zum Staat der Slowaken zu gehören, von Tag zu Tag …

Zum Staat der Slowaken?!, lacht Miki lauthals. Wovon redest du, Bruder? Hast du denn nicht zur Kenntnis genommen, dass im Oktober nicht eine slowakische, sondern eine tschechoslowakische Republik ausgerufen worden ist? Masaryk und die Seinen haben das slowakische Selbstbewusstsein in das der Tschechen eingeschmolzen, sie haben die Slowaken geschluckt, mit Haut und Haar! Umsonst hat Hodša mit Jászi um das »slowakische Imperium« gerungen. Das ist längst begraben!

Aber Hlinka und seine Mitstreiter haben den Gedanken an eine slowakische Autonomie noch nicht aufgegeben! Und es sind noch geheime Verhandlungen darüber im Gange, dass im ungarisch-rumänischen Grenzgebiet auch wir eine slowakische Insel, eine territoriale Autonomie ausrufen können! Unter der Oberhoheit des tschechischen und slowakischen Staates!

Geh weg!, winkt Miki ab, euch schwafelt doch nur der Pfarrer den Kopf voll!

Oder vielleicht unter der Oberhoheit Jugoslawiens!, auch das ist denkbar, fügt Pali hinzu.

Wer hat denn vorhin von der militärischen Realität gesprochen? Wo werdet ihr denn sein, wenn die Rumänen schon bis an die Theiss vorrücken?

Gut, Pali verliert ein wenig von seinem Überschwang, es gibt auch eine Lösung, bei der diese ungünstigeren Umstände berücksichtigt werden. Wenn gar nichts anderes geht, sagt unser Hochwürden, dann käme eben eine slowakische Autonomie unter rumänischer Oberhoheit, denn die sind ohnehin eher zu Konzessionen bereit als die Ungarn, also so wie bei den Sachsen.

Bist du denn völlig übergeschnappt, Bruder? Eine slowakische Autonomie in einem rumänischen Staat?! Passt es euch denn in Ungarn nicht? Offenbar hast du noch nicht genug Malaisen damit, dass du dich um nichts anderes mehr kümmerst, als dich ewig mit deinem eigenen Schwanz zu verlustieren. Dazu würdest du notfalls ja aus der Kammer in den Schafpferch übersiedeln.*

Ich musste, als ich mir vorstellte, wie auch Ivka den Rosza aus ihrem Bett verjagt, so lachen, dass mir die Tränen kamen. Pali starrte indigniert vor sich hin, dann sagte er beleidigt zu Miki:

Hast du denn gar keine Achtung mehr vor etwas, was einem anderen teuer ist? Nichts ist dir heilig, du kennst weder patriotische Gefühle noch guten Geschmack.

Das, Miki, hätte es wirklich nicht gebraucht!, mischte ich mich ein, obwohl es gar nicht meine Meinung war und ich immer noch schmunzeln musste.

Ach, ich hab ja schon immer gewusst, sagte Rosza voll Verach-

* *Also dem guten Geschmack zuliebe hätte ich solche Sätze am liebsten wegradiert oder zugekritzelt und unleserlich gemacht! Nur konnte ich mich da noch nicht ins Tagebuch einmischen. Aber jetzt regt mich das nicht mehr auf.*

tung und sprang auf, dass man so etwas von einem Juden nicht erwarten darf.

Also jetzt hör mir mal zu, Bruder! Ich hab zwar ein böses Maul, das ist wahr, und es tut mir Leid, dass ich glaubte, ich könnte ehrlich sein und es einem Freund auch auf ruppige Art sagen, aber weder mein Benehmen noch meine Meinung haben etwas mit meiner Rasse zu tun. Wenn du mir morgen die Fenster einschlägst, dann tu es, weil du einen Zorn auf mich hast! Aber nicht weil du meine jüdische Nase nicht leiden kannst.

Was du da alles zusammenschwafelst! Haben dir nicht die uniformierten Revoluzzer deines Bruders die Schaufensterscheibe eingeschlagen, du Schlaumeier? Und du glaubst von dir, du würdest über Rassenzugehörigkeit großherzig stehen, wenn du den Rumänen den Schafpferch zuweist und es widerspruchslos duldest, dass mich dein Bruder einen dummen Schlawaken nennt?!

Also, liebe Freunde, das geht zu weit!, und ich stellte mich zwischen die beiden. Ihr lasst das jetzt! Werdet euch doch hier nicht wegen der blöden Politik …

Ach, du kannst ja auch keinen Unterschied zwischen schmutzigen und hehren Zielen machen, du armer Tropf, zischte Rosza mir von oben herab entgegen und ging ohne Gruß aus dem Atelier.

So konnte ich nur Miki noch einigermaßen beruhigen, er solle sich doch die Sache nicht so zu Herzen nehmen. Zwischendurch aber musste auch ich noch einiges schlucken: Als er am ersten November gesehen habe, dass der herumziehende, blindwütige Mob auch Läden überfällt, sei er erschrocken weggelaufen, um irgendwo einen Unterschlupf zu finden. Doch bei mir habe er vergeblich angeklopft, und auch bei Roszas und bei den Szvetliks habe man ihm die Tür nicht aufgemacht. Umsonst bemühte ich mich, ihm zu erklären, dass ich draußen auf dem Gehöft gewesen bin und meine Frau sich, was in solchen Zeiten verständlich ist, eingeschlossen habe und sein Rütteln am Tor offenbar ebenso wenig gehört habe wie Pali und Pista. Aber Miki Buchbinder schüttelte nur den Kopf: Solange die Welt besteht, fängt jeder Aufruhr mit einem Judenpogrom an, und er endet auch damit. Wir, die elenden Buchbinders und Grubers stehen dann immer allein da.

Na und dein Bruder Armin?

Ach! Der war gerade außerhalb in einer Parteiversammlung. Auch der wusste nicht, wann es ratsam ist, daheim zu sein.

*

3. Februar 1919

Aufgrund der beharrlichen Forderung der Sozialdemokraten hat man Armin Buchbinder gestern in die Gemeinderatssitzung eingeladen und auf der Stelle auch in den Gemeinderat gewählt. Angeblich erwartet man von ihm, dass er in dieser Funktion dabei helfen kann, die unzufriedenen Massen zu beschwichtigen und auch wenigstens der inzwischen erlassenen Heeresverordnung über die Ablieferung aller Waffen zur Durchsetzung zu verhelfen. Doch die Sozialisten unterstützten auch die Wahl einer weiteren Person, nämlich des Kandidaten der slowakischen Patrioten, Pastor Márton Bacovszky in den Rat, und so wurde auch er Mitglied der Gemeindevertretung.

*

16. März

Vorgestern weilte unter Führung von Bacovszky zur Überreichung einer Petition eine Abordnung des örtlichen Slowakentums bei der Regierung (!) in Pest; man hat, wie ich höre, in dieser Eingabe um den Nationalitätenstatus angesucht, aber auch um die Zuteilung von Grund und Boden für Landlose aus den größeren Besitzungen der Umgebung, um die Errichtung von Behausungen für solche, die kein Haus besitzen, und schließlich um den Bau einer Schmalspurbahn. Ich glaube, diese ehrenwerte Regierung hat jetzt keine drängenderen Sorgen, als die Forderungen unserer Slowaken zu erfüllen. Des Weiteren äußerte man den Wunsch, dass wir Kreisstadt werden mit der Amtssprache Slowakisch. Dies scheint der neueste Einfall zum Autonomieplan zu sein. Nur weiß ich nicht, wer uns das amtliche Slowakisch überhaupt beibringen soll.

Aber – wie Pali Rosza behauptet – hat nicht nur Ministerpräsident Berinkey, sondern auch Graf Károlyi höchstpersönlich unseren hochwürdigen Herrn Bacovszky mit seiner Delegation empfangen! (Das heißt, zusammen mit dem Rektor Bugyinszki und dem Schweinehändler Hruska.)

Also ich weiß nicht, ob ich das wirklich glauben soll.

*

22. März
Na bitte schön! Da ist Károlyi und den Seinen noch eine volle Woche geblieben, um die ehrerbietig vorgetragenen Wünsche unserer Delegierten zu erfüllen, und sie haben ihre ganze Zeit auf Belanglosigkeiten verschwendet!* Bis sie dann gestern ihre Ämter unverrichteter Dinge niedergelegt haben! Und für uns gab's weder Grund und Boden noch Behausungen und auch keine Schmalspurbahn! Dazu keine Spur von mehr Minderheitenrechten! Die wir doch den sich hier herumtreibenden Rumänen unter die Nase halten könnten, um sie, verdammt nochmal, in die Schranken zu weisen. Na, das werden dann schon die Roten besorgen!**

*

24. März
Unter Leitung von Armin Buchbinder begann man, die örtlichen Kommunalorgane aufzubauen. Für den 8. April ist die Wahl für den Dorfrat ausgeschrieben.

*

* *Also, so ganz verstehe ich Papa nicht. Dazu hätte eine Woche doch wirklich nicht gereicht.*
** *Und auch, dass er auf die roten Bolschewiken setzt! Ich wusste das allen Ernstes nicht.*

10. April
Die Auszählung der Wählerstimmen erbrachte folgendes Ergebis: Vorsitzender des Dorf- und Arbeiterrates Armin Buchbinder, sein Stellvertreter der Kosíkar* György Krska, Notar Pista Szvetlik. Die Ratsversammlung hat aus ihren Reihen auch das Direktorium gewählt, dessen Vorsitzender Armin Buchbinder wurde; weitere Miglieder: János Kukucska (Wirtschaftsangelegenheiten und Kontrolle), György Krska (Lebensmittelversorgung und Marktregulierung), Dr. Hugo Singer (Verwaltung, Rechtsberatung, Wohn- und Mietangelegenheiten), Pál Dusa** (Lebensmittel- und Wohnungsrequirierungen).

Gleichzeitig wurde mit der Prozedur der Verstaatlichung unserer evangelischen Schule begonnen. Vorher sind, wie ich gehört habe, der Schulrektor Bugyinszki und Pali Rosza als Delegation bei Armin gewesen, um unter Berufung auf die Notwendigkeit des traditionell slowakischsprachigen Unterrichts im protestantischen Geist eine Verstaatlichung zu verhindern. Da kann ich gar nichts machen, sagte Armin mit ausgebreiteten Armen zu Pali Rosza (von Bugyinszky nahm er kaum Notiz), eine Anordnung von oben! So sagte er, verstehst du, erzählt Pali und meint: Von denen da oben, Brüderchen!, du verstehst, was ich meine?, und er weist mit dem Mittelfinger zur Decke hinauf!

*

16. April 1919
Der Korbflechter Krska hält als Oberaufseher »Razzien« auf dem Markt ab. Woher dieser oder jener seine Ware hat, was er dafür verlangt und ob er Requirierungs- oder Steuerschulden hat. Wenn ihm etwas missfällt, konfisziert er die Ware. Die Schuster müssen das Leder abliefern, und er verteilt es neu, vor der Fleischbank postiert er bewaffnete Wachen, ebenso bei der Müh-

* *Korbflechter.*
** *Kukucska und Dusa waren als ehemalige Rotarmisten auch 1945 wieder Vorkämpfer der neuen Volksdemokratie. Der Krska war damals schon gestorben.*

le und beim Bäcker. Heute hat das Direktorium durch den die Neuigkeiten verkündenden Gemeindediener noch höhere Abgaben austrommeln lassen. (Borstenvieh, Mais, Weizen, an Rindern ist kaum noch was zu holen.)

Man beginnt wieder mit der Rekrutierung. Altgediente und frische Rekruten werden zu den so genannten »Arbeiter«-Bataillonen der Roten Armee eingezogen. Im Ort hat man eine Rote Wachkompagnie zusammengestellt, ihr Kommandant ist Mihály Lomjanszky. Armin hatte Recht, Ungarns Landesgrenzen müssen jetzt hier schon so weit wie möglich hinausgeschoben werden. Die Franzosen möchten nämlich dem Rumänen, der schon massenhaft einströmt, alles Land bis zur Theiß überlassen.

*

22. April
Gregor jammert, dass wir mit den Frühjahrsarbeiten noch weit zurück sind, weil unsere Gespanne im vergangenen Monat mindestens 15 Tage abgezogen worden sind, er sagt, die Kommunisten schikanieren uns laufend, man muss ihnen requiriertes Getreide, Holz, Stroh, überhaupt alles befördern, natürlich unentgeltlich. Morgen sind abzuliefern zwei Jungrinder, 60 kg Speck und 40 kg Schmalz.*

*

29. April
Vorgestern zogen französische Truppen durchs Dorf, und heute höre ich, dass sie Hódmezővásárhely und Makó besetzt haben. Ihnen auf den Fersen sind schon die Rumänen. Lange hat die Kommune bei uns nicht gedauert!**

* *Also darüber könnte ich ganze Vorträge halten! Was die Abgaben angeht, bin ich Professor. Wie das eben in diesen so genannten Jahren funktioniert hat!*

** *Jene Kommune, die 30 Jahre später kam, dauerte für uns aber ziemlich lange! Bzw. sie dauert noch immer, oder wie soll man sagen.*

Miki ließ mir sagen, dass Armin schon vor zwei Tagen geflohen ist. Die Rumänen haben sich im Gemeindeamt breit gemacht, die Direktoriumsmitglieder Kukucska und Krska zur Arbeit getrieben, Advokat Singer soll sich zu seinem Schwager nach Kecskemét abgesetzt haben. Krska, der unglückselige Korbflechter, war der Erste, der sein Dóseschetschinsch, die berüchtigten 25 rumänischen Stockhiebe, bekam.

Gregor ließ ausrichten, dass er Hilfe braucht und ich Zelenák zum Gehöft hinausschicken soll. Sie müssen die Erdmiete für die Rüben erweitern und die noch verbliebenen 40 Sack Weizen darin verstecken. Vier Pferde, drei Kühe und zwei Kälber hat Gregor schon vorgestern weggeschafft, zum Melinda-Gehöft, auf das etwas abseits gelegene Szőllőscher-Gehöft meines Paten und zu anderen.

*

Für gestern hatte Hochwürden Bacovszky für die vertrauenswürdigeren Mitglieder der Gemeinde einen außerordentlichen Trauergottesdienst angesetzt, und zwar im Anschluss an die Abendmoljidba*. Seine Einladung dazu war beinahe so was wie ein Befehl, unmöglich, ihn zu überhören.

Auch von Jadwiga ließ ich mir versprechen, mich zu begleiten, obwohl sie sich nur sehr missmutig darauf einließ, dass sie statt mit dem Nachtzug schon mit dem um sieben aus dem Hospital heimkommen musste. Aber auch die anderen wollten mit ihren Frauen kommen, und ich kann nicht überall allein auftreten! Ich erwartete meine Gattin am Bahnhof, aber sie sagte kaum ein Wort zu mir, sah zerstreut um sich, gönnte mir keinen Blick. Fast auf dem ganzen Weg zurück zeigte sie sich gekränkt darüber, dass ich, wenn es tatsächlich so wichtig sei, noch immer nicht wusste, um wen eigentlich getrauert wird.

* *Moljidba heißt Gebet oder Fürbitte. In der Kirche gesprochene abendliche und morgendliche Bittgebete. Hier hätte er die Mehrzahl, also Moljidbi, schreiben müssen.*

Was soll's? Ist es nicht gleichgültig, ob für Martin Luther oder für das Seelenheil von Franz Joseph gebetet wird?

Unser Pfarrer ließ das Gotteshaus schwarz beflaggen und empfing uns mit einem ganz in Trauertücher gehüllten Altar. Ich betrachtete während der wogenden Orgelmusik ergriffen meine Frau, wie seinerzeit an jenem Ostersonntag, und sog, immer dichter an sie heranrückend, ihren Duft ein. Plötzlich schaute sie mich befremdet von der Seite an, rückte gereizt von mir weg und zog ihr zusammengefaltetes Schultertuch in den Schoß.

Nach ständig neuen Bittgesängen und endlosen, vor dem Altar kniend gesprochenen Gebeten wandte sich Bacovszky schließlich uns zu (inzwischen war die geflüsterte Frage, wen wir hier betrauerten, bereits durch die ganze Gemeinde gegangen), und dann endlich ließ er seine schmerzerfüllte Stimme erschallen:

Unermesslich ist dieser Verlust für unsere Nation! Infolge eines tragischen Unglücks ist er zum Herrn des Himmels heimgekehrt! Er, der zusammen mit anderen führenden Gefährten dazu auserwählt war, seiner gequälten Nation ein Heimatland zu geben und, wie einst Mose, sein Volk heimzuführen! Und gerade wie er in der Nähe seines Geburtsorts die gesegnete Heimaterde hätte küssen können, da stürzte er mit seinem Flugzeug in den Tod! Nur vermaledeite Mörderhände können das ausgeheckt haben! Es begrub den großen Helden unserer Nation unter sich. Den Führer unserer Heerscharen und nunmehr deren Märtyrer, General Štefanik!!!

Na, nun wissen wir es wenigstens.

Ich fand, ehrlich gesagt, keinen Grund, erschüttert zu sein (und, wie mir schien, die meisten anderen ebenfalls nicht). Dieser gewisse Herr war zweifellose ein anständiger, wackerer Slowake, mir jedoch völlig unbekannt, und so wusste ich weder etwas über seine unvergesslichen Verdienste noch über seine großen Heldentaten. Dass aber Hochwürden um seine Person auch bisher schon einen solchen Kult gepflegt hatte, ihn geradezu vergötterte, das löste bei mir geradezu gegenteilige Gefühle aus.

Am Ende dieser feierlichen Handlung gingen wir immerhin mit Seelentrost von hinnen: Wir konnten beruhigt sein, dass unser Glaube an die gerechte Sache auch fürderhin nicht kleinmütiger Hoffnungslosigkeit weichen würde, dass wir die Fahne ergreifen und hochhalten, die der Hand unseres Führers entglitten ist, und fortführen, was Er angestrebt hat, den Kampf um unser teures Heimatland, Amen.

Doch daheim fanden unsere Körper und unsere Seelen auch an diesem Abend keinen Trost.

*

Der alte Gregor hat weise gehandelt, als er alles, was möglich war, versteckte, denn heute wurde er von vier Rumänen überfallen, die den Gewehrlauf auf ihn richteten und alles geplündert haben, was sie im Kornspeicher und in der Kammer noch fanden. Doch auch so ist der Verlust noch beträchtlich. Mit unserer alten Mähre vor ihrem Wagen schleppten sie 7 Doppelzentner Gerste, an die 10 Doppelzentner im letzten Mai abgekernten Mais, 6 Seiten Speck und etwa 15 Stangen Wurst weg.

Die Leute munkeln, dass die alliierten Mächte den Rumänen für drei Tage das Recht auf freies Plündern eingeräumt haben. Die Menschen packen kopflos ihre Habe auf die Wagen, treiben ihre Tiere dorthin, wo sie sie sicher glauben. Aber auch der Rumäne sieht, was im Gange ist, stellt sich nur wie ein Wegelagerer an die Straße, jagt den Eigner davon, und alles gehört ihm. Wahrscheinlich ist es gescheiter, auszuharren, wo man ist, so bleibt die Hoffnung, dass es ihnen in der zugemessenen Zeit doch nicht gelingt, jedes Haus oder Gehöft zu plündern.

So war es 1944 auch mit den Russen. Sie waren genau so eine hungrige, rüde, räuberische Horde. Gingen von Weiler zu Weiler, von Hof zu Hof, um zu plündern. (Und machten auch Jagd auf Weiberröcke.)

Auch die Tante Ivka, Ivka Rosza, hat später oft erzählt, dass auf einem Gehöft jemand über sie hergefallen sei. Nicht so, denn damals war sie schon ziemlich alt. Sondern: Davaj! Gib mir Essen! Tante Ivka holte Brot, fetten Speck und hausgemachte Wurst. Als der Russe ein anständiges Stück von der Wurst abbiss und hastig verschlang, fing er an auszuspucken und zu schreien, es sei scharf und nicht zu essen, Gift. Davaj! An die Wand, du Hexe! Du willst mich umbringen! Und wahrscheinlich hat es ihr das Leben gerettet, dass sie ihm in ihrem Slowakisch irgendwie klar machen konnte, die Wurst sei wohl zu essen und gut, sie isst auch davon, und sie sei keineswegs vergiftet.

Dann Charaschó, gut. Trotzdem ließ er die Wurst liegen und fraß vom Speck. Schlug seine Zähne in die Speckseite und zerrte wie ein Hund daran mit seinem großen Gebiss. So rohe Menschen waren die, pflegte Tante Ivka stets zu sagen.

Na ja, bei einer Besatzung ist es immer dasselbe. Nur, sagen wir, diese hatten mehr zu lachen als seinerzeit die Rumänen. Aber natürlich taugt der eine nicht mehr als der andere. Auch wenn wir die einen jetzt Befreier nennen. Ja, manche haben das wirklich gedacht. Zum Beispiel Onkel Groß meinte: Wir müssen sie in unsere Gebete einschließen. Den Russen, sagen wir, kam hier entgegen, dass sie sich mit den slowakisch Sprechenden einigermaßen verständigen konnten. Und so haben viele auch gleich gemeinsame Sache mit ihnen gemacht. Von einer Mamovka auf dem Markt hat jeder Grischa Birnen bekommen, denn ich war auch da, gerade an einem Montag war's.

Am nächsten Tag erklommen Veteranen und andere Habenichtse schon den Panzer von Major Sergej, um vom Besitz des Staatsgestüts Boden zu requirieren. Denn leider stimmt es ja, dass zwei Drittel im Dorf nicht einmal ein handtuchbreites Stück Grund und Boden besaßen. Und nach russischem Vorbild wollten sie sogleich eine Kolchose gründen! Aber dann mussten die eigenen kommunistischen Agitatoren sie überzeugen, langsam, Freunde! Erst einmal die Bodenreform!

*

26. Mai 1919

Hochwürden Bacovszky ist die heilige Sache der Romania mare nun schon wichtiger als seine Aufgaben im Dienste Gottes.

Beinahe eine Woche ist er abwesend und pflegt in dieser Zeit mit unseren reizenden Besatzern und Plünderern herzliche Beziehungen, wie man hört, scheint er auch schon wieder entschlossen, sich als selbs ternannter Botschafter aufzumachen, weil er, ganz im Banne des slowakischen Patriotismus, den hehren Wunsch eines Anschlusses an Großrumänien anzumelden entschlossen ist.

Mit Pali Rosza, hatte ich mir vorgenommen, streite ich mich darüber gar nicht mehr.

Und soll ich jetzt wohl aufschreiben, wen und was meine verehrte Gattin wem bzw. was vorzieht? Wieviele Tage sie schon unterwegs sein mag, um herzliche Beziehungen zu pflegen, im

Banne von irgendwem und irgendwas? Ob sie auch entschlossen ist, sich anzuschließen an wen oder was, sie hat ihren hehren Wunsch noch nicht angemeldet. Und ich streite mich auch deswegen nicht mit ihr.

*

Jadwigas Eintragungen (4)

26. August 1937
Beinahe drei Monate grüble ich nun schon darüber nach, Duscha moja, wie ich meine späte Beichte fortsetzen soll.

(Inzwischen ist die Ernte eingebracht, doch darüber mag ich diesem Büchlein und vor allem Ihnen nicht Rechenschaft geben, denn das ist Marcis Sache, es sind seine viel zu früh über ihn hereingebrochenen Sorgen, mit denen er fertig zu werden hat, mit Hilfe von Cvalinga*, doch mit ihm erging es Marci bei weitem nicht so gut wie seinerzeit Ihnen mit dem alten Gregor.)

Ich habe lange nachgedacht, weil ich fürchtete, und dies bedrängt mich auch jetzt, dass ich Sie wie damals kränken würde, wenn ich etwas erzähle. Ach könnte ich mich doch nur fürchten!, dann würde ich auf der Stelle geloben, von nun an Mittel und Wege zu finden, Sie zu versöhnen!

Ich bin zu dem Schluss gelangt, dass ich diesen gewissen »aufgewühlten Zustand« meiner Seele, wie Sie zu sagen pflegten, erneut heraufbeschwörend für mich verständlich machen sollte. So ließe sich vielleicht ein Fensterchen öffnen und etwas Licht bringen in dieses von Ihnen oft beklagte unergründliche Dunkel. Zwei solche inneren Kämpfe haben mich stets begleitet, und Sie waren der verständnislose Zeuge des qualvolleren zweiten Kampfes.**

Doch hier von der »Zeit der aufgewühlten Seele« zu sprechen, ist dennoch nicht ganz zutreffend. Einmal, weil sie nicht nur die

* *Zu der Zeit war Cvalinga schon beinahe 20 Jahre bei uns. Obwohl Gregor Klement noch am Leben war.*

** *Von da an versucht Mama jetzt alles zu erklären. Aber für wen und wozu und wie? Denn, wenn ich z. B. von mir ausgehe, so bleibe doch auch ich ein verständnisloser Zeuge!*

Zeit meines Ringens mit den Leidenschaften und seelischen Aufwallungen gewesen ist, sondern mein ganzes Leben durcheinander gebracht hat. Zweitens kann man diesen Zustand auch nicht als erstarrt und unbeweglich bezeichnen, denn nicht eine Minute gleicht der nächsten. Darüber hinaus könnte ich die Dauer dieses Zustands nicht in Tagen oder Monaten angeben, weil kein Anfang auszumachen war und man auch niemals sagen konnte: Ende. Auch heute noch wogen die Gefühle in mir und rühren unaufhörlich Wellen in meinem Innern auf, nur erdulde ich sie jetzt wie ein chronisches Zipperlein. Auch entspricht es schließlich nicht der Wahrheit, dass es sich hierbei nur um ein Aufgewühltsein gehandelt hat, sagen wir um eine Art seelische Verwerfung, die einen Menschen aus der Normalität der Gefühle, aus seinem wahren Sein und der erwünschten Funktionstüchtigkeit geworfen hat und von der man ihn kurieren muss, um ihn wieder ins rechte Lot der Normen zurückzuversetzen. Nein. Denn gerade in diesen meinen streitbaren Zuständen blitzte manchmal in mir das auf, wofür es sich zu leben lohnen würde, und ich hatte dann eine Ahnung von meinem wahren Ich, das ich endlich finden wollte und das seinerseits, ewig getrieben, nach etwas Vollkommenem sucht. Und obwohl dieses Ich einen Augenblick lang glaubte, den einen oder anderen Scherben vom großen Ganzen entdeckt zu haben, ist dies doch das ihm zugedachte eigene Leben, von dem sich kein noch so kleines Bruchstück austauschen lässt. Und das Gute daran ist, dass es überhaupt ein solches Leben gibt. Letztes Endes ist es gut.*

Nun also, während ich mit meinen Gefühlen rang, standen auf der einen Seite zuerst Ihr Vater György, an dessen Stelle Sie getreten sind, und auf der anderen Seite aber die ganze Zeit ein und derselbe Mann, der ein Leben lang Ursache, Gegenstand und Ziel der in meinem Innern ausgefochteten Auseinandersetzungen war: Franci Winkler.**

* *Ganz gewiss. Letztes Endes ja. Nur Mama kann so etwas schreiben: getrieben, Ahnung haben. Und die seelische Verwerfung … kurieren und ins rechte Lot der Normen zurückversetzen! Es klingt ja wirklich schön (sie liebte es, auf Deutsch zu sagen: wunderschön!).*

Der Versuchung, die von ihm ausging, vermochte ich mich nicht zu entziehen. Doch immer wieder hegte ich inständig die Hoffnung, endlich die Kraft zu finden, mich von ihm zu trennen!

Und wie sehr habe ich daran geglaubt, es zu schaffen, als ich damals auf dem Schiff – nun beim Blick in die Augen des Sohnes statt in die des Vaters – die Überzeugung gewonnen hatte, ich könnte über Sie zu György finden und zugleich alle meine widersprüchlichen Gefühle zurücklassen und mich damit auch von Franci befreien! Doch es kam anders.

Vielleicht, lieber Ondris, habe ich Sie, der Sie doch ewig das Ziel meiner verdrängten Gefühle waren, aus Gründen, für die Sie gar nichts konnten, niemals ganz angenommen. Obwohl ich anfangs an unsere Ehe geglaubt habe, vermisste ich in Ihrem Wesen doch das von Papa, während ich Franci nicht nur nicht vergessen konnte, sondern sich seine Anziehungskraft auf mich noch verstärkte. Umsonst versuchte ich mit größter Entschlossenheit, Boden unter die Füße zu bekommen, ich wusste ja, dass mein Weg in die Sünde führte, wenn ich nicht widerstand, umsonst habe ich die Fehler (gelegentlich sogar Gemeinheiten) dieses Mannes gesehen und missbilligt, ein heftiges, unwiderstehliches Gefühl hat mich stets von neuem überwältigt. Schlimmer noch, jetzt will ich auch das verraten, schon als ich noch ganz jung verheiratet war, fand es seine wirkliche Erfüllung, hat mich beglückt und niedergeschmettert. Von da an brachte ich es trotz zahlreicher Anläufe nicht mehr fertig, mich von dieser tausendmal verfluchten Leidenschaft zu lösen. Auch wenn dies einer Frau gar nicht gut ansteht, muss ich wohl vor allem die keinen anderen Geboten gehorchende körperliche Lust dafür verantwortlich machen, die wahrscheinlich allein das Alter zu heilen vermag. Ich bin jetzt neunundvierzig.***

** *Auch das gibt Anlass zu der Vermutung, welche ich auch schon an anderer Stelle vermerkt habe, dass es nämlich nicht sicher ist, ob F. W. erst nach der »Leidenschaft für Papa György« gekommen ist, oder schon viel früher als zugegeben und auch zwischendrin! Mit Sicherheit vermag ich das natürlich nicht zu behaupten.*

*** *Allerdings war sie schon am 1. März '37 fünfzig geworden.*

Die Fortsetzung dieser Geschichte ihrer Verführung durch F. W. habe ich hier eingefügt.

Verfasst am 18. September 1937

Am Ende jenes Sommers im Jahr 1913, als Sie sich mit Ihrem Vater von mir verabschiedeten, schwor ich mir, dass Franci, sollte er erneut auftauchen, vergeblich kommen würde. Ich wollte Papa wiedersehen, wir waren nämlich so verblieben, dass er mich wahrscheinlich im September wieder besuchen wollte.* Der Argwohn gegenüber meinem Verführer wurde übrigens noch dadurch verstärkt, dass er mir kaum je einmal einen Brief geschrieben hat, höchstens dann und wann eine Ansichtskarte mit flüchtig hingekritzelten großen Worten und Beteuerungen.

Doch dann kam nicht Papa (er ist überhaupt nicht mehr gekommen), sondern zuerst waren Sie da (ungerufen, schon am Tag danach), dann Franci, auch er früher als erwartet. Und ich weiß bis heute nicht, wie es ihm gelungen ist, das Eis meiner Standhaftigkeit so schnell zum Schmelzen zu bringen! Ein paar Tage später verstärkte er seine Attacken noch, und ich nahm es hin. Immer deutlicher begann er, mir seine Zukunftspläne auszumalen: Bald schon würde er zu Hause eine Anwaltskanzlei eröffnen (nach dem Diplom hatte er ein, zwei Jahre geopfert, »um in Deutschland Erfahrungen zu sammeln«), die Klientel des Vaters übernehmen, der Vater wolle sich allmählich zur Ruhe setzen. Und dorthin würde er mich als seine Frau heimführen. Wir könnten ein schmuckes Heim einrichten, ein schönes Haus mit Garten, Reisen nach Italien machen und so weiter.

Währenddessen bedrängte er mich auch ganz handgreiflich, sobald wir nur einen Augenblick unter uns waren, manchmal fingerte er sogar in Gegenwart von anderen Personen im Raum an mir herum. Oder er streichelte beim gemeinsamen Abendessen im Familienkreis unter dem Tischtuch meine Schenkel, scheute sich nicht einmal, wie in einem derben Schwank, gelegentlich

* *Wenn es überhaupt richtig ist, dass die Sache mit F. Winkler im Jahr 1913 angefangen hat und nicht schon früher!*

seine Serviette fallen zu lassen und mir beim Bücken danach unter den Rock zu fassen. Kurzum, er benahm sich unmöglich! Und wenn ich ihn dann später ehrlich erbost und gekränkt anherrschte, nahm er es lächelnd hin. »Selbst im Zorn sind deine Augen betörend«, war seine Antwort.

Um mich wegen seiner plumpen Vertraulichkeiten in der Öffentlichkeit nicht genieren zu müssen, zog ich mich lieber fast jeden Tag mit ihm in einen verborgenen Winkel zurück. Und ich will es gar nicht leugnen, dass ich es auch genoss. Besonders nachdem ich ihm zu verstehen gegeben hatte, dass er nur den Gedanken an Flucht bei mir auslösen würde, wenn er so unvermittelt über mich herfiel, er solle nicht versuchen, mich zu überrumpeln, weil das für uns beide zu nichts führe. Daraufhin zog er die Brauen anerkennend hoch, lachte mich an und erklärte, ich sei wirklich sehr klug, ich aber merkte, dass er etwas ganz anderes dachte. Wurde sogar verlegen.

Doch seither war er zärtlich zu mir, auf die verrückten Zudringlichkeiten folgten ein von Seufzern begleitetes sanftes Streicheln und vagabundierende Küsschen. Sie müssen wissen, mein Engel, hauchte er mir ins Ohr, Sie können sich auf mich verlassen, ich kann auch zärtlich sein, Sie haben mich gezähmt! Und tatsächlich brauchte ich ihm nicht mehr auf die Hand zu schlagen, ihn von mir zu stoßen, im Gegenteil, am Abend unter den Bäumen schmiegte ich selbst mich, Schutz und Geborgenheit suchend, in seine sanften Arme. Ich könne ihm ruhig Einlass in meine Stube gewähren, auch dort würde er gesittet auf seinem Stuhl sitzen bleiben. Und im Freien war es inzwischen tatsächlich etwas kühl geworden.

Ich ging also darauf ein, und er hielt sich an sein Versprechen. Zum Abschied umarmte er mich allerdings, indem er mich leicht gegen die Tür drückte, doch entfernte er sich ohne weiteren Protest. Bis ich ihm dann auch schon drinnen gestattete, mich zu küssen. Später sogar, dass wir zusammen auf dem Bett saßen, wobei er ernsthaft beteuerte, ich könne mich ruhig ein wenig ausstrecken, er würde mich nicht anrühren. Und obwohl er sich eng an mich schmiegte, blieb es dabei, dass er mich nur ansah oder mein Gesicht streichelte. Nach einigen Tagen fand ich es dann auch nicht mehr ganz unmöglich, dass wir uns im Liegen küssten.

Eines Nachts sprach er ernsthaft davon, dass ein überwiegender Teil der Männer blind sei und der ihnen von der Natur mitgegebenen Zielstrebigkeit nachgäbe und das Weib, wenn nötig, auch mit Gewalt zu nehmen versuchte (sobald es nur die kleinste Spur von Nachgiebigkeit erkennen ließe), doch wer es gut mit seiner Liebsten meine, der verzichte darauf und sei bemüht, die instinktive weibliche Abwehr, ihr starkes, sie hemmendes Schamgefühl und die Angst vor dem Körper des Mannes allmählich zu überwinden. Doch dann muss er der unwillkürlich erwachenden Sehnsucht der Frau auf den Fersen bleiben, darf sie aber nicht erschrecken. Und irgendwann gibt es auf dieser, sagen wir, berückenden Reise für beide keinen Weg mehr zurück, denn nun wollen sie auch nichts anderes mehr, als sich hineinzustürzen in die unendliche Hingabe der Liebe, in der keiner mehr Herr über sein Herz und seinen Körper ist.

Ich verstehe, erwiderte ich kühl, aber ich möchte diesen Weg ohne Umkehr nicht gehen, und auch nicht, dass ich nicht mehr über mich gebieten kann und willenlos bin. Und deshalb bestehe ich darauf, dass Sie jetzt aufstehen, denn das, worauf sie hier wortreich anspielen, wird es bei mir nicht geben.

Ich hätte das missverstanden. Nicht im Traum sei ihm eingefallen, mich auf den Leim locken und mir die Ehre rauben zu wollen. Heiraten möchte er mich, und zwar genau so, wie auch ich mir das vorstelle: rein und unberührt.

Worüber er dann überhaupt rede?

Nun, eben darüber, dass mich das, wovor ich so große Angst habe, nicht zu beunruhigen brauche, denn er wolle, wenn dies mein Wunsch sei, sogar einen Eid darauf leisten, dann könnten wir einander ohne jede Beklemmung und ohne jedes Schamgefühl kennen lernen, auch körperlich. Was er übrigens auch zur obligatorischen Bedingung für eine Verlobung machen würde. Ob ich mir nicht schon einmal überlegt hätte, wie viele weniger miserable Ehen geschlossen würden, wenn die Mädchen vorher wenigstens einmal unters Hemd des Zukünftigen hätten schauen und von der Verbindung Abstand nehmen können, wenn diese Prüfung für sie unbefriedigend verlaufen sei?

Also gut, dann schwören Sie wirklich!, forderte ich ihn auf. Aber auch, dass Sie auf der Stelle von mir ablassen, wenn ich es nicht möchte.

Ja, er hat es geschworen. Und dann begann er, mich zu streicheln, durchs Kleid hindurch. Ich ließ es zu. Er führte meine Hand über seinen Körper. Dann schickte ich ihn mit einem Abschiedskuss weg. An seinem Verhalten war nichts auszusetzen.

Tags darauf glitt seine Hand schon unter mein Kleid, am dritten Tag brachte er mich so weit, dass ich mich meines Rocks entledigte, in der vierten Nacht hatten wir kaum noch etwas an und krochen unters Federbett. (Aber von meinen Brüsten und meinem Schoß zog ich seine Hand weg, und er nahm es hin. Freilich nur bis zum nächsten Mal.)

Doch alle Details will ich hier natürlich nicht niederschreiben. Ich könnte es aber so ausdrücken: Krönender Abschluss* unserer uns gegenseitig erteilten Lektionen war, dass er mir das Wesen der Liebesfreuden »begreiflich« machte, zu denen man (was viele seiner Ansicht nach gar nicht wissen) nicht nur über »diesen einen wohlbehüteten Pfad« gelangen kann, sondern auch auf harmloseren Wegen. Ich brauche mich kein bisschen zu fürchten, weil mir dabei im Grunde gar nichts geschieht, und er verspricht auch, sofort innezuhalten, wenn ich es wünsche.

Die folgenden zwei Nächte ließ ich ihn tatsächlich aufhören, obwohl ich an seinen Berührungen nichts Beängstigendes oder Unangenehmes fand. Ich wand mich unter seinen nestelnden, streichelnden Fingern. Trotzdem, es tut mir Leid, genug! Ich glühte durch und durch. Er lächelte, gab sich Mühe, mich nicht zu überreden, und in der folgenden Nacht begannen wir wieder von

* *Man kann sich auch die Frage stellen, was denn dieser oben beschriebene »krönende Abschluss« in Wirklichkeit gewesen ist (und wann?). Es ist nur ein ganz vager Verdacht, dass, während Papa bezüglich der »Unberührtheit« wegen der »krú«-Geschichte nie 100-prozentig sicher sein konnte, dies von Mamas Seite vielleicht beabsichtigt war.*

vorn, und dann wieder, bis ich schließlich an seinen Fingerspitzen wirklich dahinschmolz.

Versunken in eine andere Welt, starrte ich schon eine ganze Weile an den Plafond, als er meine Hand ergriff und an sich zog. Und obwohl ich bei der Berührung ein gewisses Befremden empfand und mir dieses heftige Rucken und Zucken beängstigend vorkam, zog ich meine Hand nicht aus seinem festen, den Takt bestimmenden Griff zurück.

Sehen Sie, mein lieber Ondris, das ist es, was mir in Ihrem Bett nicht zum ersten Mal widerfahren ist und wofür es nur einen einzigen Zeugen gibt, der in beiden Fällen zugegen war, nämlich das Kissen meiner Mutter, auf das ich, schon seit ich ein kleines Mädchen war, nachts mein Haupt bettete. Auf diese Weise begegneten sich unsere Körper, Francis und der meine, bis zu unserem Zerwürfnis: ja, mit dem Gefühl der Lust, aber in fortdauernder Jungfräulichkeit. Und so wie wir unsere Erziehung sowie alle Spuren guter und unerfreulicher Erlebnisse unseres Lebenswegs weiter mit uns tragen, so sind uns auch die Augenblicke der Liebe mit ihren voll Wissbegier erworbenen wie auch mit den zur Routine gewordenen Gesten eingeprägt, ob wir uns selbstvergessen dem andern zuwenden oder ihn abweisen. Das beantwortet jene Fragen, die Sie sich damals argwöhnisch oder auch erbost gestellt haben, nämlich, wieso und woher ich solche »Praktiken« kenne, wer wann und auf welche Weise Zugang zu meinem Körper gehabt habe.

Und nun möchte ich auch noch etwas von einem Gefühl sagen, das ebenfalls hierher gehört: Kaum einmal war es mir möglich, mich von dieser gewissen Angst freizumachen, dass ich in den mit Ihnen oder auch mit ihm verbrachten Augenblicken intimster Nähe auf Ihre oder seine bei mir tiefe Spuren hinterlassende Berührungen unbewusst mit denselben Gesten reagieren würde, wie sie mir der jeweils andere abnötigte und ich damit dem Mann, der gerade in meinem Bett lag, etwas über mein Beisammensein mit dem anderen, über das aus der Fremde Mitgebrachte, hätte verraten können. Ich wollte nicht zulassen, dass einer von Ihnen beiden das Geheimnis durchschaute, das aus den mit dem jeweils andern verbrachten Augenblicke bestand, musste versuchen, die Ihnen wie auch ihm gebührende Würde der Intimität zu bewahren. Dennoch kam es oft vor, dass ich gar nicht mehr wusste, welche von meinen Liebesgesten tatsächlich mir gehörten (gleichgültig, ob sie ursprünglich die meinen waren oder ich sie zusammen mit einem von Ihnen beiden »erlernt« hatte), und nicht vielleicht nur die eifrige Erwiderung einer Bewegung des jeweiligen Mannes war und irrtümlich den gerade Abwesenden betraf.

Und wissen Sie, Ondris, das war auch der Grund dafür, dass mein Körper, wenn er den Verlockungen des einen von Ihnen nachgab, auf den des anderen niemals eine Antwort geben konnte. Sooft ich in Ihre Nähe zurückkehrte, war dem stets eine für unwiderruflich gehaltene Trennung von ihm – und damit von seinem Körper – vorausgegangen. Und umgekehrt, von seiner Seite ebenso.

Nur erwiesen sich all diese Loslösungen eben doch nicht als endgültig und unwiderruflich. Oft versuchte ich, ihn aus meinem Leben zu verbannen, doch ich schaffte es nicht, Sie aber hätte ich gern, auch gegen meinen Willen, vor mir geschützt, doch das haben Sie nicht zugelassen. Selbst dann nicht, als Sie schon sehen konnten, dass, trotz mehrerer wechselvoller Anläufe, die körperlichen Bande zwischen uns endgültig gerissen waren.

*

20. September 1937
Heute war Marci, mein Sohn, wieder mit ihr hier. Also, wissen Sie, ich kann es nicht anders sagen: Ich mag diese Marka einfach nicht. Sie trägt ständig eine so herablassende, beleidigte und gelangweilte Miene zur Schau, jegliche Liebenswürdigkeit geht ihr ab. Auch mit mir redet sie nur gezwungenermaßen, von oben herab, und gegenüber Marci lässt sie jegliche Achtung vermissen. Fertigt ihn ab wie ein ungezogenes Kind, lässt ihn wegen irgendwelcher Nichtigkeiten hierhin und dahin springen, während sie sich auf herausfordernde Weise weigert, sich zu rühren oder den Mund aufzutun. Die Schwangerschaft macht sie noch träger,

ihre gezierte Unlust und ihre Herrschsucht unerträglicher. Es erbittert mich, wenn ich an Marcis Zukunft mit ihr denke.

Eines ist unbestreitbar: Solange sie nicht redet, werden Männeraugen sie als gut gewachsenes, hübsches Frauenzimmer sehen, sogar jetzt in der Schwangerschaft. Wenn sie dann auch noch lächeln würde! Marci wird sie wohl doch hin und wieder eine gefälligere Miene schenken.

Ich sollte mich darüber freuen, dass sie ein Kind bekommen, doch mache ich mir auch Sorgen.

Auch mir krampft sich das Herz zusammen, wenn ich an Marcis Schicksal und vor allem an seine Heirat mit dieser Marka Rocskár denke, für die Mama nicht viel übrig hatte. Aber im Hinblick auf das Gehöft und auch sonst waren sie schon begünstigt. Vor allem natürlich wegen des Geldes der Rocskárs. Das für Marci vorgesehene Gehöft hatte einen gegrabenen Brunnen mit ausgezeichnetem Wasser, in dem es allerdings schwebenden Sand gab; und um mit diesem Sand keine Probleme zu haben (bzw. ihn ganz zu vermeiden), trieb man einen zweiten Brunnen 70 m tief in den Boden hinunter. Als sie heirateten, bekamen sie, damit das junge Paar draußen auf dem Gehöft nicht ganz von der Welt abgeschnitten war, ein Radiogerät installiert. Für Márton wurde eine Jagdflinte mit der dazugehörigen Munition angeschafft, dazu die Jagdkarte gelöst, damit sie auch ein gewisses gesellschaftliches Leben pflegen konnten. Und weil sich die Wirtschaft meines Bruders auch einigermaßen rentieren sollte, hat man für ihn, nach einigem Druck durch die Schwiegereltern, ein zweiteiliges »Hühnerhaus« gebaut.

Doch all das war vergeblich. Marka stach unser altes Haus, nämlich das von Mamovka, ins Auge, und sie hätte uns in eine kostspielige Renovierung mit geliehenem Geld gehetzt. Ständig lag sie Marci in den Ohren, sie sollten doch ins Gutshaus einziehen, wenn es erst modernisiert wäre, wozu es glücklicherweise nie gekommen ist. Doch die Schwiegertochter hat sich auch sonst schon sehr bald nach der Verheiratung ziemlich widerwärtig benommen, so dass die verheißungsvoll beginnende Zweisamkeit meines Bruders Márton mit Marka leider bald in ein Abstellgleis mündete, ihm brachte diese Ehe nur Verdruss. Und das wirkte sich auf unsere ganze Familie aus. Marka bereute, dass sie Mártons Frau geworden war, sie liebte ihn nicht, schenkte ihm aber dennoch einen Sohn (János Osztatní). Allerdings rächte sie sich an ihrem Mann, indem sie ihn stumm missachtete oder ihn lauthals beschimpfte, und uns alle gleich mit. Zusammen mit Mama wussten und sahen wir alles. Wollten es aber nicht zur Kenntnis nehmen. Wir unsererseits sind ihr mit Respekt begegnet, auch wenn sie uns und unsere ganze Sippe zum Teufel wünschte.

*

4. Oktober 1937
Ach Ondrisko, wäre es doch zwischen uns so gewesen, dass ich mich bei Ihnen auch über das hätte aussprechen können, was eine Frau, die die Ehe bricht, ihrem Mann niemals sagen darf! Wo doch Sie allein mich hätten verstehen können! Sicher, in den Anfangsjahren konnten Sie ein Gespräch darüber nicht zulassen. Aber auch später, meine ich, war nur ich es, die all die inneren Kämpfe für sich allein ausgefochten hat, in unablässiger Sehnsucht, auch nach Trost.

Deshalb tut es mir so gut, dass ich jetzt und auf diese Weise darüber sprechen kann! Ich fühle mich erleichtert, seit ich gestern Abend in der Eisenbahn Klarheit darüber gewann. Ich habe mich mit Franci Winkler getroffen, aber trotz seines äußerlich zuvorkommenden Benehmens und der liebenswürdigen Aufmerksamkeit war er mir so fremd und fern, dass in mir ähnliche Empfindungen aufstiegen wie schon in unserer Vergangenheit.

Denn wenn Sie wüssten, dass oft, sehr oft sogar, alles ganz anders abgelaufen ist, als Sie es dachten, wenn ich wieder einmal auf meinem Pfad der Sünde herumgestreunt bin, weg von daheim! Wenn Sie gewusst hätten, dass diese Tage zwar gelegentlich erhebend schön, aber auch sehr oft schwer und schrecklich gewesen sind!

Ich wusste selbst nicht, welcher Zwang mich zum Aufbruch bewegte, wenn ich mich wieder einmal auf den Weg machte. Ob es nur mein bereitwilliges Eingehen auf sein inständiges Flehen war, das später vielleicht zur Gewohnheit wurde oder, seltener, eine nicht zu beherrschende Sehnsucht? Welche wahnwitzigen Eingebungen führten mich auf den Weg zu ihm!

Viel seltener kam es vor, jetzt kann ich es gestehen, dass mich offenbar pure Wollust antrieb. Sie sind jetzt bereits im Stande der Weisheit, weiser als wir alle, bringen für jegliche Leidenschaft Verständnis auf, und, von den Qualen des Leibes erlöst, berühren dergleichen Dinge Ihre Sinne nicht, auch hemmt mich die Scham vor Ihnen nicht mehr. Also gestehe ich es mir ein, denn auch Sie genierten sich nicht, es niederzuschreiben und es mich lesen zu lassen, ich erlaube mir, darüber zu sprechen, damit

Sie verstehen, welchen Weg die im Körper erwachenden Sinne nehmen, wie sie allmählich auszustrahlen beginnen und welche brennende Sehnsucht sie auslösen können, eine Sehnsucht, die keiner von außen wahrgenommenen oder gespürten Einwirkung bedurfte und dabei doch greifbar und wirklich war. (Obwohl ich mich dennoch hütete, mich handgreiflich zu vergewissern, vielmehr hielt eine mir irgendwie eingeprägte Hemmung meine Hand zurück, gar nicht zu sprechen von Dingen, die ich in einem deutschen Buch gelesen hatte, etwa die Möglichkeit, einsamen Fantasien und zielgerichteten Bewegungen etwas abzuringen, Sie wissen schon, nach ein paar zaghaften Versuchen war es mir unmöglich, und ich schämte mich.)

Aber wie gesagt, meist bin ich bar solcher Sehnsüchte zu den ehebrecherischen Rendezvous aufgebrochen.

Und wie viele mein Gewissen belastende, bedrückende Vorbereitungen haben sich mir noch in den Weg gestellt, selbst wenn ich mich schon entschlossen hatte, aufs Neue fortzugehen! Die beiden Kleinen zurücklassen, wenn auch nur für einen Abend, für ein, zwei Tage oder den später schon größeren Buben irgendetwas halb Erlogenes sagen, auch vor Anci Csuvár so zu tun, als würden mich unaufschiebbare wichtige Angelegenheiten abrufen (obwohl ich wusste, es war überflüssig, sie ließ sich nicht irreführen), mich später dann vor der Frau Kusnyarik schämen, denn verheimlichen konnte ich da schon nichts mehr, und dann, was ich Ihnen sagen sollte! Ach, Ihnen brauchte ich ja später wirklich nichts mehr vorzumachen, allenfalls mitteilen: »Nächsten Dienstag muss ich weg, Ondrisko, komme Sonntagabend zurück.« Solange der Krieg andauerte, Sie erinnern sich, berief ich mich auf die zwei- oder viertägigen Einsätze als Krankenschwester, zumindest die Hälfte davon gab es tatsächlich, denn ich hätte mich geschämt, diese freiwillige Aufopferung vorzutäuschen, während ich zur eigenen Lust nur meinen Mann betrog.

(Dabei wäre es auch für das »Vergnügen« nicht schlecht gewesen, wenn ich in der Zeit, die ich bei ihm verbracht hatte, allein für ihn dagewesen wäre. Denn ich muss gestehen, dass auch bei der Befriedigung meiner Lust öfter starke Zweifel und Vorwürfe an mir nagten: Was trieb ich denn hier in Wirklichkeit, was wollte ich, was nicht, was davon geschah aus freien Stücken und wie viel war auch an diesem Vergnügen einfach Heuchelei, und war damit nicht auch Aufopferung im Spiel?)

Jahre später war der ehrenvolle Auftrag an mich ergangen, in der Komitats-Monografie den einen oder anderen Abschnitt über »Wohlstand und Gesundheit« zu verfassen, auch eine Erfindung von mir, weil ich Ihnen immer wieder diese Lüge auftischen konnte, wenn ich erneut fortging. In Wahrheit hat natürlich er, für den diese Quasi-Lügen erfunden wurden, den größten Teil geschrieben. Doch tatsächlich habe ich das Material gesammelt und Aufzeichnungen dafür gemacht; erinnern Sie sich, das eine oder andere von dem, was ich in meinen Heften zusammengetragen hatte, zeigte ich Ihnen sogar. Die Fremdsprachenkorrespondenz für die Schuh- und Hausschuh-Manufaktur nahm ich später auch nur an, um regelmäßig in die Stadt fahren zu können. Ich meine, auch für Sie war das offenkundig.*

Doch Sie müssen wissen, ein Mann kann es wahrscheinlich gar nicht begreifen, dass die Augen einer Frau, wie ich es bin, gar nicht mehr leuchten, bis sie sich durchgerungen hat, ihn wieder zu besuchen, was ihr Gesicht wiederum umwölkt, während Unruhe, Sorgen, Gewissensqualen und Schuldgefühle wegen ihrer Versäumnisse sie mit eisernem Griff umklammern und das Auflodern der Gefühle, das Dahinschmelzen ihres Leibes lähmen. Denn nachdem ich angekommen war und er mich umarmt hatte, machte ich mich oft gleich wieder von ihm los. Schob ihn weg von mir, wies ihn ab. Oder ich erzählte mit gespielter Lebhaftigkeit und versuchte ihn zum Reden zu bewegen, nur um Zeit zu gewinnen. Gelegentlich brach ich mit voller Absicht Streit vom Zaune und schreckte bisweilen nicht vor verletzenden Worten zurück. Was dann Vorwürfe und Zank und endlose Aussprachen

* *Für mich war in meiner Kinderzeit keines von beiden offenkundig! Tante Kusnyarik hat immer nur gesagt, Mama muss jetzt viel arbeiten, aber sie wird bald wiederkommen. Es gab immer nur das Lungensanatorium und die Hausschuhfabrik! Die sogar nach Ägypten geliefert hat.*

nach sich zog, die ich nur schwer ertrug (solche modischen Seelenanalysen hasste ich zutiefst), aber all das passte noch immer besser zu meinen Stimmungen als die Rolle der schmachtenden, hingebungsvollen Geliebten. Oft haben wir uns für Stunden, Abende und Nächte in solchen Gesprächen verfangen, ja, einoder zweimal verdarben wir uns mit verdrängten Aggressionen sogar ganze Reisen.

Um ehrlich zu sein, wir beide hatten Schuld an diesen Streitigkeiten. Denn sich allein um Frieden zu bemühen, ist wirklich müßig! Auch er wurde dabei gebraucht. Ja, es wäre geradezu unredlich gewesen, allein mir die Schuld anzulasten: Häufig war nämlich er es, der mit voreiligen Forderungen die Stimmung verdorben hat, mit seinen kränkenden Vorwürfen, weil seine »Überraschungen« nicht auf das erhoffte Echo stießen oder ihm das gerade noch Mögliche niemals reichte, mit boshaften Sprüchen jede Lust am Befreiten und am Spielerischen zunichte machte.

Manchmal knebelte er mich förmlich, durch meine Widerspenstigkeit herausgefordert, mit Schikanieren oder trotzigem Heimzahlen, und er ließ nicht ab von dem, was er mir abpressen wollte. Das mochte ein Wort sein, das er mir zu entlocken bemüht war, ein verschwiegenes kleines Geheimnis, ein Dankeschön, bei dem ich ihm die Arme um den Hals legen und ihn küssen sollte, für eine nette Geste von ihm, ein unterbliebenes Lächeln beim Aufwachen, gar nicht zu reden von den verpassten Gelegenheiten der Liebe. Oder zum Beispiel, wenn ich Sie mit solchen Reminiszenzen nicht kränke, mein Lieber, dass er mich einen ganzen Tag lang damit traktierte, ich dürfe mich nicht genieren, ihm bei einem Spaziergang im Wald nackt zu Willen zu sein, ganz so wie die brünstigen Alten in ihren mystischen Schäferstunden, die auf solche Weise der Sinnenfreude opferten. Nun, was sagen Sie dazu, können Sie sich das vorstellen?

Aber glauben Sie ja nicht, lieber Ondris, ich hätte bei ihm nur all jenes so ersehnte Schöne gefunden, das uns beiden im Laufe der Jahre verloren ging. Im Gegenteil, aus dieser stets von neuem beginnenden Unrast und Not habe ich mich unzählige Male zurückgesehnt in Ihre Sicherheit und Ruhe verheißende Nähe! Miji

Ondris, moj drahí vankusch! Vankúschik moj!* So seufzte ich bei mir, voller Sehnsucht, mein Haupt an Ihre Brust zu betten, damit Sie mich in den Schlaf wiegen, während dieser andere Mann mich gerade nicht in den Schlaf kommen ließ! Oft geschah es, dass mich das Gefühl überkam, ich könnte keine Minute länger mit ihm das Zimmer teilen, ich müsste auf der Stelle fliehen, wenn es nicht Nacht und kalter Winter und Sie nicht so weit weg von mir gewesen wären!

Oder wenn es mir schon unmöglich war, ihm in seinen Reden, seiner Vergnügungssucht oder seiner sinnlichen Erregung zu folgen und er lange Zeit nicht bemerkte, dass ich gar nicht mitgegangen bin, mich vielmehr abgewandt habe und auf seine beleidigten Nötigungen nur noch mit feindseligen Blicken und abweisenden Worten antworten konnte, war er befremdet und legte es mir als Beleidigung aus.

Weil er manchmal weder einen sanften Hinweis noch einen flüchtig angedeuteten Wink oder eine Geste von mir verstand!

Warum will ein Mann zum Beispiel nicht verstehen, dass nicht nur ihn gelegentlich der Wunsch ankommt, sich von der Welt zurückzuziehen, endlich einmal nicht all jenen verpflichtet zu sein, die einen ständig knechten (vor allem den Familienmitgliedern und den Kindern), einen nach Lust und Laune gängeln wollen? Warum ist er nicht fähig, nachzuempfinden, wie gut und segensreich die Ruhe des Alleinseins auf eine Frau wirken kann, und warum gönnt man ihr das nicht von Zeit zu Zeit?

*

(Mit meinen Gedanken an F. ging es mir – allerdings nur selten – auch so:

Die vom Ansatz der Ohren zu beiden Seiten des Halses hinablaufenden, Brust und Bauch zum Erbeben bringenden, an den Beckenknochen entlangstreichenden Strahlungskurven, die im absoluten Zentrum auf die von unten an der Innenseite der Schenkel

* *Mein lieber Andrisch, mein teures Kissen! Süßes kleines Kissen!*

hinaufjagenden Impulse treffen ... In solchen Fällen die Aufmerksamkeit künstlich abzulenken oder in die Irre führen zu wollen, hieße Öl ins Feuer gießen, wie es auch als schlüpfriger Schweiß des Verlangens bei der Umklammerung hervorgepresst wird.)*

*

Stellen Sie sich vor, Ondris, einmal sind wir zusammen nach Hévíz gereist, dass ich das Thermalwasser dort und die Bequemlichkeit des Hotels sehr schätze, wissen Sie ja. Dank der Einweisung durch den Kurarzt, die Franci mir besorgte, war es uns möglich, dort sehr preiswert unterzukommen. Weil Hotelzimmer in größerer Zahl unbesetzt waren, bat ich ihn, für mich ein separates zu mieten.

Gut, aber nachdem er es zunächst für einen Scherz gehalten hatte, war er der Meinung, wir könnten uns, je nach Laune und Liebe, mal in dem einen, dann wieder im anderen aufhalten. Als ich mich aber nach dem Mittagessen verabschiedete, um mich ins eigene Zimmer zurückzuziehen, mimte er mit zurückgeworfenem Kopf und abgewandtem Gesicht augenblicklich den Gekränkten. Das soll mich nicht kümmern, dachte ich und ging nun erst recht nach der Mittagsruhe allein hinunter zum Baden. So groß ist das Gelände nicht, dass er mich nicht hätte finden können. Und tatsächlich tauchte er später auf. Doch habe ich ihn vergeblich angelächelt, er überschüttete mich mit vorwurfsvollen Fragen, warum ich ihn verschmäht und allein gelassen hätte.

Erst nach dem Abendessen mit Alkohol und den Weisen der Zigeunermusik bei uns am Tisch fand er seine gute Laune wieder. Und schon bevor wir uns ins Zimmer hinaufbegaben, also in seins, warf er mir sehr verheißungsvolle Blicke zu. Seine Annäherungsversuche waren kaum zu übersehen, aber dennoch so dosiert, dass er seine Dominanz, die ihm ja so wichtig war, be-

* *Ich weiß nicht, wie dieses doch einigermaßen »interessante« Textstück in die Papa betreffenden Märchen geraten ist, ich habe es nicht dorthin gestellt. Es war schon da.*

hielt, wenn er mir über den Arm und übers Haar strich, an meinem Nacken schnupperte und über seine eigenen Späßchen lachte. Als er aber hinter mich trat, meinen Kopf zu sich hinzog und seine Hand in mein Dekolleté zu schieben begann, erhob ich mich und bedeutete ihm, dass ich Kopfschmerzen hätte, mich zurückziehen und allein schlafen möchte.

Aber warum um alles in der Welt! Hatte ich denn nicht schon am Nachmittag allein geschlafen?

Nun, ich sagte ja gerade, warum!

Und stellen Sie sich vor, Ondrisko, er war nicht fähig zu begreifen, auch am nächsten Tag noch nicht, was daran schön sein kann, dass jemand lieber allein ist, »wenn er doch die Nacht mit dem Geliebten in einem Bett verbringen könnte«. Denn, nicht wahr, wann konnte ich schon einmal allein schlafen? Sie wissen es. Wann geschah es denn überhaupt einmal, dass mich am Morgen nicht das lärmende Gesinde, das Blöken der Herde oder ein unter meine Decke kriechendes Kind vor der Zeit aus dem Schlaf gerissen hat. Und, glauben Sie mir, es war wunderbar, dass ich nicht den Gestank seiner Zigaretten einzuatmen brauchte und er mich weder mit seinem ersten Räuspern noch durch allerlei Morgenbeschäftigungen in meiner Bettruhe gestört hat. Schlimm daran war nur meine Gewissheit, dass ich am nächsten Tag die Folgen in Form von Vorwürfen und Selbstmitleid aufgetischt bekommen würde, aber gelohnt hat es sich dennoch.

Engelchen!, sagt er am Morgen mit Leidensmiene, was habe ich nur verbrochen, dass Sie mir gar so böse sind?

Ich böse? Sie sind es doch, der nachtragend und beleidigt ist!

Beleidigt bin ich nicht, behauptete er, aber er war es doch. Sie müssen mich bitte verstehen, es geht mir nicht um die gestrige Enttäuschung.

Was ist es dann? Um was geht es Ihnen?

Um was? Nehmen Sie dies doch bitte nicht gleich wieder als Vorwurf … aber ich kann Ihnen einfach nicht vorenthalten, dass ich nach Ihnen … verschmachte!, stammelte er und setzte auch schon zu einer Umarmung an. Ganze fünf Wochen durfte ich Sie nicht berühren!, hauchte er mir in den Nacken, seit Monaten sehne ich mich danach, wieder einmal an Sie geschmiegt einzuschlafen!, wir sind doch kein Ehepaar, dem das Nacht für Nacht zuteil wird, wenn ihm danach ist.

Was konnte ich dazu sagen? Was sonst, als dass ich danach schmachte, einmal gar keinen Menschen in meiner Nähe zu haben, und ihn deshalb bitten muss, seinen Kopf aus meinem Schoß zu nehmen. Oder wie beglückend ein Morgen ist, an dem man vom Bett aus auf die Bäume hinausschauen kann und mit niemandem ein Wort reden muss, solange einem nicht danach ist.

Daraufhin setzte er die trübsinnige Miene eines geprügelten Hundes auf, dazu bestimmt, ein schlechtes Gewissen zu erzeugen, und erwiderte: »Für jeden anderen Menschen« aber ist es zum Verzweifeln, wenn es keinen Menschen neben ihm gibt, an den er das Wort richten kann, gar nicht zu sprechen von dem Glück, das einen überkommt, wenn man von der Stimme, der Berührung des Geliebten aus dem Schlaf geholt wird. (Solche überschäumenden, als Kränkung und Quälerei gedachten romantischen Phrasen kannte ich bereits zur Genüge.)

Denn, wissen Sie, Ondrisko, in den Augen einer Frau kann auch der Liebhaber – nach gar nicht so langer Zeit – wie ein Ehemann sein. Ich verletze Sie damit hoffentlich nicht, denn ich spreche ja hier über etwas, das Sie besser wissen als ich, nämlich dass wir uns gegenseitig irgendwie ertragen müssen, wenn wir nicht endgültig voneinander lassen wollen oder können. Lange kann man eben nicht vortäuschen »mir gefällt alles genauso, wie du es gern hättest!«. Es geht nicht an, dass man aus Angst, den anderen zu verlieren, unangenehme Dinge gar nicht anspricht (sie gehören genauso aufs Tapet wie die angenehmen, von Herzen und aus eigenem Antrieb kommenden).

Sie würden sicherlich noch hinzusetzen, dass man dabei auch berücksichtigen muss, womit der andere rechnet, was zu gewinnen und was zu verlieren ist. Denn natürlich ist einer umso mutiger, je sicherer er sein kann, dass er keine großen Verluste hinnehmen muss.

Wenn nicht gerade das seine Absicht ist! Angst zu verbreiten! Soll doch geschehen, was geschehen muss, wenn es ohnehin gleichgültig ist. Wissen Sie, oft ist es auch mir so ergangen. Und das sollten Sie ebenfalls wissen: nicht nur mit Ihnen.

Doch umsonst würde die Feder hier versagen! Denn unzweifelhaft ist mit diesem Mann in unserem Leben immer wieder eine neue Zeit angebrochen. Etwas, das einerseits diese von früher her bekannte Glut anfachte, in den Augen des anderen und in unserem Schoß, zum anderen aber auch immer etwas Neues bot, weshalb man es nicht als etwas, das man längst satt hatte, vernachlässigen konnte und was immer wieder in die Erkenntnis mündete: Wenn man nicht auf der Hut war, strömte durch die erregenden Worte und über die Vereinnahmung mit Augen und Miene alles wieder unaufhaltsam hinab bis in diese verfluchte Tiefe, und es gab kein Entrinnen, Ondrisko, glauben Sie mir. Wie oft wollte ich fliehen, doch ich konnte nicht loskommen von ihm! Können Sie das verstehen?

*

Und wenn ich floh, fort von ihm, nach Hause zu Ihnen, wie oft geschah es dann, dass ich …

Meinetwegen, wundern Sie sich nur!

Wie oft wünschte ich mir, Sie würden mich ohrfeigen, statt mir mit der üblichen verständnisvollen Sanftmut zu begegnen! Damit ich vor Schmerz und Scham errötet wäre, mich wutentbrannt hätte zur Wehr setzen können!

Stoßen Sie mich doch in die Ecke, wenn ich zurückkomme! Schreien Sie mich an, stellen Sie mich zur Rede, schlagen Sie mir den Kleiderständer um die Ohren, reißen Sie die Pendeluhr von der Wand, schmettern Sie mir die Weinflasche an den Kopf! Damit ich jammern und leugnen kann! Oder Gelegenheit finde, Ihnen einmal ins Gesicht zu schleudern: Ja! Ja, wenn Sie es aus mir herausprügeln wollen, ja, ich habe Sie betrogen! Auch jetzt betrüge ich Sie! Auch heute war ich zu diesem Zweck bei ihm! Verstehen Sie? So wachen Sie doch endlich auf!

Zerren Sie, reißen Sie mir die Kleider vom Leib. Zwingen Sie mich zu gestehen, wo ich war und was ich getan habe! Damit ich genötigt bin, mich zu schützen und zu wehren, doch umsonst! Damit ich versuche zu lügen und mich dabei verrate! Und Ihnen unter Ihren Schlägen kreischend gestehe, mit wem, wann und wo! Wie und wie oft! Um alles auszuspeien, was ich in mir vergraben hatte! Ihnen so entsetzliche Einzelheiten vor die Füße werfe, dass Sie sich die Ohren zuhalten müssen!

Züchtigen, würgen Sie mich, schlagen Sie mir mit der Faust ins Gesicht, mein Teurer, damit ich weinen kann!

Und dann, ja, lecken Sie mir die Tränen vom blutverschmierten Gesicht!

Wenn Sie es doch einmal täten!

Damit wir nicht alles in uns hineinwürgen, hineinstopfen, auch wenn es gar keinen Platz mehr findet und überquillt. Länger ertragen können dies alles weder Sie noch ich! Denn die Sünden, Versäumnisse, die Gleichgültigkeit und die Verletzungen sind ohne Zahl! Lügen und Betrug! Und mein Schuldbewusstsein, das nach Anklage verlangt! Und auch dieses Gefühl der Vergeblichkeit, das oft noch durch ein misslungenes Rendezvous gekrönt wird! Sie aber könnten die Mauer zwischen uns durchbrechen, zum Einsturz zu bringen, indem Sie mir ins Gesicht schlagen, mich entblößen, mir mein Tun vor Augen führen. Und Sie würden in mir zugleich Ihre eigenen Sünden erkennen!

Und vielleicht wäre es mir sogar willkommen gewesen, wenn Sie mich in Ihrer Raserei mit Gewalt genommen hätten. Davor zitterte ich, und ich hätte mich auch bis aufs Äußerste gewehrt, mich vielleicht auch in eine unversöhnliche Wut hineingesteigert, aber die demütigende körperliche Erniedrigung, der bohrende Schmerz der Wollust hätte möglicherweise eine schmale Brücke geschlagen über den Abgrund zwischen meiner Sünde und dem Verlangen nach Sühne. Über die Schlucht, die auch Sie von der Vergebung Ihrer Sünden trennt und uns beide entzweit.

Nein, sicher bin ich mir nicht, dass ich mich schlagen, mit Füßen treten ließe. Das würde sich erst im letzten Augenblick erweisen, auf des Messers Schneide. So weit, lieber Ondris, haben wir es nie kommen lassen.

Obwohl ich mir das doch wünschte!

Ach, wie oft habe ich mir das bei meinen wahnwitzigen nächtlichen Quälereien leise zugeraunt, wenn ich mich nach Hause sehnte, innerlich vor Schmerz schreiend, und das hervorwürgte, was eigentlich Sie hätten sagen müssen!

*

Mama ist an dieser Stelle wieder mit ihrem Rückblick fortgefahren, und ich habe den Teil da belassen, wo er gestanden hat.

Ich konnte von dem Menschen nicht loskommen!

Dabei habe ich damals, 1914, in Stralsund, nicht mehr daran geglaubt, dass ich Franci Winkler jemals wieder auch nur eines Wortes würdigen könnte. Versinken vor Scham. Sobald diese erniedrigende Verblüffung – damals in der Bibliothek und im Souterrain – in mir aufsteigt, sie stößt auch nach Jahrzehnten noch wie eine Faust aus dem Unterbewusstsein herauf! Vor Scham versinken!

Das erste Leck bekam unser Schiff, das wir uns als gemeinsames Gefährt vorstellten, dadurch, dass es ihm nicht im Traum einfiel, mich Weihnachten 1913 zu seinen Eltern mitzunehmen. Obwohl er seit dem Sommer von nichts anderem gesprochen hatte als von Heirat. Zu meiner Freude zögerte er seinen Aufenthalt im Haus der Winklers immer weiter hinaus, zuerst verschob er die Heimreise von Ende Oktober auf Mitte November, dann auf das Monatsende, und in einem fort jammerte er, was aus ihm denn werden solle, wenn er schließlich abreisen müsste – doch darüber, dass wir die Feiertage gemeinsam verbringen könnten, kein Wort.

Ich hatte nicht unbedingt damit gerechnet, dass wir dort bei den Winklers gleich die Verlobung festsetzen würden (obwohl ich mir darüber schon Gedanken machte, ich war sogar etwas verunsichert und wusste nicht, ob ich mich schon zu einem »Ja« durchgerungen hatte, aber ich hegte doch die Erwartung, er würde seine ernsthaften Absichten dadurch besiegeln, dass er mich mit zu sich nach Hause nähme, um mich seinem Vater und seiner

Mutter vorzustellen. Das heißt, eigentlich hätte er mich gar nicht vorstellen müssen, denn Papa hatte mich schon als kleines Mädchen zu den Winklers mitgenommen, um bei Onkel Béni und Tante Mici mit seiner Pflegetochter anzugeben, auch später bin ich ihnen in Stralsund begegnet. Aber ich dachte, die Eltern Winkler müssten doch schon neugierig auf mich sein, denn ich konnte mir nicht vorstellen, dass ihnen Franci von mir und seinen Heiratsabsichten gar nichts erzählt hatte.

(Ach Ondrisko, auch von dem stummen, stets verdrängten Schrecken wissen Sie ja nichts! So wenig wie von meiner Angst vor der Einlösung meines Versprechens und der Erfüllung unserer Pläne, die so bedrohlich auf mich zukam! Angst vor der Antwort, die das in der Seele genährte Vertrauen zerstört und den Leib zusammenzucken lässt! Wenn doch Herz und Seele schon Herz und Seele befragt haben, auch ein Körper den anderen, warum dann noch vor all den anderen – Himmlisches und Irdisches zusammenrührenden Personen, Registratoren, Eltern, Pfarrern und den durch den Duft meiner Sehnsucht herbeigelockten gaffenden Fremden – Antwort geben? Zum exakt festgesetzten, verpflichtenden Augenblick und geltend für alle Zeiten!

Denn auch unser Rosmarinaltar, Ondris! Diese unerbittlich vor mir aufragende Verhörmauer, vor der für mich ein drohender Abgrund klaffte und wo ich, tausendfältigen Blicken ausgesetzt, in schleierweißer Panik stand, weil der Augenblick des Gelöbnisses nahte. Und ich wusste nicht, welche Antwort meinen Lippen entfahren würde, wenn man auf das »bis der Tod uns scheidet« nur mit Ja oder Nein antworten kann! Um ein Haar wäre ich aus der Kirche davongestürzt, und, erinnern Sie sich, Teuerster, wie fest ich mich an Ihren Arm geklammert habe? Aber Sie ahnten nichts davon: Ich suchte nach rettendem Beistand bei Ihnen für die von mir erwartete Antwort! Und immer noch verbindet sich für mich mit jedem geschmückten Altar und dem feierlichen Geleit unter Orgelklängen das Gefühl von Gefahr!)

Doch zurück nach Stralsund! Franci lud mich bis zum Vorabend seiner Abreise, Ende November, mit keinem Wort zu sich nach Hause ein. Und als ich ihn nach seinen Plänen für Weihnachten zu fragen begann, drückte er sich um eine Antwort, er könne es selbst noch nicht sagen, möglicherweise fahre er zusammen mit den Eltern zu Verwandten, doch sobald er Genaueres wisse, würde er mich benachrichtigen. Deshalb sei es ihm jetzt auch nicht möglich, sich festzulegen, wann er wiederkommen könne.

Das gefiel mir gar nicht mehr, aber ich zeigte es noch nicht. Mich selbst beschwichtigend, wartete ich auf Nachricht, richtig geärgert habe ich mich erst, als auch sein Brief auf sich warten ließ. Dieser Mann will mich nur hinhalten! Mit diesem Seufzer sank ich oft in einen Sessel. (Auch Irmchen hat mich in ihren Briefen gewarnt, nicht alles ernst zu nehmen, was Franci mir sagt. Zwar kenne sie ihn nicht näher, aber nach allem, was ich ihr schreibe, habe sie den Eindruck gewonnen, dass er versuchen würde, alles Wichtige mit viel Charme abzutun.) Und tatsächlich, nur wenige Tage vor Weihnachten kamen von Franci ein paar wirre Zeilen, denen ich entnahm, er würde versuchen, seine familiären Angelegenheiten so zu deichseln, dass er zu Neujahr wieder bei mir sein könne.

Doch kam er erst am 4. Januar. Mir persönlich hätte es schon genügt, ihm wegen des im Dezember ausgebliebenen Einladungsbriefes und wegen der Verspätung gram zu sein, auch wenn er sich hinterher glaubhaft und einleuchtend entschuldigt hätte, doch er machte nicht einmal den Versuch, sich zu rechtfertigen. Lachte nur über meine Vorwürfe und tätschelte meine Wangen, als wäre ich ein trotziges kleines Mädchen, so dass ich mehrmals weggehen, ihn einfach stehen lassen musste.

Es ist mir schon klar, Ondrisko, auch Sie hätten mich gewarnt, dieser Mann habe so eindeutige und nicht misszuverstehende Beweise seiner Unzuverlässigkeit geliefert, dass man ihm nie mehr und gar nichts glauben sollte. Und gewiss würden Sie sich nicht ohne Bitterkeit daran erinnern, wie Sie ein paar Monate danach ganz anders als er mit ihren ebenfalls aus der Ferne gesandten, reizenden Briefen beharrlich meine Gefühle anzufachen versuchten – und ja, welches Gebaren, welchen »Lohn«, welche »Strafen« hatten sie dennoch zur Folge! Dass Zuneigung auf so verrückte Weise ungerecht ist! Obwohl die verlässlichen Tugenden, die ehrlichen, ernsten Gefühle über die Maßen verlockend sein können, kommt eine die Sinne aufreizende Versuchung manchmal ganz gut ohne solche seelentiefe Ehrlichkeit, das unbedingte Vertrauen oder moralische Erwägungen aus.

Den Beweis dafür lieferte ich selbst zum ersten Mal (erfüllt von tiefer Scham), als ich Franci, er flehte tagelang, schließlich doch zu mir ins Bett steigen ließ. Warum habe ich zugelassen, dass er nach der abendlichen Verabschiedung zurück in mein Zimmer geschlichen kam und zu mir unter die Decke kroch, ich konnte es im Nachhinein selbst nicht begreifen und schämte mich schrecklich in den darauf folgenden Monaten. Hätte ich doch schon damals durchschauen müssen, dass das Anstandsgefühl dieses Menschen irreparable Schäden aufweist! Wie konnte es passieren, dass er mich erneut herumgekriegt hat? Und woher sollte ich wissen, dass dieses Durcheinander der Gefühle mich ein ganzes Leben lang begleiten würde, dass auch ein klarer Verstand und eine intakte Vernunft nicht immer ein sicheres Pfand für den richtigen Weg abgeben?

Es war Anfang Februar und Franci noch nicht wieder abgereist, als mir durch einen Zufall die Augen geöffnet wurden. Im Bibliothekszimmer lagen auf dem Ecktisch Bücher, die offenbar das Zimmermädchen aus Hildes Zimmer herübergeholt hatte und die darauf warteten, wieder ins Regal eingeordnet zu werden. Unter ihnen war auch der Flaubert-Roman *Madame Bovary* in deutscher Übersetzung. Ich hatte von dem Buch gehört* und es auch schon früher im Regal gesehen, aber nur in französischer Sprache, die ich leider nicht beherrsche.

Jetzt blättere ich und lese da und dort in den Band hinein, und als ich die Blätter so über meinen Daumen gleiten lasse, entdecke ich einen in den Falz des Buches eingesteckten Brief: Ich sehe mir die Anrede und die auf den Abschiedsgruß folgende Unterschrift

* *Auch ich habe davon gehört. Mehr noch!, war es doch Mamas Lieblingsbuch, allerdings auf Deutsch, das ich nicht verstehe. Einmal erfuhr ich, dass darin die Frau ihren Ehemann gleich mit zwei anderen betrügt, aber es ist ein langer Roman.*

an und erkenne, kein anderer als Franci hat der lieben Cousine Hilda geschrieben! Ein Datum fand sich nicht auf dem Brief, doch ging aus seinem Inhalt hervor, dass er ihn nach der Heimreise im Sommer von daheim geschrieben hat.

In dem gesamten Schreiben ging es nur um mich! Beim Lesen hämmerte ein einziges Wort unaufhörlich in meinem Schädel: Schande. Welche Schande! Wie dieser Mann, der mich doch schon fast ganz in seine Gewalt bekommen hat, hier anmaßend und demütigend über mich redet! Zuerst macht er Späße darüber, dass sich Hilde dieser »reizenden, aber doch anspruchslosen Zimmerpflanze« angenommen habe, dass sie jetzt zur Blüte ansetze und er es am Ende sein könnte, der sich »diese Knospe« bricht. Infolgedessen wüsste er von Hilde nun gern, was sie von der Sache hält.

Inzwischen hätte es sich, wie er schrieb, kürzlich so ergeben, dass er aus dem Arbeitszimmer seines Vaters »ein paar Wortfetzen über das Testament von György Osztatní mitbekam und der Anwaltsgehilfe, der die Akte heraussuchte, auch den Namen Jadwiga Palkovits erwähnte«. Meinen Namen? Ich verstehe das nicht! Aber von da an berichtet Franci ohne die mindesten Skrupel, dass er, sobald sich Gelegenheit bot, die Akte herausgeholt habe, und obwohl sie keine letztwillige Verfügung enthielt, sei ihm aus einer Aktennotiz seines Vaters klar geworden, »dass Osztatní die Hälfte seines Vermögens, des Weiteren ein Sparbuch über eine ansehnliche Summe seiner Pflegetochter vermacht hat. Du, Hilde, wirst dich kaum darüber wundern«, schrieb Franci ohne jegliches Schamgefühl, »dass dieser Umstand das Mädchen in meinen Augen noch attraktiver werden ließ. Du weißt, ich verfüge über kein eigenes Vermögen, und ich kann auch von meinem Vater nicht allzu viel erwarten, seine Einstellung war immer: Jeder soll seine Fähigkeit als Selfmademan unter Beweis stellen. Onkel Gyuri Osztatní denkt offensichtlich anders. Ob der Arme sich am Ende krank fühlt, dass er bereits jetzt seine Habe aufteilt?« Der Brief ging in etwa so weiter, dass er, Franci, sich nur schwer vorstellen könne, sich jemals unter das Joch einer ehelichen Verbindung zu beugen, »aber vielleicht lohnt es sich für mich auch so, mir eure kleine Korrespondentin genauer anzugucken«, und in dieser Manier ging es weiter.

Am liebsten hätte ich ohne ein Wort mein bisheriges Leben ganz hinter mir gelassen, wäre auf und davon gegangen, weit fort, so sehr fühlte ich mich durch diesen Brief erniedrigt* – umsonst machte ich den Versuch, Francis Auslassungen damit zu entschuldigen, dass die Bande zwischen uns noch nicht so eng waren, als er diesen Brief schrieb –, ich war gelähmt und sprachlos, so sehr, dass ich mich sogar geschämt hätte, den Verfasser zur Rede zu stellen.

Ich wandte ihm den Rücken zu und ließ ihn nicht mehr ein, umsonst klopfte er an meine Tür. Auf sein endloses Insistieren antwortete ich ihm schließlich, dass ich mit ihm nicht sprechen und mich auch mit ihm nicht treffen würde. Er verstand nicht, warum. Ob er mich etwa durch irgendwas verletzt habe? Vermutlich läge da ein Missverständnis vor! Ich solle es ihm doch sagen. Lassen wir das und reden wir nicht mehr! Wie soll ich das verstehen? Überhaupt nicht mehr? Ich gab keine Antwort.

So ging das fünf Tage lang, und mir war unbegreiflich, dass er nicht abreiste, aber ich konnte ihn ja aus dem Haus seiner Verwandten nicht hinausjagen. Schließlich kam auch der billige Grund seines Bleibens ans Licht. Eines Abends, ich ging noch schnell wegen eines Zahnpulvers in die Vorratskammer hinunter, weil mein Behälter leer war, stutzte ich vor den Kammern der Dienstboten im Souterrain wegen des schamlosen Kicherns einer weiblichen Person. Die Lacher kamen aus der Kammer des neuen Stubenmädchens. Und gleich darauf vernahm ich auch eine Männerstimme: Es war Franci.

Ich werde das aber nicht länger hinnehmen, traf ich meinen Entschluss. Am nächsten Morgen teilte ich ihm kühl mit: Ich könne ihm zwar keine Befehle erteilen, doch wenn er auch nur ein Fünkchen Ehrgefühl besitze, müsse er dieses Haus auf der Stelle verlassen, und ich wünsche, ihn nie mehr wiederzusehen.

* *Ein Späher und Nachforscher riskiert immer zugleich, dass das Aufgespürte eine bittere Pille für ihn selbst ist. Aber auch um ein Auge zudrücken zu können, muss man natürlich erst gespäht haben.*

Sein betroffenes Stammeln wollte ich mir ersparen, ich wandte mich um und eilte auf mein Zimmer, wo ich mich einschloss.

Am nächsten Tag übergab man mir einen kurzen Brief. »Mit wehem Herzen« nehme er Abschied, denn wenn ich ihm etwas befehle, schulde er mir Gehorsam, und ja, er sei an dem »vermeintlichen Grund« meiner Empörung wohl nicht ganz unschuldig, doch solle ich ihm glauben, es seien nur die Umstände, die gegen ihn sprächen, weshalb ich ihn nicht für alle Zeiten aus meinem Herzen verbannen solle, er hoffe, wenn ich mich beruhigt und er Gelegenheit gefunden hätte, die Missverständnisse aufzuklären, dann würden sich auch die bedauerlichen Kränkungen und Verletzungen lindern und heilen lassen. Denn seine Liebe für mich sei »unendlich« und »unabänderlich«.

Mein Gott, dass angesichts solcher Lügen nicht der Himmel über ihm einstürzt!

Und drei Tage später bekam ich, lieber Ondris, Ihren Brief, in dem Sie mich von Papas Tod in Kenntnis setzten. Ich bezichtigte mich der todbringenden Untreue und Pflichtvergessenheit für alles, was geschehen war, seit ich diesen allerteuersten Menschen zum letzten Male gesehen hatte.

Weitere zwei Wochen später steigerten sich dann mein schlechtes Gewissen, meine Scham noch dadurch, dass mir von jenseits des Grabes noch Belohnung zuteil wurde: Das Anwaltsbüro Benjamin Winkler teilte mir mit, dass Papa mir testamentarisch ein fürstliches Erbteil vermacht hatte.

*

V. »*Sumpf, Schande*«

Meine Mutter kocht in der Sommerküche Zwetschgenmus. Ohne Kopftuch, mit offenem Haar, in der Hitze bis aufs Hemd entblößt, beugt sie sich über den großen dampfenden Kupferkessel, immer noch eine Ehrfurcht gebietende Gestalt in bäuerlichen Lumpen. Ich rutsche bis an den Rand der Dachplatten vor.

Drinnen hält sie den dunkelbraunen, gleichsam ledrig überzogenen riesigen Hartholzlöffel mit beiden Händen fest umfasst und rührt langsam in dem schon dickflüssigen, Blasen werfenden Brei. Ihre Magd hat sie zuvor zum Gehöft hinausgeschickt, und so muss sie nun die zeitraubende Koch- und Rührprozedur selbst zu Ende bringen. Mit dem Handrücken wischt sie sich den Schweiß von Gesicht und Hals, wirft die lästig in die Stirn fallenden braunen Haarsträhnen nach hinten. Zwischendurch hält sie inne, streift mit dem Finger Mus vom hackenstieldicken Holzlöffel, leckt ihn ab, probiert und prüft den Geschmack. Erneut taucht sie den Löffel in die Masse, bringt sie durch kreisendes Rühren zum Stocken. Tiefdunkles Mus von schwarzbraunlila Farbe.

Ich liege auf dem flachen Dach des Hühnerstalls und blicke in die bis an den Rand des Kupferkessels hochblubbernde Obstlava – als würden sich lebende Körper unter der dampfenden Samthülle winden. Der Brodem und mit ihm Wohlgeruch steigen mir in die Nase. Ich liege bäuchlings mit einem dünnen Leinenhöschen bekleidet auf den lauwarmen Dachplatten, die letzten roten Strahlen der Septembersonne leuchten gerade noch zwischen meinen baumelnden Unterschenkeln in die dunstige Sommerküche. Mutter ist es heiß, sie löst die Bänder des Hemdes über ihren Brüsten, bläst nach unten und fächelt sich Luft zu. Jetzt beugt sie sich zu der Feuerstelle hinab, legt aber nicht mehr nach, schürt nur noch die Glut, und als sie sich in meine Richtung wendet, sehe ich ihre gewichtig schaukelnden, spitz zulaufenden Brüste. Dann stochert und rührt sie mit dem Holzlöffel noch ein paar Mal in den Kessel hinein, klopft ihn auf den Rand und streift wieder mit dem Finger ab, was sich am Stiel angesetzt hat. Jetzt nimmt sie den musverschmierten Stiel vorsichtig, offenbar weil er heiß ist, zwischen beide Hände und lässt sie an ihm entlanggleiten. Setzt sich, den Rücken halb zu mir zugewandt, auf den Schemel, leckt das Zwetschgenmus von ihren Händen und streichelt erneut über den Rührholzstiel, ja, sie führt ihn an den Mund und leckt gemächlich daran entlang. Sie zieht den klein geblümten bäuerlichen Faltenrock über ihre Knie hoch, die sie jetzt etwas spreizt, um das trockene Ende des Rührlöffels unter die Querleiste des Schemels zu klemmen. Den Stiel mit den Händen umklammernd und zum Mund führend, leckt sie weiterhin die Marmelade vom Holz. Dann rührt sie sich nicht. Ich beobachte sie angestrengt und begreife nicht, was mit ihr ist, weil sie völlig reglos sitzt.

Vorsichtig klettere ich hinten vom Ziegeldach runter und stelle mich vor das Fenster der Sommerküche. Inzwischen hat es den Anschein, als wollte sie doch aufstehen, sie richtet sich an dem in den Schoß geklemmten hölzernen Stiel auf, sackt aber zurück, schnellt wieder auf und nieder, ihr Gesicht verzerrt sich, als schmerze sie etwas, und weil es ihr auch letztlich nicht gelingen will, sich ganz zu erheben, sie vielmehr mit einem röchelnden Jammerschrei niedersinkt, erschrecke ich, möchte ihr schon zu Hilfe eilen, da sehe ich, dass ihr nichts ist, ihre Züge sich entspannen. Sie legt den Holzlöffel auf den Rand der Feuerstelle und seufzt tief, schwitzend hebt sie den schweren Rock an, fächelt sich Luft darunter, und ich sehe jetzt aus der Nähe zwischen ihren stämmigen blassweißen Schenkeln in sich knäuelndes Schwarz.

*

2. August 1919
Jetzt bin ich tief unten in der Schublade auf einen Zettel mit Vaters Handschrift gestoßen. Es ging dabei um mich. Ich notiere den Wortlaut, aus dem Slowakischen übersetzt, in mein Tagebuch:

»Am 10. September 1898 ist unser kleiner Sohn, Ondrisko Osztatní, erkrankt. Er bekam Saschkrt.* Wir haben sogleich den Doktor Handke gerufen, der umgehend veranlasste, Impfstoff zu beschaffen. Als besorgter Vater wollte ich von ihm wissen, ob das überhaupt das Richtige ist, denn ich hatte gehört, die Impfung könnte bei kleinen Kindern manchmal unverträglich sein, zu Schäden im Gehirn führen. Und unser Bub ist gerade erst sechs Jahre alt gewesen. Doch der Arzt blieb dabei, dass man unbedingt impfen müsse.

Ich schreibe es deshalb auf, damit später einmal diejenigen, die dies lesen, erkennen: Mein Sohn sollte keinesfalls Schaden an seiner Intelligenz nehmen oder zum Krüppel werden, das wollte ich nicht. Denn dieses neue Heilmittel empfiehlt man jetzt bei Saschkrt, aber ob es wirklich geholfen hat, werden wir erst wissen, wenn unser kleiner Ondrej am Leben bleibt und sein Verstand nicht beeinträchtigt ist.

Zu Anfang war ihm noch anzumerken, dass er durcheinander ist und wirres Zeug redet, aber jetzt hat er sich schon erholt und spricht ganz normal, geht auch wieder zur Schule. Seinem Verstand ist nichts mehr anzumerken.** Zumindest bislang nicht, Gott sei Dank.«

*

* *Papa hat das nicht übersetzt. Ob er nicht wusste, was es bedeutet oder warum sonst? Doch es ist Rachenbräune, auch Diphtherie genannt, die zu der Zeit ziemlich oft auftrat.*

** *Also, so sicher bin ich mir da nicht, dass man ihm, wenn man das Tagebuch liest, nichts anmerken kann! (Ich habe das nur wegen der Mondsüchtelei im folgenden Teil geschrieben.)*

Ich mache mich auf, komme wie ein mondsüchtiger Schlafwandler immer näher heran und gehe tiefer hinein, wie in eine Felsklamm, an den zu beiden Seiten sich auftürmenden Schenkeln vorbei auf das dumpfige geknäuelte Schwarz zu, wandle, ohne Halt zu machen, weiter hinein.

Doch noch vor dem Ziel beginnt sich das dunkle Gewölk, während ich es starr fixiere, zu lichten, kahler zu werden, und aus der Nebelwolke tritt ein winziger Mond hervor, spaltet sich, und es scheint, als stiege aus ihm ein Morgenrot auf. Auch die Schenkel werden schlanker, und durch das dunkelbraune Haar, das den gesenkten Kopf voll umrahmt, lacht neckisch das kleine Mädchengesicht meiner Schwester Zsofka hervor.

Ich reiche ihr meine Hand, berühre sie, und während das Lachen langsam zum schnurrenden Seufzen wird, betaste, streichle ich alles, was ich zu sehen und zu fassen bekomme. Schlüpfe unter die Daunendecke zu ihr, wie ich das auch sonst immer getan habe. Sie beginnt mich zu kitzeln, ich lache, drehe, werfe mich hin und her, versuche auch sie zu kitzeln, worauf sie mich lachend aus dem Bett stößt. Du kannst nicht mehr hierher kommen zu mir!, schreit sie mich spöttisch an und wiederholt diesen Satz mehrmals, in immer ernsterem Ton.

Ich bin bestürzt. Wenn mich Mutter schon nicht umarmt und nun auch mein Schwesterchen nicht mehr, obwohl wir uns doch gegenseitig, heimlich streichelnd, so viel Trost gespendet haben, was soll dann aus mir werden? Ich beginne zu flehen, falte niederkniend die Hände: Doch, du hast es mir versprochen, meine Frau zu werden! Aber sie lacht über mich, wirft mit Zwetschgen nach mir, denen ich ausweiche und gegen die ich mich mit hochgehaltenen Armen schütze.

Da wird sie ernst, und ich sehe, wie sie auf einmal zur Reife kommt, ihre Hüften sich runden, die Brüste unter ihrem halb geöffneten Hemd zusehends anschwellen. Sie bekommt ein durchgeistigtes, reifes Frauengesicht, und auf ihrem Haupt prangt ein Myrtenkranz. Jetzt langt eine Männerhand nach ihr, meine Schwester erhebt sich vom Bett, und ich weiß auch, warum: um mich mit diesem Fremden vor meinen Augen zu hintergehen.

Mit aufreizenden Tänzen und nackt ergötzen sie sich aneinander, wälzen sich dann aufs Bett, und der Schandbube martert die um sich schlagende, röchelnde Zsofka dann mit seinem großen Vareca-Stiel.* Als mein Schwesterchen aufschreit, kann ich mich nicht länger zurückhalten, packe das Rührholz und stürze mich auf den Fremden. Die Visage meines Widerparts, den ich nun zu würgen beginne, vermag ich nicht zu erkennen. Als ich dann schließlich das sich bereits verfärbende, noch zuckende Gesicht wahrnehme, wird mir klar, ich habe gerade Zsofka erwürgt. Als sie nach einem letzten Aufbäumen ins Kissen zurücksinkt, ist ihr Antlitz schon stark gealtert, und ich erkenne in der reglos Daliegenden mit den erstarrten Augen nun das tote Gesicht meiner Mutter.

Ich knie mich aufs Bett und flehe voll Entsetzen zu Gott: Weh mir! Zum Geschwister- oder Muttermörder bin ich geworden! Mein lieber Gott, Herr im Himmel, ich bin doch nur ein kleiner Bub! Ein Kind, das dahinsiecht, weil es nicht gestreichelt wird. Ich hatte ja nur das Gefühl, dass ich ersticken muss, wenn man mich nicht liebt und liebkost! Erbarme Dich, mach sie lebendig, hilf!

Mein Flehen wird erhört, das Wunder geschieht. Die Augen öffnen und runden sich, sie leuchten blau. Unter den dunkelbraunen Haaren drängen rotgoldene Locken hervor, breiten sich über das fein gesäumte Kissen hin. Zwetschgen mit Zimtzucker hätte ich gern!, stammelt sie, und schon bieten sich ihr die gerade noch herumgeworfenen Zwetschgen, entkernt und mit Zimt bestreut, auf einem gläsernen Teller dar. Aus der hohlen Hand reiche ich ihr davon. Sie richtet sich vom Kissen auf, zieht sich die braune Haarkrone wie eine Haube vom Kopf und wirft sie von sich. Sanft streicht sie über das neue rötliche Haar und über ihr nach Rosmarin duftendes Gesicht. Ich füttere sie sanft und gemächlich mit den Zwetschgen, stecke mir auch selbst ein paar in den Mund, worauf sie sich mir zuneigt, sie sich mit den Zähnen von meinen Lippen holt und auch diese Früchte zu kauen beginnt. Dann bietet sie sie mir von ihren Lippen an. Meine Augen

* *Vareca ist ein großer Löffel (Varetschka wäre der normale Kochlöffel).*

verlieren sich im Türkismeer ihres Blicks. Ich lasse mich auf sie fallen, sie dreht sich weg, und ich umarme sie von hinten.

Noch im Erwachen halte ich ihre Brust in meiner Rechten. Jadwiga wendet sich auf ihrem Kissen zu mir hin und lächelt mich an.

*

3. August 1919
Wiederum habe ich seit längerem nichts über uns zu Papier gebracht. Und bedauere, dass ich es auch gar nicht eilig habe, festzuhalten, wenn es zwischen meiner Jadwiga und mir gut geht.

Seit ihrer letzten Rückkehr in meine Arme haben sich alle Düfte ihres weiblichen Wesens, sämtliche mir ins Ohr gekeuchten Laute und Worte, ihre hingebungsvolle Nähe und der Tau ihres Körpers in mir verströmt (wie der meine in ihr), und auch meine hoffnungsvollen Sehnsüchte nach ihrer immer währenden körperlichen und seelischen Hingabe wuchsen, oder doch zumindest eine gewisse Beruhigung, die Hoffnung, dass ich wieder auf sie vertrauen kann, dass sie aus eigenem Entschluss mir gehören will, wenn ich nur Geduld habe. Schließlich verbinden uns ja die gleichen Gefühle in der Vergötterung unseres Söhnchens.

Ich tat, was zu tun war. Besuchte mit dem kindisch kapriziösen Hochmut eines Gutsherrn meine Besitzungen, lebte im Zustand eines gewissen Seelenfriedens in unserem Dorf, verbrachte halbe und ganze Tage bei Miki Buchbinder, Pali Rosza oder schlug die Zeit sonstwie tot, und gelegentlich ertappe ich mich dabei, dass ich geradezu erleichtert bin, weil ich wegen Jadwiga keine schlaflosen Nächte mehr habe, meine Gedanken nicht ständig um sie kreisen wie seinerzeit im Sumpf dieser schrecklichen Monate, als ich an sie denken musste und gar nicht anders konnte; dass mir das wohl tut und ich aufatmen kann, weil sie für mich nicht mehr diese große Sorge und ein einziger peinigender Gedanke ist, dabei aber trotzdem als zahmes Lämmchen daheim auf mich wartet.

In dieser Zeit bin ich voller Tatendrang, werde selbstsicher, esse und trinke anständig und schlafe gut (hin und wieder liebe ich sie auch), gewöhne mich schnell ans Angenehme und habe fast schon alle meine ihretwegen erduldeten Qualen vergessen.

Doch in all dem ist keine übereilte selbstgefällige Zufriedenheit über das Gewonnene, denn allabendlich bin ich ganz behutsam – mal billigend, mal sie gewähren lassend – bemüht, sie mir zurückzuhofieren (Wie es Euch beliebt, Herrin, so soll es geschehen!). Bei all dem gebe ich ihr immer wieder zu verstehen, wie unerschütterlich ich mich nach ihr sehne, und eben das scheint ihr zu behagen. Selbst wenn sie gelegentlich scherzhaft abwinkt und meint:

Ach, das sagen Sie ja nur so! Gewiss haben Sie mich schon tausendmal verflucht und möchten mich am liebsten loswerden. Stimmt's?

Doch das ist pure Eitelkeit, denn nicht zuletzt ihre strahlenden Augen verraten, dass sie mich, wenn auch neckend (und sei's im Bett), auf die Probe stellen möchte und, Gott sei Dank!, nicht nur mit Blicken von Angesicht zu Angesicht, sondern auch tatkräftig von Schoß zu Schoß.

Die Harmonie zwischen mir und Jadwiga ist wieder da,* und sie lässt auf noch schönere Zeiten hoffen, als wir sie schon einmal hatten. Freilich hüte ich mich zu fragen, ob es denn jetzt mit dem andern zu Ende ist, doch ich spüre, dass dieses vorsichtige Tasten und Fühlen in den Stunden des Zueinanderfindens, des Ineinanderaufgehens auch sie gehörig aufwühlen.

*

14. August 1919

Ich höre, dass die Anführer unserer hiesigen Slowaken (unter ihnen auch der wegen seiner Weisheit so Hochwürdige Herr Pfarrer Márton Bacovszky) gestern bei einer Volksversammlung vor dem Komitatshaus unseren Anschluss an Rumänien proklamiert

* *Für diese große Eintracht habe ich beim Lesen zuerst die Daumen gehalten. Bis ich dahinterkam, dass es für meine Existenz vielleicht nie eine lebensgefährlichere Phase gegeben hat.*

haben*, wofür man ihnen aus lauter Dankbarkeit Senatorenposten angeboten hat. Ja, haben die denn ihr letztes bisschen Verstand verloren?

*

23. August 1919
Der Schnitt, das Einbringen und Dreschen sind vorbei. Der Weizenertrag kommt so gerade an einen leidlichen Durchschnitt heran, 9 Doppelzentner pro Kleines Joch. Die Sorte Lovászpatona lag überm Durchschnitt, die anderen waren schwach. Auch der Esterházy-Weizen liegt, und das macht den Schnitt schwierig. Der Mais soll angeblich 20–24 Doppelzentner bringen. Und das, obwohl wir im Frühjahr wegen der lang anhaltenden Kälte spät dran waren und die revolutionären Umtriebe, die erzwungenen Spanndienste und der mit der rumänischen Besatzung zusammenhängende Wirrwarr unsere Arbeit stark behindert und verzögert haben. Als erheblicher Verlust fallen auch die enorme Steuerlast des letzten Jahres, die Requirierungen und die Plünderungen durch die rumänischen Besatzer ins Gewicht.

*

2. September 1919
Von der Polizeidirektion bekam ich eine Vorladung, dass ich zu der und der Zeit zu erscheinen hätte, aber sie war nicht von Szilágyi, sondern von einem seiner Konzipienten unterschrieben. Auch wenn ich wusste, dass ich bei den Roten nicht mitgemacht habe, schmeckte mir die Sache gar nicht.

* *Aber sie hat nie Gültigkeit erlangt! Mir ist nicht klar, was es mit diesen Proklamationen überhaupt auf sich hatte. Auch ich habe mir schon oft gewünscht, dass ich, sagen wir, wieder einmal wie früher als junger Schienenruderer auf der geschmückten Draisine sitze und, im Kreis über die ganze Schmalspurbahn flitzend, aus vollem Hals meinen Abfall von, sagen wir, Kurilla und meinen Anschluss an Böbe Kresméri, die schönste Frau im Dorf, ausrufen würde und mir dafür die Ehrenbürgerschaft verspräche. Hätte das dann Gültigkeit?*

Ich war der Meinung, ich sollte zuerst mit dem Hauptmann reden und bin mit dem früheren Zug gefahren, doch dort ließ man mich nicht vor.

Beim Konzipienten drinnen, was soll ich sagen: Der redete mit mir wie mit einem Raubmörder! Verhörte mich über die Dinge von vor einem Jahr und aus noch früherer Zeit. Wollte alles wissen über die Tage im März und April, wann ich mich wo aufgehalten und was ich gemacht habe, was dieser und jener geäußert und getan, wer mit wem geredet hat.

Zwei spezielle Dinge interessierten ihn ganz besonders: Das eine waren die Aktivitäten des Armin Buchbinder, das andere die »Verschwörung der Slowaken« (so hat er sich ausgedrückt). Ich dachte mir, es wäre gewiss nicht klug, mich jetzt darauf zu berufen, dass ich in gewissem Sinne unter dem Schutz des Hauptmanns Szilágyi stände und er, der Scheißkerl, mich hier nicht schikanieren solle.* Vermutlich wusste Szilágyi, so dachte ich, von diesem Verhör, und vielleicht hatte er mich sogar vorladen lassen. Ich entschied mich also, mich weder quer zu legen noch meine Erinnerungen allzu bereitwillig preiszugeben, ich würde dies oder jenes sagen, mich aber nicht mehr besonders gut erin-

* *Auch ich war in den 50er Jahren einmal in einer solchen Lage! Dass ich meinte, unter ihrem »Schutz« zu stehen, und doch bürdeten sie mir 10.000 Forint Steuerschuld auf. Nämlich für meine Felder, die mir gar nicht mehr gehörten, aber noch auf meinen Namen standen. Und auch ich ging mit meiner Beschwerde zum Genossen Árgyelán, der ein einfacher Mann, aber einer von denen mit dem so genannten »Schnellsiederkurs« war, er hatte mir nämlich anfangs versichert: Falls Sie, Osztatní, irgendein Problem haben, können Sie sich stets vertrauensvoll an uns wenden. Ich hielt mich dann wirklich daran und ging zu ihm. Sagte, Genosse Árgyelán, so und so und dass ich in einer sehr schwierigen Lage sei, der Transferierer habe sich angesagt, also bitte, vielleicht können Sie sich einschalten und darauf hinwirken … denn nicht wahr, Sie haben doch immer gesagt … Bitte, nicht so laut und nicht hier!, sagte der Genosse Árgyelán, denn wir standen mitten auf der Gasse. Man hat Ihnen doch gesagt, zu niemanden ein Wort davon! Gehen Sie jetzt schön nach Hause, es wird kein Problem geben. Aber Sie müssen ruhig bleiben. Haben Sie verstanden? Nicht gleich gerannt kommen und etwas einfordern. Und uns bitte in Zukunft nicht mit solchen Dingen belästigen! Ich bin dann gegangen und wartete darauf, dass die Sache abgestellt würde. Doch gar nichts hat man abgestellt.*

nern können, da ja schon einige Zeit vergangen war. Immer wieder zuckte ich die Achseln, denn bei den Ereignissen vor einem Jahr war ich nicht dabei, habe nur über andere davon gehört, ich sagte ihm also Dinge, von denen er aus der Zeitung mehr hätte erfahren können.

Doch plötzlich hatte der Inquisitor genug von meinem ausweichenden Gestammel, schlug energisch auf den Tisch, schrie: Was bilden Sie sich ein, für wen halten Sie mich eigentlich?!

Und er zerrte aus seiner Schublade einen Stapel Papiere hervor, über deren Inhalt ich Bescheid wusste, ich konnte es nicht leugnen; er hielt sie mir unter die Nase und zitierte auch daraus. Es war nicht schwer, die Worte unseres Hochwürden Bacovszky wiederzuerkennen. Ach du großer Gott, dachte ich, das ist doch alles schon zwei, drei Jahre her!

Darauf er nur: Und Sie wissen von all dem gar nichts? Ausgerechnet Sie, was? Überlegen Sie sich gut, Mann! Glauben Sie, wir wüssten nicht Bescheid über Sie? Zudem werden Sie wöchentlich mehrmals beim Fotographen Miklós Buchbinder gesehen! Dann eine ganze Flut von Fragen und gebrüllten Drohungen: Was wissen Sie von Armin Buchbinder? Wer ist sonst noch bei den Sozialdemokraten? Welche Juden gehörten zu den Roten? Welche Rolle hat der Advokat Singer gespielt? Wie haben Sie es angestellt, dass Sie Buchbinder mit den Gemeindevertretern zusammenbringen konnten? (Ich?, frage ich dazwischen, aber er schreit immer weiter.) Was wissen Sie von dem Szvetlik? Wie haben Sie und die anderen es angefangen, dass Buchbinder hineingewählt wurde? Wer hat die Wahl der Räte organisiert? Wer hat Waffen an die Rote Garde verteilt? Wer hat sich Lomjanszkys rotem Wachregiment angeschlossen?

Wo sind denn Buchbinder und Singer jetzt? Was?

Ich sage, woher sollte ich das wissen.

Darauf er: Ja natürlich!, und spuckt auf den Boden, natürlich haben sich die Juden als Erste davongemacht, wie? Und ihr deckt sie jetzt!

Und auf diese Weise weiter und, wie gesagt, unter ständigen Drohungen: Seien Sie froh, sagt er, dass ich Sie nur frage, denn ich kann Sie auch unter Anklage stellen lassen, verstanden? Also habe ich alles gesagt, was ich wusste, es war tatsächlich nicht viel, und dass ich bei alldem überhaupt keine Rolle gespielt habe.* Daraufhin verzog der Konzipient spöttisch den Mund, nun das wird sich schon noch herausstellen beim Verhör. Wie denn? Was?, dachte ich, war das etwa kein Verhör?

Dann kam er auf die »separatistische Verschwörung der Nationalität« zu sprechen. Mehr als das, was er da lesen könne, wisse ich auch nicht, versicherte ich ihm mit ausgebreiteten Armen. Aber er nahm sich der Reihe nach die von mir an Szilágyi gelieferten Seiten vor, zitierte daraus, stellte gezielte Fragen und notierte sich meine Antworten. Dann stellte er die Teilnehmerlisten der einzelnen Versammlungen zusammen. Pista Szvetlik und Pali Rosza wollte ich auslassen, aber er fragte ausdrücklich nach ihnen, also gab ich auch sie an, war mir doch klar, dass er ohnehin über sie Bescheid wusste.

Gut, sagt er, und jetzt wollen wir uns die Zusammenkunft vom 9. Oktober 1917 im einzelnen vornehmen.

Was für eine Zusammenkunft?, frage ich.

Ich will Ihrem Gedächtnis ein wenig nachhelfen: Die, worüber Sie vergessen haben, Meldung zu machen! Die Teilnehmer der Verschwörung versammelten sich damals bei Pál Rosza, dem Lehrer der evangelischen Elementarschule. Sie kennen Rosza, nicht wahr! In welchem Verhältnis stehen Sie zu ihm?

Ich schweige.

Sie sind gefragt, in welchem Verhältnis Sie zu ihm stehen.

In freundschaftlichem, würge ich schließlich heraus.

* *Ich könnte es Papa gleich sagen, dass diese Angstmacherei ein simpler Trick ist! So was hat man denen bei der Gendarmerie systematisch eingebleut, um herauszufinden, wie der vermeintliche Delinquent reagiert. Denn jemandem etwas zu entlocken, was er lieber verschweigen möchte, ist eine Kunst, fast so was wie eine Wissenschaft, die man erlernen kann. Man braucht also nicht gleich in die Hose zu machen! Und hier gab es ja auch keinen Grund dafür! Der Beamte hat nur im Nebel herumgestochert. Und verglichen mit dem, was zu meiner Zeit auf so etwas folgte, war das eine lächerliche Bagatelle, denn die späteren haben sich dann schon Gründe ausgedacht, um sicherzugehen, wenn sie ihrem Delinquenten an die Eier gingen!*

Die Zusammenkunft hat Rosza organisiert, nicht wahr? Nein … das heißt, ich weiß es nicht.

Sie wissen es nicht!

Aber das ist zwei Jahre her …!

Sie sind doch auch von ihm eingeladen worden, nicht wahr?

Ich kann mich nicht erinnern.

Sie erinnern sich nicht! Wer hat denn die Parole »unser sehnlichster Wunsch ist, dass wir der slowakischen Nation angehören« unterstützt?

Ich schüttle den Kopf.

Wer? Am heftigsten Pál Rosza, nicht wahr?

Nein, denn …

Dem bis zum heutigen Tag die patriotische Erziehung unserer Schuljugend anvertraut ist!

Hochwürden Bacovszky hat so etwas in seiner Rede erwähnt, aber das ist symbolisch zu verstehen, dass …

Symbolisch!, brüllt der Konzipient. Abspaltungsabsichten kann man gar nicht symbolisch …! Was für eine Terminvorstellung hat denn der Pastor dafür gehabt?

Überhaupt keinen Zeitplan! Nur ganz allgemein Minderheitenrechte und auch nur friedlich …

Friedlich! Fick dich im Arsch, friedlich!, und er trommelt wieder mit der Faust auf den Tisch. Natürlich, wie die Roten, das kennen wir! Wann war denn die nächste Versammlung?

Daran konnte ich mich wirklich nicht erinnern und weiß auch bis jetzt nicht, ob ich da überhaupt anwesend war. Laut Aussage des Konzipienten war damals die Rede von den geheimen Verhandlungen über die so genannte autonome Insel der Südslowaken. Also ich weiß es nicht. Aber mir fällt auf, von da an müssen sie schon einen anderen Informanten gehabt haben, denn von mir hat Szilágyi über eine Abtrennung und eine autonome Insel ganz gewiss nichts erfahren. Letztes Jahr im November ließ ich den Brief des Hauptmanns retour gehen, und eigentlich habe ich ihn seit mehr als anderthalb Jahren nicht mehr gesehen. Wahrscheinlich ist er mir deshalb gram und daher auch jetzt dieses Verhör! Was er mir wohl anhängen will?

Für welchen Zeitpunkt war denn die Proklamation der Abtrennung geplant? Wann sollten denn Ungarn aufgeknüpft und abgeschossen werden? Was?

Auch wenn ich sagte, dass hier kein Mensch von Waffen oder irgendeiner Gewalt geredet, vielleicht nicht einmal daran gedacht hat, offensichtlich stand dieser Tatbestand für ihn fest. Pfarrer Bacovszky war natürlich das Haupt der Verschwörer, der Schuldirektor Bugyinszki (sicher wegen seines Postens, denn umsonst wiederholte ich, dass der kaum einmal den Mund aufgemacht hat) und der Schweinehändler Hruska waren die anderen Wortführer.

Aber dann auch Rosza und Szvetlik. Ihretwegen gräme ich mich am meisten. Immer wieder gehe ich in Gedanken dieses verfluchte Verhör durch, frage mich, was ich dort über meine Freunde gesagt habe, über Pali und Pista (und natürlich auch über Miki und seinen Bruder Armin). Denn geredet hab ich über sie, leider. Und umsonst hab ich mit aller Macht versucht, sie zu entlasten, letztlich konnte sich der Inspektor in seiner Meinung über sie bestärkt fühlen. Mitwirkung bei der Organisation einer »Verschwörung«, hauptsächlich im Fall von Pali. Bei Pista kam hinzu, dass er während der Kommune Notar gewesen ist. Von Armin ganz zu schweigen, gegen ihn ist möglicherweise schon der standrechtliche Steckbrief in Umlauf. Doch über ihn können sie von mir wirklich nicht viel erfahren.

Nachdem mich der Konzipient ein Papier hatte unterschreiben lassen, dass ich von all dem, was hier gesprochen wurde, nirgends ein Wort verlauten lassen würde, konnte ich gehen. Auf den Weg gab er mir noch mit: Das Verfahren gegen Sie wird zu gegebener Zeit seine Fortsetzung finden. Ich solle mich daheim aufhalten und keinen Ärger machen, andernfalls müsse er mich unter behördliche Aufsicht stellen lassen (derzufolge man seinen Wohnsitz nicht verlassen darf), ich müsste jederzeit erreichbar sein, wenn ich benötigt würde. Wofür ich noch benötigt werden könnte, danach traute ich mich nicht zu fragen.

*

10. Oktober

Heute morgen hat Jadwiga mir einen Brief in die Hand gedrückt. Ich sehe, dass es sich um eines ihrer lila gefütterten Kuverts handelt:

Von dir?, frage ich sie, und sie nickt.

Sie hat mir geschrieben, warum sie die Sage von der in einen Lorbeerbaum verwandelten Daphne so liebt: Weil sie von ihr handelt.

Wie die Nymphe Daphne flieht auch sie kopflos vor Apoll, der sie mit seinem Liebeswerben verfolgt. Auch sie fürchtet sich und will nicht, dass man ihr Verständnis entgegenbringt, sie heilt und liebt. Sie glaubt nicht daran, denn »früher oder später gewinnt ohnehin die Privatmythologie der Persönlichkeit die Oberhand: Wer Apoll ist, der wird sich erneut an die Verfolgung machen, wer Daphne ist, fliehen, sich verkriechen«.

Und sie will Daphne nur darin übertreffen, dass sie auf ihrer Flucht keinerlei Hilfe in Anspruch nehmen muss, sondern selbst fähig sein will, sich in einen Baum zu verwandeln, wenn es schon keinen anderen Ausweg gibt.

Ich wusste sofort, dass sie wieder dabei ist, mich zu verlassen. Daphne flieht vor mir, aber nicht um ein Lorbeerbaum zu werden! Sondern um sich bei einem anderen zu verdingen – als Aphrodite.

Denn das ist das Wenigste, was ich sagen kann, wenn die eine in ihr tatsächlich die vor dem Liebeswerben fliehende Nymphe ist – dann ist die andere geradezu ihr Gegenbild, die verführerische Liebesgöttin. Was Jadwiga dann natürlich leugnete.

Nur bin ich weder Apoll noch sonst jemand. Denn ein betrogener Liebhaber findet nicht nur keinen Trost, er hat nicht einmal einen Mythos!

Ich habe bisher diese mythologischen Geschichten nicht gelesen. Weiß nur, was ich im Radio darüber hörte. »Mein kleiner Adonis, du wirst nicht mehr…« Doch dann habe ich ihn in den Büchern von Mama gesucht und gefunden. Und da fand ich, sagen wir, an diesem Hermes irgendwie Gefallen. Eine Art schlauer, sich einschleichender Kundschafter gewissermaßen. Obwohl der Rinderklau meiner Meinung nach nicht recht ist. Doch habe auch ich mir auf die Füße leise Flügelschuhe gebastelt. Hauptsächlich natürlich deshalb, weil ich wie dieser Hermes auch ein Herold bin!

*

17. Oktober 1919
Jadwiga ist wieder so kühl zu mir, dass es mich verbittert. Ich habe ihr nicht geschrieben, aber auch was wir im Zusammenhang mit ihrem Brief miteinander gesprochen haben, führte zu nichts Gutem. Ich verspüre keinerlei Lust, im Einzelnen darauf einzugehen.

*

Gestern war der dreißigste November, mein Namenstag.

Ein schwankender hellblauer Schatten ist meine Frau, wenn sie an den Maulbeerbäumen vorbeihuscht. Im Schutz des Eckhauses entdecke ich, wie sie auf der gegenüberliegenden Seite des Maulbeerplatzes in der Gasse mit den Einfenster-Katen dahineilt. Es dämmert schon ziemlich, aber als Jadwiga am Ende der Häuserzeile entschwindet, erspähe ich gerade noch, dass sie nicht in Richtung Seifensiederhof, sondern zu den sauren Wiesen bei der Weininsel abbiegt. Weininsel! Obwohl dort nur noch Schnaps gebrannt wird.

Lassen Sie mich, ich werde Ihnen nicht jedesmal auf die Nase binden, wohin ich gehe!, versuchte sie es mit einer scherzhaften Zurechtweisung, doch nahm sie mir mein Nachspionieren übel. Damit Sie mich dann auslachen können!

Warum sollte ich dich auslachen?

Zum Lachen war mir wirklich nicht zumute. Schon vorgestern hat sie mir ausdrücklich erklärt: Ich solle ihr hier zum Andreastag ja keine Leute versammeln, denn ihr stehe der Sinn weder nach Backen noch nach einem Saufgelage, und vor allem habe sie keine Lust, insbesondere dieser Rosza Honig ums Maul zu schmieren.

Die Nusshörnchen würde ja Anci backen …

Ich solle doch lieber zu Miki Buchbinder hinübergehen, wenn ich mich unbedingt feiern lassen wolle.

Ich? Ich möchte überhaupt nichts … und ging zur Tür hinaus.

Seien Sie doch nicht gleich beleidigt …! Ondris! Dann vielleicht am Samstag, wenn Sie wollen …!

Aber da wollte ich gar nichts mehr.

Hatten Sie nicht gesagt, Sie möchten zu Miki hinübergehen?, fragt sie mich auch heute ganz nebenbei, während sie in den Mantel schlüpft. Also dann, viel Vergnügen!, lächelt sie mir im Weggehen noch zu.

Nein, ich werde jetzt doch nicht zu Buchbinder gehen, sondern ihr nach, damit ich genauer Bescheid weiß.

Sie geht bereits durch die Senke des ausgetrockneten Tümpels, schwebt über die auf Stapel von Ziegeln gelegten Bohlen, und da beginnt auch schon die Insel, der Geruch nach Maische ist bereits zu spüren. Denn nicht nur von den ans abschüssige Ende der Höfe verbannten Schweineställen und Mistgruben, auch von der Brennerei lässt man eine übel riechende Brühe in das Becken rinnen. Ausgelaugten Trester, Haufen von Zwetschgenkernen und Obstabfall, trüber Bodensatz, saurer Gestank nach Gärung und Alkohol.

Ich warte noch einen Augenblick, beim Durchqueren der kahlen Senke könnte sie mich, falls sie sich umsieht, entdecken. Auch im Frühjahr, kommt mir in den Sinn, entfaltet sich hier eine wahre Geruchsorgie, die Gerüche stammen dann aber nicht von den Obst- und Brenngutresten, sondern aus fettiger Flugasche und dem klebrigem Brodem vom Absud der Tierabfälle, die sich drüben in der anderen Grube bei den Seifensiedern sammelt. Schlachtabfall, Talg, Speckschwarten, Bratenfett und ranziges Griebenschmalz liefern den furchtbaren Fettgestank, dazu der Dunst des sodahaltigen Gebräus aus Resten verendeter Ferkel und Hunde.

Ich habe keine Ahnung, was sie in dieser Gegend vorhat. Wenn sie zur Bahn wollte, ginge der Weg in die andere Richtung; würde hier eine Kutsche auf sie warten, müsste sie auf die Straße zugehen, und auch für ein heimliches Stelldichein wäre das Wäldchen doch passender.

Auf der anderen Seite des einstigen Tümpels breitet sich die vertrocknete Weide mit Hauhechel und Wolfsmilch aus. Da, hinter dem Gestrüpp, entschwindet die Gestalt meiner Frau. Jetzt eile ich über den trockenen Boden des Tümpels, klettere am Rand des Buschwerks zur Wiesenweide hinauf und spähe in der Gegend herum. Es dämmert schon merklich.

Und doch erwartet sie dort jemand! Ich erkenne hastige Bewegungen hinter dem dürren Gesträuch der Dornrosen. Vorsichtig schleiche ich mich näher und näher heran!

Ich sehe Jadwiga von hinten, sie steht aufrecht und verdeckt die andere, hockende Gestalt. Und dann schlüpft meine Frau aus ihrem Mantel! Mir steht das Herz still. Sie knöpft die Ärmel ihres Kleides auf, sodann den Kragen und das Oberteil und streift es über die Schultern, zieht erst den einen, dann den anderen Arm heraus. Sie löst die Schließen an der Hüfte und schiebt dann ohne jede Scham ihr Kleid hinunter, schließlich steigt sie ganz aus ihrer Hülle heraus.

Doch in der Person, der sie ihr Kleid reicht, erkenne ich, als sie sich aufrichtet, unser Stubenmädchen Anci. Die öffnet jetzt ein Bündel, nimmt daraus ein großes, gehäkeltes Tuch mit Fransen, einen Bauernrock und ein Mieder und reicht diese Kleidungsstücke Jadwiga hin, die sie sogleich anzieht. Die abgelegten Sachen verschnürt sie zu einem Bündel in die Decke. Als sich Jadwiga vor Anci zeigt und sich um ihre Achse dreht, kichern die zwei verschämt.

Was soll denn das?

Aber schnell raffen sie sich zusammen und eilen in Richtung Friedhof davon. Ich haste ihnen durch das Holundergebüsch nach, während sie schon an der Ecke der Altfriedhofszeile sind und dort abbiegen. Als ich zu der Ecke gelange, sehe ich gerade noch, wie sie im Hof des dritten Hauses verschwinden.

Ich spähe durch die Ritzen des Lattenzauns: Ein reges Gedränge von Mädchen, Rummel und Gelächter, unter dem Bogengang am Boden sind auch vier Pertroleumlaternen abgestellt. In der Feuerstelle auf dem Hof lodert unter dem Kessel die Flamme. Auch der Bogengang ist erleuchtet, geschäftiges Gerenne heraus und hinein, sie rufen sich etwas zu, bringen dies und holen jenes, Stühle und Bänke werden herbeigeschleppt, unter das Vordach gezogen und rund ums Feuer aufgestellt. Wollen die denn im Freien vetschjerka halten?*, statt drinnen den Backofen anzuheizen? Allerdings könnten sie drinnen, in dieser bescheidenen Bauernkate, gar nicht alle unterkommen. Koschuschkas** und grob gewebte Decken werden herbeigebracht. Auch Jadwiga bekommt ein etwas abgetragenes Fellwämschen. Sie ziert sich, wird aber von Anci unter ihre Fittiche genommen, die ihre Herrin offenbar als »Verwandte« aus einem Nachbardorf mitgebracht hat.

Und hier draußen kommen immer noch Mädchen und sind eilig auf dem Weg zu besagtem Weibertreff, ich muss mich verziehen, möchte nicht gesehen werden. Ich mache einen größeren Bogen ums Haus und verfolge dann von hinten durch den Zaun das Treiben der Mädchen im Hof. Bin jetzt allerdings etwas weiter weg vom Geschehen. Kann den lang gezogenen, mit Terzen unterlegten slowakischen Singsang nur bruchstückhaft vernehmen. Zum Glück gibt es keinen Hund beim Haus. Ich nehme einen Schluck aus meiner flachen Schnapsflasche.

Ungeduldig wie eine Taube auf der Suche nach dem besten Platz für ihr Gelege trete ich von einem Fuß auf den anderen, bis ich mich zum Hausfriedensbruch entschließe: klettere auf einen Balken des Maisschuppens und springe in die nach Jauche riechende Unsichtbarkeit hinunter, husche zuerst bis zum Hühnerstall hinauf, dann hinter den Strohschober, an dem als Versteck taugende Maisgarben lehnen. Der anschwellende Gesang ermöglicht mir, unauffällig ans Ziel zu gelangen.

Die Mädchen reißen jetzt Papier zu kleinen Zettelchen, verteilen sie, ein Stift wird herumgereicht und auch mehrere kleine Gläser, aus denen sie, offenbar um die Stimmung anzuheizen,

* *ein abendliches Treffen veranstalten.*
** *Koschuschok ist ein ärmelloses Fellwämschen für Frauen, meist aus Lammfell. Das für den Alltag ist braun, aber es gibt auch eins in Weiß und reich bestickt für die Festtage.*

»Süße« oder »Starke« süffeln. Ich genehmige mir ebenfalls einen Schluck aus meiner Flasche. Jeder kann neun aufschreiben!, ruft ein Mädchen, das schon bisher als die das Wort führende Hlavna* aufgefallen ist. Und jetzt begreife ich: Unter den Namen der Burschen muss der »Richtige« herausgezogen werden. Das dauert eine Weile, zum Glück wird in der Zwischenzeit auch gesungen. Die meisten zerknüllen ihre Zettel und werfen sie ins Feuer, gelegentlich aber springt auch eine mit einem Freudenschrei hoch, drückt ihr Zettelchen ans Herz und wiederholt verzückt den Namen.

Jetzt habe auch ich begriffen, warum dieses Feuer hier angeheizt worden ist: Sie werden nach altem Brauch und Aberglauben Blei gießen. Der Topf wird gebracht, und alle drängen sich aufgeregt um den Kessel, doch dann legen sie eine Reihenfolge fest und treten einzeln heran, um jeweils ein Löffelchen Blei ins Feuer zu kippen und dann sogleich mit einem Sieb die Antwort auf ihre Herzensfrage herauszufischen. Und da zeigt auch schon das erste Mädchen die zu enträtselnde Figur auf seiner Handfläche, andere warten noch, bis sie an der Reihe sind.

Wie alle anderen flattert auch Jadwiga herum, drängelt, klatscht vor Aufregung in die Hände, steckt mit den anderen die Köpfe zusammen, kichert. Ich weiß gar nicht, wann ich meine Frau schon einmal so gelöst gesehen habe. Sie schwelgt förmlich in dem Gefühl, dass es dieses eine Mal gleichgültig ist, was sie sagt, was sie tut und was ein anderer sagt zu der Art, wie sie sich aufführt. Im Handumdrehen und ohne jedes Gefühl der Schüchternheit geht sie im Schwätzen und Gelächter der Mädchenschar auf, schlürft ein Gläschen des gelblichen »Frauentrunks« und bietet auch den anderen Umherstehenden davon an.

Und jetzt wird wieder gesungen, reihum abgefragt, welches das Lieblingslied ist, einige versuchen paarweise sogar Tanzschritte, werden von Umstehenden ausgelacht. Indessen treffen andere wieder irgendwelche Vorbereitungen: Unter lautem Ge-

* *»Hlavna« ist der Kopf unter den Mädchen, ihre Wortführerin. Hlava heißt Kopf.*

lächter schaffen sie Männerkleider, Stiefel, Besen herbei, und eine von ihnen wird als Aufpasserin zum Gassentor geschickt.

Nachdem etwas Ruhe eingekehrt ist, tritt die recht ansprechende Hlavna in die Mitte des Kreises. Eine andere beginnt auf Slowakisch irgendwelche Reime zu leiern, den Text kann ich nicht verstehen, aber er muss von schlüpfrigem Inhalt sein, denn immer wieder kommt es zu verschämtem Kichern. Dann setzt besagte Wortführerin zu einem lang gezogenen, klagenden Singsang an – es klingt wie die geheimnisvolle Beschwörung einer weisen Frau –, und sie lässt dazu die Hüften kreisen. Unvermittelt fällt ihr Rock, sie hat weder Höschen noch Hemdchen an und wiegt das prächtig gewachsene, aufreizende Hinterteil im Takt der Musik dazu!

Sie packt den an die Wand gelehnten Besen, nimmt den Stiel zwischen die Schenkel und reitet darauf, galoppiert damit zum kleinen Tor, das von der dort Wache Haltenden weit geöffnet wird. Dann dreht sie sich um, streckt, weit nach vorn gebeugt, ihre nacktes Hinterteil auf die Gasse hinaus und ruft dazu:

Tschakam tja, Janko! Potschujesch ma, vidjísch ma? Hibaj sa, Janko!*

Und dann jagt sie auch noch im Galopp rund um den Hof. Zum Glück nicht um den Schober, hinter dem ich mich verstecke, allerdings hält sie auch so nur ein paar Schritte von mir entfernt inne, um den Besenstiel zurechtzurücken und sich wieder fest zwischen die Schenkel zu klemmen.

Hochrufe erschallen, von allen Seiten fliegen ihr die besten Wünsche zu, auf dass alles eintreffen möge, was die kleine Hexe herbeibeschworen hat, und schon drängeln die anderen, jetzt möchten auch sie und sie. Nacheinander entblößen gleich zwei ihr Hinterteil und schwingen sich auf den Besenstiel, dann noch eine, die allerdings auf einen Stiefel aufsitzt und den Namen des Liebsten in dessen Schaft hineinruft.

Wieder eine andere reitet, indem sie eine Männerhose an sich

* *Ich warte auf dich, Janko! Hörst du mich, siehst du mich? Komm, beeil dich, Janko!*

presst, ins Haus, öffnet die Tür des Backofens oder Kamins* und lockt den Schatz durch den Rauchfang herbei.

Der Hexenritt der Nackedeis, das Burschenanlocken ist natürlich nicht Pflicht, mehrere zaudern oder ziehen sich, wenn die Beherzten sie ermuntern wollen, mit rotem Kopf zurück. Andere aber haben auch nach dem Besenritt keine Eile, sich wieder anzuziehen.

Plötzlich sehe ich, dass sich drei, vier Mädchen doch noch anschicken, mitzumachen, und auch Jadwiga gesellt sich zu ihnen, bittet offensichtlich darum, dass man ihr die einschlägigen Sprüche beibringt, während sie auch schon den Rock und ihr Höschen fallen lässt. Obwohl sie ein langes Unterhemd trägt und es nicht bis an die Taille hochschiebt, setzt sie sich genau wie die anderen mit entblößtem Hinterteil auf den Besen, ganz so, wie sich's gehört. Gänsehaut überläuft mich, von oben bis unten. Ich recke den Hals und lausche angestrengt, kann aber bei dem Lärm nicht verstehen, wer der Mann ist, dem ihr Lockruf gilt. Jetzt geht meine Frau mit dem Hexenbesen zu Anci, die beide Hände abwehrend vor sich hält. Nein, nein, sagt sie vermutlich, sie hat keinen mehr, den sie sich herbeiködern möchte, ihr Bräutigam ist an der Front gefallen. Doch Jadwiga macht ihr Mut. Sie drückt Anci den Besenstiel in die Hand und kauert sich vor das Mädchen hin. Blickt auf, Anci in die Augen und beginnt, ihr das Band um die Hüften zu lösen. Lässt auch ihren Rock hinabgleiten und hockt noch immer vor ihr. Anci wagt nicht, sich zu rühren, erst als ihr Jadwiga auch das Unterkleid hochschieben will, sträubt sie sich, hält der, die sich an ihr zu schaffen macht, die Hände fest. Sie greift sich den Besen, möchte darübersteigen, doch Jadwiga hindert sie daran, und dann reden auch schon mehrere andere auf sie ein, der Zauber gelinge nur bei entblößtem Hintern. Bis dann schließlich auch Anci verschämt ihr Höschen unterm Hemd abstreift. Sie macht auf dem Besenstiel reitend eine Runde, aber nur Geflüster kommt ihr, wie es scheint, über die

* *Kamin: In der Küche mit dem offenen Rauchabzug gibt es einen kleinen Vorraum zum Backofen, mit einer zweiflügeligen Tür abgegrenzt.*

Lippen. Dann aber ist sie sehr erleichtert und kehrt lächelnd zur lachenden Jadwiga zurück, die sie in die Arme schließt.

Im selben Augenblick höre ich allerdings hinter mir Geräusche und erschrecke. Ich husche hinter den Hühnerstall und bemerke schon, dass ich nicht der einzige Späher bleiben werde. Zwei, drei Gestalten schleichen am Zaun entlang, und da sind auch die Mädchen schon aufmerksam geworden. Lautes Gekreische und ein mächtiges Wirrwarr, blitzschnell schlüpfen sie in ihre Kleider, ich nutze das Durcheinander, krieche aus meinem Versteck und renne um mein Leben. Hinter mir vernehme ich eine laute Männerstimme.

Erst beim Friedhof wage ich Halt zu machen: Vielleicht haben sie sogar auf die heimlichen Späher gewartet? Möglicherweise wäre ich besser geblieben? Aber es ist auch nicht auszuschließen, dass mich die Burschen verprügelt hätten.

Was ist, wenn die Geschichte jetzt erst richtig beginnt?, schießt es mir durch den Kopf?

Aber ich kann nichts tun, schau noch einmal zurück und erkenne, von beiden Seiten des Hauses ist das Gedränge der Burschen groß, ein heimliches Belauschen des Spektakels wäre jetzt nicht mehr möglich.

Jadwiga kam erst gegen Morgen heim. Ich hörte sie aus der Kammer, wo ich schon ziemlich betrunken war, aber immer noch nicht schlafen konnte.

*

2. Dezember 1919

Eine unangenehme Geschichte, aber ich hätte mir ja denken können, dass so etwas kommen wird: Ich bin als Zeuge geladen! Und zwar im Strafverfahren gegen den Haupt- und Erstangeklagten Armin Buchbinder, den Zweitangeklagten Mihály Lomjanszky, Drittangeklagten György Krska und so weiter, aber auch gegen István Szvetlik und Hugó Singer.

Ja, das hat mir gerade noch gefehlt!

Ich grüble stundenlang vor mich hin, bis ich mich schließlich zu Miki Buchbinder aufmache. Sage und zeige ihm, was für eine Vorladung mir zugestellt worden ist. Miki gießt mir ein Glas Wein ein und beginnt, mich zu belehren:

Du weißt nichts und fertig. Verstehst du? Du hast ja gar nicht dazugehört. Was sollst du schon wissen? Sie können dir nichts anhaben. Man darf sich mit denen auf gar kein Gespräch einlassen! Du bist nicht der richtige Zeuge für sie, das sollen sie merken. Ich verstehe gar nicht, wie sie auf dich kommen! Es wird doch sicher genügend andere Zeugen geben. Die spulen das ganz schnell ab, ist doch längst abgekartet, was glaubst du denn, einschließlich sämtlicher Urteile!

Ich bleibe stumm. Auf gar kein Gespräch einlassen! Hätte ich das nur nicht schon getan ...!

Übrigens, und Miki muss herzlich lachen, ist es nicht eine Farce, dass sie das Verfahren in Abwesenheit des Hauptangeklagten abwickeln wollen?, und er zwinkert mir zu.

Dann ist es also Armin doch gelungen ...?

Ich weiß es nicht, hoffe nur, sagt er und stürzt seinen Wein hinunter. Ich hoffe halt, dass er nicht mehr im Land ist.

Aber der arme Pista Szvetlik, der ist da ...

Er ist da, leider.

Womit hat er zu rechnen, was meinst du?

Meiner Meinung nach werden sie sich damit begnügen, ihn von seinem Amt zu entheben. Ich habe gehört, dass diejenigen, die in der staatlichen Verwaltung angestellt waren und während der Räterepublik auf ihrem Posten verblieben sind, nicht viel zu befürchten hätten. Schlimmstenfalls wirft man sie hinaus, um sie irgendwann später wieder einzustellen, weil ausgebildete Notare* rar sind und gebraucht werden.

Aber Miki, sage ich, das wäre dann doch für Pista nur ein Disziplinarverfahren von Amts wegen. Er ist aber einer der Angeklagten im Strafprozess?

* *Szvetlik kenne ich nur noch vom Sehen, aber was Onkel Miki damals prophezeit hat, stimmte, denn man hat ihn tatsächlich wieder als Notar eingestellt. Allerdings nur noch im benachbarten kleinen Dorf. Sie wohnten dann auch dort. Aber wir sind bei ihnen nie gewesen.*

Angeklagt ja, aber wenn sie ihm nichts nachweisen können, werden sie ihn freisprechen müssen. Denn was hat er denn gemacht? Im Gemeindeamt seine Arbeit getan, er war nicht einmal Mitglied im Direktorium! Und der Singer hat sich überhaupt nie blicken lassen! Dem Krska wird man vielleicht anrechnen, dass er schon von den Rumänen das Seine abbekommen hat. Lomjanszky, dem wird als Wachkommandant sicherlich etwas aufgebrummt, aber sein Glück ist, dass hier nicht ein Schuss gefallen ist. Die einzige schlimme Geschichte wäre eigentlich das Anzünden des Gruberschen Geschäftes vor einem Jahr gewesen und natürlich die anderen Brandschatzungen, aber du siehst ja, das ist ihnen keinen Prozess wert! Denn wen interessiert heute schon ein kleiner Judenpogrom!

Ich sagte nichts dazu, wagte nicht, ihm von meinen früheren Besuchen im Polizeipräsidium zu erzählen.

Was gibt es sonst, fragte er mich, nachdem ihm anscheinend der Gesprächsstoff ausgegangen ist und wir auch schon das zweite Glas Wein geleert hatten. Ist etwas bei euch?

Mit saurer Miene zucke ich die Achseln.

Seit einiger Zeit kann man dich ja kaum noch anschauen, Mojsinko.

Slowakische Brocken in seine Rede mischen, mich als mein Junge ansprechen, das hat er sonst nur gemacht, wenn er mich hänseln wollte, doch jetzt empfand ich das als besonders nett und tröstlich von ihm. Papa hat mich früher gern so angesprochen.*

Jetzt aber würde ich mich am liebsten zusammen mit Miki besaufen und meinen Schmerz, rührselig weinend, mit ihm teilen. Doch was kann ich ihm denn überhaupt erzählen? Ihm beichten, wie ich in diese Rolle als »Zeuge« hineingeschlittert bin? Das ist mir peinlich. Und von dem Schmerz, den mir Jadwigas Verhalten bereitet? Dazu schweige ich nicht etwa, weil ich mich schäme, ein gehörnter Ehemann zu sein, denn vor Miki brauche ich mich nicht zu genieren. Doch es widerstrebt mir, mich darüber zu beklagen,

* *und Mama mich. Deshalb ist dieses Mojsinko mein Lieblingswort. Auch das Streicheln über meinen Kopf. Denn niemand sonst hat mich gestreichelt, nur Mama!*

denn zwischen mir und meiner Frau könnte sich ja schon morgen wieder alles zum Besseren wenden. Ungewollt würde ich den uns trennenden Graben vertiefen, indem ich anderen unsere Schwierigkeiten aufdecke und uns dieses Mal gewissermaßen aufpräge.

Ach ... ja, ich glaub es dir ja, dass man mich gar nicht ansehen kann, seufze ich in mein Glas.

Jadwiga?

Ich ziehe eine Grimasse und winke ab: Lassen wir das!

Wenn du darüber reden willst, jederzeit.

Ich weiß, Miki, ich weiß, und ich greife über den Tisch nach seiner Hand.

Er wartet einen Augenblick, aber da ich nichts sage, fängt er an, mir die Fortsetzung seiner seit einem Jahr andauernden Beziehung mit Sara Vogel zu erzählen:

Hast du denn schon mal von einer Frau gehört, die sagt, allein möchte sie sein, ganz allein?

Was heißt gehört!, bin ich mit der Antwort sogleich zur Stelle und denke dabei an Jadwiga, doch Miki ist mit den Gedanken aber schon wieder bei seiner Frau.

Allein, sagt sie, verstehst du?

So sagt sie. Ja!

Nein, nein, sie meint es auch so. Gestern Abend gehen wir Arm in Arm durch den Park, und ich frage sie: Wonach sehnst du dich am meisten? Darauf sie: verreisen, weit weg, irgendwo ans Meer (bis hierher hat es mir noch gefallen, weil ich dachte, mit mir), in sengender Sonne im Sand liegen. Und allein sein, damit mich niemanden anspricht! Na, servus, dachte ich. Nach nichts und niemand sonst sehnst du dich?, frage ich sie. Nein!, ist ihre Antwort, und sie schüttelt den Kopf. Was sagst du dazu?

Sara Vogel, diese Schneiderstochter im ewigen Kampf mit der »ehrsamen Armut«. Sie wollte Lehrerin werden, doch vor etwa zwei Jahren hatte sie ein Buchvertreter im Sturm genommen und in die Stadt abgeschleppt. Aber kaum ein halbes Jahr später hat der sie verlassen, und Sara blieb nichts anderes übrig, sie musste trotz der Schmach zu den Eltern zurückkehren, zu ihren beiden kleineren Geschwistern, der verheirateten Schwester, die schon zwei Kinder hatte – und, wie wir es auch drehen und wenden, mehr oder weniger als Dienstmagd.

Ich kann verstehen, Miki, wie dich das kränkt. Aber das heißt doch nichts anderes, als dass sie müde ist, nie für sich sein, nie zur Ruhe kommen kann. Frauen brauchen, wenn sie sonst kein Problem mit dir haben, gar nicht so viel Einsamkeit, glaube mir!

Und ich war der Meinung, grübelte Miki weiter, dass sie nicht lange zögern und die Gelegenheit gleich beim Schopf packen wird! Man sagt doch, eine schon einmal reingefallene Frau soll nicht lang überlegen, wenn es die Möglichkeit gibt, sich einen Mann zu angeln, sondern besser sofort zugreifen!

Ich ahne natürlich, dass Sara, die vielleicht ihren Traum von der Lehrerbildungsanstalt noch nicht endgültig begraben hat, es auch aus Angst vor einem erneuten Kinder- und Hausmädchenschicksal nicht sehr eilig haben wird, sich mit dem ohnehin als egoistischer Eigenbrötler geltenden Miki zusammenzutun und wahrscheinlich ebenfalls wegen der noch nicht so lange zurückliegenden Enttäuschung. (Und Miki ist sich wohl selbst nicht ganz so sicher, ob er das Vogel-Mädchen unbedingt heiraten will, auch dieses Zögern spürt sie meiner Meinung nach.) So kommt es, dass die kluge Sara meinem Freund nicht ohnmächtig in die Arme sinkt (wiewohl sie, wenn ich die Anspielungen richtig deute, in der Praxis die sie halsenden Arme Mikis keineswegs verschmäht), sondern sehr stolz ist und ein starkes Selbstvertrauen besitzt. Sie ist ja auch ein ungemein hübsches Frauenzimmer.

Onkel Miki hat diese Sara Vogel, wann, weiß ich nicht genau, aber schließlich doch geheiratet. Mit der Familie haben wir keinen engeren Kontakt gehabt, doch Papa und Onkel Miki pflegten ihre Freundschaft auch weiterhin. Er war der Einzige, der regelmäßig zu Papa aufs Gehöft hinausging. Kinder hatten die Buchbinders keine.

*

Jadwiga habe ich doch davon berichtet, soweit es mir möglich war. Denn sie war es, die die Vorladung entgegengenommen hat, und sie fragte mich abends danach.

Man hat mich ja schon einmal im September vorgeladen, sage ich. Zum Verhör.

Wirklich? Davon haben Sie damals gar nichts erwähnt!

Daraufhin beginne ich zu erzählen, sage ihr aber schließlich doch nur die Hälfte. Dass mich der Konzipient nach den Mitgliedern des Direktoriums ausgefragt hat. Über die »slowakischen Verschwörer« sage ich nichts, denn dann müsste ich auch gestehen, dass ich Szilágyi von ihnen mehrfach berichtet habe. Und heute weiß ich, es ist eine folgenschwere Dummheit gewesen.

Meine Frau gibt mir fast dasselbe zur Antwort wie Miki, allerdings sagt sie, dass es besser gewesen wäre, wenn ich nichts gesagt hätte. Gar nichts hätte ich sagen sollen.

Ich schweige.

Warum, Ondris, was haben Sie diesem Konzipienten gesagt?

Ja ... was ich wusste. Was man damals erzählte ... Was ich bei Miki gehört habe, von Armin und von Pista Szvetlik ... Aber versteh mich doch, er hat mir gedroht!

Womit hat er gedroht?

Wenn ich die Fragen nicht beantworte, kann er auch mich auf die Anklagebank bringen.

Ach was! Wofür denn?

Zum Beispiel, dass ich Armin Buchbinder über Pista in die Gemeindevertretung gebracht habe! Und wenn sie dafür falsche Zeugen anschleppen? Sie können mir alles Mögliche anhängen! Bestimmt wissen sie auch, dass sich Armin bei mir mit Pista getroffen hat ...

Sie hätten sich nicht einschüchtern lassen dürfen!, schüttelt Jadwiga den Kopf. Gar nichts hätten Sie sagen müssen, verstehen Sie, überhaupt nichts!

Du hast leicht reden!, bricht es verbittert aus mir hervor. Du hättest dich nicht davor gefürchtet, dass man auch mich hinter Gitter bringt, wenn ich mich widersetzt hätte und stur geblieben wäre?

Ach hören Sie doch auf damit! Sie steht auf und geht ans Fenster. Ich verstehe immer noch nicht, sagt sie nachdenklich, wieso die gerade auf Sie gekommen sind ...

Ich weiß es nicht, sage ich.

Gewiss hat Sie der Szilágyi da hineingezogen!, fällt ihr dann ein. Weil Sie sich so viel mit ihm abgegeben haben!

Ich mit ihm?

Natürlich, warum sind Sie denn immer wieder zu ihm hingelaufen? Und haben ihn sogar hierher eingeladen?

Du weißt es doch so gut wie ich, dass er ungeladen zum Schlachtfest gekommen ist! Und ich habe ihn schon fast zwei Jahre nicht mehr gesehen! Du weißt doch auch, dass ich seinen Brief letzten Herbst zurückgehen ließ!

Aber warum, zum Teufel, mussten Sie mit dem Gendarmeriehauptmann eine Korrespondenz anfangen?

Damit er mir hilft, dem Frontdienst zu entgehen! Verdammt noch mal! Das könntest du doch noch wissen!* Erinnerst du dich denn nicht mehr? Man musste sich doch auf irgendeine Weise erkenntlich zeigen. Oder?

Trotzdem hätten Sie sich nicht derart anbiedern müssen!

Freilich! Man hätte dies und jenes nicht tun müssen! Aber dann könnte es sein, dass ich bis zum heutigen Tag nicht heimgekommen wäre! Aber das hätte dich ja nicht weiter gestört!

Hören Sie auf! Was reden Sie da!

Was ich rede? Dass Sie dann so leben könnten, wie Ihnen gerade der Sinn steht! Kommen und gehen, wie Sie gerade ...!

Mein Gott, dass Sie ...!, will sie sagen, aber sie beißt sich auf die Lippe, und ich sehe, dass sie die Wut beinahe zum Platzen bringt, mit flatternden Röcken rauscht sie ab in ihre Stube.

*

28. Dezember 1919

Seit zwei Wochen schweige ich. Ich bin erledigt, vernichtet.

Möglicherweise habe ich meinen Freund Pista Szvetlik ins Ge-

* *Dabei ist diese verfluchte Vergesslichkeit die Abstellkammer für den Plunder des Lebens. Leichter haben es diejenigen, die fähig sind, die Schuldenlast auf ihrer Seele, Versprechungen und Pflichten auszumustern und sich ihrer zu entledigen.*

fängnis gebracht! Noch ist kein Urteil gesprochen, aber egal, weswegen was er verurteilt wird, man kann sich immer auf meine dumme und feige Aussage stützen. Ich könnte mich darauf berufen, dass man mich im Verhör aufs Glatteis geführt habe, aber ich weiß auch, so etwas passiert nur dem, der nicht beim guten Zureden schon den ersten Schritt verweigert.

Gleich zu Anfang habe ich zugegeben, dass sich Armin und Pista bei mir getroffen haben. Warum, weil ich sie beide gut kannte! und nicht wissen konnte, dass dies für die Anklage ein gefundenes Fressen sein wird. Wie ich auch nicht ahnte, dass man das, womit ich Pista entlasten wollte, später gegen ihn verwenden könnte, nämlich, dass die Initiative für eine Kreditaufnahme zur Beschaffung von Mehl für Bedürftige von ihm ausgegangen ist. Na, ob ich dabei zugegen war? Natürlich, er hat diesen Plan ja bei der Sitzung des erweiterten Gemeinderats vorgebracht. Bei der ich anwesend gewesen bin. Ob er damals, als er bei mir war, auch darüber gesprochen hat? Ja, auch damals, sage ich.

Und hat Szvetlik auch die Senkung der Requirierungsquote für Rinder vorgeschlagen?

Nein ... das heißt, ich weiß es nicht.

Natürlich wissen Sie es, Armin Buchbinder hat das vorgeschlagen, oder nicht?

Was soll ich jetzt sagen?, es ist immer noch besser, wenn man es nicht Pista ankreidet, und den Armin haben sie ja ohnehin nicht, also habe ich mit ja geantwortet.

Hat Buchbinder das gesagt, als er bei Ihnen war?

Ich glaube ... ja. (Ist es nicht ohnehin gleichgültig, wann?)

War Szvetlik da auch anwesend?

Nein, erwiderte ich, wie aus der Pistole geschossen. Lügen Sie nicht! Vorhin haben Sie zugegeben, dass die sich bei Ihnen getroffen haben, laut Protokoll der Gemeinderatssitzung hat am darauf folgenden Tag István Szvetlik die beiden Vorschläge zusammen eingebracht. Waren Sie also Zeuge bei dieser Besprechung in Ihrem Haus?

Gut, ich habe dem nicht widersprochen und es auch nicht verneint, dass ich Zeuge gewesen bin. Ich wusste nicht, warum diese

Sache so wichtig ist, da ja der Gemeinderat über die Senkung im einen und die Anhebung im anderen Falle entschieden hat, das spricht doch für Pista, und was zählt da, wessen Idee es ursprünglich gewesen ist …?

Da aber sah ich, dass sich Pistas Gesicht auf der Anklagebank verdüsterte. Und hinter ihm … auch sein Anwalt saß da, die Ellbogen auf den Tisch gestützt und das Gesicht in die Hände vergraben, schüttelte er den Kopf. Sogleich wurde auch klar, worum es ging, denn der Ankläger begann für das Protokoll zu diktieren, somit sei bewiesen, dass Szvetlik sich beim Aushecken dieser Form des Steuerbetrugs mit Buchbinder verbündet habe, und es bestehe der begründete Verdacht, dass er die unterschlagene Summe dem Kopf des Direktoriums zugeschanzt habe, um dessen aufrührerische Tätigkeit zu unterstützen beziehungsweise, dass er das Geld mit ihm geteilt habe.

Von welcher unterschlagenen Summe reden denn die? Großer Gott, während ich draußen meines Schicksals harrte, wurde Pista Szvetlik hier als Komplize von Armin des Diebstahls beschuldigt …

Szvetlik hat nichts unterschlagen!, meldete ich mich.

Ihnen hat er gesagt, dass dies den Gesetzen entspreche, nicht wahr?

Ja, und davon bin ich auch überzeugt …

Als er das Geld übergeben hat?

Nein … welches Geld denn?

Wurde das Geld auch in Ihrer Wohnung übergeben …?

Nein, und ich weiß gar nicht …

Aber Sie wussten von der Existenz des Geldes!

Ich wusste von der Kreditaufnahme, aber …

Danke, das genügt, der Zeuge gehört der Verteidigung.

Als Erstes fragte mich der Verteidiger, ob ich Miklós Buchbinder, den Fotographen, kenne. Das habe ich bejaht. Ob István Szvetlik dann und wann in Gesellschaft von Miklós Buchbinder und Pál Rosza bei mir zu Besuch gewesen seien, damals als Rosza sich früher entfernt habe? Ich antwortete mit ja, dass ich mich an diesen Besuch erinnern könne, aber an welchem Tag das gewesen sei, wisse ich Monate später nicht mehr. Aber wie wollte ich mich dann daran erinnern können, an welchem Tag mich Armin Buchbinder besucht habe. Da hat er Recht, dachte ich, denn an dieses Datum konnte ich mich auch nicht mehr erinnern, sondern der Staatsanwalt hat es gesagt. Also habe ich geschwiegen.

Erinnern Sie sich genau an den Tag, an dem Armin Buchbinder bei Ihnen aufgekreuzt ist, oder erinnern Sie sich nicht?, hob der Anwalt die Stimme.

Also ... an den genauen Tag kann ich mich nicht erinnern.

Danke. Haben Sie mit István Szvetlik eine gerichtliche Auseinandersetzung oder sonst irgendeinen Streit?

Nein, überhaupt keinen.

Leugnen Sie also, dass Ihr Vater mit den Erben von István Szvetliks Onkel, somit auch mit István Szvetlik selbst, jahrelang wegen eines Erbanteils prozessiert hat?

Verflucht! Gehört habe ich von der Sache, aber sie wurde, soviel ich weiß, beigelegt, ist vergessen und beeinflusst mich nicht ...

Hohes Gericht, wir sind in der Lage, durch Zeugenaussage zu beweisen, dass vor nicht ganz zwei Monaten die Mutter des vor Ihnen stehenden András Osztatní sich auf dem Marktplatz auf meinen Mandanten gestürzt hat mit den Worten: Mein Sohn wird dir, Szvetlik, wegen des Erbes den Hals umdrehen. Des Weiteren frage ich den Zeugen, ob er die Behauptung unseres Zeugen glaubwürdig in Abrede stellen will, dass er am Tag vor der bewussten Gemeinderatssitzung in der Wohnung des Zeugen nicht Armin, sondern Miklós Buchbinder begegnet ist und dort mit niemandem über die Angelegenheiten des Gremiums gesprochen hat? Kann er das in Abrede stellen?

Nein, das kann ich nicht, weil ich mich nicht erinnere, an welchem Tag ...

Hohes Gericht, ich bitte festzuhalten, dass der Zeuge nicht glaubwürdig ist und aus böswilliger Befangenheit gegenüber meinem Mandanten weder die Namen seiner Besucher noch die Zeitpunkte der Besuche noch den Gegenstand der Gespräche wahrheitsgemäß angegeben hat.

Der Anwalt sah sich zufrieden um, und durch die Reihen der Zuhörer ging ein zustimmendes Murmeln. Meine Schande minderte es nicht, dass das Gericht in der Folge dem Befangenheitsantrag des Verteidigers nicht stattgab, im Gegenteil. Ein kleiner Trost war mir, dass mich Jadwiga doch nicht wie versprochen zur Verhandlung begleitet hatte.

Sofort nachdem mich das Gericht entlassen hatte, eilte ich zur Anklagebank, doch sowohl Pista Szvetlik wie auch sein Anwalt musterten mich nur geringschätzig, wandten sich ab und ignorierten auch meinen Gruß, obwohl ich mit einem freundschaftlichen »Servus, grüß euch!« vor sie hintrat.

Denn, was ich bislang nicht erwähnt habe und mir selbst auch erst beim Betreten des Saals klar wurde, dass nämlich Pistas Anwalt kein anderer war als Franci Winkler!

Hier hat wirklich der gewitzte Verstand der Anklage wie der Verteidigung dazu beigetragen, den Angeklagten zu Fall zu bringen. Nicht wie zu meiner Zeit, als das Gericht solche Mühe gar nicht mehr nötig hatte. Na ja, aufgrund der Entwicklungsstufe wären sie dazu gar nicht in der Lage gewesen. So kann ich über den Prozess sogar sagen, dass er mir als »Außenstehendem« gefällt. Besonders der »Anwalt« der Angeklagten. Aber mit dem Gefallen und Nichtgefallen ist es für mich auch wieder eine zwiespältige Angelegenheit. Denn schließlich war es doch der arme Papa, der die »Suppe« dieser gewitzten und mir imponierenden Verhandlungsführung auszulöffeln hatte.

*

5. Januar 1920
Heute habe ich Jadwiga alles gestanden.

Gewiss ist dir schon zu Ohren gekommen, was bei der Verhandlung vorgefallen ist, so begann ich. Meine Frau antwortete mit einem Kopfnicken. Nicht wahr, er … hat es dir berichtet?

Ja, das hat er, und gewiss, Ondris …

Ich weiß, ihr seid euch darin einig, dass ich jetzt moralisch tot bin. Und ihr habt ja Recht, jetzt bin ich endgültig ein Niemand, nach meiner Ehefrau auch in den Augen meiner Freunde und schließlich sogar in denen des Liebhabers meiner Frau …

Ondris, ich bitte Sie sehr ...!

Nein, nein, nach allem, was geschehen ist, kann das nicht anders sein. Und du weißt noch nicht einmal alles.

Und ich packte bis in alle Einzelheiten aus, die Zusammenkünfte bei Bacovszky, die erpresserischen Verhöre durch Szilágyi, meine mündlichen und schriftlichen »Meldungen«, dann die Vernehmung beim Konzipienten, schließlich die Verhandlung selbst (einschließlich der rabiaten Verteidungsstrategie des »Anwalts«, denn Armin und Pista haben sich ja doch bei mir geeinigt, obwohl ich von Pista und seinem Verteidiger verstehen kann, dass sie es geleugnet haben), alles habe ich ihr aufgetischt, die ganze Leidensgeschichte.

Indessen trank ich mehr als ausgiebig, und ich erniedrigte, schmähte mich immer erregter. Dass ich wohl wisse, mich spreche das kein bisschen von Schuld frei, doch von allem Anfang an, seit wir verheiratet sind, ging es mir nicht um die Pläne für meine Arbeit, um die Erhaltung meines Hab und Guts, nicht einmal um das Vertrauen meiner Freunde in mich, um meine Ehre, einzig und allein nur um sie, um Jadwiga ist es mir gegangen, um die Gunst meiner Frau. Und damit eigentlich auch um mich selbst, denn was wäre ich schon ohne sie. Was ich fürchtete, war einzig und allein, dass ich sie verlieren könnte, dass der Krieg, die Revolutionswirren, die Gendarmerie oder der Richter uns trennen würden. Und natürlich dieser gewisse Anwalt, seufzte ich, dessentwegen ich den Glauben an das Sakrament der Ehe und auch an die Freundschaft verloren habe. Allein diese Sorge hat mich seit unserer Heirat ständig beherrscht.

Doch mir ist klar, dass ich auch dafür die Schuld nicht bei anderen suchen kann. Denn hätte ich entschlossen versucht, ein Mensch zu sein, was ich durch die Ausbildung der einst besseren Hälfte meines Charakters hätte erreichen können, und wäre ich wie ein Mann in die von mir gewählte Richtung voranmarschiert, ich hätte wohl nicht fürchten müssen, auf diesem Weg allein zu bleiben. Und auch nicht, dass ich auf niemanden Eindruck machen und für keine begehrenswert sein würde.

Ich weiß, mein Engel, welche Schuld ich in dieser Sache auf

mich geladen habe, aber da ruhten Jadwigas Hände schon auf meinen Fäusten, die vor mir auf dem Tisch lagen.

Und da ich sie jetzt nicht zur Rede stellte, begann auch sie zum ersten Mal mit mir darüber zu sprechen. Sie bat mich, ihr zu verzeihen, dass sie diese Furcht schon von der ersten Minute an in mir genährt und dass sie mir und uns keine Zeit für ein sorgloses Glück gegönnt habe. Ich wandte ein, sie solle sich daran erinnern, dass auch ich schon von Anfang an schuld gewesen sei. Aber sie meinte jetzt, unser beider Schicksal habe doch bereits zu Anfang in ihrer Hand gelegen.

Viel hat sie auch jetzt nicht über den andern gesagt. Eher nur in der Gegenüberstellung ließ sie ahnen, worin jene Anziehung für sie liegt: »Sehen Sie, Ondrisko, wie hartnäckig mich etwas mit Ihnen, obwohl doch ...«, und hier folgte dann eine verschwommene Andeutung einer Anziehungskraft, die verteufelt stark sei. Dann sagte sie: »Wir beide wissen doch, mein Teuerster, was einen Menschen bewegen kann, sich so ganz der Glückseligkeit hinzugeben, wie er fast darin aufgeht, und was andererseits geschieht, wenn er dazu nicht fähig ist, sosehr er es sich auch wünscht. Dennoch gibt es Bande zwischen uns, die vielleicht auf ewig unzerreißbar bleiben. Sie spüren das doch auch, nicht wahr?«

Ich wusste, dass ich auch an diesem Abend nicht an unsere Zukunft rühren oder Jadwiga mit irgendwelchen Schuldzuweisungen konfrontieren durfte. So konnten wir in aller Ruhe über uns (und auch über unser Söhnchen) reden, sodann in sanfter Umarmung regungslos beieinander liegen, unter Tränen und auch in hoffnungsloser Verzweiflung aneinander geklammert.

*

11. Januar 1920
Was ich heute von Miki Buchbinder erfuhr ...!

Ich ging einige Male an seinem Laden vorbei, bevor ich dann doch eingetreten bin, aber gefreut hat er sich nicht über mein Erscheinen. Ich schwieg, er ebenso. Sah mich nicht an und hantierte mit einem Bilderrahmen, passte die Leisten zusammen und verleimte sie, bis schließlich ich fragte:

Hast du was gehört, gibt es schon ein Urteil?

Gegen Armin noch nicht, Miki zuckte die Achseln. Nur die Fahndung ist eingeleitet.

Und Pista?

Miki gibt mir keine Antwort, und ich kann es nicht mehr ertragen, fordere ihn auf, sich endlich hinzusetzen.

Pista hat Bewährung bekommen. Auch die Unterschlagung hat man ihm aufgebrummt, den Betrag müsste er bezahlen, aber sie haben Einspruch eingelegt, sagt Miki und bleibt stehen.

Hast du mit ihm gesprochen?

Miki nickt: Ja, er hat mir alles erzählt.

Auch von mir? Dass ich bei der Verhandlung …?, ich möchte schlucken, doch mein Mund ist gänzlich ausgetrocknet.

Auch von dir.

Mit mir redet er nicht, obwohl …

Nein. Und auch Pali Rosza wird nicht mit dir reden.

Warum …? Was hat er gesagt?, frage ich leise und leichenblass.

Die Ermittler haben ihn zusammen mit Rektor Bugyinszki einbestellt und beide aufgefordert, das Terrain möglichst schnell zu räumen und sich, im Gefolge ihres Pfaffen, in die Slowakei zu verziehen. Bacovszky ist schon von sich aus gegangen, die anderen beiden müssen ihm innerhalb von fünfzehn Tagen folgen. Man hat ihnen die Ausweisungsbescheide in die Hand gedrückt.

Gab es irgendeine … Verhandlung?

Nein, es hat keine Verhandlung gegeben, zwei Ermittlungsbeamte und der Staatsanwalt haben ihnen ihre Vergehen bei der Verschwörung vor Augen geführt. Sie konnten sich auf schriftliche Zeugenaussagen stützen. Aber den Teil der Geschichte kennst du ja am besten. Und jetzt kennen ihn auch Pali und der Rektor.

Was … kennen sie?, stotterte ich und musste dringend austreten.

Pali erzählte, man habe ihnen ein Protokoll unter die Nase gehalten: Du hattest es unterschrieben.

Aus, vorbei, das ist das Ende. Ich bringe kein Wort heraus. Renne im Atelier auf und ab, während Miki sich mit seinem Rahmen beschäftigt.

Schließlich trete ich vor ihn hin: Miki, ich will es dir sagen, wie …

Nein, jetzt besser nicht! Später können wir vielleicht einmal darüber reden.

Als hätte ich einen Schlag ins Gesicht erhalten, taumle ich aus dem Laden.

*

28. Januar 1920
Jetzt wird schon überall davon geredet, auch mir wurde zugetragen, dass Schulrektor Bugyinszki samt Familie in die Slowakei ausgesiedelt wurde, dass aber Pali Rosza noch einen Aufschub bekommen hat. Er will hauptsächlich wegen Ivka und der Kohut-Verwandtschaft nicht weg und hat sich einen Anwalt genommen. Noch dazu den von Pista Szvetlik empfohlenen Franci Winkler. Der angeblich erreichen wird, dass man mangels Beweisen die Szvetlik angehängten Unterschlagungen fallen lassen muss, allerdings bleiben die zur Bewährung ausgesetzte Gefängnisstrafe und das Revisionsverbot bestehen.

Ich habe Anci mit der Nachricht zu Pali hinübergeschickt, dass ich ihn besuchen möchte, aber die Antwort war, dafür habe er jetzt keine Zeit.

*

21. Oktober 1920
Neun Monate waren nicht genug, um wieder zu mir zu kommen. Und ich habe es auch nicht geschafft, dieses Tagebuch hervorzuholen. Es hat keinen Sinn, hier niederzuschreiben, was mein Schuldbewusstsein und alle Strafen, die ich mir seither selbst zu-

gemessen habe, in meinem Inneren angerichtet haben. Und mir fehlt auch die Kraft festzuhalten, was seitdem sonst alles vorgefallen ist.*

Vielleicht lenkt mich diese von Hand geführte Tintenspur von den Gedanken ab, die mich bedrängen, nur zu diesem Zweck notiere ich, wo ich gestern gewesen bin.

Ich fuhr mit der Blahov zu einem geheimniskrämerischen Heilpfuscher nach Szőllős, denn die abergläubische Alte ließ nicht locker, ich musste Szellő vor den Sandläufer spannen. Der Mensch heißt Miklós Oblak, wohnt hinter dem Friedhof von Szőllős am Hang von Apa-Grund, und er soll sich auf die Anwendung heilsamer und giftiger Kräuter verstehen.

Wir, das heißt die alte Blahov und ich, machten uns auf den Weg zu dem Medizinmann wegen Mamovkas Leiden (sie soll mir nicht nachsagen können, dass ich meiner Mutter nicht helfen wollte, also fuhr ich sie hin).

Wie jeder andere, der von dem Medizinmann etwas über ein Übel in Erfahrung zu bringen wünscht, mussten auch wir Folgendes mitbringen: eine Literflasche mit Wasser, zu einem Drittel aus dem Brunnen des katholischen Hofes (wo wir im Leben noch nie gewesen sind und in den sich die Blahov auf irgendeine Weise Zutritt verschafft hat), zu zwei Dritteln von dem Wasser, das wir zumeist trinken. Ferner brauchten wir noch: in einem Fläschchen 2 Deziliter Essig, zwei Kerzen, Weihrauch aus der Apotheke sowie ein paar Hand voll Mehl, drei frische, heile (!) Eier von unserem Hof, die in dem Mehl liegen müssten, damit sie nicht zerbrechen, bevor sie Oblak übergeben wurden. Das wäre wichtig, darauf müssten wir unbedingt achten, denn wenn sie zerbrochen wären, hätte die ganze Sache keinen Wert gehabt. Des Weiteren: Wenn der Kranke ein Bub oder Mann ist, so muss man von dem eine Unterhose mitbringen, von Mädchen oder Frauen ein Hemdchen und einen Unterrock, man rollt die Wäschestücke zusammen und verschnürt sie mit einem Hanffaden, der so lang

* *Statt »was seitdem sonst alles vorgefallen ist« hätte er vielmehr schreiben müssen, wer seitdem (in andere Umstände) gefallen ist!*

sein muss, wie der kranke Mensch groß ist. Und, die alte Blahov sah mich an, man sollte auch Geld bei sich haben, wenn man zu Oblak geht. Von alldem darf man nichts daheim vergessen! Das trug mir die Alte unterwegs bis in alle Einzelheiten vor.

Aber jetzt sagt mir, woher, zum Teufel, wisst ihr, was man alles mitzubringen hat. Also, sie habe mit dem Mann schon auf dem Marktplatz gesprochen, und auch andere eingeweihte Frauen hätten ihr gesagt, dass es so ist. Der Oblak, setzte sie noch hinzu, schärfe den Ratsuchenden auch ein, dass, wenn der Leidende nicht selbst fähig ist zu kommen, jemand geschickt werden muss, der sich alles, was man ihm sagt, gut merken kann, denn auf einen Zettel aufschreiben, das gibt es bei ihm nicht, es funktioniert nur, wenn man alles im Kopf behält. Na, dann werde ich draußen bleiben, geht ihr nur hinein, denn ich kann mir gar nichts merken, sagte ich zur Blahov, als wir angekommen waren, aber das gefiel ihr nicht! Und die Bezahlung?, streckte sie mir noch neben der Kutsche die Hand hin. So viel wie einer von Herzen gibt.

Da mein Papa nichts weiter über Mamovkas Zustand geschrieben hat, muss ich auf einem nachträglich eingelegten Blatt notieren, wie meine Großmutter väterlicherseits gestorben ist, allerdings erst 10 Jahre nach dem oben beschriebenen Ereignis: nämlich am 11. September 1930. An ihren Tod kann ich mich als damals fast Zehnjähriger ziemlich genau erinnern. Und auch an das, was ihrem Tod vorausgegangen ist.

Das »alte Haus« war für mich, wie das »Hexenhäuschen« im Märchen, ein geheimnisvoller Ort. Düsteres Dämmerlicht wie in einer Gruft, ein zum Erbrechen reizender Geruch, röchelnde und bellende Laute, kindliche Schreckensfantasien. Selbst zusammen mit Marci und Mama hatte ich Angst hinzugehen. Und erst recht wollte ich nicht ins Krankenzimmer von Mamovka hineingehen, das nach Pisse und Hund roch und wo auf großen weißen Kissen ihr selbst im Bett in ein schwarzes Kopftuch gehülltes Haupt ruhte und sie ohnmächtig oder im Schlaf hörbar schnaufte. Wenn sie erwachte, rannte ich, mir auch noch im Hausgang die Ohren zuhaltend, hinaus, denn sie konnte so schrill schreien, dass es wehtat, mit der sie versorgenden alten Blahov wie auch mit dem schwarzhaarigen Hund Rexi, der wie eine Leibwache am Ende ihres Bettes lag.

Noch viel mehr fürchtete ich mich vor dieser Schreckgestalt, die versteckt in der kleinen Kammer hinter Mamovkas Zimmer hauste. Vor dem Alten fürchtete sich auch mein Bruder Marci, und er erschreckte mich damit, dass er behauptete, der Alte fräße auch kleine Kinder. Die alte Blahov beklagte sich brummend über Mamovka: »Die wolle nicht zulassen, dass man den alten Zelenák hinauswirft.« Weil er angeblich »mit ihr zu-

sammen sterben soll«, hat die Alte zu Mama gesagt, sie wisse das von Mamovka. Das Ungeheuer liegt in Lumpen unter Pferdedecken auf dem Boden und kriecht um die Blahov herum wie ein Hund, wenn man ihm das Fressen bringt. Aber er lässt alles unter sich gehen, geht nicht hinaus. Und wenn Mamovka immerfort nur noch röchelte oder jammernd heulte, so hat er mit ihr im Chor dasselbe getan. Ich habe seine Stimme auch gehört, gesehen aber habe ich ihn nur früher einmal im Stall, und Angst hatte ich auch damals schon vor ihm.

Am Ende brüllten und jaulten die beiden so, dass es mir bis heute in den Ohren gellt. Sie begannen irgendwann am Samstag mit markerschütterndem Geheule: Mamovka, der schreckliche Zelenák und der Hund. Dann kam der Doktor Hroncsok, um ihr ein beruhigendes Pulver zu geben, aber Mamovka hat es der Blahov aus der Hand geschlagen. Und der Doktor sagte zu Papa und Mama »Gnädige, das ist kein Zustand«, also, es müsste etwas geschehen, man muss den Hund und diesen armseligen Narren da herausholen. Papa schüttelte den Kopf, das ginge nicht, denn dann gäbe es einen noch viel schlimmeren Zirkus. Ob man sie nicht vielleicht mit einer Injektion ruhig stellen könnte. Zu dritt haben sie sie dann niedergehalten, und sie bekam eine Spritze, die alte Blahov hat es gesagt, denn ich traute mich nicht, dabei zuzusehen. Na, aber dann, als sie die ohnmächtige Mamovka nur noch leise röcheln hörten, da heulten und wimmerten Hund und Knecht nur noch erbärmlicher.

Gegen Abend aber begannen alle drei wieder mit der Jaulerei, dass selbst die Hühner durcheinander flatterten. Da wurden ich und Marci zu den Roszas zum Schlafen gebracht, damit wir es nicht mit anhören mussten, dort fragte Tante Ivka meinen Bruder ganz genau über die Zustände aus, und so mussten wir auch dort daran denken und gingen voller Angst ins Bett. Den ganzen Sonntag blieben wir da und gingen von dort am nächsten Tag zur Schule, aber niemand sagte uns, wo wir nach der Schule bleiben sollten, so gingen wir nach Hause. Genau zur Zeit der Krise.

Und als wären wir beide behext! Wir stellten uns mitten im Gerenne und Geschrei von Mama, Papa und dem Gesinde vors Fenster, denn es stand offen. Auch Zelenáks Fenster! Jetzt sahen wir ihn. Bärtig, verdreckt und in Lumpen, den sich wehrenden Hund unter den Arm geklemmt, das zahnlose Maul weit aufgerissen, lamentierte er. Ich klammerte mich fest an Marcis Arm.

Da begann Mamovka, sich wild im Bett herumzuwerfen, stieß das Federbett mit den Füßen von sich, drückte ihren fassgroßen, aufgetriebenen Bauch hoch und begann, slowakisch fluchend, mit dem Kopf krachend gegen das Bettende zu donnern. Unter dem hochgeschobenen Nachthemd traten ihre mächtigen Schenkel hervor. Augenblicklich sprang die alte Blahov hinzu und versuchte sie mit Gewalt niederzudrücken, doch Mamovka stemmte sich umso energischer dagegen. Nach kurzem Ringen jaulte Mamovka plötzlich auf, mit lang gezogener, ersterbender Stimme, einem winselnden Köter gleich, und fiel dann mit Gepolter, auch den danebenstehenden Stuhl umstoßend, auf ihr Lager zurück.

In dem Augenblick kamen Papa und Doktor Hroncsok herein, der Arzt beugte sich sogleich über sie, richtete sich nach einiger Zeit auf, nahm den Hut ab und sagte seufzend: exit.

28. November 1920
Ich muss stumm bleiben. Und warten.

Es geht einfach nicht, also übersetze und schreibe ich Apovkas Aufzeichnungen hierher, die ich auf der letzten Seite eines alten Kalenders gefunden habe:

»Im Jahr des Herrn 1905 sahen wir zusammen mit vielen anderen Menschen, die sich auf der Gasse versammelt hatten, am Himmel ein Zeichen, das von Westen her, einer Sternschnuppe gleich, steil herabstürzte. Es dämmerte schon, auch der Mond war gerade aufgegangen, und dieser Komet zog seine Bahn an eben diesem Trabanten vorbei zu uns hernieder, und er hatte einen so langen und mächtigen Feuerschweif hinter sich, dass man die zurückbleibende Spur als leuchtenden Streifen noch eine Viertelstunde danach am Firmament erkennen konnte. Sie war gebogen wie eine Flinte mit Schaft, die Ränder, wie Rauch, lösten sich bald auf, wurden von einem Wölkchen aufgesaugt. Sonst war der Himmel klar. Und das geschah ausgerechnet zu Pfingsten. ›Was es bedeuten soll, wir wissen es nicht!‹ So wiegten die Bauern auf der Gasse verwundert die Köpfe.«

»Gegen Ende Januar 1910 war mehrere Tage lang der Halleysche Komet am Himmel zu sehen, von abends 5 bis 6, und er wies, nach oben gerichtet wie ein Besen, zum Himmelsgewölbe hin.«

*

24. Dezember 1920
Das ist nun schon der vierte Regentag in der Weihnachtszeit!

Da der Ganter zu Sankt Martin, dem Namenstag meines allerliebsten Bübchens, mit dem Bürzel auf dem Eis aufschlug, konnte jeder, der nicht nur schaut, sondern auch den Sinn begreift, wissen, was an Advent und zu Marcis Geburtstag zu erwarten ist. Denn »Eis am Martinstag, der Winter unbeständig und nass werden mag«.

Kot und Morast, eine einzige Schande.

Tausende Bäche, die aus dem von silbergleißendem Frost in laues Grau verwandelten Himmel stürzen, ziehen Furchen in die zerschlissene Schneedecke der Gärten und glucksen hinein in die Stille des Wartens.

Lehmverschmierte Stiefel und seit Tagen vertretene, verdreckte Dielenbretter mit Trittspuren. Es ist, als hätte dieselbe Kotpfütze auch schon den Strohsack besudelt, das mit Linnen bedeckte Unterbett, ja selbst den kreißenden Frauenleib. Übel riechende Regenwolken quellen aus den Nüstern des schnaubenden Viehs, tropfende Gülle auch ihr Schweiß. Der Schöpfer lässt es ausgiebig rinnen, erleichtert sich justament über dem Lichtschein des himmlischen Sterns, der den Weg weisen und die Richtung verkünden soll. Vielleicht weil er selbst nicht weiß, wessen Spross der Verheißene – ist es der seine oder der eines anderen. Die drei Patinnen, Buchsbäume in Röcken, harren, dass die Stunde der ersehnten Ankunft, der hämischen Anbetung schlägt. Auf den Armen die schon geschändeten, steif gestärkten Abdecktücher für die fettigen Schartelkrapfen, wie Schneepfannkuchen vor die Füße gespiener Schmant und verschütteter Weihrauch und die Myrrhe umgekippter Wöchnerinnenkörbchen. Doch auch das tut der Stimmung der drei Gevatterinnen keinen Abbruch, unaufhörlich tuscheln und tratschen sie, wer wohl der Erzeuger ist und wem wohl das Kind angehören wird.

Ein derber, nasser, nach Leder stinkender Stiefel ist derjenige selbst, der da hineinpasst, wie er in dem vom Regen aufgeweichten, selbst gekneteten Morast seiner in die falsche Richtung führenden Schritte und seines aufgeriebenen Lebens feststeckt. Seinem Versinken gebührt nicht Mitgefühl, nur Spott. Da bleiben bloß Schande und der letzte, zu spät gekommene Zweifel.

Dass er der Mensch ist, der seiner seit damals von ihm vielleicht unberührten und jetzt doch schwangeren Frau noch immer und auch das noch verzeiht. Dass er sich nicht scheute, sie erneut und immer wieder bei sich aufzunehmen, dass er aber heimlich bangte, sie wegzulassen. Dass er wieder einmal zum Schmied seines gallebitteren Glücks geworden ist. Die versäumten Schläge, die nie geführt wurden, die unterbliebenen Würgegriffe härteten sich in seinen Fäusten jetzt zur Streitaxt.

Doch umsonst, die Zeit des Zuwartens scheint abgelaufen, die schwere Stunde ist da. Um Hilfe flehende Schreie dringen von innen ans regengepeitschte Fenster. Angesichts der ins Kissen gebissenen Qual, dem zwischen die Schenkel gepressten und gedehnten Stöhnen sind späte Fragen, Zweifel des Gatten oder auch Zorn ob der erlittenen Schmach nicht am Platz. Ungehört und unbeachtet würden sie bleiben! So wenig hier der Wille des Mannes zu helfen hilfreich ist, so wenig wird sein Übelwollen etwas aus- noch anrichten. Er ist nur im Weg, dieser vermaledeite gestiefelte Kater, fort, raus mit ihm! Er kann sich draußen unters Vordach stellen und hat nun die Wahl, sich die unerbittliche weihnachtliche Flut von oben in den Nacken platschen zu lassen oder, zurücktretend und an die Wand gepresst, auf das Geschenk seiner Angetrauten, das im nächsten Augenblick vielleicht schon aufschreiende Kindlein, zu warten.

Auf das Zeichen der jetzt bereits ununterbrochen aufeinander folgenden Schreie, die Jadwiga von sich gibt, schleicht von den Gärten her langsam, die Pfützen umgehend, der Christabend heran. Aus dem Stall ist das Brüllen des Viehs zu vernehmen. Ob wohl die himmlischen Fanfaren darauf antworten werden?

Und dann wird sich der nicht länger zu verdrängende Zweifel auf meine Lippen drängen: Herrgott noch einmal! Es wird doch nicht etwa Franci Winkler der Erzeuger meines Kindes sein?

Zu Beginn des Eintrags hat Papa die bäuerlichen Wettersprüche irgendwie durcheinander gebracht, denn es ist nicht Márton, sondern Katalin: Wenn Kathrina knirscht und klopft, es zu Weihnacht sicher tropft. Was wiederum bei den Slowaken heißt: Wenn zu Katharina die Ente auf Eis steht, sie an Weihnachten im Kot geht, oder so ähnlich. Und es stimmt, zu Sankt Martin geht es um die Gans, aber nicht auf dem Eis, sondern in der Pfanne. Und dann noch das Pferd. Martin prídje na bjelon konji. Martin kam auf weißem Pferd, was heißt, dass es schneit.

Doch sind diese Bauernregeln weniger von Belang. Der Passus ist mir aus einem anderen Grund wichtig. Weil es da nämlich um meine, gar nicht willkommene Geburt geht! Und es wird sich herausstellen, dass der letzte Satz mit dem Verdacht eigentlich gar keine Vermutung mehr ist, Papa tut nur so. Denn er weiß, dass er nicht der Vater des Kindes ist!

Und als ich das zum ersten Mal las! Ich war 16, als mir das Tagebuch die Augen geöffnet hat. Warum ich so ganz anders bin als Marci! Nämlich: Miso Osztatní, du bist nicht der, für den du dich bislang hieltest! Ich dachte, diese schon bislang unter meinen Füßen schwankende Welt stürzt über mir zusammen! Das Tagebuch glitt mir aus den Händen.

*

Jadwigas Eintragungen (5)

Oft bin ich in den vergangenen Tagen* zu diesem Tagebuch zurückgekehrt. Aber ich habe nur darin gelesen und mich dabei mit Ihren Sätzen auseinander gesetzt. Durch Ihre Aufzeichnungen, Ondris, habe ich so vieles aus der Versenkung geholt und mir wieder vor Augen geführt! Habe Ihre Geschichte durch Dinge ergänzt, die nur ich weiß, und Ihre Feststellungen meinen Ansichten und Erinnerungen gegenübergestellt.

So führe ich also mit Ihnen bis zum heutigen Tag Dispute, manchmal auch mit lauter Stimme, wenn ich unwillkürlich widersprechen muss. Vor allem würde ich gern, wäre ich dazu nur fähig, Antwort geben auf Ihre unbeantwortet gebliebenen Fragen.

Gelegentlich habe ich das Gefühl, als würden mir Ihre nur gedachten Absichten die Feder führen. Damit das, was ich hier niederschreibe, für Sie erfreulich ist; es sie streichelt, als wäre es meine treulose Hand. Damit das hier Gesagte für Sie nie mehr ein Schlag ins Gesicht, sondern ein Kissen aus sanften Worten unter Ihrem armen Haupt, unter Ihrem gequälten Antlitz ist. Dabei weiß ich wohl, dass meine Worte nicht gefeit sind gegen Unaufrichtigkeit.**

Nun, ich habe auch auf all das geachtet, was Sie beim Aufblättern der Fama über unsere Vergangenheit übersahen. Dabei hat-

* *Das kann schon im Winter 1937 oder im Frühjahr 1938 gewesen sein. Genau ist es nicht mehr zu ermitteln.*

** *Als ich das las, wollte ich Mama fast schon sagen: Dass Papa das Kissen nicht vielleicht aufs Gesicht gepresst wird! Und er unter ihrer Liebe erstickt. Hätte sie doch mehr für ihn getan, ihm Gutes erwiesen, als das noch möglich war! Nicht auf diese Art, nachträglich, so einfach hingeschrieben. Wem nützt das noch?! Wo doch Mamas Eintragungen nicht gerade durch Aufrichtigkeit glänzen.*

ten Sie doch anfangs versprochen, getreulich darüber Bericht zu erstatten, wie Sie meine Hand gewonnen haben. Nur wurden bei Ihnen eben diese reizenden Rückerinnerungen alsbald von der Bitternis unseres damaligen Lebens überlagert. Möglicherweise hatten Sie sich vorgenommen, Sie erwähnen das ja, eines Tages den Briefwechsel aus unserer Verlobungszeit vor sich auszubreiten, um so die Geschichte unserer Begegnung abzurunden, doch habe ich diese Briefe sehr gut versteckt, nicht nur die, welche ich bekommen, sondern auch jene, die ich geschrieben habe ...*

*

Als ich am Nachmittag Obiges geschrieben habe, trat, stellen Sie sich das vor, Juli Kusnyarik ein – ausgerechnet mit einem Brief. Ich habe ihn, noch halb betäubt, entgegengenommen und suchte in den Buchstaben meines Namens auf dem Kuvert Ihre Schrift ... Im Verlauf der letzten Monate habe ich mich völlig in den Wunsch verrannt, mit Ihnen zu konversieren (das hat mich auch zu diesen Zeilen angeregt). Ach, so antworten Sie mir doch! (Übrigens hat Irmchen geschrieben. Sie kümmert sich um mich! Wenn sie sonst gerade nichts für mich tun kann, die Teure, plaudert sie korrespondierend mit mir, um mich zu trösten.)

*

18. Oktober 1937
Und als ich für Sie, lieber Ondris, jetzt in Erinnerung gerufen habe, wie es geschehen ist, weswegen ich in Stralsund mit diesem Menschen** für immer Schluss machen wollte, fiel mir auch das Umgekehrte ein: Ich habe jetzt seinen Brief herausgesucht. Und er genierte sich nicht, zumeist in dritter Person über mich zu

* *Vielleicht hat sie sie verbrannt, denn ich finde sie nicht.*
** *Es geht hier um Franci Winkler. Das »in Erinnerung gerufen« bezieht sich darauf, dass bei Mamas ursprünglichen Einträgen dieser Teil erst nach dem Stralsunder Bruch mit F. W. kam. Ich habe die Sache hierher gestellt, weil das auch das Thema des Briefes ist.*

sprechen!, mir – ich zitiere aus seinem Brief – solche Dinge an den Kopf zu werfen:

»Ich bin ein Mann und bin frei! Kann mir nicht freiwillig das Kummet eines Zugochsen überstülpen lassen und die Zügel dann einer anderen Person überlassen, damit sie mich bei jedem meiner Schritte ihrer wetterwendischen Laune entsprechend hin- und herzerren kann. Auch dann nicht, wenn es sich um jene Frau handelt, die mich am schönsten und so sehr in Wallung bringen konnte, wie es keine andere mehr zu tun vermag. Und auch dann nicht, wenn sie mich am Zügel zu sich hinziehen würde, selbst dann nicht, wenn ich selber das Gleiche wollte! Viel zu viele unserer Sehnsüchte stehen gegeneinander. Ich bin nicht imstande, dies noch länger hinzunehmen, und ich will es auch nicht!

Jetzt spreche ich aus, wozu ich bisher zu feige war, wie zum Beispiel auch letztes Jahr in Hévíz. Als ich mir Wein kommen ließ und mich in ein Zimmer für mich legte, in das du mich kommandiert hattest. Und da sagte ich mir:

Es könnte ihre Müdigkeit, ihre Bequemlichkeit sein oder die Maßregelung meines Mannesstolzes, möglicherweise auch alles zusammen. Aber nach dem, was sie mit mir treibt, kann ich mir nicht vorstellen, dass sie noch Liebe für mich empfindet. (Dass sie so unerbittlich ist. Und nicht eine halbe Stunde später lachend zu mir hereinkommt: »Na, so kommen Sie schon, Sie Kindskopf, Sie werden doch jetzt nicht beleidigt sein?«)

Dieses Weibsbild liebt mich nicht, sagte ich mir immerfort. Diese Frau hält mich hin. Sie verspricht zwar wenig, hält aber selbst diese wenigen Versprechungen nicht. Die gelegentlichen Abende, Liebesfreuden von ein, zwei Tagen, das Ausbrechen jedes halbe Jahr für ein paar Tage – auch das will sie nicht mehr. Im Höchstfall ist sie hier und da einmal bereit, anzunehmen, was ich ihr anbiete.

Doch was hat sie denn dann hier mit mir zu suchen? Wenn sie aber hier ist, ist sie nicht gekommen, um mit mir zusammen zu sein? Oder was tue ich dann hier? In diesem Bett allein! Und sie, warum schwindelt sie, warum lügt sie daheim, wenn nicht um meinetwillen? Wenn sie nicht die Sehnsucht nach mir umtreibt? Warum kann ich ihr Wohlwollen nur gewinnen, wenn ich mich voll und ganz ihr widme, mit aller Aufmerksamkeit bestrebt bin, ihre Gunst zu erlangen? Wenn ich sie mit Blumen, glanzvoller Abendeinladung und werbenden Worten wie ein biederer Alleinunterhalter verwöhne, jeder Windung ihrer Capricen und Allüren folge? Während ihr niemals einfallen würde, meinen Missmut, meine Enttäuschung durch eine versöhnliche Umarmung aus der Welt zu schaffen?

Und damals, dort auf dem Bett in Hévíz, schon nach der zweiten geleerten Flasche, ging mir durch den Kopf: Wie wäre derlei zu ertragen, Tag für Tag? Mir ist dabei der arme Ondris eingefallen. Bis dato habe ich auf ihn nur wie ein hämischer Triumphator hinuntergesehen: Bist im Balztanz um das Weibchen unterlegen, Verlierer geblieben, leck du dir nur in Frieden deine Wunden! Doch sobald der Verdacht in mir aufkeimte, dass dieser Glorienschein, mit dem mich die Liebste in ihrem Herzen umgab, auch jederzeit verblassen kann, und dass mir von dieser Frau Ähnliches widerfahren könnte, da empfand ich Mitleid mit ihrem Ehemann. Wie auch mit mir selbst.

Und mich erschreckte, dass mir in weinseliger Stimmung solche Gedanken kamen: Ein gefährliches Weib! Bestürzend unergründlich und auf lebensgefährliche Weise fähig, ihre Macht auch über andere auszuüben. XXXXXXXXXXXXXXXXXX XXXXXXXXXXXXXXXXXXXXXXXXXXXX* Und selbst

* *Auch dies war wohl lesbar, als es Mama aus jenem Brief abgeschrieben hat, aber später hat sie es kräftig durchgestrichen. Ich konnte es aber, gegen das Fenster gehalten, doch herausbuchstabieren. Es hieß: »Ein weibliches Ungeheuer!, schoss es mir durch den Kopf.«*
Und seit ich es zum ersten Mal gelesen habe, ging mir das oft durch den Kopf, musste ich immer wieder an den »Unterlegenen im Balztanz um das Weibchen« denken. Mir ist so etwas einmal passiert, aber da hätte ich mir gern eine Forke als Waffe gegriffen (gegen einen »Bestimmten«, der mit einer »Gewissen« …). Einen Hahnenkampf hat es nicht gegeben, nur meinen beschämten Rückzug mit zornrotem Kopf. Außerdem wäre ein Kampf nie in Betracht gekommen. Wenn es wenigstens das Gerangel um eine anständige Frau gewesen wäre. Nicht einmal das. Lediglich ein Verlierer ohne Kampf.

wenn sie in Ekstase gerät, im Innersten bleibt sie eiskalt. Eine die Liebe zelebrierende Dame möchte sie nur sein (oder wenn sie sich gelegentlich auch einmal in eine andere verwandeln möchte, sie kann es nicht), sie ist nicht fähig, die Dienerin ihrer Leidenschaft zu sein, niemals! Und so wie das Übel sie immer wieder heimsucht – da will sie nur Vernichtung, Zusammenbruch, Blut sehen. Danach noch die Entschuldigung dessen, der blutet. Und dann kann sie auch sanfter werden, schließlich erwacht sogar Güte, Liebe und irgendeine unerforschliche Leidenschaft in ihr!«

Mein guter Ondris, Sie können sicherlich verstehen, dass es schrecklich für mich war, das zu lesen. Diese Anklagen haben mich getroffen und völlig niedergeschmettert. Zusätzlich erschüttert hat mich, wann Franci diese Dinge schrieb! Im Juni 1920, als er sich bereits von mir zurückzuziehen begann. Von der mir vorgehaltenen Zurückhaltung und der beklagten Launenhaftigkeit ihm gegenüber war längst nichts mehr übrig oder vielleicht (also gut: nicht nur vielleicht) gerade noch so viel, wie man mir früher zum Vorwurf machen konnte. Denn zu Anfang dieses Jahres begann sich unsere Beziehung zu verändern, und, ach Gott, wie weit war ich da schon von einer liebenden Dame entfernt!

Ich weiß, die meisten Frauen sind nicht so wie ich, sondern alles erduldende, fügsame Wesen. Manchmal wünschte ich mir, ich könnte auch so sein wie sie! Doch die Männer verstehen es nicht, wollen es nicht verstehen (und auch Sie brauchten ja Jahre, bis Sie begriffen haben), dass sie selbst das Heranreifen der in meinem Innersten sprießenden Gefühle unmöglich gemacht haben! Dadurch dass die Männer mich Tag für Tag bedrängten und, eigennützig wie sie sind, kaum erwarten konnten, bis ich endlich reif zur Ernte war. Und am nächsten Tag wieder. Ich muss in Blüte stehen und fruchten, rasch und sogleich. Warum glauben sie, dass ich, ob es mir passt oder nicht, in der von ihnen bestimmten Zeit von der Sense gefällt werden kann. Ich bin aber keine Nutzpflanze, sondern eine Wildblume!

Bisher war es nämlich immer so, dass mir Franci mit Briefen oder mündlich mit seinen Lockungen der Liebe in den Ohren lag, immer mehr wollte, als er bekommen konnte, und er versuchte mich auch zu bedrängen, ich solle mich endlich von Ihnen trennen (aber nicht dass er mir vielleicht einen direkten Heiratsantrag gemacht hätte). Während ich nach und nach dahinterkam, dass es mich nicht nur deshalb kaum noch näher zu ihm hinzog, weil ich mich nicht allgemeiner Verachtung aussetzen wollte und ich fürchten musste, den Frieden meines Kindes* zu gefährden und Sie für immer zu verlieren, sondern auch weil ich nicht mehr in ihn verliebt war. Über diese Jahre habe ich Ihnen oben berichtet, dass ich mich mit so zwiespältigen Gefühlen zu den Treffen mit ihm aufgemacht habe und dass ich ihm auch mehrfach den Laufpass gab, doch immer wieder haben wir Feuer gefangen füreinander.

Es mag irgendwann nach der Kommune angefangen haben, dass Francis ständiges Bestürmen nachließ. An seiner Zerstreutheit und den gelegentlichen konfusen Erklärungen merkte ich, es musste andere Frauen geben. (Dazu sollten Sie wissen: Anfangs versuchte er zu leugnen, dass er mich betrügt oder mit jemandem betrügen könnte. Doch ich wusste es, kannte ihn, noch aus Deutschland, auch von dieser Seite. Später gestand er mir dann, dass er sich gelegentlich, wenn wir uns lange nicht gesehen haben, auch anderweitig tröstet. Aber ausschließlich bei leichten Mädchen, sagt er, die ihm nichts auf der Welt bedeuten. Warum soll ich es leugnen, anfangs kränkte mich das und erinnerte mich immer wieder an die damalige Enttäuschung in Stralsund. Später dagegen – und daran merkte ich, dass sich meine Gefühle bereits etwas abgekühlt hatten – machte ich mir nicht mehr viel daraus. So wäre es vielleicht sogar leichter, glaubte ich, mich gegen sein allzu hitziges Fordern ein wenig abzuschirmen.)

Doch wie gesagt, es kam die Zeit, da meine Ankunft bei ihm auch nicht annähernd eine so starke Erregung entfachte wie früher. Als es sich aber zum ersten Mal so ergab, dass ich noch für eine Nacht hätte bleiben können und er Ausflüchte suchte, indem er sich auf irgendwelche »halb offiziellen« gesellschaftlichen Ver-

* *Denn mich gab es noch nicht, nur Marci.*

pflichtungen berief, wusste ich sofort, jetzt hat sich eine andere angeschickt – wenn auch nur unbewusst und vielleicht nur für eine Nacht –, mich zu besiegen. Ich war selbst überrascht von mir, dass ich nicht auf der Stelle beleidigt abreiste, sondern in meinen Augen – und zwar so, dass ich selbst es gewahrte – ein beschämend kraftstrotzendes und lüsternes Leuchten aufflackerte und ich ihn, meine Verführungskünste auf immer neue Weise einsetzend, umgarnte, betörte und nicht losließ.

Von da an spürte ich, dass in mir, wenn auch nicht wahre Liebe, so doch die Leidenschaft wieder entfacht war, die meine zwischendurch aufkommende Scham nur noch versüßte und aufpeitschte, und dass ihr der sich scheinbar von mir absetzende Franci schließlich immer wieder erlag.

*

Aber mir war, als brächten mich selbst die unangenehmen Geschichten, deretwegen sich Franci in manchen maßgeblichen Kreisen der Umgebung so weit isoliert hatte, dass sogar seine Anwaltspraxis in Mitleidenschaft gezogen war, ihm näher.

Im Zusammenhang mit ihm wurde in der Stadt über allerlei verdächtige Angelegenheiten getuschelt (ich hörte davon bei den Földes', zu denen Franci zuvor ein sehr gutes Verhältnis gehabt hatte), und ich sprach ihn dann selbst darauf an. Er sagte, seine Widersacher griffen ihn deshalb an, weil er für angeklagte Rote und Juden die Verteidigung übernommen hätte.

Von Bálint Földes erfuhr ich, dass dies zwar richtig war, aber auch das Gegenteil stimmte. Angeblich hatte man ihn wissen lassen, er würde es nicht zu bereuen haben, wenn er den Aufrührer, der als Nächster an der Reihe wäre, nicht um jeden Preis herauszuhauen versuchte. Er hat es nicht versucht, und der Betroffene landete hinter Schloss und Riegel. Földes sagt, er habe das von dem Beamten selbst gehört, der Franci dazu überredet und in angetrunkenem Zustand in Gesellschaft damit angegeben hatte.

Inzwischen ist auch ein Straf- oder Kriegsgericht tätig geworden, und man hat drei Kommunarden, Juden, an den Bäumen des Hauptplatzes aufgeknüpft. Und angeblich wurden jetzt auch allerlei bewaffnete Truppenteile und Gendarmen anmaßend, forschten und fahndeten nach weiteren Übeltätern. Sie kamen auch auf den Drucker Ernő Keleti, in dem sie den heimlichen Ezzesgeber der roten Terroristen vermuteten. Keleti war ein aufgeschlossener, gebildeter Mensch, in der Stadt ein bekanntes und angesehenes Mitglied der Gesellschaft, und zweifellos waren damals gewisse aufrührerische Flugblätter und Broschüren in seiner Druckerei hergestellt worden. Einzelheiten sind nicht bekannt, aber es kann nur so gewesen sein, dass Keleti von dem ihn vernehmenden Gendarmeriefeldwebel zusammen mit dessen bewaffnetem Büttel noch in seiner Wohnung totgeprügelt wurde. Dass es so geschehen war, ließ sich nicht leugnen, denn wegen des ungewöhnlichen Radaus waren die Nachbarn herbeigelaufen, Keleti war zu dem Zeitpunkt schon nicht mehr am Leben. Der Fall löste in der Stadt große Empörung aus. Dass die ermittelnde Behörde nur so mir nichts, dir nichts einen in der Öffentlichkeit bekannten und geschätzten Menschen totschlagen konnte, und das, obwohl sich der Mann an keinerlei Störungen der öffentlichen Ordnung beteiligt hatte und – was manche noch ausdrücklich betonten – nicht einmal Jude war! Gegen den Gendarmen und seinen Büttel musste ein Verfahren eingeleitet werden.

In dieser Situation bekam Franci von einem Beamten und dem Gendarmeriekommandanten Besuch. Man weiß nicht, was sie ihm für die Verteidigung versprachen, aber bei der Verhandlung erreichte er, dass beide Angeklagten freigesprochen wurden. Man wunderte sich sehr, dass ein Besucher als Zeuge aufgeboten wurde, der noch vor den Nachbarn am Ort des Geschehens gewesen war und unter Eid aussagte, dass der Drucker eine Pistole auf die Gendarmen gerichtet habe und diese ihn dann in Notwehr niedergeschlagen hätten, mit eigenen Augen wollte er das gesehen haben. Diese Pistole wurde während der Verhandlung auch dem Publikum präsentiert. Es war ein verhängnisvoller Unfall, den niemand gewollt hat. Der Angreifer ist, als sie sich seiner erwehren wollten, so unglücklich gestürzt, dass er dabei zu Tode kam.

Nur will das in der Stadt niemand glauben, sagte Bálint Földes. Man spricht ganz offen von der moral insanity des Zeugen, der, wie allgemein bekannt, bestochen worden ist – ebenso wie der Anwalt, also Franci Winkler. Ich erfuhr auch noch, dass der ihn korrumpierende Gendarmeriekommandant, der das Ganze ausgeheckt hat, laut Földes kein anderer war als Szilágyi. Vor dem ich Sie, Sie erinnern sich doch, Ondris, so oft gewarnt hatte.

Ich sprach Franci darauf an: Was gab es denn bei dieser Verhandlung, wieso haben Sie mir gar nichts davon erzählt?

Murrend sagte er dazu nur so viel, dass er dort seine Arbeit getan, nämlich die Angeklagten verteidigt hätte.

Die Mörder, die man anschließend freigesprochen hat?

Vielleicht sind sie Mörder, doch dafür gab es keine Beweise, und dann müssen sie eben freigesprochen werden! Das ist ein fundamentales Prinzip in der Jurisprudenz.

Aber es gab einen Entlastungszeugen, der ausgesagt hat, dass es Notwehr war!

Ja, den hat es gegeben, bekannte Franci, grimmig darüber, dass ich auch davon Kenntnis hatte.

Ich dringe nicht weiter in ihn. Schließlich muss jeder selbst Rechenschaft vor seinem Gewissen ablegen. Und wer bin ich schon – ich, die die Einzelheiten überhaupt nicht kennt –, dass ich mir ein Urteil über Franci erlauben darf, selbst wenn er tatsächlich gestolpert ist? Moral insanity – das sagte auch Irmchen über Franci Winkler. Nehmen wir an, es stimmt! Ja, dann stimmt es eben!

Ich sehe ihn an, und dieses Bewusstsein, dass er falsch gehandelt hat, kann mich keineswegs davon abbringen, ihn jetzt sofort wieder zu umarmen.

Und ich glaube, in dieser Nacht bin ich von ihm schwanger geworden.*

Zwei Monate darauf bekam ich seinen Abschiedsbrief.

*

* *Dies ist also meine Zeugungssaga. Während einer moral insanity wurde ich gemacht, und zu einer verregneten Weihnacht im Morast bin ich angekommen.*

Denn, wissen Sie, Ondris, diesen Brief mit den monate-, jahrealten Kränkungen zu lesen, ist deshalb besonders schrecklich gewesen, da ich zu dem Zeitpunkt bereits wusste, dass ich schwanger war. Nun sagen Sie doch, bin ich nicht eine »Magd im Dienst der Leidenschaft« gewesen, dass ich nicht sogleich zum Engelmacher gelaufen bin*, sondern ihm schließlich auch diese schrecklichen und mich beschuldigenden Vorwürfe verziehen und das von ihm empfangene Kind zur Welt gebracht habe?

Unmittelbar nach dem Lesen des Briefes stieg ich in den Zug, zerrte ihn aus seiner Kanzlei und sagte ihm: Lassen wir jetzt diesen Brief, Ihre Vorwürfe, ich will Klarheit! Es geht um eine Frau, nicht wahr? Sehen Sie, sage ich, so etwas geschieht doch nicht zum ersten Mal, mir können Sie es zumuten. Ich werde auch nicht böse sein, wenn Sie ehrlich sind.

Auch er habe mich ja nicht zu verhören gepflegt, wann und wie ich zu meinem Gatten zurückkehrte.

(Er hat es früher oft genug getan, aber ich sprach nicht gern mit dem einen über den anderen. Doch damals interessierte sich Franci auch gar nicht mehr für diese Sachen.)

Bisher habe ja auch ich nicht in diesen Dingen herumgestochert, stimmt's?, fragte ich und lächelte ihn an. So war es doch, nicht wahr? Und ich griff nach seiner Hand.

Weder in deinen Frauengeschichten, flüsterte ich ihm ins Ohr. Noch in deinen Geldangelegenheiten!, umklammerte ich seinen Hals. Und schon gar nicht in deinen Ehrenaffairen, hauchte ich ihm in den Mund. Das alles interessiert mich nicht! Aber da umfing er mich schon. Nur du! Doch dieses eine muss ich noch wissen!, hielt ich seine Hände fest, ließ ihn nicht gehen, und es gab für ihn kein Zurück mehr. Ich muss wissen, ob dir diese Frau etwas bedeutet. Das muss ich jetzt wissen!

Nichts!, seufzte er.

Oder irgendeine andere …

* *Auch darüber musste ich viel grübeln, ob ich nicht vielleicht dankbar sein muss, weil man mich nicht herausgeschabt und eingescharrt hat wie ein ungewolltes Katzenjunges. Bin jetzt zu dem Schluss gekommen: trotzdem dankbar sein.*

Keine!

Und was ich dir bedeute.

Alles! Nun ließ ich ihn schon auf mich sinken.

Und ich will dir sagen, weshalb ich mir dessen sicher sein muss, fuhr ich inzwischen fort. Soll ich dir sagen, warum?

Warum?, aber er wusste gar nicht mehr, was er redete.

Weil ich das Kind von dir zur Welt bringen will. Das flüsterte ich ihm schon im allerletzten Augenblick ins Ohr. Willst du es?

Ich will es! Und darüber kamen wir in diesen äußersten Augenblicken derart in Feuer, dass sie schon beinahe schmerzten.

Unseren Jubel erstickten wir in nicht enden wollenden Umarmungen. Ich jauchzte über die Verkündigung der frohen Botschaft und seine Entscheidung, er in seiner Freude – die obligatorische Freude* wahrscheinlich – über den zu erwartenden Kindersegen. Danach aber lagen wir erschlafft beieinander und haben nicht mehr gejubelt.

Und nicht wahr, du wirst doch nicht zu irgendeiner Hebamme gehen?, fragte er so sanft, als wollte er wirklich ganz sichergehen, dass ich diese Möglichkeit nicht nutzen will.

Mach dir keine Sorgen, ich werde das nicht tun. Auch brauchst du keine Angst zu haben, dass wir dir zur Last fallen könnten.

Hab ich auch nicht.

Ich werde daheim bleiben.

Und dein Mann? Wird er es denn hinnehmen?

Er hat ein größeres Herz als wir beide zusammen. Ich vermag ihm ja auch etwas zu geben, nicht nur zu nehmen.

*

Ich war verrückt, das Denken total ausgeschaltet.

Das Kind wollte ich bekommen, doch wie ich weiter zu leben gedachte, das hatte ich mich noch gar nicht gefragt. Ich sagte ihm aufs Geratewohl, ich würde bei Ihnen bleiben. Vielleicht habe ich auf seine Ablehnung meiner Pläne gewartet?, auf die Auffor-

* *Obligatorische Freude! Schön. Na ja, egal.*

derung, ich solle als seine Frau mit ihm leben. Auf seine Bitte, dem Kind ein Vater sein zu dürfen? Worauf ich nicht mit ja geantwortet hätte. Oder nur zunächst nicht mit ja? Ich weiß es nicht, aber mir ist, als hätte ich mich am meisten danach gesehnt, mit meinen Kindern allein zu bleiben. (Doch wie, das habe ich mir in Wirklichkeit nicht klar gemacht: Allein – doch keiner der beiden Männer soll mich verstoßen, denn die Schmerzen der Trennung dürfen meine für die Geburt benötigten Kräfte nicht aufzehren ...)

Doch Franci billigte meine Entscheidung auf der Stelle: Es solle so sein, wie ich sagte. Er betrachtete dies als Großmut meinerseits, war bestrebt, ihn zu vergelten. War nett zu mir, begehrte und rief mich oft zu sich, schrieb mir zärtliche Briefe. Auch das erwartete Kind beschäftigte ihn – er redete von ihm und hatte vor, es auf seine Art zu lieben und zu umsorgen, als wäre er der Onkel.

Und ich wandelte in dieser sündhaft verantwortungslosen Unsicherheit an seiner Seite. Wir waren wie zwei Spieler, die tödliche Einsätze riskieren, nur dem Augenblick leben, weil für sie die Zukunft nicht existiert. All das mit einem Kind unter dem Herzen, das eigentlich die wahre Zukunft ist! – bis heute kann ich es nicht begreifen.

Doch da Franci über diesen uns halb verbindenden, halb trennenden Zustand immer nur scherzte, meine Zeit aber allmählich ablief, ohne dass er ein ernsthaftes Wort darüber verlor, wie er sich die Zukunft vorstellte, bekam ich die Sache doch eines Tages satt: Ging beleidigt von ihm weg. Er erkundigte sich in einem nichts sagenden Briefchen, was denn wäre, und das war mir nun doch zu wenig. Ich bewegte mich schon recht schwerfällig, und das werdende Wesen in mir nahm meine ganze Aufmerksamkeit in Anspruch – für andere Dinge blieb weder Zeit noch Kraft. Was bisher nicht geregelt war, das würde nun nicht mehr zu regeln sein, zumindest nicht, bevor ich mich durch diesen Graben der neuen Mutterschaft hindurchgekämpft hatte.

Mein Glück war nur, dass Sie, mein Teurer (nachdem Sie so traurig in meinen Augen gelesen und die von mir gestandenen anderen Umstände zur Kenntnis genommen hatten), mir so viel

Geduld erwiesen haben und ich mich wieder sicher fühlen durfte – wenn auch nicht als »liebende Gattin«, so doch als werdende Mutter. Dafür werde ich Ihnen ewig dankbar sein.

*

Mamas Eintragungen ins Tagebuch und meine erste Lektüre darin fielen zeitlich fast zusammen. Es war in den traurigen Monaten des Jahres 1937. Da geschah es, dass ich unvermutet ins Zimmer kam und Mama das Buch hastig zuklappte. Und ich fragte mich augenblicklich, was sie da wohl machte. Von da an lauerte ich auf eine Gelegenheit, wartete, dass sie wegging.

Und dann kam ich dahinter, was sie las, was sie schrieb! Mein Magen krampfte sich zusammen! Auch vor Angst, von Mama beim Spionieren überrascht zu werden. Erst waren es nur kurze Augenblicke, aber dann suchte ich mit Herzklopfen immer wieder eine Gelegenheit, darin zu lesen. Es hat mich niedergeschmettert! Ich war 16. Das gierige Blättern und Lesen ließen mich auch nicht mehr in den Schlaf kommen! Kleine, beiläufig fallen gelassene Wörter, schmerzende Stiche zunächst, die sich zu immer gefährlicheren Keulenhieben auswuchsen!

Mit aller Grausamkeit quälte mich die Eifersucht! Schon als ich las, was Papa mit Mama für Sachen … Und dann erst, als ich schon ahnte und auf den Spuren von Papas Verdacht in den Eintragungen hin- und herspringend nach Beweisen suchte! Dass uns Mama tatsächlich mit Franci Winkler betrügt?! (Dabei schielte ich ständig durchs Fenster, ob Mama nicht schon kommt, denn dann musste das Buch schnellstens wieder an seinen Platz verbracht werden. Meist verwahrte sie das Tagebuch unter ihrem Kissen im Bett.) Und Schritt für Schritt, im Rhythmus, wie Mama ihre Eintragungen machte, hatte ich schließlich nicht nur das Geständnis des immer wieder vollzogenen Ehebruchs Schwarz auf Weiß gelesen, sondern kannte auch seine Beschreibung in allen Einzelheiten!

Bis wir schließlich bei den obigen Details angelangt waren. Und die bisher nur beklemmend gewesene Ahnung Gewissheit wurde. Dass Papa gar nicht mein Vater ist!

Sondern Onkel Franci! Den wir mit Mama häufig besuchten! Es war unglaublich! So hinters Licht geführt, betrogen, zum Narren gehalten zu werden! Auch der arme Papa. An den mit dieser plötzlichen Erkenntnis zurückzudenken, jetzt noch viel bitterer war!

Da fügten sich vor meinen Augen die alten, harmlosen Mosaiksteinchen erst richtig zusammen, warum wir, meist Mama und ich, zu Onkel Franci gingen, Marci nur selten dabei war und Papa niemals mitkam. Denn es ist ja klar, warum. (Auch hatte ich bis dahin nicht kapiert, dass sie in ihrer Jugend gute Freunde gewesen waren.) Und blitzartig erinnerte ich mich jetzt auch an gewisse Blicke zwischen Mama und Onkel Franci, während ich als Kind auf dem Teppich im Zimmer spielte. Dann einmal, ich nehme an, dass es in der Wohnung von Tante Irma Sárossy war und wir auch dort geschlafen haben, gab es da für die Erwachsenen einen geselligen Abend, Grammofonmusik und Tanz. Ich weiß, dass ich lange interessiert beobachtet habe, wie Onkel Franci mit meiner Mama tanzte. Und dass sie auch umschlungen blieben und nicht auseinander gegangen sind, als die Musik schon zu Ende war. Und ein anderer Fall, als ich noch kleiner war: Als ich in das Zimmer lief und sie in enger Umarmung dasaßen, Mama wollte ihn wegschieben, aber Onkel Franci lachte nur und hat auch mich zu ihnen hingezogen. Es war so seltsam, denn alles kam mir lustig und schön vor, ich wusste nur nicht, warum Papa nicht da ist. Ich weiß, ich flüsterte Mama zu: Wie schade.

Aber nun gibt es keine Zweifel mehr! Und was kann ich tun, wenn es so ist? Ein Gefühl der Schwermut schnürte mir die Brust und die Kehle zusammen! Und es wurde immer schlimmer, denn dann schrieb Mama auch von mir Dinge, über die ich nur weinen konnte, allein und ausgestoßen fühlte ich mich.

Zum Beispiel der folgende Abschnitt ist genau aus dieser Zeit und gehört deshalb hierher.

*

Mir ist jetzt noch eingefallen, Ondris, dass mein armer Miso vorhin wieder ohne wirklich befreienden Trost aus meinem Zimmer gehen musste: Wie schade, dass nicht er, der Kleinere und ein Kind der Liebe, meinem Herzen der Nächste ist.

Aber ich will Ihnen ehrlich sagen, dass ich mir insgeheim Miso mehr wünschte und ihn sehnsüchtiger erwartet habe (wie ich ja auch über seine Geburt ganz allein entschieden habe), Marci wollte ich eher Ihnen lassen. Denn sein Erzeuger sind ja Sie, nicht aber der von meinem Misu. Und als ich mit dem ersten Kind schwanger wurde, haben Sie sich über diese Nachricht so gefreut, konnten das Ereignis kaum erwarten (und mussten die Zwischenzeit, mein Teurer, bis Sie Ihr Söhnchen in die Arme schließen konnten, so sehr büßen), so dass ich mir geschworen habe: Was immer zwischen uns passieren mag, ich werde mich nicht zwischen euch beide stellen, werde Sie seiner niemals berauben. Marci hat Ihnen Ihre Liebe auch gedankt, sich mit seinem Vater immer besser verstanden als mit mir. Anfangs beruhigte mich das sogar, denn so hatte ich es gewollt.

Doch während die beiden heranwuchsen, fand ich immer mehr den Älteren nach meinem Geschmack – weniger den kleinen Misu, diesen Sohn, der nur meiner ist. Sie wissen doch, warum: Marci wurde ein netter, hübscher, kluger und selbstständiger, auch männlicher Junge – Misu aber ... als wäre er aus dem Grund langsamer gewachsen und zögerlicher herangereift als der ältere Bruder, damit er sich länger fest an meinen Rockzipfel klammern konnte. Leider habe ich mit ihm oft die Geduld verloren, den Armen weggeschickt, doch umso anhänglicher wurde er, bettelte er um meine Zuneigung.

So war es immer – wie gerade vorhin noch, als er zu mir hereinkam, um sich auszuklagen, weil man ihn jetzt bei dem neuen Stück, das die Theatergruppe der Junglandwirte gerade probt, auch noch aus einer Statistenrolle verdrängt hat. Denn da muss man nämlich auch mitsingen und -tanzen. Obwohl der Kleine die nötigen Tanzschritte so brav geübt und sich auch eingeprägt hat, und wenn er nur den Mund bewegt und gar nicht mitsingt, wird doch keiner etwas merken. Doch was kann man tun, wenn ihn auch die kleiner gewachsenen Mädchen nicht als Partner wollen, weil er ihnen nicht groß genug ist, womit soll ich ihn denn trösten? Ich kann ihm ja schließlich nicht sagen, er sei ein Hüne, flinker auf den Füßen und kräftiger bei Stimme als Pali Karkus, der den Bonvivant gibt. Aber auch nicht, dass ich ihn doch so viel mehr liebe, als wenn er die Hauptrolle bekommen hätte! Einmal, weil es gelogen wäre, zum zweiten, weil nicht ich ihn lieben, sondern ein Mädchen ihn wollen muss. So konnte ich ihn lediglich mit dem Trost auf den Weg schicken, dass es, wenn nicht jetzt, dann beim nächsten Mal gewiss klappen würde, er solle es sich nicht so zu Herzen nehmen.

Als dagegen Marci heranwuchs und männlicher wurde, sah ich ihn immer an, als wäre er gar nicht mein Sohn, sondern mein letzter Liebhaber. Stumm konnte ich ihn betrachten, hörte ihm begeistert zu, wenn er von seinen Erlebnissen berichtete, sein Lächeln ließ mich hinschmelzen, verstohlen beobachtete ich ihn, wenn er sich wusch, am liebsten hätte ich ihn, wie als Kleinkind, gebadet. Mehrmals träumte ich, dass ich mit ihm tanze und wir uns danach, noch immer umschlungen, keuchend gegenüberstanden.

Ich weiß nicht, wie viel Sie, mein Teurer, davon mitbekommen haben. Aber mir scheint, Marci hat meine Anhimmelei besser verstanden als ich selbst, auch wusste er besser, wo die Grenzen sind. Das Ungestüme meiner Begrüßungs- und Abschiedsumarmung konnte er so feinfühlig lockern (denn mit ihren herangewachsenen Kindern können Eltern lediglich in den Momenten des Kommens und Gehens zu körperlicher Nähe kommen, und ich weiß, dass ich deshalb vom Tanzen mit ihm träumte, weil dies noch diese einzige seltene Ausnahme ist), dass es nicht wie eine Zurückweisung aussah, mich aber auch erkennen ließ, dass ich ihn gleichermaßen anzog. Doch er ist es auch, der als Mann nachdrücklicher weiß, dass die Umarmung für ihn unverzichtbar ist und er jetzt eine andere Frau, nicht mich, umarmen muss.

Ich hatte Angst davor, dass ich auf jedes Mädchen – wen immer Marci sich auserwählt und wie sehr er sie liebt – eifersüchtig sein, sie hassen werde. So befürchtete ich, ich könnte jegliche Leidenschaft und Liebe meines Jungen vergiften (denn ihm war niemals gleichgültig, wie ich über jemanden denke, was ich einem oder einer anderen gegenüber fühle). Und eine Mutter darf das nicht. Es ist nicht ihre Aufgabe, zu entscheiden, ob ein Mädchen die Richtige für ihn ist oder nicht, auch nicht, ihren Augenstern darüber aufzuklären, dass er die falsche Wahl getroffen hat, weil jene seine Liebe nicht erwidert. Umsonst war ich vom ersten Augenblick an sicher – und ich sollte Recht behalten damit –, dass diese Marka nichts für ihn war (die Marci letztes Jahr sehr jung geheiratet hat – vielleicht auch, um sich gegen diese stumme und von ihm selbst geleugnete Leidenschaft zwischen uns abzusichern), jetzt weiß ich auch: Ich hätte mich nicht einmischen dürfen. Selbst das kann mich nicht entlasten, dass mein Urteil über Marka auch dann nicht anders ausgefallen wäre, wenn Misu und nicht Marci sie hätte heiraten wollen.

Doch ich fürchte, am unglücklichen Verlauf dieser Ehe trage ich eine Mitschuld. Angefangen mit diesem Tanz gleich am Tag der Hochzeit – als ich, Marci fest an mich gedrückt, ihm in die Augen schaute und ohne Worte zu verstehen gab: Hier, sehen Sie mich an, umarmen Sie mich, ja, ist denn die Braut, dieses Kind, mit mir zu vergleichen? Doch nicht? Oder doch? Warum musstest du, mein allerliebster Junge, so kopflos und unüberlegt, so vorschnell sein? Ich weiß, dass ich damit, lieber Ondris, nicht nur bei Ihnen Empörung ausgelöst habe (dennoch, es hat sich nicht geschickt, dass Sie noch während des Brauttanzes auf und davon sind, hinaus aufs Gehöft), doch Marci hat mich damals verstanden. Und vielleicht hat er auch empfunden, von welcher Art eine Umarmung wäre, die seiner Empfängnis würdig ist, doch von Marka wird ihm so etwas nie zuteil.

Ich weiß nicht, was mit den beiden wird, doch darf ich darauf keinen Einfluss nehmen. Dazu wäre allerdings auch nötig, dass sich Marka mir gegenüber nicht immerfort wie eine Furie aufführt.

*

Und ich habe das schon am nächsten Tag gelesen! Dass sie mich gering schätzt und ich keinen rechten Platz in ihrem Herzen habe. Verzweifelt und gedemütigt lag ich auf meinem Bett, Mama kam zu mir herein. Sie sah, dass etwas mit mir geschehen war. Doch sie strich mir nicht über den Kopf, fragte nicht, was mich bedrückt, nur, ich soll mich nicht hängen lassen, es ist nicht gut, so viel zu grübeln, man muss sich zusammennehmen. Ich soll jetzt dieses, soll jenes machen.

Sie kommandierte so lange an mir herum, bis ich sie mit Tränen in den Augen ansah. Was ist? Du magst mich gar nicht! Sagte ich, warf mich aufs Bett und schluchzte hemmungslos. Mama setzte sich zu mir, versuchte mich zu beruhigen. Aber ich immer nur: Du lügst doch! Lügst, willst mich nicht! Hast mich nicht lieb! Sie dagegen: Wie kannst du das nur glauben? Natürlich liebe ich dich, Misu, wie kannst du nur so reden? Aber das war nicht ernst gemeint, sie argwöhnte nur, ich könnte etwas ahnen von der großen Lüge unserer Familie.

Was sicher auch an Papas Seele genagt hat und weshalb er sich selbst zu Gregor aufs Gehöft hinaus verbannte. Auch das hab ich jetzt verstanden. Oder warum er immer nur notgedrungen hereinkommen wollte, wenn es gar nicht anders ging, zu den Feiertagen, Weihnachten etc. Einmal, als ich ihn danach fragte, sagte er: Sieh dir doch die Buben von anderen Großbauern an, die in deine Klasse gehen, von vielen sind die Eltern ständig draußen, und die Kinder bleiben bei den Großeltern und gehen von da aus zur Schule. Das hat mich dann einigermaßen beruhigt, und auch, dass bei uns wenigstens Mama daheim ist.

Diese oben erwähnte Hochzeit war auch eine ziemlich wirre Geschichte. Mama war die ganze Zeit gegen die Verbindung, Papa stand auf der Seite der Jungen. Das heißt, ihm war es eigentlich gleich. Aus den Hochzeitsvorbereitungen hielt er sich raus, wollte sich an nichts beteiligen, ja, er hatte gar nicht die Absicht, überhaupt zu kommen. Mama schimpfte schrecklich und bestand darauf, es wäre unmöglich, sich so zu benehmen, wenn es nun schon einmal so gekommen sei, müsse er sich anständig anziehen und anwesend sein. Die Rocskár-Brauteltern schauten ohnehin schon mit scheelen Blicken auf uns. Denn sie haben die Hochzeit zum größten Teil bestritten, von unserer Seite wurden nur zwei Schafe geschlachtet, Geld hatten wir keins. Aber das war noch 1936, zu Papas Zeit.

Meine Einstellung veränderte sich ungefähr seit dem Sommer 1937, seit der Lektüre des Tagebuchs. Als ich beispielsweise schon nach meinem richtigen Vater zu forschen begann. Ich machte mich auf, um zum Zug zu gehen. Wohin willst du? Und ich meinerseits: Zu Onkel Franci Winkler! Mama mit ängstlichem Argwohn: Was willst du von ihm? Ich gab keine Antwort, natürlich wusste ich selbst nicht, was ich von ihm wollte. Da hatte ich ihn schon jahrelang nicht mehr gesehen, denn Mama hat mich nur früher zu ihm mitgenommen, als ich noch ein kleiner Bub war. Aber wir bekamen Geschenke von ihm. Bücher und andere Sachen, beide, Marci und ich – zum Geburtstag und zu Weihnachten (was bei mir aufs Gleiche rauskommt, und so hab ich auch immer weniger gekriegt als Marci).

In diesen Monaten drückte ich mich auch manchmal um die Kanzlei meines Vaters Franci herum und spähte nach ihm. Aber ich wagte nicht, ihn anzusprechen. Einmal bin ich sogar hineingegangen, als er schon weg war. Zum Schein erkundigte ich mich bei den Anwaltsgehilfen, wie man ganz allgemein bei Erbschaftsangelegenheiten vorzugehen hat, und brachte das Gespräch auf »Herrn Winkler«. Erfuhr sogar dies und jenes über ihn. Nichts Wichtiges. Wo er zum Beispiel sein Mittagessen einnimmt, dass er nicht verheiratet ist und wo seine Mutter wohnt. Die Tante Mici, die ich nur aus Papas Tagebuch kannte. Zu der so entdeckten »Großmutter« habe ich mich auch einmal hingewagt, als falscher Hausierer und Altwarensammler, brach aber den ziemlich missglückten Versuch schnell ab mit der Entschuldigung: Ein Irrtum.

Einmal ließ ich mir noch eine andere lächerliche Narretei einfallen! Verstellte mein Gesicht mit einem aus dem Theaterzirkel mitgenommenen Bärtchen, passte Vater Franci ab und sprach ihn an. Er solle nicht böse sein, aber wie spät es sei. Erst sah er etwas verdutzt auf seine Uhr und sagte: Gleich fünf. Doch dann fragte er, misstrauisch geworden, zurück und erkannte mich auch. Ich wollte wegrennen, aber er packte mich und nahm mich in die Arme, sagte: Fort mit der Maskerade.

Jetzt weiß ich es ganz gewiss, damals ist er dahintergekommen, dass ich weiß, wer mein Vater ist, ich aber dachte noch, er käme nicht hinter meine Erleuchtung. Er war nur so anständig, nahm mich zu einer Jause mit, fragte mich über die Schule aus, über Marcis Heirat und ein wenig über Mama. Und ob ich denn schon irgendwelche beruflichen Pläne hätte. Also gestand ich, dass das Zeugnis nicht besonders gut war und ich es auch noch nicht wisse. (Da hatte ich nach der Bürgerschule auch schon ein Jahr ausgesetzt, um mich dann doch zu etwas aufzuraffen, und im

Jahr darauf wollten wir dann weitersehen.) Marcis Zeugnis war besser? Ja, schon. Er hat eine gute Matura gemacht. Aber dass er dann doch lieber geheiratet hat, darüber schüttelte Onkel Franci den Kopf. Dabei wollte er Pharmazie studieren! Und wozu ich denn Lust hätte. Ich wusste es nicht recht. Ob es mir denn nicht Spaß machen würde, ins Gymnasium zu gehen? Die Übertrittsprüfung für die Fünfte? Es war die Rede davon, dass ich in die Goldene Ähre, diese zweijährige Landwirtschaftsschule ... Sie endet zwar auch mit Diplom, bildet aber doch nur zum Landwirt aus, und das imponierte ihm nicht. Er gab mir etwas Taschengeld und sagte, ich könnte ihn jederzeit besuchen, wenn ich Lust hätte. Und dann: Mit vielen guten Wünschen und Handkuss für die Mama. Ich hoffe, dass sie sich tröstet, habe ihr auch geschrieben. Was ist mit ihr? Ich war ziemlich verwirrt, und auch besser, dass ich nichts gesagt habe.

Aber Mama hab ich die guten Wünsche doch überbracht. Sie zeigte sich sehr nervös und hat mich genau ausgefragt. Und dann schimpfte sie mich anständig. Warum ich allein überall herumstrolche.

*

Also auch heute noch, nach so vielen Jahren, ist es ziemlich schlimm zu lesen, wie Mama über mich und andererseits über Marci schreibt! Denn im Grunde hat sie ja Recht, aber es tut doch weh. Das aber hatte ich ja schon notiert. Jetzt lieber über die Sache mit den Frauen, ganz allgemein.

Denn was sollte ich schon über die Frauen sagen? Wen sollten denn auch die Gedanken eines ganz und gar nicht mehr jungen Mannes, der immer noch als Hagestolz durchs Leben wandelt, nutzen? Das ist so, als wollte eine eingefleischte Landratte über die Seefahrt philosophieren.

Man muss zusammenpassen mit der Frau. Das ist das Erste. Nach alter Auffassung (und da ist ja wirklich etwas dran) kommt am besten Gleiches mit Gleichem zusammen. Hat er unter mehreren die Wahl, und ist er, sagen wir, eher bescheiden auf Gutes und vor allem Solides aus, so bedeutet dies das geringste Risiko, wenn sich Gleich und Gleich einander zugesellt. Selbst wenn er dann auch noch ein Auge für andere hat. Steht ihm aber der Sinn nicht nach dem Lauen und gewöhnlich Guten, sondern nach aufregend Überraschendem, dann wählt er besser nicht Gleiches. Dann scheint es geraten, sich auch nach anderen umzusehen.

Oder sagen wir, er wird von den betreffenden in Frage kommenden Frauen nicht begehrt. Wie auch in meinem Fall. Dass ich schon von vornherein einen Korb kriege. Auch deshalb war meine angenommene Meinung so etwas wie ziemlich überheblich (denn diejenigen, die auf eine größere Erbschaft an Grund und Boden hoffen konnten, hatten nichts mit mir im Sinn), mich würde ein Weibsbild mit Grundbesitz nicht interessieren. Wozu auch. Land haben wir selbst mehr als genug. Das heißt, damals war es noch vorhanden (allerdings völlig verschuldet). Lieber eine Bescheidenere, Häusliche, zu mir Passende. Aber doch auch keine Primitive, Dumme. Sie muss kein Professor sein, nicht dass sie sich zu fein ist, im bäuerlichen Alltag anzupacken, denn es kann nicht schaden, wenn eine Gutsbesitzersfrau in solchen Sachen zu Hause ist. Auch im Hinblick auf das Gesinde.

Es lässt sich nicht leugnen, dass Bauernarbeit schon damals nicht mehr sehr gefragt war. Und auch die Mädchen sehnten sich mehr nach, wie soll ich sagen, dem betont Männlichen. Das musste ich zu meinem Leidwesen an meinem Fall erfahren. Nicht so wie früher, als die guten Eigenschaften eines wohlsituierten Mannes gefragt waren (Anstand, Zuverlässigkeit, solider, sicherer Wohlstand etc.). Vielmehr: ob sie der Mann auch äußerlich anspricht und eben körperlich reizt. Aber viele Mädchen haben es nicht beim Reizen belassen. (Ich weiß, was ich im Wäldchen, hinter den Sträuchern verborgen, gesehen habe.) Lassen sich anfassen und befingern! Ganz davon zu schweigen, was ich dabei hören konnte, etwa: Fester, mach mir's! Sogar im Bett haben sie's probiert, weil ihnen so danach war.

Und schuld daran ist das Weib. Dass sich die Auffassung von Anstand und Ehre so stark verändert hat, auch schon vor dem Krieg. Ich weiß nicht, vielleicht durch den Film? Ein Glück, dass nicht jede gleich einen Pali Jávor haben will, weil sie glaubt, die Katalin Karádi zu sein. Ich hab es ja gesehen. Glänzende Augen, sportliche Figur und stark wie ein Stier, schwellende Muskelprotze, die die Frauen heiß machen. Gut, auch drittrangige Gesichtpunkte haben eine Rolle gespielt, nämlich der Verstand, Charaktereigenschaften, Fleiß und Laster, dass er nicht trank.*

Bei meinen Heiratsproblemen spielte außer dem Erwähnten auch meine Körpergröße eine Rolle. Dass man mit 158 Zentimetern in Schuhen nicht gerade zu den Großen zählt, ist klar. Und das hat bereits im Bürschchenalter, als man doch schon ernst genommen werden wollte, bei den Mädchen oft Gelächter ausgelöst.

Ich will gar nicht über den alltäglichen Spott und die Ausgrenzung in der Kindheit reden, die mir die ganze Kinderzeit und die Flegeljahre zur Tortur gemacht haben. Dass ich aus jeder Gemeinschaft vertrieben wurde. Nicht selten ganz konkret, nicht nur, indem man mich verhöhnt hat. Und immer nur im Verborgenen zu weinen oder mich bestenfalls ein bisschen anzuschmiegen, wenn Mama es zuließ, auch das brachte nicht viel Trost. Denn Mama war meine weinerliche Quengelei lästig. Sie schickte mich immer ins andere Zimmer schlafen. Das war kein wirklicher Zuspruch, keine echte Hilfe. Es kam darin auch zum Ausdruck, wie Mama darüber hinweggesehen hat, dass mein Bruder Marci, statt mir beizustehen, wenn ich verspottet oder sonstwie gequält wurde, meist ins selbe Horn stieß wie die anderen.

Auch die äußeren Umstände waren sehr ungünstig. Als ich schon im entsprechenden Alter war, gab es allerlei Schwierigkeiten mit unserem Gut. Und eine Partnerin sollte nicht gleich in lauter Unannehmlichkeiten und Verschuldungsprobleme hineingezogen werden. Doch allmählich musste ich zur Kenntnis nehmen, dass die Wünsche immer weiter hinausgeschoben wurden, bis es völlig unmöglich schien, sie überhaupt zu rea-

** Katalin Karádi und Pál Jávor waren übrigens in der Zwischenkriegszeit das Traumpaar des ungarischen Films.*

lisieren. Denn angesichts der angeführten Zahl von hinderlichen Faktoren ist es auch mit mir nicht besser geworden, eher noch schlechter.

Auch die politischen Spannungen haben hineingewirkt! Es herrschte alles andere als eine günstige Heiratsatmosphäre. Die internationalen Beziehungen waren vergiftet. Von den revisionistischen Bestrebungen und Gebietsansprüchen Ungarns war es nur ein kleiner Schritt bis zum Mitmachen im Krieg der Deutschen gegen Russland. Und man hat diesen Schritt auch getan. Aber meine Heiratspläne lagen damit erst einmal wieder auf Eis. Denn man konnte ja nur den Kopf einziehen und in dieser ungewissen Lage dahinvegetieren. Das aber hieß wiederum: Erst einmal abwarten, bis der Krieg vorbei war.

Dann aber kamen neue Schwierigkeiten, die schließlich darauf hinausliefen, dass man uns den Boden unter den Füßen wegzog. Also ganz konkret unser Land. Summa summarum, weder von der wirtschaftlichen Seite aus gesehen, noch was die nationale und internationale Lage anging und natürlich auch nicht aus der Sicht einer berechnenden Frau war meine Situation für eine Heirat günstig. Letzteres werde ich vielleicht später noch erklären. Weshalb ich dann auch wirklich zum Frauenhasser geworden bin. Ausgenommen meine Mama.

Was also sollte ich schon über die Frauen sagen?

*

Auch darüber hat Mama gewiss mehr zu sagen. Von ihrer Freundin Irmchen weiß ich sonst nichts, und so mische ich mich da auch nicht ein. (Nur schätze ich, dass sie es 1938 oder 1939 geschrieben haben könnte, denn im ersten Jahr, da bin ich mir ziemlich sicher, war das noch nicht drin.)

Irmchen und der Dichter.

Meine Freundin war bestrebt, ihr süßes kleines Episödchen, an dem sie sich beinahe die Finger verbrannt hätte, mit so dicken sieben Siegeln in ihrem Herzen zu verschließen, dass diese fast schon übers Dekolleté hingen. Denn als ich bei ihr ankam, fielen mir diese übereifrigen Manöver auf, mit denen sie versuchte, meine Aufmerksamkeit in eine andere Richtung zu lenken, das lockere Über-anderes-Berichten, das atemlose Hin- und Herhasten auf der sauberen Sommerwiese der Seele, während ihr das überdimensionale Vorhängeschloss ihres Geheimnisses schon ans Knie schlug!

Es stach mir sogleich ins Auge! So dass mir der perlende Wein der Euphorie im durchsichtigen Glas ihres Wesens schon beim ersten Blick getrübt schien. Und dann entdeckte ich auf dem goldenen Nektar ihrer neuen Herzensfreude – wie einen oben schwimmenden öligen Film – die falsche Verzückung, und auf dem Grund des Liebestrunks auch den dunkel kreisenden Bodensatz des Schmerzes.*

Ja doch, wir hatten schon in Sankt Pölten derlei heimliche Herzensangelegenheiten und übten uns dabei in das Spiel ein, einander irrezuführen! So dass wir auch seither bei jedem neu auftauchenden Mann Eifersucht oder die Kränkung durch Verrat oder Schuldbewusstsein miteinander erlitten. »Ich erkenne dich nicht wieder! Wie ein taumelnder, verrückt gewordener Nachtfalter im Lichtschein einer Lampe!«, warfen wir uns gegenseitig an die Köpfe. Ich habe damit angefangen, als in unseren letzten Ferien Irmchen von Földes so umschwirrt wurde, bis er sie dann im folgenden Frühjahr auch bereits geheiratet hat. Irmchen hat mir später Unaufrichtigkeit vorgeworfen, weil ich ihr die Gefühle für meinen Ziehvater verschwieg, sie jedoch wegen Földes quälte. Aber auch von den Ursachen für ihre missglückte Ehe bekam ich von der Freundin mein Teil ab, denn die »Giftpfeile«, die ich im Zusammenhang mit ihrem Bálint auf sie abschoss, waren schmerzhaft und hinterließen Narben. Doch bei einer so schicksalhaften Angelegenheit wie der Partnerwahl fühlte ich mich einfach verpflichtet zu sagen, was ich sah: Dass sie sich nämlich anschickte, eine Burg auf Sand zu bauen, denn ich hielt diesen Mann ganz und gar nicht für standhaft, auch nicht für zuverlässig und charakterfest. Hab ich doch Recht behalten, nicht wahr?, schrieb ich ihr Jahre später, dieser Bálint ist nicht anders als sein Freund Franci, von dem wir gemeinsam konstatierten: Wer sich vor ihm nicht in Acht nimmt, ist entweder naiv oder ein leichtsinniges Weibsbild. (Na also, das hab ich dann auch zurückbekommen, mit Zins und Zinseszins!)

Aber wer ist denn jetzt derjenige, der schemenhaft aus dem Nebel im Hintergrund auftaucht? (Damals wusste ich noch nicht, dass es der Dichter war.)

* *Nur so viel, was schön ist, das ist eben schön.*

Der Pester Bühnenheld im komischen Fach war es nicht! Um dessentwillen sich Irmchen vor zwei Jahren ein und dieselbe Aufführung dreimal hintereinander angesehen hat, klassische Dramen studierte (überflüssigerweise) und bei jenem Bankett bebend und mit so glänzenden Augen strahlte wie ein Jasminstrauch im Mai, dessen Äste man auseinander biegt, um den betäubenden Duft zu atmen. Sie brachte es zu einem »unvergesslichen« Walzer, nächtlichem Lustwandeln am Ufer des Kanals und im weiteren Verlauf zu einem beinah augenblicklichen – selbst in seiner verblümten Art eindeutigen, aber für die ungebührlich kurze Zeit dieses Gastspiels absolut unannehmbaren – Angebot.

Bei solchen Gelegenheiten ist sie in der Tat wie ein im Lichtschein trunken gewordener Falter! Jedoch nur, solange ihr jemand mit klingendem Namen von weit her und von oben herab auch »Kunst« beschert, selbst wenn sie sich den Hals verrenken muss, um emporzuschauen. Und da spielt es gar keine große Rolle mehr, wenn der Betreffende kein Adonis oder auch schon etwas betagter ist.

Wie bei dem kleinen Abenteuer letztes Jahr, das nach seinem Gesamteindruck eine ziemlich komische Geschichte war. Denn der gefeierte Coupletkomponist und Musiker, der mit seiner Band drei Wochen lang im Hotel National gastierte, hat meine Freundin wie ein Hündchen auf Schritt und Tritt durch die Stadt begleitet, verließ, während das Orchester spielte, seinen Platz am Flügel, um Irmchen zwischen den Tischen hervorzuzerren, sie an sein Embonpoint zu ziehen und mit ihr zu seinen eigenen Melodien das Tanzbein zu schwingen. Dabei trällerte der alternde Parkett-Troubadour dem vor Wonne halb ohnmächtigen Irmchen seine Texte ins Ohr. Und jetzt wartete ich dort den ganzen Abend auf sie. Dabei musste die Gute nur eben »auf einen Sprung« bei der Tante vorbei. Weil sich das Warten aber hinzog, sah ich mich ein wenig auf ihrem Nachttischchen um: Auf der Stelle entdeckte ich einen Gedichtband und darin die Einladung zu einer Lesung für den Abend. Ach, daher weht der Wind, so schaut es aus! Deshalb konnte sie mich nicht mitnehmen!

Gegen zwei Uhr früh hörte ich das vorsichtige Drehen des

Schlüssels im Schloss. Auf Zehenspitzen wollte Irmchen, wie ein ängstlicher Ehemann, der von einer Sauftour heimschleicht, an meiner einen Spalt weit geöffneten Tür vorbeihuschen, als ich nach ihr rief. Ich legte ihr das Gedichtbändchen auf den Tisch, sie errötete.

Nun? Hat er schön vorgetragen?, fragte ich.

Wer denn?

Meine Liebe! Du weißt es, und ich weiß es auch. Und ich denke, es wird nicht die Lesung gewesen sein, die bis zum Morgengrauen dauerte.

Du musst schon entschuldigen, meine Teure ...! Ich glaube nicht, dass ...

Nein, nein, du missverstehst mich! Du brauchst nicht bei mir um Ausgang anzusuchen.

Wozu dann dieses ...?

Warum musst du es denn verschweigen, so als wäre ich dein ...

Ich hab das Recht, es dir zu verschweigen!, unterbricht Irmchen mich. Und es ist sogar meine Pflicht zu schweigen, fügt sie noch schnell hinzu.

Wieso? Ist er verheiratet? (Verärgerte Grimasse.) Bist du auch mit ihm am Kanal entlanggewandelt?

Meine Teure ...!

Ach bitte, sei mir nicht gleich böse ...!

Das hier ist doch etwas ganz anderes.

Wie ganz anders? (Irmchen verzieht trotzig den Mund.) Liebe!, ich greife nach ihrer Hand. Meinetwegen kannst du natürlich ...! Fürchtest du, ich könnte das nicht verstehen? (Sie schweigt, zieht nur die Hand zurück.) Dass ein süßes kleines Flirtchen ...

Jadwiga, das ist jetzt ...!

Ich habe für alles Verständnis! Ja?

Ich möchte darüber nicht reden.

Genierst du dich vor mir? Lade ihn doch ein! Du könntest ihn mir vorstellen ...

Irmchen seufzt, nestelt an dem Gedichtbändchen herum. Eben das wollte ich mit dir besprechen ... Aber ich möchte ... versteh mich bitte nicht falsch, dass ...

Ja, du brauchst mich nicht darauf aufmerksam zu machen! Sei mir nicht böse, ich weiß mich zu benehmen ...! Und außerdem wäre er gar nicht mein Fall, deutete ich mit den Augen auf sein Bild in dem Buch, der Jüngste ist er ja auch nicht mehr.

Irmchen springt auf: Das ist es nicht, um was ich dich bitten wollte! Na gut, sagt sie plötzlich in sanfterem Ton und setzt sich wieder. Entschuldige ...! Und nimmt meine Hand.

Du auch, sage ich, ebenfalls in versöhnlichem Ton zu ihr. Und wir schließen einander in die Arme. Aber, weißt du, mich kränkt es ein wenig, flüstere ich ihr in den Nacken, dass du mir nicht vertraust.

Doch, ich vertraue dir. Und du verstehst mich?

Ja, ich verstehe dich.

Und bist du mir nicht böse, wenn ich ...?

Wenn du? Etwas verunsichert schiebe ich sie von mir weg.

Wenn ich dich bitte. Dass du ... ob du nicht vielleicht, während du da bist ... in Francis Wohnung hinübergehen könntest?

Da fühlte ich mich sehr beschämt, Ondrisko! Als hätte jemand einen Eimer kaltes Wasser über mir ausgegossen. Ich bin doch zu ihr gekommen! Und sie schickt mich weg! Warum hat sie es mir nicht geschrieben, dass sie keine Zeit hat? Sie täuscht mich, stellt mich vor vollendete Tatsachen!

Ich stand auf. Aber ich habe gar keinen Schlüssel!

Doch, der ist hier! Du weißt doch, er lässt ihn bei uns, wenn er verreist! Und Irmchen legt den Schlüssel, den sie offenbar schon die ganze Zeit in der Hand gehalten hat, auch gleich auf den Tisch.

Du weißt genau, warum ich keinen Schlüssel zu der Wohnung wollte. Ich bin zu dir gekommen, und wenn du jetzt ...

Jadwiga, Liebste, bitte sei nicht böse ...!

Dann gehe ich auch jetzt gleich! Nahm den Schlüssel, warf meine Sachen in die Tasche, und Irmchen bat umsonst, ich solle doch nicht närrisch sein, es sei doch nicht so gemeint, dass es gleich sein müsse. Ich ließ sie stehen.

Du kannst ihn auch schon heraufrufen, wenn er noch unten wartet!, rief ich zurück.

Jadwiga!

Oder ich schicke ihn dir hinauf! Und ich knallte die Tür zu.

Und wissen Sie, Ondrisko, den ganzen nächsten Tag saß ich allein in dieser Wohnung. Wartete, dass Irmchen, sobald sie aufwachte, herüberkam und mich versöhnte. Doch sie kam nicht, und ich stellte mir vor, was sie tut, was sie denkt und fühlt, ich sah sie allein und nicht allein, wach, im Schlaf und besinnungslos, hätte schon gern geweint, geschluchzt, nur geschluchzt, konnte aber auch das nicht. Fühlte mich in Stücke gerissen. Noch niemals hatte ich wegen so etwas derart leiden müssen.

Und am Abend bin ich dann mit dem letzten Zug heimgefahren.

*

Das hier ist ein anderer Teil ihrer leidvollen Erlebnisse.

Wie heftig habe ich gegen Francis Eigensinn angekämpft!

Obwohl es mir früher stets imponierte, dass er vom Pfad seiner inneren Überzeugung durch nichts abzubringen war. Dass er nie klagt, wenn er in Schwierigkeiten gerät, und auch dann zum Scherzen aufgelegt ist, wenn es überhaupt keinen Grund dafür gibt. Er lässt sich nicht aus der Fassung bringen; wenn er in Bedrängnis geraten ist, sinnt er über einen Fluchtweg oder einen Gegenangriff nach. Auch wenn er attackiert, wenn er beleidigt wird, erlaubt er nicht, dass ich ihn bedaure. Trägt ihn aber eine Welle hoch hinauf, so nutzt er alle damit verbundenen Vorteile und leert darüber auch den Kelch der Freude bis zur Neige: Stets wusste und liebte er zu leben, genoss sein Dasein in vollen Zügen.

Inwieweit seine Gewitztheit einem glücklichen Naturell entspringt und welchen Anteil die geschickt gesetzten, aber nicht immer makellosen Schritte daran haben, das weiß ich nicht. Tatsache ist, dass er selbst nach schweren Erschütterungen wieder schnell zu sich gefunden und bald seine Selbstsicherheit zurückgewonnen hat. Die Leute hatten auch die Keleti-Affaire bald wieder vergessen, und ich könnte mir denken, dass daran nicht zuletzt Francis Gefälligkeiten und die von ihm gewonnenen Prozesse ihren Anteil hatten.

Und was uns beide angeht: Als ich im Wochenbett lag, schrieb er mir zwar mehrmals, dass ich ihm fehle und er das Bübchen gern sehen möchte, aber dass er mich mehrere Monate entbehren musste, brachte ihn keineswegs aus dem Gleichgewicht. Ich war es dann, die es nicht mehr länger aushielt, und sobald ich wieder auf den Beinen war, führte mich mein erster Weg mit dem kleinen Misu zu ihm.

Er aber war wieder zu dem geworden, als den ich ihn in Stralsund kennen gelernt hatte. Mal ein netter, etwas oberflächlicher Bohemien, mal der unausstehlich überhebliche Kerl. Hatte er einen guten Tag, freute er sich über mich (später, als ich häufig bei Irmchen wohnte, brauchte er nicht einmal zu warten, um mich wiederzusehen), wenn er aber keine Lust hatte, ließ er sich einfach nicht sehen. Manchmal war er mürrisch, wich meinem Blick und besorgten Fragen aus, berief sich auf seine Müdigkeit und Abgespanntheit und fertigte mich mit ein paar ungeduldig gebrummten Antworten ab.

Wollen wir's nicht lieber anders versuchen, vielleicht kann ich deine Stimmung wenden, brach es dann aus mir hervor. Ich versuchte ihn zu verwöhnen oder ihm zu schmeicheln. Viel bewirkte ich damit nicht.

Weißt du eigentlich, was für ein schwieriger Charakter du bist? Denn alles muss bei dir wie am Schnürchen, Schlag auf Schlag funktionieren. Aber immer lässt sich das nicht machen, auch bei dir nicht. Die Probleme reichen oft tiefer, sind hartnäckiger, als du glaubst. Man kann nicht über sie hinwegsteigen, du aber fasst alles gleich als Kränkung auf. Wirst verstockt, drehst dich auf der Stelle um und vertiefst das Elend noch, weil du gar nicht gelernt hast, mit irgendeinem deine Sorgen zu teilen. Denn du musst ja stets als der Starke erscheinen!, sagte ich zu ihm.

(Auch in diesem hässlichen Abschiedsbrief hat ihn nicht das am meisten aufgeregt, dass ich ihn vielleicht nicht mehr liebe, sondern dass ich gerade die Stärkere war. Dass ich ihn aus dem Zimmer schicken konnte, er mich aber nicht. Aber wenn jetzt er so etwas mit mir macht, dann findet er das nicht empörend. Oder mich einfach sitzen lässt. Ich sollte ständig alles schlucken, was ihm nicht ein einziges Mal möglich schien!)

Würde es dir denn wehtun, wenn du den Mut fändest, dich hilfs- und trostbedürftig zu zeigen?, fragte ich ihn. Warum glaubst du, dass es besser ist, Mitgefühl und angebotenen Beistand abzulehnen? Warum genierst du dich mit so hartnäckigem Stolz, schwach zu sein? Warum glaubst du, die Frauenhand tauge für einen erwachsenen Mann lediglich zur Bereitung von Lust, niemals aber für ein beschwichtigendes, tröstendes Streicheln?

Ist er denn meiner überdrüssig, bin ich alt geworden?, so grübelte ich.

Das war gegen Ende von Mamas Eintragungen, aber ich habe es dort herausgerissen und hier eingefügt:

Mein lieber Ondris, ich muss jetzt die Erinnerung an eine einzige Stunde unter den wenigen wachrufen, in denen der Mensch nicht in Worten und mit seinem Verstand herauszufinden versucht, wie nah er einem anderen kommen kann, sondern ausschließlich durch seinen Körper: indem er seine Fragen und Antworten an jede Faser des eigenen wie den Körper des anderen richtet.

Verstehen Sie, wie ich es meine? Ich spreche nicht nur von den jeweils zustimmenden Antworten und nicht von jeder einzelnen Faser, sondern auch vom tausendfachen Fragen der Körper beziehungsweise ihren Zweifeln, denken Sie also nicht an Umarmungen.

Vielmehr an einen Tanz.

Ich stelle mir vor, dass die Menschen früher viel mehr Berührung suchten als heute, da wir fast nur noch Gegenstände anfassen, den anderen zu berühren, fällt uns kaum ein, wenn er nicht ein Kind oder ein pflegebedürftiger Greis ist – oder der Geliebte.

Eine Ausnahme bildet einzig der Tanz. Er schreibt in seiner öffentlichen Form ein gesellschaftlich »natürliches« Verhalten vor, als würdest du jemanden nur begrüßen, ein paar Worte mit ihm wechseln, oder meinetwegen während des Bettenschüttelns die Daunendecke umarmen oder beim Anprobieren in einem Laden das gewählte Kleid an deinen Körper drücken und darüberstreichen. Worte sind dabei überflüssig, obwohl das, wonach du greifst, was du berührst und an deine Brust ziehst, ein lebendiger, sich regender Mensch ist.

Normalerweise passiert dennoch nichts weiter, als dass wir einen Arm berühren wie irgendein Stiegengeländer, schwitzend gepackt werden wie ein oben zusammengebundener Sack, ein paar Minuten zusammen übers Parkett stampfen und überhaupt nichts empfinden. Ohne Schwierigkeit bringen wir die Angelegenheit hinter uns, halten die gebührende Distanz oder vergrößern den Abstand, indem wir uns vornehmen, mit dem nie mehr zu tanzen.

Aber es kann auch etwas völlig anderes geschehen.

Dabei wollte ich gar nicht mit dem Mann ins Gespräch kommen, der da unvermutet auftauchte, sogleich zu mir hintrat und mit mir zu reden begann.

Nein! Lassen Sie mich bitte, mir ist diese Nähe nicht angenehm!, das könnte ich ihm gesagt haben, doch offenbar wurde er von mir nicht energisch genug abgewiesen, denn er flötete mir auch weiterhin ins Ohr: Nur einen Tanz!

Einen Tanz, einen einzigen Tanz!, nur dieses eine höre ich. Und auch jetzt noch werde ich in den Strudel meiner damaligen Zurückweisung hineingezogen, in diesen Sog der Selbstverteidigung durch abwehrende Gesten und die sich meinem widerstrebenden Verstand unterordnenden Worte. Und noch heute erschaudere ich, wenn ich an den verführerischen Klang dieser flehenden Männerstimme denke, die mir förmlich über die nackte Haut strich. Denn diese tief dunklen Laute, die meine bloße Schulter trafen und die den Hals umschmeichelnde Sprachmelodie wie der Hauch seines Atems, sie waren unwiderstehlich.

Meinen Blick wage ich auch jetzt nur bis zu der blendend weißen Hemdbrust zu erheben, trotzdem sehe ich diese mich einkreisende, dunkle Schattengestalt, die mir, als hielte sie mich bereits umschlungen, den Fluchtweg verstellt – den Augenblick unserer Begegnung auf erschreckende Weise ausweitend – und alles Übrige auf einen Schlag bis zur Bedeutungslosigkeit zusammenschrumpfen lässt.

Dabei habe ich ihm noch nicht einmal in die Augen geschaut, ihn nicht berührt, und ich bin bemüht, ihn mit dem Mund, der Sprache aller bewusst gelenkten Teile meines Körpers zu verscheuchen!

Aber darauf geht er überhaupt nicht ein, berührt meinen Körper an Stellen, von denen er schon weiß, dass sie nicht Sklaven wohlgesetzter Worte sind, sondern eben der noch nicht zur Bewusstheit erwachten blinden Sinne: an meiner Taille, unter dem hochgesteckten Haar, er verlegt sein stimulierendes Tasten auf meinen Nacken, und ich schwinge und schwebe voran, hinein in den Strudel der anderen wogenden Körper, in die stumme, taube und dennoch – wie durch meine Poren – in mich einsickernde Tanzmusik.

Mir ist, als würde ich zum Baden aufbrechen, wenn ich mich zu der Unsäglichkeit entschließe, meinen Körper, der unter normalen Umständen unbedingt bedeckt zu sein hat, bis auf das Badekostüm entblößt zur Schau zu stellen, weil ich mich anschicke, mit etwas unwiderstehlich Fremden, dem lebendigen Meer, in unmittelbaren leiblichen Kontakt zu treten, so nackt fühle ich mich, wie ich unter Hunderten von Blicken durch einen Saal wandle, danach schmachtend, mich mit einem unwiderstehlichen Fremden in angemessener gesellschaftlicher Form zu umarmen. Doch das sind immer noch die Vorbereitungen, denn die Dämme brechen erst in dem Augenblick, da ich mich ins Wasser sinken lasse oder mich mit einem kühnen Sprung hineinstürze.

Von da an ist dem Meer nun alles gestattet: Es kann mich umtosen, umfluten, darf mich berühren, auf mir schwelgen, in all meine Höhlungen eindringen, in meine Ritzen spülen, umsonst schaudere ich, vergeblich strample und schnaube ich. Und ich weiß nicht, Ondris, warum, aber auch bei diesem Tanz war es so – nachdem ich mich auf diese kreisende Männerumarmung eingelassen hatte.

Doch nein, der Meerestanz war nicht allein durch diesen Mann ausgelöst, der später alles mit mir anstellen konnte, denn er hielt mich, einmal versunken in den Fluten, mit Haut und Haar gefangen! Es bedurfte dazu noch des wimmelnden Pools der vielen, vielen Tanzenden, die, sämtliche Regeln der Welt außerhalb des Tanzes missachtend, erlaubtermaßen das Gleiche taten, von dem ich nicht wusste, ob ich es durfte. Dazu kam die aufgeheizte Stimmung der Vergnügungssucht. Und die durch die Ausdünstungen der in Wallung geratenen Tänzer verströmte schwere Luft, von der auch ich bald durchdrungen war. Doch am meisten bewirkte die dabei unerlässliche Musik. Sie umschmeichelt einen dreist, küsst sogleich die dafür empfänglichen Sinne wach und kann für sich allein schon allmächtiger sein als das Meer (welches ja letztlich nur die Oberfläche unserer Haut ganz in Besitz zu nehmen vermag).

Indessen schlugen unentwegt die Wellen eines Männerkörpers an mich! Männerhände berührten mich an meiner Taille, am Rücken, Männerarme vereinnahmten mich bis zum Hals, bis an den Scheitel, und männlicher Schwung zog und drehte mich, als wollte er in mir einen Sturm entfachen. Ich hätte Grund genug gehabt, mich ihm verschreckt zu entwinden, aber ich erbebte nur, als ich gewahrte, wie alles mit uns geschah und wie unbezwingbar anziehend es auch für mich sein würde.

Auf einmal schien es, als hätten sich die im Tanz schwebenden Bewegungen auf einen Wink des Kapellmeisters plötzlich aufeinander eingestimmt, die Wellen schlugen nicht mehr an meinen Körper, denn derselbe Schwung trug auch mich, und es war nicht mehr auszumachen, ob mich der Wellenschlag wiegte oder ob ich selbst, im Meer wirbelnd und wogend Wellen schlug, denn alle Bewegungen verschmolzen zu einer einzigen.

Und es war gut, dass ich erst jetzt in den Abgrund dieses Meeraugen-Blicks schaute, der auf mir ruhte und mich nicht loslassen wollte und mich gefangen hielt, denn allein um ihn kreiste und drehte sich immer schwindelerregender die ganze Welt. Und wir stürmten weiter und weiter, durchschnitten, gemeinsam schwelgend, die Gischt mit immer neuen Rhythmen und ungezügelteren Figuren, zersprühten und vergeudeten unsere Tanzwut um uns, die dennoch nicht abebben wollte.

Später schwebten wir auf die Terrasse hinaus, wo wir uns in langsamem Wiegen aneinander schmiegten, um uns danach nur noch wilder zu drehen. Da der Gleichklang der Körper nicht mehr zu steigern war, versuchten wir es statt mit samtweichem Streicheln der Hände mit dem Pressen der ineinander verschränkten Finger, versenkten dabei die Nägel ins Fleisch des andern und ersetzten dann den Gleichklang der Bewegung durch gegenseitiges Wegstoßen und Wiederaufeinanderprallen, um uns dann eng aneinder zu klammern. Uns kümmerte nicht mehr, in welchem Wasser man wie zu schwimmen, zu welcher Musik man wie zu tanzen hatte. Fest umschlungen hielten wir manchmal plötzlich inne, die Blicke so tief in die des andern versenkt, dass die Welt für uns nur noch ein einziges Verlangen und die darauf abzielende einzige Frage war.

Und am Ende dieser durchtanzten Nacht, zum Abschied, habe ich auf die Frage dennoch mit nein geantwortet. Mit der Sprache verneint. Aber mit allem anderen – dem Körper, den Augen – sagte ich ja. Alles war bereits entschieden.

Geschehen, mein lieber Ondris, ist das im Oktober 1915, als ich mit Irmchen und Bálint zum Ball gegangen war. Da ist Franci Winkler erschienen, den ich, seit ich ihn im Februar '14 in Stralsund fortgejagt hatte, nur noch zweimal sah: An dem Abend bei der Familie von Alfons Winkler, als Sie aus dem Garten heraufgespäht haben, und dann Ostern 1915 beim Osterbesprengen.

Acht Monate war ich damals erst Ihre Frau, mein Teurer, und Sie an der Front. Ich sagte ihm: Nein! Ich möchte es nicht, er soll mich in Ruhe lassen. Meine Befürchtung war, ich könnte über Sie dort draußen Unglück bringen, wenn ich Ihnen hier untreu würde. Ich wollte Ihnen eine treue Frau sein, und Sie sollten gesund nach Hause kommen! Trotz meines Verlangens, das auch das seine war, ließ ich Franci Winkler mit seinem unerfüllten Wunsch stehen.

Keine drei Wochen später kamen Sie heim. Ich fragte Sie aus, ob Ihr Leben damals in Galizien tatsächlich in Gefahr gewesen ist, und war glücklich, dass Sie lebend und unversehrt zurückgekommen sind, mein Herz wurde frei und leicht!

Ein paar Wochen danach begann es, dass ich mich mit Franci traf. Da ich das Gefühl hatte, Ondrisko, ich hätte mit meiner so mühsam gehaltenen Treue zu Ihrer Heimkehr beigetragen, schützte ich Sie nun nicht mehr vor mir und gab der anderen Verlockung nach.

Trotzdem, entschieden hatte sich alles schon damals auf dem Ball, an jenem 17. Oktober, dem Namensfest der Hedwig oder Jadwiga.

*

VI. *»Und am Ende das Röcheln«*

Wie man es schafft, dass die Kühe tragen. Am Weihnachtsabend legt man einen Brocken Salz in den Backofen, scharrt ihn unter die Asche und lässt ihn die ganze Nacht über drinnen. Davon soll man dann ein wenig unter die Kleie mischen und drei Tage lang der Kuh ins Fressen geben, danach wird sie angeblich tragend. Ob es stimmt, wissen wir erst, wenn wir es ausprobiert haben.

Das war der Ratschlag der Blahov am 19. Februar 1921, als die alte Hexe Mamovka wahrsagte, da hat sie das erzählt, und ich habe es mir gemerkt.

Auch das jüngere Kind ist ein Bub geworden, er wurde auf den Namen Mihály getauft. Heißt also Miso Osztatní.*

*

21. Februar 1921
Ich bin nicht in der Lage zu schreiben, was ich müsste. Jetzt dann nur soviel: Jadwiga kam diesmal schneller wieder zu Kräften als nach der ersten Niederkunft. Kümmert sich ausschließlich um den Kleinen, in dieser Zeit auch um Marci nur wenig, von mir ganz zu schweigen. Wenn ihr Säugling schläft, liest sie unentwegt oder schläft selbst auch. Abgesehen vom Stillen erledigt Anci alles an ihrer Stelle.

* *Was soviel heißt wie Miso der Letzte. Das ist alles über mich. Es schmerzt mich sehr. Denn bei Marci hieß es: Freudenkunde des Glücks, segenbringender Engelsgruß, unser Söhnchen ein Wonnestrahl, von zwei chrysanthemenweißen Brüsten gestillt und weiß der Teufel, was noch alles.*

Am 24. Februar, dem Matthias-Tag, trafen wir uns im Verband der Kleingrundbesitzer zum gemeinsamen Abendessen bei Brot und Wurst (jeder ließ sich von daheim etwas durch die Magd herbeischaffen). Es gab unter den Verbandsmitgliedern das allgemeine Glückwünschen, Winteraustreiben, Frühlingsbegrüßung mit Erwartung einer reichen Ernte für jedermann, wiederholtes Zuprosten auf alle, die Matthias heißen (»nak pan Boch schiwí sa velja rokov aj tich Macov«)*, sonstige Gratulationen und ermunternde Trinksprüche.

Mit mancherlei guten Wünschen sind wir also jetzt reichlich eingedeckt. Mein Optimismus ist sozusagen grenzenlos.

Ich konnte es kaum erwarten, den Abend hinter mich zu bringen.

*

2. April 1921

Ich entbinde mein Tagebuch jetzt von der Schweigepflicht und werde ihm anvertrauen, was ich bislang selbst ihm verschwiegen habe. Denn außer meinen Schwierigkeiten war auch das der Grund dafür, dass ich länger als ein Jahr lang kaum etwas notiert habe.

Ich wusste ja nicht, dass es möglich ist, auch anders zu schreiben als in dem Ton, also dass mir außer meinem Weib niemand und nichts eine Freude bedeuten kann, vielleicht nicht einmal mein kleiner Marci.** Dass ich immer nur gelebt habe, wenn mich meine Jadwiga anstrahlte, die mich dennoch damit, dass sie sich von mir abwendet und mich betrügt, ständig in eine menschenunwürdige Existenz stößt.

* *Trinkspruch zum Namenstag. Gott schenke ihnen auch ein langes Leben, diesen Macos (Matheis').*

** *Das ist es ja gerade! Denn der kleine Miso wäre ihm da ja nicht einmal in den Sinn gekommen! Er hat sogar vergessen, dass er über meine Geburt zu Weihnachten 1920 berichtet hat. Nur bedrückte ihn der Verdruss mit den Freunden nach der Gerichtsverhandlung so sehr, dass er von da an nichts mehr notiert hat (von Januar 1920 an).*

Einmal (mir scheint betrunken) betrieb ich, allerdings auf dem Papier, ein Gedankenspiel, das zum Schoße anderer Frauen führte, aber es waren lediglich meine Verbitterung und pures körperliches Verlangen, die mich dazu brachten. Vergeblich verwandelte ich das Objekt dieser Begierde absichtlich in hundert andere Frauen aus meiner Fantasie, schließlich war es doch immer wieder nur Jadwiga. Und es wird so sein, was immer auch geschieht!, schlug ich einmal im Rausch mit dem Tagebuch wild auf den Tisch ein. Was müsste denn noch alles passieren, um sie mir aus dem Herzen zu reißen, wenn es nicht einmal genügt, dass sie das Kind eines anderen empfängt?! Und es ist gar nicht allein, dass sich mein Herz nicht von ihr befreien kann, sondern auch mein mit Blindheit geschlagener, sich unentwegt nach ihr sehnender Körper, der nicht loskommt von ihr!

Und dann kippte die ganze Sache plötzlich so schön und schnell, aber eben nur so weit, um auf diese Art weiterzuleben, dass mir nicht einmal Zeit blieb, mich so oder so zu entscheiden, geschweige denn, vorauszuplanen und einen Entschluss zu fassen.

Ich sah, wie sie dastand, als ein zum Mädchen gewordener, weißblühender Azaleenstrauch. Unsere Blicke verfingen sich, und es war nicht mehr möglich, sie voneinander zu lösen. Die Entscheidung fiel in derselben Sekunde, wie auch wir ganz buchstäblich fielen und uns auf dem Boden wiederfanden.

Der Name derjenigen, den ich zu gestehen habe, ist Ancika Csúvár, Kinderfrau meiner beiden Söhne und Dienstmädchen meiner Frau. Mir aber ist sie seit fast einem Jahr ein blondes, wogendes Weizenfeld, die moosweiche Weiblichkeit selbst, Schoß der beseelenden Natur. Ich kann mich lauschend darüberbeugen, ihn einatmen, darf meinen Kopf hindrängen, um ihn mir zu erschließen und völlig darin zu versinken, wenn mich die Kräfte verlassen, und jederzeit. Es gibt keinen Kampf, auch wechseln wir kaum ein Wort. Dessen bedarf es nicht, denn genau so sagt es ihr zu, wie auch mir. Und dann lächelt sie mich ganz traurig an, während ich sie gleichfalls ernst und zufrieden betrachte. So versüßen wir uns mit kleinen Freuden die Vergänglichkeit.

Nie beleidigen wir, Anci und ich, eins den anderen oder im anderen uns selbst, auch tun wir uns nicht weh mit den schmerzenden und sehnsuchtsvollen Erinnerungen. Denn beide lieben wir immer noch, und vergebens, einen anderen. Sie ihren Verlobten, der im Krieg geblieben ist, und ich die Frau, die an meiner Seite lebt.

Diese Tante Anci Csuvár habe ich dann, als ich hörte, sie sei nach langer Zeit wieder nach Hause in ihre Heimat zurückgekehrt, unter verschiedenen Vorwänden aufgesucht. Tatsächlich hat sie nie geheiratet. Ich verriet ihr nur so viel, dass ich wisse, sie habe mich versorgt, als ich klein war. Aber auch darüber wollte sie nichts erzählen. Sie war sehr wortkarg. Über Vater zu reden kam also gar nicht in Frage. Und auch über Mama nur so viel: Sie war immer sehr gut zu ihr. Obwohl ich hier erfahren habe, dass sie am Ende gar nicht gut zu ihr war.

*

Komm Starí, erzählt mir was!

Tschoj ti ratschej spatj! Opiljí si!

Nicht so sehr. Wie ist das mit den Zaubereien, Gregor?

Ja vraschitj njevjem.

Aber du weißt, was man darüber erzählt!

Alje, djeakje hadke!

Wie ist das mit dem ... wie heißt es? Smok?

Ach! Spítaj si od njanje Blahovki!*

Nein! Du hast es erzählt, als ich klein war!

Hab ich längst vergessen. (Ich will Gregors Worte hier nicht mehr slowakisch aufschreiben, auch wenn wir weiterhin auf Teufel komm raus gemischt haben.)

* *Ich schreibe das lieber nochmals ab, das Slowakische.*
Komm, Alter, erzähl mir was!
Geh du lieber schlafen! Du bist betrunken!
Nicht so sehr. Wie ist das mit den Zaubereien, Gregor?
Ich kann nicht zaubern.
Aber du weißt, was man darüber erzählt.
Ach, was erzählt man nicht alles (lauter Märchen).
Wie ist das mit dem, wie heißt es ... Smok?
Ach, das fragst du besser die alte Blahov!

Alles kann man überleben, wenn man vergessen kann?

Auch du solltest besser Acht geben auf dich!

Ach, Starí! Na, wie wird der Smok ausgebrütet?

Indem du das Ei von einer schwarzen Henne drei Tage lang unter deiner Achsel trägst. Das weißt du auch.

Aber ich erinnere mich nicht mehr, ob ... Ist dieser Smok gut oder böse und schlecht?

Je nachdem, wofür man ihn haben will.

Lassen sich damit Teufel austreiben?

Ja, auch.

Und kann dieser Smok auch einem Weib den Teufel austreiben?

Einem Weib den Teufel? Ich sagte schon, du hast zu viel getrunken.

Warum denn nicht? Warum? Und ich trommelte verzweifelt auf den Tisch ein.

Weil er sich aller Frauen so bemächtigt hat, dass sie Hexen werden. Da ist nichts zu machen. Die eine unterscheidet sich von der anderen nur im Ausmaß des Verderbens. Ob es vom gemeinen kleinen Teufel oder von einem Meisterteufel herrührt.

Aber es muss doch auch Weibsbilder geben, deren sich Engel bemächtigt haben?

Die gibt es nicht.

Oder solche, die nur von einem kleinen und schwachen Teufel, aber zugleich von einem sehr starken Engel besessen sind ...!

Gibt es nicht!

Woher weißt du das?

Was glaubst du, warum ich immer allein geblieben bin?

Warum?

Wenn ich bei einem Weib die gewöhnliche Verderbtheit sah, was sollte ich mich mit so einer tagtäglich herumplagen? Wozu soll sich der Mensch so etwas antun? So eine hat man schon am dritten Tag satt. Und wenn sich bei einer gar nur der Teufel zurechtfindet, weil er ihr Herr und Gebieter ist, bei so einer Person ist dann ganz besondere Vorsicht geboten! Denn die ist mit allen gottlosen Hexenkünsten vertraut! Ein solches Weib lockt, verführt, raubt dir den Verstand!

Was weißt du, Gregor, von meiner Frau?

Nicht viel, aber es langt.

Und was hältst du von ihr?

Du fragst viel und redest viel.

Wieso, was sollte ich tun?

Ein Mann muss stark sein. Du sollst einen Willen haben. Und dem Bösen widerstehen, denn es krempelt dich um und um und verschlingt dich. Du bist nur noch ein Schatten deiner selbst. Lass diese Flasche, hast genug getrunken!

Hast du dem Bösen widerstanden, wenn es in Gestalt eines Weibsbilds daherkam, sag?

Ich will dir was sagen. Auch du siehst ja selbst, was deine unglückselige Mutter anstellt. Und, ja ... hätte ich mich seinerzeit nicht vorgesehen, so wäre ich heute das, was der jämmerliche Zelenák ist.

Meine Mutter wollte, dass du ...?

Mehr sage ich nicht!

Gut, ich will auch nicht ...

Du strapazierst viel zu viel und nutzlos dein Gehirn. Aber für die Damen und die Herren bist du trotzdem noch der Bauer. Musst nicht dadurch ein Herr sein wollen, dass du nicht arbeitest! Wenn ich einmal aus den Patschen kippe, wer soll dann hier weitermachen? Du hast Söhne ...!

Hast ja Recht. Ausgepeitscht gehöre ich, sollte Buße tun und ...

Einen Schmarren sollst du! Nüchtern werden und dich an die Arbeit machen, das musst du! Geh jetzt schlafen!

(13. Mai. Ich habe versucht, das alles wortwörtlich wiederzugeben.)

An dieser Stelle wurde ich immer nachdenklich. Schade, dass der alte Gregor nie mit mir so gesprochen hat. (Er hielt mich immer für einen unbedarften Kindskopf, selbst in späteren Jahren hat sich daran nichts geändert, auch war ich für ihn nur einer, bei dem man verständnisinnig abwinkt. Dennoch war ich gern bei ihm draußen, wenn ich zu Papa aufs Gehöft gegangen bin.)

Sich dem Schlechten widersetzen. Ja, denn manchmal geht es dem Menschen schlagartig auf, wo er seine Schwächen hat. Dass er umsonst glaubt, er sei in Ordnung, gut etc. und plötzlich: Hoppla, da ist sie also, die große Schwäche! Und für mich heißt das: stark sein, allem entschlossen die Stirn bieten. Nicht zulassen, dass mich das Schlechte in seine Gewalt bekommt. (Auch wenn es in Gestalt einer Frau daherkommt, ihr nicht auf den Leim gehen! Wie ich aber in dem Abenteuer mit dieser »Gewissen« gestrauchelt bin – das werde ich noch einmal niederschreiben.) Ich bin freilich in jedem einzelnen Fall ganz eindeutig das Opfer gewesen!

Und hier komme ich auf Zelenák, was ich noch nicht aufgeschrieben habe. Als nämlich Mamovka 1930 gestorben ist. Was Marci und ich damals mit angesehen haben.

Als dann Stille eingetreten war, Zelenák zur Tür gekrochen ist, sie einen Spaltbreit öffnete. Und weil er sah, dass alle stumm um die dahingeschiedene Mamovka standen, fing er plötzlich an zu heulen. Sein Gesicht, von Rotz und Tränen verschmiert, den Hund in den Armen, jaulte er laut auf. Und Rexi mit ihm.

Dann packte er unvermutet den Hund am Genick, zog seinen Kopf hoch, und sie sahen sich in die Augen, die wässrigen Augäpfel schienen blutunterlaufen. Zitternd umklammerte er Rexis Hals und würgte schluchzend das Tier. Der Hund presste noch ein paar winselnde Laute hervor, zappelte mit allen vier Beinen verzweifelt in der Luft, denn Zelenák hob ihn im Aufrichten hoch und würgte ihn weiter, bis Rexi nur noch einen schnaubenden Röchler von sich gab, heftig zuckte und verendete. Da warf ihn Zelenák auf den Boden, legte sich auf ihn und greinte nur noch leise vor sich hin. Und ich spürte bei mir, dass ich mein ganzes Hosenbein nass gepieselt hatte.

Den Zelenák brachte man dann angeblich ins Versorgungshaus hinaus, und er wehrte sich nicht mehr dagegen. Von der alten Blahov hörte ich nach ein paar Wochen, dass auch er, Gott sei Dank, seine Seele ausgehaucht hat. Dobre sa mu stalo. Also, dass es das Beste für ihn war.

*

20. Mai 1921

Wie kannst du nur hier herumstehen, so verloren und ratlos?, fragte mich Jadwiga, und sie duzte mich, was sie sonst nur selten tat.

Ich verstehe nicht, Ondrisko, wieso man das nicht einsehen kann, warum sich diese immer gleiche Geschichte ständig wiederholen muss. Und warum glaubst du, die Gründe dafür lägen außerhalb deiner Person, weil du für nichts die Ursache sein kannst? Schau doch endlich einmal den Tatsachen ins Gesicht, nämlich dir selbst! Und wenn du anders dazu nicht fähig bist, so tritt vor den Spiegel und sieh dich an!

Sticht dir denn die Erkenntnis nicht ins Auge? Dass jeder Tatendrang in dir erloschen ist, dass dir jegliche Zuversicht fehlt? Dass du aus eigenem Willen überhaupt nichts mehr zustande bringst? Siehst du nicht, dass du in deiner Angst schon alles aus deinem Wesen getilgt hast, wodurch der Mann für eine Frau begehrenswert sein könnte, die sich erhofft, bei dir einen sicheren Hort zu finden und zugleich bis auf den Grund aufgerüttelt zu werden?! Und bitte, trag nicht immerfort all deine Schwächen vor dir her.

Du solltest endlich lernen, einzusehen, was dich knebelt und dir innere Fesseln anlegt, dass du niemals aus etwas eine Lehre ziehen kannst und weshalb bei dir auf alles stets trostlose Fehlschläge folgen! Ondris, so stell dich doch deinem Leben! Denn du allein weißt, wo du in dir die Antwort, die Erlösung findest! Du musst dich endlich frei machen von den inneren Zwängen, die du in dir trägst!

So redete Jadwiga gegen Morgen auf mich ein. Ich habe nur geschwiegen, konnte anfangs damit auch gar nichts anfangen. Außer dass mich die Gnädige nicht für einen Mann hält.

Was zum Kuckuck soll das, ich muss mir in die Augen und in mich hineinschauen? Meint sie wirklich, dass es mir an kritischer Selbstprüfung mangelt? Heißt sie mich Wasser in die Donau tragen?

Glaubt sie denn tatsächlich, dass ich niemals da hineinzuhorchen versuche? Denkt sie, sie müsste mir wie einem verängstigten Kind über die Schwelle helfen? Meint sie etwa, jenseits der Schwelle öffne sich nur ein einziger Weg und nicht vielleicht ein Labyrinth? Weiß sie gar nicht, welche Höllen ich in den Schrunden meiner Seele aufstöbere? Sicher denkt sie, ich hätte Angst, mich selbst kennen zu lernen, fürchtete mich davor zu sehen, wie wenig Kraft und Gutes in mir stecken und welches unermeßliche Übermaß an Zweifeln, Chaos und Nichtswürdigkeit. Merkt sie denn nicht, dass auch ich längst die durch und durch arglistige Bestie entdeckt habe, die da drinnen stets spungbereit die Zähne fletscht? Glaubt sie etwa, mir fehle es an Mut, dem Scheusal ins Auge zu blicken?

Wenn du wüsstest, in wie vielen Nächten dieses Ungeheuer und ich uns gegenseitig gefangen hielten! Wenn du ahntest, welches ungeheure Glück es ist, dass die Stricke, die ich in meinen Händen halte und die die Dämonen noch zügeln, bisher nicht gerissen sind! Damit nicht das geschieht, wozu du mich wie ein Quacksalber der Seele dauernd ermuntern willst: dass ich diesen tief im Innern Verborgenen in die Augen sehe, sie erkenne und es wagen soll, meine Dämonen ans Tageslicht treten zu lassen! Doch woher willst du wissen, dass daraus nicht ein verheerender und alles hinmordender Amoklauf wird? Hast du keine Angst, dass als Erstes das Ungeheuer hervorspringen könnte, das dir Gewalt antun und dich erwürgen würde, um sich danach aufzumachen, alles um sich herum und am Ende auch mich zu verschlingen?

Geht es nicht vielleicht doch eher darum, dass du Angst davor hast, dich selbst einer Prüfung zu unterziehen? Du kommst mir vor wie eine zornig aufgebrachte Mutter, die Hass in sich aufsteigen spürt und in ihrer Verlegenheit eine Strafe verhängt, ihr Kind zum Niederknien in die Ecke schickt, obwohl sie noch gar nicht weiß, für welches seiner Vergehen, aber es soll sich schon einmal hinkauern und in sich gehen, die Bestrafung wird schon ihren Sinn haben, denn Sünden abzubüßen hat schließlich jeder, und so wird das Kind schon noch dahinterkommen, was man ihm übel genommen hat. Und ist nicht am Ende diese Aufforderung meines Seelenwächters, ich solle mich prüfen, ein Abwälzen aller Probleme allein auf mich?

Das habe ich ihr damals geantwortet, als ich bis zum Morgengrauen wachlag, doch nur in einem Gespräch mit mir selbst, denn sie war ja längst eingeschlafen.

*

Im Zug hörte ich einmal den Ausspruch: »Wie bei den meisten Frauen bestand mein Leben überwiegend daraus, mich zu verleugnen, mir etwas zu versagen.« Nun, darüber hatte ich eine ganze Weile nachzugrübeln, wie das bei uns eigentlich ist. Kaum genauso.* Sie verleugnet sich nicht: versagt sich selbst nie etwas!

*

Und dann jetzt ganz unerwartet: 26. Juni 1921

Ich füge Ihnen schrecklich viel Leid zu!, seufzte sie und duldete selbstgerecht, dass ich antwortete:

Nicht so schlimm, weil du mir ja auch sehr viel Freude schenkst.

Sie mir ebenso, hauchte sie kaum hörbar. (Und wie könnte ich jetzt bestreiten, dass Jadwiga, als sie das sagte, es auch selbst glaubte?)

Auch früher schon hatte sie gelegentlich geäußert, dass sie mir Kränkungen und Leid bereite: Damals war der Sinn ihrer Selbstbezichtigung der gewesen: »Gehen Sie doch fort von mir oder jagen Sie mich davon! Aus welchem Grund sollten Sie mich eigentlich weiterhin ertragen?« Dasselbe war jetzt die Formel der Versöhnung mit allem, was sie mir zugemutet hat. Es hieß, was sie damals auch sagte:

Sprechen wir nicht mehr über die Vergangenheit! Löschen wir aus, was gewesen, lass uns in jeder Hinsicht neu beginnen!** Willst du das?, richtete sie ihre Blicke auf mich und duzte mich bereits.

Ja! Ich will es! Reden wir nicht! Ja! Löschen wir ... seien wir ganz!, stotterte ich wie von Sinnen. Und es war, als hätte man mich mit einer sanften Pfauenfeder vom Kopf bis zu den Sohlen liebkost.

* *Meiner Meinung nach hat Papa nicht Recht: Weil auch Mamas Leben aus Versagen bestand. Sie versagte ihm die eheliche Treue und auch sonstige Treuebeweise. (Mir z. B. versagte sie schon als kleines Kind, mich zu sich ins Bett zu holen, das Palatschinkenbacken, das Haareschneiden etc.)*

** *Es ist mir ganz neu, dass sich die Eltern mal versöhnt haben, dann wieder nicht. Denn bemerkt habe ich so etwas nicht. Aber bei dem oben beschriebenen Fall war ich auch erst ein Jahr alt. Nur, dass eine gewisse Zurückhaltung gegeneinander bestand. Und wenn Papa vom Gehöft hereinkam und Mama zu Hause war oder auch zu Feiertagen, da schlugen sie einen leicht verstimmten, höflichen Ton an.*

Aber du sagst das nur so, bist doch sicher noch böse auf mich!

Ach was, ich könnte vor Freude an die Decke springen!

Soll ich dich nicht lieber in Ruhe lassen? Doch da umarmte sie mich auch schon.

Wäre es vielleicht möglich, dass du den Aal nicht beim Schwanze packst?, fragte ich sie noch atemlos, aber sie machte sich just daran zu schaffen.

(Sie bringt mich laufend damit in Rage, dass sie mir, wenn ich Freude an ihr habe, Verärgerung unterstellt. Sie tritt ein, und schon möchte ich sie umarmen, doch sie lässt es nicht zu, redet sich vielmehr damit heraus, dass sie doch offenbar störe. Mit großem Appetit esse ich, was sie kocht, doch sie ist überzeugt, dass es mir nicht schmeckt. Dann ein andermal: Sie wollte mich nicht bemühen, deshalb habe sie mich nicht gebeten, sie zu begleiten. Oder ich möchte mich zusammen mit ihr über alles freuen, aber sie wirft mir Trübsinn vor. Und weiter auf diese Art. Darauf sage ich ihr dann: Mein Engel, den Aal nicht beim Schwanz fassen! Genau umgekehrt ist es richtig! Denn sie hat mich niemals ermüdet, erbost oder unglücklich gemacht, wenn sie mich rief, mir etwas anbot oder gegeben hat. Immer nur, wenn sie es nicht tat!)

Doch jetzt kam sie mir wieder näher und näher. Wir genossen es, dass wir noch einmal zueinander gefunden hatten. Mehrmals amüsierten wir uns und lachten halbe Nächte hindurch. Gesättigt von meinen Umarmungen, zog sie meinen Kopf zu sich auf ihr Kissen.

*

Unsere Versöhnung hat freilich nicht unter Lachen angefangen.

Zuerst setzten wir ganz vorsichtige Signale, dann begann das Feilschen mit Gesten, die Abstimmung mit den Augen, das Abwägen, sodann das Wegräumen der Störelemente von unserem Weg zueinander. Und weil der Auftaktakkord des Gesprächs die richtigen Töne enthielt (was in unserer Beziehung überwiegend von ihr abhing), sprach nichts dagegen, dass sich unsere Worte, sich wie von selbst umarmend, zu einem schönen, dicken Strang wanden und verbanden.

Auf solche Weise und feuchten Auges konnten sich unsere Ergriffenheit und innere Erschütterung begegnen. Dass dies noch immer möglich ist! Dass es noch einen Glauben gibt in der Welt, insbesondere Zuversicht in unseren Herzen. (Vor allem in meinem.) Dass es uns Freudentränen in die Augen treibt. Dass wir das Bittere aus unseren Herzen verbannen können, und auch den Zorn. Und, nicht wahr, dass auch ich es kann.

Ich?, wie denn nicht! Husch!, sage ich mit einem Wink, und schon ist er verraucht!

Ist ja gut, ich glaube es Ihnen, sagt sie. Und wenn auch nicht alles verraucht, setzt meine teure Jadwiga noch hinzu, so ist das auch nicht schlimm, Liebster!, seufzt sie, meine einmalig Süße, mit Tränen in den Augen.

Ich gebe zu, dass ich ein Zyniker bin.* (Obwohl es so gewesen ist und ich hier alles wortwörtlich aufschreibe. Und dennoch. Dabei lässt sich unsere Erschütterung nicht leugnen, wir fielen uns jedes Mal mit überwältigender Ergriffenheit um den Hals.)

Nachher fragte sie auch ganz vorsichtig: Und, nicht wahr, den Knirps nehmen Sie mir nicht mehr übel? (Miso nennt sie Knirps und Marci den Kleinen.)

Ach was, nein.**

(Dadurch, dass ich nicht nachfragte, wieso ich ihr ein kaum anderthalb Jahre altes Kindchen übel nehmen sollte, gab ich zu, Bescheid zu wissen und klaglos hinzunehmen, dass dieses Kind nicht von mir ist. Obwohl wir bis dahin kein einziges Wort darüber miteinander gewechselt hatten. Ich behandelte diese Angelegenheit so wie alle anderen, die mich etwas angingen, als wäre Miso mein kleiner Sohn, obgleich wir beide wussten, Jadwiga so gut wie ich, dass ich ihn nicht gezeugt haben konnte. Aber er ist

* *Das glaube ich nicht. Denn er konnte den Zorn wirklich aus seinem Herzen verbannen. Und Mama war ja auch eine »einmalig Süße«, wie ich hier lese, zumindest für mich.*

** *Gut. Sagen wir, auch ich nicht. (Nur mich hat man nicht danach gefragt!)*

nun einmal da, wurde in unsere Familie hineingeboren, was sonst konnte ich tun, als ihn anständig und möglichst liebevoll aufzuziehen, wenn es noch Liebe gibt in dieser Welt und sie auch in unseren Herzen geblieben ist.)

*

Am Tag darauf ließ Jadwiga anklingen, dass es da eine tüchtige Frau gäbe, die Witwe Kusnyarik, die sicher auch belastbarer wäre als Anci – und jetzt, da die beiden Buben heranwachsen …*

Ich tue so, als ginge mich das nur wenig an. Obwohl ich schon seit einer Woche lauere und die Ohren spitze, ob Anci unsere Aussöhnung mitgekriegt hat und nach Möglichkeit vermeide, mit ihr allein zu bleiben! Natürlich haben wir vor Jadwiga stets so getan, als gäbe es zwischen uns nichts. Wer sollte überhaupt auf so etwas kommen? Dieses Mädchen meine Geliebte! Nun aber, da meine Gattin ins eheliche Bett zurückgekehrt ist, habe ich schon bei Jadwigas ersten Liebkosungen Anci fallen lassen, sie nicht nur ganz aus meinem Herzen verbannt, sondern auch aus meinen Gedanken. Manchmal schäme ich mich dafür.

Schuldbewusst nehme ich Jadwigas Pläne zur Kenntnis, sage ihr ziemlich gleichgültig, sie solle Anci dann halt kündigen. Warum muss ich Jadwiga dankbar dafür sein, dass sie meine Affäre mit Anci übergeht. Müsste sie nicht für ihre viel folgenschwerere Verfehlung bei mir Abbitte tun? Doch zeigt sie nicht die Spur von Schuldbewusstsein. Dieses Mädchen mag ruhig seiner Wege gehen, wenn … wenn es Ihnen nicht allzu Leid tut um sie, mein Teurer!, und sie sieht mich dabei an, ich aber kann nicht genau sagen, ob das ernst gemeint oder doch Spott ist. So viel aber sehe ich durchaus, nämlich dass sie alles weiß. Wie konnte ich auch glauben, ihrem Falkenauge wäre entgangen, was ich an ihr schon beim ersten Seufzer merke.

Eine Woche später ist Anci dann fortgezogen. Sie hat keine Be-

* *Diese Tante Kusnyarik war dann während unserer ganzen Kindheit eine Art Kinderfrau für uns.*

gegnung mehr mit mir gesucht, sondern nahm von uns beiden gemeinsam Abschied, indem sie mit gesenktem Blick und bleichem Gesicht ein paar hastige Worte stammelte. Im Nachbardorf kam sie unter, dort besorgte ihr Gregor in einem Haus eine Dienstbotenstelle. (Später einmal gab mir der Starí einen klein zusammengefalteten Zettel, von Anci geschrieben, sie sei da und da bei einer Familie im Dienst, mehr stand nicht auf dem Papier.)

*

An dem Tag, da Anci das Haus verließ, herrschte vom Morgen bis zum Abend Hochstimmung bei uns, Jadwigas helles Lachen erfüllte alle Räume, sie erzählte allerlei Nebensächliches, räumte Schränke um und probierte dabei mehrere ihrer Kleider an, während ich müßig und vor Glück wie benommen an ihrer Seite herumlungerte. Sie zog sich vor mir aus und an, was sie sonst nicht einmal in den die Sinne betörenden Augenblicken vor dem Liebesakt so großzügig und kokett zu tun pflegte. Doch jetzt lächelte und lachte sie mir ständig zu, während sie ein Kleidungsstück nach dem andern über den Kopf streifte, um dann wieder aus jedem herauszuschlüpfen. Und, sich vor dem großen Spiegel drehend und wendend, fragte sie mich: Nun, wie gefalle ich Ihnen? Sie bezog das keineswegs nur auf die Kleider! Aber wenn ich ihr mit einer Umarmung darauf antworten wollte, schob sie mich lachend weg, entledigte sich einer weiteren Hülle und ließ dabei Schenkel und Brüste aufleuchten.

In der Zwischenzeit trug sie der alten Blahov auf, die Blechwanne in der Badestube mit heißem Wasser zu füllen, und ermutigte mich, Likör einzugießen. Na, na! Hände weg!, damit entglitt sie mir nach dem Zuprosten. Wenn Sie brav sind, dürfen Sie bleiben. Aber drehen Sie sich um. Ich sage Bescheid, wenn Sie gucken dürfen!

Mit zitternden Knien stand ich in der dampfgeschwängerten Badestube. Dunsttropfen rannen die Wand herab. Hinter mir raschelten Jadwigas fallende Hüllen, und genüsslich stöhnend ließ sie sich gleich darauf ins Badewasser gleiten. Ich führte meine Rechte an die schweißtriefende Stirn, und während ich sie herunterfallen ließ, stieß ich unversehens den leeren Wassereimer von der Wäschetruhe, bückte mich danach, wagte aber erst beim schallenden Gelächter meiner Frau, mich umzudrehen: Jadwiga hob mit beiden Händen ihr hinten hochgestecktes Haar an, und ihre Brüste zappelten wie Fische im Netz. Ach, was stapfen Sie denn so herum, sieht ja zum Gotterbarmen aus, wie Sie mit diesem Eimer dastehen!, lachte sie aus vollem Hals. Bringen Sie ihn doch hinaus!

Na. Kommen Sie schon!, rief sie mich, ich will Ihnen zeigen, wie ich mich schön zu machen pflege. Wollen Sie es sehen? Aber warum denn nicht? Klar will ich. Dabei hat sie sich früher immer eingeschlossen.

Und jetzt durfte ich ihr lange zuschauen, beim Kämmen, Haarebürsten, und sehen, welche Cremes sie verwendet, wie und wo sie sich salbt, durfte gar Schachteln, Fläschchen, Dosen und Tiegel mit diversen Stäuben, Damenpuder, Mundwässer, Zahnpulver, Pomaden, Lippenrot, Pillen und Parfüms betrachten und in die Hand nehmen, schließlich hunderterlei Instrumentarium und allerlei Hilfsmittel für die Schönheitspflege bestaunen: Pinselchen, Quasten, Tüchlein, aber auch Pinzetten, Spiegelchen, Nagelscheren und -feilen, Brennschere und Parfümzerstäuber. (Sogar die unterste Schublade ihres intimen Schränkchens stand offen mit dem ganzen Rüstzeug der Damenhygiene: Höschen, Binden, Pessare, Schwämme, Irrigator etc.)

Sie machte sich schön, putzte sich heraus, gurrte und lachte, um mich, zwischendurch wieder Verärgerung mimend, wegzuschieben, ließ es auch nicht zu, dass ich sie entkleidete, ihre Frisur zerraufte, dann aber doch, und sagte, dass sie durch Erfüllung unserer Wünsche noch schöner gemacht werde.

*

28. Juli 1921
Ich will noch vom gestrigen Abend berichten.

Jadwiga schläft bereits. Wir sind gemeinsam ins Bett gegangen, sie zog mich, von mir abgewendet, zu sich heran. Den Rücken an meine Brust gepresst, ihre Hand in der meinen, schlief sie augenblicklich ein. Meine Sinne sind ungewollt hellwach … Gern würde ich ihr in ihrer Entspannung folgen, es müsste eine Wonne sein, eng an sie geschmiegt einzuschlafen.

Doch ist mir das nicht vergönnt. Vorsichtig ziehe ich meine Hand aus der ihren, steige leise aus dem Ehebett und schleiche in die Kammer hinaus zu meinem Wein und dem Tagebuch.

Gestern Abend hat meine Frau ein köstliches Nachtmahl bereitet. Ganz allein und ausschließlich für mich, also für uns. Sie hat für zwei gedeckt, sogar Kerzen angezündet. (Das Gericht hat noch keinen Namen, und das Rezept zu notieren mag ich gar nicht versuchen.) Ich hätte schweben können vor Glück.

Was feiern wir?, fragte ich strahlend und umarmte sie gleichsam mit meinem Blick.

Nur diesen Abend.

Jadwiga bediente mich, wir speisten, ich goss uns Wein ein, wir tranken, hielten uns bei den Händen. Wir waren erfüllt von lauter Frohsinn und begannen, auch von solchen Ereignissen zu reden, die für uns missglückt waren, aber nach unserem heutigen Wissen auch anders hätten ausgehen können. Wir sprachen vom selben, und unsere Gedanken griffen auch gut ineinander, doch ist mir eigentlich klar geworden, dass dabei jeder von uns vor allem sich selbst besser verstanden hat.

Zum Schein zeigten wir auch für den anderen volles Verständnis, aber tatsächlich sagte jeder nichts anderes als das seine. Es sah wirklich so aus, als wären wir zwei Menschen, die einander, nach vielen Missverständnissen, jetzt verstanden. Küsse drückten wir uns gegenseitig auf die Hände, wobei wir uns im Eifer fast die Finger an den Kerzen versengten.

Da trat plötzlich und unerwartet Anci herein.

Man möge sie entschuldigen, sie wolle bestimmt nicht stören.

Ich hatte das Gefühl, ich müsste vor Scham im Boden versinken und war zugleich sehr erschrocken, weil sie nach so langer Zeit plötzlich bei uns hereinplatzte, da muss doch etwas vorgefallen sein, was sie durchaus nicht für sich behalten kann. Und höchstwahrscheinlich wird es mich betreffen. Aber so war es nicht, sie sagte:

Dass man sie angesprochen habe: ein Herr.

Was denn für ein Herr, fragte Jadwiga.

Dieser hm ... Herr Vinker, wenn ich es richtig sage.

Winkler?, fragte ich sie.

Der, ja natürlich.

Wieso spricht er sie denn an? Hat er sie aufgesucht? Weiß er, wo sie jetzt ist? Dann war es auch nicht das erste Mal! Haben sich die zwei über Anci Botschaften zukommen lassen?, schoss es mir durch den Kopf.

Und was hat er gesagt?, fragte ich und erhaschte dabei, da schau her!, die hochgezogenen Brauen meiner Gattin.

Dass er ... mit Verlaub, mit der gnädigen Frau ein paar Worte wechseln müsse.

Ist er da?, wollte Jadwiga wissen.

Nein ... er ist wieder gegangen ... und würde am Tor der Einkehr warten ... wenn es gefällig ist.

Ist gut, meine Liebe, ich danke dir! Und damit entließ meine Frau ihre ehemalige Magd.

Und setzte sich wieder hin, um weiterzuessen. Sie goss sich auch noch ein Glas Wein ein und trank.

Willst du denn nicht hingehen?

Sie gab keine Antwort, zuckte nur die Achseln und zog die Augenbrauen hoch. Da sie weiteraß, setzte auch ich die Mahlzeit fort, denn sie schmeckte mir ja vorzüglich.

Hättest sie wenigstens einen Bescheid überbringen lassen können, dass er nicht warten soll.

Jadwiga winkte nur ab. Ich versuchte es mit Finesse, vielleicht würde sie sich auch meinem Vorschlag widersetzen: Oder geh einfach hin und frag ihn, was er will!

Ach, hören Sie auf! Hingehen ...! Was soll ich dort?

Das musst du selbst wissen!, und ich tat, als ob ich ihr Verhalten missbilligte. Es könnte ja etwas vorgefallen sein, was keinen Aufschub duldet …

Nicht duldet!, faucht sie. Nur ich soll dulden! Und außerdem essen wir jetzt zu Abend …

Du, sagte ich (ohne zu überlegen, so wie es mir in den Sinn kam), hast du ihm schon einmal ein Nachtmahl bereitet?

Lassen Sie mich doch! Ein Nachtmahl!

Noch nie …? Hast ihn niemals gefüttert? Und … für ihn gebügelt, ihm nie ein Hemd zurechtgelegt?

Ondrisko!

Dir reicht es schon daheim, nicht wahr? Dort hat er dich verwöhnt …

Lassen wir das, ich möchte das jetzt nicht!

(Damit hat sie sich verraten! Denn sie hätte antworten müssen: Ach, wann ist das schon gewesen! Und dennoch lächle ich!)

Was finden Sie dabei so amüsant? Essen Sie lieber, es wird doch alles kalt!

Ich nehme mir noch, es schmeckt so gut …!

Ach was, ist doch schon alles kalt!

Dann gehst du jetzt … nicht hin?, frage ich sie, während ich mir eine Zigarre anzünde und paffe: Ich würde ihn nicht warten lassen …! (So schwindle ich sie an.)

Ich bitte Sie wirklich, Ondris …!

Ist schon gut! Kann ich dir nachgießen?

Nein, nein … es reicht. Ich bin müde geworden, seien Sie mir nicht böse … Und der Zigarrenrauch brennt mich in den Augen …

Pardon, entschuldige bitte, sie ist auch schon ausgegangen. Habe ich dich gekränkt?

Ach wo … Nur bin ich jetzt schon … ich glaube, ich muss mich hinlegen.

(Na bumm! Schon hat sich die weit entfaltete Blüte wieder geschlossen. Doch darf ich mir die Enttäuschung nicht anmerken lassen.) Ja, natürlich … Entschuldige bitte!

Macht nichts, nur …

Sie tupft sich mit dem Damastmundtuch die Lippen ab. Seufzt und erhebt sich.

Ist schon gut. Ich werde mir jetzt … (Legt sie sich jetzt hin, oder geht sie? Doch ich verziehe keine Miene. Das ist meine Taktik.)

Natürlich, lass ihn nicht warten …

Irgendetwas Ordentlicheres … was soll ich denn anziehen …? Das Graue …

Zieh das mit den Jasminblüten an, darin bist du hübscher!

Ach, am besten gehe ich gar nicht hin!

Das würde ihn sicherlich kränken! Seit wann hast du ihn nicht mehr gesehen?, frage ich sie hinterlistig, aber sie überhört es absichtlich. (Einmal haben sie sich mit Sicherheit getroffen. Ich nehme an, dass sie ihm Miso gezeigt hat*, als sie mit dem Kleinen in die Stadt fuhr, um einen Arzt aufzusuchen und ich sie nicht begleiten konnte.) Er ist eigens hergereist, sage ich, und wenn du jetzt nicht hingehst …

Ach, lassen Sie mich doch! Ich habe nicht die geringste Lust hinzugehen!

Aber trotzdem rüstete sie sich mit einem Eifer wie selten zum Aufbruch!

Als sie dann nach etwa drei Stunden zurückkam, konnte ich ihr kein Wort entlocken.

*

10. August 1921

Es war an jenem Abend neulich, als ich unter den zwei jungen Nussbäumen im rückwärtigen Garten saß, bereits drei Viertel meiner Flasche geleert hatte und es gerade erst dämmerte.

Nach dem Abendessen brachte Frau Kusnyarik die Buben zu Bett, und Jadwiga sang sie in den Schlaf. Doch ich wartete vergeblich, sie ließ mich allein draußen sitzen. Vermutlich unterhielt sie sich mit ihren Journalen oder war in ihre Korrespondenz vertieft. Und das ist ja auch nicht schlimm.

Ich aber hatte plötzlich große Lust auf Gesellschaft. Mich

* *Er muss mich auch später nicht sehr oft gesehen haben! Während ich als Kind ja gar nicht gewusst habe, dass dieser Herr Winkler, der uns oft in die Zuckerbäckerei führte, mein Vater war.*

überkam diese an einem Sommerabend typische Unruhe, die eigentlich keinen besonderen Grund und auch kein bestimmtes Ziel hat. Als zöge mich jemand fort, erhob ich mich von meinem Baumstumpf.

Für mich allein hab ich genug getrunken!, sagte ich mir, ich werde bei Miki Buchbinder vorbeischauen! Und habe mich auch schon aufgemacht.

Warum bin ich denn auf einmal so mutig?, ging es mir durch den Kopf, aber da war auch bereits das kleine Gartentor hinter mir zugefallen. Denn mit Miki habe ich seit anderthalb Jahren gerade mal ein paar Worte gewechselt, wenn wir uns zufällig auf dem Markt über den Weg liefen, wo weder er noch ich allzu oft anzutreffen sind. Seit meiner großen Schande haben er wie auch Pali Rosza mich nicht mehr eingeladen. (Roszas ist es schließlich gelungen, der Aussiedlung zu entgehen, sie konnten bleiben, und Pali durfte sogar seinen Beruf als Lehrer weiterhin ausüben. Und Miki hat in aller Stille, ohne eine Hochzeit zu feiern, die sich schließlich nicht mehr sträubende Sara Vogel zur Frau genommen.)

Ich werde Bilder, also Fotographien, bei ihm bestellen, nahm ich meine Idee von früher wieder auf.

Bei Szpisjak holte ich zwei Flaschen von dem besseren Trockenen und stellte mich bei Buchbinders ein. Ich wusste, Sara würde mir als ungebetenem Gast die Sache nicht mit übel wollenden Hausdrachen-Blicken weiter erschweren. Und in der Tat bat sie mich auch gleich, Platz zu nehmen, trug mir sogar etwas von dem mit Fleisch gemischten Hirsebrei an (Miki löffelte gerade seine letzten Bissen), wofür ich mich höflich ablehnend bedankte, weil ich gerade erst vom Tisch aufgestanden sei.

Den Korken zog, wie auch früher immer, Miki aus der Flasche, und Sara stellte sogleich die Gläser auf den Tisch – das sind doch keine schlechten Zeichen, dachte ich. Obwohl, so ganz will der Besuch nicht gelingen, denn Miki sagt kaum ein Wort, nur Sara füllt die Zeit aus, während sie den Tisch abräumt und noch mit ein paar belanglosen Fragen und liebenswürdigen hausfraulichen Redensarten hinausgeht. Uns überließ sie mit einem aufmunternden »also gut, unterhalten Sie sich ein wenig« dann uns selbst.

Aber das ist es ja eben! Die Unterhaltung! Miki hockt nur mit hängenden Flügeln da und stiert in sein Glas, das er umklammert.

Esst ihr jetzt koscher oder treife?, versuche ich ihn zum Reden zu bringen.

Arme Leute kochen mit Wasser, wenn es weder für den Milch- noch für den Fetttopf reicht! Ruft Sara lachend aus der Küche herüber.

Wir schweigen dann eine Weile weiter. Schließlich beuge ich mich ein wenig zu ihm hinüber und sage:

Weißt du, ich bin gekommen ...

Ja, nickt er auf der Stelle, obwohl ich noch nichts von dem gesagt habe, was ich sagen wollte. Ist er denn gar nicht neugierig – oder versteht er mich nur zu gut?

Dann ist es ja in Ordnung, wenn du es weißt. Doch etwas anderes: Ich möchte bei dir als Fotograph Bilder bestellen. Bin also Kundschaft und entschuldige mich, weil ich nicht in der regulären Geschäftszeit gekommen bin ...

Miki winkt nur ab, ich solle das lassen und weiterreden. Ich muss immer daran denken, wie schnell die Zeit verrinnt und alles, was geschehen ist, vergeht, ohne Spuren zu hinterlassen ...

Das wäre so schlimm nicht, jetzt endlich sieht er mich an, und ich schäme mich. Doch auch das ist nicht wahr, fügt er noch hinzu.

Ich seufze, fange dennoch damit an:

Also Miki! Ich wünsche mir Genre-Aufnahmen von dir. Wenn du zum Beispiel morgen hier vis-à-vis die Zeile mit den Marktweibern aufnehmen könntest. Was meinst du dazu? Die Paradeis- und Gerega-Händler.* Dann die von der Moljidba** kommenden alten Weiblein, die greisen jüdischen Krämer, den Metzger und den Tapezierer fotographieren könntest, wie er das Seegras zwischen die Federung stopft! Ich kann dich auch dabei begleiten, bring dich gern mit dem Sandläufer hinaus, wo du den Bachlauf ablichten kannst, unsere zusammengefallene Fischer-

* *griechische (görög) oder Wassermelonen-Händler.*

** *Vielleicht habe ich es schon einmal vermerkt, dass dies die Morgenandacht in der Kirche ist.*

hütte … und Gregor, wie er gerade die Sense dengelt oder beim Tor zum Gehöft hineinfährt …

Langsam, du, warte mal!, möchte Miki mich bremsen, aber ich kümmere mich nicht darum, nehme nur zwischendurch noch ein paar Schluck.

Festhalten müsste man auch das Elend, das sich von sich aus natürlich niemals vor den Kasten des Mannes unter dem schwarzen Tuch wagt, der seinen Spruch »jetzt fliegt der Kuckuck!« ruft. Hahaha! Gewiss Bruder, man muss hinausgehen zu den Katen des Gesindes, zu den am Strohschober hockenden Schnittertrupps, ans Lager des Stallknechtes, zu den in der Sommerküche bei Wasser und Brot zurückgelassenen Alteltern, oder in den rauchigen Mief der Zigeunerhütten. Wir könnten zur Weininsel hinausfahren, wo die Frauen mit hochgesteckten Röcken im seifigen Wasser des Lukovka* die Wäsche laugen. Wir gehen zu den Csuvárs und nehmen auf, wie die Anci den Stubenboden mit Lehm verkleistert und wie sie den Tscheljustja-Vorsprung und den Djugó** tüncht. Du kommst doch mit? Und zum Stephanitag könnte man ins Bild setzen, wie das blumengeschmückte Banderium der Großbauernsöhne mit den Prachthengsten und das Fünfergespann mit den Stuten der Lászik-Witwe paradieren. Nun? Auch den Kirtag, die Spießbräterei, die Zelte, Buden und die Ringelspiele … Na, und den Blechbläser-Ball im Stadtwäldchen …!

Um Gottes willen, hör jetzt auf! Am besten machst du es selbst, beschreibst das alles!

Ach was, das hat doch keinen Wert! Sehen will ich es! Das Zwetschgenpflücken, den Friedhofsgang der Frauen zu Michaeli, um von den Pimpernussbäumen die glückbringenden Sa-

* *Name des Tümpels mit dem laugigen, seifigen Wasser. Allerdings weiß ich nicht, ob wegen der Seifensiederei oder von Natur aus. Oder vom Wäschewaschen der Frauen.*

** *Unterhalb der Beschickungsöffnung des Backofens befindlicher Teil, der immer rußig ist. Der Ausdruck Tscheljustja hat mit dem Ofenschlund zu tun, denn das Wort bedeutet eigentlich Kinn. Djugov ist ein halbkreisförmiger Verschluss, eine Art Stöpsel für den Backofen aus Weidenrutengeflecht, das mit Lehm ausgefüllt und verkleistert wird.*

men zu pflücken, der in den reifen Fruchtkapseln klappert. Was meinst du? Wir könnten in die Höfe hineinschauen, wo sie gerade beim Entblättern der Maiskolben sind, Aufnahmen machen, wie die ansehnlicheren Mädchen ins Maislaub eingerollt werden oder Burschenstreiche! Wenn sie die Kuh in der Küche festmachen, sich gegenseitig Wasser in die Stiefel gießen und den Ziehhaken so tief in den Strohschober schlagen, dass man ihn mit der Sense aus dem Haufen herausschneiden muss.

Ich gieß mir noch ein, trinkst du auch noch eins?

Nein, ich habe noch genug im Glas. Aber du hast auch schon genug ...

Oder ich bring dich dahin, wo du die Mädchenschar im Unterkleid fotographieren kannst, wenn sie sich zu nächtlicher Stunde in Hexenkünsten ...

Im Finstern kann man nicht fotographieren.

Kamerad, man könnte herrliche Genre-Aufnahmen machen, sagen wir zum Beispiel, wie eine ungewollte Mädchenmutter mit hochgezogenem Hemd und bloßem Hinterteil auf der Kante eines Zubers herumwetzt ... Verstehst du, wie sie ihre Arschbacken in das heiße Salzwasser versenkt, das Weinglas in der Hand, in dem seit drei Tagen Lilienblüten schwimmen, um so den unwillkommenen Segen abzutreiben. Während auf einem anderen Bild ein gegen den vorzeitigen Abgang betendes junges Frauchen gerade ihren Leib in den Rosmarin-Lindenblatt-Sud taucht. Was? Würden wir Mädchen finden, die uns das vorspielen, indem sie das Gesicht mit ihrem Haar verhüllen?

Freundchen, du bist betrunken!

Und dann, mein lieber, guter Miki, mein Redefluss ebbt ab, weil mir gerade noch etwas anderes einfällt, musst du noch mit mir in den Turm hinaufgehen und jede Station fotographieren! Jeden meiner Schritte, mit denen ich mich hochschleppe ...! (Hier gehen mir die Augen über, und meine Stimme knickt weg.)

Ist gut, ist schon gut ...!

Aber mein altes Pferd Szellő, bitte, das musst du auch verewigen! Bevor es eingeht! Und da senken sich bereits meine Mundwinkel nach unten, und ich muss weinen.

Du solltest nicht, Ondris …! Warte, ich will das Fenster öffnen. Und von deinen Söhnchen willst du kein Bild?

Doch, auch von ihnen, schnäuze ich mich, und von meiner Frau!, seufze ich. Obwohl, sie wird es nicht wollen. Weißt du, man müsste eines aufnehmen, wie sie sich schön macht. Denn dabei schließt sie sich immer ein, lässt mich nicht zusehen. Einmal doch, einmal durfte ich, das ist wahr. Einmal!, hebe ich den Daumen und gieße mir noch ein weiteres Glas ein.

Trink nicht mehr!

Aber morgen kann ich doch zu dir kommen?

Du hast mir da wenigstens für ein halbes Jahr Arbeit aufgetragen.

Doch mir schnürt jetzt ein anderer bitterer Gedanke fast das Herz zusammen, und ich sage: Weißt du, was man noch aufnehmen müsste? Nämlich »Skala je visoká, voda je chlboká!« Nur gibt es hier leider weder hohe Felsen noch tiefe Wasser!

Und jetzt vermochte ich nicht mehr länger an mich zu halten, legte den Kopf auf Mikis Tisch und schluchzte hemmungslos. Schließlich zog er seinen Stuhl zu mir hin und umfasste mich bei den Schultern.

Ob diese slowakische Zeile der Text von einem Lied ist oder nur eine Redensart, ich weiß es nicht. Sicher klingt sie traurig und spricht im übertragenen Sinn von Liebe und Tod. Das Bild vom hohen Felsen und dem tiefen Wasser haben offenbar unsere Ahnen aus der alten Heimat mitgebracht, wo es Gebirge und schnelle, tiefe Flüsse gab.

*

22. August 1921
Seit der obigen Eintragung sind wir jetzt schon ein Stück weiter gekommen: Miki hat für mich auf dem Markt, auf dem Kirtag fotographiert, aber Bilder* habe ich noch keine gesehen. Vielleicht wird er mich's wissen lassen, wenn ihm danach ist, dass wir mit der Kutsche hinausfahren.

13. Januar 1922
Immer seltener nehme ich dich in die Hand, mein Tagebuch.

Ein halbes Jahr ist es schon wieder her, seit ich dich zum letzten Mal aufgeschlagen habe. Und wenn ich mich früher auf deinen Seiten auch mit allerlei Deutungen selbst getäuscht habe – heute begreife ich gar nichts mehr, was Jadwiga und mich betrifft.

Im ersten Monat unserer sommerlichen Versöhnung übergossen wir unseren Alltag oftmals mit dem Zuckerguss des Honigmondes – wir wünschten und taten uns gegenseitig nur Gutes, aber es kann sein, dass wir es uns doch nur eingebildet haben und alles bloß ein Spiel war. Was sie veranlasste, es mitzumachen, weiß ich nicht. Oder sollte es Mangel an etwas gewesen sein. Aber nie zuvor war ich so sehr darauf angewiesen, aufs Nachsinnen ganz zu verzichten. Weder ihr noch mir selbst Fragen zu stellen, nicht die Erhellung von Dingen zu erwarten, die mit dem Verstand nicht zu fassen sind, noch von ihr oder von mir eine Antwort zu erhoffen auf die Frage, was ich jetzt tue und warum. Ob ich ihr glaube, wenn sie Glaubhaftes oder Widerlegbares sagt, oder ob ich es nicht glaube. Ob es überhaupt des Glaubens bedarf bei dem, was wir jetzt tun, oder ob wir uns gerade über alle diese Fragen hinwegsetzen müssen, ohne deren zumindest einigermaßen befriedigende Beantwortung sich im Übrigen nichts gemeinsam wieder aufbauen lässt?

An all dies habe ich dezidiert nicht gedacht. Ich fragte, und ich antwortete nicht und habe – vielleicht jetzt zum ersten Mal – auch sie nicht in diese Richtung gedrängt.

Vielmehr genoss ich, dass mich meine Ehefrau jetzt nur glücklich machte, und ich wiederum setzte all meine Fantasie und mein ganzes Raffinement ein, um auch ihr auf vielfältigste Weise

** Übrigens wurden damals tatsächlich Fotos gemacht, und es gibt sie auch noch. Natürlich nur einen Bruchteil dessen, was Papa sich gewünscht hätte.*
Von Onkel Miki und Tante Sara nur noch so viel: 1944 hat man sie weggebracht, wohin ist unbekannt, zu welchem Zweck lässt sich denken. Denn man hat nie mehr wieder von ihnen gehört. Ich sah sie weggehen, Hand in Hand.

Spaß und insbesondere körperliches Entzücken zu bereiten. Ich wollte, dass sie vor Staunen aufschreit beim Überreichen des lang ersehnten kleinen Geschenks, eines mühlradgroßen Blumenbuketts, bei der für sie begehrlichsten Form der Lustgewinnung und wenn ich sie auf die für sie erregendste Weise zu den Wonnen der Lust brachte. Alles andere zählte nicht. Sie sollte mir nur möglichst oft um den Hals fallen, mich in ihre Arme schließen – wie gesagt: vor Wollust kreischend, mir auch ein weiteres Kind der Liebe versprechend, vor Glück erschaudernd oder lachend, dabei aber jederzeit mit der Verpflichtung zur Hingabe und Erfüllung für sie und für mich.

Natürlich bin ich mir darüber im Klaren, dass das nicht lange anhalten konnte. So hat es mich keineswegs überrascht, dass Jadwiga später nicht immer in Hochstimmung war, gelegentlich voller Wehmut aus dem Fenster schaute, anfangs aufgeräumt und mit Routine leugnend, dass sie etwas bedrückte.

Nein, Ondrisko, es ist nichts, kommen Sie nur!, rief sie, nun schon mit einem irgendwie gezwungenen Lächeln.

Bis sie dann eines Tages beim Mittagsessen sagte, dass sie nun ein paar Tage lang allein sein möchte (was nichts anderes bedeutete, als dass ich mich zurückziehen sollte, nach hinten in meine »Kammer« oder hinaus aufs Gehöft, zu meinen Freunden, oder wohin ich wollte).

Doch nach einer Woche der »Trennung« wurde sie noch melancholischer und noch kälter mir gegenüber. Ich wunderte mich nicht (schließlich kannte ich sie), dass sie mich jetzt wieder verlassen wollte.

Nach ein paar Tagen schnappte sie sich dann tatsächlich die zwei Buben mitsamt der Kusnyarik und ließ mich wieder drei Wochen lang allein, denn sie benötige unbedingt eine Badekur*, und es träfe sich gerade gut, dass Irmchens Wohnung frei sei, weil die zur Erholung verreise.

* *Ich erinnere mich an diese Badereisen natürlich nur aus der Zeit, als ich schon größer war. Aber es waren nicht die Bäder, die Mama bei diesen Gelegenheiten benötigte! Denn meist sind nur wir mit Tante Kusnyarik zum Strandbad gegangen.*

Zurückgekehrt aber ist sie auch danach nicht zu mir. Sondern nur, weil die von ihr benutzte Wohnung gebraucht wurde. Über Wochen lebten wir wieder wie zwei Verwandte, die der Gemeinsamkeit überdrüssig geworden und die darauf dressiert sind, die Launen des anderen meist zuvorkommend, gelegentlich auch gereizt zu ertragen, und sich doch gezwungen sehen, unter dem gemeinsamen Dach zu leben. Ich verstand natürlich wieder gar nicht, warum es sein musste, denn bei mir sah ich kein bisschen Schuld daran, dass sich der Duft unseres Honigmondes wieder so schnell verflüchtigt hatte.

Nein, nichts wolle sie, ich solle es nicht übel nehmen, auch nicht davon sprechen, sie hätte genug von unseren trügerischen Fallen und den Gewissensbissen danach, gab sie verstört von sich, ohne mich dabei in ihrer Hektik auch nur anzusehen.

So merkte sie auch nicht, dass ich jetzt – zum ersten Mal in meinem Leben – darüber lächeln kann.

*

Denn ich zerbrach mir zu diesem Zeitpunkt schon über anderes meinen Kopf.

Sobald sie sich in den Badeort begeben hatten, fing ich an abzugleiten, und das auf einem so glatt getrampelten, schmierig rutschigen Abhang, dass ich mich beinahe ohne Qual in der verhassten ausgetretenen Grube wiederfand. Und dieses ekelhafte, abscheuliche Loch war mir so vertraut, dass ich seiner – ich kann es gar nicht anders sagen – überdrüssig geworden bin.

Ich nahm mir vor, mich einfach nicht mehr selbst zu martern, zu leiden, Verletzungen anzuhäufen und aus diesem dunklen Gebräu, das mir schon bis zum Halse steht und mich zum Kotzen bringt, Gefühle des Zorns werden zu lassen.

Und noch bevor sie zurückgekommen waren, begann schon etwas Neues in mir heranzureifen, so dass ich mich leichter fühlte, locker und, meiner Frau Gleichgültigkeit vortäuschend, sogar fröhlich. Jadwiga ging mir beharrlich aus dem Weg und trat kaum in Erscheinung.

Hör zu, redete ich sie eines Abends an. Sieh mich an! Und stellte befriedigt fest, wie befremdet sie war und sich wunderte, dass sie mich lachen sah. Du brauchst keine Angst mehr zu haben! Umsonst stellst du dich ein auf irgendeine »endgültige Einschränkung« unserer Beziehung, jetzt werde ich dir zuvorkommen! Und sogleich horchte sie auf.

Ich will alles grundsätzlich ändern. Gib mich frei! Jetzt bitte ich dich, lass mich frei werden, verstehst du mich?

Sie schüttelte den Kopf.

Weißt du, es fällt mir immer schwerer, vor dir der ewig Gleiche zu sein. Um jeden Preis an der fixen Idee festzuhalten, dass ich mir von dir ein Liebes- und Familienglück erhoffe.

Sie erwiderte nicht, lauerte nur, wollte herausfinden, worauf ich hinauswollte.

Ich erwarte all das jetzt nicht mehr und verspreche es auch selbst nicht! Will, dass du mich von jener steten Bereitschaft entbindest. Damit ich dich nicht jederzeit anstrahlen und auf der Stelle, auch ohne vorausgegangene Versöhnung, jedes mir geschehene Unrecht in mir begraben muss, sobald du die Güte hast, zu mir zurückzukehren. Und ich will auch nicht mehr einsam vor mich hinleidend diesem Augenblick entgegenfiebern! Ich will frei sein!

Aber ich ... und sie schüttelte zweifelnd den Kopf, ich wollte nicht, habe doch nie gefordert, dass Sie ... weder die Aussöhnung noch die Verzweiflung!

Nein, Jadwiga, du hast es nie gefordert, mit keinem Wort. Nicht mit Worten. Und du hast auch Recht, jeder hat das in erster Linie mit sich selbst auszumachen. Und so entscheide ich jetzt auch ganz für mich allein, dass ich frei sein will.

Und ... wie?, sie sah mich forschend an.

Ich warte nicht mehr auf dein Kommen, bitte dich um nichts und gelobe dir auch keine Treue. Auch du solltest es mit mir so halten! Und wenn wir uns noch begegnen, wollen wir jedes Mal alles wieder von vorn beginnen. Und uns auch immer wieder trennen. Und erneut miteinander bekannt werden, aber nur, wenn wir es beide wollen. Denn auch ich brauche die Freiheit, nicht nur dich zu wählen, damit ich mich auch von dir abwenden kann. Denk daran, von nun an kannst auch du mich verlieren!

In Jadwigas Augen blitzte Erregung auf. Es schien, dass sie stolz auf mich war, doch zugleich entdeckte ich auch ein gewisses Erschrecken in ihrem Blick.

*

Und dann ging es auch so, und es ging gut. Darüber will ich später noch schreiben.

*

13. Juli 1922
Heute hat ein schrecklicher Orkan mit Hagel große Verwüstungen in unserer Gegend angerichtet. Im Dorf wurden die Schilfdächer arg zerzaust und Dachplatten heruntergefegt, von altersschwachen Häusern auch ganze Dächer abgetragen. Hühnerställe und Nebengebäude hat der Sturm umgeworfen, Scheunentore eingedrückt, die Schwingbäume der Ziehbrunnen umgeworfen, Äste geknickt und Fenster zerschellen lassen. Auf den Feldern draußen wurde das gerade geschnittene Getreide, die in Hocken zusammengestellten Garben, umgelegt und auseinander gefegt, das Korn ausgeschlagen. Auch wir sind arg betroffen, sagt Gregor. Ich weiß nicht, wie wir die Ernte einbringen werden. Aus dem noch auf dem Halm stehenden Weizen und Hafer hat der Hagel pro Morgen angeblich an die ein- bis anderthalb Doppelzentner Korn herausgeschlagen. Auch die Maisäcker sehen verheerend aus, der Schaden ist riesengroß. Der Sturm hat draußen sogar große Bäume umgebrochen oder entwurzelt. Selbst ganz alte Leute können sich an ein solches Unwetter nicht erinnern, das übrigens mit erstaunlich wenig Niederschlag einherging, den wir aber bitter nötig gehabt hätten, denn die Trockenheit ist groß.

*

4. Oktober 1922
Gregor hat Szellő heute zu Jaksa gebracht. Ich schaffte es nur bis zur Ecke, weiter konnte ich sie nicht begleiten.

*

11. Oktober 1922
Heute ist man mit der Verlegung und teilweisen Erneuerung der Leitungen für den elektrischen Strom fertig geworden (auch in die Nebengebäude habe ich jetzt das Elektrische einleiten lassen), Stromzähler wurden installiert. (Die Zähluhr kostete 15 000 Kronen, den alten Zähler hat man mir angerechnet.) Bei der Inbetriebnahme zeigte die Uhr 192 Hektowattstunden an.

*

28. Dezember 1922
Mein Eheweib hat mich jetzt zum letzten Mal, das heißt für immer, verlassen.

Davor hat sie mir noch einmal alle alten Geschichten weismachen wollen. Noch einmal räumte sie ein, ja, sie wollte (oder glaubte nur ich, dass sie es wollte?), dass ich alles glaube. Und dass ich alles vergesse. Aber das schreibe ich nicht mehr auf.

*

Dieser andere. Egal, dass ich ihn kenne, seinen Namen weiß. Denn ich kenne ihn trotzdem nicht. Weiß gar nichts über ihn. Männlich, ca. 36 Jahre alt, ledig, Vater – Mutter, Adresse so und so, das ist es. Und dass er Advokat ist.

Wie viel er mit dem Jungen von einst zu tun hat, der mit mir durch ein gemeinsames Erlebnis verbunden war? Mit dem ist er nicht mehr identisch. (Und jetzt ist uns nicht länger das Erlebnis gemeinsam, sondern nur noch die Erlebnisquelle. Das Weib.) Der Halbwüchsige von damals ist verschwunden wie auch das Kind.

Der Knabe und der junge Bursche.

Glühende Staubwirbel schweben in den Säulen aus Licht, die durch die schüttere Lattenschalung des Maisschuppens eindringen. Die Kolben vom letzten Jahr sind schon abgerebelt und gebunkert, die frischen ungerebelt, milchig, sie reifen noch. Lichtstreifen der Augustsonne schraffieren das grelle Grün der in ihr Blatt gehüllten Maishybriden. Der Geruch vom Pflanzenfleisch des Saftes, der aus den schräg ovalen Wunden der Kolbenschäfte sickert, dringt uns in die Nase.

Der Knabe ist aufgeregt, kauert auf dem Grün und schaut zu dem vor ihm stehenden Bürschchen auf, wagt ihn nur im Flüsterton zu fragen, was er ihm denn zeigen will. Doch schon bäumt sich vor seiner zurückschreckenden Nase ein in dieser Größe nicht erwartetes Etwas auf mit feuchtrotem Ende und einem dunklen Haargestrüpp dahinter. Dass er nicht so hingaffen, sondern lieber lernen soll, wie man die Haut zurückschieben muss. Erstarrt verfolgt er, wie eine bordeauxrot aufgedunsene Frucht aus Fleisch hervorquillt: eine Zwetschge mit Kragen, darunter zwischen Hautringen nach Fisch riechender Käse. Nun!, was wird's denn, warum hat er die Hosen voll. Aber der seinige, denkt er verschämt, ist klein und nackt. Der Bursche möchte über das mutlos auf die Handfläche gekringelte Würmchen spotten, doch von seinem selbstgefälligen Gesicht schwindet das Feixen. Er achtet nicht auf das mühsam ans Licht gebrachte, rosa behauchte Kirschlein, sondern nur noch auf seine eigene Zwetschge. Malt sich aus, dass sich der Kloß in den blonden Semmelbröseln spaltet und wie das Zwetschgennest das Fleisch des Teiges netzt und saftig macht, und er feuert jetzt nicht mehr den Knaben an, sondern stattdessen keuchend sich selbst: Ja, weiter zurück, fester! Es reißt ja nicht!, bis an seinem Daumenansatz die weiße Milch hervorquillt.

Die uns aufspürenden Lichtbündel der Sonne auf unseren wie Zebras gestreiften Körpern mit den hinuntergelassenen Hosen.

Seit der Geschichte im Maisschuppen weiß ich, dass er nicht beschnitten ist. Wäre ich nicht betrunken, so würde ich es nicht niederschreiben. (Er ist auch nach seinem Vater getauft worden, wurde Protestant. Und die jüdische Gemeinde hat seine Mutter ausgestoßen. Aber das ist unwichtig, ich setze es deshalb in Klammern.)

Doch ist mein Weib gewiss auch heute mit ihm zusammen. Vielleicht waren sie gemeinsam in größerer Gesellschaft. (Denn sie berief sich auf irgendeine Dankveranstaltung des Roten Kreuzes, deshalb fahre sie hin.) Essen, Trinken, Lachen. In aller Öffentlichkeit. Warum sollten sie sich jetzt auch noch verstecken und heimlich tun? Musik, Gesang? Vielleicht tanzen sie auch, aber lange bleiben sie nicht. Sie gehen gemeinsam »nach Hause«. Und wie? Ihre Händchen oder weiß Gott was haltend? Worüber sprechen sie auf dem Heimweg? Dass sie das Dessert dann zu Hause genießen? Oder sie sind schon am Ziel, daheim.

Denn es ist nicht unwichtig, dass es gleich Mitternacht schlägt. Um diese Zeit gehört jeder anständige Mensch ins Bett. Auch wenn er nicht anständig ist. In diesen Minuten sind sie längst …

Und gewiss ist nichts verhüllt, von beiden alles zu sehen. Auf dem zum Festmahl ausgelegten schneeweißen Tischtuch. Auf dem Kissen eine Schüssel voller Knödel, mit saftigen Zwetschgen gefüllt und mit goldgelben Bröseln bestreut, in einer Zimtmischung gewälzt, vom Messer gespalten und auf die Gabel gespießt. Schließlich mit Milch oder Rahm besprengt. Sich gegenseitig bis zum Platzen voll stopfen damit.

Mir bleibt nichts als das Saufen. Hier ist nicht aufgedeckt, auch kein Leintuch. Nur das nackte, abgegriffene Papier mit den in der Faust zerknüllten Buchstaben ihres Namens. Und die drei geöffneten Flaschen. Wein, Schnaps, Tinte.

Am Ende dann das Röcheln. Ein auf das blendende Weiß tropfender Tintenklecks.

*

An geheiligtem Ort, auf einer Kirchenbank, schmiere ich diese Zeilen hin. Eine apokryphe, ja frevlerische Tat, vor allem da ziemlich betrunken. Ich benutze meine neue Füllfeder, die nicht mehr kleckst und ausläuft. In der Mitte habe ich den großen

Kristalllüster mit den elektrischen Kerzen und den Tropfperlengirlanden angeknipst, die anderen Leuchten nicht.

Zu Zvonár Lastovitschka sagte ich: Vrabec, trink mit mir einen Halben, denn es wird gleich geschlossen.* Drei sind dann daraus geworden, und so konnte er mir meine Bitte nicht mehr abschlagen (natürlich auch deshalb nicht, weil ich ein Herr bin und er nur ein Diener ist): Er gab mir den Kirchenschlüssel.

Was ich denn dort wolle?

Beten, du Dummkopf! (Und ich lachte spöttisch dazu, was er mit Befremden aufnahm.) Ihm Fragen stellen, zu ihm flehen! Ist dir so etwas in der Kirche noch nie in den Sinn gekommen?

Nein, sagt er, er müsste nur auf seine Taschenuhr schauen. Wann man an welchem Glockenstrick zu ziehen, die Tür zu öffnen, zusammenzukehren und die Partezettel auszuhängen hat oder aber die Nummern der Lieder heraussuchen und an die Tafel stecken muss, na, und dann noch alle anderen Pflichten. Im Pfarramt, auf dem Kirchhof ... wohin man halt geschickt wird.

Hast du auch einen Schlüssel für den Turmaufgang?

Nein, warum?

Oder ist der Aufgang offen?

Ja, der ist immer offen.

Nein, brauchst mich nicht zu begleiten, mein lieber Zvonár, geh nach Hause! Den Schlüssel werde ich dir unter den Fußabstreifer der Sakristei schieben, dort findest du ihn in der Früh.

Gleich werde ich aus der Bankreihe treten, dich, mein Buch mit den lila Linien, zuklappen und vorgehen zur Mitte der Mosaikrose unterhalb des großen Lüsters.

Seit undenklichen Zeiten sind diejenigen, die ein Bekenntnis oder Gelöbnis ablegen wollen, gehalten, es an dieser Stelle zu tun und sich der Allgemeinheit zu stellen. Sich nach entsprechender

* *Lastovitschka ist die Schwalbe und Zvonár der Mesner. Vrabec ist der Spatz. Doch ich meine, Papa macht sich einen Spaß daraus, dass er der Schwalbe den Spitznamen Spatz gibt. Und Leute, die Lastovitschka hießen, gab es hier gar nicht. Aber einen Kirchendiener mit Namen Vrabec könnte es damals gegeben haben. Vielleicht wegen der Spatzen im Turm und des vielen Vogeldrecks.*

Aufforderung zum Glauben zu bekennen, zu schwören, dass man dem im Brautgewand prunkenden fremden Menschen in guten und schlechten Tagen treu ... oder geloben, dass man das hilflose Kleine im Steckkissen, das beim Besprengen mit dem Taufwasser entrüstet aufschreit, zu Herzensgüte und Frömmigkeit ... (Jedoch nicht zur Empörung beispielsweise! Deshalb muss man auch nicht, sagen wir, unbedingt wissen wollen, wer sein Vater ist.)

Angestrengt starre ich nach vorn. Hier von der Mosaikrose aus erfasst mein Blick allein den Altar. Ich kann ihn ja beschreiben. Eine schöne und geräumige göttliche Vitrine. Ein für die örtlichen Verhältnisse schmuckes Schaufenster. Vielleicht sollte man sich dahinter den himmlischen Kaufladen vorstellen, mit einem greisen Grüßgott-Onkel am Ladentisch, der da fragt: Was darf es denn sein, was beliebt ...?

Soll ich's sagen, was beliebt und was nicht? Vorher müssen es noch ein, zwei Schluck sein.

Gut, der Flachmann ist dicht, nichts ausgeronnen in der Westentasche.

Wie ein Einbrecher hineinklettern werde ich, wie einer, der das allerheiligste Eigentum verletzt. Durch diese geschnitzte Umzäunung, das sakrale Vitrinenglas hindurch, dorthin, wo nur Sein in die Soutane gesteckter Diener Zutritt hat. Und natürlich Vrabec beim Verteilen des Blumenschmucks, sagen wir. Der Herr Chef selbst lässt sich im Schaufenster nicht blicken. Eventuell Jungfrauen auf Strümpfen mit Stecknadeln zwischen den Zähnen.

Noch hier drinnen notiere ich, und du sollst es bewahren: Knie dabei auf dem mit verschossenem Samt bezogenen Betschemel. Das Buch an meiner Brust abgestützt, trage ich ein. Gewiss entsinnst du dich, »eine Betbank der Liebe ist das Weib«? Lass mich also darauf nieder, liege schon beinahe bäuchlings darauf.

Soll ich dich weglegen? Mich lieber direkt an Ihn wenden ...? Um meine Bitte ohne deine Vermittlung vorzutragen ...? Gebet und Fragen sollen besser stumm vonstatten gehen! Mir fehlen die rechten Worte, auch das meine Schuld. So ist sie nicht zu haben ...?

Ich warte, doch umsonst. Er würdigt mich keines Wortes.

Also rufe ich ihn, laut. Schreie, dass das Haus des Betreffenden dröhnt:

Erkennst du mich nicht wieder? Aber ich wurde dir vorgestellt, genau hier, an diesem heiligen Ort. Und irgendwann einmal zu Ostern sprachen wir sogar miteinander! Hast du jetzt mein stummes Flehen gehört? Meine Frage will ich aufs Ganze verstanden wissen, nämlich: Aus welchem Grund? Hat es irgendeinen Sinn?! Sag es mir! Nicht nur meines, sondern ... Und wer sagt mir, wer ich bin?!* Ich weiß nur noch, dass ich ein Scheusal bin. Und du? Du weißt von mir nur, dass ich mich von dir abgewandt habe? Hörst du mich?!

Vor dir, oh Herr, werfe ich mich nieder. Lege sogleich die Feder und das Buch aus der Hand. Ich habe keine andere Wahl: Sprich mit mir! Nur einmal noch, ein einziges Mal!

Und Er? Der gibt und nimmt, der richtet über die Lebenden und die Toten? Wer ist Er? Der gewissermaßen »vergibt«! Ein Übeltäter ist auch Er! Und wer wird dann ihm vergeben? Ihn von allen seinen Sünden freisprechen, von Taten, die keinen Sinn und keinen Zweck hatten und die wir mit unserem Verstand nicht begreifen können? Auch wenn seine Schuld nur darin besteht, dass er zusah, es geschehen ließ! Säumiger, nachlässiger Allmächtiger!

Wann wirst du endlich Deinen Thronsessel über uns umdrehen, damit deine Füße nach oben ragen und dein Antlitz in unsere Richtung weist?

(Und ich? Auf was hin soll ich mit diesen Lästerungen und mit meinem Unglauben auf Erlösung hoffen? Anherrschen könnte Er mich: Wer bist du, dass du so und so? Ja, was sollte ich darauf sagen? Danke Dir, Herr, für diese Frage. Nur so viel.)

*

Ich kletterte zu dem Rundfenster hoch und verschnaufte auf dem von Spatzenkot starrenden Sims, um einen Schluck zu nehmen. Auf dem halben Weg zum Turmerker. Dann wurden die Treppenstufen steiler und die nur matt leuchtenden Glühbirnen immer rarer.

* *Nur der Schatten des Ondris.*

Es war, als käme ich aus dem Keller, hätte die Falltür aufgeklappt und wäre herausgeklettert. Mir wurde schwindlig, unter dem Zifferblatt der heuschobergroßen Turmuhr musste ich mich, an die Wand gedrückt, hinsetzen. Und trinken musste ich noch, auch schreiben. Aus den vorüberziehenden Wolken schimmerte, schmal wie ein Stück Melonenschale, der Mond hervor. Eine milde Nacht für diese Jahreszeit, auch herrscht Windstille, dennoch friere ich schon. Ich werde mich bewegen müssen, kann nicht hier sitzen bleiben, schließlich ist Januar.

Durch die Gitterstäbe blicke ich auf mein Dorf hinunter in dieser Winternacht. Es sieht dunkel aus, noch fehlt der Schnee. Die öffentliche Beleuchtung ist spärlich, viel ist nicht auszumachen. Nur ahnen kann ich drüben das Dach meines Hauses. Unter dem jetzt mein Weib und die beiden Buben schlafen, friedlich und tief.

Was ich tun werde, wenn ich dich gleich beiseite lege ... wofür ich mich entscheide: Ich weiß es noch nicht.

Werde ich das Gitter umklammern und laut in Richtung dieses Hauses schreien?

Oder blicke ich am gekräuselten Turmmantel entlang hinauf, wo ich Ihn vermute ...? Werde ich Ihm zurufen, was ich über unser Zwiegespräch von vorhin denke, und schreien, schreien aus Leibeskräften?

Oder klammere ich mich doch nicht an?, weil mich die Flugbahn des unglückseligen Spenglergesellen János Hlavicska, dessen Absturz mir schon seit Wochen nicht mehr aus dem Kopf gehen will, mit sich zieht...?

Drei Schluck müssten noch drin sein in meinem Flachmann. Die will ich auf jeden Fall schlucken, so viel werde ich vertragen und mich dann noch aufrappeln können.

Obwohl ich die Feder gar nicht mehr richtig halten kann. Es lohnt auch nicht ... Selbst die rutscht mir schon aus der Hand.

*

Aufzeichnungen über unsere Wirtschaft im letzten Jahr (hauptsächlich von Gregor diktiert am 8. Januar 1923).*

12. Januar 1922. Der Hafner Tetljak hat auf dem Melinda-Gehöft zwei neue lehmverputzte Öfen gesetzt.

23. Januar, die Kuh Rózsi ist stierig geworden, wir haben sie auf Mast umgestellt.

25. Januar, Rapsöl: die 7 Doppelzentner ergaben 130 kg. Öl.

28. Januar: Heute hat Kreszár den angestrichenen, neu geschnitzten Kastenschlitten angebracht und auch zusammengebaut. (Habe ihm etwas abgezogen, weil er bis Weihnachten nicht fertig war. Ich hatte ihn für Jadwiga und die Kinder vorgesehen, ist nun aber auch schon einerlei.)

Am 3. Februar hat Fáni gekalbt, aber vor der Zeit, und die Nachgeburt wollte nicht kommen. Krsjak musste sie herausholen, danach hat der Veterinär sie noch ausspülen lassen, so dass alles in Ordnung kam. Doch das Kalb hat nur zwei Tage gelebt.

Am 4. Februar haben wir Kürbiskernöl gepresst. Von den 8 Sack bekamen wir 56 Liter.

Am 15. Februar wurden zwei Stiere und das Pferd Madár verkauft (Gregor hat den Preis ausgehandelt, aber ich war auch dabei).

Von Weihnachten bis Susanna hatten wir schönes Wetter mit Schnee, häufig sogar Sonnenschein, obwohl es sonst winterlich war, so konnten wir am 27. Februar mit der Drillmaschine die Gerste aussäen. Auf 15 000 Quadratklafter gingen fast 20 Sack drauf (bei der Korndurchlassweite Nr. 1 für Weizen).

Am 4. März wurde früher als sonst der Hafer ausgesät, (für Heu, mit Wicke), am 6. in Cserepes, für Hartfutter.

*

Ungarische Segeltuch- und Flachsfabrik Salzmann und Compagnon.

100 kg ungefettetes IRHI.

* *Unvollständig geblieben.*

Jadwigas Eintragungen (6)

Ondris, mein Teurer, moj Milji!* Ich stelle mir jetzt vor, dass Sie auf eine Reise gegangen sind, vielleicht per Schiff. Weil man plötzlich ein Boot nach Ihnen geschickt hat, hier vors Gartentor. Und Sie haben sich nur schnell Ihre pelzbesetzte Joppe über die Schulter geworfen (denn wir hatten noch April, diesen windigen Gesellen, der aber schon milden Atem haucht), den verknitterten Hut auf den Kopf gedrückt und sich mit einem eiligen Kuss, einem mich ermutigenden Abschiedswinken flugs auf den Weg gemacht, als hätte Sie die Schiffssirene schon zur Eile gemahnt. Wie Sie von der Veranda heruntertraten, leckten die Wellen bereits an Ihren Stiefelspitzen, und auf dem die Beete säumenden Rasen wateten Sie zwischen den Glöckchen blauweißer Hyazinthen in spannhohem Meerwasser, bevor Sie, hinter den Stallungen zur Seite taumelnd und sich an den Maschendrahtzaun klammernd, in den leeren, schaukelnden Nachen stiegen. Doch als hätten Sie sich darin sogleich rücklings hingelegt, so sind Sie mir entschwunden, und bald darauf entschwand auch das Boot. Als hätte es eine Stromschnelle in die Tiefe gerissen, so dass Sie sich erst in einiger Entfernung, vielleicht dort, wo der Feldrain eine Biegung macht und die Weingärten anfangen, an Deck des im Seichten wartenden, in den Nebel schwüler Dämpfe gehüllten Schiffes wieder aufrichteten, was ich mir nur noch vorstellen konnte, denn zu sehen war es nicht, auch nicht im Traum. Doch wähnte ich dreimal das lange, traurige Signal der Schiffssirene zu hören, was bedeutet »Anker lichten«, wie damals von Hiddensee

* *Ursprünglich fing das »Jadwigas Eintragungen in Ondris' Tagebuch« so an. Denn nach Papas Teil begann Mama mit Obigem ihre Einträge.*

her, und der verwaiste Dampfer, der einen neuen Herrn gefunden, stemmte sich mit dem Bug sicher gegen die schäumenden Wellen. Sie aber stehen allein an Deck, dort in der salzigen Meeresluft, trotzen mit weit gespreizten Beinen der aufkommenden Brise und blicken nicht mehr zurück zu mir. Obwohl Sie mich gar nicht sehen könnten, und ich auch nicht Sie.

Ich weiß nicht, wieso ich Sie auf einem Schiff sehe, wenn ich von Ihnen träume, habe ich Sie doch meist in der Kutsche oder im Eisenbahnzug unterwegs gesehen, zu Wasser nur ein einziges Mal. Erinnern Sie sich, wir sind von Rostock nach Hamburg gereist und waren noch nicht einmal verlobt. Sie waren barhäuptig, ich hatte mein azurblaues Seidentuch fest um den Kopf gebunden (jetzt habe ich es zur Erinnerung an Sie hervorgeholt, betaste, beschnuppere es, obwohl Sie mich eigentlich nicht oft damit sahen, denn hier daheim, als verheiratete Frau, habe ich es nicht mehr getragen, zusammengefaltet ruhte es auf dem Boden der mittleren Kommodenschublade bei Ihren Briefen aus unserer Verlobungszeit). Eine laue, aber verrückte, heftige Windböe kam plötzlich auf und warf uns beinahe um. Sie nahmen mich fest in die Arme, und wir kauerten uns hinter die Reling, auf den Knien, ganz eng umschlungen, was der eigentliche Zweck, mich vor dem Wind zu schützen, nicht mehr unbedingt erforderlich gemacht hätte. Wir standen dann doch wieder auf, denn es tat gut, die Gesichter in dieser übers Wasser dahinfegenden kräftigen Brise zu baden. Einen Tanz schöner Frauen nannten Sie die wirbelnden Böen. Geben Sie Acht, Jadwiga, haben Sie mich gewarnt, die stürmischen Strudel greifen gern nach den Mädchen, und dabei lachten Sie schelmisch: Ihre Augen eine innige Umarmung, ein leidenschaftlich küssender Biss mit den strahlenden Zähnen. Ich erinnere mich deshalb so deutlich daran, teurer Ondris, weil mir damals, in dem Wind, plötzlich die Erleuchtung kam und von da an zu einer selbstverständlichen Einsicht geworden ist, dass jenes unerfüllbare Gefühl der Zuneigung und Liebe, mit dem ich bereits seit einem Jahrzehnt ringe, nunmehr von einem mir immer schon vertrauten, aber jugendlichen Augenpaar ausgeht, mich anstrahlt, für sich vereinnahmt, ohne dass ich gemerkt habe, wann und wie dieser Transfer geschehen und wie es überhaupt möglich ist, dass es mich gerade über Ihre Augen traf.

*

Moj miljí Ondrisko, am 9. Mai 1937 abends setze ich mich wieder zum Schreiben hin, das Obige habe ich vor zehn Tagen zu Papier gebracht.*

Es ist gerade einen Monat her, dass Sie uns verlassen haben. Und seither hätte ich Ihnen so vieles mitzuteilen, doch das meiste davon habe ich allerdings schon Jahrzehnte vor Ihrem Dahinscheiden zu sagen versäumt. (Aber ich bin überzeugt, dass Sie zuhören und lesen, was ich sage, schreibe, wie ja auch ich Ihre warme, tiefe Stimme in meinem Innern vernehmen kann, Sie sehe, ob nun mein Blick über Ihre Schriftzüge huscht oder ob ich Sie mir hier in diesen Armstuhl zurückdenke.)

Als Erstes müsste ich Ihnen sagen, mit welcher herzbeklemmenden Leere jeder Winkel Ihres Hauses und des ganzen Familienbesitzes den Betrachter angähnt, seit Sie weg sind, und dass Sie an allen Ecken und Enden fehlen. Die Kluft, die Sie von uns trennt, ist ein Abgrund. Insbesondere Ihre Söhne sind untröstlich, wenn die Tür aufgeht und sie erwartungsvoll die Köpfe heben oder wenn sie beim Nachtmahl Ihren leeren Platz im Blick haben (Marci ist jetzt auch oft hier) und ihnen der Verlust zu Bewusstsein kommt. Auch sonst sind beide sehr still, oft bemerke ich, dass sie feuchte Augen haben, und sie vermeiden es, Sie in meiner Gegenwart zu erwähnen. Obwohl es für ihre seelische Verfassung gewiss besser wäre, wenn wir über Sie sprechen könnten. Und dem sich allmählich einstellenden Frieden, meiner inneren Harmonie, würde dies ebenfalls förderlicher sein als das verstockte Schweigen. Doch auch mich trifft ein Teil der Schuld, weil ich nicht in ausreichendem Maße die Geduld aufbringe, mit der ich um unsere Söhne werben und auch Sie in unsere Mitte

* *Also hat sie etwa am 29. April 1937 mit diesen Eintragungen begonnen.*

holen müsste, so wie Sie mir immerzu gegenwärtig sind, obwohl ich Sie vor einem Monat auf jenem letzten Weg begleiten musste.

Verstehen Sie mich bitte richtig, auch ich betrauere Sie fast pausenlos, vergieße viele Tränen und weine oft tränenlos in mich hinein. Schluchze dann auch, platschem, sche dáschdj padá v mojej dusche*, als würden in diesem sonnigen Monat Mai endlose herbstliche Regenschauer niedergehen. Wenn mich dann, ohne Sie auf dieser Erde, das Entsetzen überwältigt, dann fällt in mir auch Schnee, und mein Körper wird frostig kalt, erstarrt zu Stein. Aber die Tränen, sie rühren nicht nur von meinem Schmerz, dem Verlust her, sondern nähren sich auch aus der Erleichterung darüber, dass für Sie, dem himmlischen Vater sei Dank, schon alles gut ist, richtig gut. Sie dürfen schon in seinem Schoße ruhen oder sich in den Falten seines Hemdes wiegen, falls er ein solches trägt, oder, so stelle ich Sie mir ganz besonders gern vor, Sie segeln bereits auf dem Meer des Blickfelds unseres Allmächtigen.

Es belastet Sie nun nicht mehr die Pflicht, der Sie sich weder entziehen, die Sie aber auch nicht zu Ihrer eigenen Zufriedenheit erfüllen konnten, nämlich Kraft und Zuversicht auszustrahlen, Sicherheit und Stütze zu sein, Fürsorge bieten zu müssen. All jene belastenden Sorgen, die nagenden Zweifel und Fragen, die ewigen Kümmernisse, fruchtlosen Hoffnungen und verflogenen Träume quälen Sie nun nicht mehr. Und befreit sind Sie schließlich auch von dem (was dieses Tagebuch beweist, ich aber ohnedies weiß, denn ich musste es während dieser zweiundzwanzig gemeinsam verbrachten Jahre wieder und wieder erfahren**), was immerfort Gegenstand Ihres Suchens nach einem Ausweg und nach Verständigung gewesen ist, die Sie ewig begleitende Sorge und Qual eines bedrückten Herzens, das Ringen Ihrer von Zweifeln erfüllten Seele, und was meinen Namen trägt: Jadwiga.

* *Schluchzend weine ich, dass hier drinnen in meiner Seele Regen fällt.*

** *Ist ja gut, das hört sich alles sehr schön an, und auf dem Papier waren es diese 22 Jahre, nur eben nicht des Zusammenlebens. Leider sehr selten gab es zum Beispiel gemeinsame Abendmahlzeiten! So haben wir uns über viele Jahre daran gewöhnt, dass nicht Papa gekommen ist, wenn die Tür aufging.*

Ich habe einen Brief von Mama gefunden, den sie an Papa geschrieben hat. Auch der trägt kein Datum. Ich füge ihn hier ein.

Mein Teurer, moj miljí Ondrisko!

Ich fange an, diesen Brief zu schreiben, obwohl ich noch nicht sicher bin, dass ich ihn aufgeben werde. Weil ich nämlich nicht weiß, ob ich richtig handle, wenn ich schreibe, vor allem so offen und ehrlich schreibe, mein Lieber, statt Sie in Ruhe zu lassen. Ich meinerseits hege keinerlei Zweifel, dass es für mich gut ist, Sie jetzt anzusprechen, denn mir tut es wohl. Das heißt, Sie sollten nicht glauben, irgendein barmherziges Mitgefühl drücke mir die Feder in die Hand.

Nicht wahr, Sie verstehen nicht, warum ich schreibe? Da ich ja mit der Begründung fortgegangen bin, dass ich Sie nicht sehen wolle, weil ich Sie jetzt nicht sehen könne, es auch nicht fertig bringe, mit Ihnen zu reden, weil die Bedeutung jedes Blickes, jeder Geste missverstanden wird, sich der Sinn jedes Wortes ins Verdrießliche verkehrt. Mit uns gemeinsam entschwinden die zusammen verbrachten und eigentlich doch nicht gemeinsamen Minuten, denn zu Missverständnissen, Argwohn und Vorwürfen kommt es auch dann, wenn wir unsere Gemütsbewegungen bewusst in Zaum halten und unsere Gespräche nicht heftig sind, ja auch dann. Wir sind wie zwei verstimmte Saiten eines Instrumentes nebeneinander.

Wieder empfand ich, dass Sie schon in einem einzigen meiner Worte und jedem meiner Schritte argwöhnisch den Grund für Ihre ewige Angst, für befremdende Abkehr, verräterisches Imstichlassen und eine hinterhältige Attacke vermuten. Ich wiederum begann mich schon bei den ersten und unbewussten Anzeichen von enttäuschten Blicken, verbitterten Seufzern oder einem Ausbruch von Klagen Ihrerseits zu fürchten.

Doch hat mich, ehrlich gesagt, bei der Feier meines Geburtstags ein Glücksgefühl überwältigt, das mir Tränen über die Wangen rollen ließ, während ich Ihre nicht enden wollenden Überraschungen auspackte und an die hundertmal wiederholt habe, dass es nicht noch so einen teuren Menschen auf dieser Welt geben kann, und vor Freude und Dankbarkeit nur noch weinen konnte. Dass all dies für mich sein sollte? Und warum? Wie kann er mich denn so lieben, nachdem ich ihm so unendlich viel Schmerz zugefügt habe, dass ich damit rechnen musste, seine Liebe zu mir tausendmal getötet zu haben?

Und ich fand in mir damals auch die eindringliche Antwort auf die Frage, die ich mir selbst so oft gestellt habe, ob es mir nicht peinlich sei, Ihre überschwängliche Zuneigung zu sehen und zu ertragen. Nein!, habe ich mir gesagt, es ist mir nicht unangenehm, wenn Sie mich mit Ihrer Liebe, Ihrem ungezügelten Verlangen so sehr vereinnahmen wollen, auch wenn ich nicht mehr in alle Tiefen Ihrer Leidenschaft hinabsteigen kann, wenn wir nicht mehr gemeinsam die Gipfel der Wellenschläge unserer Sinne erklimmen können. Dennoch, vielleicht darf ich bei alledem Ihre Gefährtin sein, lange Hand in Hand, auch wenn ich Sie dann am äußersten Ende unserer Reise allein gehen lassen muss!

Das war meine Hoffnung, wenn ich – schon zum wiederholten Mal – wieder zu Ihnen zurückgekehrt bin. Und glauben Sie mir, Teuerster, auch jetzt habe ich das nicht achselzuckend »mangels Besserem« getan!

Wie auch jetzt nicht dieser andere Mann den Grund für unser Scheitern geliefert hat.

Denn niemals lief ich von Ihnen geradewegs zu ihm, wenn ich fortgegangen bin. In solchen Fällen zog es mich zu niemandem. Ausgebrannt, enttäuscht, müde und sehr traurig war ich jedes Mal und überhaupt nicht »verliebt in den anderen«, wie Sie, glaube ich, angenommen haben.

So geht es mir auch jetzt. Ich sitze hier bei Irmchen, möchte ausspannen, zur Ruhe kommen und dann noch einmal alles überdenken. Ich sehne mich weder nach einem Gespräch mit irgendjemandem noch nach Berührung. Es sei denn von meinen Söhnen, denn sie fehlen mir sehr. Ich kann es kaum erwarten, dass die gute Kusnyarik sie mir herbringt, wenn ihr Gastaufenthalt zu Ende ist.

Mein lieber Ondris, natürlich könnten Sie jetzt fragen, warum ich Ihnen schreibe, wenn mir Menschen gar nicht fehlen. Meinetwegen können Sie sich auch darüber aufregen, dass ich hier die Mehrzahl verwende, und Sie mögen einwenden, auch Sie hätten »die Menschen« satt und sehnten sich doch nach meiner Gesellschaft. Gut, ich kann das verstehen.

Ich will ehrlich sein: Mit Ihnen möchte ich auch jetzt nicht zusammentreffen. Und zwar deswegen nicht, weil ich Angst habe (denn ich fürchte, dass wir gleich wieder in einen gereizten, alles missdeutenden Wortwechsel verfallen) und keineswegs, weil ich nicht neugierig wäre oder mich nicht danach sehnte, zu sehen und zu hören, wie es mit Ihnen steht. Ich weiß, dass dieses Bekenntnis für Sie jetzt eine Katastrophe ist, dass Sie in einer schlechten Gemütsverfassung sind, nur auf dem Bett liegen, eine Zigarette nach der anderen rauchen, und ich befürchte auch, dass Sie wieder viel trinken.

Mein Teuerster, gern möchte ich Sie vor eine Aufgabe stellen dürfen, mit deren Lösung Sie mich glücklich machen könnten, womit auch Sie für mich etwas Gutes tun würden. Bitte, versprechen Sie mir, dass Sie nicht trinken, sondern wenigstens einmal am Tag eine Stunde lang am Bachufer oder im Wäldchen spazieren gehen! Und von jedem Ihrer Spaziergänge bringen Sie mir bitte einen Kieselstein, ein Blatt oder einen kleinen Zweig mit. Ich wäre sehr glücklich, wenn Sie mir Ihre Fundstücke bei unserem nächsten Wiedersehen zeigen und überlassen würden!

Denn ich möchte Sie wiedersehen. Und bis dahin will ich nachdenken über uns beide, nicht nur mit dem Verstand, auch mit dem Herzen und der Seele.

Doch eines muss ich Ihnen auch sagen. Ich weiß, dass Sie, selbst wenn Sie äußerst verbittert sind, noch immer Hoffnung haben. (Sie sprechen zwar vom Zerfall der allerletzten trügerischen Hoffnung und vom Nichts, dennoch bewahren und pflegen Sie in Ihrem Innersten unaufhörlich Ihre sehnenden Erwartungen. Ich weiß das, weil ich Sie jederzeit und sofort wieder mitreißen konnte, wenn ich bereit war, auf Sie zuzugehen. Sie hegten selbst dann keine Zweifel an der Richtigkeit dessen, was Sie taten, wenn währenddessen, wie unlängst in der Dienstbotenkammer, jemand sein tränenüberströmtes Gesicht hinter der

Schürze verbarg.*) Das heißt: Auch wenn ich Sie nicht völlig aus meinem Leben verbannen kann, so wie einst – vor sieben Jahren oder vor zwei Jahren oder vor drei Wochen – werde ich nicht mehr zu Ihnen zurückkommen.

Doch will ich immer wissen, was mit Ihnen ist. Und sei es, dass ich mich unsichtbar in Ihre Kammer einschleiche! Um zu sehen, wie es um Sie steht, ob Sie auch nicht körperlich leiden müssen und sich Ihr seelisches Gleichgewicht bewahren können. Ich möchte dringend wissen, wie es Ihnen geht, und ich hätte so gern einen, der mir Kunde von Ihnen bringt! Leider gibt es so jemanden nicht.

Mein Brief kann Ihnen vielleicht ein kleiner Trost sein, nämlich der Gedanke, dass ich mit liebevoller Sorge und oft an Sie denke. Und ich hoffe, Sie werden mir darauf antworten oder mir eine Nachricht zukommen lassen. Denn nicht nur Sie, auch mich macht das Hin und Her verrückt. Das sollen Sie wissen! Auch wenn es nicht dieselbe Sache ist, um deretwillen ich durch Sie den Verstand verliere wie Sie durch mich, auch für mich ist es schrecklich. Es ist, als bildeten wir beide zusammen einen Körper, aber nicht, wie die Bibel sagt, als Mann und Frau, sondern als wären Sie der aus meinem Leib geborene große Sohn oder besser noch: der dem gemeinsamen Leib entsprossene jüngere Bruder. In so sorgenvoller Liebe sehne ich mich danach, mein teurer Ondris, moj Miljí, Nachricht von Ihnen zu bekommen!

Es küsst Sie tausendmal: Ihre Jadwiga.

*

Das aber hat sie schon ungefähr im Sommer 1937 ins Tagebuch geschrieben. Ich weiß zwar nicht, auf welches Datum sich dieses »gestern« im ersten Satz bezieht, aber das tut auch nichts zur Sache. Mama berichtet Papa hier über F. W.:

* *Die Anci wurde Anfang Juli weggeschickt. Das heißt, oder so kann man schlussfolgern, dass Mama diesen Brief nach einem vorausgegangenen Streit geschrieben haben muss. Aber ich weiß nicht, ob sie ihn auch abgeschickt hat an Papa oder nicht.*

Dass ich mich nie von ihm losmachen konnte, habe ich gestern geschrieben. Ihn zu treffen, ist mir nun dennoch unmöglich. Sehen Sie, Ondris, es ist mir bislang gar nicht bewusst geworden, dass ich länger als vier Monate mit ihm nicht mehr geredet habe.

(Zum Abschiednehmen ist er gekommen. Er umarmte mich wortlos, das tat mir gut, aber dann wollte ich nicht, dass er bleibt, auch am Leichenschmaus nahm er nicht teil.)

Seither hat er zwar ein, zwei Briefe geschrieben, bot mir seine Hilfe an und dass ich ihn wissen lassen solle, wenn ich ihn sehen möchte, aber ich habe noch nicht auf diese Briefe geantwortet. Mir ist bisher überhaupt nicht in den Sinn gekommen, an meinem Alleinsein etwas zu ändern oder auch nur in Gedanken mit einem anderen als mit Ihnen zusammen sein zu wollen.

Erst jetzt grüble ich auch über Folgendes nach: Wie ich in der Zeit, da wir immer weiter auseinander gedriftet sind und ich es jedes Mal gleich mit der Angst bekam, sie ganz zu verlieren – da zog ich mich stets auch von ihm zurück und versuchte, erneut bei Ihnen Halt zu finden. Aber dann jetzt ... was soll werden? Kann es sein, dass Ihr Abschied für immer zugleich die endgültige Trennung auch von ihm bedeutet?

Sicher ist, dass dies nicht die endgültige Trennung bedeutet hat. Doch was danach kam, das verliert sich vollständig im Nebel der Vermutungen.

*

Vom Folgenden weiß ich nicht, woher es stammt und wann Mama es geschrieben hat. Es geht hier um irgendeinen ihrer seelischen Kämpfe aus der Zeit, da wir noch Kinder waren:

Ich fühle mich erschöpft, verzweifelt und völlig unnütz. Schon wieder haben mich die simpelsten Entscheidungen in schreckliche Zweifel gestürzt. Soll ich mit dem Kleinen in die Aue hinausgehen oder die Tür hinter mir verschließen ...? Soll ich die Nähe von Menschen suchen? Oder lieber für mich bleiben und meine Gefühle unter die Lupe nehmen? Soll ich anderen meine Hilfe zuteil werden lassen? Ich ertrinke in Aufgaben, Sorgen und fange doch nichts an. Bringe überhaupt nichts voran. Sie sind unzufrieden mit mir. Allen bleibe ich Aufmerksamkeit, Liebe, Zuwendung schuldig, insbesondere meinen Kindern.

Seiner Meinung nach ist das natürlich nichts weiter als Erschöpfung. Ich müsse unbedingt ausspannen. Und ich solle mir doch helfen lassen, gut gemeinte Fürsorge und Liebe annehmen. Und schon ist er mit seiner Hand bei mir, macht sich an mir zu schaffen.

Ich empfinde dann sogleich Widerwillen, am liebsten würde ich ihn wegstoßen!

Es gab eine Zeit, da wollte ich sogar eine Vorzeigeehefrau sein: mit schönem, behaglichem Zuhause, einem musterhaft geführten Haushalt, dem Gatten in jeder Beziehung gefällig, den Kindern Märchen erzählen, den mir Anvertrauten in ihren Beschwernissen helfen. Wir wollten uns bilden und verwirklichen, Freundschaften pflegen und ein geselliges Haus führen, auf Reisen gehen ... Lächerlich! Warum sollte das lächerlich sein. Seiner Meinung nach ist all das doch möglich.

Und bei solchen Gelegenheiten redet er gleich von Gefühlen und gegenseitiger Nähe, dank derer man zu zweit mit allem am besten fertig werde und selbst die größten Schwierigkeiten bewältigen könne, weil man zusammengehöre. Und er schwärmte von der belebenden Ausstrahlung und der schöpferischen Kraft der Leidenschaft. Dass die nämlich nicht nur das Gute erntet, sondern auch sät und gebiert ...

Ich aber wende ein, dass dies nur Worte seien. Worte! Denn Leidenschaft gebe es in Wirklichkeit gar nicht, nur wechselnde Stimmungen, aufschäumende und schwindende Gefühle ...

Aber doch nicht nur Worte! Ganz im Gegenteil! Auch nicht allein Gefühle, sondern aktives Handeln. Auch die Wiederbelebung des eigenen Ich, unsere Genesung, Wandlung zum Guten und Liebenswerten!

Und ich ertrage es nicht, mir derartigen Unsinn anzuhören, das endlose Geschwätz von überbordenden Empfindeleien! Ich will nicht, dass er versucht, mich zu ändern, mich bessern will, doch selbst dazu, dass ich ihm seine neuen Anläufe ausrede, fehlt es mir an Lust und Kraft.

Obwohl er schon vom Neubeginn redet, bei einem uns verführenden neuen Anlauf ist.

Neu?, lache ich bitter. Noch einmal beginnen? Müssen wir das haben? Fehlt es uns etwa?

Und er begreift nicht, warum ich sage, das sei doch bloß eine Falle, denn das Gute hat nur eine Gültigkeitsdauer von Minuten, alles, woran er denkt, verflüchtigt sich, entweicht durch das Fenster wie der Christbaumduft nach Dreikönig.

Aber nein, das ist nicht wahr! Auch den kann man sich bewahren!

Unsinn!, winke ich ab.

Dann sehe ich sein enttäuschtes, gequältes Gesicht, und er tut mir Leid. Hätte Besseres verdient, der Arme!

Oft schrecke ich hoch in der Nacht. Mache mir schreckliche Sorgen, frage mich, wie weit die Vereinsamung und auch die Verrohung da draußen auf dem Gehöft noch gehen können und wo sie enden werden. Ob er irgendwann einmal im Morgengrauen herbeischleicht, mich aus dem Schlaf schreckt, das Messer gegen mich zückt.

*

3. Februar 1938
In einem einzigen Punkt war ich Ihnen gegenüber wirklich egoistisch*, dafür schäme ich mich heute, und es tut mir aufrichtig Leid. Denn es gab da noch einen Grund, weshalb ich Irmchen gegen Sie abgeschirmt habe.

Sie beide sollten nicht etwa Sympathien füreinander entdecken.

(Zwischen Irmchen und Földes bestand schon seit 1916 keine engere Beziehung mehr, obwohl auch sie noch jahrelang zusammen oder sagen wir besser nebeneinander hergelebt haben, bis

* *Also, in einem einzigen, das ist schon eine ganz schöne Übertreibung.*

sich Bálint 1920 in die Dienstwohnung des Komitatshospitals zurückzog; von dort kam er nur noch selten in die gemeinsame Wohnung zurück.)

Ich aber wollte nicht, dass sich bei Ihnen im Verhältnis zu Irmchen etwas entwickelte, und umgekehrt. Und zwar aus schlichter Eifersucht, aus blankem Egoismus. Sie war meine einzige richtige Freundin, die immer Verständnis für mich hatte, eine mir gegenüber stets aufgeschlossene Seele, und sie, die ich als meine treueste Gefährtin hütete, wollte ich um keinen Preis verlieren.

Dabei war Irmchen auch einsam, selbst Kinder waren ihr versagt geblieben. Aber sie hat gespürt, dass es besser ist, sich bei mir nicht nach Ihnen zu erkundigen – selbst dann nicht, als sie wirklich schon sehen musste, dass unsere Beziehung unwiderruflich zerbrochen war.

Nun, aus diesem Grund hatte ich mir auch die Anci für Sie einfallen lassen. Denn sie war meine Idee, meine Entscheidung, mein Werk. Ich hatte gleich gemerkt, dass ich großen Einfluss auf sie ausüben kann. Doch darüber klärte ich sie natürlich nicht gleich auf, als sie zu uns kam. Ich dachte, das hätte Zeit, bis ich endgültig Klarheit hätte, ob die gefühlsmäßige und körperliche Verbindung zwischen uns für immer zerrissen oder noch zu kitten wäre. Also musste die arme Anci noch ein paar Jahre zuwarten, obwohl ich sie mir von vornherein für diesen Zweck ausgewählt hatte! Sie gefiel mir vom ersten Augenblick an, äußerlich und auch, was ihre Fähigkeit anging, sich auf uns einzustellen.

Während sie bügelte und ich in den Kleiderschränken Ordnung machte, wenn wir gemeinsam das Mittagessen kochten oder nähten, sprach ich oft über Sie. Wann, was und wie alles zu kochen und anzurichten sei, weil Sie das so oder so möchten. Welche Vorlieben und Gewohnheiten Sie hätten, was für Sie regelmäßig aus dem Laden oder der Trafik und an der Zeitungsecke zu holen sei. Worüber Sie zu erzählen pflegten, wenn Sie aus dem Dorf, vom Gehöft oder aus der Stadt heimkamen. Später sprach ich mit ihr auch darüber, wie Sie seinerzeit waren, als Sie mir in Stralsund den Hof machten. Und mehrmals musste ich ihr berichten, was Sie mir alles über Ihre Militärzeit und den Krieg erzählt oder geschrieben hatten, später las ich ihr sogar aus Ihren Briefen vor. Das hat Anci am meisten interessiert, denn die Arme hat ja ihren Verlobten an der italienischen Front verloren. (Dies war übrigens das Erste, was mich bei ihr aufhorchen ließ: Als die Rede darauf kam, für wie lange sie sich bei uns verdingen wolle, antwortete sie, wenn es nach ihr ginge, auch für immer. Wieso das?, fragte ich sie, wenn die Mädchen dann heiraten, wollen sie doch keine Mägde mehr sein. Sie aber werde niemals heiraten. Und dann verriet sie mir, dass ihr Bräutigam tot sei und sie keinen zweiten mehr haben würde.)

Bei der ersten Anspielung, die ich machte, tat sie, als verstände sie mich nicht, drehte sich verschämt um und eilte hinaus. Als sie dann sah, dass ich es ernst meinte, erschrak sie. Auf keinen Fall solle sie das als eine Anordnung von mir auffassen, sagte ich, es bedeute nichts anderes als meine Zustimmung, natürlich nur, wenn beide es wollten und keiner es als Nötigung empfände. Obwohl Sie sich, wie ich meinte, etwas Gutes damit täten. Und dann sagte ich ihr auch, dass ich nicht mehr die Frau des gnädigen Herrn sein könnte (ich war damals mit Miso schwanger und hatte das Gefühl, es wäre danach nicht mehr möglich, dass wir beide irgendwann einmal wieder ...), also dass ich nicht eifersüchtig sein würde, aber es sollte nicht unter meinen Augen geschehen.

Kannst du es dir denn vorstellen zwischen dir und meinem Mann, wenn auch er es möchte?, fragte ich Anci. Sie senkte den Kopf. Oder hast du eine Abneigung gegen ihn? Sie schüttelte heftig den Kopf. Denn wenn es dir unangenehm ist, musst du es sagen, dann werde ich nie mehr darüber reden.

Na, und warum hat Mama die Geschichte wohl nicht weitergeschrieben? Dass Anci sich an ihren Rat gehalten hat! Nur Papa verliert darüber ein paar Worte, sagt aber auch nicht viel. Und dass die Anci dann davongejagt wurde! Woran ich mich übrigens nicht erinnern kann, aber man hat erzählt, dass mein Bruder Marci, dem sie sehr ans Herz gewachsen war, oft hinter ihr herweinte. Und keiner hat darüber geschrieben oder berichtet, dass die Anci in ihrer neuen Stellung gar nicht zurechtgekommen ist. Denn nach einiger Zeit ist sie völlig verstummt, wobei sie nie sehr gesprächig gewesen ist. Da gab man ihr den Laufpass, weil es angeblich kaum möglich war, sich mit ihr zu verständigen. Aber sie wollte nicht in ihre

Heimat zurück, denn da hatte schon der Bruder eine Familie gegründet. So nahm sie der Gregor bei sich auf, und er musste sie füttern wie ein Kind. Schließlich ist sie dann doch wieder heimgegangen, als Geduldete, und hat das Gnadenbrot bekommen. Als Papa sie dann öfter besuchte, hat Anci das auch nicht ertragen und ist eines Tages im Morgengrauen weggelaufen. Das habe ich von Gregor und der geschwätzigen Tante Ivka erfahren.

*

Gegen Ende Ihrer Aufzeichnungen, Teurer, schreiben Sie: »Mein Eheweib hat mich jetzt zum letzten Mal, das heißt für immer, verlassen.«

Doch ich habe Sie nicht verlassen! Ich hätte mich nicht für immer von Ihnen lossagen können. Wie oft habe ich Ihnen das gesagt, erinnern Sie sich nicht? Davor müssen Sie keine Angst haben! Und scherzhaft auch so: Freuen Sie sich nicht, auf so einfache Weise werden Sie mich nicht los! Und wie oft habe ich Sie angefleht, dass Sie vom Gehöft aus nicht nur zu Besuch, sondern zu uns nach Hause kommen sollen. Wenigstens den Kindern zuliebe! Hier ist schließlich Ihr Haus, Ihre Familie, Ihre Stube, hier werden Sie versorgt. Ich versprach, dass ich Sie wenig stören würde. Ihnen nur so weit wie möglich helfen, Sie aber nicht belästigen, nicht quälen wolle, niemals und für nichts.

Jetzt glaube ich, dass es für Sie doch besser gewesen wäre, wenn ich es getan hätte, wenn ich für immer aus Ihrem Leben verschwunden wäre. Für Sie auf jeden Fall. Dass ich mich dazu nicht entschließen konnte, war meine Schwäche, das sollten Sie mir bitte verzeihen. Natürlich hatte ich Gründe, hauptsächlich die Kinder, nicht wahr. Wäre ich mit ihnen in die Stadt gezogen, so hätte man ihnen nichts mehr vormachen können, unser zerrüttetes Eheleben wäre offenbar geworden. So aber konnten wir ihnen sagen, dass Sie draußen arbeiteten und hereinkämen, falls Sie Zeit dafür fänden. Als die Kinder dann größer waren, glaubten sie auch das nicht mehr. Andererseits hegte ich die Befürchtung, Sie würden, aus gekränktem Stolz, wenn ich für immer in eine Stadtwohnung ziehen würde, niemals einen Fuß in diese Wohnung setzen. So wäre der Kontakt zu Ihren Söhnen völlig abgerissen, und ich wollte doch den Kindern ihren Vater nicht ganz nehmen. Auch wusste ich, dass Sie die Trennung von ihnen, besonders von Marci, sehr verbittern und Sie auch seelisch in kürzester Zeit zugrunde richten würde.

Ich wusste über alles Bescheid: Wenn Sie gar nicht nach Hause kamen, so haben Sie doch bei der Schule auf die beiden gewartet, sind mit ihnen in der Kutsche gefahren, in den Gasthof zum Essen gegangen oder haben Marci zum Reiten oder Angeln abgeholt. Auch wenn die Kusnyarik die Kinder mitnahm, landeten sie stets bei Ihnen, das war mir klar, und ich freute mich darüber. Sie hätten das nicht heimlich tun müssen.

Und wissen Sie, was ich gehofft habe? Lachen Sie mich aus: Dass ich schnell altern würde. Damit wenigstens …

Hier bricht die Eintragung ab. Und ich weiß nicht, für wie lange.

Und tatsächlich, Papa hat meist Marci zum Reiten bei Gyurovszkys mitgenommen. Obwohl, zum Fischen und zum Spazierengehen manchmal auch mich. Aber was ich am liebsten mochte, war, wenn mich Papa zum Radfahren abholte, hinten auf dem Gepäckträger. Marci nicht, weil er schon groß war. Papa hatte auf dem Gehöft ein Fahrrad, er sagte immer: statt eines Pferdes, weil es nur noch Wagenpferde gab, zum Reiten taugten die nicht. Er erzählte, dass er, damals als er jung war, eine Stute gehabt hätte, Szellő, doch seit die eingegangen war, nie mehr ein Reitpferd. Aber auch das Fahrradfahren war schön. Man musste die Beine spreizen und sich an seinem Rücken festklammern. Wir fuhren kreuz und quer über die Feldwege, durch ein Akazienwäldchen, die gewundenen Fuß- und Fahrradwege entlang, die alle zu irgendeinem Gehöft führten. Und auch neben dem Bächlein oder durch Hohlwege bis zu den Nachbardörfern, zu den Melinda- und Szőllőscher Kneipen. (Wo er dann leider immer getrunken hat, und zu Hause auch allein für sich.) Wenn wir auf dem Rad dahinbrausten, breitete ich die Arme aus, brummte dazu laut und spielte Flugzeug.

Als ich schon größer war, durfte ich manchmal auch Marcis Fahrrad benutzen. Aber meist überließ er es mir nur, wenn gesagt wurde, ich müsste Papa etwas zum Gehöft hinausbringen. Hauptsächlich Zigaretten und Zeitungen aus der Trafik oder Bücher aus der Bibliothek. Es gab ein kleines Notizbuch, da hat er hineingeschrieben, was er haben wollte, ich habe ihm dann alles geholt und auch zu ihm hingebracht. Und sehr schön war auch, wenn ich bei ihm den Phonographen hören durfte.

Aber manchmal sind wir auch umsonst zu ihm hinausgefahren, er befasste sich dann gar nicht mit uns. Weil er damit beschäftigt war, sagen wir, den Gemüsegarten umzustechen oder aufzuhacken, und er grub und hackte dann nur, fand kein Ende. Wir sind eben Bauern!, sagte er. Wusstest du das nicht? Ja, Bauern! Bitte, ihr dürft helfen! Aber lange hielten wir natürlich nicht durch.

*

Es kam vor, dass ich mich beim Lesen des Tagebuchs immer mehr verstrickt habe. Und Papa fehlte mir so.

Einmal trank ich sogar in meiner Verbitterung. Natürlich tauchte Mama auf und überraschte mich. Sie fiel sogleich über mich her. Ob ich denn gänzlich den Verstand verloren hätte. Und dann: Um Gottes Willen, nicht auch du noch …!

Nicht auch ich noch, wie Papa! Das sagte ich.

Darauf, ich solle nicht so flegelhaft sein, und woher ich Rotzbengel überhaupt die Frechheit nähme, Alkohol zu trinken. Ob ich denn auch so verkommen werden und versacken wolle?

Und ich fing an zu schreien, ja, dass ich genauso verkommen werden und überhaupt gar nichts mehr wolle, nur sterben möchte ich am liebsten. Ja, verkommen! Jag doch auch mich aufs Gehöft hinaus!

Darauf Mama gänzlich konsterniert: Was redest du da? Ich habe niemanden aufs Gehöft gejagt!

Das ist nicht wahr, ist nicht wahr! Weil du ihn nicht gemocht hast! Auch mich magst du nicht, niemand! Unter dem Einfluss des Alkohols schluchzte ich hysterisch. Fiel Mama um den Hals, tätschelte ihren Rücken und bohrte mein tränenüberströmtes, rotzverschmiertes Gesicht in ihre Brust und ihren Schoß.

Es gab noch eine traurige Geschichte. Mit dem armen Papa, noch vor Marcis Heirat.

Wir fuhren wieder mit der Bahn in die Stadt wegen der Hypotheken, mit denen unsere Grundstücke belastet waren. Das ging schon seit Jahren so, und damals brannte uns, glaube ich, die Sache ziemlich auf den Nägeln. Aber wieder kamen wir zu keinem Ende. Weil dieser Advokat ein Ochse ist!, winkte Papa ab. Wenn doch Onkel Béni noch lebte! Doch der war kurz vorher gestorben.

Na dann gleich ins Wirtshaus, und auf der Stelle zwei Glas, dann gingen wir von da hinüber ins National-Kasino. Dort wollte man ihn fast nicht hineinlassen. Man sagte nicht, wegen der etwas ausgefransten und nicht eben sauberen Bauernkluft und des ungepflegten Barts, aber ich spürte, dass der Oberkellner deswegen die Nase rümpfte. Doch das kümmerte Papa nicht, wir setzten uns, er bestellte Essen für uns, auch wieder Wein.

Schau!, sagte ich plötzlich. Dort drüben ist der Onkel Franci! Ich stieß Papa an. Wer?, sagte er überrascht. Ja, er ist es, versicherte ich. Er war in Gesellschaft. Papa schaut und schaut, blinzelt und schüttelt den Kopf, knurrt vor sich hin und kippt das Glas in sich hinein. Bestellt noch eins. Das Essen rührt er kaum an, ich sehe, dass er förmlich kocht.

Da wir in der Richtung der Toiletten saßen, kam Onkel Franci bei uns vorbei, und ich grüßte ihn. Papa stieß daraufhin an meinen Ellbogen. Onkel Franci blieb stehen und starrte auf uns. Ziemlich verwundert sprach er Papa an: Grüß dich, Andris. Grüß dich. Aber Papa sah ihn nicht an. Onkel Franci stand da und wunderte sich, weil Papa den Kopf hängen ließ. Ich hab dich eine Ewigkeit nicht mehr gesehen. Ist dir nicht wohl?, Onkel Franci trat näher. Warum sollte mir wohl sein? Hast du ein Problem? Ja, das habe ich ... weil du da bist und nicht dein alter Herr. Gut, dann will ich nicht weiter stören. Entschuldige! Wollte zu seiner Gesellschaft zurückgehen. Warte!, knurrte Papa ihn an. Bist du noch Anwalt? Na ... wahrscheinlich nicht mehr lange, wenn das so weitergeht. Aber Papa interessierte diese Anspielung auf die neuerdings erlassenen Judengesetze nicht. Habt ihr eine Kammer? Warum lasst ihr solche Rindviecher wie diesen Salgó zu? Ich möchte dich bitten, wenn du irgendwelche Schwierigkeiten hast, dass du bei mir vorbeikommst, wir sehen uns das dann zusammen an! So entgegenkommend hat Onkel Franci ihm geantwortet. Es war nicht so gemeint, winkte Papa mit großer Geste ab, so dass er sein Glas umwarf. Du sollst dir mit mir zusammen überhaupt nichts ansehen! Ist schon gut, ich bitte dich!, und er empfahl sich. Dann ging er zur Toilette.

Papa trank weiter. Ich wollte ihn zum Gehen bewegen, aber er hörte nicht auf mich. Und ich hatte den Eindruck, dass das hier kein gutes Ende nehmen würde. Plötzlich wurde an dem Tisch, an dem Onkel Franci saß, laut gelacht, Hochrufe waren zu hören, und der Kellner eilte mit einem Tablett herbei.

Champagner!, schaut Papa hinüber. Sie saufen Champagner!, hob er die Stimme. Und dann rappelte er sich auf. Ich versuchte, ihn zurückzuhalten, aber er schüttelte mich ab. Champagner!, schrie er und ging zu der Gesellschaft hin. Champagner-Arie!, kreischte er Onkel Franci ins Gesicht. Das ist das Richtige für dich! Sing!

Onkel Franci stand auf und versuchte, ihn von da wegzubringen. Ich verstand nicht, was er sagte, aber Papa widersetzte sich energisch: Nun, was ist? Singst du nicht? Weißt du, wer Mozart ist? Und weißt du auch, wer das ist, dieser Bub da?, schrie er und wies auf mich. Onkel Franci hielt die herumfuchtelnde Hand von Papa fest. Worauf der in Wut geriet und Onkel Franci einen solchen Stoß versetzte, dass der den Kellner anrempelte, der gerade beim Servieren war. Onkel Franci taumelte zu Boden, und die Suppe ergoss sich über ihn. Da bekam auch Papa von hinten einen Stoß und fiel ebenfalls hin. Ein lauter Tumult entstand, doch Onkel Franci sprang auf und begann sofort zu beschwichtigen: Keine Panik, das wird schon geregelt, sagte er zu dem ratlosen Kellner und schob auch seine erbosten Freunde von Papa weg, der noch halb aufgerichtet am Boden war. Er beugte sich zu ihm hinunter, fasste ihn unter den Achseln und begann ihn hochzuziehen. Aber Papa randalierte weiter. Endlich gelang es ihm, mit einiger Hilfe wieder auf die Beine zu kommen, und sogleich wollte er wieder auf Onkel Franci losgehen. Der umarmte ihn, hielt seinen Kopf fest und versuchte, ihm etwas ins Ohr zu sagen, das ihn beruhigen sollte. Schließlich schob er den armen Papa von sich weg, drückte ihn auf einen Stuhl und überließ ihn dann sich selbst.

Ich stand wie erstarrt da. Doch damals wusste ich noch nicht, welcher von beiden mein Vater war.

*

Doma som? Notschak som doma utjeba? – fragten Sie, Teuerster, als wir Sie aus der Kutsche ins Bett trugen und Sie noch für einen Augenblick zu sich kamen.

Doma Milji! – gab ich zur Antwort. – Ljesalj pokojnje! Na mojom vankúsche.

Dvoschov som domov. Bosche moj! Nakonjec som doma stjebov. Jadwiga moja Milá!* Mamitschka!, er streckte die Hand nach mir aus, doch er redete schon wirr, denn so hatte er mich nie genannt. Rútschku! – bat er um meine Hand und stammelte nur noch wirr: Njehnje, papaj, mojs, mojspik – und dergleichen. Spik, spik – so bewegte er die Lippen, bevor er wieder das Bewusstsein verlor.**

Dies waren Ihre letzten Worte am neunten April 1937.

Heute habe ich mich entschlossen, sie aufzuschreiben. Auch wenn ich sie nie vergessen werde, so sollen sie in diesem Buch festgehalten sein.

Wegen Gregor ist mir das jetzt in den Sinn gekommen.

Es war Markttag, aber ich bin nur zur Post gelaufen, war dann noch schnell beim alten Kloster, um nach Sandalen für Miso zu schauen, denn ihn schicke ich umsonst, dass er sich welche kaufen soll. Und als ich zufällig von drinnen durch die Auslage hinaussah, erblickte ich den alten Gregor. Es ist fast eine Ewigkeit her, seit ich ihn zum letzten Mal gesehen habe.

Ich wollte schon hinauslaufen, um zu hören, wie es ihm geht, aber dann lieber doch nicht. Sehe seine gebeugte Gestalt im grauen Koverko, dem ausgebleichten grauen Kittel und den schäbigen Stiefeln, wie er zum Wagen hintrottet. Er klatscht mit der Hand

* *Bin ich daheim? Gell, ich bin bei dir zu Hause? (mit dir)*
Du bist zu Hause, mein Teurer. Bleib nur ganz ruhig. Auf meinem Kissen.
Bin jetzt heimgekehrt. Mein Gott! Endlich (am Ende) daheim, mit dir.
Jadwiga, meine Liebste!

** *Er war nicht verwirrt. Seine Mutter nannte er Mamitschka. Bevor sie dann Mamovka wurde. Und rutschka heißt bei uns ein Kinderhändchen. Und er bat um Verzeihung: Njehnje(vajsa). Auch: Papaj (peknje), sagte man zu kleinen Kindern, wenn sie schön essen sollten. Mojs(inko) bedeutet: mein kleiner Bub. Spik!: Das aber kann nichts anders sein als Spikaj! Spikaj peknje! Liebkosend sagt man zu einem Kind: Schlaf schön! Schlaf!*

dem Klepper auf die Kruppe, geht um den Wagen herum, um seinen Bastzöger im Schragen zu verstauen. Als er den Kopf hebt, erhellt die Sonne sein Gesicht, den vergilbten Schnurrbart und die unter der Hutkrempe hervorlugende weiße Haarsträhne. Er hält einen Augenblick lang inne, um seine Kräfte zu sammeln, und klettert dann schwerfällig auf den Kutschbock. Dann hebt er die Zügel an, schnalzt offenbar mit der Zunge, was ich nicht hören kann, das Gefährt setzt sich in Bewegung, hinaus in Richtung Gregor-Gehöft. Langsam biegt das Fuhrwerk in die Straße ein und verschwindet hinter der Biegung.

Ich rechne nach, er müsste schon im Neunzigsten sein.

Vor zwei Jahren, als er mit Ihnen in der Kutsche angehetzt kam, war er denn damals schon 87?, ging es mir durch den Kopf. Ich habe nie daran gedacht, dass er bereits so alt ist, denn er sah immer gleich und ganz zeitlos aus, war stets gut bei Kräften. Erst seit damals ist er sichtlich gebrochen.

Vielleicht meide ich ihn aus irgendeinem Grund.

*

Damals stürzte er sich förmlich vom Bock, und wie er ans Küchenfenster klopfte und aufgeregt winkte, dass ich kommen sollte, konnte ich kaum Schritt halten mit ihm, obwohl ich gerannt bin, um zu erfahren, was geschehen war.

Er hätte schon von unterwegs einen Burschen losgeschickt, um Doktor Engel zu rufen, der würde es mir dann schon sagen.

Was?

Und dann bin ich vor Schreck beinahe zusammengebrochen, als ich sah, wie Sie da auf der übers Stroh gebreiteten Pferdedecke lagen, dort, wo die hintere Sitzreihe herausgenommen war. Sie keuchten, und als ich Ihren Kopf angstvoll in meine Hände nahm, öffneten Sie die Augen, sagten aber nichts.

Was ist denn geschehen?

Aber Gregor schüttelte nur stumm den Kopf. Dann wies er mit dem Kinn auf Sie, dass wir Sie hochnehmen und hineintragen sollten. Ich entsinne mich noch, wie wir Sie angepackt haben, der Alte unter den Achseln, ich an den Füßen, und wie er im Rückwärtsgehen unter der Pergola ein paar blühende Hyazinthenstöcke niedergetrampelt hat.

Onkel Gregor, so sagt doch endlich!, flehte ich ihn, nun schon schluchzend, drinnen an. Tscho sa mu stálo?*

Se mu je slje.

Ako se slje?, fragte ich, dass es ihm nicht gut ging, das sah ich auch.

Ljen vraj dov, a dov.

Auf diese nichts sagende Antwort hin wurde ich schon lauter: Alje nátscho sa ponosovav?

Ljen se nje vládse ush anji sedjetj. Se ho nohe bolja.

Nohe? Ich habe nicht verstanden. Wieso die Beine?

Tutoka se ma krtsche. Und er zeigte auf den Schenkelansatz, dass er da Krämpfe hatte. A se domov kce tádj. Ljen se domov. Pome, vraj, Gregor, domov.

Mein Gott, er wollte nach Hause! Ach ...! Dje je us tento Engel!, seufzte ich, wie auf heißen Kohlen sitzend, den Arzt herbei.

Gregor ging hinaus und blieb im Hausgang vor der Tür stehen wie ein Wachtposten.

Ich setzte mich zu Ihnen aufs Bett, und da, mein lieber Ondris, sagten Sie ein paar Worte.

Auch nach anderthalb Stunden stand Gregor noch genauso regungslos, nun aber ohne Hut, im Hausgang vor der Tür, nachdem Engel sich bereits, den Hut in der Hand, entfernt hatte.

Ich habe den Doktor weggeschickt, der in der Küche abwarten

* *Was ist mit ihm?*
Ihm ist nicht gut.
Was heißt nicht gut?
Immer sagt er nur hinab und hinab. (Gemeint ist also danieder, er sehnt sich nach unten, sozusagen in die Ohnmacht.)
Aber worüber hat er geklagt?
Dass er auch nicht mehr sitzen kann. Dass ihm die Beine wehtun.
Die Beine?
Dass er da unten Krämpfe hat. (In den Leisten.) Und dass er nach Hause will. Lass uns nach Hause gehen, Gregor!
Wo bleibt denn dieser Engel?

wollte, ob ich nicht vielleicht ein Stärkungsmittel benötigen würde.

Schließlich riss ich mich von Ihnen los und begleitete Engel hinaus.

Selbst wenn er schon auf dem Behandlungstisch in der Klinik gewesen wäre, hätte ihm nur noch der liebe Gott helfen können. Doch der liebe Gott …!, und er winkte ab. Seien Sie stark, bitte, und …!

Mehr bekam er nicht heraus, er winkte und eilte davon.

Ich blickte auf Gregor. Der senkte den Kopf.

Er möchte zu Marci gehen, bat ich ihn, und meinem Sohn Bescheid geben. Miso war auch nicht daheim.

Aber Gregor rührte sich nicht. Dann setzte er sich unvermittelt in Bewegung, ging hinein. Ich musste zur Seite treten, folgte ihm aber gleich nach. Vor Ihrem Bett blieb er stehen und machte sich daran, die Kissen unter Ihnen, die der Doktor vor einer Stunde nach der von ihm diagnostizierten Thrombose zum Hochlagern der Beine verordnet hatte, herauszuziehen.

Er wollte nicht, dass ich ihm dabei half. Mein besticktes Kissen warf er auf einen Stuhl.

Dann stellte er sich ganz nah ans Bett. Und mir war, er bewegte die Lippen wie im Gebet. Se tak ochromnje velja si trpev*, konnte ich dem Murmeln entnehmen.

Aber sagtet Ihr nicht, fragte ich, dass er von einer Minute zur anderen …?

Da drehte er sich um und warf mir einen verächtlichen Blick zu. Er wartete. Ich verstand nicht. Immer noch sah er mich über die Schulter mit zusammengepressten Lippen an. Schließlich fast schreiend – ich empfand die Stimme in der Kammer schrecklich laut:

Sam kcem ostátj snjim!**

Er, allein …? Ich ging auf der Stelle hinaus, und er schloss hinter mir die Tür.

* *Dass du gar so viel leiden (oder ertragen) musstest.*
** *Ich will allein sein mit ihm!*

Und mir war, als hätte Gregor mich ein weiteres Mal von Ihnen losgerissen. Auch er hat uns jetzt vor der Zeit voneinander getrennt, indem er mir von der wenigen Zeit, die ich mit Ihnen noch hätte verbringen können, eine halbe Stunde stahl.

In der hinteren Stube begann ich erneut zu weinen, um nun fern von Ihnen, Teuerster, für alle Zeiten allein zu schluchzen.

*

Am vierten Tag, dem Tag nach dem Abschied von Ihnen, nachdem er die Reste vom Totenmahl abgeräumt, die gescheuerten Kessel, die Schlachttische hineingebracht und den Hof ausgekehrt hatte, setzte sich Gregor auf einen Schemel vor den Stall. Da saß er, wenn er nichts zu tun hatte, schon seit vier Tagen, auch über Nacht ist er nicht auf sein Gehöft hinausgegangen.

Da stellte ich mich mit einigen Briefen in der Hand, die ich an jene schreiben musste, die noch nicht verständigt waren, vor ihn hin und bat ihn, sie zur Post zu bringen.

Er erhob sich und schüttelte ablehnend den Kopf.

Ja som usch kontschiv,* sagte er, und er sei schon dabei aufzubrechen.

Aber die Briefe könnte er doch unterwegs …!

Nein. Er habe schon Schluss gemacht: Ja so schetzkim som usch hotoví. A ja njebudjem utjekatj vam s djeakima ljistami!** (Er sagte verächtlich »mit allerlei Briefen«.) Ich sollte das Sluschka*** schicken.

Die ist aber gerade nach Hause gelaufen, sage ich, ist nicht da.

Dafür könne er nichts.

Nun gut, sagte ich verärgert, und … wann will er denn kommen, dass wir alles Weitere bereden?

Er wird gar nicht mehr kommen. Ich soll mir jemanden su-

* *Ich bin schon fertig!*
** *Ich habe schon ganz Schluss gemacht. Werde nicht mehr für Sie mit allerlei Briefen herumrennen!*
*** *Dienstmädchen. (Das war damals die Juli Kusnyarik.)*

chen, der nach ihm weitermacht: Ja vas slusitj nje budjem! Ratschej!* ...!, doch er verschluckte den Rest.

Ako se ...?**, erschrak ich, was denn in ihn gefahren sei. Wie soll ich denn ohne ihn da draußen zurechtkommen?

Das sei seine Sache nicht mehr. Er hätte auf dem Gehöft die kleine Pacht, solange er lebe, das reiche ihm – sein Erbteil noch von Apovka.

No tak, sbohom!***, tippte er mit dem Finger an den Hut und machte sich in Richtung hinteres Tor auf den Weg.

Er kam zusammen mit Ihnen in unserer Kutsche, und jetzt konnte er nur noch zu Fuß nach Hause gehen, hinaus aufs Gehöft.

Aufgeschrieben am 23. Mai 1939.

*

Danach hat Mama erst wieder nach mehr als 5 Jahren etwas notiert:

24. Oktober 1944
Ich habe mir heute wieder dieses Tagebuch hervorgeholt, das mir schon seit Jahren nicht mehr in die Hand gekommen ist. Ich denke mir, lieber Ondris, ich sollte das Folgende für Sie aufschreiben: Wir leben, es geht uns einigermaßen, und wir haben diesen Krieg irgendwie überstanden. Zumindest wir hier, denn für uns ist er zu Ende. Vor ein paar Wochen zogen die Russen durch unser Dorf. Aber ich hoffe, auch anderenorts gibt es keine schlimmen Kampfhandlungen mehr, und die, welche dieses Verderben fortgerissen hat, können möglichst bald heimkehren.

Ich warte nur noch sehr ungeduldig auf unseren Sohn Márton, denn nach vier schrecklichen, bangen Monaten, in denen ich keine Nachricht von ihm hatte, bekam ich gerade gestern eine Karte, auf der er schreibt, dass er unverletzt, gesund ist und sich

* *Ihnen werde ich nicht dienen. Eher ...*
** *Wie denn?*
*** *Na dann, behüt Sie Gott!*

auch noch ganz in der Nähe, kaum ein paar Eisenbahnstunden von hier, in Szolnok befindet! Wenn man ihn schnell entlassen würde, könnte er bald zu Hause sein. Ach Marci, mein allerliebster Bub! Ich sehne mich danach, ihn in die Arme zu schließen, um den ich mich so sehr gesorgt und für den ich gebetet habe, und der liebe Gott hat ihm auch immer geholfen.

Seit langem habe ich nicht mehr in dieses Buch hineingeschrieben, jetzt aber will ich Sie wenigstens am Soldatenschicksal Ihres Sohnes teilnehmen lassen.

Zum ersten Mal hat man ihn im November 1938 eingezogen, er musste in Mezőtúr und Vásárhely dienen, konnte in dieser Zeit auch häufig nach Hause kommen, im September 1940 kehrte er dann als Offiziersanwärter zurück. Doch im Oktober 1942 wurde er wieder eingezogen, und diesmal an die Front. Er kam als Zugführer zu einer Maschinengewehr-Kompanie, die in der Ukraine im Einsatz war. In jenem Herbst schrieb er Briefe aus der Stadt Winniza, wo seine Einheit die Nachschubwege zu schützen hatte. Doch als dann im Januar '43 der Rückzug begann, musste auch sein Truppenteil lange, bittere Fußmärsche zurücklegen: Richtung Weißrussland und bei Unmengen von Schnee. Es ging durch die Wälder von Brjansk und die Pripjetsümpfe, bis an die polnische Grenze, hinunter bis in die Gegend von Rovno und Dubno. Sehen Sie, auch Marci verschlug es in jene Region, in die man 1915 Sie, mein Teuerster, verschleppt hat. Hier ist der Bub also in die Fußstapfen seines Vaters getreten. Aber warum, um Gottes Willen, musste es Sie und ihn dorthin verschlagen?

Die ganze Zeit über wusste ich, dass ich ganz fest an seine Heimkehr glauben musste und dass dies wieder allein meine Sache war. Denn Marka, unsere Schwiegertochter (der nur Sie Vertrauen entgegenbrachten, und darin haben Sie sich getäuscht, nicht ich), hat sich leider von unserem Marci abgewendet. So musste er schon in dem Bewusstsein in den Krieg ziehen, dass seine Frau daheim nicht auf ihn warten wird. Im Oktober 1943 war er mit seiner Einheit schon zurück bis zu dem berühmten Karpatenpass von Verecke. Dort wurden sie einmal von Partisanen angegriffen und gerieten mit ihnen in Nahkampf. Bei diesem Gefecht stürzte Marci so unglücklich, dass er sich das Handgelenk gebrochen hat. In einem Dorf namens Skole kam er ins Lazarett, von wo aus man ihn ein paar Wochen später zu seiner Truppe in Mezőtúr zurückschickte. Dort wurde er, dem Herrgott sei Dank, wegen seiner schlecht verheilten Verletzung entlassen. Endlich wieder daheim, mein teurer Sohn, und alles, was ich hier aufschreibe, hat er mir schon zu Hause erzählt.

Inzwischen war er um Aussöhnung mit seiner Marka bemüht, denn er vergöttert ja sein Söhnchen, den kleinen Jancsi, doch mit diesem Weibsbild ist alles nur noch ärger geworden. Und so hat Marci den für mich so erschreckenden Bescheid, dass er in diesem Jahr, im März '44, erneut einrücken müsse, ziemlich gleichgültig aufgenommen, begehrte in seiner Lethargie gar nicht gegen sein Schicksal auf.

Seither weiß ich nur so viel über ihn, dass er wiederum nach Galizien abkommandiert wurde und mit seiner Einheit in vorderster Front gelegen hat. Ich zitterte um sein Leben, obwohl ich erst nachträglich, aus einem herausgeschmuggelten Brief, erfuhr, was er dort durchzumachen hatte. Von da wurden sie bis in die Karpato-Ukraine zurückgedrängt, in die Gegend von Vízköz, wo ihre Verbände regelrecht aufgerieben worden sind. Dank der Vorsehung ist unser Sohn im Verlauf einer Truppenverschiebung unversehrt nach Szolnok gelangt. Von da hat er mir endlich geschrieben. Jetzt wird er dann hoffentlich bald heimkehren!

*

8. November 1944
Umsonst hatte ich seit Tagen nur noch das Tor im Auge, heute bekam ich ein Briefchen von Marci, dass der Rückzug leider weitergeht, und zwar in Richtung Slowakei und Tschechien. Wozu, um Gottes Willen, nun auch noch dorthin? Wann wird uns das Schicksal endlich gnädig sein und meinen Buben zurückbringen?

Es ist mir ein Anliegen, den Bericht über uns fortzusetzen: Unserem Sohn Mihály geht es gut, er war zum Glück die ganze Zeit bei mir, ihn hat man wegen seiner immer noch ziemlich schmächtigen Gestalt und des unterdurchschnittlichen Wuchses nicht eingezogen. (Wie sehr haben Sie, mein Teuerster, sich wegen Miso gegrämt, weil er sich nicht so entwickelte wie andere in seinem Alter, sehen Sie, diesmal war es ein Vorteil für meinen armen Kleinen!)

Übrigens lebt auch er noch immer allein, vergeblich habe ich ihn ermuntert, er tut sich offensichtlich schwer mit den Mädchen. Aber er ist ja erst dreiundzwanzig, und bestimmt wird es für ihn leichter sein, wenn der Krieg vorbei ist. Sicher, es ist ein trauriger Trost, aber wahrscheinlich kehrt nicht jeder Bursche und Bräutigam, auf den daheim eine wartet, aus dem Feld zurück, und so wird dann auch für Miso das eine oder andere dieser unentschlossenen, noch abwartenden Mädchen frei sein.

Ein paar Zeilen noch über Franci. In den vergangenen Monaten war auch er in Lebensgefahr, wegen seiner Abstammung, und er hat sich schon lange vorher selbst das Allerschlimmste ausgemalt. Dass die Deutschen beabsichtigen, die Juden bis auf den Letzten zu beseitigen, die Rasse der väterlichen Winklers die der mütterlichen Weisz', davon war er überzeugt. Weswegen sich bei ihm in diesen niederträchtigen Zeiten die Angst mit der Scham mischt. Verbittert erinnerte er daran, wie gut es gewesen ist, dass er keine Familie gegründet hat. Und wie dankbar er mir und Ihnen drüben im Jenseits ist, dass wir beide seinen Sohn angenommen und Sie ihm Ihren Namen gegeben haben. So weiß es keiner, dass auch unser Miso zu einem Viertel Jude ist, woraus heutzutage doch unvorstellbare Komplikationen erwachsen könnten.

Hundertmal hat sich der arme Franci von mir verabschiedet, sagte, ich solle darauf vorbereitet sein, dass man ihn jederzeit verschleppen könnte, es würde schon genügen, wenn ihn jemand anzeigte. Er ist nämlich mit falschen Papieren untergetaucht, als er zum Strafarbeitsdienst eingezogen werden sollte. Einmal war es ihm gelungen, in das kleine Kontingent der freigekauften und in die Schweiz ausreisenden jüdischen Emigranten zu gelangen (mit Abschiedsschmerz, aber auf seine Rettung hoffend, ließ ich ihn ziehen, nein schickte, drängte ihn sogar), aber im letzten Augenblick ist er vom Transport zurückgetreten, hat von der Möglichkeit keinen Gebrauch gemacht. Er hatte Skrupel, auch wenn er sich sonst unabhängig fühlen konnte, seine alte, verwitwete Mutter während dieser bevorstehenden Deportationen allein zu lassen (von denen er ebenfalls schon viel früher Kenntnis hatte als sonst jemand in der Gegend. Doch vergeblich klärte er Anwälte und Rabbis auf, sie glaubten es nicht, keiner rührte sich und unternahm etwas). Unerwartet kam er zurück, klopfte eines Morgens bei mir, um mir mitzuteilen, dass er doch nicht emigrieren wolle. Nicht nur wegen seiner Mutter, auch von mir könne er sich nicht für immer trennen.

Und dann – ich weiß nicht, wie ich auf die Idee gekommen bin, vielleicht hatte ich gerade an Miso gedacht – fiel mir ein, dass unweit vom Gregor-Gehöft dieses aufgelassene kleine Wärterhäuschen der Schmalspurbahn steht. (Den früher darin wohnenden Bahnwärter hat man bei der Betriebsstilllegung anderswohin versetzt.) In letzter Zeit hat sich auch Miso manchmal dorthin zurückgezogen, wenn er in der Gegend unterwegs war, und hin und wieder trifft er sich dort mit den Gleisarbeitern zum Kartenspielen.

Du!, sage ich zu Franci, wir kennen doch den Regionalchef der Bahndirektion so gut, du und auch Irmchen! (Sie, mein Lieber, haben ihn nicht mehr kennen gelernt.) Ein äußerst anständiger Mann. Er könnte dir doch ein Arbeitsbuch als Eisenbahner ausfertigen, um dich dann mit den falschen Papieren als Flüchtling aus Siebenbürgen einzustellen, eventuell als Streckenwärter für die Instandhaltung der Gleisanlagen. Dann würdest du in der kleinen Dienstwohnung unterkriechen, zusammen mit deiner Mutter! Dort wird dich ganz gewiss keiner erkennen.

Und stellen Sie sich vor, Ondris, es ließ sich regeln, alles hat genauso funktioniert! Franci ließ sich einen Schnurbart wachsen, setzte eine Brille auf und ging in der Arbeitskleidung eines Bahnwärters. Er meldete sich beim hiesigen Stationsvorsteher – der war durch seinen Vorgesetzten schon informiert – und zog dann zusammen mit Tante Mici ins Wärterhäuschen ein. Tante Mici hat sogar noch die verwaiste Enkelin ihrer älteren Schwester mitgebracht, Franci meldete sich bei der Behörde als Witwer samt »Tochter« und Mutter an. Niemand außer uns und dem guten Bekannten in der Eisenbahndirektion ahnte etwas von Francis wahrer Identität. Miso hat ihnen dann noch beim Einrichten geholfen, doch der Arme wusste nicht, dass der illegal hergezogene Onkel Franci eigentlich sein Vater war.

Hier mein Notizzettel.

Natürlich wusste ich es! Schließlich hatte ich schon Jahre zuvor aus diesem Tagebuch von meiner Abstammung erfahren. Und sogar mit falschem Bart habe ich ihm aufgelauert und mir meinen Erzeuger genau angesehen, ihn später sogar um Geld gebeten.

Es stimmt schon, als ich ihn 1944 nur aus der Ferne gesehen habe, war für mich die wahre Identität des neuen Bahnwärters mit seinem Bart kaum auszumachen! Wegen der Mägde im eigenen Haus hieß es, Mama habe »durch Zufall« Bekanntschaft mit den »Flüchtlingen« gemacht, denn der Bahnwärter kam unter verschiedenen Vorwänden häufiger zu uns. Und Mama ging auch öfter zu ihnen hinaus, um Tante Mici bei diesem und jenem zu helfen. Oder sie schickte unsere Magd Juli, die junge Kusnyarik, hin.

»Papa Franci« war bei diesen Gelegenheiten sehr nett zu mir, wahrscheinlich ohne zu ahnen, dass auch mir klar war, warum. Natürlich sprachen wir wegen der Konspiration mit dem falschen Bahnwärter nur wenig miteinander, und natürlich auch deswegen, damit nicht herauskam, was ich längst wusste, nämlich dass er mein Vater war. Aber von alldem ließ ich mir Mama gegenüber nichts anmerken. Denn sie hätte dann gefragt: woher ich das weiß etc., doch wohl nur wegen des heimlichen Stöberns im Tagebuch, und das durfte ich ja nicht zugeben. So ist es also gewesen.

*

Doch Franci konnte auch hier das Agitieren nicht lassen. Vorsichtig, ohne seine Identität preiszugeben, gab er zu verstehen, dass er noch bei der Eisenbahn in Siebenbürgen Zuggarnituren mit Deportierten abgefertigt habe. Und er wollte darauf schwören, dass es kein gutes Ende nehmen würde; er überredete noch in letzter Minute einige jüdische Familien zur Flucht. (Wie weit sie gekommen sind, weiß man natürlich nicht.) Später, in den Tagen vor dem Einzäunen des hiesigen Ghettos, nahm er zusätzlich zu seiner Nichte noch zwei kleine jüdische Mädchen auf. Sie mussten versteckt werden, durften sich nicht zeigen. Wir, Juli Kusnyarik und ich (denn die Kusnyarik hatte die Stellung bei mir mit ihrer Tochter getauscht) brachten Lebensmittel zum Bahnwärterhäuschen hinaus, um all die Mäuler zu stopfen. Juli redete ich ein, die Flüchtlinge aus Siebenbürgen würden mich dafür gut bezahlen.

Nun, so haben wir diese Zeit irgendwie überstanden. Und weil ich mich nun schon seit Stunden mit Ihnen unterhalte, habe ich das Gefühl, dass ich Ihnen, mein teurer Ondris, wieder ein wenig näher gekommen bin. So wären wir alle miteinander friedlich vereint und versöhnt beisammen, das heißt, es fehlt nur noch Marci, aber vielleicht ist er schon unterwegs und steht plötzlich vor der Tür.

Hier muss ich nun über das Schwerste berichten.

Darüber, dass Mama täglich darauf wartete, dass Marci an die Tür klopfte. Die Ärmste wartete und wartete – noch neun Monate lang! Bis schließlich: Mein Bruder, der Unterleutnant Márton Osztatní, am 10. August 1945 daheim eintraf. Aber nur noch als Leiche. Er war bei einem Kriegsgefangenentransport, den die Russen von Brünn in Richtung der rumänischen Lager oder nach Konstanza auf den Weg gebracht haben, an Typhus gestorben, und es grenzt fast an ein Wunder, dass man unterwegs ausgerechnet auf dem Bahnhof von Újváros die Verstorbenen aus dem Zug ausgeladen hat. Dort muss ihn jemand aufgrund seiner Papiere identifiziert haben. Und Mama wurde verständigt. Wir fuhren auf dem schnellsten Weg mit dem Autobus hin und wollten ihn holen. Ich musste Mama stützen und führen, sie war gänzlich gebrochen und stumm. Auch wenn sie etwas sagen wollte, so brachte sie es doch nicht über die Lippen. Es war schrecklich. Marci hatten sie kahl geschoren, er lag in seiner verkoteten Unterhose da, bis auf die Knochen abgemagert, seine Habe in einem Leinensäckchen um den Hals. Wir ließen ihn nach Hause schaffen, und er wurde an Papas Seite beerdigt. Ein Glück in all dem Elend, dass seine Gebeine nicht auf den Schneefeldern am Don von hungrigen Hunden ausgescharrt und verschleppt wurden. Seine Sachen mussten wir verbrennen, nur seine Notizblätter haben Mama und ich aufgehoben. Es waren nicht viele und mit winzigen, kaum zu entziffernden Buchstaben beschrieben, er hatte kein Papier. Ich füge sie hier ein.

*

Das sind die Notizzettel von Marci:

Am 8.V.45 hörten wir, dass der Krieg aus ist. Eingeschlafen im Krieg, im Frieden aufgewacht.

Am 11.V. In Jenikov Entwaffnung durch die Russen. Richtung Gefangenschaft.

Am 16.V. 65 km marschiert.

Am 17.V. Im Gefangenenlager 3 in Rajec angekommen. Baracken aufgebaut. Verteilung. Wildes Durcheinander. Abschied von meinem Burschen, schweren Herzens. Sándor weint, ich auch fast.

Am 18.V. Ablieferung der Uhren; Rasierzeug, Geld (220 Pengő) etc. ebenfalls. Viele Gerüchte. Stoßseufzer Richtung Heimat.

19.V. Aufbau von Offiziersbaracken.

20.V. Pfingsten. Denke an daheim und vieles andere. Was ist mit meinem Söhnchen, mit Mama und Miso? Ja. Soll's nur regnen! Gottesdienst fällt aus. Ablieferung der Spielkarten. Musiker sollen sich melden. Abwechslungsreiche Kost: heute Mehlsuppe, morgen Mehlsuppe. Wenig Platz auf diesen paar Notizblättern. Der Rest ist für Nachrichten und Adressentausch draufgegangen.

21.V. Gestern Nacht Lagerfeuer, Balalaikamusik. Wir sind hier 15 000 Ungarn. Man sagt, 450 Waggons wären geordert. Angeblich soll die Strecke Brünn-Pressburg am 28. fertig sein. Auch sollen wir Tabak und bessere Verpflegung kriegen.

22.V. Wir träumen, machen Späße über Backhendl und Mohnnudeln. Mit meinen Schachfiguren geht es voran. Nur Papier ist nicht aufzutreiben.

24.V. Große Schach-Schlachten. Spielkarten zurückbekommen. Elendes Wetter. Weniger Belästigungen. Ärzte kriegen ihre Uhren zurück. Die Alten ausgenommen, geht es Montag, also in fünf Tagen, ab nach Hause! Kann bald meinen kleinen Jancsi und Mama Jadwiga in die Arme nehmen.

25.V. Kartoffelsuppe zum Frühstück. Gutes Wetter. Angeblich geht's jetzt schon ganz bestimmt heim. Die Gegend hier ist schön. Gemeinde Rajec, Kreis Boskovice.

26.V. Desinfizierung, hier kann man sich Läuse holen, aber auch neugeboren werden.

27.V. Ablieferung der Taschenlampen und Signalpfeifen. Unruhige Nächte, da wir auch bei Tage schlafen. Schlecht von denen daheim geträumt. Der alte Gregor macht aus Wandschoner-Papier einen Sarg. Sie heben ihn auf den Leiterwagen und bringen ihn meiner Mutter. Jadwiga wartet am Tor auf sie. Auch ich kehre heim. Zu Hause geben sich fremde, mir gänzlich unbekannte Leute als meine Geschwister aus. Meine Rückkehr passt ihnen nicht.

28.V. Als ich aufstand, war mir für ein paar Augenblicke schwindlig. Ich bin Offizier vom Dienst und Barackenältester.

29.V. Die Verbreiter von Gerüchten werden von uns schon ausgelacht. Pädagogen organisieren ein kleines Gymnasium. Nichts Ernstzunehmendes.

30.V. Volkszählung. Wir schneidern uns kurze Unterhosen. Nachts schlüpfrige Träume. Ewiges Gesprächsthema: lukullische Mahlzeiten daheim, durchsichtige Negligés …

31.V. Letzter Tag im Mai, und noch immer kein sicherer Anhaltspunkt für die Heimkehr! Russen haben den Offizieren bessere Verpflegung angeboten. Unser Kommandeur lehnte ab. Er hat richtig und anständig gehandelt. Gottesdienst. Mir fehlt die Kraft dazu. Mir ist alles gleichgültig. Schäme mich vor mir selbst. Ohne Religion lebt man leichter, aber misslicher. Verpflegung besser. Gesang wird leiser.

2.VI. Verwirrende Nachrichten! Am 7. bis 9. sollen wir in zwei Kontingenten nach Hause transportiert werden. Ab heute sind wir angeblich nicht mehr Gefangene. Mittags Gulasch aus Rossfleisch mit Kartoffeln. Gewöhnungssache! Freunde mich in slowakischer Sprache mit einem Russen an. Er kommt auch ins Dorf hinunter. Versprach, meinen Brief an Mama Jadwiga aufzugeben. Ich schrieb, dass ich vielleicht schon in einer Woche daheim bin.

3.VI. Wenn die Gerüchte stimmen, sehe ich die Meinen bald wieder. 16 Russen sollen uns begleiten. Verpflegungsstationen sind vorgesehen. Im Galopp ab in Richtung Heimat.

4.VI. Heute miserable Kost. Wir sind weiterhin Gefangene. Keine Rede mehr von der Heimkehr zwischen dem 7. und 9.!

5.VI. Große Trödelei. Kompanien neu eingeteilt. Auch unter den Offizieren sind manche verlaust! Arbeit wäre schon eine Erlösung.

6.VI. Die Mannschaft lehnt sich auf. Man hat nichts zu tun – fängt an zu denken, und zwar falsch. Ich scheue mich, Befehle zu geben!

7.VI. Bin von Tag zu Tag schwächer, vor allem seelisch. Wer sich durch den Stacheldraht unterhält, wird von den Russen erschossen. Sind wir nun doch Gefangene?

9.VI. Hauptmann Belénessy schreibt die Namen aller aus der alten Baracke auf, und falls wir heimkommen, treffen wir uns am 20. August in der Bierhalle Szondi in Budapest. Der noble Vorschlag wird einstimmig angenommen.

20. VI. Die Verfügung zum Abmarsch ist gekommen, angeblich brechen wir in 3 Tagen auf. Nach Brünn sind es 26 km, von da bis Pressburg 185 km.

11.VI. Bei den Artilleristen ist Bauchtyphus ausgebrochen. 11 Fälle gab es schon. 11 Fälle. Mein Gott, hoffentlich bleibe ich davon verschont!

12.VI. Habe von Mama Jadwiga geträumt. Bei der Hochzeit tanze ich mit einer Frau, Mama hat mich abgeklatscht und tanzt eng umschlungen mit mir und flüstert mir was ins Ohr. Ich lasse sie trotzdem stehen. Sie ist blass, wie sie mir nachschaut.

13.VI. Frühstück: Wassersuppe, in einem halben Liter 10–12 Klümpchen. Ich taumle vor Hunger.

14. VI. Das Unheil hat bei uns eingeschlagen! Typhusverdacht in unserem Bataillon! Kartoffeln werden gestohlen. Ein erbärmlicher Anblick. Höchstens noch eine Woche, und ich sacke zusammen.

15.VI. Die Rumänen werden abtransportiert. Auch die Russen packen. Die Stimmung ist zuversichtlich: »Es geht nach Hause!« Ich war immer Optimist, doch jetzt quält mich eine schlimme Vorahnung. Mehr Typhusfälle sind nicht aufgetreten. Ich habe Sorge wegen Vitaminmangel. Skorbut, Zähne wacklig, Fingernägel fallen aus. Ihr daheim, lebt ihr alle, und geht es euch gut? Ob man uns die Ländereien und die Gehöfte gelassen hat?

16.VI. Wie dumm doch unsere armen Landser sind! So muss die Herde ohne Esel sein. Uns Esel akzeptieren sie kaum noch. Nachts war ich wieder daheim, kurierte mit Papa die Pferde. Sah viel Blut. Gott, armer Papa! Früh hast du uns verlassen!

19. VI. Morgen soll es 18 km weitergehen, in ein anderes Lager, weil die vielen Latrinen das Wasser der Gemeinde verseucht haben. Zwei Spaßvögel legen Zigarettenstummel auf dem Weg aus, die sie mit einem Zwirnsfaden wegziehen, wenn sich einer danach bückt. Beobachten ihre Fallen mit der Geduld eines Anglers. Viele werden reingelegt. Großes Gelächter über den Schabernack.

23.VI. Die Feldküche mit dem Mittagessen im Anmarsch. Mit zwei Gäulen davor. »Siehst du, Freundchen, das ist das Mittagessen, das von unserm Nachtmahl gezogen wird!« – sagt der eine Schütze. Das Huhn mit Hufen gibt's dann am Abend. Schütze Veres furzt in den Kessel. Die anderen lachen, und er ist stolz auf seinen Einfall. Der Anschiss vom Leutnant stört ihn nicht, er lacht ihm ins Gesicht. Der tut mir Leid. Ein Nervenbündel. Heute ist Samstag, es heißt, am Dienstag geht's los. 10 Minuten später kommt schon der Widerruf.

29.VI. Heute ist Peter und Paul. Daheim fangen sie mit der Ernte an. Die Sensen klirren. Jenseits des Drahtverhaus wird jemand mit Musik beerdigt.

30.VI. Bombennachricht: Morgen um 7 Aufbruch. Endlich! Großer Rummel. Na, du verfluchtes Nest, kannst uns gestohlen bleiben, nach 43 Tagen Gefangenschaft geht es jetzt nach Hause.

1.VII. Wieder ein Problem! Angeblich Typhusepidemie, wir müssen bleiben. Verzögerung von 10 Tagen. Manche reden von der Ukraine. In der russischen Kommandantur Sauferei und Gegröle bis morgens um drei.

2.VII. Schlimmer Wolkenbruch. Harte Schachpartien. Zeichne Karikaturen auf ein Brett. Neue Latrinen werden gegraben.

3.VII. Eklige Gerüche steigen einem in die Nase. Im Lager 2 beim Sägewerk sollen schon 200 an Typhus erkrankt sein, einer angeblich bereits gestorben.

4.VII. Ich zeichne und unterhalte mich mit einem aus unserer

Gegend. Ein unendlich langer Truppentransport rollt am Lager vorbei, den ganzen Tag lang ohne Unterbrechung. Man wirft uns Zigaretten und Tabak herein. Um etwas zu ergattern, wird im Bereich der Latrine getreten und gerempelt.

6.VII. Gottesdienst. Ich röste Brot. Höre mir den Vortrag über die Bodenreform an, interessant. Abends die überraschende Nachricht: Morgen um 7 Abmarsch! Hastig werden zweirädrige Karren zusammengebastelt.

7.VII. Es geht wirklich los, der Befehl ist jetzt da. Marschrichtung Brünn. Also ist es tatsächlich so weit! Langer Fußmarsch. Nur wenige Spuren des Kriegs. Schön steht das Getreide. Ankunft in Lomnice. Es wird gefilzt. Uhren, Messer, Rasierapparate, Scheren und auch sonst alles, was glänzt, dazu Stiefel, alles ade! Wieder hinter Stacheldraht. In einem alten, verkommenen Schloss hoch oben auf einem Berg. Im Dachboden nehmen wir Quartier. Aber es kracht, der Boden hängt wegen der Überlastung durch. Und so geht es hinunter in den verdreckten Stall. Abendessen entfällt.

9.VII. Wir richten uns in den Erdlöchern am Berghang ein. Leben wie die Wühlmäuse. Die Mannschaft ein einziger Bienenkorb. Schlimmste Folter: Nichtstun und Zeit haben zum Grübeln. Im Dorf wird gefeiert, Blechmusik spielt flotte Märsche.

10.VII. Streiterei mit Feldwebel Varga, der mir den Gehorsam verweigert. Was tun mit ihm? Ich schlucke es. Die Mannschaft sieht zu. Gott soll jeden davor bewahren, in Gefangenschaft kommandieren zu müssen. Wenn man mich von der Zugführerschaft nicht entbindet, werde ich mich der Subordination schuldig machen!

12.VII. Im Traum war ich bei meiner Frau daheim. Marka und ich stritten beim Nachtmahl. Und machten auch anderes. Honigsüße Mehlspeisen, Topfenpalatschinken.Tauche alles in Honig ein. Nur weiß ich nicht, ob in Markas Töpfchen oder in das einer anderen, denn beim Keuchen konnte ich ihr Gesicht nicht sehen. Nur das von Mama Jadwiga. Warum im Traum immer noch mit Marka? Und auch das Weinen des kleinen Jancsi kehrt immer wieder.

13.VII. und auch noch Freitag dazu. Schreibe auf dem Knie im Schlosshof. Warten in Reih und Glied. 3000 Mann nach Brünn abmarschiert. Doch wohin von da? Der Hauptmann sagt, dort wartet ein eigens ernanntes ungarisches Komitee auf uns. Die Pfeilkreuzler werden aussortiert, und nach einem letzten Dawei! Dawei! geht's heimwärts. Alle Papiere werden uns abgenommen, auch mein Notizbuch ist weg. Vielleicht ist dies meine letzte Eintragung. Es geht los! Diese 33 km zu Fuß waren ein Todesmarsch! Die Vorstadt von Brünn ist von den Engländern furchtbar zugerichtet. Wände wie löchriger Käse. Die Innenstadt aber weitgehend unversehrt. Die Straßenbahn fährt, hier tummelt sich schon der Frieden. Wir werden gefilzt. Man droht mit Erschießen, so liefere ich auch mein schönes Rasiermesser ab. Hatte es noch in Kaschau erstanden, prima Stahl. Desinfizierung. Alle werden kahl geschoren.

16.VII. Schlafen auf dem staubigen Boden im Hof. Lauter bärtige, schmutzige Gesichter in zerschlissenen Uniformen, krumme, halb nackte lebendige Tote mit tief liegenden, müden Augen. Schleppen uns durch die Straßen von Brünn. Erreichen einen wunderschönen Bahnhof. Heim ...! 45 in ein Abteil!

17.VII. Die Nacht schlafen wir im Hocken durch. Der Abort ist ein konisches Ofenrohr im Boden. Es ist ganz dunkel und schwül. Ich lerne Russisch, besitze ein Wörterbuch mit Grammatik. Nenne kein Datum mehr, weiß auch keines mehr, fahren oder stehen wir schon fünf oder sechs Tage. Presse meinen Mund auf eine Ritze, um etwas Luft von außen zu bekommen. Die Kost: immerfort Mais, manchmal geschrotet, Graupenschleim, Kleie, Mehlsuppe, gesalzener Fisch, Zwieback, also steinhart getrocknetes Brot. Die Ruhr ist ausgebrochen. Zuerst hatte ich, dann abwechselnd mit Oberleutnant Sárközi, Abort-Aufsicht. Dreimal täglich ließen wir die Leute ihr Geschäft verrichten, aber es reichte nicht. Sie kamen auch die ganze Nacht hindurch. Manche schließlich jede halbe Stunde und qualvoll. Von den vier Fenstern waren zwei zugenagelt. Entsetzlicher Gestank, im Iltisbau kann's nicht schlimmer sein. Beginne mein letztes Notizblatt, schreibe nur, wenn der Zug steht. Am meisten denke ich an meinen armen Buben Jancsi. Draußen ist Hochsommer. Manche werden mehrmals ohnmächtig. Tagelang ungewaschen, bärtig, dösende, irre Blicke, abgemagerte, halb nackte Körper. – Mein Gott, wenn wir doch einer den anderen nicht sehen müssten! Mein Kamerad Bandi ist, fürchte ich, wahnsinnig geworden. Weinen, lautes Beten. Andere reden laut im Schlaf, wähnen sich daheim. Grenze! Die tausendjährige ungarische Grenze. Wir kritzeln Briefe, werfen sie hinaus, wenn wir Zivilisten sehen. Schreckensmeldung: Es geht gar nicht nach Hause! Vielmehr nach Fokschani in Rumänien. Ja, dann ziviles Leben ade! Wenn zuerst Rumänien, dann Russland – der langsame Tod. An der Grenze keine Spur von Empfang. Sind wir denn so niederträchtige Schurken? Bin ich nicht ausgezogen, weil es so befohlen war. In unserem Waggon leiden schon 30–35 an der Ruhr, unter ihnen auch ich. Einer kämpft mit dem Tod. Wir müssen schon fast 20 Tage fahren. Szolnok, Szajol, Mezőtúr. Wie vertraut mir die Gegend ist! Ich spüre, dass ich keine Kraft mehr habe. Wir liegen nur noch. Es gibt keinen Platz mehr

Und dies war dann der letzte Eintrag meiner Mama, der Maria Jadwiga Osztatní, geborene Palkovits:

Gestern, den 10. August 1945, erhielt ich die Nachricht, eine schrecklichere kann eine Mutter gar nicht bekommen. Mein geliebter Sohn, der Marci, ist tot. Er starb auf dem Transport, als er schon ganz in meiner Nähe war! Mein Gott, wie konntest Du dies zulassen? Und warum ließ ich ihn in den Krieg ziehen? Ich hätte es ihm verbieten, ihn verstecken oder ihn mit meinen beiden Armen aus der Hölle herausholen müssen! Miso und ich rannten sofort los, um ihn zu sehen. Und ich habe ihn gesehen. Aber das kann ich nicht niederschreiben. Wäre doch ich an seiner Stelle gestorben! Ach, Ondris, moj Milji! Sehen Sie, ich habe doch nicht genug Obacht gegeben, nicht aufgepasst auf Ihren einzigen Sohn! Ich werde mir das nie, niemals verzeihen. Jetzt bestraft mich Gott für alle meine Sünden.

Hinzufügungen von meiner Hand

Jetzt kann ich nach der Feder greifen. Und fange gleich hier, nach Mama, an zu schreiben.

Muss mit möglichst kleinen Buchstaben schreiben. Ist eigentlich kein Muss für mich, vielmehr meine Gewohnheit. Musste ja immer auf kleine Papierschnipsel schreiben, die in meine Hosentasche passten. Habe Schulhefte oder Schreibpapier mit dem Messer zu Zettelchen geschnitten, wie früher gleichmäßige Blättchen zu Klosettpapier. Was damals ausschließlich meine Arbeit war. Mama hat mir den Auftrag gegeben, denn, so sagte sie, du kannst so schön gleichmäßig schneiden, Miso. Die liebste Mama. Ich muss oft an sie denken.

Jetzt darf also ich der würdige Erbe von diesem »Merkbüchlein« sein, in dem ich bisher nur heimlich lesen konnte und das ich immer wieder schnell in sein Versteck zurückgelegt habe, natürlich ging es nicht, dass ich etwas hineinschrieb, Mama durfte ja nicht merken, dass ich es kannte. Doch jetzt hat mich das Schicksal dazu bestimmt, dass ich auch etwas hineinschreibe.

Letzte Woche Freitag habe ich meine am Montag still entschlafene Mama begraben! Meine geliebte, teure Mutter: verwitwete Maria Jadwiga Osztatní, geb. Palkovits, geboren 1887, gestorben 1954, Friede ihrer Asche. Du warst mein Ein und mein Alles, ich für dich auch, dein jüngster, dir noch verbliebener Sohn. Der am Ende mit dir allein geblieben war, mit dir in Liebe. Wie hast du mich bedrängt, doch zu heiraten, obwohl es ja kaum je einmal eine Kandidatin gegeben hat. Ich aber harrte an deiner Seite aus, treu bis ans Grab, Mama, meine liebe, teure Jadwiga!

Angebetet habe ich dich, denn ich kannte dich ja, auch die vermeintlich geheimen Gedanken und Affären, die mir aus den Blättern mit deinen Aufzeichnungen offenbar geworden sind. Mir ganz allein!

Auch aus dieser ganz bestimmten ausspähenden und auflauernden Neugier der Kleinkindzeit und des Halbwüchsigenalters. Über die abfällige Bemerkungen zu machen sich für ein Kind nicht gehört, über das nämlich, was es, auf den Hocker geklettert, in der Badestube durchs Fenster gesehen hat … Dennoch und trotz der Dunstschwaden hat sich ihre Gestalt oder vielmehr das Trugbild für immer in mein Ge-

dächtnis eingeprägt! Überhaupt wie ich die dies betreffenden Eintragungen meiner Eltern dazu gelesen habe. Und auch wenn über meine Mama Jadwiga die Zeit schon immer mehr hinweggegangen war, in meiner Fantasie sah ich sie immerfort jung und schön.

Denn verglichen mit ihr ist jedes andere Weibsbild eine Schlampe, wie zum Beispiel Marka, meine Schwägerin, und ich könnte noch eine Menge andere aufzählen.

Auf dem Sterbebett lag Mama auf diesem Tagebuch wie auf einem Kissen, ich habe es unter ihrem Kopf weggezogen. Tue nun so, wie anno dazumal Mama, nun ist es an mir, die Feder zu ergreifen, die ihr aus der Hand gefallen ist, und die Leier weiter zu tragen. Die Aufgabe ist vielfältig, und manches Rätsel harrt der Auflösung und sollte auch richtig gestellt werden. (Obendrein sind die Heftfäden gerissen, und die Blätter flattern auseinander, eine Revision tut not.)

Ich glaube, dass bei den Aufzeichnungen von Papa und auch von Mama an manchen Stellen noch Ergänzungen eingefügt werden sollten. Da und dort habe ich in Gedanken ja schon Kommentare gegeben und den Entschluss gefasst, dies, wenn einmal die Möglichkeit besteht, auch schriftlich zu tun. Und so will ich mich denn gleich morgen an die Arbeit machen und ihre Niederschriften mit Fußnoten und Ergänzungen versehen.

Wollte ich, dem Beispiel meiner Eltern folgend, auch über mich berichten, so müsste ich vielleicht etwas über mein Wirtschaften sagen. Aber in Wirklichkeit habe ich ja gar keine Landwirtschaft mehr betrieben, bestenfalls könnte man es so ausdrücken: etwas wie ein berufliches Dahinstolpern und Straucheln. Und im Grunde gilt das ja für mein ganzes Leben.

In Papas Nachfolge bzw. unter seiner Anleitung hätten wir, als hinsichtlich des Besitzes »wohlhabende« Gutsbesitzersöhne, uns besser und weiter entwickeln müssen, als wir es taten. Ich weiß ja, dass unser Vater Kenntnis hatte von den modernen Methoden des Wirtschaftens, aber die Umstände, die jeweiligen augenblicklichen Situationen standen seinen diesbezüglichen Absichten immer im Weg. Bis der Arme dann schließlich mit abschätzigem Winken die Zügel hingeworfen hat und nur noch auf dem Ruhelager seiner Kammer auf dem Gehöft dahinvegetierte.

Mein Bruder Márton und ich, wir hätten trotzdem ein fachlich fundiertes, selbstständiges Wirtschaften beginnen müssen. Doch sosehr es auch wünschenswert gewesen ist, ein wenig spekulativer zu produzieren, so lief doch alles vorwiegend auf die alten Rezepte hinaus. Und, ehrlich gesagt, selbst auf diesem Weg kamen wir auf keinen grünen Zweig. Weil wir immer mit Geldmangel zu kämpfen hatten und auch genötigt waren, einmal da, einmal dort ein Stück Grund zu veräußern.

In dem Haus, in dem ich jetzt wohne, lebte bis zu ihrem Tod Mamovka, meine Großmutter. Nach seiner Heirat wollte eigentlich mein Bruder Márton mit dem Sohn Jancsi hier einziehen, doch sie hatten ja dieses neue Gehöft. Aber das war von allem Anfang an eine schlechte Ehe. Deshalb war dann, als Marci in den Krieg musste, Mamas und mein Verhältnis zu meiner Schwägerin schon so unerträglich, dass Marka beleidigt mit ihrem Sohn und mit Sack und Pack weg zu ihrer Mutter gezogen ist. Auch weil Marci ja ohnehin nicht daheim wäre.

Aber mein armer Bruder konnte auch später gar nicht mehr daheim sein. Er ist im August '45 in einem Viehwaggon an Typhus gestorben, schon ganz in der Nähe seines Zuhauses, wo wir sehnsüchtig auf seine Ankunft gewartet haben. Da sagte Mama, ich sollte ins alte Haus einziehen, das Alter hätte ich ja dazu. Nicht dass sich Marka hineinsetzt und es uns vielleicht gerichtlich streitig macht. Und Mama wollte auch mit ihrer Trauer um Márton lieber im »neuen Haus« allein sein. Also separat von mir. Dann aber mussten wir Grundbesitzer '48–'49 bei der forcierten »Demokratisierung«, wie man zu diesen Zwangsmaßnahmen damals sagte, das »neue Haus« abgeben, d. h., man hat es uns genommen. (Und natürlich auch draußen die Gehöfte, das von Marci und das Gregorsche, danach auch die Gründe und anderes, aber diese Dinge sind ja allgemein bekannt.) So kam auch Mama hier herüber.

Aber mit diesem alten Haus gab es ein Problem. Der Zimmermeister meines Urgroßvaters János Osztatní hat 1856 die Dachkonstruktion sehr unglücklich angelegt. Schon zu Papas Lebzeiten fing der Dachstuhl gefährlich zu knirschen an. Und nach seinem Tod musste dringend etwas damit gemacht werden. Die Sparren waren mit den gestückten Bindesparren durch Zapfen verbunden. Und der kürzere Teil der genagelten Bindesparren senkte sich unter dem Gewicht, und so haben sie sich voneinander entfernt, sozusagen voneinander wegbewegt. Die ganze Konstruktion drohte schon auseinander zu brechen und einzustürzen. Jemand musste sich dieser Sache annehmen. Der inzwischen verheiratete Márton war als frisch gebackener Herr des damals für sie errichteten Gehöftes ja schon mit einem Bein außen vor. So blieb die Sache an mir hängen. Geld war dafür auch keines da, so mussten wir ein Grundstück in Szöllös opfern. Wir haben dann von einem Zimmerer die ganze Dachkonstruktion mit Rüstbalken abstützen lassen, und über den Hausgang legten wir ebenfalls Balken, aber schwächere. Auch sonst ergaben sich kleinere Änderungen am Haus. Die Diele mit den offenen Feuerstellen haben wir mit einer Decke zugemacht, sie bekam zylinderförmige Rauchfänge. Aus dem Bogengang wurde eine Veranda mit einem Boden aus gemusterten Zementkacheln.

Wir beide, mein Bruder Márton und ich, hatten ein gutes, sagen wir normales Verhältnis. Abgesehen von kleineren und harmlosen Streitereien. Welche Liegenschaften bei der Erbschaft wem zustanden, wuss-

ten wir eigentlich nicht. Wir konnten nur mutmaßen, zumindest was Márton betraf, und ein wenig natürlich auch mich. So hat Márton bevorzugt das vermutlich Seinige düngen lassen. Die weiter entfernt liegende leer stehende Hälfte dagegen weniger, denn wenn es auch noch nicht feststand, so vermutete er doch, dass ihm diese einmal nicht zustehen würde. Sie ist schließlich mir zugefallen, aber ohne Gehöft.

Unser Vater hat zu seinen Lebzeiten schon den Marci vorgezogen.

Ich habe mich an die kleine Schrift gewöhnt. Um so viel wie eben möglich auf dem Papier unterzubringen. Auf die Zeitungsränder und, als es schon anständige Klopapierblätter gab, auch auf diese. Es wäre etwas anderes gewesen, hätte ich ein solches gebundenes Tagebuch gehabt wie dieses lila linierte. Hier haben die Zeilen Platz genug, und man muss gerade auf Linie schreiben. Meine Zeilen biegen sich immer nach oben. Warum, weiß ich nicht.

Aber zum Beispiel, Kurilla hat alles verbrannt, was ich voll geschrieben aus meinen Taschen hervorgeholt habe. Und ich wagte nie zu protestieren. Eine unangenehme Erinnerung ist dies für mich, dass er meine so mühsam zu Papier gebrachten Gedanken dem Feuer übergeben hat, während er sich dabei seine Plan-Zigaretten (so nannte man die Sorte) ansteckte. Vielleicht insgesamt zweimal hat er mir eine angeboten, der Schuft. Und ich traute mich nie, mir da im Stehen eine aus eigenem Tabak zu drehen. Und überhaupt, auch wenn wir nur zu zweit waren, bestand er immer auf sein »bitte gehorsamst«, dies oder jenes zu dürfen. Aber lassen wir das.

In dem von Papa als »Merkbüchlein« (das in Wirklichkeit aber die Größe eines Logbuches hat) titulierten Aufzeichnungen zu lesen, hat mich betroffen gemacht. Hauptsächlich das, was ich über Mama erfahren musste. Denn ich hatte ja nicht die blasseste Ahnung! Und gerade in dieser Zeit fing ich an, das Weibervolk, das nicht das geringste Interesse an mir zeigte und keinerlei Anstand hatte, eher mit Verachtung zu sehen. Auch setzt es auf hinterhältige Weise seine Reize gegen die Männer ein (nach dem Motto »ach wie so trügerisch sind Mädchenherzen«). Und dann Mama! Wenn das alles so stimmt. Und warum sollte es das nicht?

Jedoch immer und immer wieder, bis ich dann Mama schließlich bei mir doch verziehen habe. Mehr noch, während ich die anderen Frauen immer mehr verachtete und für ehrlos hielt, habe ich sie auch durch das Lesen im Tagebuch mehr und mehr lieb gewonnen. Und rückblickend sah ich sie in dieser Zeit in königlicher Schönheit und in fast anbetungswürdigem Glanz. (Davon jetzt kein Wort weiter. Nur dass ich mir jahrelang nichts sehnlicher gewünscht habe als das, was über sie als Frau geschrieben stand, oft wöchentlich im Verborgenen und unter größter Geheimhaltung zu lesen, nur so viel dazu.) Aber meine Eifersuchtsgefühle kann ich nicht leugnen. Dass ich manche Dinge am liebsten herausgekratzt hätte aus ihrem mit Verblüffung nachgelesenen Lebensschicksal.

Ich hatte mein Versteck auf dem Dachboden. Bereits damals, als die Bindesparren erneuert wurden, habe ich es entdeckt, dachte mir, was für ein guter Unterschlupf das wäre. Und sogar noch ganz nahe am Rauchfang, auch für den Winter. Ich habe ihn mit allerlei Gerümpel verstellt und getarnt. Hinter dem Balken war alles versteckt, was man so braucht. Zwei Dachziegel habe ich gegen Reste von Fensterglas ausgetauscht, und für den Abend hatte ich Tranfunzeln. Zur Isolierung habe ich Säcke auf die Latten genagelt. Gegen die Kälte ließ ich mir dann auch noch eine kleine technische Neuerung einfallen: Ich stemmte das Rauchfangloch nach hinten breiter aus, machte zwei Eisenstäbe darin fest und schob eine Platte auf diese beiden Stäbe, auf der man sogar Feuer machen konnte, so ähnlich wie ein Backblech. Ein feines Versteck zum Schreiben. Zum Lesen. Und Mama ist ohnehin nie auf den Dachboden hinaufgestiegen.

Angst hatte ich nur, als die Requirierungsschnüffler kamen. Sie hätten mir, wenn sie das Versteck entdeckt hätten, irgendeine Sabotageabsicht anhängen können, weil ich mich hier aus weiß Gott welchen Gründen verborgen hielt. Oder wenn der Kurilla einmal eine Hausdurchsuchung durchgeführt hätte. Deshalb habe ich die Wärmeisolierung abgenommen, Papier und anderes Zeug (Trinkgefäß, Filzpatschen etc.) weggeräumt, denn ich besaß so flauschige Altweiberpantoffeln, auf die Sohle hatte ich mir zwecks der Dämpfung von Schrittgeräuschen zusätzlich mit Spelzen gefüllte Säckchen genäht, damit Mama unten nichts hörte. Sie wurden dadurch ziemlich rund, und ich konnte mit ihnen an den Füßen fast lautlos schleichend dahingleiten, trotzdem war unten hin und wieder ein verdächtiges Knarren in der Decke zu hören. Worauf Mama bemerkte, umsonst haben wir das Haus umgebaut, Misko moj, es seufzt noch immer.

Der Reihe nach stahl ich alles aus Papas und Mamas Schriftentruhe und schleppte es nach oben, um es dort zu studieren. Auch habe ich den Inhalt der Schriftstücke auf numerierten Papierchen festgehalten, sie dann wieder hinuntergebracht und an ihren ursprünglichen Platz gelegt. Dann holte ich mir etwas Neues. Kauf- und Gesindeverträge, bei den Urgroßvätern beginnend, dann Listen vom Großvater väterlicherseits, weiter etwas über Auswanderer, verschiedene Briefwechsel und diverse Ansuchen um behördliche Genehmigungen. Es gab da auch eine Anordnung, wonach Ausreisewillige, die sich ohne Reisepapiere auf und davon machen wollten, anzuzeigen waren. Ferner Buchführungsprotokolle, alte Kronen aus der Inflationszeit, blaues Geld, weißes Geld. Ich fand auch Unterlagen über einen langwierigen Erbschafts-

streit zwischen dem väterlichen Großvater und den Szvetliks. Das allein ist ein riesiger Packen. Auch in Papas Tagebuch ist darüber etwas geschrieben.

Zur Nachforschung habe ich mich entschlossen, als ich die Abschriften der Sterbeurkunden von meinen Großeltern mütterlicherseits gefunden habe. Dass sie jung, etwa um die Zeit von Mamas Geburt, in zwei aufeinander folgenden Jahren gestorben sind. Das nämlich wusste ich schon. Nur! Es kam ein Protokoll über die Obduktion von Endre Palkovits, der mein Großvater war, zum Vorschein, dass die Herkunft der Blutvergiftungswunde an seinem Oberarm nicht zu klären sei. Und darunter die kriminalpolizeiliche Anordnung zur Untersuchung dieses Vorfalls. Daraus entstand bei mir ein schrecklicher Verdacht. Was wohl mein anderer Großvater, György Osztatní, damit zu tun haben könnte. Denn seine Auserwählte war ja Maria Ponyiczky, die Mutter meiner Mama Jadwiga! Ich wunderte mich auch, dass Papa damals beim Tagebuchschreiben gar kein Verdacht gekommen war.

Momentan kritzle ich hier auf dem Dachboden wieder in dieses Tagebuch. Denn hier oben verstecke ich es meist, aber wo, das verrate ich nicht. Jetzt muss ich allerdings nicht mehr gegen Mama konspirieren, aber Gott bewahre, dass es einmal Kurillas Schnüfflern in die Hände fällt. Obwohl ich selbst in vier Monaten erst diese paar Seiten geschrieben habe, weil ich es vorzog, etwas zu lesen, außerdem wollte ich das Slowakische von Papa übersetzen. Ich werde das Buch nicht mit »Fremdfedern«, sondern auch mit meiner Feder füllen.

Schon als kleines Kind hab ich immer gern gespäht und spioniert. Andern aufgelauert, sie belauscht, hinter manche Dinge geschaut und die dann ausgekundschaftet. Bin sozusagen eine forschende Natur. Das kommt von meiner unstillbaren Neugier. Und ich habe gefunden, dass sich die Menschen anders geben und ihre Sachen in einem anderen Licht erscheinen lassen, wenn sie wissen, dass auch andere sie im Blickfeld haben. Ein erlauschtes Bild ist unverfälschter, kommt der Wirklichkeit viel näher, weil sich derjenige dann nicht vor andern verstellt. Zum Beispiel habe ich mich oft versteckt und Mama und Papa belauscht, wenn sie stritten. Ich kann es ja beschreiben, wovor ich immer Angst hatte: Dass uns Mama verlassen könnte.

Nach Marcis Tod saß Mama nur mehr zu Hause. Ihre Zugfahrten nach Csaba hat sie gänzlich eingestellt. Einmal fragte ich sie, ob es denn für sie nicht vielleicht gut wäre, wenn sie wieder einmal hinführe, denn sie hat Tante Irmchen gar nicht mehr besucht, oder was mit Onkel Franci sei? Daraufhin hielt sie sich voll Entsetzen die Ohren zu und gebot mir, still zu sein. Ich begann, in der Sache ein bisschen zu fahnden. Und erfuhr, dass Onkel Franci spurlos verschwunden war, aber keiner hatte eine Ahnung, wohin er sich begeben haben könnte. Nur so viel wusste man, dass er nach der fingierten Bahnwärterstelle wieder in die Stadt zurückgegangen wäre und dass die Tante Mici ein paar Monate danach gestorben sei. Mama hat nichts davon gesagt, und wir waren auch nicht beim Begräbnis. Genauso sind die Földes' verschwunden! Aber die waren schon geschieden. Und bei der Adresse von Tante Irmchen machten gänzlich Unbekannte die Tür auf und wussten von nichts.

Dann habe ich ein bisschen zu kombinieren angefangen, vielleicht sind Onkel Franci und Tante Irmchen ... aber mit Mama traute ich mich darüber nicht zu sprechen. Und dass auch bezüglich der Erbschaft die Sache für mich nicht ganz gleichgültig wäre, aber dann bin ich draufgekommen, dass ich ja gar nicht den Namen meines Vaters Franci trage. Doch das hätte ohnehin nichts zu sagen, die Wohnung wäre sowieso verstaatlicht worden und die sonstige Habe auch.

Die letzten Tage habe ich Papiere sortiert. Und es kam dabei eine offizielle Benachrichtigung von 1951 für die Witwe des András Osztatní geb. Palkovits zum Vorschein, dass man ihre Stadtvilla mit der Hausnummer soundso verstaatlicht hätte. Was war das für eine Villa in der Stadt, die Mama gehört hat?

Und dazu gelang es mir auch, nach einiger Sucharbeit, den Vertrag über den Eigentumserwerb herauszukramen. Der Rechtsanwalt Benjamin Winkler hatte nämlich im Auftrag von Maria Jadwiga Palkovits, verehelichte Osztatní, am 9. April 1915 ein Wohnhaus erstanden. Offenbar aus Apovkas vererbtem Sparbuch, von dem Mamovka glaubte, dass es gestohlen wurde. Es lagen noch Quittungen über Mietzahlungen dabei, also muss die Liegenschaft vermietet gewesen sein. Ich glaube, Papa wusste davon nichts. Im Tagebuch steht jedenfalls nichts darüber. Denn bei den Ausflügen in die Stadt wohnte Mama meist bei Irmchen, wenn sie nicht in die Wohnung von F. W. ging.

Was wollte Mama mit diesem Haus? Und demnach hatte sie auch ein eigenes Extraeinkommen. Was sie vermutlich zusammen mit meinem Papa Franci verjubelt hat. Während wir hier daheim seit den Dreißigerjahren bereits jeden Groschen dreimal umdrehen mussten!

Ich wollte schon immer ein Eisenbahner werden. Und auch ein Bahnwärter hat ein schönes Leben. Meine Gedanken gehörten den schwarzen Dampfrössern, die in alle Himmelsrichtungen rollen. Am liebsten wäre ich natürlich Stationsvorsteher geworden.

Sehr gern bin ich mit der selbstbetriebenen Draisine gefahren. Die Draisine ist eine Art Ruderboot auf Schienen. Die Geleise der Schmalspur-Betriebsbahn hin zur Zuckerfabrik verliefen nicht weit vom Gregor-Gehöft. Nun war ja bekannt, dass immer erst in der Herbstsaison die mit Zuckerrüben beladenen Loren darauf gezogen und verschoben wurden. Diese Kippwagen waren bei der Zuckerfabrik zu mieten, und man konnte seine eigenen Pferde davorspannen. Geregelt war auch, dass einem die Geleise an einem bestimmten Tag und zu einer bestimmten Zeit zur Verfügung standen. Wir haben das gern in Anspruch genommen, denn ein Pferd konnte auf dem Schienenweg viel mehr Loren ziehen, als wenn wir die Gespanne, sagen wir, Ziegel oder Holzmaterial hinaus- und auf dem Rückweg Gerste, Weizen und dgl. hereintransportiert hätten. Allerdings lohnte es sich wiederum nur bei größeren Lasten, denn bis zu den Geleisen und von da weg benötigte man doch wieder den Pferdewagen.

Diese Schmalspurbahn gab es seit meinen Flegeljahren. Ich kannte damals alle Leute bei der Bahn. Die hatten dort ein Schienenvehikel mit Motorantrieb. Ein lustiges schwarzes Gefährt mit einem runden Maulwurfsrücken. Aber das kam nur selten vorbei. Dann gab es noch vier, fünf Draisinen. Die musste man nach dem Anstoßen unentwegt mit Muskelkraft fortbewegen, sonst blieben sie auf offener Strecke stehen. Und dann wäre, verflucht, keiner da gewesen, der angeschoben hätte. Die Streckenwärter haben mich auch oft gefoppt, na was ist, will die Karre nicht, bockt der Esel? Streng dich nur an, das stärkt die Arm- und Brustmuskeln. Ich hätte ja eine Hühnerbrust, lachten sie mich aus, aber das stimmte gar nicht, ich war nur insgesamt etwas schmächtig. Und dass man beim Anschieben eine Lunge bräuchte. Das habe ich zuerst gar nicht verstanden.

Also am Anfang machte mir das noch ziemliche Probleme, denn es sieht einfacher aus, als es ist. Aber später dann war ich »Kaiser der Schienen«. Denn ich hatte mir ausgetüftelt, dass man das Vehikel nicht unbedingt nur mit den Armen antreiben muss. Wenn man den Antriebshebel nach unten verlängert und ein Pedal draufsetzt, dann geht es doch mit Händen und Füßen. Und wie! Denn in dieser Zeit hatten die wirklich mit der Fabrikpost viel hin- und herzuflitzen. Nicht einmal schweißen mussten sie. Sie schlugen einfach ein T-Rohr an den Stumpf des Antriebshebels und fertig.

So konnte dann auch ich mit der Draisine hin- und hersausen. Allerdings immer nur für mich allein. Papa ist zwar ein paarmal vom Gregor-Gehöft herübergekommen, um zu sehen, wie ich daherbrause. Aber groß anzugeben traute ich mich damit nicht. Sagen wir, ein Mädchen mitzunehmen. Obwohl ich das Gefährt sogar manchmal mit Blumen geschmückt habe, mit Flieder.

Also daher meine enge Verbindung zur Bahn. Nach dem Krieg hat sich die Beziehung dann sehr gelockert, als diese Nebenlinie der Schmalspurbahn nach dem Motto »unsere Zukunft die Eisenbahn« bis zum Hauptbahnhof in Csaba richtig ausgebaut wurde. Bei der Einweihung waren auch wichtige Gäste anwesend, der Politiker zum Beispiel, der in dem bekannten Marschlied als Brückenbauer gefeiert wird. Gleich damals wurde auch der fahrplanmäßige Verkehr aufgenommen, und so war es dann für mich mit den Passionsfahrten auf den Draisinen vorbei. Nur noch per pedes flanierend huschte ich über die

Bahnschwellen. Ich mochte es, wenn sie unter meinen Füßen Geräusche machten wie damals, als ich als kleines Kind mit dem Stock über die Latten des Maisschuppens strich. Tschi-hu-ku-ku, tschihu-kuku kukuku …!

Sich auf Achsen fortbewegen, dieses unentwegte Rattern und Rollen ist für mich eine heilige Sache und das Entgleisen der schlimmste Albtraum. (Bis zum heutigen Tag träume ich von kreischenden, knirschenden Bremsen, von sich ineinander schiebenden und über den Bahndamm stürzenden Zuggarnituren.)

Vidjísch, Miso? Vidjísch?

Ich wache öfter davon auf, dass mich Mama als kleinen Buben straft, indem sie mich zu der Stelle eines von mir verübten Schabernacks hinzerrt und mir schimpfend zeigt, was ich angerichtet habe: Siehst du, Miso, vidjísch? Vidjísch? Dass es fast schrillt im Gehirn.

(Obwohl sie in Wirklichkeit meist gar nicht so reagiert hat, sondern unter Seufzen und mit Leidensmiene nur resigniert abwinkte. »Gütiger Gott! Was ist denn das für ein Kind?«)

Ich hatte noch einen anderen alten Traum.

Dass Mama am Fenster mit weißem Garn an ihrem Kissen stickt, dann hinausgeht und mit irgendeiner weiblichen Person spricht. Sie kommt herein, stickt weiter, ist aber schon eine andere Frau, diese »Gewisse«, welche dort sitzt und von überhaupt nichts Notiz nimmt. Ich bin unsicher, ob ich grüßen oder was sonst ich tun soll, habe Angst, dass sie mich auslacht, denn es macht mich schüchtern, wie schön sie ist. Ganz davon zu schweigen, dass ich mich artig vorstelle, was hier überhaupt nicht üblich ist. Im Aufstehen hüstele ich, darauf sie, als wollte sie mit ihren blauen Augen etwas fragen. Ich wiederum, dass ich mich dann doch vorstellen möchte. Lächelnd nickt sie, ich trete zu ihr hin, aber da macht sie sich auf, geht los und winkt mir, ich soll folgen. Sie begibt sich in die Ecke zwischen Bett und Schrank, ganz zur Wand hin. Als ich bei ihr bin, macht sie auch noch, uns abschirmend, die Schranktür auf, offenbar damit uns keiner sehen kann. Sie streckt mir die Hand entgegen, ich ihr auch, aber sie lässt sich sogleich zu Boden gleiten, setzt sich hin. Ich tue das Gleiche, und so, die Hände haltend, sagen wir unsere Namen. Obwohl ich ihren nicht verstehe, denke ich, wir müssen uns näher miteinander bekannt machen. Außerdem bin ich der Meinung, dass man sich beriechen sollte. Ich gehe auf alle viere und fange an, sie zu beschnuppern. Sie lässt es geschehen. Ich schnuppere an ihren Schultern, berieche ihren Hals, stecke meine Nase in ihr Haar, zwischen ihre Brüste, denn ein Stück des Busenansatzes ist unbedeckt. Plötzlich fängt sie an zu kichern, bricht in lautes Lachen aus, rennt auf irgendeine Wiese hinaus und legt sich auf den Rücken. Sie schüttelt sich bei jedem Lacher, dass auch ihre Kleider zittern, streckt dabei gar die Beine in die Höhe. (Schnell mache ich einen Bogen um sie, damit ich ihr besser zwischen die Beine sehen kann, sie aber rückt, auf dem Rücken liegend, zur Seite.) Behutsam wälze ich mich zu ihr hin. Aber sie dreht sich wie eine Spindel: Prrr! Und wirbelt davon, so geschwind, dass ich im Laufschritt hinterherjagen muss. Übrigens in eine Blumenwiese, das Grummet ist knöchelhoch. Ich hole sie ein, sie liegt und lacht immer noch, wie ein Hase will ich auf sie hopsen. Hopp! Und wieder dreht sie sich weg. Danach habe ich bereits den bestickten Kissenüberzug in der Hand, nur ist er jetzt viel größer, und ich will sie mit ihm zudecken. Ich renne und renne, na jetzt, aber sie dreht sich wieder weg im Gras, noch einmal und noch einmal. Wieder nicht! Wieder lacht sie hinter meinem Rücken über mich. Ein letztes Mal, wumm! Jetzt hab ich dich! Ich ziehe den Überzug weg. Und sehe darunter nichts als ein Bündel Stroh. Schrecklich ist nur, dass sche sa mrcvolji. Was etwa heißen soll, es krabbelt. Es kraucht und raschelt so sehr in dem Stroh. Aber sie ist gar nicht drin.

Es ist ziemlich klar, warum ich das geträumt habe. Denn da ist ein »gewisser Fall mit einem Weibsbild«, den ich doch zur Sprache bringen muss.

Auch ich hatte ja eine solche nähere »Gewisse«. Näher, das will nämlich heißen ... Na, ich kann es ja sagen, wie nah. Ins Wäldchen begleiten ließ sie sich von mir, hin und wieder, also nicht jeden Sonntag. In der Anfangszeit nur mit den Freundinnen, später auch allein. Ich kannte sie ja seit unserer Kinderzeit, hier aus der Nachbargasse. Ihr Name tut nichts zur Sache.

Ich wusste, dass sie hin und wieder auch mit anderen spazieren geht oder sich heimbegleiten lässt, aber dieses eine, genau das hatte ich über sie nicht gehört. Wie soll ich sagen. Es fällt mir nicht leicht, auch nach so vielen Jahren. Sie war nicht gerade eine Schönheit, etwas untersetzt, aber mit anständigen Titten. Hatte eine schmale Taille, und sie war nicht auf den Mund gefallen, lachte auch gern. Allerdings meist auf meine Kosten. Beim Plaudern blieb sie immer stehen und kicherte. Du bist ja so ein Verrückter! Wieso denn? Warum? Weil ... na einfach so! In der Art ging es zwischen uns, sie spottete und lachte dazu. Du quasselst immer so viel zusammen, redest und redest, dass man gar nicht mitkommt!

Ich erzählte ihr viel und alles Mögliche. Weil ich sonst nicht viel Gelegenheit hatte, mit jemanden zu reden, dabei wäre ich gern ein Gesellschaftsmensch gewesen. Tatsache ist, dass die Familie dieser »Gewissen« etwas heruntergekommen war, und ich hatte so lange und immer wieder auf sie eingeredet, dass sie schließlich schon fast mit dem Ja kokettiert hat! Also »wir wollen sehen« und »ganz fest bin ich noch nicht entschlossen«, eben in dieser Art. So hat sich das fast ein ganzes Jahr hingezogen.

Und da sagte ich plötzlich wieder (das war 1940), du hast mir doch für jetzt ganz sicher eine Antwort versprochen, also dann ja oder –

nein? Darauf sie, dass wir damit unbedingt noch bis zum Kleingrundbesitzerball an Georgi warten sollten. Wieso denn? Deshalb. Dich muss das nicht kümmern!

Also hab auch ich mich auf dem Ball herumgedrückt, aber nur einmal wagte ich mich hin zu ihr. Sie scheuchte mich auf der Stelle weg! Zischte mir nur leise zu, geh doch weg, du nimmst mir die Sicht. Aber ich bin doch gar nicht so groß, dachte ich, leider. Jedem ihrer Tänzer gab sie schnell den Laufpass und reckte dann wieder im Kreis ihrer Freundinnen eifrig den Hals. Als es spät wurde und sich bereits mehrere Mädchen auf den Heimweg machten, bot ich mich an, sie zu begleiten, aber sie wollte das nicht. Draußen blieb sie stehen und schickte ihre Freundin mit einer Nachricht für jemanden zurück in den Saal. (Ich beobachtete das aus der schummrigen Türnische. Es kam, in nächtliches Dunkel gehüllt, ein mir unbekannter Kerl, ein gewisser Gyuro Karkus heraus. Nach längerem Tuscheln ging dieser Karkus in den Saal zurück. Denn die Freundinnen der »Gewissen« riefen schon herüber »no tscho budje, Juca, idjesch?«. Das heißt, ob sie komme und was los sei. Ich traute mich freilich nur, ihr wie ein Schatten nachzuschleichen, und wagte auch nicht, sie nach der Verabschiedung von den andern am kleinen Törchen anzusprechen. Wenn ich aus dem Stockfinstern aufgetaucht wäre, wäre das für sie auch bestimmt unheimlich gewesen.

Am nächsten Tag, dem Sonntag, wartete ich auf sie, und seufzend gab sie mir für den Nachmittag ein Stelldichein. In dessen Verlauf sie mir ihre Sehnsucht eröffnete, dass sie fortwolle aus diesem erbärmlichen Leben. An was sie denn denken würde. Nur weg von hier, fort! Wie sie es sich vorstellte?, fragte ich. Sie wüsste es selbst nicht, vielleicht sollte man wenigstens verreisen. Ja?, sage ich, das könnte man schon. Meinst du? Warum nicht?, sage ich und machte Anspielungen, so gut es ging, auf die Möglichkeiten im Falle einer günstigen Antwort. Aber wohin denn?, fragt sie. Sage ich, vielleicht in ein Bad, das ist der richtige Ort für eine günstige Antwort ... Ach, das ist nicht interessant, lieber eine Ausflugsfahrt in die Berge, durch die Täler. Nun, sage ich, Berge und Täler gibt es in Siebenbürgen und in Oberungarn. Egal, das stört sie nicht. Da versuchte ich es wieder vorsichtig mit Fragen. Ob ich mir denn dann Hoffnungen machen dürfte? Ob man das etwa für eine, sagen wir, Verlobungs- oder gar Vor-Hochzeitsreise nehmen könnte? Nun ja ... und wieder kokettierte sie, das könnte man nicht wissen. Na und im Hinblick auf den Kleingrundbesitzerball zu Georgi, sage ich, ist das jetzt ...? Ach was! Lass mich doch damit in Ruh! Gut, dachte ich. Aber, sagt sie, dann müsste man schon mit einem Automobil. Wie denn das? Mit dem Auto, damit man herumfahren und sich allerlei anschauen kann. Also eine Autoreise? Na ja, sie hat sich das nur so vorgestellt. Gut, sage ich, aber wie könnte man so etwas ...? Man kann ein Automobil mieten und so. Ja? Und wo? Ob ich denn noch nicht ge-

sehen habe, die kämen auch hier herüber, wenn sie eine Kundschaft zum Fahren hätten. Ja? Sie kann Bescheid sagen, denn der Bruder von einer Schulfreundin aus der Bürgerschule, der ist bei dieser Firma. Chauffeur für Mietautos. Na gut.

Aber erst daheim fiel mir ein, dass man dazu auch ein bisschen Geld benötigt. Von Mama welches zu verlangen, das traute ich mich nicht. Papa, der Arme, hat mir hier und da ein paar Pengő zugesteckt, aber er ist ja nicht mehr da. Am nächsten Tag nahm ich all meinen Mut zusammen und ging zu meinem Vater Franci, und der hat mir Geld gegeben. Fragte mich allerdings, ob es um eine Frau ginge, worauf ich mit rotem Kopf gestand, ja. Dann wäre es ja in Ordnung, und er lachte. Dabei spürte ich aber, dass er schlechte Laune hatte.

Also die Einzelheiten sind ja nicht so interessant. Es soll genügen, dass sich die Landpartie ziemlich abwechslungsreich anließ, auch das mit dem Chauffeur klappte, alles ist gut gegangen, wir haben auch allerhand Schönes gesehen. Nur eines Nachts! Ich ging hinaus, weil ich in dieser Herberge nicht recht in den Schlaf kommen konnte. Da merke ich bei einem Strohschober! Na also!

Im Nachhinein sage ich mir, du hättest eigentlich schon früher Verdacht schöpfen müssen! Zweimal hatte ich mich abends ziemlich voll laufen lassen, merkte aber trotzdem noch, dass mich der Chauffeur absichtlich und mit Druck zum Trinken genötigt hat. Und einmal, wie sie mich ins Bett transportierten, wobei sie mich beidseitig stützen mussten, tauschten sie im Hinausgehen so vielversprechende Blicke, was mir allerdings erst beim Aufwachen durch den Kopf ging. Und eigentlich bin ich auch mit Zögern und ohne große Lust den Berg hinuntergestiefelt, um ein Gespann für das Gepäck aufzutreiben, als es hieß, das Auto hätte »einen Defekt gekriegt«. Während meine »Gewisse« es sich unter einem schattigen Strauch bequem machte und sich kühle Luft zufächelte, versprach der Taxifahrer, er wollte versuchen, während ich weg bin, die Maschine zu reparieren. Und, für mich unverständlich, schien ihn sein verrecktes Automobil in eine außergewöhnlich gute Stimmung zu versetzen!

Summa summarum sind mir so riesige Hörner aufgesetzt worden, dass es nur so gekracht hat! Und sie machten ja diese Schweinerei vor meinen Augen! Mehr noch, als ich meine Empörung nicht mehr im Zaum halten konnte und sie anschrie, wie sie sich da schon fast pudelnackt im Stroh wälzten, da verscheuchte mich der Taxler einfach! Gehen Sie jetzt weg von da, wir können Sie dabei nicht gebrauchen! Das hat er zu mir gesagt. Ich hätte ihn niederstechen können, alle zwei mit der Forke! So habe ich mich gefühlt. Aber mich überkam nur ein ohnmächtiges Schluchzen. An Mama denkend, weinte ich, wie ich mich als Kind oft an ihrer Brust ausgeweint habe. Aber dann musste ich daran denken, dass es Mama, als sie Papa betrog, auch so und nicht anders gemacht hat.

Ich bin gleich am nächsten Morgen beschämt und erniedrigt mit dem Zug heimgefahren. Die großen Kosten bei dieser »Vor-Hochzeitsreise«, gänzlich umsonst und für nichts vergeudet! Nichts als eine schmachvolle Enttäuschung mit dieser »Gewissen« und überhaupt mit dem ganzen Weiberkram. Denn danach hat dieser unverschämte Abstauber von Chauffeur nicht einmal sein dreistes Maul gehalten! Und die Geschichte von der Hochzeitsreise machte die Runde, das ganze Dorf hat über mich gelacht. Von da an ist es mit dem Heiraten, was mich angeht, gewesen.

7. Mai 1962. Von den Traktoristen bekam ich einen Wink, ich sollte mich schleunigst auf den Weg machen, wenn ich unser Gregor-Gehöft noch einmal sehen wollte. Denn morgen würde es mit dem Bulldozer platt gemacht. Es gehört schon seit über zehn Jahren der Genossenschaft, und sie können damit machen, was sie wollen. Also ging ich hinaus und sah zu, wie sie es niedergerissen haben. Dachte dabei an Gregor und hauptsächlich an Papa. Der da in der kleinen Kammer ungefähr seit '23 oder '24 bis zu seinem Tod (1937) das meiste von seiner Zeit verbracht hat. Hauptsächlich mit Lesen. Später besorgte er sich auch einen Phonographen mit Kurbel und viele Platten dazu. Aber der ist inzwischen kaputtgegangen, und ein Trödler hat ihn mitgenommen. Er hörte immer sehr viel Musik und trank regelmäßig Badacsonyer Blaustengler, den er sich kommen ließ. Er schwärmte immer von Don Giovanni, das war seine Lieblingsmusik.

Als die letzte Wand aus gestampftem Lehm fiel, sah ich hinter der Staubwolke einen sehr alten Menschen in Stiefeln und mit blauem Schurz. Aber er wandte mir den Rücken zu und ging weg, so wusste ich nicht, wer es war. Er verschwand im grünen Weizenfeld.

Oft kommt mir Kurilla in den Sinn. Hauptsächlich in meiner einsamen Abgeschiedenheit. Denn im Grunde war er fast mein einziger Umgang. Sagen wir, mein Partner nach oben. Seit 1957 habe ich ihn schon mindestens sechs Jahre nicht mehr gesehen. Ansonsten war dieser Kurilla schon ein ziemlich arroganter Bursche.

Ganz bestimmt hätte auch in mir ein umtriebiges, geselliges Wesen gesteckt, nur fehlte es eben an Gelegenheiten, am wohin und mit wem. Aber dergleichen Neigungen zu zeigen, war mir einmal wegen der Mordsblamage mit der vorgezogenen »Hochzeitsreise« von innen her versagt, später kam noch von außen das Verbot als Befehl dazu. Einesteils kann der Mensch auch ein gewisses Wohlgefallen demgegenüber empfinden, mit dem er sich treffen wird. Unabhängig andererseits davon, aus welchem Grund er ihn trifft. Das eine, weil der Abendspaziergang eine Unterbrechung der ewig gleichen, gebetsmühlenartig sich wiederholenden Verrichtungen ist. Das andere, zu einem Stelldichein mit jemandem gehen, der ausgerechnet auf mich neugierig ist. Typisch war das natürlich nicht gerade für mich, weil, wer sollte schon ...? Außer Kurilla!

Denn er als Einziger interessierte sich für mich. Und so ist es kein Wunder, dass ich ein gewisses Wohlbehagen empfand, wenn ich ihn sah. Und später war auch ein wenig gute Gewohnheit dabei. Wir hatten uns aufeinander eingespielt. In Maßen war dann auch gute Laune erlaubt. Denn wenn Kurilla in aufgeräumter Stimmung war, machte er manchmal sogar allerlei Faxen: versteckte sich hinter einem Baumstamm, duckte sich beispielsweise unter das Gewölbe des Kanals. Ich musste dann nach ihm rufen. Natürlich wusste ich Bescheid, dass er da war, aber er legte auf solche Spielregeln Wert. Es musste sein, auch wenn ich sein Hosenbein oder den hervorstehenden Ellbogen sehen konnte. Oder auch bei Nebel.

Übrigens änderte er gern die Treffpunkte. Zeitweise trafen wir uns neben der befestigten Straße in der Vertiefung der Doline, denn sie war oben vom Weg nicht einzusehen und außerdem von Akazienbüschen umstanden. Aber wenn er wusste, dass er bald wieder zurück zum Zug musste, dann trafen wir uns zum Austausch von Kurzinfomationen hinter der Umzäunungsmauer der Zigeunermühle. Ich musste bei der Müllkippe warten, denn von da konnte er an den Schienen entlang schnell wieder zum Bahnhof gelangen. Ich selbst hatte eine üble Erinnerung an diesen Platz, denn hier haben die das alberne Affentheater mit der Tatortbesichtigung veranstaltet. Wo man mir auferlegte, noch einmal »abzuspulen«, was und wie »ich das gemacht habe«. Oder es gab da noch den verfallenen Holzschuppen hinter der nicht mehr in Betrieb befindlichen Casablanka-Kneipe, die ihren Namen aus der Vorkriegszeit und von ihrer Besitzerin hat, nämlich der leichtblütigen Witwe Kasza. Am liebsten waren mir die Rendezvous am Rundhügel hinten beim Wäldchen wegen der angenehm natürlichen Umgebung und der schönen Erinnerungen an Spaziergänge in der Gegend.

Und ganz besonders, wenn er in guter Verfassung und bei Laune war! Er sieht mich und sagt: Na, da ist er ja, der Osztatní, fick dich ins Knie! Solche Sprüche ließ er los, aber dann wusste ich schon, dass er einen guten Tag hatte. Oder wenn er mich mit dieser meiner »Gewissen« aufgezogen hat und dreckige Witze riss, denn längst hat auch er mein Hochzeitsreise-Debakel »überprüft«, und das hieß dann: Na, Osztatní, dürfen Sie sie jetzt endlich auch bumsen, die Kleine mit dem großen Schlitz? Oder: Hat sie Sie immer noch nicht raufgelassen? Ach, Sie werden auch in dieser Möse der Allerletzte sein. (Weil er nämlich wusste, was unser Name bedeutet, nämlich Letzter.) Oder er begann mit ernster Miene: Also hören Sie gut zu, Osztatní! Jetzt sind die Meldungen über die angebotenen Selbstverpflichtungen der Bevölkerung bei uns eingegangen. Und die Kleine mit der großen ... mit den großen Titten hat sich verpflichtet, dass sie ab heute auch für solche mit kleinem Schwanz die Beine breit macht! Melden Sie bis Dienstag Vollzug und

Planerfüllung! Haben Sie gehört?! Und wieherte laut über seine eigenen Späße.

Manchmal versuchte auch ich mir sein Wohlwollen zu sichern. Wenn, sagen wir, Mama etwas Gutes gebacken hatte und ich ihm gefüllte Kipfel oder Mohntaschen mitbrachte. Dann aßen wir zuerst, aber wenn er schlecht drauf war, wurde ich gleich angeschissen. Erst machen Sie Meldung! Ich melde, dass ... Nicht mit voller Schnauze den Gaul am Arsch! Haben Sie runtergeschluckt? Ich melde, geschluckt! Na also, dann referieren Sie! Er schmatzte die Leckereien und sah sich dabei die Zettel mit meinen Aufzeichnungen an, während ich meine Beobachtungen hersagen musste. Damit er kontrollieren konnte, ob sie mit den ihm überreichten Notizen übereinstimmten. Denn wenn er Abweichungen entdeckte, schlug sein üblicher Unmut schnell in Zorn um, und er wollte augenblicklich wissen, was jetzt Schwindel und Geflunker wäre. Passen Sie ja auf, Osztatní, drohte er dann, wenn ich Sie einmal dabei ertappe, dass Sie mich bescheißen wollen, ist es endgültig vorbei mit meiner Nachsicht. Sie sollten nie vergessen, die Schlinge haben Sie ständig um den Hals, Sie verfluchter Saboteur!

Denn manchmal stieß er sich an allem. Hat fortwährend herumgetobt. Fakten wollte ich, oder nicht? Kein Blabla und dummes Gerede. Fakten! Verstanden, Sie Idiot? Und nicht den Arschumfang vom Zugführer seiner Alten und wie die Nutten mit ihrer Pflaume hobeln. Klar? Verwertbare Daten!

Man musste für ihn immerzu Fakten produzieren! Hol ihn die Pest, woher denn? Woher nehmen, wenn kaum noch jemand einem auch nur einen Blick gönnt. Jeden Tag ein neuer Anlauf, mit welchen Tricks soll ich es denn noch versuchen? Ob jemand Reifen für die Wagenräder hätte, ob er weiß, wo es Ferkel gibt, wo man sich einen Grubber leihen könnte und vice versa. Ob der oder ein anderer Hirsesaatgut benötigt, denn ich hätte welches. (Auch wenn es nicht stimmte.) Auf dem Wochenmarkt herumspähen oder beim Brotladen, ob ausgerechnet derjenige auftaucht, der mir als Dritter pro Woche noch fehlte.

Sagen wir, wenn ich gezwungen war, den alten Lomjanszki zu stellen, weil ich schon dreimal auf ihn angesetzt war, der mir aber keine Gelegenheit dazu bot! Da hieß es, immer wieder bei ihm anzuklopfen. Ich hatte schon Magenkrämpfe, aber zeigen durfte ich das nicht, denn gefordert war ein positives Ergebnis, und was, wenn der Lomjanszki meine Absicht durchschaute! Denn er sieht mir mit seinen stechenden Augen immer geradewegs ins Gewissen! Und dann, na puff, er wird wissen, was es geschlagen hat, und die Sache kommt raus! Wo ich aber auch an die Zukunft denken muss, wie sollte ich, einmal durchschaut, morgen oder übermorgen noch an Informationen kommen?

Doch auch die von mir frei gewählten Auskunftspersonen musste ich wechseln! Nicht immer auf dieselben zurückgreifen! Weil er mich dann aufs Gemeinste beschimpfte: Das ist Geschwätz! Verschonen Sie mich mit diesem Schmonzes! Verstanden? Hundsfott, feiger, entweder oder!

Besonders dann, wenn ich nichts anderes hatte als das Gequassel der alten Vica. War nämlich sonst bei niemandem mehr etwas zu holen, musste ich mich mit schwachsinnigen Absonderungen begnügen, die von der früheren Tanzlehrerin und Witwe des Sodawasserfabrikanten Herczeg kamen. Sie hatte unter chronischem Mangel an Gesellschaft zu leiden und war noch dazu die Einzige, die sich selbst über mein Kommen freute, denn wer kam, das war ihr egal, Hauptsache, es war überhaupt jemand da! Doch Kurilla reagierte dann gereizt: Von solchen Meldungen quillt uns der Dachboden über! Das interessiert mich nicht, was die da ...! Verstehen Sie das denn nicht? He? Sie Schlappschwanz!

So hatte ich ununterbrochen unter Nachrichtenmangel zu leiden. Aber wenn ich nichts zu melden habe, werde ich schikaniert, als faules Schwein beschimpft und als hinterhältiger Saboteur bedroht!

Einmal beklage ich mich betreten bei Kurilla: Sage ich, es gibt keine Nachrichten mehr. Was Sie nicht sagen! Keine mehr! Nachrichten, Sie dämlicher Tölpel, wird es immer geben! Ja, gut, sage ich, wird es immer geben, aber nur noch uninteressante. Was Sie nicht sagen? Dazu müssten aber noch sehr lange die Kurzwellen des Senders Free Europe herunterrieseln! Bis es dann nur noch uninteressante sind, das merken Sie sich! Ja, aber die Menschen wollen sich auf kein Gespräch mehr einlassen! Aus welcher Hundsfotze, verflucht noch mal, soll ich denn die Nachrichten hervorzaubern? (Ich war ja, nicht wahr, ehrlich verzweifelt.) Darauf tritt er mir so in den Hintern, dass ich vornüberfalle. Denn oho, öhö, so nicht, mein Lieber! Was jammern Sie hier herum wie eine alternde Badhure? Statt Ihre Arbeit zu tun? Und halten Sie bloß Ihre dreckige Schnauze (denn dreckig zu fluchen, das war nur ihm erlaubt). Dazu noch ein paar Backpfeifen. Das, so meint er, war nur eine kleine Kostprobe, denn wir können auch ganz anders, wenn ich meine Pflichten boykottiere.

Oder wenn er mir eine Anweisung gab, mit der ich nicht klar kam. Da musste ich doch fragen. Darauf er: Und was kommt davor, Hurenbengel!, schrie er mich an. Wieso was? Das, dass Sie mich fragen, ob Sie was fragen dürfen, Sie Hornochse! Bitte gehorsamst, fragen zu dürfen. Schnauze! Wer hat hier zu fragen? Verstanden. Einen großen Scheißdreck haben Sie verstanden! Denn ich werde da laufend traktiert. Bin schließlich der Lackierte, weil ich ständig nur solche Hohlköpfe ausfragen muss! (Na, das wusste ich schon, dass er sich wieder einmal ausklagen will.) Meinen Sie denn, mir macht es Spaß, immerfort nur Fragen zu stellen, wie? Neugierig sein auf euren Scheißdreck? Wer ist auf mich neugierig?, schrie er mir ins Gesicht. Und da hab ich bemerkt, dass er betrunken ist. Ich roch auch seine Schnapsfahne. Also scher dich zum Teufel! Am Dienstag dann, wie immer!

So war er. Einmal tat er ganz vertraulich, dann wieder trampelte er mir auf die Füße. Nie konnte ich wissen, woran ich mit ihm bin. Und weiß es auch bis heute nicht.

Ich wollte hier natürlich nicht irgendwie Alltägliches von einem alten Junggesellen ins Tagebuch schmieren. Aber vor ein paar Wochen, als Rentner und Zeitmillionär (eigentlich bekomme ich nur eine minimale Summe, so eine Art Bodenrente), habe ich das Buch wieder hervorgekramt und steckte an verschiedenen Stellen meine Ergänzungszettel dazu. Doch es war ganz schön schwer, sich in den auseinander fallenden Tagebuchblättern zurechtzufinden, und so habe ich angefangen, die Eintragungen zu sortieren und wieder eine gewisse Ordnung reinzubringen.

Und als ich mir vorgestellt habe, wie Mama in die Aufzeichnungen von Papa hineingeschrieben hat, kam mir die Idee, dass auch ich mich mit meinen Zeilen an euch, die ich hier auf vielen, vielen Seiten vor mir habe, wenden werde (denn im Grunde rede ich ja mein ganzes Leben lang nur mit mir selbst und bin es gewohnt, so zu tun, als würde ich das, was ich denke, zu jemandem sagen):

Denn vielleicht werdet ihr aus dem schon vor langer Zeit aufgeschriebenen Kurilla-Märchen nicht klug und könnt manches gar nicht verstehen, Mama, du weißt es vielleicht, denn es ist ja während deiner letzten Jahre gewesen. Aber man durfte darüber nicht reden, keinem etwas davon erzählen. Möglicherweise ahntest du etwas. Aber du, armer Papa, kannst dir natürlich überhaupt nicht vorstellen, was für Jahre gekommen sind, nachdem du nicht mehr bei uns warst! Die Kriegskatastrophe, sodann Keulenschläge an allen Fronten, von denen auch ich mein Teil abbekommen habe!

Im Wesentlichen ist das passiert: Ich schreibe hier wirklich die pure Wahrheit. Es hat »so genannte« Jahre gegeben, über die man jetzt langsam schon immer öfter sich auch kritisch äußert und sie verurteilt. Wie ich unter der moralisch verdorbenen politischen Spitze mit standrechtlicher Drohung erpresst wurde, wie sie mich aufgrund von verlogenen, falschen Anschuldigungen und gesetzeswidrig verurteilt haben. Kein ordentliches Gericht, ich stand nur vor einer sich allmächtig aufspielenden Clique, die mich in den Würgegriff nahm. Alles Leute, die dann später hier noch wichtige terrorpolitische Positionen hatten. Sie konnten mich ungestraft eines schweren falschen Verbrechens beschuldigen und unter der Last dieser Schuld dann mit mir machen, was sie wollten. Und dann legten sie mir ein rettendes Angebot vor. Ich musste einen geheim eingeschleusten Informantenposten übernehmen, das heißt, sechs Jahre lang war ich einem höheren Verbindungsmann unterstellt und musste diesem strengen Vorgesetzten zuarbeiten. Die Parole hieß: Sie haben eine Schlinge um den Hals, und wir können Sie daran jederzeit aufknüpfen. Nachdem ich mich, weil ich keinen Ausweg wusste, damit abgefunden hatte, erfüllte ich die Anforderungen an mich bis zuletzt ehrlich und sorgfältig. Ich war kein kleiner Zuträger, sondern ein ständig mit operativen Aufgaben betrauter Kundschafter und Aufklärer, dem für andere Dinge keine Zeit mehr blieb. All das ohne irgendwelche Gegenleistung, sie haben mich nicht mal bei der Kranken- und Rentenversicherung angemeldet, bis mein Magen unter dieser nervenaufreibenden Arbeit und dem dauernden Druck, der von 1950 an ganze sechs Jahre anhielt, nicht mehr mitmachen wollte.

Und jetzt, Papa und Mama, will ich euch gestehen und erklären, wie und warum ich dazu gekommen bin. Also wie sich diese tragische Eisenbahngeschichte wirklich zugetragen hat.

Denn es stimmt, ich habe die vorbeiratternden Züge regelmäßig beobachtet, wollte den Rauch ihrer Lokomotiven schnuppern, ihre Pfiffe hören. Der Pfiff aus einer Lokomotive ist für den Eisenbahner so was wie eine Kampffanfare. Ihr kennt doch diese meine Leidenschaft. Wie gern ich den Zügen mit meinem Blick folgte, der allmählich schrumpfenden und in der Ferne verschwindenden Zuggarnitur hinterhersah. Auch den leeren, glänzenden Schienen, die sich am Horizont in der Weite verlieren. Als handelte es sich um Parallelen, die im Unendlichen sich schließlich berühren.

Und dazu hatte ich auch ein Versteck! Es war eine kleine, nestartige Einbuchtung in den Büschen, ein platt getretener Unterschlupf mit einem niedrigen Betonklotz, auf dem man bequem sitzen konnte. Einzusehen war meine Lauschecke nur von den Geleisen her, weil sie von den anderen Seiten ganz umwachsen war, hierhin habe ich mich oft zurückgezogen zum Ausruhen oder wenn ich mich in die Ferne hinausträumen wollte. Mein Kopf war da genau in Höhe des Bahndamms, das heißt der Geleise. Auf diese Weise ist das Rattern der Räder genau vor meinen Augen und Ohren vorbeigezogen, was von allem das Schönste für mich war. Ein richtiges Lustgefühl. Um nach einem Zug Ausschau zu halten oder um ihm nachzusehen, trat ich mir einen kleinen Pfad, vier Schritte zum Damm hinauf.

Auch heute bin ich mir noch nicht ganz sicher, ob es so oder vielleicht anders war, aber die Wahrscheinlichkeit, dass dem Menschen auch in seinen Hinterhalt nachspioniert wird, ist sehr hoch, und das stimmt einen nachdenklich. Mich hat man da offenbar beobachtet! Man wusste, wann ich da war. Wann ich kam, wann ich ging, also von wann bis wann ich mich da aufhielt. Und ich glaube sicher, dass auch dieser gemeine Dreckskerl von Kanka dabei war, als sie mir nachspioniert haben. Dieser krakeelende Hilfsknecht bei der Viehübernahme an der Station. Er hat mich oft mit stechendem Blick angegafft! Aber sie haben es trotzdem nicht geschafft, mich zeitlich genau abzupassen. Denn ich vermute, sie wollten zuschlagen, wenn ich gerade in dem Versteck saß. Es ist ihnen nicht gelungen, mich da zu schnappen.

Ich kam nämlich erst eine Stunde nach dem betreffenden Vorfall, morgens gegen sieben, den Weg unterhalb des Bahndamms in aller Ruhe dahergeschlendert. Und wunderte mich auch, dass der 5-Fünfziger-Güterzug noch dastand. Warum der noch nicht fertig rangiert in der Station steht? Mit der Lokomotive in Höhe der Bahnschranke? Ahnungslos nähere ich mich dem letzten Wagen und sehe, dass sich da verdächtig viele Leute tummeln. Als ich noch näher herankomme, erkenne ich auch schon, wie sich zwei mir bekannte Eisenbahner sowie einer in Zivil und eine Art Polizist (beide nicht von hier) an einem der hinteren Räder zu schaffen machen, während sich im Hintergrund schon wieder dieser Kanka wichtig tut. Und mir fiel erst jetzt die Schieflage des Wagens auf, tatsächlich! Also wie ist so etwas möglich! Das letzte (d. h. beim Rangieren das erste) Rad vom hintersten flachen Güterwaggon ist von der Schiene gesprungen! Wie zum Teufel kann das passiert sein?, frage ich mich, und mir tun die armen Eisenbahner Leid, aber eigentlich bei dem miserablen wippenden, ruckenden Gleisbett mit den angemoderten Schwellen kein Wunder. Und gleich sind auch schon die fremden Polizisten zur Stelle. Indessen sehe ich, wie dieser Kanka sich an den im Zivil heranmacht und ihm etwas erklärt: Schon schauen alle zu mir her. Und wie sie schauen! Was bei mir automatisch Unbehagen erzeugt. Ich mache bereits halb kehrt und denke, es wird besser sein, wenn ich mich nicht gar so neugierig zeige. Da ruft der Polizist plötzlich, he, Sie, kommen Sie doch mal her! Wie? Ich?, sage ich. Ja, Sie! Wer sonst?

Brummelnd, nicht wissend, was von alldem zu halten ist, schlendere ich hin. Guten Tag!, sage ich, was ist denn passiert? Schnauze halten! Umdrehen, mit dem Gesicht zu den Büschen! Verdammt, sage ich, aber nur zu mir selbst, und verspüre sogleich einen starken Harndrang, wie in der Schule, wenn ich aufgerufen wurde. Hinter mir fingen sie jetzt an zu tuscheln, und dann wurde ich von dem in Zivil nach Namen und Wohnort gefragt. Und dann! Na dann kommen Sie mit. Großer Gott! Und war dann gezwungen, aber bitte entschuldigen Sie, aber ich muss unbedingt noch erst ... Sie müssen sich vor mir in Marsch setzen und sonst gar nichts! Verstanden? Aber es ist ja nur, ich muss austreten. Sie ließen mich dann gnädigerweise, aber voller Verachtung.

An der Station musste der Polizist mit mir warten, bis der 8-Zehner kam (vergeblich versuchte ich etwas von ihm zu erfahren, er hieß mich jedes Mal in barschem Ton schweigen). Der Zug musste wegen der Entgleisung dieselbe Strecke retour fahren, mit diesem brachte man mich dann zur Polizeikreiskommandantur. Und nach einem ganzen Tag des Wartens noch in der Nacht mit einem Jeep in ein anderes Gebäude. In einer Einzelzelle verbrachte ich frierend und zähneklappernd den Rest der Nacht, sowie ich die Augen schloss, hatte ich Horrorträume. Frühmorgens musste ich zur Vernehmung. Ich kann nicht sagen, dass man mir beim Verhör körperliche Gewalt antat, es wurde nur gebrüllt mit mir und immer wieder brutal gedroht. Wir werden Sie treten, wenn Sie nicht reden, bis Ihnen die Därme aus dem Arsch quellen etc.

Ihre Anklage bestand darin, ich hätte aus meinem nachgewiesenen Versteck (laut Zeugenaussage) heraus die vorbeifahrenden Züge beobachtet, mir, wie bei der Hausdurchsuchung ans Licht kam, die genauen Fahrzeiten notiert (sie waren auch bei der armen Mama, die über mein plötzliches Verschwinden nichts wusste), sodann auf der Schiene ein keilförmiges Eisenstück, den Entgleisungsschuh, angebracht (ihn noch dazu verschraubt). Durch diese heimtückische Sabotage hätte ich den Zug, der hochrangige Genossen zum Staatsgut bringen sollte, zum Entgleisen bringen wollen! Das hat man mir angelastet, das soll ich im Schilde geführt haben, ich, dem doch die Eisenbahn heilig war!

Natürlich widersprach ich, wehrte mich mit Händen und Füßen, aber sie zu mir: Ich solle mein verlogenes Maul halten und endlich mit der Wahrheit herausrücken etc. Wo ich mich zu der und der Zeit aufgehalten habe? Wo? Natürlich daheim! Keine Lügen, Sie Dreckskerl! Zu dritt und abwechselnd, zwei in Zivil, einer in der Uniform der Staatssicherheit AVO.

Dann versuchte ich es so: Wenn ich die Fahrzeiten der vorbeifahrenden Züge so genau gekannt hätte, und ich kannte sie, weil ich mich seit jeher für die Eisenbahn interessiert habe, warum hätte ich dann den Entgleisungsschuh ausgerechnet unter diesen Güterzug gelegt? Kusch!, war die Antwort. Und antworten Sie nur auf das, was Sie gefragt werden. Alles wieder von vorn! Und ich sagte, sollte ich die Sabotage begangen haben, warum wäre ich dann ausgerechnet und aus eigenen Stücken zum Unglücksort gekommen? Dann sollte ich sagen, was ich da zu suchen hatte. Ich bin da oft spazieren gegangen und wollte an meinem Rastplatz den 8-Zehner abwarten. Das können Sie Ihrer Großtante weismachen, nicht uns! Denn der Täter kehrt immer an den Ort seiner Tat zurück! Das weiß man! Ich? Ich bin genauso ein Täter, wie Sie einer sind, also keiner! Mir rutschte das so heraus, ohne langes Überlegen, umsonst schlug ich mir selbst mit der Hand auf den Mund, der eine der Vernehmenden in Zivil kam bei meiner Bemerkung so in Rage, dass er mir knall! ins Gesicht schlug. Das war aber auch die einzige Ohrfeige.

Und in dem Moment war mir klar, dass natürlich sie selbst es gewesen sind, sie mussten einen richtigen Sabotagefall produzieren, auf den sie sich berufen konnten. Allerdings einen kontrollierten, damit kein großer Schaden entstand. Nur beim langsamen Rangieren, damit nicht tatsächlich eine Lok entgleiste, höchstens das letzte Radpaar, klar!, von dem flachen Güterwagen aus den Schienen springt. Ich wusste genau, was geschehen war! Es war fein ausgetüftelt!!

Doch diese Erkenntnis half mir nicht, für sie war das heiße Luft, es interessierte sie überhaupt nicht. Sie haben mich in eine Falle gelockt, alles bis in die Einzelheiten geplant, und zwar unter strengsten standrechtlichen Strafandrohungen. Obendrein noch mit der schmerzlichen

Komödie eines fingierten Lokalaugenscheins, bei dem ich ihnen in dem behördlich abgeriegelten Umkreis die nicht begangene Tat vorspielen musste. Was wieder eine Niedertracht und Erniedrigung für mich waren. Ich hatte ihnen vorzumachen, was und wie ich es getan habe! Beteuerungen meinerseits überhörten sie. Sie zwangen mich, zu demonstrieren, wie ich im Versteck gehockt bin und gespäht habe, ich musste auf den Bahndamm klettern, zu den Schienen hin, wo man den verunglückten Wagen bereits abgezogen hatte, und mit dem Schraubenschlüssel die Mutter am Entgleisungsschuh festdrehen etc. Nein, nicht doch! Und immer wieder beteuerte ich, es nicht getan zu haben. Aber immer nur: Kusch! Und Schnauze! Los!

Dann brachten sie mich wieder zurück in die Zelle, und ja! Das Schnellgericht der drei eröffnete mir die Alternative, also: Entweder oder. Das andere Ende der Geschichte ist der Galgen, oder aber … ich helfe ihnen und werde derjenige, der … und unterschreibe. Da wären mir um ein Haar die Beine weggeknickt. In Todesangst jammerte ich vor mich hin: Ich verstehe doch nichts davon. Egal! Sie kriegen genaue Instruktionen von uns. Mein Gott, was hätte ich tun sollen?

Jetzt wisst ihr es also, wie ich das geworden bin.

Dir, Mama, musste ich sagen, dass ich als einer der Zeugen geladen worden bin und dass die Geschichte jetzt abgeschlossen ist.

Nein, es geht nicht! Umsonst wende ich mich an euch und berichte. Ich frage dich, Mama, wie hast du es angestellt, mit einem Toten, mit Papa, zu reden? Wie kann ich dich, die du tot bist, etwas fragen? Während du am Leben warst, konnte ich nichts fragen, weil ich das alles hier verbotenerweise gelesen habe. Und jetzt? Was soll es jetzt noch? Dabei interessiert es mich wirklich sehr, wieso mit einem Verstorbenen? Und sagen wir, weshalb nicht mit mir? Natürlich kann man ihm nicht ins Jenseits hinüber Dinge mitteilen und sich einbilden, er könnte sie hören. Es ist nur in den Wind gesprochen. Was sollte einen also dazu bringen, jemandem im Jenseits etwas mitzuteilen, Mama? Wusstest du denn, was und warum? (Wieder frage ich dich und strafe mich damit Lügen.) Andererseits: Es ist auch verlockend. Der andere kann nicht dagegensprechen, und man muss keine Widerrede befürchten. Ich sage nicht, die Entlarvung einer unwahren Behauptung zu gewärtigen, aber dennoch. Dass es sich mit der Sache tatsächlich so verhält oder höchstens ein klein bisschen anders. Das eine oder andere verschweigen oder zumindest auf sich beruhen lassen. Aus dem Grab heraus wird dieser andere ja kaum mehr dahinterkommen.

Auch gestern habe ich wieder am unteren Ende mancher Blätter einige Zettelchen eingefügt. Nicht für euch, nein, was solltet ihr jetzt damit. Für mich selbst, denn ein paar Dinge möchte ich noch für mich zu klären versuchen. Obwohl es natürlich müßig ist, nach der Wahrheit zu suchen. Und man könnte sich auch fragen, für wen? Wem sollte ich denn gestehen, was ich nie mehr enträtseln werde? Hab ja zu keinem mehr ein Vertrauensverhältnis, vielleicht war Kurilla der Letzte, mit dem ich reden konnte.

Beinahe hätte ich eine alte Geschichte vergessen. Ich konnte sie in der Zeit nach Papas Ableben nur so stückchenweise zusammenfügen. Teilweise habe ich sie von Gregor, dann von Tante Ivka und Onkel Buchbinder.

Nämlich, dass Mama in meiner Kleinkindzeit angeblich mehrmals unter hysterischen Anfällen und Nervendepressionen litt. Tante Kusnyarik musste uns, also Marci und mich, dann zu sich nehmen. Papa war in der Zeit ganz auf dem Gehöft draußen.

Und einmal ist Mama in gänzlich aufgelöstem Zustand zu Onkel Miki gestürmt, er sollte sich einschalten, weil Papa vielleicht auf ihn hören würde, damit er endlich aus seinem Loch auf dem Gehöft hervorkrieche. Sie bitte ihn inständig zu kommen, weil es ihr sehr, sehr schlecht ginge! Aber Papa ließ ihr sagen, wie es ihr auch immer geht, es interessiert ihn nicht mehr. Onkel Miki lief dann zu Tante Ivka, sagte ihr Bescheid, damit jemand bei Mama ist, und holte auch den Doktor Hroncsok.

Aber bis die kamen, lag Mama schon drinnen, mit Schaum vor dem Mund und stöhnte: Es sei zu spät. Sie hätte Rattengift geschluckt. Doktor Hroncsok hat ihr sofort den Magen ausgespült und ist zum Telefon gerannt, um die Rettung zu rufen. Mama redete ganz wirres Zeug. Wo Berta, ihr kleines Mädchen, ist. Man soll es zu ihr führen. Den Zug nannte sie Schwalbe, und dass die Schwalbe bald von der Station abfahren wird. Sie wollte aufstehen, weil sie verreisen müsste. Niemand habe sie mehr lieb. Und dass wir viele, sehr viele Schulden haben, das wiederholte sie immerzu, und auch nach der kleinen Berta hat sie gerufen. Keiner wusste, was sie damit meinte.

Onkel Miki rannte nochmals zu Papa und brachte ihn diesmal mit. Er hat dann auch schnell herausgefunden, was Mama geschluckt haben konnte. Dass es Flohpulver war und zum Glück auch nur etwas von der schwächeren Sorte. Sie hat es in einer Wandnische draußen im Bogengang gefunden. Die Rettung nahm sie dann nicht mehr mit, weil es ihr auch schon besser ging. Seelisch aber kam sie lange nicht auf die Beine.

Doch Papa ging danach gleich wieder auf sein Gehöft hinaus. Sie leidet nicht meinetwegen, Ivka, mach dir keine Sorgen! Das sagte er zu Tante Ivka Rosza. Und Jadwiga soll sich herholen, wen immer sie will, damit sie unter Aufsicht ist, denn ich werde nicht hier bleiben! (Ob das Ende tatsächlich so war, wie Tante Ivka es erzählt hat, das weiß ich nicht.)

Was mich nur sehr verwundert, dass Mama von der ganzen Sache niemandem gegenüber etwas erwähnt hat.

Heute habe ich wieder in diesem Tagebuch gelesen. Wie schon so oft! An einem Punkt war ich wieder wie vom Blitzschlag getroffen. Eine

Erkenntnis. In Form eines Zweifels, den ich aber auch lange nicht niederzuschreiben wagte.

Also: Es gibt da einen Punkt, einen Brief von Mama an Papa. Und am Ende von diesem Brief einen Passus: »Es ist, als wäre ich ein und derselbe Körper mit Ihnen, aber nicht wie die Bibel über Ehemann und Eheweib schreibt, sondern als wären Sie in dem Augenblick der aus meinem Leib geborene ältere Sohn oder eher noch mein aus gemeinsamem Körper herrührende jüngere Bruder.«

So überlege ich mir unter Schaudern, was, wenn Mama wirklich als Geliebte Papa György Osztatní geliebt hat und in seinem Sohn Ondris sich ihren großen (Stief-)Sohn vorstellt? Was, wenn Jadwiga Papa Györgys Tochter (seiner heimlichen Liebe mit Maria Ponyiczky entsprossen) und Papa so ihr (Halb-)Bruder war? Mit dem sie unwissend blutschänderisch in (halb-)geschwisterlicher Ehe lebte?! Deren Frucht, also mein Bruder Marci, in Sünde gezeugt wurde! Demzufolge ist er der Bastard und nicht ich! Denn ich bin das Ergebnis eines der Natur gemäßen, dem Schicksal holden Bundes und nicht in einer blutschänderischen Verbindung gezeugt worden. Aber mein armer Bruder Marci, Bankert-Produkt einer fluchbeladenen Beziehung, musste dann auch in einer der grauenhaftesten Höllen sein Leben aushauchen!

Aber ich kann meine schauerlichen Gedanken sogar noch weiterspinnen: Was, wenn Mama zugleich die Tochter und die Geliebte von Papa György gewesen ist? Und was wäre davon zu halten, wenn sie das alles auch gewusst und trotzdem getan hätte? Also wissentlich mit dem Vater und mit dem Bruder geschlafen hat! Die dann auch beide an dieser Sünde ziemlich jung zugrunde gegangen sind! Und sogar noch in ihren eigenen Sohn, in Marci, war sie verliebt! Und wurde sie, die sündige Liebe mit dem Vater, dem Bruder und dem Sohn fliehend, zur Ehebrecherin mit F. W., meinem wahren Erzeuger, den sie gar nicht liebte, trieb sie nur das natürliche, gesunde Verlangen zu ihm?!

Aber das ist jetzt auch schon egal.

3. September 1987. Ja, ich habe auch diesen 37. Jahrestag meiner, sagen wir, »Hinrichtung« traditionsgemäß in Trauer begangen. Daheim hockend, goss ich die Blumen mit ein paar Tränen. Kramte trübsinnig grübelnd das Buch mit den Aufzeichnungen hervor, um auch diese Erinnerung darin festzuhalten.

Für das letzte Blatt habe ich jetzt ein Inhaltsverzeichnis mit den Kapitelüberschriften geschrieben, sie sind aus Papas Aufzeichnungen zitiert. Und es sind in dem Band noch 8 oder 9 Seiten leer geblieben. Die werde ich, bis ich sterbe, noch voll schreiben. Platz sparend, in kleiner Perlschrift, wie Marci, als er nur noch ganz wenig Papier hatte.

Heute ist ein junger Mensch mit undurchsichtigen Absichten hier aufgekreuzt. Erst glaubte ich, es wäre irgendein Sammler, ein Altwaren-

aufkäufer oder dergleichen, weil er sagte, wissen Sie, Onkel Miska, mich interessieren die alten Sachen. Und woher, fragte ich, wissen Sie meinen Namen? Da lächelte er nur. Na, aber woher wirklich? Darauf er, nur so, den hatte er sich aufgeschrieben. Hoppla, sage ich. Darf ich mich ein wenig umsehen? Na ja … bitte schön, erwidere ich, ein bisschen nervös, mich aber doch damit abfindend. Und hätten Sie nicht alte Fotos, Schriften, Dokumente, wollte er wissen. Vielleicht auf dem Dachboden …? Na, dann sind Sie wohl einer von diesen Dachboden-Stöberern und Absahnern?, rutschte es mir so spontan heraus. Daraufhin musste er so herzhaft lachen, dass ich ganz verlegen geworden bin. Danach, ob wir uns vielleicht mal über mein Leben unterhalten könnten. Ich sagte ihm dann auch dies und das, als er aber anfing nachzubohren, kamen mir doch Zweifel, und ich fragte etwas ängstlich, ob ich denn dazu noch verpflichtet wäre. Worauf er lächelnd den Kopf schüttelte. Hoppla, Miso, sei auf der Hut, sagte ich mir. Onkel Miska, fasste er nach meiner Hand, ich habe schon manches über Sie gehört, und es wäre mir eine Freude, wenn Sie mir helfen könnten. Helfen? Wie soll ich Ihnen helfen können? Nun … bei meiner Arbeit. Jetzt muss ich weg, aber nächste Woche komme ich wieder vorbei. Ja? Dann muss ich also jetzt wieder für sie arbeiten? Und wiederum musste er lachen. Für uns? Na gut, dann eben für uns!

Ich vermute, den haben mir die Kurilla-Leute geschickt. Oder ihre Nachfolger. Vielleicht schon die Neuen von der anderen Seite? Ist wahrscheinlich auch egal, denn das ist ja alles dasselbe …

Am nächsten Tag, nämlich gestern, bin ich zu den Arbeitern aufs Feld hinausgegangen, die haben Kunstdünger aufgetragen. (Dieses Land hat übrigens einmal mir gehört. Aber was soll's.) Der junge Kusnyarik schlitzte mit dem Taschenmesser die Säcke auf. Ich sagte, warte, mein Junge, lass mich das. Was haben Sie damit vor? Überlass das nur mir. So, schön gleichmäßig geschnitten, gibt das einen feinen Vorhang für mein Gießkannen-Duschbad in der Kammer. Eine wunderbare Erfindung dieses Nylon. Ich werde es auch unters Leintuch breiten und in den Überzug für mein Federbett geben. Weil es nämlich gut isoliert. Die Menschen wissen das nicht. Gehen ja überhaupt sehr verschwenderisch mit der Energie um. Bei diesen Gaspreisen! Auch vom Glashauseffekt wissen sie nichts. Ist mir auch egal, wenn sie über mich lachen. Die Menschen sind nämlich bösartig. Kommen herein zu mir und lachen. Kürzlich auch diese Frau Kokan und der dämliche Szmradák. Was soll dieser Hühnerstall hier in der Wohnung, Onkel Misko? Was Hühnerstall, du einfältiger Tölpel!, sage ich. Du solltest auch besser mal dein Hirn anstrengen statt dein dummes Maul! Ein Zeltrahmen ist das, hübsch aus Leisten zusammengenagelt. Einsfünfundsechzig reicht für mich, denn beim Glashauseffekt, wenn du weißt, was das ist, zählt jeder Zentimenter, und darauf kommt die Folie! Und mein halbes Bett steht darunter, von der Hüfte abwärts, denn dem Kopf *schadet es nicht, wenn er frische Luft atmet, unten muss man es warm haben, sage ich, wegen der Nieren. (Das Herz spinnt auch manchmal, muss nächste Woche auch wieder zur Kardiologie.) So ist der Konvektor dort unterm Fenster noch innerhalb des Zeltes, und natürlich der Tisch und der Stuhl. Die meiste Zeit des Lebens, sage ich, verbringt der Mensch ohnehin hier. Besonders im Winter. Und es ist eine Bombenersparnis!*

Weil ich sparen kann. Auch mit den Batterien. Ich weiß, die meisten Menschen achten auf so etwas nicht, es kümmert sie gar nicht. Gut, ich bin da ein wenig anders. Aber muss man deshalb lachen über mich? Na ja, sollen sie, mir macht das nichts. Sie interessieren mich nicht. Nur, frage ich, warum muss ein solcher Niemand wie dieser Blcha-Bub die Hand aufs Ohr legen, wenn er mich sieht? Mich nachäffen? Weil, ich bekenne mich dazu, ich Radio höre, sogar wenn ich mit dem Rad fahre. Mich interessieren die Nachrichtensendungen. Egal, ob es die »168 Stunden«, »Wir kommen aus Ungarn« oder die »Sonntagszeitung« ist. (Zuvor habe ich immer Free Europe gehört, heimlich natürlich, und nur daheim, aber das lohnt nicht mehr.) Jetzt habe ich die Batterie mit Hilfe eines Strumpfbandes am Taschenradio festgemacht, jeder macht das so, aber ich klemme mir den kleinen Empfänger mit einem Gummiband am Kopf fest, dann kann ich auch beim Radfahren hören und muss nicht so laut einstellen. So hält die Batterie viel länger. Das ist doch logisch. Oder nicht?

Auch mit dem Magen gehe ich sparsam um, hab ja nur noch den halben. War selbstverständlich keine Entschlusssache meinerseits. Nämlich, der Professor Rekeny hat mit den Geschwüren keine Umstände gemacht, ratsch, und der durchlöcherte Lappen war weg. Obwohl Mama den Preis eines Kalbes dafür riskiert hat. Damals hat die Arme noch gelebt, und ich bekam keine Kassenbehandlung. Also aus dem Grund. Ich brauche nur ganz wenig Milch, Brot, etwas Käse. Mach' mir ein Rührei, Tee, dazu Margarine- oder Marmeladebrot.

Auch wenn man die Zeit etwas streckt, die Mahlzeiten hinausschiebt, kann man sparen. Manchmal esse ich das Nachtmahl am Morgen und gehe mittags zu Bett, lege den Kopf auf Mamas Kissen. Überhaupt, am meisten im Leben umarmt der Mensch doch sein Kissen. Und nicht nur so »altjüngferliche« Onkelchen, wie ich einer bin.

Sachen vom Schwein vertrage ich nicht mehr. Gelegentlich ein Hühnerpaprikasch, wenn es die Hlavács kocht. Ich bringe ihr zwei Hühnchen hinüber, und sie essen dann auch davon. Denn ich halte mir noch Hühner, sie legen auch fleißig, da kann ich mich nicht beklagen. Und wenn ich sie bitte, kocht mir die Frau auch ein Süppchen oder ein Pörkölt. Das Problem ist nur, dass der Kühlschrank nicht mehr viel taugt, und ich muss am Ende allerlei wegwerfen, das tut einem dann doch Leid. So dass ich sehr oft Käse kaufe, der hält sich, dieser Dreieckskäse mit dem Teddybär.

Inhaltsverzeichnis